ଜୀବନ ଗପର ଗୋବର ପୋକ

ଜୀବନ ଗପର ଗୋବର ପୋକ

ସ୍ୱାଗତିକା ସେଠୀ

ବ୍ଲାକ୍ ଈଗଲ୍ ବୁକ୍ସ
ଭୁବନେଶ୍ୱର, ଓଡ଼ିଶା

BLACK EAGLE BOOKS
Dublin, USA

ଜୀବନ ଗପର ଗୋବର ପୋକ / ସ୍ୱାଗତିକା ସେଠୀ

ବ୍ଲାକ୍ ଈଗଲ୍ ବୁକ୍ସ : ଭୁବନେଶ୍ୱର, ଓଡ଼ିଶା ● ଡ଼ବ୍ଲିନ୍, ଯୁକ୍ତରାଷ୍ଟ୍ର ଆମେରିକା

BLACK EAGLE BOOKS

USA address:
7464 Wisdom Lane
Dublin, OH 43016

India address:
E/312, Trident Galaxy, Kalinga Nagar,
Bhubaneswar-751003, Odisha, India

E-mail: info@blackeaglebooks.org
Wÿebsite: www.blackeaglebooks.org

First International Edition Published by
BLACK EAGLE BOOKS, 2025

JEEBAN GAPARA GOBARPOKA
by **Swagatika Sethi**

Cover: **Swagatika Sethi**
Interior Design: Ezy's Publication

ISBN- 978-1-64560-649-9 (Paperback)

Printed in the United States of America

ଉତ୍ସର୍ଗ

ମୋ ପ୍ରିୟ ପାଠକମାନଙ୍କୁ...

ସୂଚିପତ୍ର

ଅରୁଆ ଉଷୁନା

"ଯାହା କୁହାନ୍ତୁ ମିସେସ୍ ଦାଶ, ଆପଣଙ୍କ ହାତର ଗ୍ରୀନ୍ ଟି'ର ତୁଳନା ନାହିଁ।"

"ଥ୍ୟାଙ୍କ୍ ୟୁ... ଥ୍ୟାଙ୍କ୍ ୟୁ...ମୋ ହାତ କଥା କ'ଣ କହୁଛନ୍ତି ? ଆପଣ ସୋନାଲି, ମାନେ ଏଇ ରଥ ବାବୁଙ୍କ ଝିଅ ମ... ତା' ହାତର ଚା' ପି' ନାହାନ୍ତି। ସିଏ କେତେ ଯେ ପ୍ରକାର ଚା' ତିଆରି କରେ କ'ଣ କହିବି। ସେସବୁ ଖୁବ୍ ନିଆରା। ଖାଲି କ'ଣ ଚା' ? ସୋନାଲି ବହୁତ ବଢିଆ ରାନ୍ଧେ ମଧ୍ୟ। ପିଲାଟା ରୂପରେ ଯେମିତି ଗୁଣରେ ବି ସେମିତି। ପୁରା ନିଖୁଣ...। ଏ ଖଣ୍ଡମଣ୍ଡଳରେ କ'ଣ ? କୁଆଡ଼େ ବି ଏମିତି ଝିଅ ମିଳିବେନି। ଯାହାକୁ କୁହନ୍ତି କୋଟିକରେ ଗୋଟିଏ। ତା' ବୟସର ଅନେକ ପିଲା ଏବେ ପଢା ମଧ୍ୟ ସାରି ନଥିବେ। ହେଲେ ଦେଖୁ ନାହାନ୍ତି, ତା'ର ଲାଷ୍ଟ ସେମିଷ୍ଟର୍ ନ ସରୁଣୁ କ୍ୟାମ୍ପସ୍ ସିଲେକସନ୍‌ରେ ଟେକ୍ ମହିନ୍ଦ୍ରାରେ ଚାକିରି ପାଇଗଲା। ଖାଲି କ'ଣ ଚାକିରି ? ସେଇ ଝିଅ ଖଣ୍ଡକ ସବୁଥିରେ ପାରଙ୍ଗମ। ଘରେ ଯେମିତି ମା' ହାତରୁ କାମ ଛଡ଼େଇ ନିଏ, ବାହାର ଲୋକଙ୍କୁ ମଧ୍ୟ ଭାରି ସମ୍ମାନ, ସହଯୋଗ କରେ। ସବୁବେଳେ ହସ ହସ ମୁହଁ। ଅନ୍ୟକୁ ସାହାଯ୍ୟ କରିବାକୁ ସବୁବେଳେ ଆଗଭର। ଯେବେ ଚାକିରିରେ ରାତି ସିଫ୍ଟ ଥାଏ, କାମ ସାରି ଏକା ରାତି ଅଧରେ, ମାନେ ରାତି ଦୁଇଟା ତିନିଟାରେ ନିଜେ ଗାଡ଼ି ଚଲେଇ ଘରକୁ ଫେରେ। ଆଗେ ସ୍କୁଟିରେ ଯାଉଥିଲା ବୋଲି ମିସେସ୍ ରଥ ଭାରି ଚିନ୍ତିତ ହେଉଥିଲେ। ହେଲେ ଦେଖୁନାହାନ୍ତି, ମା'କୁ ସାହସ ଦେବା ପାଇଁ ଦିନ କେତେଟାରେ ପିଲାଟା କାର୍ ଚଲେଇବା ଶିଖିଗଲା। ଆଜିକା ଯୁଗରେ ପୁଅମାନେ ରାତିରେ ବାହାରକୁ ଯିବା ପାଇଁ ଡରୁଛନ୍ତି। ଅଥଚ ସୋନାଲି ଝିଅ ପିଲାଟା ହୋଇ କେତେ ନିର୍ଭିକ। ଝିଅ ହେବ ତ ଏମିତି। ସତରେ ଆଜିକାଲିକା ଝିଅମାନଙ୍କ ପାଇଁ ସୋନାଲି ଏକ ଆଦର୍ଶ।"

"ହଁ, ନୁହେଁ ଆଉ କ'ଣ।" ଚା' ପିଉ ପିଉ ମିସେସ୍ ପଟ୍ଟନାୟକ କଥାକୁ ସମର୍ଥନ କଲେ।

ମିସେସ୍ ଦାଶ କଥାରେ ପୁଣି ଖିଅ ଯୋଡ଼ିଲେ, "ହେଲେ ଏଇଥି ପାଇଁ ମିସେସ୍ ରଥଙ୍କୁ ମାନିବାକୁ ପଡ଼ିବ। ମିଷ୍ଟର୍ ରଥ ତ ଚାକିରି କ୍ଷେତ୍ରରେ ବଦଳି ହୋଇ ଇଆଡ଼େ ସିଆଡ଼େ ବୁଲିଲେ। ହେଲେ ମିସେସ୍ ରଥ ଏକୁଟିଆ ଘର ଚଳାଇ, ପିଲାଙ୍କ ପଢ଼ାପଢ଼ି ସବୁ ବୁଝି, ଏବେ ପିଲା ଦୁହିଁଙ୍କୁ କି ସୁନ୍ଦର ଏଷ୍ଟାବ୍ଲିସ୍ କରାଇ ଦେଲେ। ଆଜିକା ଯୁଗରେ କୋଉ ପୁଅ ତା' ମା' କଥା ଏତେ ମାନୁଛନ୍ତି କହୁ ନାହାନ୍ତି ? ହେଲେ ତାଙ୍କ ପୁଅ ସୁମନ, ନିଜ ହେତୁ ଆସିବା ଦିନରୁ ପରା ସଉଦାପତ୍ରଠାରୁ ଆରମ୍ଭ କରି କେତେ କ'ଣ ଘର ଦାଇତ୍ୱ ବୁଝିଦିଏ। ତା'ର ଆଜିକାଲିଆ ଟୋକାଙ୍କ ପରି ପାର୍ଟିଫାର୍ଟି ନାହିଁ। ହାତଗଣତି କିଛି ସାଙ୍ଗ, ସିଏ ପୁଣି ମା'ର ସବୁ ନଜର ସାମ୍ନାରେ। ଯାହା ହେଉ ମିସେସ୍ ରଥ ତାଙ୍କ ପିଲା ଦୁହିଁଙ୍କୁ ଭଲ ସଂସ୍କାର ଦେଇଛନ୍ତି।"

"ହଁ... ଆମେ କ'ଣ ଆମ ପିଲାଙ୍କୁ ସଂସ୍କାର ଶିଖାଉ ନଥିଲେ ? ପିଲେ ଶିଖିଲେ ସିନା ? ସେଇ ପିଲା ଦି'ଟା ମଧ୍ୟ ସେମିତି ପିଲା। ସେଇଥି ପାଇଁ ଆଜି ସେମାନେ ପ୍ରଶଂସାର ପାତ୍ର ହୋଇଛନ୍ତି। ଯାହାହଉ ମିସେସ୍ ଓ ମିଷ୍ଟର୍ ରଥ ଏମିତି ପିଲାଙ୍କୁ ପାଇ ସତରେ ଭାଗ୍ୟବାନ। ନହେଲେ ଆଜିକାଲି ପିଲାଙ୍କୁ ନେଇ ଯୋଉ ଚିନ୍ତା... ଆଚ୍ଛା ମିସେସ୍ ଦାଶ, ଆପଣଙ୍କ ପୁଅ ମୁନା ଖବର କ'ଣ ?"

"ହଁ, ସିଏ ତା'ର ବାଙ୍ଗାଲୋର୍‌ରେ ଭଲରେ ଅଛି। ତା'ର କ'ଣ ଚିନ୍ତା, ନା ତା' ବାପାଙ୍କର କ'ଣ ଚିନ୍ତା ? ମୋ ମୁଣ୍ଡ ଯାହା ଖରାପ ହେଇ ଗଲାଣି। ଆସନ୍ତା ବର୍ଷ ତାକୁ ତିରିଶି ପୁରିଯିବ। ତା' ପାଇଁ ଝିଅ ଖୋଜି ଖୋଜି ମୁଁ ହାଲିଆ। ଆଗକାଳରେ ପୁଅ ବାହାଘର ପାଇଁ ଚିନ୍ତା ନଥିଲା। ସୁବିଧାରେ ଭଲଝିଅ ମିଳି ଯାଉଥିଲେ। ହେଲେ ଆଜିକାଲି ଯୋଗ୍ୟ ପାତ୍ରୀଟିଏ ମିଳିବା କାଠିକର ପାଠ। ଆପଣ ତ ଜାଣିଛନ୍ତି, ଆମ ମୁନାର ପ୍ରାଇଭେଟ୍ ଚାକିରି। ତେଣୁ ତା' ଫିଲ୍ଟର ଝିଅଟେ ଖୋଜୁଛୁ। ଝିଅ ବି ମିଳୁଛନ୍ତି। ହେଲେ ସେମିତି କିଛି ମନକୁ ପାଉନି। କ'ଣ କରିବି ? ଭଗବାନଙ୍କ ଦୟାରୁ ଭଲ ଝିଅଟେ ମିଳିଗଲେ, ମୋ ମୁଣ୍ଡରୁ ଚିନ୍ତା ଯା'ନ୍ତା। ଭାଗ୍ୟରେ ଯେବେ ଲେଖାଥିବ, ସେତେବେଳକୁ ବାହାଘର ହବ। ମିସେସ୍ ପଟ୍ଟନାୟକ, ଆପଣଙ୍କ ନଜରରେ ଯଦି କୋଉ ଭଲ ପ୍ରସ୍ତାବ ଥିବ, ତେବେ ଦୟାକରି ମୋତେ ଟିକିଏ ଜଣାଇବେ।"

"ଆରେ ହଜିଲା ଜିନିଷ ଖୋଜିଲାଠେଇଁ। ହା...ହା...ହା... ଆପଣ ମୋ ନଜରରେ ଥିଲେ ବୋଲି କ'ଣ କହୁଛନ୍ତି ? ଆପଣ ପରା ଏବେ ସୋନାଲୀ ଗୁଣ ଗାଇ ହାଲିଆ ହେଉ ନଥିଲେ। ମିସେସ୍ ରଥଙ୍କୁ ସୋନାଲୀ ପାଇଁ ପ୍ରସ୍ତାବ ଦେଉ ନାହାନ୍ତି ?

ଏଥିରେ ତ ପୁଅ ବୋହୂ ସମାନ ପ୍ରଫେସନ୍‌ର। ଆଡ଼ଜଷ୍ଟ କରିବାକୁ କିଛି ଅସୁବିଧା ମଧ୍ୟ ହେବ ନାହିଁ।"

"ହଁ, ଆମ ମୁନାର ବି ବୋଧେ ସେଇ ଆଡ଼କୁ ଟିକିଏ ଇଚ୍ଛା ଅଛି। ଏଇ ଅଳ୍ପ ଦିନ ତଳେ ସିଏ ସୋନାଲୀ କଥା କହୁଥିଲା। ହେଲେ..."

"ହେଲେ ପୁଣି କ'ଣ ? ଘର, ଝିଅ, ପରିବାର, ସବୁତ ଭଲ। ଆପଣ ଯାହାସବୁ ଖୋଜୁଛନ୍ତି, ତାହା ସବୁ ତ ଅଛି। ତାହା ହେଲେ କଥା ପକାଉ ନାହାନ୍ତି କାହିଁକି ?"

"ଆଜ୍ଞା କ'ଣ କହିବି? ଦେଖନ୍ତୁ, ମିଷ୍ଟର୍ ରଥ ତ ସବୁବେଳେ ବାହାରେ ରହିଲେ। ମିସେସ୍ ରଥ ଏଇଠି ଏକା ରହି ପୁରୁଷଟେ ପରି ଘର ବାହାର ସବୁ ଏକା ବୁଝିଲେ। ସିଏ ଘରର ମୁରବୀ କହିଲେ ଚଳେ। ଯେଉଁ ଘରେ ମାଇକିନା ମୁରବୀ ସେଇଘର ଝିଅ କ'ଣ ଶିଖିଥିବ? ସେଇ ଝିଅ ଆଣିଲେ ସିଏ ମଧ୍ୟ ଆମ ଉପରେ ମୁରବିପଣିଆ ଦେଖାଇବ। ଆଉ ପୁଣି ଛ' ମାସକୁ ଛ' ମାସ ତା'ର ନାଇଟ୍ ଡ୍ୟୁଟି ପଡୁଛି। ଘରର ବୋହୂ, ଘରର ଲକ୍ଷ୍ମୀ, ଘରର ମାନ ମହତ। ସିଏ ଯଦି ରାତି ଅଧକୁ ଘରକୁ ଫେରିବ, କିଏ ସହିବ କହିଲେ? ପୁଣି ଏତେ ରାତିରେ ଘରକୁ ଫେରିଲେ ସକାଳୁ ଉଠି ସିଏ କ'ଣ ଘରକାମ ସବୁ ଠିକ୍‌ରେ ସାରି ପାରିବ ? ମିସେସ୍ ପଟ୍ଟନାୟକ ସୋନାଲି କଥା ଛାଡ଼ନ୍ତୁ। ଆଉ କୋଉ ଭଲ ପ୍ରସ୍ତାବ ଆଖିରେ ଥିଲେ ଜଣାଇବେ।"

"ନିଶ୍ଚିତ... ନିଶ୍ଚିତ। ଆମ ପିଲା ମୁନାଟା ପାଇଁ କ'ଣ ମୋତେ କହିବାକୁ ପଡ଼ିବ ? ମୁଁ ଭଲଝିଅଟେ ପାଇଁ ଆଖି ବୁଲାଉଛି ଯେ। ଆଜି ତ ସନ୍ଧ୍ୟା ହେଇ ଗଲାଣି। ତେଣେ କୁନାଲ ବାପାଙ୍କର ଅଫିସ୍‌ରୁ ଆସିବାର ବେଳ ହେଇ ଗଲାଣି। ହେଉ ମୁଁ ତାହାଲେ ଆସେ।" ଏତକ କହି ବେତ ଚଉକିରୁ ନିଜ ଭାରି ଦେହଟାକୁ ହଲି ଦୋହଲାଇ ମିସେସ୍ ପଟ୍ଟନାୟକ ଉଠିଲେ ମିସେସ୍ ଦାଶଙ୍କଠାରୁ ବିଦାୟ ନେଇ ଘରକୁ ଯିବା ପାଇଁ।

'ହଁ, କେମିତି ଦୋମୁହାଁ ମାଇକିନାଟା କେଜାଣି ?ଯୋଉ ମୁହଁରେ ଅରୁଆ ସେଇ ମୁହଁରେ ଉଷୁନା। ଏଇନେ ଭଲ ଏଇନେ ଖରାପ କରି ଲୋକକୁ ଥୋଇ ଦେଉଛନ୍ତି। ହଁ, ଯା' ମ... ତାଙ୍କ ପୁଅକୁ ଯୋଗ୍ୟ ଝିଅ ମିଳିଲେ କେତେ ନ ମିଳିଲେ କେତେ? ମୁନା ବାହା ହେଲେ ଭୋଜି ପାଇଁ ଆମକୁ ପଡ଼ୋଶି ହିସାବରେ ବଳେ ନିମନ୍ତ୍ରଣ କରିବେନି? ସେ ଯାହା ହେଉ ଉପରବେଳା ଭଲ ଗରମା ଗରମ୍ ଚା' କପେ ମିଳିଗଲା। ଆଉ ତା' ସହ କିଛି ଗରମା ଗରମ୍ ଗପ ମଧ୍ୟ। ମିଳିକୁ ମିସେସ୍ ଦାଶ ସୋନାଲୀକୁ କେମିତି ଖୁଣୁଥିଲେ କହିଦେଇ ଆସିବି। ଆଉ କାଲି ସୋନାଲୀ ଘର ଆଡ଼େ ମଧ୍ୟ ଟିକିଏ ବୁଲି ଆସିବି।' ମନେ ମନେ ଏତକ କହି ଢଳି ଢଳି ଘରମୁହାଁ ହେଲେ ମିସେସ୍ ପଟ୍ଟନାୟକ। ■

ସୁଯୋଗ୍ୟ ସନ୍ତାନ

ଗାଡ଼ି ଅଟକିଲା। ନନ୍ଦକିଶୋର ଗାଡ଼ି କାଚଝରକା ଦେଇ ଉଙ୍କି ମାରି ବାହାରକୁ ଦେଖିଲେ। ଧୋବଧଉଳିଆ ଲୁଗା ପିନ୍ଧି, ହାତରେ ଫୁଲମାଳ ଓ ଫୁଲତୋଡ଼ା ଧରି ତାଙ୍କୁ ପାଛୋଟି ନେବା ପାଇଁ ଆୟୋଜକମାନେ ଠିଆ ହୋଇଛନ୍ତି। ଅନୁଷ୍ଠାନ ବାହାରଟା କିଛି ଲାଇଟ୍ ଓ ପ୍ଲାଷ୍ଟିକ୍ ଫୁଲରେ ସଜା ମଧ୍ୟ ହୋଇଛି। ନନ୍ଦକିଶୋର ଟାଇର ନଟ୍‌ଟା ଗଳା ଉପରକୁ ଆଉ ଟିକିଏ କଷି ଭିଡ଼ିନେଲେ। କାନ୍ଧକୁ ପଛକୁ କରି ଛାତି ଚଉଡ଼ା କରି, ଗଳା ପରିଷ୍କାର କରିନେଲେ। ନିଜ ମାର୍ଜିତ ବ୍ୟବହାର ଓ କଥାରେ ସେମାନଙ୍କୁ ଚମତ୍କୃତ କରିଦେବେ। ମନ ଭିତରେ କୁହୁଳୁଥିବା ଅଙ୍ଗାରସବୁକୁ ରଙ୍ଗୀନ୍ ଫୁଲପକା କାଗଜରେ ପ୍ୟାକ୍ କରି ସେମାନଙ୍କୁ ହସି ହସି ଉପହାର ଧରାଇ ଦେବେ। ହେଲେ ଏହାର ପ୍ରତିବାଦ କରିବାକୁ ସମସ୍ତେ ଥିବେ ନାଚାର୍। କାରଣ, ଏବେ ସେ ସେମିତି କିଛି ପ୍ରତିପତ୍ତି ଓ ପଦବୀର ଅଧିକାରୀ। ଆୟୋଜକମାନଙ୍କ ମଧ୍ୟରୁ ଜଣେ ଦଉଡ଼ି ଆସି ସବିନୟେ ତାଙ୍କ ଗାଡ଼ିକବାଟ ଖୋଲିଧରି ଠିଆ ହେଲା। ନନ୍ଦକିଶୋର ସହାସ୍ୟ ବଦନରେ ଯୋଡ଼ହସ୍ତ ହୋଇ ବାହାରି ଆସିଲେ। ସାମ୍ନା ଲୁହାଫାଟକ ଉପର ନାମଫଳକରେ ଅନୁଷ୍ଠାନର ନାମ ଲେଖା ଥିଲା, 'ସୁଯୋଗ୍ୟ ସନ୍ତାନ'। ନିଜ ଅଜାଣତରେ ନନ୍ଦକିଶୋରଙ୍କ ମୁହଁରୁ ବିଦ୍ରୁପ ଭାବରେ 'ହୁଃ' କରି ସୂକ୍ଷ୍ମ ଶବ୍ଦଟେ ବାହାରି ଆସିଲା। ତାଙ୍କୁ ପାଛୋଟି ନେଉଥିବା ୫/୬ ଜଣ ଲୋକଙ୍କ ମଧ୍ୟରୁ ନାରୀଜଣେ ବାହାରି ଆସି କହିଲେ, "ବିଶ୍ୱାସ କରନ୍ତୁ ସାର୍, ଏବେ ମଧ୍ୟ ଦୁନିଆରେ କିଛି ସୁଯୋଗ୍ୟ ସନ୍ତାନ ଅଛନ୍ତି। ବୃଦ୍ଧାବସ୍ଥାରେ ବାପା ମା' ଯେତେବେଳେ ଅକାମି ହୋଇ ପଡ଼ନ୍ତି, ସେତେବେଳେ ମଧ୍ୟ ଯେଉଁ ସନ୍ତାନ ପିତାମାତାଙ୍କୁ ଶାନ୍ତି, ସେବା ଯତ୍ନ, ସ୍ନେହ ଓ ସମ୍ମାନ ଦିଏ ସେ ହିଁ ତ ସୁଯୋଗ୍ୟ ସନ୍ତାନ। ଆଉ ଏ ବୃଦ୍ଧାଶ୍ରମ ନିସଃହାୟ ବୃଦ୍ଧବୃଦ୍ଧାମାନଙ୍କୁ ସମ୍ମାନର

ସହ ଆଶ୍ରୟ ଦେଇ ସେମାନଙ୍କ ଯତ୍ନ ନେଉଛି । ତେଣୁ ମୋ ବାପା ଏ ଆଶ୍ରମର ନାଁ ସୁଯୋଗ୍ୟ ସନ୍ତାନ ରଖି ଯାଇଛନ୍ତି ।" ନନ୍ଦକିଶୋରଙ୍କୁ ନାରୀଙ୍କର ଆଶ୍ରମ ନାଁର ବ୍ୟାଖ୍ୟା ଖୁବ୍ ଭଲ ଲାଗିଥିଲା । ଆଉ ମଧ୍ୟ ସେ ଜାଣି ପାରିଲେ ଯେ ତାଙ୍କ ବିଦ୍ରୂପାତ୍ମକ ହସ ଏଇ ନାରୀଙ୍କ ଆଖିରେ ଧରା ପଡ଼ି ଯାଇଛି । ତେଣୁ ତାଙ୍କ ଭିତରର ବିତୃଷ୍ଣାକୁ ତାଙ୍କୁ ଖୁବ୍ ସତର୍କ ଭାବରେ ଘୋଡ଼ାଇ ରଖିବାକୁ ହେବ ।

କର୍ମକର୍ତ୍ତାଙ୍କ ସହ ନନ୍ଦକିଶୋର ଆଶ୍ରମ କାର୍ଯ୍ୟାଳୟରେ ବସି ସେଠାକାର ବ୍ୟବସ୍ଥା ବିଷୟରେ ଆଲୋଚନା କରିଥିଲେ । କିଛି ସମୟ ପରେ ଗୋବର୍ଦ୍ଧନ ଓ ତା' ସହଯୋଗୀ ପେଟିଗୁଡ଼ିକୁ ଧରି କାର୍ଯ୍ୟାଳୟର ଗୋଟିଏ କୋଣରେ ଆସି ଠିଆ ହୋଇ ଗଲେ । ସେମାନଙ୍କୁ ଦେଖି ଏ ବିରକ୍ତିକର ପରିସ୍ଥିତିରୁ ମୁକୁଳିବା ପାଇଁ ନନ୍ଦକିଶୋରଙ୍କୁ ବାହାନା ମିଳିଗଲା । ସେ ଆୟୋଜକମାନଙ୍କୁ କହିଲେ, "ଆପଣଙ୍କ ଅନ୍ତେବାସୀଙ୍କ ପାଇଁ କିଛି ଉପହାର ଆଣିଛି । ସୁବିଧା ଦେଖି ସେମାନଙ୍କ ଭିତରେ ବାଂଟିଦେବେ ।" କୁହାଳିଆ ଜ୍ଞାନେନ୍ଦ୍ର ବାବୁ କୃତ୍ୟ କୃତ୍ୟ ହୋଇ କହିଲେ, "ସାର୍ ଏ କି କଥା ? ଆପଣ ଏଡ଼େ ଆଗ୍ରହରେ ଏତେସବୁ ଜିନିଷ ଆଣିଛନ୍ତି । ଏଠିକା ଅନ୍ତେବାସୀ ଆପଣଙ୍କ ହାତରୁ ଉପହାର ପାଇଲେ ତାଙ୍କ ପାଇଁ ଏହା ଏକ ସୌଭାଗ୍ୟର କଥା ହେବ । ଚାଲନ୍ତୁ, ଆପଣ ନିଜ ହାତରେ ଏ ଅଲୋଡ଼ା ବୃଦ୍ଧବୃଦ୍ଧାମାନଙ୍କୁ ଉପହାର ଦେଇ ଆସିବେ ।" 'ଅଲୋଡ଼ା' ଶବ୍ଦଟି ନନ୍ଦକିଶୋରଙ୍କ ଅନ୍ତରର ଅଙ୍ଗାରକୁ ଆଉ ଟିକିଏ କୁହୁଳେଇ ଦେଲା ଓ ତାକୁ ଘୋଡ଼ାଇବାକୁ ଯାଇ ସେ ତାଙ୍କ କୃତ୍ରିମ ହସକୁ ଓଠରେ ଆଉ ଟିକିଏ ବିସ୍ତାରି ଦେଲେ । ଆଜି ବିଶ୍ୱ ପ୍ରୌଢ଼ ଦିବସ ଓ ଏ 'ସୁଯୋଗ୍ୟ ସନ୍ତାନ' ଅନୁଷ୍ଠାନର ପ୍ରତିଷ୍ଠା ଦିବସ, ମାନେ ଜନ୍ମଦିନ । ନନ୍ଦକିଶୋରଙ୍କ ଅଧସ୍ତନ କର୍ମଚାରୀ, ଜ୍ଞାନେନ୍ଦ୍ର ବାବୁଙ୍କ ବାଧ୍ୟବାଧକତାରେ ସେ ନିଜ ଅନିଚ୍ଛା ସତ୍ତ୍ୱେ ଏଠାକୁ ଆସିଛନ୍ତି । ଜ୍ଞାନେନ୍ଦ୍ରବାବୁ ଆହୁରି କେତେ କ'ଣ କହି ଯାଉଥିଲେ ତାହା ଶୁଣିବାକୁ ନନ୍ଦକିଶୋରଙ୍କର ସାମାନ୍ୟତମ ଇଚ୍ଛା ନଥିଲା । ସେ କେବଳ କଳ୍ପନା କରୁଥିଲେ, 'ଏ ବୃଦ୍ଧବୃଦ୍ଧାମାନଙ୍କର ନିଜସ୍ୱ ପିଲା, ପରିବାର ଥିବେ । ନିଜ ଉପାର୍ଜନରେ ଏମାନେ ଦିନେ ପରିବାର ପ୍ରତିପୋଷଣ କରୁଥିବେ । ଆଉ କେତେକ ନିଜ ପ୍ରତିପତ୍ତି ଓ ଦୟାଶୀଳତା ଦେଖାଇବା ପାଇଁ କିଛି ଅର୍ଥ କେଉଁ ଅନାଥ ଆଶ୍ରମକୁ ଯାଇ ଦାନ ମଧ୍ୟ କରି ଆସୁଥିବେ ।' ଏପରି ଅନେକ କଥା ଓ ନିଜ ଜୀବନର ଝଲକ ନନ୍ଦକିଶୋରଙ୍କ ସ୍ମୃତିପଟରେ ଉଙ୍କି ମାରୁଥିଲା-

ତାଙ୍କୁ କେତେ ବୟସ ହୋଇଥିଲା ତାଙ୍କର ତ ମନେ ନାହିଁ, କିନ୍ତୁ ହେତୁ ଆସିବା ଦିନରୁ ସେ ଗୋକୁଳ ଅନାଥଆଶ୍ରମକୁ ନିଜ ଘର ବୋଲି ଜାଣିଥିଲେ ।

ଛୋଟବେଳେ ତାଙ୍କୁ ଏ ଜନ୍ମଦିନ ଶବ୍ଦଟି ଭାରି ଅଜବ ଲାଗୁଥିଲା। ଆଉ ସେ ଯେତେ ଯେତେ ବଡ଼ ହେଲେ ଏ ଶବ୍ଦଟି ପ୍ରତି ନିଜ ଅଜାଣତରେ ତାଙ୍କର ଅସହିଷ୍ଣୁତା ବଢ଼ି ଚାଲିଥଲା। ଏମିତିରେ ବର୍ଷକୁ ୪/୫ ଥର ଏ 'ଜନ୍ମଦିନ' ଶବ୍ଦ ସହ ତାଙ୍କର ଭେଟ ହେଉଥିଲା। ଗୋକୁଳ ଅନାଥଆଶ୍ରମର ପ୍ରୋପ୍ରାଇଟର୍ ଦିନେଶ ଦାସ (ତାଙ୍କୁ ଆଶ୍ରମରେ ପିଲାଠୁ ବୁଢ଼ା ପର୍ଯ୍ୟନ୍ତ ସମସ୍ତେ ଦିନେଶଦା ବୋଲି ସମ୍ବୋଧନ କରନ୍ତି) କେବେ କେବେ ଆସି କହି ଯା'ନ୍ତି,"ଅମୁକ ଦିନ ସମୁକ ପିଲାର ଜନ୍ମଦିନ ଆଶ୍ରମରେ ପାଳନ ହେବ। ସେଇଥି ପାଇଁ ଆଶ୍ରମରେ ନିର୍ଦ୍ଧାରିତ ଦିନ ରୋଷେଇ ବନ୍ଦ ରହିବ।" ଆଉ ତା' ସହ ଅନ୍ତେବାସୀଙ୍କୁ ଶୃଙ୍ଖଳା ବଜାୟ ରଖିବା ପାଇଁ ତାଗିଦ୍ ମଧ୍ୟ କରି ଯା'ନ୍ତି। ନିର୍ଦ୍ଧାରିତ ଦିନ ସେଇ ଅମୁକ ପିଲା କିଛି ଲୋକଙ୍କ ସହ ଆସି ଆଶ୍ରମରେ ପହଂଚି ଯାଏ। ନନ୍ଦକିଶୋର ଓ ଅନ୍ୟ ଆଶ୍ରମ ଅନ୍ତେବାସୀମାନେ ନିଜ ନିଜର ସବୁଠାରୁ ଭଲ ପୋଷାକ ପିନ୍ଧି ପ୍ରସ୍ତୁତ ହୋଇ ଥା'ନ୍ତି। ହେଲେ ଅମୁକ ପିଲାଟିର ପୋଷାକ ଆଗରେ ସେମାନଙ୍କ ପୋଷାକସବୁ ଫିକା ପଡ଼ିଯାଏ। ସେଇ ପିଲା ଓ ତା' ସହ ଆସିଥିବା ଅନ୍ୟମାନେ (ପରେ ଜାଣିଲେ ସେମାନଙ୍କୁ ପରିବାର କୁହାଯାଏ) ତାଙ୍କୁସବୁ କେମିତି ଗୋଟେ ବିଚ୍ରା ବିଚ୍ରା ଦୃଷ୍ଟିରେ ଦେଖନ୍ତି। ପରେ ପିଲାଟି ସାଙ୍ଗରେ ଆଣିଥିବା ସୁଦୃଶ୍ୟ କେକ୍‌କୁ କାଟେ। ସେଇ ପିଲା ଓ ତା' ପରିବାର ଲୋକମାନେ ଖୁଆଖୁଇ ହୁଅନ୍ତି। ନନ୍ଦକିଶୋର ଅନ୍ୟ ଅନ୍ତେବାସୀଙ୍କ ପରି କିଛି ଦୂରରେ ଠିଆ ହୋଇ ତାଳି ମାରନ୍ତି। ତା' ପରେ ଧାଡ଼ି ହୋଇ ଥାଳି ଧରି ସେହି ଲୋକମାନେ ଆଣିଥିବା ଖାଦ୍ୟ ସେମାନଙ୍କ ହାତରୁ ନିଅନ୍ତି। ଏମିତି ନୁହେଁ ଯେ ସେଇଦିନ ସେମାନେ କେବଳ ଏମିତି ଧାଡ଼ି ହୋଇ ଖାଇବା ନିଅନ୍ତି। ହେଲେ ସେଇ ଅମୁକା/ ସମୁକ ପିଲାର ଜନ୍ମଦିନରେ ଏପରି ଖାଦ୍ୟ ନେବା ନନ୍ଦକିଶୋରଙ୍କୁ ଭାରି ବିରକ୍ତିକର ଲାଗେ। ଅମୁକ ପିଲାଟି ତାଙ୍କ ଥାଳିରେ କେକ୍‌ଖଣ୍ଡେ ରଖିଦେଲା ବେଳେ ପିଲାଟିର ବାପା ମା' ତା' ଦେହମୁଣ୍ଡକୁ କେମିତି ଗୋଟେ ବିହ୍ୱଳ ହୋଇ ଆଉଁସି ଦେବାର ନନ୍ଦକିଶୋରଙ୍କ ଆଖିରେ ପଡ଼େ। ସତେ ଅବା ପିଲାଟି କିଛି ଗୋଟିଏ ମହାନ କାମ କରି ପକାଉଛି। ଆଶ୍ରମବାସୀମାନେ ତଳେ ଧାଡ଼ି ହୋଇ ବସି ଖାଇଲା ବେଳେ ନନ୍ଦକିଶୋରଙ୍କ ଆଖି ଟାଣି ହୋଇଯାଏ ସେ ପିଲା ଓ ତା' ପରିବାର ଆଡ଼େ। ସେମାନେ ତାଙ୍କ ପାଇଁ ବ୍ୟବସ୍ଥା କରା ଯାଇଥିବା ଟେବୁଲ୍ ଚଉକିରେ ବସି ଖୁସିଗପ କରି ଖା'ନ୍ତି। କିନ୍ତୁ ଅନାଥ ଆଶ୍ରମର ଅନ୍ତେବାସୀଙ୍କୁ ଖାଇଲା ବେଳେ କଥାବାର୍ତ୍ତା ନହେବାକୁ କଡ଼ା ତାଗିଦ୍ କରା ଯାଇଥାଏ। ମଝିରେ ମଝିରେ ସେଇ ଅମୁକ ପିଲାକୁ ଇଏ ଟିକିଏ, ସିଏ ଟିକିଏ ଖୁଆଇ ଦେଉଥା'ନ୍ତି। ନନ୍ଦକିଶୋର ସେଇ ଅମୁକ ପିଲାକୁ

ଦେଖି ଭାବନ୍ତି, ତାଙ୍କର ମଧ୍ୟ କେହି ମା' ବାପା ଥିବେ। ହେଲେ କେଉଁ ପରିସ୍ଥିତିରେ ତାଙ୍କୁ କଅଁଳ ଶିଶୁଟେ ବେଲୁ କିଏ କାହିଁକି ଆଣି ଏଇ ଗୋକୁଳ ଅନାଥଆଶ୍ରମ ଦୁଆରେ ରାତିଅଧରେ ଥୋଇ ଦେଇଗଲା ? ଏସବୁ ଭାବିଲେ ମନରେ ତାଙ୍କର ଘୃଣା ଆସିଯାଏ, ବିଷ ଚରିଯାଏ। ତାଙ୍କ ଜୀବନ କ'ଣ ତାଙ୍କ ଜନ୍ମକଲା ବାପା ମା'ଙ୍କ ପାଇଁ ଏତେ ଅଲୋଡ଼ା ଥିଲା ? ଏ 'ଅଲୋଡ଼ା' ଶବ୍ଦର ଅନୁଭବ ସତରେ ଭାରି ଭୟଙ୍କର। ଆଶ୍ରମ ଆସିଥିବା ସେଇ ଲୋକଙ୍କ ଖାଇବା କଥା ନିଜେ ଦିନେଶଦା ବୁଝନ୍ତି ଓ କାର୍ଯ୍ୟକ୍ରମ ପରେ ସେ ସେମାନଙ୍କୁ ଆଶ୍ରମ ଗେଟ୍ ପର୍ଯ୍ୟନ୍ତ ବାଟେଇ ଦେଇ ଆସନ୍ତି।

ବର୍ଷକୁ ଅନେକଥର ଆଶ୍ରମରେ ଏମିତି ଜନ୍ମଦିନ ପାଳିତ ହୁଏ। ହେଲେ ନନ୍ଦକିଶୋର କେବେ ଗୋକୁଳଆଶ୍ରମର କୌଣସି ଅନ୍ତେବାସୀ କିମ୍ବା ନିଜ ଜନ୍ମଦିନ ପାଳନ ହେବାର କେବେ ଦେଖି କିମ୍ବା ଶୁଣି ନାହାନ୍ତି। ଦିନ ଅଦିନରେ ନୂଆ ହୋଇ ଅନେକ ଆସି ତାଙ୍କ ସହ ଗୋକୁଳ ଆଶ୍ରମରେ ତାଙ୍କ ପରି ଆଉ ଜଣେ ଅନ୍ତେବାସୀ ହୋଇ ରହିଯା'ନ୍ତି। ଯେଉଁମାନେ (କିଛିଟା ବଡ଼ ହୋଇ ଏଠାକୁ ଆସନ୍ତି) ନିଜ ନାଁ ଜାଣି ଥା'ନ୍ତି, ସେମାନଙ୍କ ନାଁ ଭିନ୍ନ ଭିନ୍ନ। ହେଲେ ଯେଉଁମାନେ ଶିଶୁ ଅବସ୍ଥାରେ ଆଶ୍ରମରେ ପହଂଚନ୍ତି ସେମାନଙ୍କୁ ଗୋକୁଳବାସୀ ହିସାବରେ ଦିନେଶଦା ନାମକରଣ କରନ୍ତି। ଯେପରିକି, ତାଙ୍କ ନାଁ ନନ୍ଦକିଶୋର। ସେହିପରି ଗୋବର୍ଦ୍ଧନ, ବ୍ରଜ, ଦେବକୀ, ବସୁଦେବ, ବାସୁଦେବ, କାହ୍ନା, ରାଧା, ରାଧିକା, ଗୋପ, ଗୋପୀ, ଗୋପା... ଇତ୍ୟାଦି ଇତ୍ୟାଦି। ତାହା ପୁଣି ଅପଭ୍ରଂଶ ହୋଇ କିମ୍ଭୁତ କିମ୍ଭାକାର ଶୁଭେ। ଯାହାକି ନନ୍ଦକିଶୋରଙ୍କୁ ଭାରି ବିରକ୍ତିକର ମନେହୁଏ। ଆଗେ ସେ ଭାବୁଥିଲେ କାହିଁକି କେଜାଣି ଏ ଗୋକୁଳ ଆଶ୍ରମ ପ୍ରତିଷ୍ଠା ହେଲା ଯେ ସମସ୍ତଙ୍କ ନାଁ ପାଖାପାଖି ଏକା ପରି। ଯଦିବା ଆଶ୍ରମ ହେଲା, ତେବେ ପ୍ରତିଷ୍ଠାତା ଏହାର ନାଁ ଗୋକୁଳ ଆଶ୍ରମ କାହିଁକି ରଖିଲେ କେଜାଣି ?

ଟିକିଏ ବଡ଼ ହେବାରୁ ନନ୍ଦକିଶୋର ଜାଣିଲେ ଗୋକୁଳ ବିହାରୀ ବୋଷ ଏହାର ପ୍ରତିଷ୍ଠାତା। ବର୍ଷକୁ ଥରେ, ମାନେ ଏପ୍ରିଲ୍ ୧୪ରେ ଆଶ୍ରମ ସାମ୍ନାରେ ଥିବା ତାଙ୍କ ଆବକ୍ଷ ପ୍ରତିମୂର୍ତ୍ତିକୁ ଧଉଳା ଯାଇ କେତେ ଫୁଲ, ଜରିମାଳ ପଡ଼େ। ଆଶ୍ରମକୁ ମଧ୍ୟ ରଙ୍ଗୀନ କାଗଜ ପତକାରେ ସଜା ଯାଏ (ଏମିତି ସଜା ସରସ୍ୱତୀ କି ଗଣେଶ ପୂଜାରେ ମଧ୍ୟ ହୁଏ ନାହିଁ)। ବଡ଼ ବଡ଼ ଗାଡ଼ିରେ ଦିନ ଦ୍ୱିପ୍ରହର ବେଳକୁ କେତେସବୁ ଲୋକ ଆସନ୍ତି, କେତେ କ'ଣ କହନ୍ତି। ସେଇସବୁ ଭାଷଣ ଛୋଟବେଳେ ନନ୍ଦକିଶୋରଙ୍କୁ ଶୁଣିବାକୁ ଯମା ଇଚ୍ଛା ନଥାଏ। ହେଲେ ଦିନେଶଦାଙ୍କ କଡ଼ା ତାଗିଦ୍

ପାଇଁ ଯାହା ଚୁପ୍ ହୋଇ ସଭାରେ ବସନ୍ତି ଓ ଅନ୍ୟମାନଙ୍କ ପରି ମଝିରେ ମଝିରେ ତାଳି ମାରନ୍ତି। ସେ ବଡ଼ ହେଉ ହେଉ ଅନୁଭବ କଲେ ପ୍ରତ୍ୟେକ ବର୍ଷର ଭାଷଣ ପ୍ରାୟ ଏକା ପ୍ରକାରର। ବକ୍ତା ପ୍ରତିଷ୍ଠାତାଙ୍କ ସହୃଦୟତା ଓ ମହାନତାରେ ଶତମୁଖ ହୁଅନ୍ତି।

ହେଲେ ଏବେ ନନ୍ଦକିଶୋର ଭାବନ୍ତି ଯଦି ଗୋକୁଳ ବିହାରୀ ବୋଷ ଏ ଆଶ୍ରମ ପ୍ରତିଷ୍ଠା କରି ନଥା'ନ୍ତେ ତେବେ ତାଙ୍କ ପରି 'ଅଲୋଡ଼ା'ମାନଙ୍କୁ କିଏ ଆଶ୍ରା ଦେଇଥା'ନ୍ତା ? ଅନାଥଆଶ୍ରମର ପ୍ରତିକୂଳ ପରିବେଶରେ ନନ୍ଦକିଶୋର ନିଜ ଅଧ୍ୟବସାୟ ବଳରେ ଆଗେଇ ଚାଲିଲେ। ପ୍ରତ୍ୟେକ ଉପଲବ୍ଧ ଛୋଟବଡ଼ ସୁଯୋଗର ସୁବିନିଯୋଗ କରି ଆଜି ସେ ଏହି ପ୍ରତିଷ୍ଠା, ପ୍ରତିପତ୍ତିର ଅଧିକାରୀ ହୋଇ ପାରିଛନ୍ତି। ଅବଶ୍ୟ ଏସବୁ ପାଇଁ ଅନାଥଆଶ୍ରମ ପ୍ରତିଷ୍ଠାତାଙ୍କ ବଡ଼ପୁଅ ସୌମିତ୍ ବୋଷଙ୍କ ପାଖରେ ସେ କୃତଜ୍ଞ, ଯିଏକି ତାଙ୍କ ପ୍ରତିଭା ଓ ପରିଶ୍ରମ ଦେଖି ତାଙ୍କୁ ଉଚ୍ଚଶିକ୍ଷା ପାଇଁ ସାହାଯ୍ୟର ହାତ ବଢ଼ାଇଥିଲେ। ତାଙ୍କୁ ଦେଖି ଏବେ ମଧ୍ୟ ଦୁନିଆରେ ହାତଗଣତି କିଛି ହୃଦୟବାନ୍ ବ୍ୟକ୍ତି ଥିବର ନନ୍ଦକିଶୋର ଅନୁଭବ କରନ୍ତି। ସେଇଥି ପାଇଁ ସେ ନିଜ ସାଧ୍ୟମତେ ଅନ୍ୟକୁ ସାହାଯ୍ୟ କରିବା ପାଇଁ ସେ ସର୍ବଦା ତତ୍‌ପର।

"ଭାଇ ଚାଲନ୍ତୁ କାମ ସାରିଦେବା।" ଗୋବର୍ଦ୍ଧନ କଥାରେ ନନ୍ଦକିଶୋର ତାଙ୍କ ଭାବନାରୁ ଓହରି ଆସିଲେ। ଏଥର ଆୟୋଜକ ନନ୍ଦକିଶୋରଙ୍କୁ ବାରଣ୍ଡା ଦେଇ ବିଭିନ୍ନ ପ୍ରକୋଷ୍ଠକୁ ବାଟ କଢ଼ାଇ ନେଲେ। ପ୍ରଥମ ପ୍ରକୋଷ୍ଠଟିର ପରିବେଶ ତାଙ୍କ କଳ୍ପନାର ଠିକ୍ ବିପରୀତ ଥିଲା। ଅନୁଷ୍ଠାନ ବାହାରେ ସଜା ଯାଇଥିବା ରଙ୍ଗୀନ୍ ଲିଚୁ ଲାଇଟ୍‌ର ସାମାନ୍ୟତମ ରଙ୍ଗର ଛିଟା ସେଇ ପ୍ରକୋଷ୍ଠରେ ପ୍ରତିଫଳିତ ହେଉ ନଥିଲା। କେତୋଟି ବାର୍ ଲାଇଟ୍‌ରେ ଯାହା ପ୍ରକୋଷ୍ଠଟି ଆଲୋକିତ ହେଉଥିଲା। ପ୍ରତ୍ୟେକ ଖଟକୁ ଲାଗି ଛୋଟ ଟେବୁଲ୍ ଓ ଚଉକିଟିଏ ପଡ଼ିଥିଲା। ପ୍ରତ୍ୟେକ ଟେବୁଲ୍ ଉପରେ କିଛି ଔଷଧ, ପାଣିବୋତଲ, ବହିପତ୍ର ପରି କିଛି ନା କିଛି ଜିନିଷ ରଖା ଯାଇଥିଲା। ବୃଦ୍ଧମାନଙ୍କ ପାଇଁ ଉଦ୍ଦିଷ୍ଟ ସେଇ ପ୍ରକୋଷ୍ଠଟିରେ କିଏ କିଏ ନିଜ ଖଟରେ ଶୋଇଥିଲେ କି ଗଡୁଥିଲେ ତାହା ନନ୍ଦକିଶୋର ଠଉରାଇ ପାରୁ ନଥିଲେ। ଆଉ କେହି କେହି ଟେବୁଲ୍ ପାଖରେ ବସି କିଛି ଲେଖାପଢ଼ା ବୋଧେ କରୁଥିଲେ।

ସମସ୍ତଙ୍କ ସହ ମିଶି ନନ୍ଦକିଶୋର ପ୍ରକୋଷ୍ଠର ଗୋଟିଏ କୋଣରୁ ଉପହାର ପ୍ରଦାନର ବିରକ୍ତିକର ପ୍ରକ୍ରିୟା ଆରମ୍ଭ କଲେ। ପ୍ରଥମ ବୃଦ୍ଧ ଜଣକ ଖଟରେ ଶୋଇଥିଲେ କିମ୍ବା ଗଡୁଥିଲେ। ପାଖକୁ ଯାଇ ଜ୍ଞାନେନ୍ଦ୍ର ବାବୁ ତାଙ୍କ ପାନଖିଆ ପାଟି ମେଲାଇ ନନ୍ଦକିଶୋରଙ୍କୁ ପରିଚୟ କରାଇ ଦେଲେ, "ଏ ହେଉଛନ୍ତି ମେଜର୍

ଶକ୍ତିଭୂଷଣ। ୧୯୭୧ ମସିହର ଭାରତ-ପାକିସ୍ଥାନ ଯୁଦ୍ଧରେ ଦେଶ ପାଇଁ ଲଢ଼ିଥିଲେ।" ପୁଣି ବୃଦ୍ଧଙ୍କ ଆଡ଼େ ବୁଲି ପଡ଼ି କହିଲେ, "ମେଜର୍ ମଉସା, ଦେହ ଭଲ ଅଛି ତ ? ଦେଖିଲେ ଆପଣଙ୍କୁ ଦେଖା କରିବାକୁ କିଏ ଆସିଛନ୍ତି।" ବୃଦ୍ଧଜଣଙ୍କ ଉଠି ବସିଲେ। ବୟସ ପାଖାପାଖି ୮୦ ହେବ। ନନ୍ଦକିଶୋର ଔପଚାରିକ ହସଟେ ସହିତ ଉପହାରଟି ବୃଦ୍ଧଙ୍କ ହାତକୁ ସଗର୍ବେ ବଢାଇ ଦେଲେ। ବୃଦ୍ଧ ଅନାଗ୍ରହରେ ଉପହାରଟି ଗ୍ରହଣ କଲେ ଓ ଏମିତିରେ କହିବା ପାଇଁ କହିଦେଲେ, "ଧନ୍ୟବାଦ। ଭଗବାନ ତୁମର ମଙ୍ଗଳ କରନ୍ତୁ।" ନନ୍ଦକିଶୋର ମନେ ମନେ ଖୁବ୍ ଖୁସି ହେଲେ, 'ହଁ, ତା' ମାନେ ଏ ବୃଦ୍ଧଙ୍କୁ ବି ବେଶ୍ ବାଧିଛି। ଏପରି ବାଧିବା କଥା। କୁଆଡ଼େ ଗଲା ସେ ବୀରତ୍ୱ, ସେ ସ୍ୱାଭିମାନ, ସେ ଗର୍ବ ? ଏମାନଙ୍କ ପାଇଁ ଏଇଟା ଉଚିତ୍ ଶିକ୍ଷା।' ଗଡ଼ଜିତିବାର ପ୍ରସନ୍ନତା ନେଇ ନନ୍ଦକିଶୋର ପାଖ ବୃଦ୍ଧଙ୍କ ପାଖକୁ ଆଗେଇ ଗଲେ। ବୃଦ୍ଧ ଜଣଙ୍କ ନିଜ ଟେବୁଲ୍ ପାଖରେ ଚୁପ୍‌ଚାପ୍ ବସିଥିଲେ। କାହିଁ କିଛି ପଢାଲେଖା ତ କାହିଁ କରୁ ନଥିଲେ ? ତେବେ ଖାଲିରେ ଏମିତି... ? ନନ୍ଦକିଶୋରଙ୍କ ହାତରୁ ଉପହାରଟି ନେଇ ବୃଦ୍ଧ ପେଜୁଆ ଆଖିରେ ତାଙ୍କୁ ଦେଖିଲେ। କିଛି କହିବାକୁ ବୋଧେ ଚାହୁଁଥିଲେ। ହେଲେ ଦୀର୍ଘସ୍ୱାଶଟେ ତାଙ୍କ ଛାତିକୁ ଯାହା ଥରାଇ ଦେଇ ବାହାରି ଆସିଥିଲା। ସେ କେବଳ ତାଙ୍କ ହାତକୁ ଉପରକୁ ଆଶିର୍ବାଦ ଦେବା ଭଙ୍ଗୀରେ କିଛିଟା ଉଠାଇ ଥିଲେ। ପ୍ରକୋଷ୍ଠରେ ଥିବା ୮/୧୦ ଜଣ ବୃଦ୍ଧଙ୍କୁ ଉପହାର ଦେବାବେଳେ ସେମାନଙ୍କ ପ୍ରତିକ୍ରିୟା ପାଖା ପାଖି ଏହି ପରି ହିଁ ଥିଲା। କିଏ କହୁଥିଲା, "ଧନ୍ୟବାଦ୍" ବା "ଭଗବାନ ତୁମର ମଙ୍ଗଳ କରନ୍ତୁ" ଏପରି କିଛି କିଛି। କାହିଁକି କେଜାଣି ବୃଦ୍ଧମାନଙ୍କୁ ଉଚିତ୍ ଶିକ୍ଷା ଦେବାକୁ ଆସିଥିବା ନନ୍ଦକିଶୋରଙ୍କର ଉତ୍ସାହ କମି ଆସି ଉଦାସ ଭାବଟେ ତାଙ୍କୁ ଆବୋରି ଆଣୁଥିଲା।

ଜ୍ଞାନେନ୍ଦ୍ରବାବୁ କହୁଥିଲେ, "ସାର୍ ଏଠାରେ ବୃଦ୍ଧାମାନଙ୍କ ପାଇଁ ପ୍ରତ୍ୟେକ ଓଷାବ୍ରତ କରିବାର ସୁବିଧା ମଧ୍ୟ କରା ଯାଇଛି। ଏମାନେ ଏଠାରେ ଖୁବ୍ ଶାନ୍ତିରେ ଅଛନ୍ତି। ଏବେ ଚାଲନ୍ତୁ ସେମାନଙ୍କୁ ଭେଟି ଆସିବା।" କହୁ କହୁ ଜ୍ଞାନେନ୍ଦ୍ରବାବୁ ତାଙ୍କୁ ଆଉ ଏକ ପ୍ରକୋଷ୍ଠକୁ ନେଇ ଯାଇଥିଲେ। ସେଠିକାର ଆସବାବପତ୍ର ଯଦିଓ ବୃଦ୍ଧମାନଙ୍କ ପାଇଁ ଉଦ୍ଦିଷ୍ଟ ଥିବା ପ୍ରକୋଷ୍ଠ ପରି ଥିଲା ହେଲେ କିଛିଟା ଭିନ୍ନ ଅବଶ୍ୟ ଲାଗୁଥିଲା। ପ୍ରାୟ ପ୍ରତ୍ୟେକ ଟେବୁଲ୍ ଉପରେ ବହି ଓ ଔଷଧ ସହ ଠାକୁରଙ୍କ ଫଟୋ ଓ କିଛି ପୂଜାସାମଗ୍ରୀ ରଖା ଯାଇଥିଲା। ଜ୍ଞାନେନ୍ଦ୍ରବାବୁ ବୃଦ୍ଧାଜଣଙ୍କ ପାଖକୁ ଯାଇ କହିଲେ, "ରୀତାମାଉସୀ, ଦେଖ ତୁମର ଆଉ ଗୋଟେ ପୁଅ ତୁମ ପାଇଁ କ'ଣ ନେଇ ଆସିଛି।" ତାଙ୍କ କଥାରେ ବୃଦ୍ଧା ଜଣଙ୍କ ନିଜ ଠାକୁରବହି ପଢ଼ା ଅଧାରେ

ଛାଡ଼ି ସେମାନଙ୍କ ଆଡ଼େ ବୁଲି ପଡ଼ିଲେ। ବୃଦ୍ଧାଙ୍କ ନିଷ୍ପ୍ରଭ ଆଖିରେ ଚମକଟିଏ ଖେଳି ଯାଇ ନିମିଷକ ମଧ୍ୟରେ ହଜିଗଲା। ବୋଧେ ସେ ନିଜ ପୁଅର ଆଗମନକୁ ଅପେକ୍ଷା କରିଥିଲେ। ମନେ ମନେ ହସିଲେ ନନ୍ଦକିଶୋର, 'ଏମିତି ମଧ୍ୟ ହୋଇପାରେ ଯେ, ଏମାନଙ୍କ ଭିତରୁ କେହି ଜଣେ ମା' ହୁଏତ ନିଜ ସନ୍ତାନକୁ ଗୋକୁଳ ଆଶ୍ରମ ପରି କେଉଁ ଏକ ଅନାଥଆଶ୍ରମରେ କେବେ ଛାଡ଼ି ଆସିଥିବ। ଏବେ ଯଦି ତାଙ୍କ ପିଲା ବୃଦ୍ଧାବସ୍ଥାରେ ନିଜ ବାପା ମା'ଙ୍କୁ ଏଇ ବୃଦ୍ଧାଶ୍ରମରେ ଛାଡ଼ିଗଲା, ତେବେ ଅସୁବିଧା କ'ଣ? ସେ ଓ ତାଙ୍କ ଅନାଥଆଶ୍ରମବାସୀମାନେ ବି ତ କାହାର ବଦାନ୍ୟତା, ଦୟାର ପାତ୍ର ହୋଇ ବଂଚି ଥିଲେ। ଆଉ ଏ ବୃଦ୍ଧ ବୃଦ୍ଧା କାହାର ଦୟାର ପାତ୍ର ହୋଇ ଦିନେ ମରିବେ। ହୁଏତ ଅନାଥଆଶ୍ରମରେ ଛଡ଼ାଯାଇଥିବା ପିଲା, ଦିନେ ନିଜ ବାପା ମା'ଙ୍କ ପାଇଁ ସୁଯୋଗ୍ୟ ସନ୍ତାନଟେ ହୋଇ ପାରିଥା'ନ୍ତା।' ନନ୍ଦକିଶୋରଙ୍କ ଅନ୍ତରଟା କୁହୁଳୁ ଥିଲା।

ବୃଦ୍ଧା ନନ୍ଦକିଶୋରଙ୍କ ହାତରୁ ଉପହାରଟି ନେଉ ନେଉ କେମିତି ଗୋଟେ ବିକଳ ହୋଇ ତାଙ୍କ ହାତକୁ ଆଉଁସି ଦେଲେ। "ଭଗବାନ ତୁମକୁ କୋଟି ପରମାୟୁ ଦିଅନ୍ତୁ ବାବା। ଏ ବୟସରେ ଆମେ ଆଉ କିଛି କାମରେ ଲାଗି ପାରିବୁନି। ଖାଲି ଅନ୍ତରରୁ କିଛି ଆଶୀର୍ବାଦ ଅଜାଡ଼ି ଦେବୁ। ଏମିତି ମଝିରେ ମଝିରେ ସୁବିଧା ଦେଖି ଏଠାକୁ ଟିକିଏ ଆସୁଥିବ ବାବା। ଆମକୁ ଖୁବ୍ ଭଲ ଲାଗିବ।" ବୃଦ୍ଧାଙ୍କ ସ୍ୱର ଚ଼ହଲି ଗଲା। ଶିହରି ଉଠିଲେ ନନ୍ଦକିଶୋର। ଆଗକୁ ବଢ଼ି ଯାଇଥିଲେ ଅନ୍ୟଜଣେ ବୃଦ୍ଧାଙ୍କ ପାଖକୁ, ତା' ପରେ ଆଉଜଣେ, ଏମିତି ହୋଇ ଆଉ ୭/୮ ଜଣଙ୍କ ପାଖକୁ। ଆଉ ପ୍ରତ୍ୟେକଙ୍କୁ ବଢାଇ ଦେଇଥିଲେ ରଙ୍ଗୀନ ଫୁଲପକା କାଗଜରେ ସଜତ୍ନେ ଗୁଡ଼ା ଯାଇଥିବା ଉପହାରସବୁ। ସେଇ ଉପହାର ପ୍ରଦାନ ବେଳେ କିଛି ବୃଦ୍ଧବୃଦ୍ଧାଙ୍କ ଶିରାଳ, ଶୀଥିଳ ହାତର ପରଶ ସେ ତାଙ୍କ ହାତ, କାନ୍ଧ ବା ମୁଣ୍ଡରେ ପାଇଥିଲେ। ସେ ସ୍ପର୍ଶସବୁ ତାଙ୍କ ଭିତରେ କୁହୁଳୁଥିବା ଦ୍ୱେଷକୁ ସତେ ଅବା ଶୀତଳେଇ ଦେଉଥିଲା। ନନ୍ଦକିଶୋର ଭାବିବାକୁ ବାଧ୍ୟ ହେଲେ, 'ସତରେ କ'ଣ ଏ ବୃଦ୍ଧବୃଦ୍ଧା ଏମିତି ଉପହାର ଲୋଡୁଥିଲେ?' ତାଙ୍କ ନିଜ ପିଲାବେଳ କଥା ତାଙ୍କର ମନେ ପଡ଼ି ଯାଉଥିଲା। ତାଙ୍କୁ ନିଜ ଅନିଚ୍ଛା ସତ୍ତ୍ୱେ ମଧ୍ୟ ଲୋକଙ୍କର ଦେଖାଣିଆ ବଦାନ୍ୟତାକୁ ଗ୍ରହଣ କରିବାକୁ ପଡୁଥିଲା।

ସତରେ ସେ ଯେ କେହି, କେଉଁ ବି ପରିସ୍ଥିତିରେ ହେଉନା କାହିଁକି, ଅଲୋଡ଼ା ହେବାଠାରୁ ବଡ଼ ଯନ୍ତ୍ରଣା ଏ ପୃଥିବୀରେ ଆଉ କିଛି ନଥାଇ ପାରେ। ଏଥିରେ ହୁଏତ ମୃତ୍ୟୁ ଆସେନା, ହେଲେ ଅନ୍ତରାତ୍ମାଟା ନିରନ୍ତର ଭାବେ ମରି

ଚାଲିଥାଏ। ସେଇ ରଙ୍ଗୀନ ଫୁଲପକା କାଗଜମଡ଼ା ଉପହାରସବୁ ନନ୍ଦକିଶୋରଙ୍କୁ ଏବେ ପାଉଁଶିଆ ଦିଶିଲା। ଏ ଦୁନିଆରେ ଏମିତି ଉପହାରଠାରୁ ଅଧିକ ଜରୁରୀ ଅନ୍ୟ ପ୍ରତି ସ୍ନେହ, ପ୍ରେମ, ଯତ୍ନ। ଯାହାକି ଅନ୍ୟକୁ ଓ ନିଜକୁ ପ୍ରକୃତ ଅର୍ଥରେ ବଂଚାଇ ରଖେ।

ନନ୍ଦକିଶୋର ଠିକ୍ କରି ନେଲେ, ସୁଯୋଗ୍ୟ ସନ୍ତାନର ଅନ୍ତେବାସୀମାନେ ନିଜ ପିଲାଙ୍କଠାରୁ ନହେଲେ ମଧ୍ୟ ତାଙ୍କଠାରୁ ସେହି ସ୍ନେହ, ସମ୍ମାନର ପ୍ରାପ୍ୟ ନିଶ୍ଚିତ ପାଇବେ। ସେ ନିଜେ କେବେ ବାପା ମା'ଙ୍କ ସ୍ନେହ ଆଦର ପାଇ ନାହାନ୍ତି। ହେଲେ ସେ ସମ୍ମାନ, ସ୍ନେହ ଓ ଯତ୍ନ ଏ ଅଲୋଡ଼ା ବୃଦ୍ଧ ବୃଦ୍ଧାଙ୍କୁ ଦେଇ ସୁଯୋଗ୍ୟ ସନ୍ତାନଟେ ହେବା ପାଇଁ ଆପ୍ରାଣ ଚେଷ୍ଟା ନିଶ୍ଚିତ କରିବେ।

ରକ୍ତ

ଅମରେଶଙ୍କ ମୁଣ୍ଡ ଗୋଟିଏ ପଟକୁ ଢଳି ଗଲା। ସେ ଚମକି ଉଠିଲେ। କୋଟ୍‌କୁ ହାତ ଉପରକୁ ଟିକିଏ ଉଠାଇ ଘଡ଼ିରେ ସମୟ ଦେଖିଲେ। ଓଃ! ତା' ମାନେ ଅଧ ଘଂଟା ଉପରେ ହେଲା ସେ ଡ୍ରଇଂ ରୁମ୍‌ର ଏଇ ସୋଫାରେ ଆସି ବସିଲେଣି । ଆଉ ଏହା ଭିତରେ ଦୁଇ ଥର ଢୁଳେଇ ମଧ୍ୟ ପଡ଼ିଲେଣି। ହେଲେ ମା' ଝିଅ ଏ ପର୍ଯ୍ୟନ୍ତ ବାହାରି ନାହାନ୍ତି। ହାଇ ମାରୁମାରୁ ଡାକ ଛାଡ଼ିଲେ, "ସୁମିତ୍ରା, ଅଧ ଘଂଟା ହେଲା ଏଇ ସରିଲା ସରିଲା କହୁଛ। ଆଉ କେତେ ବେଳେ ତୁମେସବୁ ବାହାରିବ?"

"ଏଇତ ବାହାରୁଛୁ। ଏତେ ବ୍ୟସ୍ତ କାହିଁକି ହେଉଛ? ସବୁ ଦିନେ ଏତିକି ବେଳେ ନ୍ୟୁଜ୍ ଦେଖ ଯେ ବଜାର ଘାଟ କୁଆଡ଼େ ଯିବାକୁ ଡାକିଲେ ଟିକିଏ ହେଲେ ହଲନି। ଆଜି ଟିକିଏ ଟିଭି କାହିଁକି ଦେଖୁନ?"

ଭିତରୁ ସୁମିତ୍ରାଙ୍କ ବ୍ୟସ୍ତ ସ୍ୱର ଶୁଭିଲା। ଅଳସ ଅନିଚ୍ଛା ହାତରେ ଅମରେଶ୍ ସେଂଟର୍ ଟେବୁଲ୍‌ରୁ ଟିଭି ରିମୋଟ୍ ଆଣି ଟିଭି ଅନ୍ କଲେ।

"ବାପା ଚାଲ, ଶିଘ୍ର ଗାଡ଼ି ଷ୍ଟାର୍ଟ କର। ନହଲେ ମା' ମୋତେ ଏଇଟା ଲଗା, ସେଇଟା ପିନ୍ଧେ, ଏମିତି ଦିଶିଲୁ, ସେମିତି ଦିଶେ ଏମିତି କରି ହଇରାଣ କରୁଥିବ। ଆଉ ଏମିତି ଡ଼େରି କରୁଥିବ।"

ଚୈତାଳି ଡାକରେ ପୁଣି ଥରେ ଲାଗି ଆସି ଥିବା ଅମରେଶଙ୍କ ଆଖି ଖୋଲି ଯାଇ ଥିଲା।

"ଆରେ ବାଃ! ମୋ ଝିଅ ତ ଆଜି ଭାରି ବଢିଆ ଦିଶୁଛି। ତାହା ହେଲେ ଆଜି ପାର୍ଟିର ଷ୍ଟାର୍ ଆଟ୍ରାକ୍ସନ ମୋ ଝିଅ।"

କହୁ କହୁ ଅମରେଶ ସୋଫାରୁ ଉଠି ଚୈତାଳି କପାଳରେ ଚୁମାଟେ ଆଙ୍କି

ଦେଲେ। କବାଟରେ ଚାବି ପକାଇବାକୁ ପ୍ରସ୍ତୁତ ହେଉ ଥିବା ସୁମିତ୍ରା ସତେ ଅବା ଚମକି ପଡ଼ିଲେ।

"ଏଁ ଏମିତି କ'ଣ ମୋ ଝିଅକୁ କହୁଛ? ରୁହ ଟିକିଏ, ମୁଁ ଠାକୁର ଘରୁ ଆସେ।"

କହି କହି ସୁମିତ୍ରା ଠାକୁର ଘର ଆଡ଼େ ମୁହାଁଇଲେ। ତାଙ୍କର ଏ ଅବସ୍ଥା ଦେଖି ଚୈତାଳି ଓ ଅମରେଶ ଆଖି ଠରା ଠରି ହୋଇ ହସି ଉଠିଲେ। ସୁମିତ୍ରା ଠାକୁରଙ୍କ ଛଡ଼ା ଫୁଲକୁ ମୁଣ୍ଡରେ ଲଗାଇ ଚୈତାଳି କ୍ଲଚ୍‌ରେ ଗେଞ୍ଜି ଦେଇ କହିଲେ, "ଠାକୁରଙ୍କ ଫୁଲ ପାଖରେ ଥିଲେ ତୋ ଉପରେ କାହାର ନଜର୍ ପଡ଼ିବନି।"

"ମା' ଘଂଟାଏ କାଳ ଲାଗି ମୋତେ ଏତେ ସଜେଇଲ। ଆଉ ଏବେ ପୁଣି କହୁଛ ନଜର ପଡ଼ିବନି। ଯଦି କେହି ମୋତେ ଦେଖି ସୁନ୍ଦର କହିବେନି ତେବେ ଏତେ ସଜବାଜ ହୋଇ ଲାଭ କ'ଣ? ତୁମର ଯେତେ ସବୁ ଅନ୍ଧବିଶ୍ୱାସ।"

ଚୈତାଳି ଅଭିଯୋଗ କଲା। ହେଲେ ସେ ଜାଣି ଥିଲା ମା'ଙ୍କ କଥା ନମାନି ଅନ୍ୟ କିଛି ଉପାୟ ନାହିଁ। ଅଗତ୍ୟା ଫୁଲଟି ତା' କ୍ଲଚ୍‌ରେ ମୋଡ଼ି ମାଡ଼ି ରଖି ଦେଲା। ତେଣେ ଅମରେଶ ଗାଡ଼ି ଷ୍ଟାର୍ଟ କରି ମା' ଝିଅଙ୍କୁ ଡାକିଲେଣି।

XXX

ସୁମିତ୍ରା ବେଡ଼ଲ୍ୟାମ୍ପ ଜଳାଇ ଦେଇ ଖଟରେ ଧମ୍ କରି ଆସି ବସି ଗଲେ। ଅମରେଶଙ୍କ ଆଖି ଲାଗି ଆସି ଥିଲା। ସୁମିତ୍ରା ତାଙ୍କୁ ଯୋର୍ କରି ହଲାଇ ଦେଇ କହିଲେ, "ତମକୁ କ'ଣ ଏତେ ନିଦ ଲାଗୁଛି? ଜାଣିଛ ଆଜି ପାର୍ଟିରେ କ'ଣ ହେଲା? ହୁଃ, ମିସେସ୍ ଦାଶଙ୍କ ଗୁଣ ଗଲାନି। ଆମ ଗୁଲୁଟାକୁ ଗୋଡ଼ୁ ମୁଣ୍ଡ ଯାକ ଖାଇ ଗଲା ପରି ଦେଖୁ ଥିଲେ। ଆଉ ତାଙ୍କ ଗ୍ରୁପରେ କ'ଣସବୁ ଗପି ଯାଉ ଥିଲେ। ମୁଁ ସେଠାରେ ପହଂଚି ଯିବାରୁ କହୁଛନ୍ତି ଚୈତାଳିଟା ଭାରି ସୁନ୍ଦରୀ ହୋଇଛି। କାହା ଉପରେ ଯାଇଛି କେଜାଣି? ମୁଁ ସିଧା କହି ଦେଲି, କାହା ଉପରେ କ'ଣ ଆମ ମା' ବାପାଙ୍କ ଉପରେ ଯାଇଛି। ରଙ୍ଗଟା ମୋର ନେଇଛି। ଆଖି ନାକ ତ ମିଶାମିଶି। ଗହଳା ବାଳ ତା' ବାପାଙ୍କଠୁ ନେଇଛି। ନୁହେଁ ଆଉ କ'ଣ? କହୁନ, ଏବେ ସିନା ତୁମେ ଚନ୍ଦା ହୋଇ ଗଲଣି। ହେଲେ ବାହା ହେଲା ବେଳେ ତୁମର କେତେ ଗହଳ ବାଳ ଥିଲା। ଆଉ ପାର୍ଟିରେ ସେଇ ଢ଼େଙ୍ଗା ହୋଇ ଟୋକାଟା କେମିତି ମୋ ଗୁଲି ସାଙ୍ଗରେ ଉପରେ ପଡ଼ି କଥା ହେଉ ଥିଲା। ଆଜି ସମସ୍ତଙ୍କ ନଜର ପଡ଼ି ଯାଇଛି ମୋ ଗୁଲିଟା ଉପରେ। ସେଇଥି ପାଇଁ ପାର୍ଟିରୁ ଆସି କ୍ଷୀର ଟିକିଏ ନ ପିଇ ପିଲାଟା ଶୋଇ ପଡ଼ିଲା।"

ଫଁ ଫଁ ହୋଇ କଥାଗୁଡ଼ାକ କହୁ ଥିବା ସୁମିତ୍ରା ପଚ୍ଛ ଧାଡ଼ିକ କହିଲା ବେଳକୁ

ନିରାଶ ହୋଇ ଉଠି ଥିଲେ। ଅମରେଶ ଜାଣନ୍ତି ସୁମିତ୍ରାଙ୍କ ଚିନ୍ତାର ସମାଧାନ ନ ହେଲା ପର୍ଯ୍ୟନ୍ତ ରାତିରେ ଶାନ୍ତିରେ ଶୋଇବା ଅସମ୍ଭବ। ସେ ଉଠିପଡ଼ି ଖଟକୁ ଆଉଜି ବସି ସୁମିତ୍ରାଙ୍କ ହାତକୁ ନିଜ ପାପୁଲି ଭିତରେ ଆସ୍ତେ ଯାବୁଡ଼ି ଧରି କହିଲେ, "ମୁଁ ନିଜେ ଦେଖିଛି, ଗୁଲି ପାର୍ଟିରେ ଏଣୁ ତେଣୁ ପେଟ ପୁରା ଖାଇ ଦେଇଥିଲା। ତେଣୁ କ୍ଷୀର ପିଇଲାନି। ତୁମେ ବ୍ୟସ୍ତ ହୁଅନି। କାଲି ନହେଲେ ଆଜିକା କ୍ଷୀର ଭାଗଟା ମଧ୍ୟ ପିଆଇ ଦେବ। ହେଉ ଏଥର ଶୋଇପଡ଼। ଆଉ ମୋତେ ଶୋଇବାକୁ ଦିଅ।" ଆଶ୍ୱସ୍ତ ସୁମିତ୍ରା ଏଥର ବେଡ଼ଲ୍ୟାମ୍ପ ଅଫ୍ କଲେ।

XXX

ଅଳସ ପାଦରେ ସୁମିତ୍ରା ଆସି ଖଟରେ ଲଥ କରି ବସି ଗଲେ। ଅମରେଶ ଖଟରେ ଗୋଡ଼ ଲମ୍ବାଇ ତାଙ୍କ ଫାଇଲସବୁ ଦେଖୁଥିଲେ। ଫାଇଲ୍‌ରୁ ମୁହଁ ଉଠାଇ ସୁମିତ୍ରାଙ୍କୁ ଅନାଇଲେ। ହଁ, ସେ ଆଜି ବେଶ୍ ବିବ୍ରତ ଦିଶୁଥିଲେ। ସୁମିତ୍ରା ଅମରେଶଙ୍କ ସେମିତି ପଛକରି ବସି ରହି କହିଲେ, "ଦେଖିଲ ଏଡ଼ିକି ବକଟେ ପିଲା ହେଲେ କେତେ ଯିଦି। ଯାହା କହିବ ସେଇଟା କରିବ।"

"ଆଜି ଆମ ଗୁଲି ଜାତୀୟ ସ୍ତରୀୟ କୁଇଜ୍‌ରେ ସ୍ୱର୍ଣ୍ଣ ପଦକ ପାଇଲା ବୋଲି ସକାଳୁ ତମର ପାଦ ତଳେ ଲାଗୁ ନଥିଲା। ଆଉ ଏବେ ରାତି ହୋଉ ହୋଉ ପୁଣି ତା' ନାଁରେ ଅଭିଯୋଗ! କଥା କ'ଣ?"

"ଏଇ ଦେଖୁନ ତା' ଯିଦି। ଆଜି ମଧ୍ୟ ଶୋଇବା ଆଗରୁ କ୍ଷୀର ପିଇଲାନି। କ'ଣ ନା ସେ ନୁହେଁ ବରଂ ମୁଁ କାଳେ ଯିଦି କରୁଛି। ତାକୁ ପିକନିକ୍ ନ ଛାଡ଼ିବାଟା କ'ଣ ମୋର ଯିଦି? ମୋ ଭୁଲ୍? ଏତେ ଦୂର, ପାହାଡ଼ ପାଣି ଯାଗା, ଆମେ କେହି ସାଙ୍ଗରେ ନଥିବୁ। ସକାଳୁ ଯିବ ଯେ ଆସୁ ଆସୁ କୋଉ କେତେ ରାତି ହେବ। ସେଇଠି କିଏ ତା'ର ଯତ୍ନ ନେବ? ବଢିଲା ଝିଅ, ସେଥିରେ ପୁଣି ମୋ ପିଲାଟା ଏଡ଼େ ସୁନ୍ଦର। କାଳେ କିଛି...."

ସୁମିତ୍ରା ଆଉ କିଛି କହି ନପାରି କଇଁ କଇଁ ହୋଇ କାନ୍ଦି ପକାଇଲେ। ଅମରେଶ ପାଖକୁ ଆସି ତାଙ୍କୁ କୋଳାଇ ନେଇ ବୁଝାଇ କହିଲେ, "ସୁମିତ୍ରା ତୁମେ ଏମିତି ବ୍ୟସ୍ତ ହେଲେ ଚଳିବ? ଆମ ଗୁଲିକୁ ଆସି ୧୭ ବର୍ଷ ହେଲାଣି। ସେ ନିଜର ଦାଇତ୍ୱ ନିଜେ ନେଇ ପାରିବ ବୋଲି ଏତିକି କ'ଣ ଭରସା ତୁମର ତା' ଉପରେ ନାହିଁ? ସେ ପରା ଆମ ଦୁହିଁଙ୍କ ମେଡ଼ିସିନ୍ କଥାରୁ ଆରମ୍ଭ କରି ଘରର କେତେ କଥା ଆମକୁ ମନେ ପକାଇ ଦିଏ। ଆଉ ଅନେକ ଛୋଟବଡ଼ କାମରେ ସାହାଯ୍ୟ ମଧ୍ୟ କରେ। ଭାବିଲ ଦେଖି ତୁମେ ପୁଣି ତୁମ ଯୁଗରେ ଏଇ ବୟସରେ କଲେଜ ପିକ୍‌ନିକ୍ ଯାଉଥିଲ। ଆଉ ତୁମେ ବି ତ ସେ

ସମୟରେ କେତେ ସୁନ୍ଦର ଥିଲ। କାହିଁ ତୁମର ତ କିଛି ଅସୁବିଧା ହେଲାନି ? ଏବେ ତ ମୋବାଇଲ୍ ଯୁଗ। ତୁମେ ସବୁ ମୁହୂର୍ତ୍ତରେ ଆମ ଗୁଲି ମୋବାଇଲକୁ ଫୋନ୍ କରି ତା' ଖବର ବୁଝି ପାରିବ। ତୁମେ ତା' ଉଜ୍ଜ୍ୱଳ ଭବିଷ୍ୟତ ପାଇଁ କେତେ ସ୍ୱପ୍ନ ଦେଖିଛ। ତାକୁ ପୂରଣ କରିବା ପାଇଁ କାଲିକୁ ତାକୁ ହୁଏତ କୌଣସି ଦୂର ସ୍ଥାନକୁ ଯିବାକୁ ହେବ। ସେତେବେଳେ ଆମେ ଘରଦ୍ୱାର ଛାଡ଼ି ତା' ସହ ପଳାଇବା ନା କ'ଣ ? ଗୁଲି ପିକ୍‌ନିକ୍‌ରେ ତା' ସାଙ୍ଗମାନେ, ସାର୍ ମ୍ୟାଡ଼ାମ୍ ସମସ୍ତେ ଯାଉଛନ୍ତି। ପିଲାଟା ଯେତେବେଳେ ଏତେ ଇଚ୍ଛା କରିଛି। ତାକୁ ଏଥର ପିକ୍‌ନିକ୍ ପାଇଁ ଛାଡ଼। ପ୍ଲିଜ୍..... "

ସୁମିତ୍ରା ଗୁଁ ପୁଁ ହୋଇ ଅମରେଶଙ୍କ କଥାରେ ରାଜି ହେଲେ, "ହୁଁ! ତୁମେ ମଧ୍ୟ ଗୁଲି ସପକ୍ଷରେ। ହେଉ ସେ ପିକ୍‌ନିକ୍ ଯାଉ।" ଏତିକି କଥା ତାଙ୍କ ପାଟିରୁ ବାହାରୁ ବାହାରୁ ଶୋଇବା ଘର ପରଦା ପଛପଟେ ଲୁଚି ଠିଆ ହୋଇ ତାଙ୍କ କଥା ଶୁଣୁଥିବା ଚୈତାଳି ଦଉଡ଼ି ଆସି ବାପା ମା' ଦୁହିଁଙ୍କୁ ତା' ବାହୁ ପ୍ରସାରି ଯାବୁଡ଼ି ଧରିଲା।

"ଥାଙ୍କ୍ ୟୁ ମା', ଥାଙ୍କ୍ ୟୁ ବାପା। ମା', ତୁମେ ଯମା ବ୍ୟସ୍ତ ହୁଅନି ମୋର କିଛି ଅସୁବିଧା ହେବନି। ମୁଁ ତୁମ ଝିଅ ପରା।"

ସୁମିତ୍ରା ନିଜ ଆଖିରୁ ଲୁହ ପୋଛୁ ପୋଛୁ "ଦୁଷ୍ଟ"- କହି ଚୈତଳି କାନକୁ ଗେଲରେ ମୋଡ଼ି ଦେଲେ। ଆଉ ବେଡ୍‌ରୁମ୍‌ର କୋଣ ଅନୁକୋଣ ମୃଦୁ ହସରେ କଲ୍ଲୋଳିତ ହୋଇ ଉଠିଥିଲା।

XXX

ଢେର ରାତି ହୋଇ ଯାଇ ଥିଲା। ତଥାପି ଘରର କୌଣସି ଲାଇଟ ଅଫ୍ କରା ଯାଇ ନଥିଲା। ଅମରେଶ ଖଟରେ ବେଶ୍ ଗୁମ୍ ସୁମ୍ ହୋଇ ବସି ଥିଲେ। ଭାରାକ୍ରାନ୍ତ ମୁଣ୍ଡ ତାଙ୍କର କାନ୍ଧ ତଳକୁ ଝୁଙ୍କି ଆସି ଥିଲା। ଉତ୍ତେଜନାରେ ଧପ ଧପ ହୋଇ ବେଡ୍‌ରୁମ୍‌କୁ ପଶି ଆସୁ ଥିବା ସୁମିତ୍ରା ଅମରେଶଙ୍କୁ ଏପରି ଅବସ୍ଥାରେ ଦେଖି ଅଟକି ଯାଇଥିଲେ। ରାଗରେ ଲାଲ୍ ପଡ଼ି ଆସି ଥିବା ତାଙ୍କ ମୁହଁରେ କରୁଣ ଭାବଟେ ଉକୁଟି ଆସିଲା। ଭାଙ୍ଗି ପଡ଼ି ଥିବା ଅମରେଶଙ୍କୁ ଦେଖି ସତେ ଅବା ତାଙ୍କ ପାଦ ତଳୁ ମାଟି ଖସି ଗଲା। ସେ ଅମରେଶଙ୍କୁ ଲାଗି ଲଥ୍ କରି ଖଟରେ ବସି ଗଲେ। ଅମରେଶ ମୁଣ୍ଡ ଉଠାଇ ତାଙ୍କୁ ଦେଖିଲେ। କହିଲେ, "ଧୈର୍ଯ୍ୟ ଧର ସୁମିତ୍ରା ଏବେ ମଧ୍ୟ ସମୟ ଅଛି। ଆମେ ଗୁଲିକୁ ବୁଝାଇ ପାରିବା। ଆଉ ଥରେ ପୁଣି କଥାଟା ତା' ସହ ଆଲୋଚନା କରିବା। ହୁଏତ କିଛି ସମାଧାନ ବାହାରି ଆସିବ। ତୁମେ ଏତେ ଉତ୍ତେଜିତ ହୁଅନି। ତୁମ ବ୍ଲଡ୍ ପ୍ରେସର୍ ପୁଣି ବଢ଼ିଯିବ। ଯାଅ ଏବେ ଟିକିଏ ଶୋଇ ଯାଅ। ସକାଳେ କିଛି ଭାବିବା।"

ବ୍ୟସ୍ତ ହୋଇ ସୁମିତ୍ରା କହିଲେ, "ସତ କହିଲ ତୁମେ ଏଇ ପରିସ୍ଥିତିରେ କ'ଣ ଶାନ୍ତିରେ ଶୋଇ ପାରିବ ?" ଏହାର ଉତ୍ତର ଉଭୟଙ୍କୁ ଜଣା ଥିଲା । ତେଣୁ ଅମରେଶ କିଛି ନକହି ଉପରକୁ ମୁହଁ କରି କେବଳ ଦୀର୍ଘଶ୍ୱାସଟେ ଛାଡ଼ି ଥିଲେ । ସୁମିତ୍ରା ସେମିତି କହି ଚାଲିଥାନ୍ତି, "ଏତେ ବଡ଼ ହେଲାଣି ହେଲେ ନିଜ ପାଇଁ କେଉଁଟା ଠିକ୍ କେଉଁଟା ଭୂଲ୍ ସେ କ'ଣ ବୁଝି ପାରୁନି ? ଯଦି ଅବା ଜାଣି ପାରିଲାନି, ଆମେ ଏତେ ବୁଝାଇଲା ପରେ ମଧ୍ୟ ବୁଝି ପାରୁନି ? ସେଇ ବାତରା ପିଲା ଚନ୍ଦନ ତାକୁ ଏମିତି ବାୟା କରିଛି ଯେ ସେ କେବଳ ତା' କଥା ବୁଝି ପାରୁଛି । କ'ଣ ନା ତାକୁଇ କେବଳ ବାହା ହେବ । ସେ ପୁଣି ପଢା ଅଧାରୁ । ବାହା ପରେ ପିଲାର ଅସଲି ରୂପ ଜାଣିଲା ବେଳକୁ ଲେଡ଼ି ଗୁଡ଼ କହୁଣୀକୁ ବୋହି ଯାଇଥିବ । ସାମୟିକ ଉତ୍ତେଜନାରେ କରିଥିବା ନିଜର ଭୂଲ ନିଷ୍ପତ୍ତି ପାଇଁ ନିଜେ ତ କଷ୍ଟ ପାଇବ, ଆଉ ତା' କଷ୍ଟ ଦେଖି ଆମେ ମଧ୍ୟ ସାରା ଜୀବନ କାନ୍ଦିବା । କେମିତି ତା' ମୁଣ୍ଡରୁ ସେ ଦୁର୍ବୁଦ୍ଧି କାଢିବି ମୋତେ ତ କିଛି ବୁଦ୍ଧି ବାଟ ଦିଶୁନି ।" ନିଃସହାୟ ହୋଇ ଉଠୁଥିଲେ ସୁମିତ୍ରା ।

ତାଙ୍କ ବିକଳ ଅବସ୍ଥା ଦେଖି ଅମରେଶ ଦମ୍ଭ ଧରିଲେ । ସାନ୍ତ୍ୱନା ଦେଇ କହିଲେ, "ଆମେ ଆଉ ଅଧିକା କ'ଣ କରି ପାରିବା ? ଆମ ହାତରେ ଯେତିକି ହେଲା ସେତିକି ନୁହେଁ ତ ବରଂ ତା' ଠାରୁ ଖୁବ୍ ଅଧିକା ଚେଷ୍ଟା କଲେ । ଯଦି ସେ ବୁଝି ପାରିଲାନି ତେବେ ଆମ ଦୁର୍ଭାଗ୍ୟ ଭାବି ସହି ନେବା ଛଡ଼ା ଆମର ଆଉ ଉପାୟ କ'ଣ ଅଛି ?" ସୁମିତ୍ରା ଆଖିରୁ ଲୁହ ପୋଛୁ ପୋଛୁ କହିଲେ, "ହଁ, ଦୁର୍ଭାଗ୍ୟ ନୁହେଁ ଆଉ କ'ଣ ? କେଉଁ ଜନ୍ମରେ କି ପାପ କରିଥିଲି ଯେ ଏଇ ଜନ୍ମରେ ଗୁଲିକୁ ସନ୍ତାନ ରୂପରେ ପାଇଲି । କୋଳେଇ କାଖେଇ ଏଡୁଟେ କଲି । ସେ ସମାଜ ଆଗରେ ନିଜ ଗୋଡ଼ରେ ଠିଆ ହୋଇ ନିଜର ପରିଚୟ ସୃଷ୍ଟି କଲା । ଆଉ ଏବେ ମୁର୍ଖଙ୍କ ପରି ସେଇ ଲମ୍ପଟ ପାଇଁ ମାତିଲା । କେତେଟା ଦିନ ହେଲା ସେ ତାକୁ ଜାଣିଛି ? ଦେଇ ନେଇ ୨/୩ ମାସ । ସେଥିରେ ପୁଣି କ'ଣ ନା ସେ ହିଁ କେବଳ ତା'ର ଜୀବନ ସାଥୀ ହୋଇ ପାରିବ । ମୁଁ ଯେତେ ବୁଝାଇଲି ଯେ ଆଉ ୨/୩ ବର୍ଷ ରହି ଗଲେ ତୁ ତାକୁ ଅଧିକ ଭଲରେ ଜାଣି ପାରିବୁ, ଆଉ ତା' ପରେ ବାହା ହେବା ନିଷ୍ପତ୍ତି ନେବୁ , ସେ ଶୁଣିବାକୁ ନାରାଜ । ମୁଁ କ'ଣ ବା ଭୁଲ କହିଲି ? ହେଲେ ଏ ଝିଅ ଏତେ ମୁହଁଖୋର ହୋଇ ଯାଇଛି ଯେ ମୋ ସହ ଯୁକ୍ତି କରୁଛି । କ'ଣ ନା ମୁଁ ତ ପୁଣି ତୁମକୁ ବାହା ହେବା ଆଗରୁ ତୁମକୁ ଯମା ଜାଣି ନଥିଲି । ହେଲେ କେତେ ସୁନ୍ଦର ଘର ସଂସାର କଲି । ହେଲେ ସେ ତ ସେଇ ପିଲାକୁ ୨/୩ ମାସ ହେଲା ଜାଣିଛି । ସେତିକି ତା' ଭବିଷ୍ୟତର ନିଷ୍ପତ୍ତି ପାଇଁ ଯଥେଷ୍ଟ । ଆଉ ଯେତେ ବେଳେ ଧୈର୍ଯ୍ୟହରା ହୋଇ ମୁଁ ତାକୁ ଗାଳି

କଲି, ସେ କହିଲା କ'ଣ ନା ମୁଁ କାଳେ ଝିଅର ଖୁସି କେଉଁଠି ଜାଣି ପାରୁନି। କିମ୍ବା ଜାଣି ମଧ୍ୟ ଝିଅ ଖୁସିରେ ରହୁ ବୋଲି ଚାହୁଁନି। ତେଣୁ ମୁଁ ମା' ହେବା ପାଇଁ ଅଯୋଗ୍ୟ। କହିଲ ଦେଖି କେଡ଼େ କଥାଟେ ମୋ ମୁହଁ ଉପରେ କେତେ ସହଜରେ ଗୁଲି କହି ପକାଇଲା। ଆଉ ଏହା ଶୁଣି ମୋ ହାତ ତା' ଉପରକୁ ଉଠିଗଲା..."

ନିଜ ବାମ ହାତରେ ଡାହାଣ ହାତର କଚଟିକୁ ଧରି ଭୋ ଭୋ କାନ୍ଦି ଉଠିଲେ ସୁମିତ୍ରା। ଆଉ ତାଙ୍କର ଶେଷ କଥା ପଦକ ଶୁଣି ଅମରେଶ ଚମକି ପଡ଼ି ସ୍ପ୍ରିଂ ପରି ଖଟରୁ ଉଠି ଠିଆ ହୋଇ ଗଲେ।

"ତୁମେ ଏ କ'ଣ କହୁଛ ସୁମିତ୍ରା ? ତୁମେ ଆମ ଗୁଲି ଉପରକୁ ହାତ ଉଠାଇଲ ? ପିଲାଟା କେତେ କଷ୍ଟ ପାଇଥିବ ?" କହୁ କହୁ ଅମରେଶ ଚୈତାଳି ରୁମ ଆଡ଼କୁ ଯିବାକୁ ଉଦ୍ୟତ ହେଲେ। ସୁମିତ୍ରା ଅମରେଶଙ୍କ ହାତ ଧରି ତାଙ୍କୁ ଅଟକାଇ ଦେଲେ।

"ଅମରେଶ, ଆମ ଗୁଲି ଆଉ ଆମର ପିଲାଟେ ହୋଇ ନାହିଁ। ସେ ଢେର ବଡ଼ ହୋଇ ଯାଇଛି। ଆଉ ଆମଠୁ ଖୁବ୍ ଦୂରକୁ ମଧ୍ୟ ଚାଲି ଯାଇଛି। ଏବେ ଏତେ ଦିନ ପରେ ଲାଗୁଛି ସତରେ ଆମେ ଜୀବନରେ ଗୋଟେ ବଡ଼ ଭୂଲ ନିଷ୍ପତ୍ତିଟେ ନେଇ ଗଲେ। ସମସ୍ତେ ମନା କରୁଥିଲେ। ହେଲେ ଆମେ ସେତେ ବେଳେ କାହା କଥା ଶୁଣି ନଥିଲେ। ମମତା ଆମକୁ ଅନ୍ଧ କରି ଦେଇ ଥିଲା। ସମାଜ କଥାକୁ ବେଖାତିର କରି ରାସ୍ତା କଡ଼ ବୁଦା ମୂଳେ ପରିତ୍ୟକ୍ତ ହୋଇ ପଡ଼ିଥିବା ସେଇ ଅନାଥ ଝିଅକୁ କୋଳେଇ ନେଲେ। କେଡ଼େ ଯତ୍ନରେ ପାଳିଲେ। ହଁ,ଗୁଲି ବୋଧେ ଠିକ୍ କହୁଛି। ଯଦି ମୁଁ ତା' ଜନ୍ମ କଲା ମା' ହୋଇ ଥା'ନ୍ତି, ଯଦି ମୋ ରକ୍ତ ତା' ଧମନୀରେ ପ୍ରବାହିତ ହେଉ ଥା'ନ୍ତା ତେବେ ବୋଧେ ସେ ମୋ କଥାର ସତ୍ୟତା ବୁଝି ପାରି ନିଜ ଭୂଲ ନିଷ୍ପତ୍ତିରୁ ଓହରି ଆସିଥା'ନ୍ତା। ସତରେ ନିଜ ରକ୍ତ ହିଁ ରକ୍ତକୁ ଚିହ୍ନି ପାରେ।"

ନିଜ କୋହ ସମ୍ଭାଳୁ ସମ୍ଭାଳୁ ଥରି ଉଠୁ ଥିଲେ ସୁମିତ୍ରା। ଅମରେଶ ସୁମିତ୍ରାଙ୍କ ପାଟିରେ ହାତ ଦେଲେ। ଉତ୍ତେଜିତ ହୋଇ କହିଲେ, "ଚୁପ୍ କର ସୁମିତ୍ରା ଚୁପ୍ କର। ଗୁଲି ଶୁଣିବ। ତୁମ ମୁଣ୍ଡ ଠିକ ଅଛି ତ ? ତୁମେ ଏ କ'ଣ ନିଜ ରକ୍ତ ପର ରକ୍ତ କହୁଛ ସୁମିତ୍ରା ? ହଁ, ମାନୁଛି ଆମ ଗୁଲି ଆମ ରକ୍ତର ସନ୍ତାନ ନୁହେଁ। ହେଲେ ଆମ ଦୁହିଁଙ୍କ ନିଚ୍ଛକ ପ୍ରେମର ପ୍ରତିଫଳନ। ଆମ ହୃଦୟର ସନ୍ତାନ। କହିଲ ଦେଖି ପିଲାଟି ଆମ ଟାଙ୍ଗରା ଜୀବନକୁ କେତେ ରଙ୍ଗ ଦେଇ ରଙ୍ଗୀନ କରି ଦେଇଛି। ଆମକୁ ତା' ପାଇଁ ଗର୍ବିତ ହେବାକୁ ଅନେକ ଅବସର ମଧ୍ୟ ଦେଇଛି। ଦୁନିଆ ତାକୁ କାହା ପାପର ସନ୍ତକ ନ କହି ଆମର ଗର୍ବ କହୁଛି। ମାନୁଛି ଏବେ ସେ ଗୋଟେ ଭୂଲ ନିଷ୍ପତ୍ତିରେ ଅଡ଼ି ବସିଛି। ହେଲେ କହିଲ ଦେଖି ଆମ ଗୁଲି ଛଡ଼ା ଅନ୍ୟ କେହି କ'ଣ ତାଙ୍କ

ଜୀବନରେ ଏମିତି ଭୂଲ ନିଷ୍ପତ୍ତି ନେଉ ନାହାନ୍ତି ବା ନେଇ ନାହାନ୍ତି ନା ଭବିଷ୍ୟତରେ ନେବେ ନାହିଁ? ତା' ମାନେ କ'ଣ ସେଇ ସବୁ ପିଲା ତାଙ୍କ ବାପା ମା' ଙ୍କ ନିଜସ୍ୱ ସନ୍ତାନ ନୁହେଁ, ସେମାନଙ୍କ ନିଜ ରକ୍ତ ନୁହେଁ? ଆମେ ଯେତିକି ଚେଷ୍ଟା କରିବା କଥା କଲେ। ତା' ପରେ ଯଦି ଗୁଲି ବୁଝିଲାନି। ଆଉ ବିପଦରେ ପଡ଼ିଲା। ତାହା ହେଲେ କ'ଣ ଆମେ ତାକୁ ସେଇ କଷ୍ଟ ପାଇବାକୁ ଛାଡ଼ିଦେବା? ଯଦି ଜୀବନରେ ହାରି ଯାଇ ସେ ଭାଙ୍ଗି ପଡ଼ିଲା, ଆମେ ତାକୁ କ'ଣ ପୁଣି ଗଢି ପାରିବାନି? ତା' ଜନ୍ମ କଲା ବାପା ମା' ପାଇଁ ଅଲୋଡ଼ା ତା' ଜୀବନ ଯେତେବେଳେ ଆମ ଜୀବନକୁ ପୁଷ୍ପିତ କରି ଦେଇ ପାରିଲା, ତା' ବିପଦ ବେଳେ ସେ କ'ଣ ଆମକୁ ତା' ପାଖରେ ପାଇବନି? ଯାହାବି ହେଉ ଗୁଲି ଆମର ସନ୍ତାନ। ତା' ପ୍ରତି ଆମର ଜୀବନ ଥିବା ପର୍ଯ୍ୟନ୍ତ ଆମେ ପିତାମାତା'ର କର୍ତ୍ତବ୍ୟ କରି ଚାଲିବା। ସେ ଆମକୁ ମାନୁ କି ନ ମାନୁ ...''

ଚୈତାଳି ଆସନ୍ତା କାଲି ସକାଳେ ଚନ୍ଦନକୁ ବାହା ହେବାର ଶେଷ ନିଷ୍ପତ୍ତି ଟା ତା' ଯିଦିଆ ବାପା ମା'ଙ୍କୁ ଜଣାଇ ଦେବାକୁ ଆସି ଥିଲା। ଆଉ ତାଙ୍କ ନିଃସହାୟତାର ବାର୍ତ୍ତାଳାପକୁ ଶୋଇବା ଘର ପରଦା ପଛପଟୁ ସ୍ତବ୍ଧ ହୋଇ ଶୁଣୁ ଥିଲା।

■

ନିଷ୍ପତ୍ତି ନିଷ୍ପେଷିତର

କିଛି ଶୁଭୁ ନଥିଲା, କି କିଛି ଦିଶୁ ନଥିଲା । ଏତେ ବଡ଼ ଷ୍ଟେସନ୍‌ରେ ଲୋକ ହାଉଜାଉ ହେଉଥିଲେ, ଡାକବାଜି ଯନ୍ତ୍ରରେ କ'ଣସବୁ ଆନାଉନ୍ସ କରା ଯାଉଥିଲା ରାନୁକୁ କିଛି ଶୁଭୁ ନଥିଲା । ଦି' ଆଣ୍ଠୁ ମଝିରେ ମୁଣ୍ଡ ଜାକି ପ୍ଲାଟଫର୍ମର ଶେଷ ଆଡ଼ିକି କଣିକିଆ ଏକ ସିମେଣ୍ଟ ବେଞ୍ଚରେ ସିଏ ବସିଥିଲା । ଷ୍ଟେସନ୍‌ର ଉଜ୍ୱଳ ଆଲୋକ ଏପଟକୁ ଟିକିଏ ଝାପସା ହୋଇ ପଡୁଥିଲା । ପାଦଶବ୍ଦସବୁ ତାକୁ ପାର ହୋଇ ଏପଟୁ ସେପଟକୁ ବା ସେପଟୁ ଏପଟକୁ ଯାଉଥିଲେ । ଆଉ କିଛି ଆସି ତା' ପାଖରେ କିଛି କ୍ଷଣ ଅଟକି ଯାଉଥିବାର ସେ ଜାଣି ପାରୁଥିଲା । ରାନୁକୁ ସେସବୁ କିଛି ଦିଶୁ ନଥିଲା । ତାକୁ କିଛି ଦେଖିବାକୁ ଇଚ୍ଛା ମଧ୍ୟ ନଥିଲା । ସତରେ କ'ଣ ରାନୁ କିଛି ଦେଖି ଶୁଣି ପାରୁ ନଥିଲା । ନା, ତା'ର ଆଉ କିଛି ଦେଖିବାର କିଶୁଣିବାର ନାହିଁ । ସିଏ ଢେର୍ ଦେଖି ସାରିଛି, ଢେର୍ ଶୁଣି ସାରିଛି । ତେଣୁ ସେ ଆଉ ପାରିବନି, ଆଉ କିଛି ଦେଖି କି ଶୁଣି ପାରିବନି । ତା'ର ହୋସ୍ ଆସିବା ଦିନରୁ ଏମିତି ତ ସବୁ ବେଳେ ଚାଲିଆସିଛି ।

ହଁ ଏଇ ହେଲା ରାନୁ । ଗାଁ ମାଳତିପୁର । ହେଲେ ସିଏ ସେଇଠିକୁ କେବେ ଯାଇନି । ଖାଲି ଯାହା ମା' ପାଟିରୁ ବେଳ ଅବେଳରେ ଏଇ ନାଁଟା ଶୁଣିଛି । ତାହା ହେଲେ ସିଏ ରହେ କେଉଁଠି ? ତାକୁ ମଧ୍ୟ ମାଲୁମ୍ ନାହିଁ । ଏ ବର୍ଷ ଏଇ ବସ୍ତି ତ ଆର ବର୍ଷକୁ ସେଇ ବସ୍ତି । ତେଣୁ ବସ୍ତି ନାଁ ମନେ ରଖିବାକୁ ତାର ଆଗ୍ରହ ନଥାଏ । ପରିବାର କହିଲେ ତାର ୪ ଭାଇ ଭଉଣୀ, ବାପା ଆଉ ମା' । ହେଲେ ସେ ରହେ ତା' ମଦୁଆ ବାପା, ସବୁବେଳେ ଗେଜେରେ ଗେଜେରେ ହଉଥିବା ତା' ରୋଗିଣୀ ମା' ଆଉ ସାନ ଦୁଇ ଭଉଣୀଙ୍କ ସହ । ତା'ର ସାନ ଦୁଇ ଭାଇଙ୍କୁ ସିଏ ଜନ୍ମ ବେଳେ ଯାହା ଦେଖି ଥିଲା । ତା' ପରେ ବାପା କହିଲା ସେମାନଙ୍କୁ କିଏସବୁ ପୁଅ କରି ନେଇଗଲେ । ସେମାନେ ଗଲା ପରେ ମା' କିଛି ଦିନ ପାଇଁ କାନ୍ଦୁଥିଲା । କିଛି ଦିନ ପରେ ସବୁ ପୁଣି

ଆଗ ପରି ଚାଲୁଥିଲା। ଏବକୁ ରାନୁ ଜାଣୁଛି ବାପା ନିଜ ମଦ ପାଇଁ ତା' ଭାଇମାନଙ୍କୁ ବିକି ଦେଇଥିଲା। ମା'ର ମଧ୍ୟ ଅଟକେଇବାକୁ ଜୋର୍ ନଥିଲା।

ରାନୁକୁ ହୋସ୍ ଆସିବା ଦିନରୁ ସିଏ ମା' ସହ ପରଘରେ ପାଇଟି କରିବାକୁ ଯାଉଥିଲା। ଏବେ ତା' ତଳ ଭଉଣୀ ମିନି ମଧ୍ୟ କାମକୁ ଗଲାଣି। ଛ/ ସାତ ବର୍ଷର ତା' ସବା ସାନ ଭଉଣୀ ବିନିକୁ ମଧ୍ୟ ବାପା ମାଛବାଲି ସେନା ମାଉସୀ ପାଖରେ ଗରାଖଙ୍କ ବରାଦରେ ମାଛକାଟି କି ଚିଙ୍ଗୁଡ଼ି ଚୋପା ଛଡ଼ାଇବା ପାଇଁ ରଖେଇ ଦେଇଛି। ଆଉ ବାପା ନାମକ ମଣିଷଟା ମା' ଝିଅ ଚାରିଜଣଙ୍କ ଧନ ଛଡ଼ାଇ ନେଇ ମଦ ପିଏ। ରାନୁ ବାହାରୁ ଖଟି ଖଟି ଆସେ। ହେଲେ ଘରେ ଆସି ଶାନ୍ତି କାହିଁ? ଘରେ ଖାଲି ସୋଧାବକା, ମାଡ଼ପିଟ। ମା' କହେ ଦୁନିଆରେ ଚଳିବାକୁ ହେଲେ ଲୋକ ଜାଣିବାକୁ ହେଉ ପଛେ ପୁରୁଷଟେର ଛାଇ ରହିବା ଆବଶ୍ୟକ। ତା' ପାଇଁ ଏତିକି ମୂଲ୍ୟ ତ ଦେବାକୁ ହେବ।

ସେଦିନ ସନ୍ଧ୍ୟାରେ ରାନୁ ଘରକୁ ଫେରି ଦେଖିଲା ବାପା ତା' ମା'କୁ ଗୋରୁଗାଈ ପରି ପିଟି ଚାଲିଛି। ଏମିତି ନୁହେଁ ଯେ ସିଏ ଏ ଦୃଶ୍ୟ ଜୀବନରେ ପ୍ରଥମଥର ପାଇଁ ଦେଖିଲା। ହେଲେ ଆଜି କାହିଁକି କେଜାଣି ତା' ସହିବା ସୀମା ଟପି ଯାଇଥିଲା। ସିଏ ଦଉଡ଼ି ଯାଇ ତା' ମାତାଲ ବାପାର ବାହୁକୁ ଘୋଷାଡ଼ି ଆଣିଲା। ମଦନିଶାରେ ଟଳମଳ ତା' ବାପା ଖଣ୍ଡେ ଦୂର ଛିଟିକି ପଡ଼ିଲା। ରଡ଼ିଛାଡ଼ି କାନ୍ଦୁଥିବା ଲହୁଲୁହାଣ ମା'ର କାନ୍ଦଣା ହଠାତ୍ ବନ୍ଦ ହୋଇ ଯାଇଥିଲା। ସାନ ଦୁଇ ଭଉଣୀ କାକୁସ୍ଥ ହୋଇ ଚାଳିଆ କାନ୍ଥକୁ ଆଉଜି ଠିଆ ହୋଇଥିଲେ। ବାପା ନିଜକୁ ସମ୍ଭାଳି କାନ୍ଥର ସାହା ନେଇ ଟଳମଳ ହୋଇ ଠିଆ ହେଲା। ଲାଳଗରଳ ବୋହୁଥିବା ପାଟିରେ ଚିତ୍କାର କଲା, "ଶଳା ମୋ ଝିଅ ହୋଇ ମୋ ଉପରକୁ ହାତ ଉଠାଉଛୁ? ଶଳା ମା' ବତେଇଛି ମତେ ମାରିବା ପାଇଁ, ନାଇଁ? ମୋର ଖାଇକି ମତେ ମାରିବୁ? ତୋର ଏଡ଼େ ସାହସ? ବାହାର ମୋ ଘରୁ। ବାହାର୍..." ରାନୁ ନିଜ ମୁହଁ ଉପରକୁ ଖସି ଆସିଥିବା କହରା ବାଳକୁ କାନ ପଛପଟେ ଗେଞ୍ଜି ଆଣୁ ଆଣୁ ଗର୍ଜିଲା, "କାହା ପଇସା ଖାଉଛି? କେବେ ଖୁଆଇଥିଲୁ ମୋତେ? ବରଂ ମୋ ପଇସାରେ ତୁ ଖାଉଛୁ। ଆଉ ତା' ସହ ଆମ ମୁଣ୍ଡ..." ଆଉ କିଛି କହିବା ପୂର୍ବରୁ ତା' ଗାଲରେ ଶକ୍ତ ଏକ ଚଟକଣା ବସି ଯାଇଥିଲା। ତା' ପରକୁ ପର କାଠ ଫାଳିଅ ମାଡ଼ର ବର୍ଷଣ। ଭଉଣୀ ଦୁହେଁ ଚିର୍ ଚିରେଇ କାନ୍ଦି ଉଠିଲେ। ମା' ହାଉଳି ଖାଇ ବାପା ଗୋଡ଼କୁ ଧରି ରାନୁକୁ ନ ମାରିବା ପାଇଁ ନେହୁରା ହେଲା।

ରାନୁ ଆଶ୍ଚର୍ଯ୍ୟ ହେଉଥିଲା, କ'ଣ ପାଇଁ ସେମାନେ ଏ ମଦୁଆର ଅତ୍ୟାଚାରକୁ

ପ୍ରତିବାଦ କରୁ ନାହାନ୍ତି ? ସେ କ'ଣ ଏ ଘରର ମୁରବୀ ? ସିଏ କ'ଣ ସମସ୍ତଙ୍କର ଭରଣ ପୋଷଣ, ସୁରକ୍ଷାର ଦାଇତ୍ୱ ନେଉଛି ? ନା, ସେ କେବଳ ପୁରୁଷ, ଯାହାର ନାଁକୁ ଧରି ନିଜକୁ ନିଜେ ସାନ୍ତ୍ୱନା ଦେଇ ହୁଏ ଯେ ମୁଁ ଏ ପୁରୁଷ ପ୍ରଧାନ ସମାଜରେ ସୁରକ୍ଷିତ ବୋଲି। ରାନୁକୁ ତା' ଅନ୍ତରର ଏମିତି ପ୍ରଶ୍ନ ସହ କେବଳ ବାପାର ଗୋଟିଏ ପଦ କଥା ଶୁଭୁଥିଲା, 'ବାହାର ଶଳା ମୋ ଘରୁ। ଏବେ ବାହାର...' ଦିନରାତି ଖଟି, ଗାଳିମାଡ଼ ଖାଇ ସିଏ କାହିଁକି ଏ ଘର ନାମକ ଚାଳିଆରେ ପଡ଼ି ରହିବ ? ନିଜେ ଖଟିକି ଖାଉଛି। ଯେଉଁଠିକୁ ଯିବ ସେଇଠି ଖଟିକି ଖାଇବ। ଭୂତ ଲାଗିଲା ପରି ରାନୁ ଏକମୁହାଁ ହୋଇ ଘରୁ ବାହାରି ଆସିଥିଲା। ତାକୁ ବାଟ ଅବାଟ କଣ୍ଟାଝଟା କିଛି ଦିଶୁ ନଥିଲା। ସହର ତଳି ଅଂଚଳରେ ତା'ର ଘର। ସେଠାରୁ ଅନତିଦୂରରୁ ଏ ରେଳଧାରଣା ଦିଶେ। ତା'ରି କଡ଼େ କଡ଼େ ଚାଲି ଆସି ସିଏ ଏ ଷ୍ଟେସନର ଏ ପ୍ଲାଟଫର୍ମରେ ପହଂଚିଛି।

ଢେର୍ ରାତି ହୋଇ ଗଲାଣି। କେତେ ଟ୍ରେନ୍ ଆସିଲାଣି, କେତେ ଗଲାଣି। କେତେବେଳ ହେଲାଣି ରାନୁକୁ ନିଘା ନାହିଁ। ଦେହରୁ ମାଡ଼ର ଦରଜ କମି କମି ଆସୁଥିଲା। ଆଉ ପେଟରେ ଭୋକର ଜ୍ୱାଳା ବଢ଼ି ବଢ଼ି ଯାଉଥିଲା। ଏମିତି ନୁହେଁ ଯେ ରାନୁ ଭୋକ ସହି ପାରେନା। ହେଲେ ଏ ଭୋକ ତାକୁ ସଚେତ କରାଇ ଦେଲା ଯେ ସିଏ ଏମିତି ଘରୁ ବାହାରି ଆସିଛି ଯେ ହାତରେ କାଣି କଉଡ଼ିଟିଏ ମଧ୍ୟ ଧରିନି। ତା' ଲୁଗା ଥାକ ତଳେ ବାବୁଘର ଦରମା ଛଡ଼ା ସେମାନେ ବେଳେ ବେଳେ ଦଉଥିବା ବକସିସ୍ ପଇସା ସିଏ ଜରିରେ ଗୁଡ଼େଇ ବାପା ଆଖିରୁ ଲୁଚେଇ ରଖିଥିଲା। ସେଇ ଟଙ୍କା ଆଣିଥିଲେ ଭଲ ହୋଇଥା'ନ୍ତା। ଭାବିଲା ଘରକୁ ଫେରି ତା' ସଂଚିତ ଟଙ୍କା ନେଇ ଆସିବାକୁ। ଘରେ ମା' ଭଉଣୀ ତା ଫେରିବା ବାଟକୁଅନାଇ ବସିଥିବେ। ମା' ଅବା କାହାକୁ କାହାକୁ ତା' କଥା ପଚାରି ବୁଝୁଥିବ। ଆଉ ବାପାଟା ମଦ ନିଶାରେ...

ହଠାତ୍ ରାନୁ ତା' ପିଠିରେ କାହାର ହାତର ସ୍ପର୍ଶ ଅନୁଭବ କଲା। ଭାବନା ଅଟକି ଯାଇ ପିଠିରେ ମାଡ଼ର ଯନ୍ତ୍ରଣା ପୁଣି ଉକୁଟି ଆସିଲା। ଆଣ୍ଠୁ ସନ୍ଧିରୁ ମୁହଁ ଉଠାଇଲା ରାନୁ। ସତରେ ଅନ୍ଧକାର ଖୁବ୍ ଗାଢ଼ା ହୋଇ ଆସିଥିଲା। ପ୍ଲାଟଫର୍ମର ଦୂରରୁ ଦିଶୁଥିବା ଦୋକାନ ପ୍ରାୟ ବନ୍ଦ ହୋଇ ଗଲାଣି। କେଉଁଠି କାଁ ଭାଁ ଗୋଟିଏ ଦୁଇଟି ଲୋକ ବା ବୁଲା କୁକୁର ଯିବା ଆସିବା କରୁଛନ୍ତି। ଆଉ ତା' ପାଖକୁ ଲାଗିକି ଟୋକାଟେ ବସିଛି। ଆଖି ଘୂରେଇ ଆଣିଲା ସେଇ ଟୋକା ଉପରକୁ। ବେଶ ପୋଷାକରୁ କେଉଁ କଲେଜ ପଢୁଆ ପିଲା ପରି ଲାଗୁଛି। ବ୍ୟାଗ୍ ଖଣ୍ଡେ ସେହି ବେଞ୍ଚକୁ ଲାଗି ଥୁଆ ହୋଇଛି। ରାନୁ ଟିକିଏ ଘୁଞ୍ଚି ଆସିଲା। ଛାତିରେ ଛନକା ପଶିଲା। ଏବେ ସିଏ କ'ଣ କରିବ ? କାହିଁ, ସିଏ ଆଗରୁ କ'ଣ କରି ପାରିଥିଲା ?

ପୂଜାଦିଦିଙ୍କ ଘରେ କାହିଁ କେଉଁ ସାନବେଳୁ ସିଏ କାମକରି ଆସୁଥିଲା। ପୂଜାଦିଦି ତାଠାରୁ ୩/୪ ବର୍ଷ ବଡ଼ ହେବେ ବୋଧେ। ତାଙ୍କରି ପୁରୁଣା ପିନ୍ଧି, ତାଙ୍କରି ଅଇଁଠା ଖାଇ ସିଏ ବଢିଛି। ତାଙ୍କ ମା' ବଡ଼ପାଟିଆ, ହେଲେ ଦେବାନେବାରେ କେବେ ହେଳା କରନ୍ତିନି। ହେଲେ ବାବୁ? ଛି, ଛି... ବାବୁଙ୍କ କଥା ରାନୁର ମନକୁ ବିଷାକ୍ତ କରି ଦେଇଥିଲା। ସିଏ ପ୍ଲାଟଫର୍ମ ଚଟାଣରେ ଲେଣ୍ଡାଏ ଛେପ ଥୁ କରି ଫିଙ୍ଗି ଦେଲା। ଯେଉଁ ବାବୁ ଆଗେ ତାଙ୍କ ଘରେ ରାନୁର ଉପସ୍ଥିତିକୁ ଅଣଦେଖା କରୁଥିଲେ ଏଇ ୨/୩ ବର୍ଷ ହେଲା ତାକୁ କେମିତି ଗୋଟେ ଭୋକିଲା ଆଖିରେ ଅନାଇ ରହୁଥିଲେ। ତାଙ୍କ ହାତକୁ ଚା' କପ୍ କି ପାଣି ଗ୍ଲାସ୍ ବଢାଇବା ବେଳେ କିଛି ନା କିଛି ବାହାନା କରି ତାକୁ ଧରି ପକାଉଥିଲେ। ନୂଆ ନୂଆ ରାନୁ ଏସବୁ କିଛି ବୁଝି ପାରୁ ନଥିଲା। ହେଲେ ବୟସ ବଢିବା ସହ ସବୁ ବୁଝିଗଲା। ପ୍ରତିବାଦ କରିବାର ଉପାୟ ନଥିଲା। ତେଣୁ ବାବୁଙ୍କୁ ଜଗିରଖି ଚଳିଲା।

ଥରେ ପୂଜା ଦିଦି ଓ ମା' ଉପରବେଳା ଘରେ ନଥିଲେ। ରାନୁ ପୂଜାଦିଦିଙ୍କ ରୁମ୍ ଝାଡୁ ମାରୁଥିଲା। ବାବୁ ଅଚାନକ ପଛପଟୁ ତାକୁ ଧରି ନେଇ ପୂଜା ଦିଦିଙ୍କ ଖଟରେ ପକାଇ ଦେଲେ। ତାଙ୍କର ଶକ୍ତ ହାତମୁଠା ରାନୁର ଚିତ୍କାରକୁ ଚାପି ଦେଇଥିଲା। ଚୁପି ଚୁପି କହିଲେ, "କାହିଁକି ଖାଲିରେ ଏମିତି ଛାଟିପିଟି ହଉଛୁ। ମହେଶ ବାବୁଙ୍କ ପୁଅ କଲାବେଳେ ତ କାହିଁ ପାଟି କରୁ ନଥିଲୁ? ତା' ପଢା ରୁମ୍ ଝରକା ବାଟୁ ମୁଁ ଆମ ଶୋଇବା ଘରେ ସବୁ ଦେଖିଛି।" ସତରେ ସେଇଥର ମହେଶ ବାବୁଙ୍କ ପୁଅ ବୁବୁ ଭାଇ ତାକୁ ଜୁସ୍ ପିଇବାକୁ ଦେଇଥିଲେ। ସେଇଟା ପି ତା' ମୁଣ୍ଡ ଝିମା ଧରି ଦେଇଥିଲା। ତା' ପରେ ବୁବୁ ଭାଇଙ୍କ ପାଶବିକତାକୁ ତା' ଅବଶ ଦେହ ପ୍ରତିରୋଧ କରି ପାରି ନଥିଲା। ସେଇଥର ପ୍ରଥମ ଥିଲା। କିନ୍ତୁ ଶେଷ ନଥିଲା। ମୋବାଇଲ୍‌ରେ ରେକର୍ଡ଼ କରିଥିବା ସେହି ଅନ୍ତରଙ୍ଗ ମୂହୁର୍ତ୍ତର ଛବି ସବୁଆଡ଼େ ପ୍ରଘଟ କରି ଦେବାର ଧମକ ଦେଇ ସିଏ ଓ ତାଙ୍କ ସାଙ୍ଗମାନେ ତାକୁ ଅନେକଥର ଝୁଣି ଖାଇଛନ୍ତି। ଆଉ ତା' ଫଳାଫଳ ରାନୁ ଦେହରେ ପ୍ରତିଫଳିତ ହୋଇ ପଦାରେ ନ ପଡ଼ିବା ପାଇଁ ତାକୁ ଅନେକ ଔଷଧପତ୍ର ମଧ୍ୟ ଖୁଆଇଛନ୍ତି। କେବେ କେବେ ରାନୁକୁ କିଛି ଟଙ୍କା ମଧ୍ୟ ଫିଙ୍ଗି ଦିଅନ୍ତି। ତେଣୁ ସେଦିନ ସିଏ ବାବୁଙ୍କୁ ତାକୁ ଛାଡ଼ି ଦେବାକୁ ନେହୁରା ସିନା ହୋଇଥିଲା ହେଲେ ଅଧିକା କିଛି କରି ପାରି ନଥିଲା। ସେଇଦିନ ରାନୁ ପୂଜାଦିଦିଙ୍କର ପୁରୁଣା ଡ୍ରେସ୍‌ଟେ ପିନ୍ଧିଥିଲା। ଆଉ ପୂଜା ଦିଦିଙ୍କ ଖଟ ଉପରେ ତାଙ୍କ ବାପା ତା' ଦେହକୁ...ଛିଃ... ରାନୁ ଆଉ ଭାବି ପାରୁ ନଥିଲା। ଏଇ ପୁଣି ଆଉ ଜଣେ ବାପା।

ଘଟଣାର କିଛି ଦିନ ପରେ ରାନୁ ଏଇ କଥା ତା' ମା'କୁ ବୁଲେଇ ବଙ୍କେଇ

କହିଥିଲା। ଭାବିଥିଲା ମା'ର ଚିରା ପଣତ ତାକୁ ଅଭୟ ଦେଇ ଘୋଡ଼ାଇ ଆଣିବ। ହେଲେ ମା' ଓଲଟି ଚିଡ଼ି ଉଠିଲା, "ଆମ ପରି ଗରିବ ଗୁରୁବା ଘରେ ଜନ୍ମ ହୋଇ ଏମିତି ପୁରିଲା ଦେହ ଧରି ବୁଲିଲେ, ମୁଁ କ'ଣ ଆଉ କରି ପାରିବି?" ନିଜ ଚୁଟିକୁ ହାତରେ ମୁଠା ମୁଠା କରି ରାମ୍ପିବିଦାରି କଥା ପଦକ ରାନୁ ପ୍ରତି ନୁହେଁ ବରଂ ସିଏ ନିଜ ପାଇଁ ମଧ୍ୟ କହିଥିଲା। ଆଉ ମଧ୍ୟ କହିଥିଲା, "ହଉ ଟିକିଏ ସମ୍ଭାଳି ଯା'। ଭଲ ପିଲାଟେ ଦେଖି ତତେ ବିଭା କରାଇ ଦେଲେ ତୋର ମୁକ୍ତି।" ବିଭା ହେଲେ କ'ଣ ଯାଇ ମୁକ୍ତି? ସିଏ କ'ଣ ଏମିତି ମୁକ୍ତି ଦେଖୁନି? ସେଦିନ ରାନୁ ସତରେ ଜାଣିଲା ତା' ମା'ର ଚିରା ପଣତଟା ସତରେ କେତେ ଚିରା ଯେ ସେ ନିଜ ନିଷ୍କେଷିତା ଝିଅକୁ ଘୋଡ଼ାଇ ରଖିବାକୁ ମଧ୍ୟ ଅଯୋଗ୍ୟ।

ରାନୁ ହେଜିଲା, ଟୋକାଟା ତା' ପାଖକୁ ଆହୁରି ଲାଗି ଆସି ବସିଲାଣି। ଘୃଣା ତା' ଦେହରେ ନିଆଁ ଲଗାଇ ଦେଲା। ସିଏ ବେଶ୍ ଜାଣିଛି, ତା'ର ଏଠାରେ କିଛି ଆଶ୍ରା ନାହିଁ କି କେହି ତ୍ରାଣକର୍ତ୍ତା ନାହାନ୍ତି। ବସିବା ଯାଗାରୁ ଧଡ଼୍ କରି ଉଠିଲା। ଟୋକାର କଲାର୍ ଧରି ଖୁବ୍ ଯୋର୍‌ରେ ଭିଡ଼ି ଆଣିଲା। ଦୁହିଁଙ୍କର ମୁହଁ ପାଖକୁ ଲାଗି ଆସିଲା। ରାନୁର ପ୍ରଖର ଉତପ୍ତ ନିଶ୍ୱାସ ଟୋକା ମୁହଁରେ ପଡ଼ିଥିବା କେଇ କେରା ବାଳକୁ ଘୁଂଚାଇ ଦେଇଥିଲା। ଟୋକାଟା ନିଶ୍ଚିତ ଭାବରେ ଏମିତି ପରିସ୍ଥିତି ପାଇଁ ପ୍ରସ୍ତୁତ ନଥିଲା। ତା' ଚଇନି ଚିକଣ ମୁହଁରେ ଥ ଥ ମ ମ ଭାବ ଫୁଟି ଉଠିଲା। ଥଙ୍ଗେଇ ଥଙ୍ଗେଇ କହିଲା, "ତୁମେ ଏତେ ରାତିରେ ପ୍ଲାଟଫର୍ମରେ ଏକ'ଣିଆ ହୋଇ ଏକୁଟିଆ ବସିଛ। ତେଣୁ ମୁଁ ଭାବିଲି...।" ରାନୁ ପାଟିରୁ କଥା ବାହାରି ନଥିଲା। କାଳେ ରାନୁ ପାଟି କରି ଲୋକଙ୍କୁ ଏକାଠି କରି ଦେବ ସେହି ଡରରେ ଟୋକାଟି ଡର ଡର ହୋଇ ପକେଟରୁ ୨ଟା ଶହେ ଟଙ୍କିଆ ନୋଟ ବାହାର କରି ରାନୁ ଆଡ଼କୁ ବଢାଇ ଦେଲା। ନେହୁରା ହେଲା, "କ୍ଷମା କର ମୁଁ ଜାଣି ନଥିଲି। ପ୍ଲିଜ୍ ପାଟି କରନା। ମୁଁ ସତରେ ଜାଣି ନଥିଲି...।" ଟଙ୍କା ଆଡ଼େ ହାତ ବଢାଉ ବଢାଉ ରାନୁ ହାତରୁ ଟୋକାର କଲାର୍ ହୁଗୁଳି ଆସିଲା। ମୌକା ପାଇ ଟୋକା ଦୌଡ଼ି ଯାଇ ସେଇ ଘନ ଅନ୍ଧକାରରେ କେଉଁ ଆଡ଼େ ହଜିଗଲା ରାନୁ ଜାଣିବାକୁ ଚାହିଁଲାନି। ହାତରେ ଥିବା ଟଙ୍କାକୁ ଏପାଖ ସେପାଖ ଦେଖୁ ଦେଖୁ ଘୃଣା ଓ କ୍ରୋଧରେ ଜଳୁଥିବା ରାନୁ ଶିତଳେଇ ଯାଇଥିଲା।

ହଁ, ସେଇ ନିଛାଟିଆ ପ୍ଲାଟଫର୍ମ ଶେଷ ଆଡ଼କୁ ଥିବା ସିମେଣ୍ଟ ବେଞ୍ଚରେ ରାନୁ ପୁଣି ଯାଇ ବସି ପଡ଼ିଲା। ଭାବି ନେଲା, ଏଥର ଯେଉଁ ଟ୍ରେନ୍ ଆସି ରହିବ ସେଇଥିରେ ଚଢି ସିଏ କେଉଁ ଆଡ଼େ ହେଲେ ଚାଲି ଯିବ। ତାର ଆଖି ମାଡ଼ି ହୋଇ ଆସୁଥିଲା।

ମୁଣ୍ଡରେ କାହାର କୋମଳ ସ୍ପର୍ଶରେ ରାନୁର ଆଖି ଖୋଲିଲା। ସତରେ କିଛି ସମୟ ପାଇଁ ସିଏ କେମିତି କେଜାଣି ଶୋଇ ପଡ଼ିଥିଲା। ସକାଳ ହୋଇ ଗଲାଣି। ଚାରି ଆଡ଼ ବେଶ୍ ଫର୍ଚ୍ଚା ହୋଇ ଆସିଲାଣି। ପାଖରେ ଜଣେ ମହିଳା ବସିଥିଲେ। ମହିଳା ଜଣଙ୍କ ତାଙ୍କ ଯୌବନକୁ ତ ନିଶ୍ଚିତ ଅତିକ୍ରମ କରି ସାରିଥିଲେ। ବୋଧେ ରାନୁର ମା'ର ବୟସ ହୋଇଥିବେ। ହେଲେ ତାଙ୍କ ବେଶଭୂଷା ତାଙ୍କ ବର୍ଦ୍ଧିତ ବୟସକୁ ସୁନ୍ଦର ଭାବରେ ଘୋଡ଼ାଇ ପାରିଥିଲା। ସୁନା ବୋଲି ତ କହି ହେବନି। କିନ୍ତୁ ଅନେକ ସୁନେଲି ରଙ୍ଗର ଗହଣା ମଣ୍ଡି ହୋଇ ଥିଲେ। ଦେହରେ ତାଙ୍କର ଗାଢ ଖଇରିଆ ହଳଦିଆ ଜରିପକା ଶାଢ଼ି। ହାତରେ ବେଶ୍ ଥୋଡ଼େ ଥୋଡ଼େ କାଚ ଚୁଡ଼ି। ସିମାନ୍ତରେ କିନ୍ତୁ ମା' ପରି ଦୀର୍ଘ ସିନ୍ଦୁର ଗାର ନଥିଲା।

ମହିଳା ଜଣଙ୍କ ରାନୁର ମୁଣ୍ଡକୁ ବେଶ୍ କୋମଳ ଭାବରେ ଆଉଁସି ଚାଲିଥିଲେ। ରାନୁ ଜୀବନରେ ପ୍ରଥମ ଥର ପାଇଁ କାହାର କୋମଳ ସ୍ପର୍ଶ ପାଇଲା। ଚାହୁଁଥିଲା ଏ ସ୍ପର୍ଶ ତା' ମୁଣ୍ଡରୁ କେବେ ନ ଯାଉ। ଆଶ୍ଚର୍ଯ୍ୟ ହୋଇ ତାଙ୍କୁ ଦେଖିଲା। ଜାଣିଥିଲା ସେ ତାର କେହି ପରିଚିତ ନୁହେଁ। ହେଲେ କାହିଁକି କେଜାଣି ସିଏ ତାଙ୍କ ଛାତି ଉପରକୁ ଆଉଜି ଆସିଥିଲା। ଅଜାଣତରେ ରାନୁର ଆଖିରୁ ଲୁହ ଗଡ଼ି ଆସିଥିଲା। ମହିଳା ଜଣଙ୍କ ତା' ଆଖିରୁ ଲୁହ ପୋଛୁ ପୋଛୁ କହିଲେ, "ଆରେ ମା' ଆଉ କାନ୍ଦେ ନା। ଦେଖିଲୁ ତୋ କଅଁଳିଆ ମୁହଁଟା କେମିତି ଝାଉଁଳି ଗଲାଣି। କେତେବେଳୁ କିଛି ବୋଧେ ଖାଇନୁ। ମୁହଁ ହାତ ଧୋଇ କିଛି ଆଗେ ଖାଇ ନେ।" ଏମିତି ସ୍ନେହବୋଳା କଥା ରାନୁ ପାଇଁ ସମ୍ପୁର୍ଣ୍ଣ ନୂଆ। ଅବାକ ହୋଇ ମନ୍ତ୍ରମୁଗ୍ଧ ଭାବରେ ରାନୁ କେବଳ ମହିଳାଙ୍କୁ ଅନାଇ ରହିଲା। ଏ ଭିତରେ ମହିଳା ଜଣଙ୍କ ତା' ମୁହଁ ପୋଛି ଦେଇ ଖାଇବା ଡବା ଖୋଲି ଦେଇ ତା' ଆଡ଼କୁ ବଢାଇ ଦେଲେଣି। ରାନୁ ପାଟିରେ ପରଟା ଖଣ୍ଡେ ପୁରାଇ ଦେଇ କହିଲେ, "ଲାଜ କରେନା। ଖାଇ ଦେ। ମୁଁ ପରା ତୋ ବଡ଼ ଭଉଣୀ ପରି। କହିଲୁ କ'ଣ ହେଲା ଯେ ତୁ ଘର ଛାଡ଼ି ପଳାଇ ଆସିଲୁ?" ରାନୁକୁ ଲାଗିଲା ସତରେ ତା'ର କେହି ବଡ଼ ଭଉଣୀ ଥିଲେ ହୁଏତ ସିଏ ତା' ଦୁଃଖରେ ଏମିତି ତାକୁ ସାନ୍ତ୍ୱନା ଦେଉଥାନ୍ତା। ଅବଶ୍ୟ ସିଏ ମଧ୍ୟ ନିଜ ସାନ ଭଉଣୀମାନଙ୍କୁ କେବେ କେବେ ଏମିତି କୋଳରେ ଭରିନିଏ। ରାନୁ ପାଟିରୁ ଆପେ ବାହାରି ଆସିଲା, "ଘର! ଘର ନୁହେଁ ତ ସେଇଟା ଗୋଟେ ନର୍କ। ମୁଁ ସେଇ ନର୍କରୁ ବାହାରି ଆସିଛି। ମୋର ଆଉ ଫେରିବାର ନାହିଁ। ସେଇଠି ଥିଲାବେଳେ ଖଟିକି ଖାଉଥିଲି। ଯୁଆଡ଼େ ଯିବି ସିଆଡ଼େ ଖଟିକି ଖାଇବି।" ରାଗରେ ଫଁ ଫଁ ହୋଇ ଏତକ ଗୋଟିଏ ନିଶ୍ୱାସରେ କହି ଯାଉ ଯାଉ ତା' କାନ୍ଧରେ ମହିଳାଙ୍କ କୋମଳ ସ୍ପର୍ଶରେ ସଚେତନ ହେଲା। ସତେ ଅବା ତାକୁ ମୁକ୍ତିର ବାଟ

ଦିଶିଗଲା । ରାନୁ ମହିଳାଙ୍କ ହାତକୁ ଯୋର୍‌ରେ ମୁଠାଇ ଧରି କହିଲା, "ଏବେ ଆପଣ ପରା ନିଜକୁ ମୋ ବଡ଼ ଭଉଣୀ ବୋଲି କହୁଥିଲେ ? ତେବେ ମୋତେ ଆପଣ କିଛି ଦିନ ପାଇଁ ମୋତେ ସାହାରା ଦିଅନ୍ତୁ । ମୁଁ ସବୁ କାମ କରି ପାରିବି । ଖୁବ୍ ମନ ଦେଇ କାମ କରିବି । ଅନ୍ୟଆଡ଼େ କାମ ମିଳିଲେ ବରଂ ପଳେଇବି । ହେଲେ ଏବେ ପାଇଁ..." ମହିଳା ଜଣଙ୍କ ରାନୁର ମୁଣ୍ଡ ଆଉଁସୁ ଆଉଁସୁ କହିଲେ, "ଆରେ ବୋକି ମୁଁ କ'ଣ ଏଇଠି ରୁହେ ? ମୁଁ ପରା ଟ୍ରେନ୍‌କୁ ଅପେକ୍ଷା କରିଛି । ତତେ ଏଇଠି ଏକୁଟିଆ ଦେଖି ଅଟକି ଗଲି । ଯଦି ମୋ ପାଖରେ ରହିବୁ ତେବେ ମୋ ସହ ତତେ ଯିବାକୁ ପଡ଼ିବ । ତୋ ଘର ଛାଡ଼ି ତୁ କ'ଣ ମୋ ସାଙ୍ଗେ ଯାଇ ପାରିବୁ ?" ମହିଳାଙ୍କ ପ୍ରଶ୍ନରେ ରାନୁକୁ ପ୍ରଥମଥର ପାଇଁ ସ୍ୱର୍ଗ ଛୁଇଁଲା ପରି ହାଲୁକା ଲାଗିଲା । ତାକୁ କେହି କେବେ ଏମିତି ନିଜର ଇଚ୍ଛା ପଚାରି ନଥିଲେ ।

ଏଣେ ମହିଳାଙ୍କର ପ୍ରତିକ୍ଷିତ ଟ୍ରେନ୍ ଆସି ପହଞ୍ଚି ସାରିଥିଲା । ମହିଳାଙ୍କ ହାତରେ ରାନୁର ହାତ ଥିଲା । ଆଉ ସିଏ ମଧ୍ୟ ମହିଳାଙ୍କ ହାତକୁ ମୁଠାଇ ଧରିଥିଲା । ଜଣେ କେହି ମହିଳାଙ୍କ ଲଗେଜ୍ ଧରି ସେମାନଙ୍କ ପଛରେ ଟ୍ରେନ୍ ଚଢ଼ିଲା । ରାନୁ ବୁଲିପଡ଼ି ତାକୁ ଦେଖିଲା । ଲୋକଟି ମୁହଁରେ ଆତ୍ମସନ୍ତୋଷର ହସଟେ ଫୁଟି ଉଠୁଥିଲା ।

ଟ୍ରେନ୍‌ରେ ରାନୁ ମହିଳାଙ୍କ ହାତକୁ ସେମିତି ମୁଠାଇ ଧରି ବସିଥିଲା । ଟ୍ରେନ୍ ହର୍ଣ୍ଣ ଦେଲାଣି । ଏବେ ବୋଧେ ଛାଡ଼ିବ । ମୁକ୍ତିର ଦିବାସ୍ୱପ୍ନ ରାନୁ ଓଠରେ ସରୁ ହସଟେ ହୋଇ ଖେଳିଗଲା । ଏଇତ ଏବେ କିଛି ସମୟ ପୂର୍ବରୁ ସିଏ ବାପାଠୁ ମାଡ଼ ଖାଇ ମା' ଭଉଣୀଙ୍କୁ ଛାଡ଼ି ଘରୁ, ମାନେ ସେଇ ନର୍କରୁ ବାହାରି ପଳାଇ ଆସିଲା । ଆଉ ଏବେ ତାକୁ ଅପ୍ରତ୍ୟାଶିତ ଭାବରେ ମୁକ୍ତିର ବାଟ ଏତେ ସହଜରେ ମିଳିଗଲା । ଭାବି ନେଲା, ସିଏ କଷ୍ଟ କରି ନିଜର କିଛି ବ୍ୟବସ୍ଥା କରି ଦେଲେ କିଛିଦିନ ପରେ ସାନ ଦୁଇ ଭଉଣୀଙ୍କୁ ମଧ୍ୟ ସେହି ନର୍କରୁ ନେଇ ଆସିବ ।

ହଠାତ୍ ରାନୁର ଛାତି ଥରି ଉଠିଲା । କିନ୍ତୁ କାହିଁକି ? ରାନୁ ଆଶ୍ଚର୍ଯ୍ୟ ହେଉଥିଲା । ଜୀବନର ସଂଘର୍ଷରେ ବୁଡ଼ି ସିଏ କେବେ ଭଗବାନଙ୍କୁ ଗୁହାରୀ କରି ନଥିଲା । ହେଲେ ଭଗବାନ କ'ଣ ତା' କଷ୍ଟ ସହି ନପାରି ଏମିତି ଅଚାନକ, ସିଏ ଭାବି ନଥିବା, କେବେ ପାଇ ନଥିବା ସ୍ନେହ ଶ୍ରଦ୍ଧା ତା' ଉପରେ ଅଜାଡ଼ି ଦେଲେ ! ଏମିତି ଟିକକ ସ୍ନେହ ପାଇଁ ସେ ସବୁକିଛି କରି ପାରେ । ଏତିକି ବେଳେ ତାଙ୍କ ସାମ୍ନା ସିଟ୍‌ରେ ବସିଥିବା ନାନିଙ୍କ ବୋକଚାବୁହା ଲୋକଟା ଉପରେ ରାନୁର ଆଖି ପଡ଼ିଲା । ଲୋକଟିର ଆଖି ରାନୁକୁ ପରଖିଲା ପରି ତା' ଦେହରେ ଖେଳି ଯାଉଥାଏ । ସୁଖଦ ସ୍ୱପ୍ନରେ ପହଁରୁଥିବା ରାନୁ ହଠାତ୍ ଝୁଣ୍ଟି ପଡ଼ିଲା । ସ୍ୱପ୍ନ ଦୁନିଆରୁ ବିରତି ଆଣି ବାସ୍ତବ ଦୁନିଆକୁ

ଓହ୍ଲାଇ ଆସିଲା। ତା'ର ସେଇ ନୂଆ ନାନିକୁ ଭଲକରି ପୁଣି ଥରେ ଦେଖିଲା। ରାନୁର ସନ୍ଦେହ ହେଲା, ସିଏ ଆଉ କେଉଁ ଶିକାରୀର ଅଠାକାଠିରେ ପଡ଼ି ଯାଇନି ତ ? ଯଦି ଏପରି ହୁଏ ? ସିଏ କ'ଣ କରିବ ? ? ଘର ଛାଡ଼ି ସିଏ ଭୂଲ ନିଷ୍ପତ୍ତି ନେଇନି ତ ? ମୁଣ୍ଡ ତା'ର ଗୋଳମାଳ ହୋଇ ଗଲା। ହେଲେ ସିଏ ଡରିବାକୁ ଆଉ ଚାହୁଁ ନଥିଲା। ସିଏ ଠିକ୍ କରିନେଲା ନା, ତାକୁ ଏବେ ଆଉ କେହି ଶିକାର କରି ପାରିବେନି। ଯଦି କିଛି କରିବାକୁ ହେବ, ସିଏ ନିଜେ ହବ ଶିକାରୀ। ଆଉ ସିଏ ଅନ୍ୟ ପାଇଁ ଜାଲ ପକାଇବ। କାମ ଯେମିତି ବି ହେଉ ସେଇଥିରେ ପାଦ ଖୁବ୍ ଜମାଇକି ରଖିବ।

ଏବେ ରାନୁ ଟିକିଏ ସଳଖି ବସିଲା। ନିଜ ହାତ ନାନିଙ୍କ ହାତରୁ କାଢିଆଣି ଖୁବ୍ ଦୃଢ ସ୍ୱରରେ କହିଲା, "ଯାହା କର ନ କର ମୋ ଭାଗ ପାଉଣାଟା ମୋତେ ଠିକ୍ ଠିକ୍ ଦେଇ ଦେଉଥିବ। ମୁଁ ମାଗଣାରେ କିଛି କରି ପାରିବିନି। ମୋ ଟିକେଟ ତମେ କାଟି ଦେଇଛ ତ ? ମୋତେ ଦେଇ ଦିଅ। ମୋ ପାଖରେ ଏତେ ପଇସା ନଥିଲା ବୋଲି ସିନା..." ନିଜ କଥା ଅଧାରେ ରଖି ବେପରୁଆ ଭାବରେ ଟ୍ରେନ୍ ଝରକା ଆଡ଼େ ମୁହଁ ବୁଲାଇଲା।

ଟ୍ରେନ୍ କେତେବେଳୁ ଗଡ଼ିବା ଆରମ୍ଭ କରି ଦେଇଥିଲା। ସେଇ ନାନି ଓ ଲୋକଟା ରାନୁର ପରିବର୍ତ୍ତିତ ନୂଆ ରୂପକୁ ଆଶ୍ଚର୍ଯ୍ୟ ହୋଇ ଦେଖୁଥିଲେ। ଝରକା ବାଟୁ ପବନ ଆସି ରାନୁ ମୁହଁରେ ତା' ବାଳର ଅଡୁଆ ଜାଲ ବୁଣୁଥିଲା। ରାନୁ ଭବିଷ୍ୟତରେ ଆଉ ଅନ୍ୟର ଜାଲରେ ନ ପଡ଼ିବା ପାଇଁ ନିଜ ଜୀବନର ରଣ କୌଶଳର ଜାଲ ବୁଣୁଥିଲା। ହେଲେ ସିଏ ନିଜ ପ୍ରଶ୍ନର ଜାଲରେ ଛନ୍ଦି ହୋଇ ପଡୁଥିଲା। ଭାବି ପାରୁ ନଥିଲା, ତା' ଗତି କୁଆଡ଼େ ? ଆଲୁଅରୁ ଅନ୍ଧାର ଆଡ଼କୁ ନା ଅନ୍ଧାରରୁ ଆହୁରି ଗାଢ ଅନ୍ଧାରକୁ। ଅବଶ୍ୟ ସିଏ ଏତିକି ସ୍ଥିର ନିଶ୍ଚିତ ଯେ ଜୀବନରେ ସବୁକିଛି ହରାଇ ସାରିବା ପରେ ତାର ଆଉ କିଛି ଅଧିକା ହରାଇବାର ସମ୍ଭାବନା ନଥିଲା। ତେଣୁ ଆଉ ଡର କାହାକୁ ?

■

ତୁମ ଅବର୍ତ୍ତମାନରେ

ବୁଢା ମାଙ୍କଡ଼ଟେ ପରି ମୁଁ କେବଳ ଅନେଇ ରହିଛି । ମୁଁ କ'ଣ ବା କରି ପାରିଥା'ନ୍ତି ! ମୁଁ ସମସ୍ତଙ୍କ ସହ ଯାତ୍ରା ତ କରିପାରେ, ମାତ୍ର କାହାର ସାଙ୍ଗ ଦେଇ ପାରେନା । କେବଳ ଆଗକୁ ଗଡ଼ିଯାଏ । ପଛକୁ ଇଞ୍ଚେ ମଧ୍ୟ ଫେରି ପାରେନା । କେଉଁଠି କାହା ପାଇଁ ଅବା କ୍ଷଣଟେ ଅଟକି ପାରେନା । ଆଉ କେହି ମଧ୍ୟ ମୋତେ ଅଟକାଇ ବା ଫେରାଇ ଆଣି ପାରିବେନି । ଏହା ଅନ୍ୟମାନଙ୍କ ଆଖିରେ ଏକ ଆଶୀର୍ବାଦ ହୋଇପାରେ । ମାତ୍ର ମୁଁ ଜାଣିଛି, ଏ ଆଶୀର୍ବାଦ ମୋତେ କିପରି ଦଣ୍ଡିତ କରୁଛି । ଅବଶ୍ୟ କହିବି ମୁଁ ଅନେକ ସୁଖ ମଧ୍ୟ ଦେଖିଛି । ମାତ୍ର ଶୋକ କରିବାକୁ ଘଡ଼ିଏ ଅଟକି ଯାଇ ପାରି ନାହିଁ । ତୋ / ତମ / ଆପଣଙ୍କ ଅନୁପସ୍ଥିତିରେ ବିଧୁର ହୋଇ ମଧ୍ୟ ସବୁ ପଛରେ ପକାଇ ଆଗକୁ ମାଡ଼ି ଚାଲିଛି ।

ତୋ ଜନ୍ମକୁ ମୁଁ ଦେଖିଛି । ଦେଖିଛି ସେହି ଦିବ୍ୟ ମୁହୂର୍ତ୍ତ ଯେତେବେଳେ ତୁ ଜଳବିନ୍ଦୁଟିଏ ହୋଇ ଜନ୍ମ ନେଲୁ । ସୂର୍ଯ୍ୟର କାଣିଚାଏ ରଶ୍ମୀରେ ତୁ ଝଲସି ଉଠିଲୁ କୋଟି କୋହିନୂର୍‌ର ଉଜ୍ଜ୍ୱଳତାକୁ ସ୍ତିମିତ କରି । ତତେ କ୍ଷୁଦ୍ର ଝରଣା ରୂପରେ ଦେଖିଛି । ତୋ ପ୍ରବାହରେ ଥିଲା ପାହାଡ଼ୀ କିଶୋରୀର ଛନ୍ଦାୟିତ ଉଚ୍ଛଳ ଚାଲି । ଆଉ ମଧ୍ୟ ଉନ୍ମତ୍ତ ଯୌବନା, ଭରାବକ୍ଷ ନଦୀ ରୂପେ ତୁମକୁ ଦେଖିଛି । ସମୁଦ୍ର, ଯାହାକି ତୁମ ରୂପର ଆଉ ଏକ ପ୍ରକାଶ, ସେଇଥିରେ ମିଶିବା ପାଇଁ ତୁମର ସେଇ ପାଗଳାମୀ ମଧ୍ୟ ଦେଖିଛି । ସେଇ ସିନ୍ଧୁରେ ମିଶି ତୁମେ ଆପଣ ପାଲଟି ଯାଅ । ସେହି ମହୋଦଧିକୁ ତୁମେ କହିବାକୁ ଆଉ ଜିଭ ଲେଉଟେନି । ସେଇଠି ତୁମେ ଅବା ଅର୍ଦ୍ଧନାରୀଶ୍ୱର ପାଲଟି ଯାଅ । ହେ ମହାସାଗର, ଆପଣଙ୍କ ବିଶାଳ ବକ୍ଷ, ଗଭୀର ହୃଦୟ ସମସ୍ତଙ୍କ ସତ୍ତାକୁ କବଳିତ କରିଦିଏ । କରିବନି ଅବା କିପରି ? ଜୀବନ ତ ଜଳରୁ ସୃଷ୍ଟି ।

ତୋ କୋଳକୁ ପ୍ରଥମେ ଆସିଥିବା ସେଇ ଏକକୋଷୀ ଜୀବ ଜନ୍ମର ମୁଁ ସାକ୍ଷୀ । ମୋ ଜ୍ଞାତରେ ମୋ ଗତି ସହ ତାଳ ଦେଇ ତୋ କୋଳରେ ଅଗଣିତ ଜୀବସତ୍ତାର ସୃଷ୍ଟି

ହୋଇଛି। ଏମିତିରେ ମଧ୍ୟ ଦେଖିଥିଲି ଦେବଶିଶୁ ବୋଲାଉ ଥିବା ମନୁଷ୍ୟର ଜନ୍ମକୁ। ତା'ର ବିଚକ୍ଷଣ ବୁଦ୍ଧିକୁ ଦେଖି ମୁଁ କେତେ ଯେ ଚକିତ ହୋଇ ଯାଇ ନଥିଲି ! ଦେବଶିଶୁର ନାମକୁ ସାର୍ଥକ କରି ନିଜ ବୁଦ୍ଧିରେ ପ୍ରକୃତିକୁ ବ୍ୟବହାର କରି ସେ ଅନେକ ନୂତନ ସୃଷ୍ଟି କରି ଚାଲିଲା। ଜଳ, ତୁ ବି ତ କିଛି କମ ଗର୍ବିତ ନଥିଲୁ ଏ ମନୁଷ୍ୟ ପାଇଁ, ଯେତେବେଳେ ସେ ତତେ ଅତି ସୁନ୍ଦର ଭାବରେ ସାଇତି ରଖୁଥିଲା ବିଭିନ୍ନ ଆକାର ପ୍ରକାର ପାତ୍ରରେ ? କେତେବେଳେ ସେଇ ପାତ୍ର କଳସୀ, ମାଠିଆ, କୂଅ ରୂପ ନେଇଥିଲା ତ ଆଉ କେତେବେଳେ ନେଇଥିଲା ଜଳଭଣ୍ଡାରର ରୂପ। ବଡ଼ ବଡ଼ ନଦୀଭଣ୍ଡାରରେ ତୋତେ ବନ୍ଦୀ କରି, ତୋ ଉନ୍ମାଦ ପାଦକୁ ମଣିଷ ବାନ୍ଧିରଖି ନିଜ ସୁବିଧା ମୁତାବକ ବ୍ୟବହାର କଲା। ଏଥିରେ ମଧ୍ୟ ତୁ ତା' ଉପରେ ଖୁସି ଥିଲୁ। କାରଣ ତୁ ମାତୃରୂପା, ଜୀବନ ଦାୟିନୀ, ପାଳନକର୍ତ୍ତୀ। ସନ୍ତାନର ଖୁସିରେ ତୋର ଖୁସି।

ମୋ ସହ ଆଗେଇ ଚାଲିଲା ସେହି ଦେବଶିଶୁ ଦ୍ୱାରା ସଭ୍ୟତାର ଗଢା। ସଭ୍ୟତା ପରେ ସଭ୍ୟତା। ଆଉ ସିଏ ସ୍ୱାର୍ଥପର ପାଲଟିଗଲା। ତୋ ଅବଦାନ ଓ ବଦାନ୍ୟତାକୁ ସିଏ ନିଜ ଶକ୍ତି ଓ ସାମର୍ଥ୍ୟ ବୋଲି ଧରିନେଲା। ମୁଁ ତାର ସେହି ଅହଂକାରକୁ ମର୍ମେ ମର୍ମେ ଅନୁଭବ କରିଛି। ସିଏ ତତେ ଅବହେଳା ଓ ଅଯତ୍ନ କରିବା ଆରମ୍ଭ କରି ଦେଲା। ତତେ ମନମୁଖୀ ଭାବରେ ନଷ୍ଟ କରି ଚାଲିଲା। କଳକାରଖାନାର ବିଷାକ୍ତ ବର୍ଜ୍ୟବସ୍ତୁରେ ତୋ ଦିବ୍ୟ ଅଙ୍ଗକୁ କଳୁଷିତ କଲା। ତୋ ଉପରେ ନିର୍ଭର କରୁଥିବା ଅନ୍ୟ ସନ୍ତାନମାନେ ସେହି ବିଷ ଜ୍ୱାଳାରେ ନଷ୍ଟ ହେବାକୁ ଲାଗିଲେ। ତୁ କେମିତି ବା ସେହି କଷ୍ଟ ସହି ପାରିଥା'ନ୍ତୁ ? ମୁଁ ତତେ ତିଳତିଳ ହୋଇ ମରିବାର ଦେଖିଛି। ହେଲେ ଶେଷ ମୁହୂର୍ତ୍ତ ପର୍ଯ୍ୟନ୍ତ ତୁ ଜୀବଜଗତର ମଙ୍ଗଳ ହିଁ କରୁଥିଲୁ। ଦେବଶିଶୁ ଦାନବଶିଶୁ ପାଲଟି ଯାଇଥିଲା। ସିଏ ମୂଲ୍ୟହୀନ କୋହିନୂରକୁ ମୂଲ୍ୟ ଦେଲା। ହେଲେ ତୋ ପରି ଏକ ଦୁର୍ମୂଲ୍ୟ ସମ୍ପଦକୁ ଭୁଲିଗଲା।

ଆଜି ତୁ ଆଉ ସେହି ସୁମଧୁର ଜଳସ୍ରୋତ ହୋଇ ନାହୁଁ। ବର୍ଷା ମଧ୍ୟ ଆଉ ଜୀବନ ଆଣି ଦେଉନି। ପ୍ରଦୁଷିତ ବାୟୁମଣ୍ଡଳ ବର୍ଷା ପାଣିକୁ ଏସିଡ୍ କରି ଦେଇଛି। ତୁ ଭଲ ହେବାକୁ ଚେଷ୍ଟା କରି ମଧ୍ୟ ପାରୁନୁ। ମଣିଷ ତତେ ନଷ୍ଟଭ୍ରଷ୍ଟ କରିବାରେ ଲାଗିଛି। ତୋ ଚେଷ୍ଟା ତା ଦମନଲୀଳା ଆଗରେ କାଣିଚାଏ ମାତ୍ର। ମୁଁ ତୋ ଜନ୍ମ ପୂର୍ବରୁ ଥିଲି ଓ ଚିରକାଳ ପାଇଁ ଥିବି ମଧ୍ୟ। ମୁଁ ଏବେ ସେହି ସ୍ୱାର୍ଥପର ମଣିଷର ନିଜର କୁବୁଦ୍ଧି ପାଇଁ ବିନାଶ ଆଡ଼କୁ ଗତି କରୁଥିବାର ଦେଖି ପାରୁଛି। ତୋ ପାଇଁ ମୋ ବେଦନା ଅବ୍ୟକ୍ତ। ମୁଁ ତ ସମୟ। କାହା ପାଇଁ ଅଟକି ପାରେନା। ତେଣୁ ତୋ ବିଚ୍ଛେଦର ଦୁଃଖକୁ ହୃଦୟରେ ଚାପିଧରି ମୁଁ ପାଦ ଘୋଷାଡ଼ି ଅଗେଇ ଚାଲିବାକୁ ବାଧ୍ୟ।

■

ଭିନ୍ନ ପାହାଡ଼

ମୋନାଲୀଙ୍କ ଆଖି କମ୍ପ୍ୟୁଟର୍ ସ୍କ୍ରିନ୍ ଉପରେ ନିବଦ୍ଧ ଥିଲା। ଅନୁଭବ କଲେ, ତାଙ୍କ ଡ଼େସ୍କ ପାଖରେ କେହି ଜଣେ ଆସି ଠିଆ ହୋଇ ଗଲାଣି। କମ୍ପ୍ୟୁଟର୍ ଆଡୁ ମୁହଁ ଫେରାଇ ଦେଖିଲେ, ବିନୟ ବାବୁ। ସିଏ କିଛି ପ୍ରତିକ୍ରିୟା ଦେବା ପୂର୍ବରୁ ବିନୟ ବାବୁ ହସି ହସି କହିଲେ, "ମ୍ୟାଡ଼ାମ୍ ଏଇ କାର୍ଡ଼ ରଖନ୍ତୁ। ୨୨ ତାରିଖରେ ନିଶ୍ଚିତ ଆସିବେ।" ମୋନାଲୀ ହଠାତ୍ ହଡ଼ବଡ଼େଇ ଗଲେ। ଭାବିଲେ, 'ଏଇ ପୁଣି କି କାର୍ଡ଼? ଏଇ ୩/୪ ମାସ ପୂର୍ବରୁ ତ ବିନୟ ବାବୁଙ୍କ ସ୍ତ୍ରୀଙ୍କର ପ୍ରଥମ ଶ୍ରାଦ୍ଧବାର୍ଷିକୀ ଉପଲକ୍ଷେ ସିଏ ତାଙ୍କୁ ନିମନ୍ତ୍ରଣ କରିଥିଲେ। ଆଉ ସିଏ ମଧ୍ୟ କିଛି ସହକର୍ମୀଙ୍କ ସହ ସେଇଥିରେ ଯୋଗ ଦେଇଥିଲେ। ସେଠାରେ ତାଙ୍କ ପୁଅଝିଅଙ୍କୁ ମଧ୍ୟ ଭେଟିଥିଲେ। ପିଲା ଦୁହିଁଙ୍କ ବୟସ ସେଇ ୧୦/୧୨ ବର୍ଷ ହେବ ବୋଧେ। ତେଣୁ ସେମାନଙ୍କର କାହାର ଷୋଳପୂଜା କାର୍ଡ଼ ତ ହୋଇ ନ ପାରେ। ତାହା ହେଲେ... ତାହା ହେଲେ କ'ଣ ତାଙ୍କ ବାପା ମା'ଙ୍କର କିଛି... ନା, ନା ସେମିତି ଅମଙ୍ଗଳ କଥା ଭାବିବା ଉଚିତ ନୁହେଁ। ସେମିତି କିଛି ହୋଇଥିଲେ ଅଫିସ୍‌ରେ କଥାଟା ଆଗରୁ ଜଣା ପଡ଼ିଥା'ନ୍ତା।' ନିଜ ଭାବନାରେ ବ୍ରେକ୍ ଦେଇ ମୋନାଲୀ ପଚାରିଲେ, "ଆଜ୍ଞା, ପୁଣି କି ନିମନ୍ତ୍ରଣ?"

"ଏଇ ବାହାଘର"

"ଓଃ! କାହାର ବାହାଘର?"

"ମ୍ୟାଡ଼ାମ୍, ମୁଁ ଆମ ଘରେ ଗୋଟିଏ ବୋଲି ତ ପୁଅ। ଦୁଇ ଭଉଣୀଙ୍କ କାମ ବାପାମା' କେବେଠାରୁ ସାରି ଦେଇଛନ୍ତି। ଆଉ କାହାର କ'ଣ ପଚାରୁଛନ୍ତି? ଏଇ ମୋ ବାହାଘର।"

ମୋନାଲୀ ଆଶ୍ଚର୍ଯ୍ୟ ହୋଇଗଲେ, 'ଯେଉଁ ସ୍ତ୍ରୀକୁ ନେଇ ଏତେ ବର୍ଷ ପିଲାଛୁଆ ସଂସାର ଗଢିଥିଲେ, ସେଇ ଜୀବନ ସଙ୍ଗିନୀ ମରିବାର ବର୍ଷେ ନ ପୁରୁଣୁ ପୁଣି ବିବାହ!'

ବିନୟ ବାବୁ ବୋଧେ ମୋନାଲୀଙ୍କ ମନୋଭାବ ତାଙ୍କ ମୁହଁରୁ ପଢି ପକାଇଲେ। ନିଜ ଖୁସିବାସିଆ ମୁହଁରେ ଝଟ୍ କରି ଦୁଃଖର କଳାବାଦଲକୁ ଘୋଡ଼ାଇ ଆଣିଲେ। ମୋନାଲୀଙ୍କ ଟେବୁଲରେ ଭରା ଦେଇ କିଛି କ୍ଷଣ ଚୁପ୍ ହୋଇ ଠିଆ ହୋଇ ମୁଣ୍ଡ ଉପରେ ଘୁରୁଥିବା ପଙ୍ଖାକୁ ଦେଖିଲେ। ଦୀର୍ଘଶ୍ୱାସ ଛାଡ଼ି କହିଲେ, "ମ୍ୟାଡ଼ାମ୍ ଆଉ କ'ଣ କରିବି ? ଆପଣ ତ ଜାଣନ୍ତି ମୁଁ ଆମଘରର ଗୋଟିଏ ବୋଲି ପୁଅ। ତେଣୁ ଘରେ ମୋତେ ଦ୍ୱିତୀୟ ପକ୍ଷ କରିବାକୁ ଖୁବ୍ ବାଧ୍ୟ କଲେ। ସେମାନଙ୍କ ମତରେ ମତେ କେତେ ବା ବୟସ ହେଇଛି। ଆଗରେ ମୋର ପାହାଡ଼ ପରି ଜୀବନ ପଡ଼ିଛି। ହେଲେ ଆପଣ କହିଲେ ମ୍ୟାଡ଼ାମ, ଯାହାକୁ ଧରି ମୁଁ ଦୀର୍ଘ ୧୬ ବର୍ଷ ଘରସଂସାର କଲି ତାକୁ କ'ଣ ଏତେ ଶିଘ୍ର ଭୁଲି ହେବ ? ମିସେସ୍ ତା' ପିଲାଙ୍କ ପାଇଁ ଦେଖିଥିବା ସ୍ୱପ୍ନକୁ ସାକାର କରିବା ପାଇଁ ମୁଁ ନିଜକୁ ଉଭୟ ବାପା ଓ ମା' ଭୂମିକାରେ ଉତାରି ଦେଲି। ହେଲେ ପିଲା ଦୁଇଟା ମା' ସ୍ନେହ ପାଇଁ ଝୁରି ହେଉଛନ୍ତି। ସେମାନଙ୍କ ବିକଳ ମୁହଁକୁ ଦେଖି ମୁଁ ଆଉ ସହି ପାରିଲିନି। ତେଣୁ ବାହା ହେବା ପାଇଁ ବାଧ୍ୟ ହୋଇ ରାଜି ହୋଇଗଲି।"

ବାହାଘରର କଥାଟା ବିନୟ ବାବୁଙ୍କ ପାଟିରୁ ବାହାରିଲା ବେଳକୁ କିଛି କ୍ଷଣ ପୂର୍ବର ଅବସାଦ ଢାଙ୍କୁଣୀଟା ତାଙ୍କ ମୁହଁରୁ ଅପସରି ଯାଇ କୋମଦିଆ ଭାବଟେ ତାଙ୍କ ମୁହଁରେ ବେଶ ଫୁଟି ଉଠିଥିଲା। ସେ ଆଉ ମୋନାଲୀଙ୍କ ଡ଼େସ୍କକୁ ଆଉଜି ଠିଆ ହୋଇ ନଥିଲେ। ବରଂ ତାଙ୍କ ହାତ ଦୁଇଟି ନିଜ ଛାତି ପାଖରେ ଛନ୍ଦି ହୋଇ ଯାଇଥିଲା। ତାଙ୍କ ଦୃଷ୍ଟି ବ୍ୟାଙ୍କର ମେନ୍ ଗେଟ୍ ଆଡ଼େ ପ୍ରସାରି ଯାଇଥିଲା।

ସେ ସେମିତି କହି ଚାଲିଥିଲେ, "ଜାଣିଲେ ମ୍ୟାଡ଼ାମ୍, ଝିଅଟି ଏଇଠିକାର। ବାପା ତା'ର ପ୍ରାଇମେରୀ ସ୍କୁଲ ଟିଚର୍। ସେଇଥିରେ ପୁଣି ପାଞ୍ଚ ପାଞ୍ଚଟା ଝିଅ। ଏଇ ସବା ସାନ। ଏତେ ଝିଅ ବାହା କରୁ କରୁ ଯା ବୟସ ଟିକିଏ ଗଡ଼ି ଯାଇଛି। ମାନେ ଯା'କୁ ଆସି ୩୫ ବର୍ଷ ହେଲାଣି। ହଁ, ଚଳିବ। ସିଏ ମଧ୍ୟ ସରକାରୀ ସ୍କୁଲ ଶିକ୍ଷୟତ୍ରୀ ଅଛି। ତେଣୁ ଘରକୁ ଦି ପଇସା ମଧ୍ୟ ଆସିବ। ସ୍ତ୍ରୀ ପଛରେ ଯେତିକି ସରିଥିଲା..."

ମୋନାଲୀ ସ୍ୱପ୍ନରେ ପହଁରୁଥିବା ବିନୟ ବାବୁଙ୍କୁ ଆଁ କରି ଅନାଇଥିଲା। ଏଣ୍ଡୁଅ ପରି ରଙ୍ଗ ବଦଳାଉଥିବା ଲୋକଟିର ଭାବାନ୍ତରସବୁକୁ ଲକ୍ଷ୍ୟକରି ଆଶ୍ଚର୍ଯ୍ୟ ହେଉଥିଲା।

ମୋନାଲୀଙ୍କ ଆଖିରେ ତାଙ୍କ କୋମଦିଆ ଭାବଟା ଧରା ପଡ଼ି ଯାଇଥିବା ଜାଣି, ବିହ୍ୱଳ ହୋଇ ନିଜ ସ୍ୱପ୍ନକୁ ବଖାଣୁ ଥିବା ବିନୟ ବାବୁ ହଠାତ୍ ଚୁପ ହୋଇଗଲେ। ଟିକିଏ ହଡ଼ବଡ଼େଇ ଯାଇ କହିଲେ, "ଆରେ ତେଣେ ମୋର କେତେ କାମ ପେଣ୍ଡିଂ ପଡ଼ିଛି। ଚାଲିଲି। ବାହାଘରକୁ ନିଶ୍ଚିତ ଆସିବେ।"

"ହଁ, ହଁ ନିଶ୍ଚିତ। ଏଇଟା କ'ଣ ଗୋଟେ ପଚାରିବା କଥା ?" ଔପଚାରିକ କଥା ପଦକ ମୋନାଲୀ ମଧ୍ୟ କୃତ୍ରିମ ହସର ଖୋଳପାରେ ପୁରାଇ ଦେଇ କହିଲେ।

କଲିଂ ବେଲ୍ ମାରି ଦୁଆର ମୁହଁରେ ମୋନାଲୀ କେତେ ବେଳୁ ଠିଆ ହେଲେଣି। ଏ ପର୍ଯ୍ୟନ୍ତ କବାଟ ଖୋଲିନି। ହେଲେ କବାଟ ସେପାଖରୁ ବୁବୁ ପାଟି ସିଏ ସ୍ପଷ୍ଟ ଶୁଣି ପାରୁଛନ୍ତି। କିଛିକ୍ଷଣ ପରେ ଶାଶୁ ଆସି କବାଟ ଖୋଲିଲେ। ବୁବୁ ଦଉଡ଼ି ଆସି ତାଙ୍କ ଉପରକୁ ଖପ୍ କରି ଡେ଼ଇଁ ପଡ଼ିଲା। ପର୍ସକୁ ଟେବୁଲ ଉପରେ ରଖୁ ରଖୁ ମୋନାଲୀ ବୁବୁକୁ କୋଳେଇ ନେଇ ସୋଫାରେ ବସି ପଡ଼ିଲେ। ତାଙ୍କ ପର୍ସରୁ ବିନୟ ବାବୁଙ୍କ କାର୍ଡ଼ଟି ଅଧା ବାହାରି ଆସିଥିଲା। ସାମ୍ନାରେ ବସିଥିବା ତାଙ୍କ ଶାଶୁ କାର୍ଡ଼ଟି ଆଣି ଖୋଲୁ ଖୋଲୁ ପଚାରି ଥିଲେ, "କ'ଣ ତୁମ ବ୍ୟାଙ୍କରେ କାହାର ବାହାଘର ?"

କୋଳରେ ଖୁଜୁରୁ ବୁଜୁରୁ ହେଉଥିବା ବୁବୁକୁ ସମ୍ଭାଳୁ ସମ୍ଭାଳୁ ମୋନାଲୀ କହିଲେ, "ହଁ, ବିନୟ ବାବୁଙ୍କ ବାହାଘର। ତାଙ୍କ ସ୍ତ୍ରୀଙ୍କର ଗଲା ବର୍ଷ ସ୍ୱର୍ଗବାସ ହୋଇ ଯାଇଛି। ଏଇ ଝିଅଟି ପ୍ରାଇମେରୀ ସ୍କୁଲ ଟିଚର୍। ବାହା ହେଲେ, ଭଲ ହେଲା ଯେ... ହେଲେ ବିନୟ ବାବୁଙ୍କର ୧୦/୧୨ ବର୍ଷର ଦୁଇଟି ପୁଅଝିଅ ଅଛନ୍ତି। ସେମାନେ କ'ଣ ଏତେ ଶିଘ୍ର ତାଙ୍କ ମାଙ୍କୁ ପାସୋରି ଦେଇଥିବେ ? ଆଉ କିଛି ଦିନ ଅନ୍ତରରେ ବାହା ହେଇଥିଲେ କ'ଣ ହେଇ ନଥାନ୍ତା ?"

"ଯଦି ବାହା ହେବାର ଅଛି, ତେବେ ଆଉ କିଛି ଦିନ ପରେ କାହିଁକି ? ବୟସ କ'ଣ ଆସୁଛି ? ପିଲାମାନେ ଅଧିକା ବଡ଼ ହୋଇଗଲେ ସେମାନଙ୍କୁ ଅଧିକ କଷ୍ଟ ହେବ। ସେମାନେ ସେ ଝିଅକୁ ମା' ଭାବରେ ଗ୍ରହଣ କରିବାକୁ ସହଜରେ ରାଜି ହେବେନି। ତେଣୁ ଏବେ ଠିକ୍ ଅଛି। ପୁରୁଷ ପିଲା ଏଣେ ଅଫିସ୍ ତେଣେ ପିଲାଛୁଆ। କେମିତି ସମ୍ଭାଳିବେ ? କେତେ ଅବା ବୟସ ହୋଇଥିବ ? ଅତି ବେଶିରେ ସେଇ ୫୦ ପାଖା ପାଖି। ତାଙ୍କ ଆଗରେ ପାହାଡ଼ ପରି ଜୀବନ ପଡ଼ିଛି। ଏକା ଚଳିବା କଷ୍ଟକର। ଖାଲି ଏତିକି ଯେ, ଭଗବାନ ସେଇ ଝିଅକୁ ସଦବୁଦ୍ଧି ଦିଅନ୍ତୁ, ସିଏ ଯେମିତି ବିନୟ ବାବୁଙ୍କ ପିଲା ପରିବାରକୁ ଭଲରେ ଆପଣାଇ ନେଉ। ଆଚ୍ଛା ସେକଥା ଛାଡ଼। ତୁମେ ଚା' କରିବ ନା ମୁଁ କରି ଆଣିବି ?" ଶାଶୁ କାର୍ଡ଼କୁ ଖୋଳରେ ପୁରାଉ ପୁରାଉ ପଚାରିଲେ।

"ନାଁ, ନାଁ ଆପଣ ବସନ୍ତୁ। ମୁଁ ଟିକିଏ ଧୁଆ ଧୁଇ ହୋଇ ଚା' କରି ଆଣିବି।" ଏତକ କହି ମୋନାଲୀ ବୁବୁକୁ କୋଳରୁ ଓହ୍ଲାଇ ଘର ଭିତରକୁ ମୁହାଁଇଲେ।

ସମସ୍ତଙ୍କର ରାତ୍ର ଭୋଜନ ସରି ଆସିଥିଲେ ମଧ୍ୟ କଥା ସରୁ ନଥିଲା। କାରଣ କାଲି ସକାଳୁ ମୋନାଲୀଙ୍କ ଶାଶୁ ଶ୍ୱଶୁର ଫେରିଯିବେ। ଶ୍ୱଶୁର ମୋନାଲୀଙ୍କୁ ଭୋର୍

ସାଢେ ଚାରିଟାରେ ଆଲର୍ମ ସେଟ୍ କରିବାକୁ କହିଥିଲେ। ହଁ, ସେମାନଙ୍କ ଟ୍ରେନ୍ ସକାଳ ୬ଟାରେ। ଘରୁ ସାଢେ ପାଞ୍ଚଟା ସୁଦ୍ଧା ବାହାରିବାକୁ ହେବ। ତାଙ୍କର ସବୁ ପ୍ୟାକିଂ ମୋନାଲୀ ସାରି ଦେଇଛନ୍ତି।

ଅଇଁଠା ପ୍ଲେଟ୍ ଏକାଠି କରୁ କରୁ ମୋନାଲୀ କହିଲେ, "ମା', ଆଉ କିଛି ଦିନ ରହି ଯାଇଥିଲେ ଭଲ ହୋଇଥା'ନ୍ତା।"

ଶାଶୁଙ୍କ ଆଖି ଜକେଇ ଆସିଲା, "ମୋର କ'ଣ ବୁବୁକୁ ଛାଡ଼ି ଯିବାକୁ ଇଚ୍ଛା ହେଉଛି ? ତୁମେମାନେ ଏଠାକୁ ଆସିବା ପରେ ତେଣେ ଏତେବଡ଼ ଘରଟା ଖାଲି ଖାଇ ଗୋଡ଼ାଉଛି। ହେଲେ କ'ଣ କରିବି ? ଘରଟାକୁ ତାଲା ପକାଇ ଆସିଛି। ଆଜିକାଲି ତ ଯେଉଁ ଚୋର ଭୟ ତୁ ଜାଣୁଥିବୁ। ତେଣେ ବଗିଚାରେ କେତେ ଫୁଲ, ପନିପରିବା ଗଛ ତୋ ବାପା ଲଗେଇଛନ୍ତି। ୩ ଦିନ ହେଲା ମୁଁ ପାଣି ଦେଇନି ଯେ ସେଗୁଡ଼ା ଝାଉଁଳି ପଡ଼ିଥିବ ନା କ'ଣ ? ଦି'ଟା କଦଳୀ କାନ୍ଧି ପଡ଼ିଛି। ଆମ୍ବ ଗଛରେ ଏତେ କଷି ଧରିଛି ଯେ ବଜାରି ଟୋକାଗୁଡ଼ା ଟେକାମାରି ସବୁ ଝଡ଼ାଇ ନେଇ ପଳାଉଥିବେ। ଏଇଠିକୁ ଆସିଲା ବେଳେ ନରିଆକୁ ଘରବାରି ଆଖିରଖିବାକୁ କହିଦେଇ ଆସିଥିଲୁ। ହେଲେ ସିଏ କୋଉ ଭଲରେ ଜଗୁଥିବ। ଖାଲିରେ ତାକୁ ଯାହା ପଇସା ଗଣିବା କଥା।"

ସତରେ ଶାଶୁ ଭାରି ଚିନ୍ତିତ ଜଣା ପଡୁଥିଲେ। ଏତିକି ବେଳେ ଶ୍ୱଶୁର ଦୀର୍ଘ ଶ୍ୱାସଟେ ଛାଡ଼ି କହିଲେ, "ମା'ରେ ବୁବୁ ଆମର ଜୀବନ। ସବୁ କାମ ପକାଇ ଦେବ ତା କଥା ଆଗେ ବୁଝିବ। ଆମ ଜତୀନର ଏଇ ତ ଏକମାତ୍ର ସନ୍ତକ। ନ ହେଲେ ଆମ ଜୀବନରେ ଆଉ କ'ଣ ଅଛି ?"

ଶ୍ୱଶୁରଙ୍କ କଥାରେ ଶାଶୁ କାନିରେ ଆଖି ପୋଛିଲେ। ମୋନାଲୀଙ୍କ ଆଖି ମଧ୍ୟ ଜକେଇ ଆସିଥିଲା। ସେ ଡାଇନିଙ୍ଗ୍ ଟେବୁଲରୁ ପ୍ଲେଟ ଉଠାଇ ରୋଷେଇ ଘରକୁ ଚାଲି ଯାଇଥିଲେ।

କାମସବୁ ସରିଲା ବେଳକୁ ରାତି ସାଢେ ଏଗାରଟା ହେଲାଣି। କାଲି ପୁଣି ଭୋରୁ ଉଠିବାକୁ ହେବ। ମୋନାଲୀ ବୁବୁ ପାଖରେ ଖଟରେ ଗଡ଼ି ପଡ଼ିଲେ। ବୁବୁକୁ ସିଏ ୯/୯.୩୦ ସୁଦ୍ଧା ଶୁଆଇ ଦିଅନ୍ତି। ନିଦ ମାଉସୀ କୋଳରେ ବୁବୁ ଦେବଶିଶୁଟିଏ ପରି ଲାଗୁଥିଲା। ସେ ତା' ଅଳରା ବାଳକୁ ସାଉଁଟି ଆଣି କପାଳରେ ଚୁମାଟିଏ ଦେଲେ। ତାଙ୍କ ଜୀବନରେ ଆଉ କ'ଣ ବା ଅଛି ? କେବଳ ତ ଏଇ ବୁବୁ।

ମୋନାଲୀଙ୍କ ଜୀବନ ମଧ୍ୟ କି ଅଜବ ? ବାହାଘରର ୬ ବର୍ଷ ଭିତରୁ ପ୍ରଥମ ତିନି ବର୍ଷ ମେଞ୍ଚା ମେଞ୍ଚା ରଙ୍ଗର ରଙ୍ଗୀନ ଫୁଲ ଫୁଟି ତାଙ୍କ ଜୀବନକୁ ଶତରଙ୍ଗରେ

ରଙ୍ଗେଇ ଦେଇଥିଲା। ଆଉ ସେଇ ତିନି ବର୍ଷ ପରେ ସବୁ ବର୍ଣ୍ଣ ଫୁଲ ହଠାତ୍‌ରେ ଝାଉଁଳି ପଡ଼ି ଜୀବନକୁ ଏକାବେଳକେ ବିବର୍ଣ୍ଣ କରି ପକାଇଲା।

ମୋନାଲୀଙ୍କ ଘରେ କେତେ ଖୋଜିଲୋଡ଼ି ତାଙ୍କ ହାତ ଯତୀନଙ୍କ ହାତରେ ଦେଇଥିଲେ। ହେଲେ ବାହାଘରର ତିନି ବର୍ଷ ପରେ ହଠାତ୍ କାଳ ମୋନାଲୀଙ୍କ ହାତରୁ ଯତୀନଙ୍କୁ ଛଡ଼ାଇ ନେଇଥିଲା। କୋଳରେ ଛାଡ଼ି ଯାଇଥିଲା ବର୍ଷକର ବୁବୁକୁ।

ଜୀବନର ଶକ୍ତ ଧକ୍କାରେ ତ୍ରସ୍ତ ମୋନାଲୀ ନିଜକୁ ସମ୍ଭାଳିବା ପାଇଁ ବେଶ କିଛିଦିନ ଲାଗିଥିଲା। ସେତେବେଳେ କେତେ ବା ବୟସ ହୋଇଥିଲା ତାଙ୍କୁ ? ସତେଇଶି ବର୍ଷ। ସମସ୍ତେ ତାଙ୍କୁ ବୁଝାଉଥିଲେ, "ବୁଢାବୁଢୀଙ୍କ ଆଖି ଆଗରେ ତାଙ୍କର ଗୋଟିଏ ବୋଲି ପୁଅ ଚାଲିଗଲା। କେତେ ଯେ ଦୁଃଖ। ତାଙ୍କ ଜୀବନରେ ଆଉ ରହିଲା ବା କ'ଣ ? ଅଫେରା ରାଜ୍ୟକୁ ପୁଅ ତ ଗଲା। ଏବେ ତୁମକୁ ତାଙ୍କ ପୁଅ ହୋଇ ପରିଣତ ବୟସରେ ସେମାନଙ୍କର ସାହା ହେବାକୁ ପଡ଼ିବ। ବୁବୁର ଦାୟିତ୍ୱ ତୁମ ଉପରେ। ଆଗରେ ପୁଣି ପାହାଡ଼ ପରି ଜୀବନ ପଡ଼ିଛି। ତୁମେ ଏମିତି ଭାଙ୍ଗି ପଡ଼ିଲେ କ'ଣ ହେବ ? ତୁମକୁ ଦମ୍ଭ ଧରିବାକୁ ହେବ।"

ମୋନାଲୀ ଘରଦ୍ୱାର ଓ ପିଲା କଥା ବୁଝି ଚାକିରି ପାଇଁ ପଢାପଢିରେ ମଧ୍ୟ ଲାଗି ପଡ଼ିଲେ। ଏବେ ୫/୬ ମାସ ହେଲା ଏ ବ୍ୟାଙ୍କରେ ଚାକିରି ପାଇ ଏ ସହରକୁ ଆସି ରହିଛନ୍ତି। ଏଇ ସହରରେ ତାଙ୍କର ନିଜର ବୋଲି କେହି ନାହାନ୍ତି। ଶାଶୁ, ଶ୍ୱଶୁର ତାଙ୍କ ଘର, ବାଡ଼ିବଗିଚା, ଆମ୍ବଗଛ ଆଦିକୁ ଛାଡ଼ି ଏଠାରେ ଆସି ରହି ପାରିବେ ନାହିଁ। କେବେ କେବେ ମୋନାଲୀଙ୍କୁ ଲାଗେ ବୁବୁ ଦାୟିତ୍ୱ ଅପେକ୍ଷା ବୋଧେ ସେଇ ଘର ଓ ବାଡ଼ିବଗିଚା ଦାୟିତ୍ୱ ନେବା ସେମାନଙ୍କ ପାଇଁ ଅଧିକ ଜରୁରୀ। ଅଭିମାନରେ ମନଟା ଗୁମୁରି ଉଠେ। ହେଲେ ପୁଣି ବାସ୍ତବତାକୁ ଫେରି ଆସନ୍ତି ମୋନାଲୀ। ସେଇଥି ପାଇଁ ଚାରି ବର୍ଷର ବୁବୁକୁ ସିଏ ବାଧ୍ୟ ହୋଇ ଏକ ଡେ ବୋର୍ଡିଂରେ ନାମ ଲେଖାଇଲେ। ପିଲାଟି ସକାଳ ସାତଟାରେ ସ୍କୁଲ୍ ଯାଏ ଯେ, ଫେରେ ସନ୍ଧ୍ୟା ସାତରେ। ଏଇ ତିନି ଦିନ ହେଲା ଶାଶୁ ଶ୍ୱଶୁର ଆସିଛନ୍ତି ବୋଲି ସ୍କୁଲରେ ଦରଖାସ୍ତ ଦେଇ ବୁବୁକୁ ଦ୍ୱିପ୍ରହରରେ ଶ୍ୱଶୁର ଯାଇ ଘରକୁ ନେଇ ଆସୁଥିଲା। ପିଲାଟି ଜେଜେ ମା', ଜେଜେ ବାପାଙ୍କୁ ପାଖରେ ପାଇ କେତେ ଯେ ଖୁସି ହୋଇ ଯାଇଥିଲା। କାଲି ସକାଳୁ ଉଠି ଯେତେବେଳେ ସେମାନଙ୍କୁ ଘରେ ପାଇବନି, ବିଚରା କେତେ କାନ୍ଦିବ। ତାକୁ ବୁଝାଇବା ଦାଇତ୍ୱ ମଧ୍ୟ ମୋନାଲୀଙ୍କର। ଏସବୁ ଭାବି ତାଙ୍କ ଆଖିରୁ ଦୁଇ ଧାର ଲୁହ ଗଡ଼ି ଆସିଥିଲା।

ମନେ ପଡ଼ିଗଲା, ସିଏ ଯେତେବେଳେ ଦୁଃଖରେ ଭାଙ୍ଗି ପଡ଼ନ୍ତି,

ସେତେବେଳେ ତାଙ୍କ ଜନ୍ମକଲା ମା' ମଧ୍ୟ ବୁଝାନ୍ତି, "ମା'ରେ ଆଉ କ'ଣ କରା ଯାଇ ପାରିବ? ଭଗବାନଙ୍କ ଇଚ୍ଛା ଆମକୁ ମୁଣ୍ଡପାତି ସହି ନେବାକୁ ହେବ। ତୋ ଉପରେ ଏ ବକଟେ ପିଲାର ଦାୟିତ୍ୱ, ତୋ ଶାଶୁ ଶ୍ୱଶୁରଙ୍କ ଦାୟିତ୍ୱ। ତୁ ଏମିତି ଭାଙ୍ଗି ପଡ଼ିଲେ ହେବ? ମନ ଦୃଢ଼ କରେ। ଆଗରେ ତୋର ପାହାଡ଼ ପରି ଜୀବନ ପଡ଼ିଛି। ତାକୁ ପାର ହେବାକୁ ହେବ।"

ପାହାଡ଼ ପରି ଜୀବନ!!!

ହଁ, ନୁହେଁ ଆଉ କ'ଣ? ମୋନାଲୀଙ୍କ ଜୀବନ ପାହାଡ଼ ପରି ପଥୁରିଆ ହେବା ଉଚିତ। କାରଣ ସବୁ କଷ୍ଟ ସହି ସେ କେବଳ ବୁବୁ ଓ ଶାଶୁ ଶ୍ୱଶୁରଙ୍କ ଦାୟିତ୍ୱ ପିଠିରେ ବୋହିନେବେ। ସିଏ ୩୦ ବର୍ଷ ବୟସରେ ମଧ୍ୟ ପାହାଡ଼ ପରି ନିଶ୍ଚଳ ହେବା ଉଚିତ୍। କାରଣ ତାଙ୍କ ମନକୁ ଯେପରି କିଛି କାମ ବାସନା ଚହଲାଇ ପାରିବନି। ସିଏ ଟାଙ୍ଗରା ପାହାଡ଼ ପରି ବିବର୍ଣ୍ଣ ହେବା ଉଚିତ୍। କାରଣ ବର୍ଣ୍ଣ ଓ ରଙ୍ଗ କାଳେ ତାଙ୍କୁ ଅସଂଯମୀ କରିଦେବ। କାଳେ ତାଙ୍କ ମନ କେଉଁଠି ଢଳିଗଲେ ସେ ପରିବାର ଓ ସମାଜ ଆଖିରେ ତଳକୁ ପଡ଼ିଯିବେ। ଏ ସମାଜର ପ୍ରଚଳିତ ପ୍ରଥା ତାଙ୍କ ଜୀବନ ପାହାଡ଼ ପରି ହେବା ଦରକାର ବୋଲି ନୁହେଁ ବରଂ ବାଧ୍ୟବାଧକତା ବୋଲି ନିର୍ଦ୍ଧାରିତ କରି ଦେଇଛି।

ମୋନାଲୀଙ୍କର ଛାତି ଥରାଇ ଦୀର୍ଘ ଶ୍ୱାସଟେ ବାହାରି ଆସିଲା। ବାଃ ରେ ଆମର ସମାଜ। ବିନୟ ବାବୁ ଓ ତାଙ୍କ ପରି କେତେ ଜଣଙ୍କ ପାଇଁ ଜୀବନକୁ ପାହାଡ଼ କରି ଦେଇଛି। ଆଉ ସେହି ସମାନ ପାହାଡ଼ ପରି ଜୀବନକୁ ଅତିକ୍ରମ କରିବାକୁ ପୁରୁଷ ଓ ନାରୀଙ୍କ ପାଇଁ ଦୁଇଟି ସମ୍ପୂର୍ଣ୍ଣ ବିପରୀତ ରାସ୍ତା ଏଇ ସମାଜ ସ୍ଥିର ମଧ୍ୟ କରି ଦେଇଛି।

ମୋନାଲୀଙ୍କ ଆଖି ଆଗରେ ତାଙ୍କ ପାଇଁ କଟା ଯାଇଥିବା ଧୂସରିଆ, ପଥୁରିଆ ପାହାଡ଼ିଆ ରାସ୍ତାଟା ଭାସି ଉଠିଲା। ସିଏ ଆଉ ଦେଖି ପାରିଲେନି। ବିବ୍ରତ ହୋଇ ଆଖି ବନ୍ଦ କରି ଦେଲେ। ସାରାଦିନର କ୍ଳାନ୍ତି ତାଙ୍କ ଆଖିରେ ନିଦ ମଡ଼ାଇ ଆଣିଲା। ସେହି ବନ୍ଦ ଆଖିରେ ଆସ୍ତେ ଆସ୍ତେ ତାଙ୍କୁ ଦିଶିଲା ପଥୁରିଆ ପାହାଡ଼ର କେଉଁ ଏକ ଫାଟରୁ ପାଣିର ସରୁ ଝରଟିଏ ଫିଟିଲାଣି। କୁଳୁକୁଳୁ ଶବ୍ଦ କରି ତଳକୁ ଗଡ଼ି ଆସିଲାଣି। ପାଣି ପାଇ ଟାଙ୍ଗରା ପଥର ଉପରେ ଜୀବନ ସଂଚରିଲାଣି। ଏଥର ଧୂସରିଆ ପଥୁରିଆ ପାହାଡ଼ଟାରେ ମୋନାଲୀଙ୍କୁ ସବୁଜିମାର ଆଭାସ ଦେଖା ଗଲାଣି।

ହଁ, ସିଏ ବିନୟ ବାବୁଙ୍କ ପାହାଡ଼ିଆ ରାସ୍ତା ସହ ନିଜ ରାସ୍ତାକୁ ତ କେବେ ତୁଳନା କରି ପାରିବେନି। ହେଲେ ସିଏ ନିଜ କଷ୍ଟରେ ନିଜ ମନ ମୁତାବକ ପଥୁରିଆ

ଥୁଣ୍ଟା ପାହାଡ଼କୁ ସବୁଜିମାରେ ଢାଙ୍କି ଦେବେ। ତା ଭିତର ଦେଇ ଯାଇଥିବା ଅଙ୍କାବଙ୍କା ରାସ୍ତାରେ ବୁବୁର ହାତକୁ ମୁଠାଇ ଧରି ସେ ଆଗେଇ ଯିବେ। ଶାଶୁ ଶ୍ୱଶୁରଙ୍କୁ ସିଏ କ'ଣ କେବେ ଅଣଦେଖା କରି ପାରିବେ? ନା, କେବେ ନୁହେଁ। ସିଏ ସମସ୍ତଙ୍କୁ ନେଇ ଚାଲି ପାରିବେ। ସିଏ ସବୁ କରି ପାରିବେ। କାରଣ ସିଏ ନାରୀ, ସର୍ବୋପରି ଗୋଟେ ମା', ଏକ ସୃଷ୍ଟିକର୍ତ୍ତା।

■

ବିପକ୍ଷ ଆଶୀର୍ବାଦ

ସନାତନ ବାବୁ ତାଙ୍କ ଝାଲୁଆ ମୁହଁ ରୁମାଲ୍‌ରେ ପୋଛି ପୋଛି ଭିତରକୁ ପଶି ଆସି ଥିଲେ। ସୁମିତ୍ରାଙ୍କୁ ଦେଖି ହସି ମଧ୍ୟ ଦେଇ ଥିଲେ। ହେଲେ କୋଠରୀ ଭିତରକୁ ପଶିବା ବେଳର ତାଙ୍କ ଉଦାସିଆ ଝାଲୁଆ ମୁହଁ ସୁମିତ୍ରାଙ୍କ ଆଖିକୁ ଫାଙ୍କି ଦେଇ ପାରି ନଥିଲା। ଆଉ ସନାତନଙ୍କ ହାତରେ ଥିବା ପଲିଥିନ୍ ମଧ୍ୟ ତାଙ୍କ ଆଖିରେ ପଡ଼ି ଯାଇ ଥିଲା। ସେଇ ପଲିଥିନ୍ ଭିତରେ କଦଳୀ ପତ୍ରରେ ଗୁଡ଼ା ହୋଇ ରହି ଥିଲା ସୁମିତ୍ରାଙ୍କ ଦୁର୍ବଳତାର ଅନ୍ୟ ନାମ, ମଲ୍ଲୀ କଢର ଗଜରା। ଏକ ସ୍ନିଗ୍ଧ ମହକ କ୍ଷଣକ ଭିତରେ ସେଇ କୋଠରୀକୁ ଆବୋରି ଧରିଲା। ତାକୁ କଣେଇ କଣେଇ ଚାହୁଁ ଥିବା ସୁମିତ୍ରା ଆସ୍ତେ କରି ନିଜ ଓଢଣାକୁ ମୁଣ୍ଡ ଉପରକୁ ଆହୁରି ଅଧିକା ଟାଣି ଆଣି ଥିଲେ। ଏହା ମଧ୍ୟ ସନାତନଙ୍କ ଆଖିରୁ ବାଦ ଯାଇ ନଥିଲା। ଆଖି ଆଖିର ଲୁଚକାଳି ଖେଳ ଉଭୟଙ୍କୁ ଅସହଜ କରି ଦେଲା। ପରିସ୍ଥିତିର ଏହି ଅସହଜତାକୁ ଏଡ଼ାଇବାକୁ ଯାଇ ସନାତନ ବାବୁ ପଲିଥିନ୍‌ଟି ଖଟ କଡ଼ରେ ପଡ଼ି ଥିବା ଟେବୁଲ୍ ଉପରେ ରଖି ଦେଇ କହିଲେ, "ତୁମ ସୁପ୍ ଖାଇବା ଟାଇମ୍ ହୋଇ ଗଲାଣି। ନେଇ ଆସୁଛି।" ସୁମିତ୍ରାଙ୍କ ଉତ୍ତରକୁ ଅପେକ୍ଷା ନକରି ସେ ରୁମ୍‌ରୁ ବାହାରି ଯାଇଥିଲେ। ଏଥର ସୁମିତ୍ରା ଟେବୁଲ୍ ଆଡ଼କୁ ଆସ୍ତେ ବୁଲି ପଡ଼ିଲେ। କିଛି ଖଣ୍ଡ ବହି ଓ କେତେ କ'ଣ ଔଷଧ ଭରା ଟେବୁଲ୍‌ର ସେଇ କୋଣରେ ତାଙ୍କ ଦୃଷ୍ଟି ଅଟକି ଗଲା, ଯେଉଁଠି ମଲ୍ଲୀ କଢର ଗଜରାଟି ପଲିଥିନ୍‌ରେ ବନ୍ଦୀ ହୋଇ ପଡ଼ି ରହିଥିଲା। ଫୁଲଦାନୀରେ ପ୍ରତ୍ୟକ ଦିନ ବଦଳା ହେଉ ଥିବା ରଙ୍ଗ ବେରଙ୍ଗ ହାଇବ୍ରିଡ଼ ଫୁଲ କିମ୍ବା ରୁମ୍ ଫ୍ରେସନର୍‌ର କୃତ୍ରିମ ସୁଗନ୍ଧ ଏ ରୁମ୍‌ରୁ ଔଷଦିଆ ଗନ୍ଧକୁ ଦୂର କରି ପାରୁ ନଥିଲେ। କିନ୍ତୁ ଆଜିର ଏ ଦି' ଚାଖଣ୍ଡ ମଲ୍ଲୀ କଢର ଗଜରାଟା ରୁମ୍‌କୁ ଏକ ହାଲୁକା ସ୍ନିଗ୍ଧ ସୁଗନ୍ଧରେ ଭରି ଦେଇ ପାରି ଥିଲା। ସୁମିତ୍ରାଙ୍କ ଧିର ହାତ ପଲିଥିନ୍ ଆଡ଼େ ପ୍ରସାରିତ ହୋଇ ଯାଇଥିଲା। ଆଉ ଠିକ୍ ସେତିକି ବେଳେ ସନାତନ

ଟ୍ରେରେ ସୁପ୍ ଧରି ଭିତରକୁ ପଶି ଆସିଲେ। ତାଙ୍କୁ ଦେଖି ସୁମିତ୍ରାଙ୍କ ହାତ ପୁଣି ନିଜ ପାଖକୁ ଫେରି ଆସିଥିଲା। ଟେବୁଲ୍ ଉପରୁ ସନାତନ ଖାଇବା ପୂର୍ବର କିଛି ଔଷଧ ଓ ପାଣି ଗ୍ଲାସ ସୁମିତ୍ରାଙ୍କ ହାତକୁ ବଢାଇ ଦେଇଥିଲେ। ଆଉ ତା' ପରେ ନିଜ ହାତରେ ସୁମିତ୍ରାଙ୍କୁ ସୁପ୍ ପିଆଇ ଦେଇ ଥିଲେ। ଅନିଚ୍ଛା ସତ୍ତ୍ୱେ ସୁମିତ୍ରା ସେ ସବୁକୁ ବାଧ୍ୟ ଶିଶୁଟେ ପରି ଚୁପ୍ ଚାପ୍ ଢୋକି ଦେଇଥିଲେ। ରୁମ୍‌ରେ ଦୀର୍ଘ ସମୟ ଧରି ଦୁଇଟି ସବାକ୍ ଲୋକ ଉପସ୍ଥିତ ଥିଲେ ମଧ୍ୟ ରୁମ୍‌ରେ କେବଳ ନିଶବ୍ଦତା ହିଁ ରାଜୁତି କରୁଥିଲା। ଅବଶ୍ୟ ଆଜିକାଲି ଏପରି ନିରବତା ଏ ରୁମ୍‌କୁ ସବୁବେଳେ ଅଧିକାର କରି ରଖିଥାଏ। ଏ ଅସହ୍ୟ ନିରବତାକୁ ଦୂର କରିବାକୁ ଯାଇ ସନାତନ ପଚାରିଲେ, "ଦେଖିଲଣି ମୁଁ ତୁମ ପାଇଁ ତୁମ ପ୍ରିୟ ମଲ୍ଲୀ କଢର ଗଜରା ଆଣିଛି ?" ପଞ୍ଜରା ଥରାଇ ସୁମିତ୍ରାଙ୍କର ଦୀର୍ଘ ଶ୍ୱାସ ବାହାରି ଆସିଲା। ତାହା ହେଲେ ଗ୍ରୀଷ୍ମ ଋତୁ ଆସି ଗଲାଣି ! ସୁମିତ୍ରା କେବଳ ଶୁଖିଲା ହସଟେ ହସି ଥିଲେ। ପାଖା ପାଖି ଦୁଇ ବର୍ଷ ହେଲା ସିଏ ଏଇ ଶୀତତାପ ନିୟନ୍ତ୍ରିତ ରୁମ୍‌ରେ ଏକ ପ୍ରକାର ବନ୍ଦୀ। କିଛି କରିବାକୁ ନାହିଁ। ସବୁ ତାଙ୍କ ହାତ ପାହାନ୍ତାରେ। କିଛି କେବେ ଦରକାର ହେଲେ ତାଙ୍କ ପାଟି ଫିଟିବା ଆଗରୁ ମନକଥା ବୁଝିବା ପରି ଅବିଳମ୍ବେ ତାଙ୍କ ପାଖକୁ ସେସବୁ ଆସି ପହଞ୍ଚି ଯାଉଛି। ସମସ୍ତଙ୍କର ତାଙ୍କ ପ୍ରତି ଅଯାଚିତ ସାହାଯ୍ୟ, ତାଙ୍କୁ ଖୁସି ରଖିବାକୁ ଅହରହ ପ୍ରଚେଷ୍ଟା। ସତେ ଯେପରି ସେ କେଉଁ ଅଜଣା ରାଜ୍ୟର ରାଜକୁମାରୀ। ଏଠିକା ପାଣି ପବନ ବାଜିଲେ, ଖରା ପଡ଼ିଲେ ସତେ ଅବା ମଉଳି ପଡ଼ିବେ। ଦିନ ରାତି ଏଇ ଶୀତତାପ ନିୟନ୍ତ୍ରିତ କୋଠରୀର ଏ ନରମ ବିଛଣାରେ ସେ କେବଳ ସୁରକ୍ଷିତ ରହି ପାରିବେ।

ସୁମିତ୍ରାଙ୍କର କିଛି ବର୍ଷ ପୂର୍ବର କଥା ମନେ ପଡ଼ି ଯାଉଥିଲା। ସେତେ ବେଳେ ଶାନ୍ତିରେ ଟିକିଏ ନିଶ୍ୱାସ ମାରିବାକୁ ସତେ ଯେପରି ତାଙ୍କ ପାଖରେ ଫୁରୁସତ୍ ନଥିଲା। ସନାତନଙ୍କ ଅଫିସ୍, ଲିଟୁ ଓ ଲିପିର ପାଠପଢା, କ୍ୟାରିଅର୍। ତା' ସାଙ୍ଗକୁ ଶାଶୁ ଘର, ବାପଘର, ବନ୍ଧୁ ବାନ୍ଧବଙ୍କ ଭଲମନ୍ଦ। ସମସ୍ତଙ୍କ କଥା ବୁଝିବା, ଫରମାଇସ୍ ପୂରଣ କରିବା ପାଇଁ ତାଙ୍କର ଅହରହ ଚେଷ୍ଟା ଚାଲିଥିଲା। ସେସବୁ ଭିତରେ ବୁଡ଼ି ରହି ସୁମିତ୍ରା ନିଜ ଅସ୍ତିତ୍ୱକୁ ସମ୍ପୂର୍ଣ୍ଣ ଭୂଲି ଯାଇ ଥିଲେ। ତଥାପି ତାଙ୍କର ମନେ ହେଉ ଥିଲା ସେ ତାଙ୍କ ଘର ସଂସାରକୁ ଠିକ୍ ରୂପେ ଚଳାଇ ପାରୁ ନାହାନ୍ତି। ଅନେକ ସମୟରେ ଲିଟୁ ଓ ଲିପିର ଅବାଧ୍ୟତା, କେବେ କେବେ ଅଯଥା ଯୁକ୍ତିରେ ସେ ବ୍ୟତିବ୍ୟସ୍ତ ହୋଇ ପଡୁଥିଲେ। ବେଳେ ବେଳେ ତାଙ୍କୁ ଲାଗୁଥିଲା ସନାତନ ମଧ୍ୟ ତାଙ୍କୁ ଭୁଲ୍ ବୁଝୁଛନ୍ତି, ତାଙ୍କୁ ସହଯୋଗ କରୁ ନାହାନ୍ତି। ସମସ୍ତଙ୍କୁ ବୁଝାଇବା ଦାୟିତ୍ୱ ସତେ ଯେପରି କେବଳ ତାଙ୍କର। କେବେ କେବେ ସୁମିତ୍ରା ଏସବୁ ଧନ୍ଦା ଭିତରେ ଅଣନିଶ୍ୱାସୀ ହୋଇ

ପଡୁଥିଲେ। ଚାହୁଁ ଥିଲେ ତାଙ୍କ ମନକଥା କିଏ ବୁଝୁ, ସେ ମଧ୍ୟ କେବେ ସବୁ ଦାୟିତ୍ୱ ଛାଡ଼ି ଦେଇ ଖଟରେ ପଡ଼ି ରହି କବିତା ବହି ଖଣ୍ଡେ ହାତରେ ଧରି ଅନିର୍ଦ୍ଦିଷ୍ଟ କାଳ ପାଇଁ ସେଥିରେ ବୁଡ଼ି ରୁହନ୍ତୁ। ଆଉ କେଉଁ କର୍ତ୍ତବ୍ୟ ପାଇଁ ସେ ଯେପରି ବାଧ୍ୟ ନଥା'ନ୍ତୁ। ଏମିତି କେତେ କ'ଣ ଫୁରସତ୍‌ର ଭାବନା...

ସୁମିତ୍ରାଙ୍କର ଠିକ୍ ମନେ ଅଛି। ସବୁ ଝିଅର ମା' ପରି ସେ ମଧ୍ୟ ଗୋଟିଏ ଗୋଟିଏ ଗହଣା କରି ଝିଅମାନଙ୍କ ପାଇଁ ସାଇତି ରଖୁ ଥିଲେ। ସେଦିନ ଲିତୁ ପାଇଁ କିଣି ଥିବା ହାରଟି ତାକୁ ଦେଖାଇଲା ବେଳେ ସେ କହିଥିଲା, "ମା' ମୁଁ ଯାହାକୁ ବାହା ହେବି ତାକୁ ଏସବୁ କିଛି ଦରକାର ନଥିବ।" ସୁମିତ୍ରା ଏମିତିରେ ପଚାରି ଦେଇ ଥିଲେ, "ଆଜିକାଲି ଯୁଗରେ କ'ଣ ଏମିତି ପିଲାଟିଏ ମିଳିବ?" ଆଉ ସେତେ ବେଳେ ହାରକୁ ହାତରେ ଏପଟ ସେପଟ କରି ଆଗ୍ରହରେ ଦେଖୁଥିବା ଲିପି ଚଟ୍ କରି କହି ପକାଇ ଥିଲା, "ହଁ...। ଦିଦି, ମା' କୁ କହୁନୁ ସେଇ ଅଶୋକ ଭାଇ ପରା କାଲି ତୋତେ ବାହା ହେବା ପାଇଁ ପ୍ରପୋଜ୍ କରି ଥିଲେ।" ସତେ ଅବା ସୁମିତ୍ରାଙ୍କ ମୁଣ୍ଡରେ ଚଡ଼କ ପଡ଼ିଥିଲା। ତାଙ୍କ ସୁନା ନାକି ଝିଅ ପାଇଁ ବାଛି ବାଛି ଜୋଇଁ କରିବେ ବୋଲି କେତେ ସ୍ୱପ୍ନ ଦେଖି ଥିଲେ। ଆଉ ଇଏ ପୁଣି ସେଇ ଅଶୋକ କଥା କହୁଛି। ଏମିତିରେ ଦେଖିବାକୁ ଗଲେ ଅଶୋକ ମଧ୍ୟ ଗୋଟେ ଭଲ ପିଲା। ମାତ୍ର ସୁମିତ୍ରାଙ୍କର ମାତୃତ୍ୱ ସେଠାରେ ନିଜ କର୍ତ୍ତୃତ୍ୱର ବିଜୟ ରଖିବାକୁ ଚାହିଁ ବସି ଥିଲା। ଅଶୋକ ସପକ୍ଷରେ ଲିତୁ ଯୁକ୍ତି ବାଢିଲା। ଏ ନେଇ ସୁମିତ୍ରା ସବୁବେଳେ ଚିନ୍ତିତ ଓ ଅସନ୍ତୁଷ୍ଟ ରହିବାକୁ ଲାଗିଲେ। ମନ ଭଲ ରହୁ ନାଥିଲା। ଆଉ ଏଇ ସମୟରେ ତାଙ୍କ ପୁରୁଣା ଗୋଡ଼ ବିନ୍ଧାଟା ମଧ୍ୟ ବଢି ଯାଇଥିଲା। ସୁବିଧା ଦେଖି ସନାତନ ତାଙ୍କୁ ପରାମର୍ଶ ପାଇଁ ଡାକ୍ତରଙ୍କ ପାଖକୁ ନେଇ ଯାଇଥିଲେ। ଅନେକ ପରୀକ୍ଷା ନିରୀକ୍ଷା ପରେ ଭୟାଭୟ ପରିଣାମ ସାମ୍ନାକୁ ଆସିଥିଲା। ରିପୋର୍ଟରୁ ସୁମିତ୍ରାଙ୍କୁ ରକ୍ତ କର୍କଟ ହୋଇ ଥିବାର ଜଣା ପଡ଼ିଲା। ତାହା ପୁଣି ଶେଷ ପାହାଚରେ ପହଂଚି ଯାଇଥିଲା।

ସେଇ ରିପୋର୍ଟ ଗୋଟିଏ ମୁହୂର୍ତ୍ତରେ ତାଙ୍କ ସଂସାରକୁ ଓଲଟ ପାଲଟ କରି ଦେଲା। ସ୍ୱଜନଙ୍କ ମଧ୍ୟରେ ହଇଚଇ, କାନ୍ଦବୋବା ପଡ଼ିଗଲା। ସାନ୍ତ୍ୱନା ଓ ସାହାଯ୍ୟ ପାଇଁ ତାଙ୍କ ଘରେ ବେଶ୍ କିଛି ଦିନ ପର୍ଯ୍ୟନ୍ତ ଲୋକ ଗହଳି ଲାଗି ରହିଲା। ତା' ପରେ ନିରବତା। ସମ୍ପୁର୍ଣ୍ଣ ନିରବତା ଏଇ ଘରେ ରାଜ୍ କଲା। ସେ ସନାତନ ହୁଅନ୍ତୁ, ଲିତୁ, ଲିପି ଅବା ନିଜେ ସୁମିତ୍ରା ହୁଅନ୍ତୁ। ସମସ୍ତେ ହୋଇ ଯାଇ ଥିଲେ ସମ୍ପୂର୍ଣ୍ଣ ଚୁପ୍। ଦିନେ ଲିତୁ ତାଙ୍କ ପାଖକୁ ଆସି ତା'ର ଅଶୋକକୁ ବାହା ହେବାର ଜିଦ୍ ପାଇଁ କ୍ଷମା ମାଗି ନେଇଥିଲା। କିନ୍ତୁ କିଛି ଦିନ ଭିତରେ ନିଜେ ସୁମିତ୍ରା ତାଙ୍କ ଅଲିଅଳି ଲିତୁର

ହାତ ଅଶୋକ ହାତକୁ ଟେକି ଦେଇଥିଲେ । ଯେଉଁ ଲିପି ପଛରେ ସକାଳୁ ଉଠିବା ଠାରୁ ଆରମ୍ଭ କରି ରାତିରେ ଶେଯକୁ ଗଲା ପର୍ଯ୍ୟନ୍ତ ଲାଗିବାକୁ ହେଉ ଥିଲା, ସେଇ ଲିପି ଏବେ ସମ୍ପୂର୍ଣ୍ଣ ଦାୟିତ୍ୱବାନ ହୋଇ ଯାଇଛି । ନିଜ ଭଲମନ୍ଦ ନିଜେ ବୁଝି ପାରୁ ନଥିବା ଝିଅ ଏବେ ବିନା ତାଙ୍କ କୁହାରେ ଘରକୁ ମଧ୍ୟ ସୁନ୍ଦର ଭାବରେ ବ୍ୟବସ୍ଥିତ କରି ଦେଉଛି । ସତେ ଅବା ଲିପି ଏବେ ସାତ ବୁଢ଼ୀ । ଆଉ ସନାତନ ? ସେ କେମିତି ଅଫିସ, ଘର, ବାହାର, ଲିପି ଓ ତାଙ୍କ ଦାୟିତ୍ୱ ତୁଲାଉଛନ୍ତି ସେକଥା ସୁମିତ୍ରା ଚିନ୍ତା ସୁଦ୍ଧା କରି ପାରୁ ନାହାନ୍ତି । ପୂର୍ବେ ସୁମିତ୍ରାଙ୍କ ପାଇଁ ଘଡ଼ିଏ ବସିବା ଦିବା ସ୍ୱପ୍ନ ଥିଲା । ଅଥଚ ଦୁଇ ବର୍ଷ ହେବ ସେ ଏଇ ନିବୁଜ କୋଠରୀର ଏଇ ଖଟରେ ପଡ଼ି ରହିଛନ୍ତି । ଆଉ ତାଙ୍କ ସଂସାର ତାଙ୍କ ବିନା ମଧ୍ୟ ଚାଲିଛି ।

"ଗଜରା ଭଲ ଲାଗିଲା ତ ?" ସନାତାନଙ୍କ ପ୍ରଶ୍ନ ସୁମିତ୍ରାଙ୍କ ଭାବନାର ଡ଼ୋରି ଛିଣ୍ଡାଇ ଦେଇ ଥିଲା । ଶୁଖିଲା ହସଟେ ହସି କହିଲେ, "ତାହା ହେଲେ ଖରାଦିନ ଆସି ଗଲାଣି, ନୁହେଁ? ମୁଁ ଏ ରୁମ୍ ଭିତରୁ ତ କିଛି ଜାଣି ପାରୁନି । କାଚ ଝରକା ବାଟେ ପଡ଼ିଶା ଘରର ବନ୍ଦ ଝରକା ଯାହା ଦେଖି ହେଉଛି, ଋତୁ ନୁହେଁ । ଋତୁ ସବୁ ପୃଥିବୀକୁ ଭଳିକି ଭଳି ରଙ୍ଗ ନେଇ ଆସୁଛି ଯାଉଛି । କିନ୍ତୁ ଏ ବନ୍ଦ ରୁମ୍ ଭିତରେ ସବୁ ଋତୁ ମୋ ପାଇଁ ଏ କ୍ୟାଲେଣ୍ଡର୍‌ର ମୋଟା ମୋଟା ପୃଷ୍ଠା ପରି ସମାନ ।" ସୁମିତ୍ରାଙ୍କ ଦୀର୍ଘ ନିଶ୍ୱାସ ତାଙ୍କ ଭଗ୍ନ ସ୍ୱାସ୍ଥ୍ୟକୁ ସମ୍ପୂର୍ଣ୍ଣ ଥରାଇ ଦେଇ ବାହାରି ଆସି ଥିଲା । ଉଦାସିଆ ହସଟେ ହସି ଓଢଣାଟା ନିଜ ମୁଣ୍ଡରୁ ଉତାରି ଆଣିଲେ । କହିଲେ, "କେମୋ ନେଇ ନେଇ ମୁଣ୍ଡରେ ବାଳ ତ ଆଉ କିଛି ନାହିଁ । ଏଇ ମୁଣ୍ଡରେ କେମିତି ତୁମର ମଲ୍ଲୀ କଢ଼ର ଗଜରା ଲଗାଇବ ?" "କାଇଁ, ମୋର ଏତେ ସବୁ କ୍ଲିପ୍ ଆଉ କେବେ କାମରେ ଆସିବ ?" କହି କହି ଲିପି ତାଙ୍କ ରୁମ୍‌କୁ ପଶି ଆସିଥିଲା । ହାତରେ ତା'ର ତାଙ୍କ ପ୍ରିୟ ମେରୁନ୍ ରଙ୍ଗର ନେଲପଲିସ୍ ଥିଲା । କହିଲା, ମା' ଆଜି ପରା ତୁମର ମ୍ୟାରେଜ୍ ଆନେଭର୍ସରି । ଚାଲ ନେଲପଲିସ୍ ଲଗାଇ ଦେବି । ସନ୍ଧ୍ୟାରେ ଦିଦି ଓ ଅଶୋକ ଭାଇ ଆସିବେ । ସନାତନ ଓ ଲିପି ସୁମିତ୍ରାଙ୍କୁ ସଜାଇବାରେ ପୁଣି ଲାଗି ପଡ଼ିଲେ । ସତେ ଯେପରି ଜଣେ ସୁକୁମାରୀ ରାଜକୁମାରୀ ଚାଟୁକାରଙ୍କ ଗହଣରେ ଅଛନ୍ତି । ଆଜି ସୁମିତ୍ରାଙ୍କର ସୁବ୍ୟବସ୍ଥିତ ପୂର୍ଣ୍ଣ ପରିବାର ତାଙ୍କ ପାଖରେ ଥିଲା । କିଛି ବର୍ଷ ପୂର୍ବେ ସୁମିତ୍ରାଙ୍କ ପାଇଁ ଏସବୁ ଥିଲା ଦିବା ସ୍ୱପ୍ନ । ଏବେ ଭଗବାନ ତାଙ୍କର ସେଇ ସ୍ୱପ୍ନସବୁ ପୂରଣ କରିଛନ୍ତି । ହେଲେ ଏତେ ବଡ଼ ମୂଲ୍ୟ ବିନିମୟରେ । ସୁମିତ୍ରାଙ୍କର ଭଗବାନଙ୍କ ଉପରେ ଅଭିମାନ ଘନୀଭୂତ ହୋଇ ଆସୁଥିଲା ।

■

ଜୀବନ ଗପର ଗୋବର ପୋକ

"ଗୋଟେ ରାଜ୍ୟରେ ଜଣେ ବୁଢା ରାଜା ଥିଲେ। ତାଙ୍କର ଗୋଟିଏ ବୋଲି ଅଲିଅଳି ଅତି ସୁନ୍ଦରୀ ରାଜକୁମାରୀଟିଏ ଥିଲା। ସେହି ରାଜ୍ୟରେ ଗୋଟିଏ ଅନାଥ ଗାଈଆଳ ପିଲାଟେ ଥିଲା। ଟୋକାଟା ଗରିବ ହେଲେ କ'ଣ ହେଲା, ଭାରି ବୁଦ୍ଧିମାନ ଓ ସାହାସୀ। ଦିନେ ଗୋଟେ ବୁଢୀ ଅସୁରୁଣୀ ରାଜକୁମାରୀକୁ ଚୋରାଇ ନେଇ ଘଞ୍ଚ ଜଙ୍ଗଲ ମଝିରେ ତା' ଗୁମ୍ଫାରେ ଲୁଚାଇ ବନ୍ଦୀ କରି ରଖିଲା। ରାଜା ଯେତେ ଚେଷ୍ଟା କଲେ ମଧ୍ୟ ରାଜକୁମାରୀକୁ ଉଦ୍ଧାର କରି ପାରିଲେନି। ଶେଷରେ ଘୋଷଣା କଲେ ଯିଏ ରାଜକୁମାରୀକୁ ଉଦ୍ଧାର କରି ପାରିବ ସିଏ ତାକୁ ବାହା ହେବ। ଗରିବ ଗାଈଆଳ ଟୋକା ତ ଭାରି ସାହାସୀ। ସିଏ ଜଙ୍ଗଲର ସେହି ଗୁମ୍ଫା ଭିତରକୁ ଗଲା। ବୁଢୀ ଅସୁରୁଣୀର ଜୀବନ ସାତ ଫରୁଆ ଭିତରେ ଗୋଟିଏ ଗୋବର ପୋକରେ ଥିଲା ବୋଲି ଟୋକା ଜାଣି ଥିଲା । ସିଏ ସେହି ଗୋବର ପୋକକୁ ମାରି ଦେବାରୁ ବୁଢୀ ଅସୁରୁଣୀ ମରିଗଲା। ଆଉ ସେଇ ଗାଈଆଳ ଟୋକା ରାଜକୁମାରୀକୁ ବାହା ହେଲା। ବୁଢା ରାଜାଙ୍କର ତ କେହି ପୁଅ ନଥିଲେ। ତେଣୁ ରାଜା ତାକୁ ସେହି ରାଜ୍ୟର ରାଜା କରାଇଲେ। ସେହି ଦିନରୁ ସେଇ ଅନାଥ ଗରିବ ଗାଈଆଳ ପିଲା ରାଜା ହୋଇ ଖୁସିରେ ଦିନ କାଟିଲା।" ଗପ ଶୁଣାଇ ସାରି ସୁରଭୀ ଭାବିଥିଲେ, 'ବାଃ ଏମିତି ସିନା ଗପସବୁ ହେବା କଥା। ଯେଉଁଠି ଶେଷରେ ମଣିଷ ଦେଖି ନଥିବା ଦିବାସ୍ୱପ୍ନ ମଧ୍ୟ ସାକାର ହୁଏ। ହଁ ହେବନି କାହିଁକି ? ଏଇସବୁ ଆଈ ମା' କାହାଣୀ। ତେଣୁ କାହାଣୀର ଶେଷ ସେମାନଙ୍କ ସ୍ନେହ ପରି ମିଠା ମିଠା। ଆଉ ତାଙ୍କ ବୟସରେ ସଂସାର ଅଭିଜ୍ଞତାକୁ ସେମାନେ ଇନ୍ଦ୍ରଜାଲ ବୁଣି କାହାଣୀରେ ରୋମାଞ୍ଚ ଭରି ଦିଅନ୍ତି। ଜୀବନର କାହାଣୀଗୁଡ଼ିକ ହେଲେ ଏମିତି ଯଥାରୀତି ଆରମ୍ଭ ହୋଇ ମଝିରେ ସେମିତି କିଛି ରୋମାଞ୍ଚ ରହସ୍ୟର ଛୁଙ୍କ ଲାଗି ଶେଷଟା ଏମିତି ସୁଖମୟ ହୁଅନ୍ତା କି ?'

ଗପ ସରିବା ପର୍ଯ୍ୟନ୍ତ ଲିଟୁନ୍ ଚୁପ୍ ହୋଇ ଶୁଣୁଥିଲା। ତା’ ମାନେ ତାକୁ ଗପଟା ଭଲ ଲାଗିଛି। ଯାହା ହେଉ ଲିଟୁନ୍‌କୁ ତା ମନଲାଖି ଗପଟେ କହି ଦେଲି ଭାବି ସୁରଭୀ ଖୁସି ହୋଇଗଲେ। ନହେଲେ ଗପ ମଝିରୁ ସିଏ କେତେ ବାଗ କାଢୁ ଥା’ନ୍ତା। ରକିଂ ଚେୟାର୍‌ରେ ତାଙ୍କ କୋଳରେ ବସିଥିବା ଲିଟୁନ୍ ସେମିତି ଝୁଲି ଝୁଲି ପଚାରିଲା, “ଆଣ୍ଟି, ସେଇ ବିଚରା ଗୋବର ପୋକକୁ ସେଇ ଟୋକା କାହିଁକି କେଜାଣି ମାରିଲା ?” ସୁରଭୀ କାରଣଟା ସ୍ପଷ୍ଟ କରିବାକୁ ଯାଇ କହିଲେ, “ଆରେ କହିଲି ପରା, ସେ ବୁଢୀ ଅସୁରୁଣୀର ଜୀବନ ସେଇ ଗୋବର ପୋକରେ ଥିଲା। ତାକୁ ମାରିଲେ ଯାଇ ଅସୁରୁଣୀ ମରିବ।” ଏଥର ଲିଟୁନ୍ ତାଙ୍କ କୋଳରୁ ତଳକୁ ଖପ୍ କରି ଡ଼େଇଁ ପଡ଼ି ପଚାରିଲା, “ତୁମେ ନିଜେ ପରା କୁହ ନିରିହ ପ୍ରଜାପତି, କଙ୍କିମାନଙ୍କୁ ନଧରିବା ପାଇଁ। କି ଚଢେଇ, ବିଲେଇ, କୁକୁରକୁ ହଇରାଣ ନ କରିବା ପାଇଁ। ତାହାଲେ ସେଇ ଗୋବର ପୋକ କି ଦୋଷ କରି ଥିଲା ଯେ ସେଇ ଟୋକା ତାକୁ ମାରି ଦେଲା ?” ଲିଟୁନ୍ ଖୁବ୍ ଅସନ୍ତୁଷ୍ଟ ଜଣା ପଡୁଥିଲା। ସୁରଭୀ ଏହାର କି ଉତ୍ତର ଦେବେ ଭାବିଲା ବେଳକୁ ସେପଟୁ ଲିଟୁନର ମା’ ରୀନାଙ୍କ ପାଟି ଶୁଭିଲା, “ଲିଟୁନ୍ ଏବେ ତୋ ଆଣ୍ଟିକୁ ଟିକିଏ ଛାଡ଼େ। ସିଏ ତାଙ୍କ କାମ ଆଉ କିଛି କରିବେନି କି ? ସନ୍ଧ୍ୟା ହେଲାଣି। ଆସେ କ୍ଷୀର ପି’ ପାଠ ପଢିବୁ।” ଓଃ ! ସୁରଭୀଙ୍କୁ ଲିଟୁନ୍ ପ୍ରଶ୍ନରୁ ମୁକ୍ତି ମିଳିଗଲା। “ଲିଟୁନ୍, ମମ୍ମୀ ଡାକିଲେଣି। ତୁ ଏବେ ଯା କ୍ଷୀର ପି’ ଭଲରେ ପାଠ ପଢିଦେବୁ। କାଲି ଆସିଲେ ପୁଣି ନୂଆ ଗପ କହିବି।” କହି କହି ସୁରଭୀ ଲିଟୁନ ହାତ ଧରି କବାଟ ଖୋଲିଲେ। ରୀନା ବାହାରେ ଅପେକ୍ଷା କରିଥିଲେ। ସୁରଭୀ ଲିଟୁନ୍‌ର କୋମଳ ହାତକୁ ରୀନାଙ୍କ ହାତକୁ ସ୍ଥାନାନ୍ତରିତ କରି ସାରିଥିଲେ। ଯିବା ପୂର୍ବରୁ ଲିଟୁନ୍ କହିଲା, “ନାଁ, ଆଣ୍ଟି ନୂଆ ଗପ ନୁହେଁ। କାଲି ଆଗେ କହିବେ ସେଇ ନିରିହ ଗୋବର ପୋକକୁ କାହିଁକି ମରା ହେଲା ?”

ଲିଟୁନ ଗଲା ପରେ ଘର ପୁରା ଖାଁ ଖାଁ। ସୁରଭି ଚା’ କପ୍ ଟେ ଧରେ ବାଲକୋନିର ସେହି ରକିଂ ଚେୟାର୍‌ରେ ପୁଣି ଯାଇ ବସିଗଲେ। ଯେତେ ଇଚ୍ଛା ହେଲେ ବି ଲିଟୁନ୍ ଥିଲା ବେଳେ ସିଏ ଚା’ ପି’ ପାରନ୍ତି ନାହିଁ। କାଳେ ଗରମ୍ ଚା’ ତା’ ଉପରେ ପଡ଼ି ଯିବ ବୋଲି ତାଙ୍କୁ ଖୁବ୍ ଡର ଲାଗେ। ମନେ ମନେ ହସିଲେ ସୁରଭୀ, ‘ବାପ୍‌ରେ ବାପ୍ ଆଜିକାଲିକା ପିଲାଙ୍କ ବୁଦ୍ଧି ! ଆମେମାନେ ଛୋଟବେଳୁ ଏ ଗପ ଶୁଣି ଆସୁଛୁ ହେଲେ କେବେ ଆମ ମୁଣ୍ଡରେ ଏମିତି ପ୍ରଶ୍ନ ଡୁକି ନଥିଲା। ହେଲେ ଏଇ ବକଟେ ଛୁଆକୁ ଏ ଗପ କେମିତି ଅଜବ ଲାଗିଲା କେଜାଣି ? କାଲି ଉତ୍ତରଟେ ଭାବି ରଖିବାକୁ ହେବ। ନହେଲେ ସିଏ ପ୍ରଶ୍ନ ପଚାରି ପଚାରି ମୁଣ୍ଡ ଖରାପ କରିଦେବ।’

ଆଜିକାଲି ପିଲାଙ୍କ ମଗଜକୁ କଳନା କରୁ କରୁ ସୁରଭୀଙ୍କର ସୋନୁ କଥା ମନେ ପଡ଼ିଗଲା। ଗୁଞ୍ଜନର ସାନପୁଅ ସୋନୁ।

ତାଙ୍କ ସ୍କୁଲଦିନର ସାଙ୍ଗମାନଙ୍କ ସହ ଆଜି ଦିନଟା ସୁରଭୀଙ୍କର ଖୁବ୍ ଭଲରେ କଟିଥିଲା। ସାଙ୍ଗ ନ କହି ସହପାଠିନୀ କହିଲେ ବୋଧେ ଅଧିକ ଠିକ୍ ହେବ। ସ୍କୁଲରେ ପଢିବା ବେଳେ ସେମାନେ କେହି କାହାର ଏତେଟା ଅନ୍ତରଙ୍ଗ ନଥିଲେ। ହେଲେ ଏତେ ବର୍ଷ ପରେ ଆଜି ସ୍କୁଲର ଯେଉଁ ୭/୮ ଜଣ ଏକଜୁଟ୍ ହେଲେ ତାହା ସମସ୍ତଙ୍କୁ ଆନନ୍ଦ ଦେଲା। ସମସ୍ତେ ଅଧିକ ସ୍ୱଚ୍ଛନ୍ଦରେ ପରସ୍ପର ସହ ମଶିଲେ। ୨/୩ ଘଣ୍ଟା କେମିତି ବିତିଗଲା ଜଣା ପଡ଼ିଲାନି। ଶେଷଥର ପାଇଁ ସୁରଭୀ ଏମିତି ଏଣୁତେଣୁ ଗପି, ମନଖୋଲା ହସ ହସି କେବେ ସମୟ କାଟିଥିଲେ ତାଙ୍କର ମନେ ପଡୁ ନଥିଲା। ଯାହା ହେଉ ଏଇ ହ୍ୱାଟ୍ସ ଆପ୍ ଗ୍ରୁପ୍ ରେ ମିଶି ଏତକ ସୁବିଧା ହେଲା। ପାଖାପାଖି ରହୁଥିବା କେତେଜଣ ଆଜି ମିଶି ପାରିଲେ। ଆଜି ସେଇ ସମସ୍ତେ ସେଇ ସମୟକୁ ଖୁବ୍ ଉପଭୋଗ କରିବାର ସୁରଭୀ ନିଶ୍ଚିତ ଥିଲେ।

ଗୁଞ୍ଜନ ତା' ସାନପୁଅ ସୋନୁକୁ ଧରି ଆସିଥିଲା। ଘରେ ଛାଡ଼ି ଆସିବାର ଉପାୟ ନଥିଲା। କାରଣ ଘରେ ରହିଲେ ବଡ଼ପୁଅ ଓ ସାନର ଝଗଡ଼ା ଲାଗିବେ। ଆଉ ସିଏ ଏଇଠି ଏତେ ସମୟ ରହି ପାରି ନଥା'ନ୍ତା। ସୋନୁ, ଲିଚୁନ୍ ପରି ୫/ ୬ ବର୍ଷର ହୋଇଥିବ ବୋଧେ। ସିଏ ଆଜି ଏତେ ସ୍ତ୍ରୀ ଲୋକଙ୍କ ଭିତରେ ବିଚରା ବୋର୍ ହେଇ ଯାଉଥିଲା। ହେଲେ ସୁରଭୀଙ୍କ ସହ ଶୀଘ୍ର ଖୁବ୍ ସୁନ୍ଦର ମିଶିଗଲା। ଆଉ ସବୁ ସମୟତକ ଆଣ୍ଟି ଆଣ୍ଟି କହି ତାଙ୍କ ସହ ଲସର ପସର ହେଉଥିଲା। ସବୁ ସାଙ୍ଗମାନେ ତାଙ୍କ ଘର ଓ ପିଲାଙ୍କ ଦାୟିତ୍ୱରୁ ମୁକ୍ତ ହୋଇ କିଛି ସମୟ ନିଜ ପିଲାଦିନକୁ ରୋମନ୍ଥନ କରି ଖୁସି ହେଉଥିଲେ। ସମସ୍ତଙ୍କ ମତରେ ସ୍କୁଲ ଜୀବନ ପରେ ପିଲାଙ୍କ ସ୍କୁଲ କଥା ବୁଝି ବୁଝି ନିଜେ ସ୍କୁଲ ଗଲା ପରି ଲାଗୁଥିଲା। କିନ୍ତୁ ଆଜି ସ୍କୁଲଦିନର ସାଙ୍ଗମାନଙ୍କ ସହ ମିଶି ସ୍କୁଲ୍ ଦିନରେ ମସ୍ତି କଲା ପରି ଲାଗୁଛି। ସମସ୍ତେ ତାଙ୍କ ପିଲାଙ୍କୁ ସ୍କୁଲ କଲେଜ ପାଇଁ କେତେ ହଇରାଣ ହୋଇ ପ୍ରସ୍ତୁତ କରନ୍ତି ସେସବୁ ଆଲୋଚନା କରୁଥିବା ବେଳେ ସୁରଭୀ ଓଠରେ ଉଦାସିଆ ହସଟେ ମଡ଼ାଇ ଚୁପ୍ କରି ବସିଥା'ନ୍ତି। କ'ଣ ବା କରିଥା'ନ୍ତେ? ସମୀର ଅଫିସ୍ ଗଲା ପରେ ସେ ସମ୍ପୂର୍ଣ୍ଣ ଏକା ହୋଇ ଯାନ୍ତି। ଦୁଇଟା ଲୋକର କେତେ ବା କାମ? ତେଣୁ କିଛି କାମ ଆଉ ନଥାଏ। ଦିନଟା ତାଙ୍କୁ ଖୁବ୍ ଲମ୍ବା ଲାଗେ। କାହା ସହ ସିଏ ଏତେଟା ମିଶି ମଧ୍ୟ ପାରନ୍ତିନି। କାରଣ ଅଧିକାଂଶ ତାଙ୍କ ପିଲାଛୁଆ ନଥିବା ନେଇ ଅନେକ ଖୋଳତାଡ଼ କରି ଅବାନ୍ତର ପ୍ରଶ୍ନ, ଉପଦେଶ ଓ ଉଦାହରଣକୁ ସେ

ଏଡ଼ାଇ ଯିବାକୁ ଚାହାନ୍ତି। ସୁରଭୀଙ୍କର ଚା’ କପ୍ ସରିଆସିବା ସହ ଅନ୍ଧକାର ମଧ୍ୟ ଘନେଇ ଆସିଥିଲା।

କ୍ୟାସ୍ କାଉଣ୍ଟର ଆଗରେ ଲମ୍ବା ଲାଇନ୍। ଗୁଞ୍ଜନ ଘଣ୍ଟା ଦେଖିଲେ। ସନ୍ଧ୍ୟା ୭.୪୦। ତାଙ୍କ ଆଗରେ ଆହୁରି ୬ ଜଣ ଧାଡ଼ିରେ ଅଛନ୍ତି। ମୁହଁ ବୁଲାଇ ସୋନୁକୁ ଦେଖିଲେ। ସିଏ ମନ ଆନ୍ଦରେ ଏଠାରୁ କିଣା ହୋଇଥିବା ଖେଳନା ଗାଡ଼ିକୁ କାଖରେ ଜାକି ଆଇସ୍କ୍ରିମ୍ ଖାଉଛି। ଦେହ ମୁହଁସାରା ଆଇସ୍କ୍ରିମ୍ ସାଲୁବାଲୁ। ବିଲିଂ ସାରି ଘରମୁହାଁ ହେଲା ବେଳକୁ ତା’ ଆଇସ୍କ୍ରିମ ଖିଆ ସରି ଯାଇଥିବ। ଗାଡ଼ିରେ ବସୁ ବସୁ ସିଏ ନିଶ୍ଚିତ ଶୋଇ ପଡ଼ିବ। କାରଣ ଆଜି ତା’ ବନ୍ଧୁ ମିଳନରେ ସୋନୁ ଆସିଥିବାରୁ ଦିନ ବେଳେ ଶୋଇ ନଥିଲା।

ଘରେ ପହଞ୍ଚି କିଣା ଜିନିଷତକ ରାନ୍ଧି ସାରିଲା ପରେ ସଜାଡ଼ିବ ଭାବି ଗୁଞ୍ଜନ ଡାଇନିଙ୍ଗ ହଲ୍‌ର ଗୋଟିଏ କୋଣରେ ସେସବୁ ଗଦାଇ ଦେଲେ। ରାକେଶ ଅଫିସ୍‌ରୁ ଆସି ଟିଭି ଦେଖୁଥିଲେ। ଗୁଞ୍ଜନ ପହଞ୍ଚିବା ଜାଣି ଟିଭି ଆଡ଼କୁ ସେମିତି ଅନାଇ ରହି କହିଲେ, “ଅଧଘଣ୍ଟା ହେଲା ଅଫିସ୍‌ରୁ ଆସିଲିଣି। ଗରମା ଗରମ୍ ଚା’ ଟିକିଏ ପିଆଅ। ଫ୍ରେସ୍ ଲାଗିବ।” ଗୁଞ୍ଜନ ମଧ୍ୟ ସକାଳୁ ଏପଟ ସେପଟ ହୋଇ ଥକି ଯାଇଥିଲେ। ତାଙ୍କୁ ମଧ୍ୟ ଗରମ ଚା’ କପ୍‌ଟେ ନିହାତି ଆବଶ୍ୟକ ଥିଲା। ହେଲେ ତାଙ୍କୁ ଦେବ କିଏ? ତେଣେ ରାତି ପାଇଁ କ’ଣ ଟିକିଏ ରୋଷେଇ କରିବାକୁ ହେବ। ସୋନୁ ତ ଶୋଇ ଗଲାଣି । ତାକୁ ଉଠେଇ ଖୁଆଇବା ମୁସକିଲ। ରାକେଶ ଅଫିସ୍‌ରୁ ଫେରିବା ବାଟରେ ଏସବୁ ଦରକାରି ଜିନିଷ ନେଇ ଆସିଥିଲେ କ’ଣ ହୋଇ ନଥା’ନ୍ତା? କିନ୍ତୁ, ନା। ତାଙ୍କ ମତରେ ଅଫିସ୍‌ରେ ବହୁତ ୱାର୍କ ଲୋଡ୍। ତେଣୁ ସିଏ ଆଉ ଅଧିକା ବର୍ଡ଼ନ ନେଇ ପାରିବେନି। ଗୁଞ୍ଜନ ଗୃହିଣୀ। ଖାଲିରେ ଘରେ ବସିଛନ୍ତି। ତେଣୁ ଏସବୁ କରି ଦେଲେ କ୍ଷତି କ’ଣ? ଏମିତିରେ ବି ରାକେଶ ବାହା ହବା ଆଗରୁ ଏସବୁ କାମ କରି ନଥିଲେ। ଏକଥା ଶୁଣିଲେ ଗୁଞ୍ଜନ ମନେ ମନେ ଚିଡ଼ି ଉଠନ୍ତି। ସତେ ଯେପରି ତାଙ୍କର ବାହା ହେବା ଆଗରୁ ଘର ସମ୍ଭାଳି, ପିଲା ପାଳିବାର ଅନୁଭବ ଥିଲା। ରାକେଶ ସେମିତି ଟଭି ଦେଖୁ ଦେଖୁ କହୁଥିଲେ, “ଆଉ ଆଜି ସାଙ୍ଗମାନଙ୍କ ସହ ଦିନ କେମିତି କଟିଲା? ଟିକିଏ ଶିଘ୍ର କିଣା କିଣି କରି ଘରକୁ ଫେରିଥିଲେ କ’ଣ ହୋଇ ନଥାନ୍ତା? ମଣିଷ ଟିକିଏ ଠିକ୍ ସମୟରେ ଚା’ଟା ପି ପାରିଥା’ନ୍ତା।” ଚା’ ଛାଣୁଥିବା ଗୁଞ୍ଜନ ଏହା ଶୁଣି ଚିଡ଼ି ଉଠିଲା, “ମୁଁ ଗୋଟେ ମଣିଷ। ମେସିନ୍ ନୁହେଁ କି ମୋର ଗଣ୍ଡେ ଛ’ଟା ହାତ ନାହିଁ। ଯଦି ନିଜର ଏତେ ଇଚ୍ଛା ହେଉଥିଲା, ତେବେ ନିଜେ ଆଜି ଦିନକ ଚା’ ଟିକକ କରି ପି’ ଦେଲନି? ମୁଁ ବି ତ ଦିନସାରା ଏପଟ ସେପଟ ହଉଛି।” ରାକେଶ

ଫଟ୍ କରି କହିଦେଲେ, "କାହା ପାଇଁ କ'ଣ କରୁଥିଲ କି? ନିଜ ମଜା ପାଇଁ ତ ସାଙ୍ଗମାନଙ୍କ ସହ ବାହାରକୁ ଯାଇଥିଲ।" କଥା ପଦକ ଶୁଣି ଗୁଞ୍ଜନ ସତେ ଅବା ବିସ୍ଫୋରିତ ହୋଇ ଯାଇଥା'ନ୍ତେ। ହେଲେ ବଡ଼ପୁଅ ତା' ପଢା ରୁମ୍‌ରୁ ବାହାରି ଆସି କହିଲା, "ଓଃ! କେତେ ପାଟି କରୁଛ? ମୋର ଡିଷ୍ଟର୍ବ ହଉଛି। ମାମା ଜଲ୍‌ଦି ଆସ। ମୋତେ ଏ କମ୍ପାଉଣ୍ଡ ଇଣ୍ଟ୍ରେଷ୍ଟ ପ୍ରବଲେମ୍ ବୁଝାଇ ଦିଅ।" କାଲି ପୁଅର ମ୍ୟାଥ୍ ଆସେସମେଣ୍ଟ ଅଛି। ଗୁଞ୍ଜନ ସଚେତନ ହେଲେ। କାମ ସାରି ତାକୁ ପଢାଇବାକୁ ହେବ। ସୋନୁକୁ ଉଠାଇ ତାକୁ ଟିକିଏ କ୍ଷୀର ପିଆଇବାକୁ ପଡ଼ିବ। ଗୁଞ୍ଜନଙ୍କର ଆଜି ଦିନବେଳର କଥା ମନେ ପଡ଼ି ଯାଉଥିଲା। କେତେଦିନ ପରେ ପୁରୁଣା ସାଙ୍ଗମାନଙ୍କ ସହ ଟିକିଏ ହୃଦୟ ଖୋଲା ହସ ହସି ଥିଲେ। ନ ହେଲେ ମଣିଷ ଘର ଜଞ୍ଜାଳରେ ଦିନ ତମାମ ବୁଡ଼ି ରହେ। ସେଇଥିରେ ପୁଣି ରାକେଶଙ୍କ ଆଖିରେ ଏସବୁର ମୂଲ୍ୟ କିଛି ନାହିଁ। ସିଏ ପରିମିତା ପରି ଚାକିରି ଖଣ୍ଡ ହେଲେ କରିଥାନ୍ତେ। କେତେ ଭଲ ହୋଇଥା'ନ୍ତା।

ରିଂ...ରିଂ...। ପରିମିତା ଫୋନ ଦେଖିଲେ। କାହିଁକି କେଜାଣି ଲୋକଗୁଡ଼ା ଅଫିସ୍ ପରେ ମଧ୍ୟ ଏମିତି ଫୋନ୍ କରନ୍ତି? ସେ ପୁଣି ରାଜନୈତିକ କ୍ଷେତ୍ରର ଲୋକ। "କ'ଣ ନାହଁ କି? ଫୋନ୍ କେତେବେଠୁ ବାଜୁଛି। ଏଇତ ଏକା ଚାକିରି କରୁଛନ୍ତି..." ମ୍ୟାଗାଜିନ୍ ଖଣ୍ଡେ ଓଲଟାଉ ଓଲଟାଉ ସମ୍ବିତ କହୁଥିଲେ। ପରିମିତା ତର ତର ହୋଇ ଫୋନ୍ ଉଠାଇ "କାଲି କଥା ହେବା" କହି ଜେଣତେଣ ପ୍ରକାରେ ଫୋନ୍ ରଖିଲେ। ଘଣ୍ଟା ଦେଖିଲେ। ରାତି ୯ଟା ପାଖେଇଲାଣି। ଡିନର୍ ଟାଇମ୍। ଟେବୁଲ୍‌ରେ ଖାଇବା ବାଢୁ ବାଢୁ ଝିଅକୁ ଡାକିଲେ। ପଢା ଅଧାରୁ ଝିଅ ଆସିବାକୁ ନାରାଜ, "ମମ୍ମୀ, ଏତେ ଶିଘ୍ର କ'ଣ ଖାଉଛ ଯେ? ମୋ ପଢା ଅଧାରୁ ମୋତେ ଡିଷ୍ଟର୍ବ କରନି ତ।" ଝିଅକୁ କିଛି ବୁଝାଇ କହିବାକୁ ବାହାରି ଥିଲେ ପରିମିତା। ହେଲେ ସବୁଥର ପରି ସମ୍ବିତ ଖାଇବା ଟେବୁଲ୍ ପାଖରୁ ଝିଅକୁ ଡାକ ପକାଇଲେ, "ମୋ ଗେହ୍ଲି ମା'ଟା ପରା। ରାତିରେ ଏଇ ଟାଇମ୍‌ରେ ଖାଇଲେ ସ୍ୱାସ୍ଥ୍ୟ ଭଲ ରହିବ। ସୁସ୍ଥ ରହିଲେ ସିନା ଭଲ ପାଠ ପଢି ପାରିବୁ। ଆ ମୋ ସୁନାଟା ପରା ଆ'। ଗୋଟିଏ ବୋଲି ପିଲା। କାହା ପାଖରେ ସମୟ ଅଛି ଯେ ତାକୁ କିଏ ଭଲମନ୍ଦ ଶିଖାଇବ? ଏଇତ ଏକା ଚାକିରି କରୁଛନ୍ତି ଯେ ଘରେ ବି ଅଫିସ୍ କାମ।" ପରିମିତା ଜାଣନ୍ତି ପଛ ଧାଡ଼ିତକ ତାଙ୍କ ଉଦେଶ୍ୟରେ କୁହା ଯାଇଥିଲା। ସେତକ କହି ନଥିଲେ କ'ଣ ହୋଇ ନଥା'ନ୍ତା? ତରକାରି ବାଢୁ ବାଢୁ ପରିମିତାଙ୍କ ଦେହ ଜଳି ଯାଉଥିଲା। କହିବାକୁ ଇଚ୍ଛା ହେଉଥିଲା, 'ବାହା ହେବା ଆଗରୁ ମୁଁ ଚାକିରିଆ ବୋଲି କ'ଣ ଜାଣି ନଥିଲ? ଘରେ ବସିଲେ

ଏମିତିରେ କେହି ମାସକୁ ମାସ ମୋଟା ଅଙ୍କର ଟଙ୍କା ଧରେଇ ଦେବେନି। ସତେ ଯେପରି ନିଜ ଅଫିସ୍ କାମ ଘରେ କରୁ ନଥିବ? ଝିଅ ବଡ଼ ଚାକିରି କରିବ ବୋଲି ନିଜର କେତେ ଆଶା, କେତେ ଚେଷ୍ଟା। ଆଉ ସ୍ତ୍ରୀ ପାଇଁ?' କିନ୍ତୁ ପରିମିତା କିଛି କହି ନଥିଲେ। କାରଣ ଝିଅ ଏସବୁ କଥା କଟାକଟି ଶୁଣିଲେ ଚିଡ଼ିବ। ସମସ୍ତଙ୍କୁ ଶାନ୍ତି ଦରକାର। କିନ୍ତୁ ତାଙ୍କ ଶାନ୍ତି... ଆଜି ଦିନ ବେଳର କଥା ମନେ ପଡ଼ିଗଲା। କେତେ ଦିନ ପରେ ପିଲାଦିନର ସାଙ୍ଗମାନଙ୍କ ସହ କିଛି ସମୟ କଟାଇ ଅନ୍ତରଟା ଟିକିଏ ହାଲୁକା ହୋଇ ଯାଇଥିଲା। ସୋମାନୀ ତାଙ୍କଠୁ କେତେ ୟଙ୍ଗ ଦିଶୁଥିଲେ। ଚିନ୍ତା ମୁକ୍ତ ରହିଲେ ସବୁ ଭଲ। ସିଏ ହେଲେ ଚାକିରି କରି ନଥା'ନ୍ତେ? ନିଜ ସ୍ୱାଧିନତାରେ ଚଳିବା ପାଇଁ କିଛି ରୋଜଗାର କରିଦେଲେ ବି ଚଳିଥା'ନ୍ତା। ତାହା ହେଲେ ସମୟ ଅନୁଯାୟୀ ଓ ନିଜ ଇଚ୍ଛା ମୁତାବକ କାମ କରି ପାରୁଥା'ନ୍ତେ। ଆଉ ଝିଅକୁ ମଧ୍ୟ ଭଲରେ ଦେଖି ପାରୁଥା'ନ୍ତେ।

ସୋମାନୀ ଘଣ୍ଟା ଦେଖିଲେ। ରାତି ୧୦ଟା ହେଲାଣି। ପିଲାମାନେ ଯିଏ ଯାହାର ପଢୁଛନ୍ତି। ଘରଟା ନିଶବ୍ଦ। ଦୀପକଙ୍କୁ ଅପେକ୍ଷା କରିବା ଛଡ଼ା ତାଙ୍କର ଆଉ କିଛି କାମ ନାହିଁ। ଆଜି ସାଙ୍ଗମାନଙ୍କ ସହ ମସ୍ତି କଥା ମନେ ପଡ଼ିଗଲା। ସେମାନେ ରେଷ୍ଟୁରାଣ୍ଟରେ ଖାଇଲା ବେଳେ ଏମିତି ପାଟି କରି ହସୁଥିଲେ ଯେ ପାଖ ଟେବୁଲରୁ ଲୋକମାନେ ସେମାନଙ୍କୁ ବୁଲି ବୁଲି ଦେଖୁଥିଲେ। ଏକଥା ମନେ ପକାଇ ଏବେ ମଧ୍ୟ ସୋମାନୀଙ୍କର ଓଠରେ ହସଟେ ଖେଳିଗଲା, ଯଦିଓ ହସଟା ଉଦାସିଆ ଥିଲା। ତାଙ୍କର ମନେ ପଡୁ ନଥିଲା ସେ କେବେ ଶେଷଥର ପାଇଁ ଏମିତି ମନଖୋଲା ହସ ହସିଥିଲେ। ଅବଶ୍ୟ ଏମିତିରେ ସେ ସବୁବେଳେ ହସହସ ମୁହଁରେ ଥା'ନ୍ତି। ସେ ଅନେକ ଏନ.ଜି.ଓ. ଓ ସମାଜସେବା କାମରେ ଜଡ଼ିତ। ତେଣୁ ମୁହଁ ସଦା ସର୍ବଦା ହସ ହସ ରଖିବା ଜରୁରୀ। ସେ ହସ କେବଳ କୃତ୍ରିମ, ପ୍ଲାଷ୍ଟିକ ହସ ଯାହା କେବଳ ଫଟୋରେ ଭଲ ଦିଶିବ। ହେଲେ କେବେ ହୃଦୟକୁ ଛୁଁ ନଥିବ। ଘରେ ମଧ୍ୟ ପିଲାମାନଙ୍କୁ ଖୁସି ରଖିବା ପାଇଁ ସେହି କୃତ୍ରିମ ହସ। କେମିତି ବା ପିଲାମାନଙ୍କ ଆଗରେ ନିଜ ଅସହାୟତା ଦେଖାଇ ଦେବେ? କେମିତି ବଢିଲା ପିଲାଙ୍କୁ ଜଣାଇ ଦେବେ ଯେ, ସେମାନଙ୍କ ବାପା, ଯାହାକୁ ସେମାନେ ନିଜର ଇନ୍ସ୍ପିରେସନ୍ ଭାବନ୍ତି ସିଏ ତାଙ୍କ ପରସନାଲ୍ ସେକ୍ରେଟେରୀ ସହିତ ଅବୈଧ ସମ୍ବନ୍ଧ ରଖିଛନ୍ତି ବୋଲି? ଦୀପକ ତାଙ୍କୁ ଓ ପିଲାମାନଙ୍କୁ ନିଜ କ୍ଷେତ୍ରରେ ଆଗେଇ ଯିବାକୁ ସର୍ବସମ୍ମୁଖରେ କିପରି ପ୍ରୋତ୍ସାହିତ କରନ୍ତି, ପିଲାମାନେ ତ ତାହା ଦେଖୁଛନ୍ତି। ସିଏ ଘରେ ବାହାରେ ସମସ୍ତଙ୍କୁ ଖୁସି କରିବାର ଛୋଟବଡ଼ ଉପାୟସବୁ ବାହାର କରିବାର ମଧ୍ୟ ପିଲାମାନେ ଜାଣୁଛନ୍ତି।

ପିଲାମାନେ ତାଙ୍କ ବାପାଙ୍କର ଯଦି ଏ କୁରୂପଟି ଜାଣିଦେବେ, ତେବେ ନିଶ୍ଚିତ ଭାଙ୍ଗି ପଡ଼ିବେ। ଏ ବୟସ ପିଲାଙ୍କର ଭବିଷ୍ୟତ ଗଢିବାର ବୟସ। ନା, ସୋମାନୀ ପିଲାଙ୍କ ଆଗରେ କିଛି ପ୍ରକାଶ କରି ପାରିବେନି। ସେମାନେ ନିଜକୁ ସମ୍ଭାଳି ନିଜ ଗୋଡ଼ରେ ଠିଆ ହୋଇଗଲା ପର୍ଯ୍ୟନ୍ତ ପିକଚର୍ ପରଫେକ୍ଟ ହସଟେ ନିଜ ଓଠରେ ମଡ଼ାଇବା ରଖିବେ। ଛୋଟବେଳୁ ସୋମାନୀ ଖୁବ୍ ପ୍ରତିଭାବାନ। ନିଜ ଚେଷ୍ଟାରେ ସେ ନିଜର ସମାଜ ଆଗରେ ଏକ ସ୍ୱତନ୍ତ୍ର ପରିଚୟ ସୃଷ୍ଟି କରି ପାରିଛନ୍ତି। ଏଇଥି ପାଇଁ ତାଙ୍କ ସାଙ୍ଗମାନେ ତାଙ୍କୁ ଆଜି କେତେ ପ୍ରଶଂସା କରୁଥିଲେ। ସୋମାନୀ ଭାବୁଥିଲେ, ତାଙ୍କ ସାଙ୍ଗମାନେ କେତେ ଖୁସି। ଅଥଚ ତାଙ୍କ ଭାଗ୍ୟ କାହିଁକି ଏପରି ହେଲା କେଜାଣି ?

ଅରବିନ୍ଦ ଶୋଇ ଘୁଙ୍ଗୁଡ଼ି ମାରିଲେଣି। ଶତାବ୍ଦୀ ଆଶ୍ଚର୍ଯ୍ୟ ହେଉଥିଲେ, 'କି ଲୋକ କେଜାଣି ? ଏମିତି ଶବ୍ଦରେ ଏତେ ଆରାମରେ କେମିତି ଶୋଇ ପାରୁଛନ୍ତି ? ହଁ ତାଙ୍କର କ'ଣ ଚିନ୍ତା ? ସବୁତ ମୁଁ ମୁଣ୍ଡାଇବାକୁ ଠିକା ନେଇଛି।' କାନ୍ଥଘଣ୍ଟା ଦେଖିଲେ। ରାତି ଏଗାରଟା ବାଜିଲାଣି। ଖଟରୁ ଉଠି ତଳମହଲାକୁ ଯାଇ ଫ୍ରିଜରୁ ପାଣି କାଢି ପିଲେ। ରିଆନ୍ ରୁମ୍‌ରୁ ପାଶ୍ଚାତ୍ୟ ସଙ୍ଗୀତ ଆହୁରି ଯୋର୍‌ରେ ଶୁଭୁଥିଲା। ସେ ବିରକ୍ତି ହୋଇ ଉଠିଲେ। ଏ କି ପ୍ରକାର ପାଠପଢା କେଜାଣି ? ରିଆନ ରୁମ୍ ଭିତର ଆଡୁ ବନ୍ଦ ଥିଲା। ଶତାବ୍ଦୀ ତା' କବାଟରେ କରାଘାତ କଲେ। କିଛି ସମୟ ପରେ ରିଆନ୍ କବାଟ ଟିକିଏ ଫାଙ୍କ କରି ଖୋଲିଲା। ତା' ମୁହଁରେ ବିରକ୍ତି ଭାବ ବେଶ୍ ଫୁଟି ଉଠୁଥିଲା। ଶତାବ୍ଦୀ ପ୍ରଶ୍ନ କଲେ, "ତୋର ଏ କି ପାଠ ପଢା ଚାଲିଛି ? ଏତେ ରାତି ହେଲାଣି। ତୋ ସାଙ୍ଗମାନେ କ'ଣ ଘରକୁ ଯିବେନି କି ?" ତାଙ୍କ କଥା ନସରୁଣୁ ରିଆନ୍ କହିଥିଲା, "ମା', ଆମ ଫାଇନାଲ୍ ସେମିଷ୍ଟର୍ ଆସୁଛି। ପ୍ରିପେୟାର୍ ହେଉଛୁ। ତୁମେ ଆସି ଆମକୁ ବାରମ୍ବାର ଡିଷ୍ଟର୍ବ କରନି।" ଶତାବ୍ଦୀ ଠିଆ ହୋଇଥିବା ସତ୍ତ୍ୱେ ରିଆନ୍ ତା' କବାଟ ବନ୍ଦ କରିବାକୁ ଯାଉଥିଲା। ଶତାବ୍ଦୀ ତାକୁ ଅଟକାଇ କହିଲେ, "ପାଠପଢା ? କେତେବେଳୁ ତ ଏତେ ଯୋର୍‌ରେ ଗୀତ ବାଜୁଛି। ପଢା ପୁଣି କ'ଣ ?" ରିଆନ୍ ବେଶ୍ ବିରକ୍ତି ହୋଇ କହିଲା, "ଏତେ ସମୟ ପଢିଲା ପରେ ଟିକିଏ ବ୍ରେକ୍ ନେଉଥିଲୁ। ବ୍ରେକ ଟିକିଏ ନେବୁନି ନା କ'ଣ ? ତୁମେ ଏତେ ମୁଣ୍ଡ ପୁରାଅନି। ଯାଅ ଏଇଠୁ। ମୋ ସାଙ୍ଗମାନଙ୍କ ଆଗରେ ମୋତେ ଆଉ ଇନସଲ୍ଟ କରାଅନି।" ଶତାବ୍ଦୀଙ୍କର ଏ ଉଦ୍ଧତ ପିଲା ଗାଲରେ ଏକ ଶକ୍ତ ଚଟକଣା ବସାଇ ଦେବାକୁ ଇଚ୍ଛା ହେଉଥିଲା। ହେଲେ ତା' ପୂର୍ବରୁ ରିଆନ୍ ତା' ରୁମ୍ କବାଟ ବନ୍ଦ କରି ସାରିଥିଲା। ଶତାବ୍ଦୀ ଭାବିଲେ, 'ଅରବିନ୍ଦ ବୋଧେ ଠିକ କହୁଛନ୍ତି। ପିଲା ଷୋହଳ ବର୍ଷ ହୋଇଗଲା ପରେ ଆଉ ପିଲା ହୋଇ ରହେନା। ସେମାନଙ୍କ ସହ ସାଙ୍ଗ ପରି ବ୍ୟବହାର କରିବାକୁ ହୁଏ।

ଶତାବ୍ଦୀ ନିଜକୁ ପ୍ରଶ୍ନ କଲେ, ସିଏ ତ ପୁଅକୁ ସାଙ୍ଗ ପରି ସବୁବେଳେ ବୁଝାଇ ଆସିଛନ୍ତି। ହେଲେ ବିପଥଗାମୀ ହବାରେ ତ ସିଏ ପୁଅର ସାଙ୍ଗ ହୋଇ ପାରିବେନି? ଏଇଥି ପାଇଁ ସିଏ ଭବିଷ୍ୟତରେ କେତେ ହଇରାଣ ହେବ। ଅରବିନ୍ଦ ବାପା। ପୁଅ ନିଜ କର୍ମର ଫଳ ଭୋଗିବ କହି ଆଖି ବୁଜିଦେବେ। ହେଲେ ସିଏ ତ ମା'। ପିଲାର ପତନ ଦେଖି କିପରି ସହି ପାରିବେ? କିନ୍ତୁ ରିଆନ୍‌କୁ ସୁଧାରିବା ପାଇଁ ସିଏ ଆଉ କ'ଣ ବା କରି ପାରିବେ? ରିଆନ୍ ତାଙ୍କ ପାଇଁ କେବଳ ମୁଣ୍ଡବିନ୍ଧାର କାରଣ ପାଲଟି ଯାଇଛି।' ପୁଅର ଅନ୍ଧକାର ଭବିଷ୍ୟତ କଥା ଭାବି ଶତାବ୍ଦୀ ଶିହରୀ ଯାଉଥିଲେ। ଥକା ମନକୁ ନେଇ ପାଦ ଘୋଷାରି ଘୋଷାରି ଖଟ ଉପରେ ଲଥ କରି ଯାଇ ବସି ପଡ଼ିଲେ। ଆଜି ଦିନବେଳର କଥା ମନେ ପଡ଼ିଗଲା। ଏ ଜଞ୍ଜାଳକୁ କିଛି ସମୟ ପାଇଁ ଭୁଲି ସିଏ କେତେ ହସିଥିଲେ। ଅଥଚ ତାଙ୍କ ଜନ୍ମକଲା ପିଲାକୁ ଦେଖି ସିଏ ଏତେ କଷ୍ଟ ପାଉଛନ୍ତି। ଶତାବ୍ଦୀଙ୍କର ସୁରଭି କଥା ମନେ ପଡ଼ିଗଲା। ଯାହା ହେଉ ତାର କେହି ପିଲାଛୁଆ ନାହାନ୍ତି। ଏମିତି ପିଲା ଥିବା ଅପେକ୍ଷା ପିଲା ନଥିବା ଭଲ। ସେଇ ସ୍ୱାମୀ ସ୍ତ୍ରୀ ଦୁହେଁ କେତେ ଖୁସିରେ ଚିନ୍ତାବିହୀନ ଜୀବନ ଅତିବାହିତ କରୁଛନ୍ତି। ରିଆନ୍‌ର ନଷ୍ଟ ଭବିଷ୍ୟତ ତାଙ୍କୁ ଅବା ଜଳଜଳ ହୋଇ ଦିଶିଗଲା। ଛାତି ଥରାଇ ଦୀର୍ଘ ଶ୍ୱାସଟେ ବାହାରି ଆସିଲା।

ସୁରଭି ଖଟରେ ବସି ସମୀରଙ୍କୁ ଦିନବେଳର ତାଙ୍କ ବନ୍ଧୁମିଳନ କଥା ବର୍ଣ୍ଣନା କରୁଥିଲେ। ସମୀର ତାଙ୍କ କଥା ଅଧାରୁ କହିଲେ, "ଆରେ ଭୁଲି ଯାଇଥିଲି। ଆଜି ଅଫିସ୍‌ରେ ଥିବା ବେଳେ ମା' ଫୋନ୍ କରିଥିଲା। ବିଜି ଥିଲି, ପରେ କଥା ହେବି ବୋଲି କହିଥିଲି। ହେଲେ ଭୁଲି ଯାଇଛି।" ଚମକି ପଡ଼ିଲେ ସୁରଭି, "କ'ଣ କହୁଥିଲେ?" ସମୀର ଖୁବ୍ ସହଜ ଭାବରେ କହିଲେ, "କାହା ବାହାଘର କଥା କହୁଥିଲା। ଘରକୁ ଫୋନ୍ କରିଥିଲା। ରିଂ ହେଇ ହେଇ କଟିଲା। ସେତେବେଳେ ତୁମେ ବୋଧେ ସାଙ୍ଗମାନଙ୍କ ସହ ବାହାରେ ଥିଲ। କାଲି ଆଡ଼କୁ ସୁବିଧା ଦେଖିକି ମାକୁ ଫୋନ୍ କରି କାହା ବାହାଘର ପଚାରି ଦେବ।"

ରାତି ବେଶ ହୋଇ ଯାଇଥିଲା। ସମୀର ଶୋଇ ପଡ଼ିଥିଲେ। କିନ୍ତୁ ସୁରଭିଙ୍କ ଆଖିକୁ ନିଦ ଆସୁ ନଥିଲା। ବାହାଘରର ୧୭ ବର୍ଷ ପରେ ମଧ୍ୟ ଶାଶୁଙ୍କୁ ସିଏ ଖୁବ୍ ଡରନ୍ତି। ଆଉ ତାଙ୍କର ଏ ଅବସ୍ଥା ଦେଖିଲେ ସମୀର ଚିଡ଼ି ଯାନ୍ତି। ସୁରଭି ଶଙ୍କି ଯାଇଥିଲେ, 'ସେ ଘରେ ନଥିବା ଜାଣି ଶାଶୁ ନିଶ୍ଚିତ ଖପ୍ପା ହୋଇ ଯାଇଥିବେ।' ସେ ନିଃସନ୍ତାନ ବୋଲି ଶାଶୁ ତାଙ୍କୁ ମଣିଷରେ ଗଣନ୍ତିନି। ତାଙ୍କୁ ଦାୟଦଟିଏ ଦେବାକୁ ଅକ୍ଷମ ବୋଲି ସୁରଭି ସମସ୍ତଙ୍କର ସବୁ ଦାୟିତ୍ୱ ସୁଚାରୁ ରୂପେ ତୁଲାଇବାକୁ ପ୍ରାଣପ୍ରଣେ ଚେଷ୍ଟା କରନ୍ତି। ହେଲେ ଏ ବୟସରେ ମଧ୍ୟ ଶାଶୁଙ୍କ ଗଞ୍ଜଣା ସରେନି। ସତେ ଯେପରି ନିଃସନ୍ତାନ

ହେବା ତାଙ୍କ ହାତରେ ଥିଲା। ଆଉ କେବଳ ତାଙ୍କର ହିଁ ଦୋଷ। ହେଲେ ଶାଶୁଙ୍କୁ ଏସବୁ କିଏ ବୁଝାଇବ ?

ସନ୍ଧ୍ୟାବେଳେ ଲିତୁନ୍‌କୁ କହିଥିବା ଗପ ସୁରଭିଙ୍କର ମନେ ପଡ଼ିଗଲା। ଆଉ ତା' ସହ ଲିତୁନ୍‌ର ସେହି ଗୋବର ପୋକକୁ ନେଇ ପ୍ରଶ୍ନ ମଧ୍ୟ। ସିଏ ନିଜେ ବି ଛୋଟବେଳୁ ଏ ଆଈ ମା' କାହାଣୀ ଅନେକ ଥର ଶୁଣିଛନ୍ତି। ସେତେବେଳେ ତାଙ୍କୁ ତ କାହିଁ ଗୋବର ପୋକ ମରିବା କିଛି ଅବାନ୍ତର ଲାଗୁ ନଥିଲା ? ବରଂ ଖୁବ୍ ଯଥାର୍ଥ ଲାଗୁଥିଲା। ନ ହେଲେ ବୁଢ଼ୀ ଅସୁରୁଣୀ ମରିଥା'ନ୍ତା କିପରି ? ହେଲେ ଏବେ ଏଇ ବୟସରେ ତାଙ୍କୁ ମଧ୍ୟ ଲିତୁନ୍ ପରି ଗୋବର ପୋକର ମୃତ୍ୟୁ ଖୁବ୍ ଅଜବ, ଅବାନ୍ତର ଲାଗୁଛି।

ଜୀବନର ଅନେକ ଗୁଡ଼ିଏ ବାଟ ଅଙ୍କାବଙ୍କା ରାସ୍ତା ଦେଇ ଆସିବା ପରେ ସିଏ ଏବେ ବୁଝି ପାରୁଛନ୍ତି, କେହିବି ମଣିଷ ଯଦିଓ ସ୍ୱୟଂସମ୍ପୂର୍ଣ୍ଣ ନୁହଁ କିନ୍ତୁ ଅନ୍ୟଠାରୁ ତାହା ଆଶା କରେ। ଆଉ ସେଇ ଆଶା ପୂରଣ ପାଇଁ ଅନ୍ୟକୁ ହନ୍ତସନ୍ତ କରେ। ଦୁନିଆରେ ବୋଧେ ସମସ୍ତେ ପ୍ରଭୁତ୍ୱ ବିସ୍ତାର ପାଇଁ ନିଜ ଆତ୍ମାକୁ ମାରି ଅନ୍ୟ ଉପରେ ବିଜୟ ଲାଭ କରିବାକୁ ଚେଷ୍ଟା କରନ୍ତି। ଆଉ ସେଇ ଅନ୍ୟ ଜଣକ ଶାନ୍ତି, ଶୃଙ୍ଖଳା, ପ୍ରେମ, ସୌହାର୍ଦ୍ଦ୍ୟ ରାକ୍ଷା କରିବାକୁ ଯାଇ ନିଜ ହୃଦୟକୁ ପରାଧିନ କରିଦିଏ ଅବା ମାରିଦିଏ। ଏହା ତା'ର କ'ଣ ଏତେ ବଡ଼ ଦୋଷ ?

ସୁରଭିଙ୍କୁ ଲାଗୁଥିଲା ସତେ ଯେପରି ସିଏ ଗୋଟେ ଗୋବର ପୋକ। ଅନ୍ୟର ଆଶା ପୂରଣ ପାଇଁ ତାଙ୍କୁ ମରା ଯାଉଛି। ତାହାହେଲେ ସଂସାର ଭିତରେ ତାଙ୍କ ପରି ଆହୁରି ଅନେକ ଗୋବର ପୋକ ତ ନିଶ୍ଚିତ ଥିବେ। ଆଜି ଦିନବେଳେ ଭେଟିଥିବା ସାଙ୍ଗମାନଙ୍କ ଭିତରୁ ମଧ୍ୟ ତାଙ୍କ ପରି ଗୋବରପୋକ ହୁଏତ କିଏ ଥିବେ। ସୁରଭି ଆଶ୍ଚର୍ଯ୍ୟ ହେଉଥିଲେ, 'ଲିତୁନ୍ ଏଡ଼େ ବକଟେ ପିଲା ହୋଇ କ'ଣ କିଛି ମଣିଷ ଗୋବର ପୋକ ବୋଲି ବେଶ୍ ଚିହ୍ନି ପାରିଛି !' ଲିତୁନ୍ ମୁହଁ ସୁରଭିଙ୍କ ଆଖି ଆଗରେ ନାଚି ଉଠିଲା। ତା' ମୁହଁ ଆଉ ସରଳ ନିରୀହ ଦିଶୁ ନଥିଲା। କୋଟି ସୂର୍ଯ୍ୟର ଆଲୋକରେ ଝଲସୁଥିବା ଠାକୁରଙ୍କ ବିଶ୍ୱରୂପ ପରି ଦିଶୁଥିଲା।

■

ଜୀବନରେ ଏମିତି ବି କେବେ କେବେ

ରାତି ବାରଟା ହେବାକୁ ଯାଉଥିଲା । ଖଟ ଉପରେ ବିଦ୍ୟୁତ୍ ଚିତ୍ ହୋଇ ତା' ଆପଲ୍ ଆଇ ଫୋନ୍‌କୁ ହାତରେ ଏପାଖ ସେପାଖ କରି ଖେଳୁଥିଲା । ଆଜି ଆଖିକୁ ଜମା ନିଦ ଆସୁନି । ଅନ୍ୟଦିନ ହୋଇଥିଲେ ଏଇ ସମୟରେ ସେ ରୋମି ସହ କେତେ କଥା ହେଉଥା'ନ୍ତା । ରୋମି, ତା' ବାନ୍ଧବୀ । ଗତକାଲି ଦୁହିଁଙ୍କର ନିର୍ବନ୍ଧ ହୋଇ ଯାଇଛି । ବାହାଘର ହାତଗଣତି ଆଉ କିଛି ଦିନ । ବିଦ୍ୟୁତ୍ ଦିନରେ ଏମିତିରେ କେତେ ଥର ରୋମି ସହ କଥା ହୋଇଯାଏ । ହେଲେ ରାତିରେ କଥା ହେବା ବେଳେ ନିଶି ଗଭୀରତା ସହ ତାଳ ଦେଇ ଦୁହିଁଙ୍କ ବାର୍ତ୍ତାଳାପ କ୍ରମଶଃ ମତୁଆଲା ହୋଇଯାଏ । ଆଉ ସେଇ ରୋମାଞ୍ଚସବୁକୁ ସାଉଁଟି ନେଇ ବେଶ୍ ଡେ଼ରି ରାତିରେ ବିଦ୍ୟୁତ୍‌ର ଆଖି ମୁଦିହୋଇ ଆସେ । ମାତ୍ର ଆଜି ସେମିତି କିଛି ହେବାର ସମ୍ଭାବନା ନଥିଲା । କାରଣ ଆଜି ରୋମି ଘରେ ବନ୍ଧୁବାନ୍ଧବଙ୍କ ଗହଳି । ସେଇଥି ପାଇଁ ଏଇ କିଛିଦିନ ରାତିରେ ତାକୁ ଫୋନ୍ ନକରିବା ପାଇଁ ସେ ବିଦ୍ୟୁତ୍‌କୁ ଅନୁରୋଧ କରିଛି । ଆଉ ବିଦ୍ୟୁତ୍ ମଧ୍ୟ ଜାଣେ ନିଜର ଭାବମୂର୍ତ୍ତିକୁ ଭାବି ଶ୍ୱଶୁରଘରେ ବଜାୟ ରଖିବାକୁ ହେଲେ ନିଜ ଅନିଚ୍ଛା ସତ୍ତ୍ୱେ ଏସବୁ ମାନିନେବା ଉଚିତ୍ । କିନ୍ତୁ ଆଖିକୁ ତା'ର ବିଲ୍ କୁଲ୍ ନିଦ ଆସୁ ନ ଥିଲା । ଓଃ ! ଖୁବ୍ ବିରକ୍ତି କର ।

ମନକୁ ହାଲୁକା କରିବା ପାଇଁ ହଠାତ୍ ମୁଣ୍ଡକୁ ଏକ ଦୁଷ୍ଟାମୀ ଜୁଟିଗଲା । ଯାହାକି ସେ ହାଇସ୍କୁଲ୍ ବେଳେ ଶିକ୍ଷକ କିମ୍ବା ଅଭିଭାବକଙ୍କ ଶାସ୍ତିରୁ ବର୍ତ୍ତିବା ପାଇଁ, ନ ହେଲେ ଏପ୍ରିଲ୍ ଫୁଲ୍ ଦିନ କାହାକୁ ବୋକା ବନାଇବା ପାଇଁ ଅନେକ ଥର କରି ଆସିଥିଲା । ଆଉ ବଡ଼ ହେଉ ହେଉ ଏ ଦୁଷ୍ଟାମୀର କାରଣ ମଧ୍ୟ ବଦଳି ଯାଇଥିଲା । କାରଣ ଯାହାବି ଥାଉ, କିନ୍ତୁ ପରିସ୍ଥିତି ଅନୁସାରେ ଏହା ମନୋରଞ୍ଜନର ଖୋରାକ ପୂର୍ଣ୍ଣମାତ୍ରାରେ ଯୋଗାଇ ଦେଉଥିଲା । ହେଲେ ପରେ ଚାକିରି ପାଇଁ ସଂଘର୍ଷ, ପରେ ପରେ କର୍ମକ୍ଷେତ୍ରର

ଚାପ ଓ ଭବିଷ୍ୟତ ଯୋଜନା କରିବା ଭିତରେ ସେ ସତେ ଯେପରି ଏ ମନୋରଞ୍ଜନର ଉତ୍କୃଷ୍ଟ ମାଧ୍ୟମଟିକୁ ହଜାଇ ବସିଥିଲା। ବିଦ୍ୟୁତ୍ ହାତରେ ଓଲଟ ପାଲଟ କରି ଖେଳୁଥିବା ତା' ଫୋନ୍ ରେ ଆଖି ପକାଇଲା। ନମ୍ବର୍ ଡାଏଲ୍ କଲା ୦୬୭...। ଲ୍ୟାଣ୍ଡ୍ ଲାଇନ୍ ନମ୍ବର୍। 'ଆଲିକାଲିକା ମୋବାଇଲ୍ ଯୁଗରେ ଲ୍ୟାଣ୍ଡ୍ ଫୋନ୍ କେହି ପ୍ରାୟ ରଖୁ ନଥିବେ। ତେଣୁ ଦେଖା ଯାଉ, କେଉଁ ଅଫିସ୍‌ର ରାତ୍ରଜଗୁଆଳ ବା ମୋବାଇଲ୍‌ରେ ଅନଭ୍ୟସ୍ତ କେଉଁ ଅଲୋଡ଼ା ବୁଢାବୁଢୀ ଫୋନ୍ ଉଠାଇବେ। ଯିଏ ହେଲେ ବି ଚଳିବ। ଯଦି କେଉଁ ଅଫିସ୍ ନମ୍ବର୍ ହୋଇଥିବ ତେବେ ରାତ୍ରଜଗୁଆଳଟା ରାତି ଅଧରେ ଭୂତ ଭଳି ଅଫିସ୍ ବାହାରେ ବସି ଢୁଳାଉଥିବ। ତା' ସହିତ ଦି'ପଦ ମଜାଳିଆ କଥା କହିଦେଲେ ହୁଏତ ବୋରିଂ ରାତିଟାରେ ତା' ଓଠରେ ଟେନାଏ ହସ ଖେଳି ଯିବ। ଆଉ ଯଦି କେଉଁ ବୟସ୍କଙ୍କ ଫୋନ୍ ଲାଗେ ତାହା ହେଲେ ମଧ୍ୟ ଭଲ। ଏ ଅଲୋଡ଼ା ବୟସରେ ତାଙ୍କୁ କିଏ ମନେ ପକାଇଲା ଭାବି ଆଶ୍ଚର୍ଯ୍ୟ ହେବେ।'

ରିଂ....ରିଂ...

ସୁଧନ୍ୟା ଆଖି ମଳି ମଳି ଘଣ୍ଟା ଦେଖିଲେ। ରାତି ୧.୧୫। 'ଏ ଅବେଳରେ କିଏ ପୁଣି ଫୋନ୍ କଲା?' ଛାତିଟା ତାଙ୍କର ଦାଉଁ କଲା। ଡ଼େରି ରାତିରେ ଫୋନ୍ ଆସିଲେ ସେ ଏମିତି ଚମକି ପଡ଼ନ୍ତି। କାଳେ କାହାର କିଛି ଅଘଟଣ ହେଲା କି? ନ ହେଲେ ରାତି ଅଧରେ କିଏ ଏମିତି ଫୋନ୍ କରିବ? ଶଙ୍କାରେ ଠାକୁରଙ୍କୁ ସମସ୍ତଙ୍କ ମଙ୍ଗଳ ପାଇଁ ଡାକି ଡାକି ଧିରେ ରିସିଭର୍ ଉଠାଇଲେ, "ହେଲୋ!!!"

ଫୋନ୍ ସେପଟୁ କଟି ଯାଇଥିଲା ସୁଧନ୍ୟା ବିଚଳିତ ହୋଇ ପଡ଼ିଲେ। ଫୋନ୍ କଟି ଯାଇଥିବା ସତ୍ତ୍ୱେ ତାଙ୍କ ପାଟିରୁ ବାହାରି ଆସିଥିଲା, "ହେଲୋ... ହେଲୋ... ହେଲୋ!!!" କେତେ କ'ଣ ଅଶୁଭ ଭାବନା ମନକୁ ଧସେଇ ପଶି ଆସୁଥିଲା। 'କିଏ ଫୋନ୍ କରି ଥାଇ ପାରେ? ସୁବୋଧଙ୍କର କିଛି ଅସୁବିଧା ହେଲା କି? ନା, ଶୋଇବାକୁ ଯିବା ଆଗରୁ ତାଙ୍କ ସହ ଭଲରେ କଥା ହୋଇଥିଲି। ବାପାଙ୍କର କାଶ ହେଉଥିଲା। କିଛି ଅଘଟଣ ହେଲାକି? ନା, ନା, ଏପରି ଅମଙ୍ଗଳ ଭାବିବା କଥା ନୁହେଁ। ହୁଏତ ରଂ ନମ୍ବର୍ ଥିବ। ଫ୍ରିଜ୍‌ରୁ ପାଣି ବୋତଲ୍ କାଢି ଦି' ଢୋକ ପାଣି ପି' ଖଟରେ ଗଡ଼ି ପଡ଼ିଲେ ସୁଧନ୍ୟା, ଯଦିଓ ତାଙ୍କ ଆଖିରୁ ନିଦ ଲିଭିଯାଇ ମୁଣ୍ଡରେ ଚିନ୍ତାର ଗାର ଟାଣି ହୋଇ ଯାଇଥିଲା।

ବିଦ୍ୟୁତ୍ ଫୋନ୍ କାଟି ଦେଇଥିଲା। 'ଆରେ ଏ'ତ ଜଣେ ନାରୀ ଫୋନ୍ ଉଠାଇଲେ! ବାଃ! କି ମଧୁର ସ୍ୱର' ସୁଧନ୍ୟାଙ୍କ ତନ୍ଦ୍ରାଳସା ସ୍ୱର ବିଦ୍ୟୁତ୍‌କୁ ରୋମାଞ୍ଚିତ କରିଥିଲା। 'ମୁଁ ବିନିଦ୍ର। ଅନ୍ୟ ଜଣେ ମୋ ସାଙ୍ଗେ ଆଜି ଦିନକ ଅନିଦ୍ରା ହୋଇଗଲେ

ତା'ର କିଛି ବଡ଼ ଅସୁବିଧାଟେ ହୋଇ ଯିବନି।' ପୁଣି ସେଇ ନମ୍ବର୍‌କୁ ଫୋନ୍ ଲଗାଇଲା ବିଦ୍ୟୁତ୍।

ରିଂ...ରିଂ...

ସୁଧନ୍ୟା ଝପଟିଲା ପରି ରିସିଭର୍ ଉଠାଇ ଥିଲେ ମଧ୍ୟ ଶଙ୍କିତ ହୋଇ ଆସ୍ତେ ପଚାରିଲେ, "ହ୍ୟାଲୋ... କିଏ କହୁଛନ୍ତି ?"

"ଆଜ୍ଞା, ସ୍ୱାମୀନାଥନ୍‌ଙ୍କ ସହ ଟିକିଏ କଥା ଥିଲା।"

"ନା, ଏହା ତାଙ୍କ ନମ୍ବର ନୁହେଁ।"

"କ୍ଷମା କରିବେ, ହେଲେ ସେ ମୋତେ ଏହି ନମ୍ବର୍ ଦେଇଥିଲେ।"

"ନା, ନା, ରଂ ନମ୍ବର୍" ସୁଧନ୍ୟା ନିଜ ଆଡୁ ଫୋନ୍ ରିସିଭର୍ ରଖି ଦେଇଥିଲେ। ଏଥର ସେ ଆଶ୍ୱସ୍ତ, 'ଯାହା ହେଉ ରଂ ନମ୍ବର୍ ଥିଲା। ତା' ମାନେ ଘରେ ସମସ୍ତେ ଠିକ୍ ଅଛନ୍ତି। ହେଲେ ବିଚରା କେଉଁ ସ୍ୱାମୀନାଥନ୍‌ଙ୍କର ହେଉ କିମ୍ବା ଏ ଲୋକର ହେଉ କିଛି ଜରୁରୀ ଖବର ଥିବ।' ସେଇ ସ୍ୱାମୀନାଥନ୍ କିମ୍ବା ସେ ଲୋକକୁ ନଜାଣିଥିବା ସତ୍ତ୍ୱେ ସୁଧନ୍ୟା ତାଙ୍କ ପାଇଁ ମନରେ ଭଗବାନଙ୍କୁ ପ୍ରାର୍ଥନା କରିଥିଲେ। ରିଂ....ରିଂ...'ଏବେ ପୁଣି କିଏ ?'

"ହ୍ୟାଲୋ !"

"ଆଜ୍ଞା କ୍ଷମା କରିବେ। ସ୍ୱାମୀନାଥନ୍‌ଙ୍କ ପାଖରେ ଟିକିଏ ଜରୁରି କାମଥିଲା। ଆପଣଙ୍କ ଆଗରୁ ଏ ନମ୍ବର୍ ତାଙ୍କର ଥିଲା କି ? ମାନେ, ସେ ଗଲା ପରେ ଆପଣଙ୍କୁ ଏ କନେକ୍ସନ୍‌ଟା ଦିଆ ଯାଇଥିଲା କି ?"

"ନାଁ, ନାଁ, ସେମିତି କିଛି ନୁହେଁ। ଏ ନମ୍ବର ଆମର ବହୁତ ପୁରୁଣା। ଆଚ୍ଛା ଆପଣଙ୍କୁ ସେ ଏ ନମ୍ବର୍ କେବେ ଦେଇଥିଲେ ?"

"ଏଇ ଅଳ୍ପ ଦିନ ତଳେ ତ ଏଇ ନମ୍ବର୍‌ରେ କଥା ହୋଇଥିଲି।"

"ନାଁ, ତାହା ହେଲେ ଆପଣ ଟିକିଏ ଭଲରେ ନମ୍ବର୍ ଚେକ୍ କରନ୍ତୁ।" ଫୋନ୍ ରଖିଲେ ସୁଧନ୍ୟା।

ରିଂ...ରିଂ...

"ହ୍ୟାଲୋ !"

"କ୍ଷମା କରିବେ, ଏତେ ରାତିରେ ଆପଣଙ୍କୁ ଡିଷ୍ଟର୍ବ କଲି। କ'ଣ କରିବି କଥାଟା ଜରୁରୀ ଥିଲା।"

"ଠିକ୍ ଅଛି। ଆଉ ଫୋନ୍ କରନ୍ତୁନି। ରାତିଅଧରେ ଏମିତି ଫୋନ୍ କାହା ପାଇଁ ମଧ୍ୟ ଗ୍ରହଣୀୟ ନୁହେଁ।" ସୁଧନ୍ୟା ଫୋନ୍ ରଖିଦେଇ ଖଟରେ ପୁଣି ଗଡ଼ି

ପଡ଼ିଲେ। ନିଦ ହଜି ଯାଇଥିଲା। ସୁଧନ୍ୟା ବିରକ୍ତି ହୋଇ ଉଠିଲେ। ହେଲେ ଲୋକଟି ପ୍ରତି ଦୟା ଆସୁଥିଲା। 'ବିଚରା...'

ଫୋନ୍ ସେପଟୁ କେତେବେଳୁ କଟି ଯାଇଥିଲା। ହେଲେ ବିଦ୍ୟୁତ୍ କାନରେ ସେଇ ସ୍ୱପ୍ନିଳ ସ୍ୱର ତରଙ୍ଗାୟିତ ହେଉଥିଲା। ସତରେ ସେଇ ସ୍ୱରରେ ଏକ ଅହେତୁକ ଆକର୍ଷଣ ଥିଲା। ସତେ ଅବା ଅତି ଆପଣାର, ଅତି ନିଷ୍କପଟ, ନିରିହ। ସେ ଘଣ୍ଟା ଆଡ଼େ ଆଖି ବୁଲାଇ ଆଣିଲା। କାନ୍ଥଘଣ୍ଟା ୪.୪୫ ହେବାର ସୂଚନା ଦେଉଥିଲା।

"ମା'ରେ ହାଲିଆ ଲାଗୁଛି ଯଦି ଆଜି ଶିଘ୍ର ଖିଆପିଆ ସାରି ଶୋଇ ପଡ଼। ତମର ଟିକିଏ ଭଲରେ ରେଷ୍ଟ ନେବାକୁ ମଧ୍ୟ ସମୟ ନଥାଏ।" ସୁଧନ୍ୟା ଚମକି ପଡ଼ିଲେ। ରାତିରେ ସେଇ ରଂ ନମ୍ବର ପାଇଁ ସେ ଜମା ଶୋଇ ପାରି ନାହାନ୍ତି। ଅଫିସ୍‌ରୁ ଫେରି ଶ୍ୱଶୁରଙ୍କ ସହ ସନ୍ଧ୍ୟା ଚା' ପିଇ କଥା ହେଉ ହେଉ କେତେବେଳେ ଆଖି ଲାଗି ଯାଇଥିଲା। "ସରି ବାପା, ଆଜି ଟିକିଏ ହାଲିଆ ଲାଗୁଛି। ହେଲେ ଲିପୁର ହୋମ୍ ୱାର୍କ ସରିନି। ସୁବୋଧଙ୍କୁ ମଧ୍ୟ ଫୋନ୍ କରିବାର ଅଛି।" "ମୁଁ ଆଜି ଲିପୁକୁ ହୋମ୍ ୱାର୍କ କରେଇ ଦେବି। ତୁମେ ହେଲେ ଖଟରେ ଟିକିଏ ଅଣ୍ଟା ସଳଖି ଗଡ଼ି ପଡ଼।" ଶ୍ୱଶୁରଙ୍କ ମନଲୋଭା ପ୍ରସ୍ତାବରେ ସୁଧନ୍ୟାଙ୍କର ସତରେ ଲୋଭ ହେଉଥିଲା। ହେଲେ ସେ ଜାଣନ୍ତି ଥରେ ନିଦ ହୋଇଗଲେ ରାତ୍ରଭୋଜନ ବ୍ୟବସ୍ଥା କରିବା ଭାରି କଷ୍ଟକର। ରୀନା ରାତି ପାଇଁ ତରକାରୀ କରି, ଅଟା ଚକଟି ରଖିଦେଇ ଯାଇଛି। ଖାଲି କେତେ ଖଣ୍ଡ ରୁଟି କରିଦେଲେ ହେଲା। ସୁଧନ୍ୟା ଅଳସକୁ ପଛକୁ ଠେଲି ଦେଇ ଶ୍ୱଶୁରଙ୍କ ପାଖରୁ ଉଠିଲେ।

ଆଜି ଦିନରେ ରୋମି ସହ ବିଦ୍ୟୁତ୍‌ର ଖୁବ୍ ଲମ୍ବା ସମୟ ପର୍ଯ୍ୟନ୍ତ କଥା ହୋଇଛି। ହେଲେ ରୋମିର ସେଇ ଖଟାମିଠା ବାର୍ତ୍ତାଳାପ ତାକୁ କାଲିଠୁ ଆଚ୍ଛାଦିତ ରଖିଥିବା ସେଇ ଅଜଣା ସ୍ୱରରୁ ମୁକ୍ତ କରି ପାରି ନଥିଲା। ଆଜି ରାତିରେ ମଧ୍ୟେ ବିଦ୍ୟୁତ୍ ଆଖିକୁ ନିଦ ନାହିଁ। ସମୟ ଦେଖିଲା, ରାତି ୧୧.୪୫। ସତେ ଯେପରି ତାକୁ ବଶୀଭୂତ କରିଥିବା ଗତରାତିର ସେଇ ଅଜଣା ସ୍ୱର ପୁଣି ସେଇ ନମ୍ବର୍ ଡାଏଲ୍ କରିବାକୁ ପ୍ରବର୍ତ୍ତାଉଥିଲା। ସେ ନମ୍ବର ଲଗାଇଲା। ୦୬୭...

ରିଂ...ରିଂ...

ଚମକି ଉଠିଲେ ସୁଧନ୍ୟା।

"ହ୍ୟାଲୋ ! କିଏ କହୁଛନ୍ତି ?"

"ମୁଁ... ଯିଏ କାଲି ରାତିରେ ଫୋନ୍ କରିଥିଲି।"

ଚିଡ଼ି ଉଠିଲେ ସୁଧନ୍ୟା, "କାହିଁକି ଏମିତି ରାତିରେ କାହାକୁ ଡିଷ୍ଟର୍ବ କରୁଛନ୍ତି ?"

"କ୍ଷମା କରିବେ। ଫୋନ୍ କରିବାକୁ ବାଧ୍ୟ ହେଲି।"

"ବାଧ୍ୟ???"

"ଆପଣଙ୍କ ସ୍ୱର ଖୁବ୍ ମଧୁର।" ଏଥର ସୁଧନ୍ୟାଙ୍କୁ ଖୁବ୍ ହସ ଲାଗିଲା। ଜାଣିଲେ କେଉଁ ଟୋକାର ବଦମାସୀ। ମନେ ପଡ଼ିଗଲା, ସେ ଖୁବ୍ ଭଲ ଗୀତ ଗାଉଥିଲେ ଓ ସେଇଥି ପାଇଁ ଉଚ୍ଚପ୍ରଶଂସିତ ମଧ୍ୟ ହେଉଥିଲେ। "ଆଚ୍ଛା ବାପା, କାହିଁକି ଏମିତି ଆମପରି ବୟସ୍କ ଲୋକଙ୍କୁ ରାତି ଅଧରେ ହଇରାଣ କରୁଛ? ତୁମ ବୟସର କାହାକୁ ଖୋଜ।"

"ବୟସ୍କ!!!"

"ହଁ ପୁଅ, ମୋତେ ଆସି ୬୦ ପାଖେଇଲାଣି। ତୁମ ମା' କି ମାଉସୀ ବୟସର ଲୋକ।" ସୁଧନ୍ୟା ମିଛକହି ଫୋନ୍ ରଖିଲେ।

ବିଦ୍ୟୁତ୍‌ର ବିଶ୍ୱାସ ହେଉ ନଥିଲା। ସେଇ କେଇପଦ ହୃଦୟସ୍ପର୍ଶୀ କଥାରେ ସତେ ଯେପରି ଥିଲା ନାନାବାୟା ଗୀତର ଯାଦୁ। ଆଖି ତା'ର ଲାଗି ଆସିଥିଲା ଓ ମୁହଁରେ ଆତ୍ମତୃପ୍ତିର ଝଲକ ଖେଳି ଯାଇଥିଲା।

ରିଂ...ରିଂ...

ସୁଧନ୍ୟାଙ୍କ ନିଦ ଭାଙ୍ଗି ଯାଇଥିଲା। ଜାଣିଥିଲେ ସେଇ ରଂ ନମ୍ବର୍ ବାଲା ହିଁ କରିଥିବ। କାଲିରାତିରେ ସେ କହିଥିବା ମିଛର ପ୍ରଭାବ ଜାଣିବାକୁ କୌତୁହଳି ହୋଇ ଉଠିଲେ। "ହ୍ୟାଲୋ!"

"ହ୍ୟାଲୋ ମ୍ୟାଡ଼ାମ୍ ମୁଁ କହୁଛି। ଜାଣି ପାରିଲେ?"

"ହଁ ପୁଅ ଜାଣି ପାରିଲି। ହେଲେ ପୁଣି କାହିଁକି ଫୋନ୍ କରୁଛ?" ଏତେ ଯୁଗ ପରେ ସୁଧନ୍ୟାଙ୍କ ଭିତରେ ହଜି ଯାଇଥିବା ଛୋଟ ଝିଅଟି ଟିକିଏ ଦୁଷ୍ଟାମୀ କରିବାକୁ ସତେଅବା ଚେଇଁ ଉଠିଲା।

"ହଁ, ସତେ ନା କ'ଣ ମାଉସୀ? ଆପଣ ଏତେ ମିଛ କାହିଁକି କହୁଛନ୍ତି? ମୁଁ ଜାଣେ ଆପଣ ବୟସ୍କା ନୁହନ୍ତି।" ବିଦ୍ୟୁତ୍ ମଧ୍ୟ ଟିକିଏ ଚଗଲାମୀ କଲା।

ଏମିତି ଇୟାଡୁ ସିୟାଡୁ କଥା ପରେ ସୁଧନ୍ୟା ଫୋନ୍ ରଖି ଖଟରେ ଗଡ଼ି ପଡ଼ିଲେ। ଖୁବ୍ ହାଲୁକା ଲାଗୁଥିଲା। ସତେ ଯେପରି ତାଙ୍କ ବୟସ ୩୨ ରୁ ୧୬କୁ ଖସି ଆସିଥିଲା। ଏତେ ବର୍ଷ ପରେ ମନଇଚ୍ଛା କିଏ କ'ଣ ଭାବିବ ନଭାବିବ ସେ କଥା ଚିନ୍ତା ନକରି ସେ କେଇପଦ କଥା କହି ପାରିଛନ୍ତି। ନହେଲେ ନିମ୍ନମଧ୍ୟବିତ୍ତ ଘରର ବଡ଼ ଝିଅ ବୋଲି ସଂସାର ଯାକର ସଂସ୍କାର ତାଙ୍କ ଶିକ୍ଷକ ବାବା ମା' ତାଙ୍କ ଉପରେ ଅଜାଡ଼ି ଦେଇଥିଲେ। ଆଉ ବାହାଘର ପରେ ସମସ୍ତଙ୍କ ମନ ନେଇ, ଯେମିତି କାହାକୁ ଖରାପ ନଲାଗିବ ସେମିତି ମାପିଚୁପି କଥା ହେବା ଖୁବ୍ ସ୍ୱାଭାବିକ। ବୋଧେ ସେଇଥି ପାଇଁ ଘରେ ବାହାରେ,

କର୍ମସ୍ଥଳରେ, ସମସ୍ତେ ତାଙ୍କୁ ଭଲ ପା'ନ୍ତି। ଶାଶୁଙ୍କ ସ୍ୱର୍ଗବାସ ପରେ ଯେତେବେଳେ ସୁବୋଧଙ୍କର ଅନ୍ୟତ୍ର ବଦଳି ହେଲା ସେତେବେଳେ ତାଙ୍କର ସେଇ ପାଖାପାଖି ବଦଳି କରାଇ ନେବା ପାଇଁ ସୁବୋଧଙ୍କ ଚେଷ୍ଟା ଅସଫଳ ହୋଇଥିଲା। ଶ୍ୱଶୁର ମଧ୍ୟ ତାଙ୍କ ଜଣାଶୁଣା ଯାଗା ଛାଡ଼ି ଯିବାକୁ ଆଗ୍ରହ ଦେଖାଇ ନଥିଲେ। ଲିପୁ ପାଇଁ ତା' ଜେଜେ ବାପାଠୁ ଦୂରେଇ ରହିବା କଷ୍ଟ। ଏମିତି ସବୁ ପରିସ୍ଥିତିର ସମାଧାନ ଶ୍ୱଶୁର, ସୁଧନ୍ୟା ଓ ସୁବୋଧଙ୍କ ସହମତିରେ ଏମିତି ବାହାରିଲା ଯେ, ସୁଧନ୍ୟା, ଲିପୁ ଓ ଶ୍ୱଶୁର ଏଠାରେ ରହିବେ। କିଛିବର୍ଷ ପରେ ସୁବୋଧ ଚେଷ୍ଟା କରି ଏଠାକୁ ନହେଲେ ପାଖାପାଖି କେଉଁଠିକୁ ବଦଳି ହୋଇ ଆସିବେ। ସୁବୋଧ ତାଙ୍କ କର୍ମକ୍ଷେତ୍ରକୁ ଗଲା ପରେ ସୁଧନ୍ୟାଙ୍କ ଉପରେ କାମର ଚାପ ନିଶ୍ଚିତ ଭାବେ ବଢି ଯାଇଥିଲା। ଅବଶ୍ୟ ଶ୍ୱଶୁର ଲିପୁର ପଢା ଅନେକାଂଶରେ ଦେଖି ଦେଉଥିଲେ। ତଥାପି ଘର, ଅଫିସ୍, ବନ୍ଧୁବାନ୍ଧବ ସମସ୍ତଙ୍କୁ ସୁଚାରୁ ରୂପେ ସମ୍ଭାଳୁ ସମ୍ଭାଳୁ ସୁଧନ୍ୟା ଅଣନିଶ୍ୱାସୀ ହୋଇ ପଡୁଥିଲେ।

ଶାଶୁ ଥିବା ବେଳେ ଏଇ ଲ୍ୟାଣ୍ଡଲାଇନ୍ ଫୋନ୍ ବ୍ୟବହାର କରୁଥିଲେ। ତାଙ୍କ ପାଇଁ ଟେକ୍ନୋସାଭି ଶ୍ୱଶୁରଙ୍କ ପରି ମୋବାଇଲ୍, ଲ୍ୟାପଟପ୍, ଇଣ୍ଟରନେଟ୍ ଆଦିର ବ୍ୟବହାର ବିଲକୁଲ୍ ସୁବିଧାଜନକ ନଥିଲା। ଶାଶୁଙ୍କ ସ୍ୱର୍ଗବାସ ପରେ ଏଇ ଫୋନ୍‌ଟା ଧୂଳିମାଡ଼ ଖାଇ ସେମିତି ବୈଠକଖାନାରେ ପଡ଼ି ରହିଥିଲା। ଯେତେବେଳେ ଶାଶୁଙ୍କର କେହି ନିକଟତମ କେବେ କେମିତି ସେଠାକୁ ଫୋନ୍ କରୁଥିଲେ, ସେତେବେଳେ ଶ୍ୱଶୁର ସୁଧନ୍ୟାଙ୍କୁ ହିଁ ଫୋନ୍ ଧରିବାକୁ କହୁଥିଲେ। ତେଣୁ ସେଇ ଲ୍ୟାଣ୍ଡଲାଇନ୍ ଫୋନ୍ ବୈଠକଖାନାରୁ ସୁଧନ୍ୟାଙ୍କ ଶୋଇବାଘରକୁ ସ୍ଥାନାନ୍ତରିତ ହୋଇ ଯାଇଥିଲା। ଏବେ ସେ ଫୋନ୍‌କୁ ଝାଡ଼ିଝୁଡ଼ି ବେଶ୍ ପରିଷ୍କାର ରଖିଛନ୍ତି। କିଛିଦିନ ପରେ ଶାଶୁଙ୍କ ପାଇଁ ଆସୁଥିବା ସୌଜନ୍ୟମୂଳକ ଫୋନ୍ ମଧ୍ୟ ଆସିବା ବନ୍ଦ ହୋଇ ଯାଇଥିଲା। କେବେ କେମିତ ଫୋନ୍ ବିଲ୍ ସମ୍ବନ୍ଧିତ ବା ରଂ ନମ୍ବର୍ କଲ୍‌ଟେ ଆସୁଥିଲା। ତେଣୁ ଏ ଫୋନ୍‌ର କନେକ୍ସନ୍ କାଟି ଦେବା ପାଇଁ ସୁଧନ୍ୟା ଅନେକବାର ସୁବୋଧ ଓ ଶ୍ୱଶୁରଙ୍କୁ କହିଛନ୍ତି। ମାତ୍ର ସେମାନେ ଏଇ କଥାକୁ ଏତେ ଗୁରୁତ୍ୱ ଦେଇ ନାହାନ୍ତି।

ହେଲେ ରଂ ନମ୍ବର ଆସିବା ପରଠାରୁ ଏଇ ଅଲୋଡ଼ା ପୁରୁଣା ମଡ଼େଲ୍‌ର ଲ୍ୟାଣ୍ଡଲାଇନ୍ ଫୋନ୍‌ଟି ଏବେ ସୁଧନ୍ୟାଙ୍କ ମନ ହାଲୁକା କରିବାର ଏକ ଅନନ୍ୟ ମାଧ୍ୟମରେ ପରିଣତ ହୋଇ ଯାଇଛି। ଦିନସାରା ପରଫେକ୍ଟ ପତ୍ନୀ, ବୋହୂ, ମା', ସହକର୍ମୀ ଆଦି ରୂପେ ନିଜକୁ ଉପସ୍ଥାପନା କରିବାର ଅହରହ ସଂଘର୍ଷ ଭିତରେ ନିଜକୁ ସେ କେବେଠାରୁ ଭୂଲି ଯାଇଥିଲେ। ଅନ୍ୟକୁ ଖୁସି କରିବାରେ ନିଜର ଖୁସିବୋଲି ସେ ନିଜକୁ ବୁଝାଇ ଦେଇଥିଲେ। ହେଲେ କାହିଁକି କେଜାଣି ଏଇ ଫୋନ୍‌ରେ ଏବେ ସେ

ଅଜଣା ଏକ ବନ୍ଧୁଟେ ପାଇଛନ୍ତି। ଯାହା ସହ ସେ କେବେ ମାପିଚୁପି କଥା ହେଉ ନାହାନ୍ତି, ଏଣୁତେଣୁ ମନଗଢା କଥା କହି ଖୁବ୍ ହସୁଛନ୍ତି ଓ ରାତିରେ ଶାନ୍ତିରେ ଶୋଇ ପାରୁଛନ୍ତି। ଏବେ ରାତି ୧୧ଟା ପରେ ସୁଧନ୍ୟା ନିଜ ଅଜାଣତରେ ମଧ୍ୟ ସେଇ ଅଚିହ୍ନା ବନ୍ଧୁଟିର ଫୋନ୍‌କୁ ଅପେକ୍ଷା କରୁଛନ୍ତି। ଏତେ ଦିନ ବିତିଗଲା ପରେ ମଧ୍ୟ ସୁଧନ୍ୟା ନିଜ ସମ୍ପର୍କରେ କେବେ କିଛି କହିନାହାନ୍ତି ବା ତାକୁ ସେମିତି କିଛି ପଚାରି ନାହାନ୍ତି। ଯଦିଓ ଥରେ ଦୁଇଥର ବିଦ୍ୟୁତ୍ ସୁଧନ୍ୟାଙ୍କ ବିଷୟରେ ଜାଣିବାକୁ ଚାହିଁଥିଲା ପରେ ପରେ ସେ ମଧ୍ୟ ତାଙ୍କ ବିଷୟରେ ପଚାରିବା ଛାଡ଼ି ଦେଇଥିଲା। ପରସ୍ପର ପରସ୍ପର ପରିଚୟ ବିଷୟରେ କିଛି ଜାଣି ନଥିଲେ ସୁଦ୍ଧା କଥା ହେବାବେଳେ ଅନ୍ୟର ସ୍ୱରରୁ ଉଭୟ ଉଭୟଙ୍କ ମାନସିକ ଅବସ୍ଥା, ଆନନ୍ଦ ବା ଅବସାଦ ତାହା ସହଜରେ ବୁଝି ପାରନ୍ତି। କେବେ କେବେ ଏମିତି ମଧ୍ୟ ହୁଏ ଯେ ସୁଧନ୍ୟାଙ୍କ ମନ ଖରାପ ଥିଲେ ସେ ଚିଡ଼ିଯାଇ ବିଦ୍ୟୁତ୍‌କୁ ଆଉ ଫୋନ୍ ନକରିବା ପାଇଁ ତାଗିଦ୍ କରନ୍ତି। ଆଉ ସେତେବେଳେ ସେପଟୁ ଶୁଭେ, "ସରି, ଆଉ ଫୋନ୍ କରିବିନି। ଆପଣ ଯଦି କଥା ହେବାକୁ ଚାହୁଁ ନାହାନ୍ତି ତେବେ ଖାଲି 'ହ୍ୟାଲୋ' କହି ରଖି ଦେଇଥିଲେ ମଧ୍ୟ ମୋ ପାଇଁ ଖୁବ୍ ବଡ଼କଥା" ସୁଧନ୍ୟା ତରଳି ଯା'ନ୍ତି।

ସେଦିନ ସୁଧନ୍ୟା ଅଫିସ୍ ବାହାରିବା ବେଳେ ଜଣେ ବ୍ୟକ୍ତି ଗେଟ୍ ଖୋଲି ଭିତରକୁ ପଶି ଆସୁଥିଲେ। "ଆପଣ କାହାକୁ ଖୋଜୁଛନ୍ତି ?" ସୁଧନ୍ୟା ପଚାରିଥିଲେ।

"ମା' ତୁମେ ଅଫିସ୍ ଯାଅ। ତୁମେ କେବେଠାରୁ କହୁଥିଲ ତେଣୁ ମୁଁ ଦରଖାସ୍ତ ଦେଇ ଥିବାରୁ ଆଜି ଇଏ ଆସିଛନ୍ତି ଆମ ଲ୍ୟାଣ୍ଡଲାଇନ୍ ଫୋନ୍‌ର କନେକ୍ସନ୍ କାଟିବା ପାଇଁ..." କହି କହି ଶ୍ୱଶୁର ଗେଟ୍ ପାଖରେ ଠିଆ ହୋଇଥିବା ଲୋକଟିକୁ ଭିତରକୁ ଡାକି ନେବାକୁ ଆସିଲେ। ଶ୍ୱଶୁରଙ୍କ କଥା ପଦକ ଶୁଣି ସୁଧନ୍ୟାଙ୍କର ଆପାଦମସ୍ତକ କମ୍ପି ଉଠିଲା। ହୃଦୟଟା ନିଶବ୍ଦରେ ଚିତ୍କାର କରି ଉଠିଲା, 'ନା... ଏପରି ହୋଇ ପାରେନା। ଏବେ ଆଉ ଏ ଫୋନ୍ କନେକ୍ସନ୍ କଟା ଯିବନି।' ହେଲେ ଶବ୍ଦ କିଛି ପାଟିରେ ଫୁଟି ଉଠି ନଥିଲା। ସେ କିଛି କହି ପାରି ନଥିଲେ। କେବେ ସିଏ କାହାକୁ ନିଜ ଖୁସି ପାଇଁ ବାଧ୍ୟ କରି ନାହାନ୍ତି। ତେଣୁ ଆଜି ମଧ୍ୟ ତାଙ୍କ ପାଟି ଖୋଲି ନଥିଲା। ଝାଳେଇ ଯାଇଥିବା ଝାଉଁଳା ମୁହଁକୁ ସିଫନ୍ ଶାଢି ପଣତରେ ପୋଛୁ ପୋଛୁ ସୁଧନ୍ୟା ଅଫିସ୍ ଯିବା ପାଇଁ ଅଟୋଟିକୁ ହାତ ହଲାଇ ରହିବାକୁ ଇସାରା କଲେ।

ରାତି ୧୧ଟା। ବିଦ୍ୟୁତ୍ ଫୋନ୍ ଲଗାଇଲା। ସେପଟୁ ଶୁଭିଥିଲା, "ଆପଣ ଯେଉଁ ନମ୍ବର ଡାଏଲ୍ କରୁଛନ୍ତି, ତାହା କାହାରିକୁ ଦିଆଯାଇ ନାହିଁ।" ବିଦ୍ୟୁତ୍ ବାରମ୍ବାର ନମ୍ବର୍ ମିଳାଇ ଡାଏଲ୍ କରି ଚାଲିଥିଲା ୦୬୭...

■

ଯୁଦ୍ଧର ଯବନିକା ପରେ

ନନ୍ଦିନୀ ଦେବୀ ଖୁଣ୍ଟକୁ ଆଉଜି ସେହି ଛୋଟ ମନ୍ଦିରକୁ ବେଢ଼ି ରହିଥିବା ବଗିଚା ଦେଖୁଥିଲେ। ସକାଳ ସୂର୍ଯ୍ୟର କୋମଳ ସୁନେଲି କିରଣ ଗଛଲତା,ପତ୍ରଫୁଲ ଆଦି ସମସ୍ତଙ୍କୁ ନିଜସ୍ୱ ରଙ୍ଗଠାରୁ ଭିନ୍ନ ନୂଆ ଏକ ଉଜ୍ୱଳ ରଙ୍ଗରେ ରଙ୍ଗେଇ ଦେଇଥିଲା। ନନ୍ଦିନୀ ଦେବୀଙ୍କ ମୁହଁରେ ପ୍ରଶାନ୍ତିର ଛାପ। ତା'ମାନେ ସେ ବଗିଚାକୁ କେବଳ ଦେଖୁ ନଥିଲେ ବରଂ ଉପଭୋଗ ମଧ୍ୟ କରୁଥିଲେ। କାଲିଠାରୁ ସେ ଏଠାକୁ ଆସିଲେଣି। କାଲିଦିନଟା ଅଫିସିଆଲ୍ ଔପଚାରିକତା ପୂରଣ କରିବାରେ ଓ ଏଠା ନିୟମାବଳୀ ବୁଝିବାରେ ଗଲା। ତେଣୁ ଏଠା ଅନ୍ତେବାସୀଙ୍କ ସହ ବିଶେଷ କିଛି ପରିଚୟ ହୋଇ ପାରିନି। ତଥାପି ଲାଗୁଛି ଏଇଠି ତାଙ୍କୁ ନିଶ୍ଚିତ ଭଲ ଲାଗିବ। ଏଠାରୁ ସେ ତାଙ୍କର ସାମାଜିକ କାର୍ଯ୍ୟକଳାପ ମଧ୍ୟ ଜାରି ରଖି ପାରିବେ। ଲୋରି ଖୋଦ୍ ଏଇ ସ୍ଥାନ ବିଷୟରେ ଟିକିନିଖି ଅନୁସନ୍ଧାନ କରିଥିଲା। ସେ କେବେ ମଧ୍ୟ ଚାହୁଁ ନଥିଲା ତା' ମା' ଏଇଠି ଅସହାୟ ପରି ପଡ଼ିରହୁ। ହେଲେ ନନ୍ଦିନୀ ଦେବୀ ତାକୁ ଖୁବ୍ ବୁଝାଇ ଥିଲେ, "ମା'ରେ ତୁ ଏବେ ନିଜ କ୍ୟାରିଅର୍ ଓ ତୋ ସଂସାର ଗଢ଼ିବାରେ ମନୋନିବେଶ କରେ। ମୁଁ ତ ସେମିତି କିଛି ଅକର୍ମଣ୍ୟ ହୋଇ ପଡ଼ିନି ଯେ ତୁ ମୋ ଦାୟିତ୍ୱ ନେବୁ। ଏବେ ଗୋଡ଼ ହାତ ଚାଲୁଛି। ଅନେକ କାମ କରିବାକୁ ଇଚ୍ଛା ଅଛି। ସେଗୁଡ଼ିକ କରିବି। ଏଇଠି ମୋର ସମବୟସ୍କସବୁ ଅଛନ୍ତି। ତୁ ବ୍ୟସ୍ତ ହ'ନି। ମୋର କିଛି ଅସୁବିଧା ହେବନି। ଯଦି କିଛି ବି ଅସୁବିଧା ହେବ, ମୁଁ ସଙ୍ଗେ ସଙ୍ଗେ ତୋ ପାଖକୁ ଚାଲି ଆସିବି। ତୋ ମା' କଥାରେ କ'ଣ ତୋର ଭରସା ନାହିଁ ?..." ଏମିତି କେତେ କ'ଣ କହି ସେ ଏଇ ବୃଦ୍ଧାଶ୍ରମରେ ରହିବା ପାଇଁ ଲୋରିକୁ ମନାଇ ଥିଲେ। ଜୀବନ ତମାମ ସେ ବିପରୀତ ପରିସ୍ଥିତି ସହ ଯୁଦ୍ଧ କରି ଆସିଛନ୍ତି। ତାଙ୍କ ନଚାହିଁବା ସତ୍ତ୍ୱେ ଲୋରି ମଧ୍ୟ ସେଥିରେ ଅଜାଣତରେ ସାମିଲ୍ ହୋଇ ଯାଇଥିଲା। ତା' ଜୀବନ ବ୍ୟବସ୍ଥିତ

ହେଲା ପରେ ଏବେ ଲାଗୁଛି ନନ୍ଦିନୀଙ୍କ ଜୀବନ ସଂଘର୍ଷର ଅବସାନ ଘଟିଲା। ସେ ଏବେ ଲୋରି ପାଖରେ ରହି ତା' ଦାୟିତ୍ୱ ବଢାଇବାକୁ ଚାହାନ୍ତି ନାହିଁ। ଚାହାନ୍ତି, ଲୋରି ତା' ଜୀବନକୁ ମୁକ୍ତ ବିହଙ୍ଗଟେ ପରି ଉପଭୋଗ କରୁ। ସହରଠାରୁ ଅନତି ଦୂରରେ ଅବସ୍ଥିତ ଏ ବୃଦ୍ଧାଶ୍ରମର ଶାନ୍ତ ସୁନ୍ଦର ପରିବେଶରେ ସେ ଏଥର ଶାନ୍ତିରେ ରହିବାକୁ ଚାହାନ୍ତି। ଜୀବନ ଯୁଦ୍ଧ ତାଙ୍କୁ ରୁକ୍ଷ କରି ଦେଇଛି। ଏବେ ବେଳ ଆସିଛି ସେ ଏ ନିରୋଳା ଶାନ୍ତ ପରିବେଶରେ ନିଜକୁ ସେଇ ରୁକ୍ଷ ଖୋଳପାରୁ ମୁକ୍ତ କରିବେ।

କିଛି ଗୋଟେ ପଡ଼ିବା ଶବ୍ଦରେ ନନ୍ଦିନୀଙ୍କ ଧ୍ୟାନ ଭାଙ୍ଗିଲା। ଦେଖିଲେ ମନ୍ଦିର ପାହାଚ ତଳକୁ ଆଶାବାଡ଼ିଟିଏ ଗଡ଼ି ଯାଉଛି। ୩/୪ଟି ପାହାଚ ଖସି ବାଡ଼ିଟି ଘାସଗାଲିଚାରେ ଯାଇ ପଡ଼ିଲା। 'ହଁ, ଆଉ କିଛିଦିନ ଗଲେ ହୁଏତ ତାଙ୍କୁ ମଧ୍ୟ ଏମିତି ଏକ ଆଶାବାଡ଼ିର ସାହାରା ନେବାକୁ ପଡ଼ିବ।' ସେ ସ୍ୱତଃପ୍ରବୃତ୍ତ ଭାବେ ଉଠିଯାଇ ବାଡ଼ିଟିକୁ ଉଠାଇ ଆଣିଲେ। ଆଶାବାଡ଼ିଟି କେବଳ ଯେ ସାହାରା ନେବା ଉଦ୍ଦେଶ୍ୟରେ ତିଆରି ହୋଇନି ତାହା ତା' ଅଳଙ୍କରଣରୁ ବେଶ୍ ବାରି ହୋଇ ଯାଉଥିଲା। ତା' ମାନେ ଏହାର ଅଧିକାରୀ ଜଣକ କଳାପ୍ରେମୀ କିମ୍ବା ସୌକିନ୍ । ବାଡ଼ିଟି ହାତରେ ଉଠାଇବା ବେଳେ କାହିଁକି କେଜାଣି ବ୍ୟକ୍ତି ଜଣଙ୍କ କଳାପ୍ରେମୀ ହୋଇ ଥା'ନ୍ତୁ ବୋଲି ନନ୍ଦିନୀ ଇଚ୍ଛା କରୁଥିଲେ।

"ଧନ୍ୟବାଦ"

ନନ୍ଦିନୀ ମୁହଁ ଉଠାଇ ଦେଖିଲେ ସେ ବାଡ଼ିଟି ଫେରାଇବା ପୂର୍ବରୁ ବୃଦ୍ଧ ଜଣକ ତାହା ଫେରାଇ ନେବା ପାଇଁ ହାତ ବଢାଇ ସାରିଥିଲେ। ନନ୍ଦିନୀ ସ୍ମିତ ହସଟେ ସହ ବୃଦ୍ଧଙ୍କ ହାତକୁ ବାଡ଼ିଟି ବଢାଇ ଦେଲେ ଓ ଫେରିଯାଇ ତାଙ୍କ ପୂର୍ବ ସ୍ଥାନରେ ବସିଗଲେ।

"ମୁଁ ଏଇଠି ଟିକିଏ ବସି ପାରେକି ?"

"ନିଶ୍ଚୟ, ବସନ୍ତୁ।" ନନ୍ଦିନୀ ଉତ୍ତର ଦେଇଥିଲେ। ବୃଦ୍ଧ ଟିକିଏ ଛାଡ଼ି ମନ୍ଦିର ବେଢାରେ ବସିଗଲେ। ହଠାତ୍ ନନ୍ଦିନୀ ଦେବୀଙ୍କୁ ଖୁବ୍ ଅସହଜ ମନେ ହେଲା। କିଛି ସମୟ ପୂର୍ବର ପ୍ରଶାନ୍ତି ଭାବ ତାଙ୍କ ମୁହଁରୁ ଅପସରି ଯାଇ ଅସ୍ୱସ୍ତିର ଛାପ ଖେଳିଗଲା। ବ୍ୟଗ୍ର ହୋଇ ବୃଦ୍ଧଙ୍କ ଆଡ଼କୁ ବୁଲି ପଡ଼ିଲେ। ବୃଦ୍ଧଙ୍କ ଦୃଷ୍ଟି ତାଙ୍କ ଉପରେ ନିବିଦ୍ଧ ଥିଲା। ମୁହଁରେ ତାଙ୍କର ଉତ୍କଣ୍ଠା, ଆବେଗ, ଯନ୍ତ୍ରଣା ସବୁର ଏକ ଫେଣ୍ଟାଫେଣ୍ଟି ଭାବ ସୁସ୍ପଷ୍ଟ ଥିଲା।

"ନନ୍ଦୁ! ଉଃ ନନ୍ଦି..."

ଚମକି ପଡ଼ିଲେ ନନ୍ଦିନୀ। ଘରେ, ବାହାରେ, ତାଙ୍କ ନିକଟତମ, ସମସ୍ତେ ତାଙ୍କୁ ନନ୍ଦି ଡାକନ୍ତି। କେବଳ... ଯେଉଁ ସ୍ୱପ୍ନକୁ ସେ ବନ୍ଦ ଆଖିରେ ସୁଦ୍ଧା ଦେଖିବାକୁ

ଚାହୁଁ ନଥିଲେ ସେ ସେହି ସ୍ୱପ୍ନ ଆଉ ଦେଖୁ ନାହାନ୍ତି ତ ? ସେଇ ମୁହୂର୍ତ୍ତରେ ସେଠାରୁ ଚାଲି ଯିବାକୁ ଚାହୁଁଥିଲେ। ହେଲେ ତାଙ୍କ ଭିତରେ ପ୍ରବାହିତ ହେଉଥିବା ଘୂର୍ଣ୍ଣିଝଡ଼ର ପ୍ରକୋପରେ ସେ ଦୃଢତାର ସହ ଚାଲି ଯାଇ ପାରିବେନି ବୋଲି ନିଶ୍ଚିତ ଥିଲେ। ସେ ଚାହୁଁ ନଥିଲେ ତାଙ୍କର ଆଉ କୌଣସି ଦୁର୍ବଳତା ନବିନଙ୍କ ଆଖିରେ ଧରା ପଡୁ। ଅବଶ୍ୟ ତାଙ୍କ ସଂଘର୍ଷମୟ ଜୀବନ ତାଙ୍କୁ ଏଥିରେ ପାରଙ୍ଗମ କରି ଦେଇଥିଲା। କିଛି କ୍ଷଣର ନିରବତାକୁ ଭଙ୍ଗ କରି ନନ୍ଦିନୀ ପଚାରି ଥିଲେ, "ଆରେ, ତୁମେ କ'ଣ ଏଇଠି ? ତୁମକୁ କ'ଣ ଘରେ କେହି ସମ୍ଭାଳି ପାରିଲେନି ? ହଁ, ଆଶାବାଡ଼ିର ସାହାରା ନେଉଛ। ମାନେ, ସ୍ୱାସ୍ଥ୍ୟ ଏତେ ଭଲ ରହୁନି ବୋଧେ ? ମୋ ଝିଅ ସ୍ୱିଡ଼େନ୍‌ରେ ରୁହେ। ସେ ମୋତେ ତା' ସହ ରହିବାକୁ ବାଧ୍ୟ କରୁଥିଲା। ହେଲେ ମୁଁ ନିଜ ଦେଶ ଛାଡ଼ି ବିଦେଶରେ ରହିବାକୁ କିମ୍ବା ତା' ଉପରେ ଦାୟିତ୍ୱ ହେବାକୁ ଚାହିଁଲି ନାହିଁ। ଚାହିଁଲି ତା' ପରିବାର ସେ ଦେଖୁ। ବୟସ ପଡ଼ିଛି ଦାୟିତ୍ୱ ନେବାକୁ। ଜୀବନରେ ମୁଁ କାହାର ସାହାରା ଚାହିଁନି। ତେଣୁ ଏବେ କାହିଁକି ? ସେଇଥି ପାଇଁ ଯିଦ୍ କରି ଏଠାକୁ ଚାଲି ଆସିଲି।" ନିଜ ଦୃଢତ୍ୱକୁ ପ୍ରତିପାଦନ କରିବାକୁ ଯାଇ ନନ୍ଦିନୀ ଗଡ଼ଗଡ଼ ହୋଇ ଏକ ନିଶ୍ୱାସରେ ଏତକ କହିଗଲେ।

"ଏ ପର୍ଯ୍ୟନ୍ତ ଯିଦିରେ ଅଟଳ ରହିବା ଛାଡ଼ିନି ତାହା ହେଲେ ? ଖୁବ୍ ଭଲ କଲ, ଏ ବୟସରେ ନିଜ ମାଟି ଛାଡ଼ିନ। ମୁଁ ତ ଏକା ମଣିଷ ତେଣୁ ଏଠାକୁ ଆସିଗଲି। କାଳେ ଏଠାରେ ଶାନ୍ତିରେ ବାକି ଜୀବନ କଟିଯିବ ପରା..."

"ଆଚ୍ଛା, ବ୍ରେକ୍ ଫାଷ୍ଟ ସମୟ ହୋଇ ଗଲାଣି। ପୁଣି କେବେ ଦେଖା ହେବ।" ନବୀନଙ୍କ କୌଣସି କଥା ଶୁଣିବାକୁ ନନ୍ଦିନୀଙ୍କର ଆଉ ଧୈର୍ଯ୍ୟ ନଥିଲା। ତେଣୁ ତାଙ୍କ କଥାକୁ ଅଧାରୁ କାଟି ସେ ଡାଇନିଂ ଆଡ଼କୁ ପାଦ ବଢାଇଲେ। ପଛରୁ ନବୀନଙ୍କ ସ୍ୱର ଶୁଭୁଥିଲା, "ଏଇ ଗୋଟିଏ ସ୍ଥାନରେ ରହୁଛେ ଯେତେବେଳେ ତୁମେ ଚାହଁ ବା ନ ଚାହଁ, ଦେଖା ତ ନିଶ୍ଚିତ ହେବ।"

ନନ୍ଦିନୀ ଯଥା ସମ୍ଭବ ନିଜ ଆନ୍ଦୋଳିତ ହୃଦୟର ସ୍ପନ୍ଦନକୁ ଲୌହ ମୁଷ୍ଟିରେ ଅକ୍ତିଆର କରି ଦୃଢତ୍ୱର ସହ ପାଦ ଆଗକୁ ବଢାଇ ଦେଇଥିଲେ। ହେଲେ ତାଙ୍କ କାନରେ ନବୀନଙ୍କ ଶେଷ କଥା ପଦକ ଗୁଞ୍ଜରିତ ହେଉଥିଲା। *'ଚାହଁ ବା ନ ଚାହଁ, ଦେଖା ତ ନିଶ୍ଚିତ ହେବ।'* ଅଶ୍ୱସ୍ତି ହୋଇ ପଡ଼ିଲେ ନନ୍ଦିନୀ। ସେଦିନର ଜଳଖିଆ ଯଥା ସମ୍ଭବ ଶିଘ୍ର ସାରି ଦେଇ ନିଜ ରୁମ୍‌କୁ ମୁହାଁଇ ଥିଲେ ମଧ୍ୟ ହଲ୍‌ର ଗୋଟିଏ କୋଣରେ ବସିଥିବା ନବୀନଙ୍କ ଉପରେ ତାଙ୍କ ଆଖି ପଡ଼ି ଯାଇଥିଲା। ନିଜ କୋଠରୀ ଫ୍ୟାନ୍‌କୁ ଫୁଲ୍ ସ୍ପିଡ୍‌ରେ ଘୁରାଇ ଚଉକିଟେ ଟାଣି ଆଣି ନନ୍ଦିନୀ ବସିଗଲେ। ନା, ଏହା

ତାଙ୍କ ଅସ୍ୱସ୍ତିକୁ କିଛି ମାତ୍ରାରେ ମଧ୍ୟ କମାଇ ପାରିଲାନି। ବିଚଳିତ ହୋଇ ଉଠିଲେ। ନିଜକୁ ନବିନଙ୍କ ଆଖିରୁ ଲୁଚାଇ ଦେବାକୁ ଚାହୁଁଥିଲେ। ଝରକା କବାଟ ସବୁ ବନ୍ଦ କରି ଦେଇ ଏ.ସି. ଅନ୍ କଲେ। ହେଲେ ସ୍ଥିର ହୋଇ ବସି ପାରି ନଥିଲେ। କୋଠରୀର ସୀମିତ ପରିଧି ଭିତରେ ହୃଦୟର ତୀବ୍ର ସ୍ପନ୍ଦନ ସହ ତାଳ ଦେଇ ପଦଚାଳନା କରୁଥିଲେ। ଏମିତିରେ କେତେ ସମୟ ତାଙ୍କ ଅଜ୍ଞାତରେ ବିତି ଯାଇଥିଲା। ମୋବାଇଲ୍ ଫୋନ୍ ଶବ୍ଦରେ ପାଦ ଅଟକି ଗଲା। ଲୋରିର ଫୋନ୍। ତା'ମାନେ ସକାଳ ୧୦ଟା ବାଜିଗଲାଣି। ଶୋଇବାକୁ ଯିବା ପୂର୍ବରୁ ଲୋରି ତାଙ୍କୁ ଫୋନ୍ କରେ। ହେଲେ କାଳେ ଲୋରି ତାଙ୍କ ସ୍ୱରରୁ ତାଙ୍କ ବ୍ୟଗ୍ରତା ଜାଣି ପକାଇବ ଭାବି ଫୋନ୍ ଉଠାଇଲେନି। ଗଭୀର ନିଶ୍ୱାସ ନେଇ ନିଜକୁ ଶାନ୍ତ କରିବାକୁ ଚେଷ୍ଟା କଲେ। ଏହା ଭିତରେ ଫୋନ୍‌ର ପ୍ରଥମ ରିଂ କଟି ଦ୍ୱିତୀୟ ଥର ରିଂ ହେଲା। ନନ୍ଦିନୀ ନିଜକୁ ଯଥା ସମ୍ଭବ ସଂଯତ କରି ଫୋନ୍ ଉଠାଇଲେ, "ହେଲୋ, ଲୋରି।"

"ମା' ତୁମେ କୁଆଡ଼େ ଥିଲ ? ଫୋନ୍ ରିଂ ହୋଇ କଟିଲା ଯେ ? ଆଉ ତୁମ ସ୍ୱର ଏମିତି କ'ଣ ଶୁଭୁଛି ? ଦେହ ଭଲ ନାହିଁକି ? ଦେଖିଲ, ସେଇଥି ପାଇଁ ମୁଁ ତୁମକୁ ଏକା ରହିବା ପାଇଁ ମନା କରୁଥିଲି। ଶିଘ୍ର କମ୍ୟୁନିଟି ଡାକ୍ତରଙ୍କୁ ଦେଖା କର..."

"ଆରେ, ଆରେ, ପ୍ରଥମେ ଟିକିଏ ମୋ କଥା ଶୁଣେ। କିଏ କହିଲା ମୋ ଦେହ ଖରାପ? ଗାଧୁଆ ଘରେ ଥିଲି। ତୋ ଫୋନ୍ ଶୁଣି ଦଉଡ଼ି ଆସିଲି। ସେଇଥି ପାଇଁ ବୋଧେ ମୋ ସ୍ୱରଟା ଏମିତି ଶୁଭୁଛି। ତୁ ଖାଲିରେ ମୋ ପାଇଁ ଏମିତି ବାଜେ ଚିନ୍ତା କରେ ନା।"

"ମା', ତୁମେ ବାଥ୍‌ରୁମ୍‌ରୁ କାହିଁକି ଦଉଡ଼ି ଆସୁଥିଲ ? ଏମିତି ହେବ ବୋଲି ମୁଁ..."

"ଓଃ ! ଛାଡ଼େ ସେ କଥା। ଆଗେ କହ, ମୋହିତ୍ ଓ ମୋ ଗୁଡୁ କ'ଣ କରୁଛନ୍ତି।"

ଲୋରି, ମୋହିତ ଓ ଗୁଡୁ ସହ କଥା ହୋଇ ନନ୍ଦିନୀଙ୍କ ମନ କିଛିଟା ହାଲୁକା ଲାଗିଲା। ସତରେ, ସେ ଯଦି ଏମିତି ହେବେ ଲୋରି ନିଶ୍ଚିତ ବ୍ୟସ୍ତ ହୋଇଯିବ। ନିଜ ମନକୁ ନନ୍ଦିନୀ ସ୍ଥିର କରିବାକୁ ଚେଷ୍ଟା କଲେ। 'ଜୀବନର ସବୁ ପ୍ରତିକୂଳ ପରିସ୍ଥିତିକୁ ସେ ସଫଳତାର ସହ ମୁକାବିଲା କରି ଆସିଛନ୍ତି। ଆଜି କ'ଣ ଏଇ ପରିସ୍ଥିତିରେ ହାରି ଯିବେ ? କେବେ ନୁହେଁ। ବରଂ ସେ ଏଠାରୁ ପଳାଇ ଯିବେ। ହେଲେ ଲୋରିକୁ ଏଥି ପାଇଁ କି କାରଣ କହିବେ ? ସେ କ'ଣ ଏତେ ଭୀରୁ ? ନା, ତାଙ୍କୁ ଏଠାରେ ରହିବାକୁ ହିଁ ପଡ଼ିବ। ତାଙ୍କ ଜୀବନରେ ଯାହା କିଛି ଘଟି ଯାଇଛି ତାକୁ ମୁକାବିଲା କରିବା ପାଇଁ

ଗୋଟେ ଯିଦ୍ ଥିଲା। ସେଇଟି ହେଲା, ସବୁ ବିପରୀତ ପରିସ୍ଥିତିକୁ ନିଜ ହାତ ମୁଠାରେ ଅକ୍ତିଆର କରି ନବିନଙ୍କୁ ଦେଖାଇ ଦେବାର ଯିଦ୍। କିନ୍ତୁ ଏଇ ପରିସ୍ଥିତିରେ ସେ କାହା ସାଙ୍ଗେ ଲଢ଼ିବେ, ଆଉ କାହାକୁ ଦେଖାଇବା ପାଇଁ? କାହାକୁ ନିଜ ହାତ ମୁଠାରେ ରଖିବେ ?'

ଅବସର ପରେ ଏଇ ସମୟରେ ନନ୍ଦିନୀ ଘରେ ଥିଲେ ହୁଏତ କିଛି ସଉଦା ଆଣିବା ଆଳରେ ବାହାରକୁ ଯାଇଥା'ନ୍ତେ, ନତୁବା ଘରର ଏଇ ଜିନିଷ ସେଇଠି ଓ ସେଇ ଜିନିଷ ଏଇଠି କରିଥା'ନ୍ତେ। କିଛି ନହେଲେ ନିଜ ପାଇଁ ଗଣ୍ଡେ ରୋଷେଇ କରୁଥା'ନ୍ତେ। ହେଲେ ଏଇ ବୃଦ୍ଧାଶ୍ରମରେ ସେମିତି କିଛି କରିବାକୁ ନାହିଁ। ତେଣୁ ସେ ଖଟରେ ଗଡ଼ି ପଡ଼ିଲେ। ଆଖି ତାଙ୍କର ମୁଦି ହୋଇ ଆସିଲା। ଜୀବନରେ କେବେ ପଛକୁ ଫେରି ଚାହୁଁ ନଥିବା ନନ୍ଦିନୀ ଆଜି ନିଜକୁ ତାଙ୍କ ଅତୀତକୁ ଫେରି ଚାହିଁବାରୁ ନିବୃତ୍ତ କରି ପାରୁ ନଥିଲେ।

ଦିନଟି କ'ଣ ସେ ସଠିକ୍ ମନେ ପକାଇ ପାରୁ ନଥିଲେ। ହେଲେ ସେଦିନ ସନ୍ଧ୍ୟାରେ ବାପା ଅଫିସ୍‌ରୁ ଫେରି ଚା' କପ୍‌ଟା ହାତରେ ଧରି ତାଙ୍କ ପଢା ତଦାରଖ କରୁଥିଲେ। ସେ ସମୟରେ ମା' ଆସି ବାପାଙ୍କୁ ଗଳିମୁଣ୍ଡରେ ଥିବା ଘରଟି ତାଙ୍କ ପିଲା ଦିନର ସାଙ୍ଗ ରାମାର, ଆଉ ସେମାନେ ସେଇଠି ରହିବା ପାଇଁ ଆସିବା ଖବରଟା ଗଦ୍ ଗଦ୍ ହୋଇ ବଖାଣି ଗଲେ। ସେଦିନ ମା' ବଜାର କରି ଫେରିବା ବାଟରେ କାଳେ ଏ କଥାଟି ଜାଣିବାକୁ ପାଇଲେ। ସେତେ ପର୍ଯ୍ୟନ୍ତ ନନ୍ଦିନୀ କିମ୍ବା ଘରେ କେହି ମଧ୍ୟ ମା'ଙ୍କର କେହି ବନ୍ଧୁ ଥିବାର ଜାଣି ନଥିଲେ। ଅବଶ୍ୟ ତାଙ୍କ ସମୟରେ ବାହା ହେଲା ପରେ ଝିଅର ସ୍ୱାମୀଠାରୁ ଭିନ୍ନ କେଉଁ ପରିଚୟ ଅବା ଥିଲା? ତାଙ୍କ ପରିବାର ଭିତରେ ସିମିତ ଥିବା ତାଙ୍କ ମା'ଙ୍କ ଦୁନିଆ ସମ୍ପ୍ରସାରିତ ହୋଇ ଯାଇଥିଲା। ନନ୍ଦିନୀ କେଉଁ ପରିସ୍ଥିତିରେ ରମାମାଉସୀଙ୍କ ଘରକୁ ପ୍ରଥମ କରି ଗଲେ ତାହା ତାଙ୍କର ଠିକ୍ ମନେ ନାହିଁ। ମାତ୍ର ଅଳ୍ପ ଦିନ ଭିତରେ ତାଙ୍କର ଓ ରମା ମାଉସୀଙ୍କ ପରିବାର ଖୁବ୍ ଘନିଷ୍ଠ ହୋଇ ଯାଇଥିଲେ। ରମାମାଉସୀଙ୍କ ସାନ ଝିଅ ବନ୍ଦନା ଓ ନନ୍ଦିନୀଙ୍କ ସାନ ଭଉଣୀ ପ୍ରଣତୀ(ଇତି) ସହପାଠିନୀ ଥିଲେ। ତେଣୁ ପ୍ରାୟତଃ ବନ୍ଦନାକୁ ନନ୍ଦିନୀଙ୍କ ଘରେ ନତୁବା ଇତିକୁ ରମାମାଉସୀଙ୍କ ଘରେ ଦେଖିବାକୁ ମିଳେ। ସେ ଦୁଇସାଙ୍ଗ ଏକାଠି ହୋଇଗଲେ ତାଙ୍କୁ ସମୟର ଜ୍ଞାନ ରହେନି। ତେଣୁ କେବେ କେବେ ସନ୍ଧ୍ୟା ହୋଇଗଲେ ଇତିକୁ ଡାକି ଆଣିବା ପାଇଁ ହେଉ କିମ୍ବା ମା'ଙ୍କର କିଛି କାମ ପାଇଁ ହେଉ ନନ୍ଦିନୀଙ୍କୁ ରମାମାଉସୀଙ୍କ ଘରକୁ ଯିବାକୁ ହୋଇଥାଏ। ସେଠାରେ କେବେ କେମିତି ମଧୁମଉସା(ରମାମାଉସୀଙ୍କ ସ୍ୱାମୀ), ଜେଜେ

ମା'(ରମାମାଉସୀଙ୍କ ଶାଶୁ) ଅବା ନବୀନ ଭାଇଙ୍କ ସହ ତାଙ୍କର ଦେଖା ହୋଇ ଯାଏ। ନବୀନ ଭାଇ ତାଙ୍କ ଠାରୁ ୩ ବର୍ଷ ବଡ଼।

ପିଲାଟି ବେଳୁ ନନ୍ଦିନୀ କିଛିଟା ଅନ୍ତର୍ମୁଖୀ। ଭଲ ପଢନ୍ତି ଓ ଚିତ୍ର, ଗୀତ ଆଦି କଳାରେ ତାଙ୍କର ବେଶ୍ ରୁଚି ଥାଏ। ତାଙ୍କୁ ମଧ୍ୟ ରମାମାଉସୀଙ୍କ ଘରେ ସମସ୍ତେ ଖୁବ୍ ଆଦର କରନ୍ତି। ହେଲେ କାହିଁକି କେଜାଣି ନନ୍ଦିନୀଙ୍କୁ ରମାମାଉସୀଙ୍କ ଶାଶୁ ଖୁବ୍ ଭଲ ଲାଗନ୍ତି। ଯେତେବେଳେ ମଧ୍ୟ ସେ ତାଙ୍କ ଘରକୁ ଯା'ନ୍ତି ଜେଜେ ମା' ତାଙ୍କୁ ଆଉ କିଛି ସମୟ ଅଟକାଇ ଦିଅନ୍ତି ଓ ଗୀତଟିଏ ଗାଇବାକୁ ଫରମାଇସ୍ କରନ୍ତି। ନୂଆ ନୂଆ ନନ୍ଦିନୀ ସଙ୍କୋଚ କରୁଥିଲେ। ହେଲେ ଦିନ କେତେଟା ଭିତରେ ଜେଜେ ମା'ଙ୍କ ସ୍ନେହରେ ଏମିତି ବଶୀଭୂତ ହୋଇଗଲେ ଯେ ପରେ ପରେ ସେଠାକୁ ଯିବା ପୂର୍ବରୁ ଜେଜେ ମା'ଙ୍କୁ ଶୁଣାଇବା ପାଇଁ ମନରେ ଗୀତଟିଏ ଆଗରୁ ଭାବି ରଖୁଥିଲେ।

ଜେଜେ ମା'ଙ୍କ ଗୋରା ତକତକ ଦେହରେ କେତେ କ'ଣ ଚିତା କୁଟା ହୋଇଥାଏ। ବୟସ ଧାସରେ ଲୋଳିତ ଚର୍ମ ଉପରେ ସେ ଚିତାସବୁ ନନ୍ଦିନୀଙ୍କୁ ପ୍ରହେଳିକାମୟ ଲାଗେ। ସେସବୁ ଚିତାକୁ ନେଇ ସେ ଜେଜେ ମା'ଙ୍କୁ ପ୍ରଶ୍ନ କରନ୍ତି। ଆଉ ପାନଖିଆ ନାଲିଆ ପାକୁଆ ପାଟି ମେଲାଇ ଜେଜେ ମା' ପ୍ରତ୍ୟେକ ଚିତା ପାଇଁ କାହାଣୀଟେ ବୁଣି ଦିଅନ୍ତି। ସେଥିରେ ଥାଏ ତାଙ୍କ ପିଲା ଦିନର କଥା। ସେ ଯୁଗର ପ୍ରଥା ଅନୁସାରେ ବାହା ହେଲା ପରେ ସ୍ୱାମୀ ନାଁ ତୁଣ୍ଡରେ ଧରିବା ମନା। ତେଣୁ ସ୍ୱାମୀଙ୍କ ସହ ସହରକୁ ଆସିବା ପୂର୍ବରୁ ତାଙ୍କ ଶାଶୁ ତାଙ୍କ ହାତରେ ସ୍ୱାମୀଙ୍କ ନାଁର ଚିତା କୁଟେଇ ଦେଇଥିଲେ। ସେଇଟି ଥିଲା ତାଙ୍କର ଶେଷ ଚିତା କୁଟା। ଛୋଟବେଳେ ନନ୍ଦିନୀଙ୍କୁ ଏସବୁ ଖୁବ୍ ମଜା ଲାଗୁଥିଲା। ସେ ମଧ୍ୟ ଚିତା କୁଟେଇବାକୁ ଇଚ୍ଛା କରୁଥିଲେ।

ଆଗେ ଇତି ଦଉଡୁଥିଲା ବନଜା ପାଖକୁ, ଆଉ ମା' ରମାମାଉସୀଙ୍କ ପାଖକୁ। ପରେ ନନ୍ଦିନୀ ମଧ୍ୟ ଜେଜେ ମା'ଙ୍କ ପାଇଁ ସେଠାକୁ ଯିବାକୁ ଲାଗିଲେ। ଛୋଟ ବେଳେ ସେ, ଇତି, ବନଜା ଓ ନବୀନ ଭାଇ ମିଶି କେତେ କ'ଣ ଖେଳୁଥିଲେ। ହେଲେ ମାଟ୍ରିକ୍ ପରୀକ୍ଷା ପରେ ନବୀନ ଭାଇ ରେଭେନ୍‌ସା କଲେଜରେ ପଢିବା ପାଇଁ କଟକ ଚାଲିଗଲେ। ଅନେକ ଥର ଜେଜେ ମା' ନନ୍ଦିନୀଙ୍କ ମା'ଙ୍କୁ, "ମୁଁ ନନ୍ଦିକୁ ଆମଘରେ ବୋହୂ କରିବି।" ବୋଲି କହିବାଟା ନନ୍ଦିନୀ ଶୁଣୁଥିଲେ। ମା' ହସି ଦେଇ କହନ୍ତି, "ଯାହା ହେଉ ମାଉସୀ, ତୁମେ ମୋ ଚିନ୍ତା ଟିକିଏ ହାଲୁକା କରିଦେଲ। ଏଇ ପିଲା ତ ଯେମିତି ଚୁପ୍ ଚାପ୍, କେଉଁଠିକୁ ଗଲେ କିଏ ତା' ମନ କଥା ବୁଝିବ? ଏଇଠି ତୁମେ ତା' ମନକଥା ବୁଝି ତାକୁ ଏମିତି ମୁଣ୍ଡେଇ ରଖିବ। ଆଉ ସେ ତୁମ ପାଇଁ

ପାନ ଭାଙ୍ଗି ତୁମକୁ ଖାଲି ଗୀତ ଶୁଣାଉଥିବ।" ଏକଥା ଶୁଣି ସେଠାରେ ହସର ଏକ ଲହରୀ ଖେଳି ଯାଏ। ଆଉ ନନ୍ଦିନୀଙ୍କ ହସ ମଧ୍ୟ ସେ ଲହରୀରେ ସାମିଲ ଥାଏ।

ନନ୍ଦିନୀ ହାଇସ୍କୁଲ୍ ପଢିଲା ବେଳକୁ ଜେଜେ ମା' ଓ ମା'ର ଏଇ କଥା ଶୁଣି ତାଙ୍କ ହସ କିଛି ବଦଳି ଯାଇଥିଲା। ଏବେ ତାଙ୍କର ନଇଁ ଆସୁଥିବା ଆଖି ସେ ହସରେ ଏକ ଲାଜୁଆ ଲାଜୁଆ ଭାବ ମିଶାଇ ଦେଇଥିଲା। 'ଏ ଘରକୁ ସେ ବୋହୂ ହୋଇ ଆସିବେ। ହେଲେ କାହା ପାଇଁ?' ଏ ପ୍ରଶ୍ନର ଉତ୍ତର ଖୋଜୁ ଖୋଜୁ କିଛିଦିନ ଭିତରେ ଆବିଷ୍କାର କଲେ ଏବେ ଖୁଣ୍ଟ ପଛରେ ଠିଆ ହୋଇ ତାଙ୍କ ଗୀତ ଶୁଣୁଥିବା ନବୀନ ଭାଇଙ୍କୁ, ଯିଏକି ହଷ୍ଟେଲ୍ ଯିବା ପୂର୍ବରୁ ଜେଜେ ମା' ଓ ତାଙ୍କ ପାଖରେ ବସି ଗୀତ ଶୁଣୁଥିଲେ ଓ ସାଙ୍ଗରେ ଗାଉଥିଲେ ମଧ୍ୟ। ସବୁ ଆଗ ପରି ଥିଲା। ହେଲେ ସେ ନବୀନଭାଇଙ୍କ ସହ କଥା ହେଲା ବେଳେ ତାଙ୍କ ଆଖି ତାଙ୍କୁ ଆଉ କିଛି କହି ପକାଇବାକୁ ଚାହୁଁଥିଲା। ନବୀନ କିଛି କହୁ ନଥିଲେ ମଧ୍ୟ ସେହି କଥାର ପ୍ରତିକ୍ରିୟା ନନ୍ଦିନୀଙ୍କ ଆଖିରେ ପ୍ରତିଫଳିତ ହୋଇ ଯାଉଥିଲା। କେତେବେଳେ କେମିତି କ'ଣ ହେଲା କେଜାଣି କେହି କାହାକୁ କିଛି କହି ନଥିଲେ ମଧ୍ୟ ଦୁହେଁ ଦୁହିଁଙ୍କ ପ୍ରେମକୁ ମର୍ମେ ମର୍ମେ ଅନୁଭବ କରି ପାରିଥିଲେ।

ନନ୍ଦିନୀଙ୍କର ଠିକ୍ ମନେ ଅଛି, ତାଙ୍କ ସ୍ନାତକ ଶେଷ ବର୍ଷ ବେଳେ ଦିନେ ସନ୍ଧ୍ୟାରେ ସେ ମା'ଙ୍କ ସହ ରମାମାଉସୀଙ୍କ ଘରକୁ ଯାଇଥିଲେ। ମାଉସୀ ତାଙ୍କୁ ପଚାରିଥିଲେ, "ଆଲୋ ନନ୍ଦି, ଯା' ପରେ କ'ଣ କରିବାକୁ ଭାବିଛୁ?"

"ସେ ଯାହା ଭାବୁ ନ ଭାବୁ ମୁଁ ଭାବିଛି ଏବେ ଠାରୁ ତା' ପାଇଁ ଆସୁଥିବା ପ୍ରସ୍ତାବ ଆମେ ଦେଖାଦେଖି କରିବୁ। ନନ୍ଦି ହାତକୁ ଦି' ହାତ କରିଦେଲା ପରେ ପୁଣି ଇତି ପାଇଁ ଭାବିବୁ ଯେ।" ମା' କିଛିଟା ବ୍ୟଗ୍ର ହୋଇ କହିଥିଲେ।

"ନନ୍ଦି ପାଇଁ କ'ଣ ପ୍ରସ୍ତାବ ଦେଖିବୁ? ସେ ପରା ମୋ ଘର ବୋହୂ ହୋଇ ଆସିବ।" ଜେଜେ ମା' ତାଙ୍କ ପାଇଁ ପାନ ଭାଙ୍ଗୁଥିବା ନନ୍ଦିନୀଙ୍କ ମୁଣ୍ଡରେ ହାତ ବୁଲାଇ ଆଣି କହିଥିଲେ।

"ମାଉସୀ ତୁମ କଥା ଠିକ୍ ଯେ..." ନନ୍ଦିନୀ ଆଉ କିଛି ଶୁଣି ପାରୁ ନଥିଲେ। ଲାଗିଲା ନିଜ ସ୍ୱପ୍ନକୁ ସତେ ଅବା ସ୍ୱୀକୃତି ମିଳିଗଲା। ଲଜ୍ୟାର ବେହରଣ ତାଙ୍କି ହୋଇ ସେଠାରୁ ଉଠି ଅଗଣା ବାହାରକୁ ଏକରକମର ଦଉଡ଼ି ଯାଉଥିଲେ। ଝୁଣ୍ଟି ପଡ଼ିଲେ। ପଡ଼ି ଯାଇ ଥା'ନ୍ତେ। ହେଲେ ନବୀନ ଭାଇଙ୍କ ବାହୁ ଯୁଗଳର ସାହାରା ପାଇ ଯାଇଥିଲେ। ନିଜକୁ ସମ୍ଭାଳିବାକୁ ଉଦ୍ୟତ ହେଲା ବେଳକୁ ହଠାତ୍ ବିଜୁଳି ଚାଲି ଯାଇଥିଲା। ସତେ ଅବା ସେଇ ସନ୍ଧ୍ୟା ଏଇ ଅବସରଟି ତାଙ୍କୁ ଉପହାର ଦେବାକୁ

ଯୋଜନା କରିଥିଲା । ଅନ୍ଧକାର ଭିତରେ ସେ ଅନୁଭବ କରିଥିଲେ ତାଙ୍କ ପରି ପ୍ରବାହିତ ହେଉଥିବା ଆଉ ଏକ ପ୍ରଖର ଉଷ୍ମ ନିଶ୍ୱାସ ଓ ତାଙ୍କ ଦେହ ଚାରିପଟେ ଶକ୍ତ ହୋଇ ଗୁଡ଼ାଇ ଆସୁଥିବା ନବୀନଭାଇଙ୍କ ବାହୁ ଯୁଗଳକୁ। ନିଜ ସ୍ୱପ୍ନରେ ବିହ୍ୱଳିତ ହୋଇ ଲତାଟେ ପରି ନବୀନଭାଇଙ୍କ ଛାତି ଉପରେ ଲୋଟି ଯାଇଥିଲେ। ଜେଜେ ମା'ଙ୍କ କଥା ପଦକ ତାଙ୍କ ଉପରେ ଢାଙ୍କି ଦେଇଥିବା ଲଜ୍ୟାର ବେହରଣ ଆସ୍ତେ ଆସ୍ତେ ଅପସରି ଯାଉଥିଲା। ଉନ୍ମାଦିତ ନବୀନ ଭାଇଙ୍କ ହାତ ତାଙ୍କୁ ଶିହରିତ କରି ତାଙ୍କ ଦେହରେ ଖେଳି ଯାଉଥିଲା। ଆଉ ତାଙ୍କ ଓଠର ଉଷ୍ମତା ନନ୍ଦିନୀଙ୍କ କପାଳକୁ ଛୁଇଁ ତଳକୁ ଖସି ଆସୁଥିଲା। କପାଳ,ଚିବୁକ, ଓଠ, ବେକ... । ସେଇ ମୁହୂର୍ତ୍ତରେ ନନ୍ଦିନୀ ଇଚ୍ଛା କରିଥିଲେ ଚଉରା ମୂଳେ ଦିକ୍ ଦିକ୍ ହୋଇ ଜଳୁଥିବା ସନ୍ଧ୍ୟାଦୀପଟି ହାଲୁକା ପବନରେ ଲିଭିଯାଇ ଅନ୍ଧକାରର ଘନତ୍ୱକୁ ଆହୁରି ବଢାଇ ଦେଉ।

ମାତ୍ର ବନଜା କିରାସିନି ଲ୍ୟାମ୍ପ ଧରି ତାଙ୍କରି ଆଡ଼କୁ ଆସୁଥିବାର ତାଙ୍କ ଆଖିରେ ପଡ଼ିଗଲା। ସତେ ଅବା ନନ୍ଦିନୀଙ୍କ ବିବେକ ତାଙ୍କୁ ଶକ୍ତ ଧକ୍କାଟେ ଦେଲା। ଆତଙ୍କିତ ନନ୍ଦିନୀ ନବୀନଭାଇଙ୍କ ବାହୁ ବନ୍ଧନରୁ ନିଜକୁ ମୁକୁଳେଇବା ପାଇଁ ଚାହିଁଥିଲେ। କମ୍ପିତ ଓଠରେ ଫୁସ୍ ଫୁସ୍ କରି କହିଥିଲେ, "ପ୍ଲିଜ୍ ଛାଡ଼। କିଏ ଯଦି ଦେଖିଦିଏ ? ବୋଧେ ବନଜା ଏଇ ଆଡ଼କୁ ଆସୁଛି.." ହେଲେ ତାଙ୍କ ସାନ୍ନିଧ୍ୟରେ ପାଗଳ ପ୍ରାୟ ନବୀନଙ୍କୁ କିଛି ଫରକ ପଡ଼ି ନଥିଲା। ସେ ତାଙ୍କ ଦେହରେ ସେପରି ମଜ୍ଜି ରହିଥିଲେ। ନନ୍ଦିନୀ ନିଜକୁ ଓ ନବୀନଭାଇଙ୍କୁ ବନଜା ଆଖିରୁ ଲୁଚାଇବାକୁ ଯାଇ ତାଙ୍କ ହାତକୁ ଏକରକମର ଛାଟି, ତାଙ୍କୁ ଠେଲି ଦେଇ ଅଣନିଶ୍ୱାସୀ ହୋଇ ସେଇ ଅନ୍ଧକାର ଭିତରେ ନିଜ ଘରକୁ ଦଉଡ଼ି ଯାଇଥିଲେ। ସେଦିନ ବେଶ୍ ଡ଼େରି ରାତିରେ ବିଜୁଳି ଆସିଥିଲା। ଘରେ ସମସ୍ତେ ସ୍ୱାଭାବିକ ଥିଲେ। ହେଲେ ବଦଳି ଯାଇଥିଲେ ନନ୍ଦିନୀ। ସନ୍ଧ୍ୟାର ସେଇ କିଛି ରୋମାଞ୍ଚିତ ମୁହୂର୍ତ୍ତ ସାରାରାତି ତାଙ୍କୁ ଶିହରିତ କରୁଥିଲା। ସେଇ ମୁହୂର୍ତ୍ତକୁ ନନ୍ଦିନୀ ଆଉଥରେ ଜିଇଁବାକୁ ଇଚ୍ଛା କରିଥିଲେ। ଆଖିରେ ଆଖିରେ ରାତି କଟି ଯାଇଥିଲା। ପରଦିନ ସକାଳେ ସେ କିଛି ବାହାନା କରି ରମାମାଉସୀଙ୍କ ଘରକୁ ଯାଇଥିଲେ। ଜେଜେମା'ଙ୍କ ସହ କଥା ହେବା ବେଳେ ତାଙ୍କ ଆଖି କେବଳ ନବୀନଭାଇଙ୍କୁ ଖୋଜୁଥିଲା। ପରେ ପରେ ଜେଜେମା'ଙ୍କ ଉଦାସ ମୁହଁରେ ଆଖି ପଡ଼ିଲା। ସେ ମନ ଦୁଃଖ କରୁଥିଲେ, "ନବୀନ ୧୦ ଦିନ ରହିବ ବୋଲି କହିଥିଲା। ହେଲେ ଦିନ ଦୁଇଟାରେ ଫେରିଗଲା।" ରୋଷେଇ ଘର ଆଡୁ ରମାମାଉସୀଙ୍କ କଥା କାନରେ ପଡ଼ିଲା, "କଟକରେ ଦଶହରା ପ୍ରସିଦ୍ଧ। ଆଜିକାଲିକା ପିଲା, ସାଙ୍ଗମାନଙ୍କସହ ପୂଜା ଦେଖିବାକୁ ପଳାଇଲା। ଶୀତଛୁଟି ଆଉ କେତେଟା ବା ଦିନ ଅଛି ?

ସେତେବେଳକୁ ଆସିବନି।"

ଶୀତ ଛୁଟି ପାଇଁ ବାକିଥିବା 'ଆଉ କେତେଟା ଦିନ' ନନ୍ଦିନୀଙ୍କୁ ଆଉ କେତେଟା ଯୁଗ ପରି ଲାଗିଥିଲା। ସେଇସବୁ ବିରହର ଯୁଗ ବହୁ କଷ୍ଟରେ କଟିବା ପରେ ଶୀତଛୁଟିରେ ନବୀନଭାଇ ଘରକୁ ଆସିଥିଲେ। ସେଇ ଖବର ପାଉ ପାଉ କିଛି ଆଳ ଦେଖାଇ ନନ୍ଦିନୀ ରମାମାଉସୀଙ୍କ ଘରେ ପହଞ୍ଚି ଯାଇଥିଲେ। ଜେଜେ ମା' କହିବା ଆଗରୁ 'ମୋ ଆଖିର କେତେ କଥା, ଏ ମନର ନିରବତା, କହିବାକୁ ଚାହେଁ ଯାହା...' ଗୀତଟି ନନ୍ଦିନୀ ନବୀନଙ୍କ ଉଦ୍ଦେଶ୍ୟରେ ଗାଇ ମଧ୍ୟ ଦେଇଥିଲେ। ସେଦିନ ତାଙ୍କ ମଧୁର ସ୍ୱରରେ ସୋହାଗ ସାଙ୍ଗକୁ ଅଭିଯୋଗରୁ ଭାଗେ ମିଶି ଯାଇଥିଲା। କିନ୍ତୁ ସେଦିନ ତାଙ୍କ ଗୀତ ନବୀନଭାଇ ଖୁଣ୍ଟ ପଛରେ ଠିଆ ହୋଇ ଶୁଣି ନଥିଲେ। ବୋଧେ ତାଙ୍କ ରୁମ୍‌ରୁ ହିଁ ବାହାରି ନଥିଲେ। ସେ ଛୁଟିରେ ଥିବା ଦିନତକ ପ୍ରତ୍ୟେହ ନନ୍ଦିନୀ ତାଙ୍କ ଘରକୁ ଯା'ନ୍ତି। ଆଉ ନବୀନ ଭାଇ ତାଙ୍କ ଠାରୁ ଦୂରେଇ ରହିବାଟା ଅନୁଭବ କରି ପାରନ୍ତି।

ସେଥର ନୂଆବର୍ଷ ପୂର୍ବ ସନ୍ଧ୍ୟା ଉପଲକ୍ଷେ ରମାମାଉସୀଙ୍କ ଘରକୁ ନନ୍ଦିନୀଙ୍କ ସପରିବାର ନିମନ୍ତ୍ରିତ ହୋଇଥିଲେ। ମାଉସୀ ଓ ମା' ମିଶି କେତେ କ'ଣ ଖାଦ୍ୟ ପ୍ରସ୍ତୁତ କରୁଥିଲେ। ଦୁଇ ପରିବାର ସେ ଅବସରକୁ ଖୁବ୍ ଉପଭୋଗ କରୁଥିଲେ। ହସର ଲହରୀ ଛୁଟିଥିଲା। ସେଇ ପରିବେଶରେ କେବଳ ନନ୍ଦିନୀ ଅନ୍ୟମନସ୍କ ଥିଲେ ଓ ସେଠାରେ ନବୀନ ଅନୁପସ୍ଥିତ। ତାଙ୍କୁ ବାରମ୍ବାର ଡକା ହେବା ପରେ ସୁଦ୍ଧା ସେ ତାଙ୍କ ରୁମ୍‌ରୁ ନ ବାହାରିବାରୁ ମାଉସୀ ବନ୍ଦନା ହାତରେ ତାଙ୍କ ପାଖକୁ ଛଣା ହେଉଥିବା ପକୁଡ଼ିରୁ କିଛି ଦେଇ ପଠାଇଲେ। ହେଲେ ମଉଜ ମସ୍ତି ଅଧାରୁ ଉଠି ବନ୍ଦନା ଯିବାକୁ ନାରାଜ୍। ତେଣୁ କାମଟି ନନ୍ଦିନୀଙ୍କ ହାତରେ ଦିଆ ଗଲା। ହାତରେ ପ୍ଲେଟ୍ ଧରି ସେ ଉତ୍କଣ୍ଠାର ସହ ନବୀନଭାଇଙ୍କ ରୁମ୍‌ରେ ପହଞ୍ଚି ଯାଇଥିଲେ। ନବୀନ ତାଙ୍କ ଆଡ଼କୁ ତିର୍ଯ୍ୟକ ଚାହାଣିଟେ ଫୋପାଡ଼ି ଦେଇ ପୁଣି ହାତରେ ଧରିଥିବା ବହି ଆଡ଼କୁ ଆଖି ଫେରାଇ ଆଣିଲେ। ନନ୍ଦିନୀ ସିଧା ଯାଇ ତାଙ୍କ ହାତରୁ ବହିଟି ଛଡ଼ାଇ ନେଲେ। ଗେଲେଇ ହୋଇ ଅଭିମାନ ଭରା କଣ୍ଠରେ କହିଲେ, "ଏତେ ପାଟିଗୋଳରେ କ'ଣ ଏମିତି ସବୁ ପଢି ପକାଉଛ? ମୁଁ ଯେତେଥର ତୁମକୁ ଦେଖା କରିବାକୁ ଆସିଲେ ତୁମେ ନିଜଘରେ ମଧ୍ୟ ଦେଖାଯାଉନ?" ସେ ଆଶା କରିଥିଲେ ତାଙ୍କ ଅଭିମାନ ଭାଙ୍ଗିବା ପାଇଁ ନବୀନଭାଇ କିଛି କହିବେ। ହେଲେ... "ପ୍ଲେଟ୍ ରଖି ସାରିଲଣି? ଏଥର ଏଇଠୁ ଯାଅ। କାଳେ କିଏ ଦେଖି ଦେବ?" ଓଃ! ତାହା ହେଲେ କଥାଟି ଏଇଠି। ନନ୍ଦିନୀ ହେଜିଲେ, ସେଦିନ ତାଙ୍କ ବ୍ୟବହାର ନବୀନଙ୍କୁ ନୁହେଁ ବରଂ ତାଙ୍କ

ପୌରୁଷର ଅହଂକୁ ଧକ୍କାଟେ ଦେଇଛି।

"ଆଚ୍ଛା ବାବା କ୍ଷମା କରିଦିଅ। ହେଲେ ସେଦିନ ଯଦି ବନ୍ଦନା ଆମ ଦୁହିଁଙ୍କୁ ସେଇ ଅବସ୍ଥାରେ ଦେଖି ଥା'ନ୍ତା..."

ନନ୍ଦିନୀଙ୍କ କଥା ସାରିବାକୁ ନବୀନ ଦେଇ ନଥିଲେ। ଖୁବ୍ ରୁକ୍ଷ ଭାବେ କହିଥିଲେ,"ମୋ ଭଲ ପାଇବାକୁ ତୁମର ଯଦି ଏତେ ଡର, ତାହା ହେଲେ ତୁମେ ସେଥିରୁ ମୁକ୍ତ। ତୁମକୁ ମୋ ପରି ଡରାଉ ନଥିବା ପ୍ରେମିକ ମିଳି ଯିବେ। ଆଉ ମୋତେ ତୁମଠାରୁ ଢେର୍ ଭଲ ଝିଅ ମଧ୍ୟ। ସେହିଦିନ ମୋତେ ଏମିତି ଅପମାନିତ କରି ତୁମେ କ'ଣ ପାଇଲ ? ଘରେ ଆମ ବାହାଘର କଥା ତ ଚାଲିଥିଲା ନା ? ତାହା ହେଲେ କାହିଁକି... ?" ନବୀନ ଚାପା ସ୍ୱରରେ ଫିସ୍‌ଫିସ୍ କରି ଏସବୁ କହୁଥିଲେ ମଧ୍ୟ ନନ୍ଦିନୀଙ୍କୁ ଏହା ଆପାଦମସ୍ତକ ଥରାଇ ଦେବାରେ ଖୁବ୍ ସମର୍ଥ ଥିଲା।

"ଏଇ ମୁହୂର୍ତ୍ତରେ ତୁମେ ମୋ ରୁମ୍‌ରୁ ବାହାରି ଯାଅ। ମୁଁ ପଢ଼ିବାକୁ ଚାହେଁ।" ନନ୍ଦିନୀ ଭଙ୍ଗା ହୃଦୟକୁ ନେଇ ଧୀର ପାଦରେ ସେଇ ରୁମ୍‌ରୁ ବାହାରି ଆସିଛନ୍ତି ନା ନାହିଁ ନବୀନ ଧଡ଼୍ କରି କବାଟ ବନ୍ଦ କରି ଦେଇଥିଲେ। ସେଇ ଶବ୍ଦ ଅଗଣାରେ ଛୁଟିଥିବା ହସର ଲହରୀକୁ ବନ୍ଦ କରି ଦେଇଥିଲା। ନନ୍ଦିନୀ ଦୁଃଖ ଓ ଅପମାନରେ ସଢ଼ି ଯାଇଥିଲେ। ନିଜ କୋହକୁ ଜାବୁଡ଼ି ଧରି ଦଉଡ଼ି ଆସିଥିଲେ ନିଜ ଘରକୁ। ସେଦିନ ବେଶ୍ ରାତିରେ ବାପା ମା' ଓ ଇତି ଘରକୁ ଫେରିଥିଲେ। ଆଉ ତାଙ୍କ ସାଙ୍ଗରେ ଆସିଥିଲେ ରମାମାଉସୀ। ନିଜ ପଢ଼ା ଟେବୁଲ୍ ପାଖରେ ବସି ପଢ଼ିବାର ବାହାନା କରୁଥିବା ନନ୍ଦିନୀଙ୍କ ମୁଣ୍ଡକୁ ଆଉଁସି ଦେଇ ରମାମାଉସୀ କହିଥିଲେ, "ନନ୍ଦୀ ତୁ ଖରାପ ଭାବେନା। ନବୀନ ତା' ଚାକିରି ପାଇଁ ଖୁବ୍ ପଢ଼ାପଢ଼ି କରୁଛି। ଆମ ପାଟିଗୋଳରେ ତା' ପଢ଼ାରେ ବ୍ୟାଘାତ ହେଉଥିଲା। ଆଉ ସେଇ ସମୟରେ ତୁ ଯିବାରୁ ତୋ ଉପରେ ରାଗ ଶୁଝେଇ ଦେଲା। ତୁ ମନ ଖରାପ କରେନା। ସେ ନିଜେ ମୋତେ ତୋ ଠାରୁ କ୍ଷମା ମାଗି ନେବା ପାଇଁ କହିଛି।" ହେଲେ ନନ୍ଦିନୀ ବେଶ୍ ଜାଣିଥିଲେ ମାଉସୀ ତାଙ୍କୁ ପ୍ରବୋଧନା ଦେବା ପାଇଁ ଏମିତି କହୁଛନ୍ତି। ନହେଲେ ନବୀନ ଭାଇ, ପୁଣି କ୍ଷମା !

"ରମା, ମୋ ନନ୍ଦୀ ସମସ୍ତଙ୍କ କଥା ଖୁବ୍ ବୁଝେ। ସେ ନବୀନ ଅସୁବିଧା ନିଶ୍ଚିତ ବୁଝି ପାରିଥିବ। ଆରେ ନନ୍ଦୀ, ଦେଖେ ତୋ ପାଇଁ ମାଉସୀ କେତେ କ'ଣ ପଠାଇଛନ୍ତି। ତୁ ଏମିତି ଅଖିଆ ପଳେଇ ଆସିଲୁ ବୋଲି ମାଉସୀ କେତେ ମନ ଦୁଃଖ କଲେ। କାଲି ଯାଇ ତାଙ୍କ ସହ ଦେଖା କରି ଆସିବୁ।" କହୁ କହୁ ମା' ନନ୍ଦିନୀଙ୍କ ପାଇଁ ରମାମାଉସୀ ଆଣିଥିବା ଖାଦ୍ୟ ବାଢ଼ି ସଜାଡ଼ି ଦେଇଥିଲେ। ନନ୍ଦିନୀ ନିଜ ଲୁହକୁ ଲୁଚାଇ ବିନା ବାକ୍ୟ ବିନିମୟରେ ଖାଇବାକୁ ବସି ପଡ଼ିଥିଲେ।

ତା' ପରେ କାହିଁକି କେଜାଣି ଜେଜେ ମା' ଯେତେ ଖବର ପଠାଇଲେ ସୁଦ୍ଧା ନବୀନଭାଇ ଘରେ ଥିଲା ପର୍ଯ୍ୟନ୍ତ ନନ୍ଦିନୀ ରମାମାଉସୀଙ୍କ ଘରକୁ ଯାଇ ନଥିଲେ। ହେଲେ ତା' ପରେ ଯେବେ ମଧ୍ୟ ଯା'ନ୍ତି, ଅଗଣା ଦେଇ ଘର ଭିତର ଘରକୁ ଗଲା ବେଳେ ସେଇ ସନ୍ଧ୍ୟାର ଅନନ୍ୟ ଅନୁଭୁତି ତାଙ୍କୁ ଶିହରିତ କରିଦିଏ। ଆଉ ଯେତେବେଳେ ନବୀନଙ୍କ ରୁମ୍ ଉପରେ ଆଖି ପଡ଼ିଯାଏ ସେତେବେଳେ ସେଇ ଶିହରଣ ମିଳାଇ ଯାଇ ଅପମାନର କଳା ବାଦଲ ନନ୍ଦିନୀଙ୍କ ମନକୁ ଘୋଡ଼ାଇ ଦିଏ। ହେଲେ ହୃଦୟର ଗଭୀରତମ ପ୍ରଦେଶରେ ବିଶ୍ୱାସଟେ ଥାଏ ଯେ ଦିନେ ନା ଦିନେ ନବୀନଭାଇ ତାଙ୍କୁ ବୁଝି ପାରିବେ ଓ ନିଜ ଭୁଲ୍ ପାଇଁ ଅନୁତପ୍ତ ହେବେ। କିନ୍ତୁ ସେମିତି କିଛି ହୋଇ ନଥିଲା। ଏହା ଭିତରେ ୭/୮ ମାସ ବିତି ଯାଇଥିଲେ ମଧ୍ୟ ନବୀନ ଓ ନନ୍ଦିନୀଙ୍କର ଦେଖା ହୋଇ ପାରି ନଥିଲା।

ଏମିତିରେ ନବୀନ ଛୁଟିରେ ଘରକୁ ଆସିଥିବା ବେଳେ ଦିନେ ମା' ନନ୍ଦିନୀଙ୍କୁ ବାଧ୍ୟ କରି ରମାମାଉସୀଙ୍କ ଘରକୁ ନେଇ ଯାଇଥିଲେ। ଜେଜେମା'ଙ୍କ ପାଖରେ ବସି ନନ୍ଦିନୀ ତାଙ୍କ ପାଇଁ ପାନ ଭାଙ୍ଗୁ ଥା'ନ୍ତି। ହେଲେ ତାଙ୍କ ଆଖି ଟାଣି ହୋଇ ଯାଉଥିଲା ନବୀନଙ୍କ ରୁମ୍ ଆଡ଼କୁ। ମା' ରମାମାଉସୀଙ୍କ ଆଗରେ ନନ୍ଦିନୀଙ୍କ ପାଇଁ ଆସିଥିବା ଏକ ପ୍ରସ୍ତାବ ବିଷୟରେ କହୁଥା'ନ୍ତି। ହଠାତ୍ ନବୀନଭାଇ ତାଙ୍କ ଝରକା ସେପଟୁ କହିଲେ, "ମାଉସୀ, ସେ ପିଲା ସିଭିଲ୍ ଇଂଜିନିଅର୍। ଜୀବନସାରା କେଉଁ ବଣ ଜଙ୍ଗଲ ମୂଲକରେ ବୁଲିବ। ଆମ ନନ୍ଦୁ କ'ଣ..." ସ୍ୱଳ୍ପଭାଷୀ ନନ୍ଦିନୀ କିନ୍ତୁ ସେଦିନ ଚୁପ୍ ରହି ପାରି ନଥିଲେ। ସତେ ଅବା ତାଙ୍କ ଭିତରୁ କିଏ ତାଙ୍କୁ ନବୀନଙ୍କ ସହ ଚୁଗୁଲି କରିବା ପାଇଁ ଉସକାଉ ଥିଲା। ନବୀନଭାଇଙ୍କ କଥାକୁ ପୁରା ହେବାକୁ ନ ଦେଇ କହିଥିଲେ, "ଆଜିକାଲି କେତେ କଷ୍ଟ କରି ମଧ୍ୟ ଲୋକେ ଚାକିରି ଖଣ୍ଡେ ପାଉ ନାହାନ୍ତି। ଆଉ ଏଇ ତ ସରକାରୀ ଇଂଜିନିୟର୍।"

ନନ୍ଦିନୀଙ୍କ ସମ୍ମତି ଜାଣି ସେଇ ଇଂଜିନିୟରଙ୍କ ସହ ତାଙ୍କ ବାହାଘର ପକ୍କା ହୋଇ ଯାଇଥିଲା। ବାହାଘର ଦିନ ଯେତେ ପାଖେଇ ଆସୁଥିଲା ନନ୍ଦିନୀ ନବୀନଙ୍କ ଉପରେ ସେତେ ଗୁମୁରି ଉଠୁଥିଲେ। ଶେଷରେ ଦିନଟି ଉପନିତ ମଧ୍ୟ ହୋଇଗଲା। ସେଦିନ ଘରେ ଲାଗି ରହିଥିଲା ବାହାଘରିଆ ଗହଳି। ସେଇ ଭିତରେ ନବୀନଙ୍କ ସ୍ୱର, କେହି କେହି ଡାକୁଥିବା ତାଙ୍କ ନାଁ ନନ୍ଦିନୀଙ୍କ କାନରେ ପଡୁଥିଲା। ତାଙ୍କ ଘରେ, ତାଙ୍କ ଏତେ ପାଖରେ ନବୀନଙ୍କ ଉପସ୍ଥିତି ଜାଣି ତାଙ୍କୁ ଥରୁଟିଏ ଦେଖିବା ପାଇଁ, ପଦୁଟିଏ କଥା ହେବା ପାଇଁ ନନ୍ଦିନୀ ବିକଳ ହୋଇ ଉଠିଥିଲେ। ମାତ୍ର ସେମିତି କିଛି ଅବସର ମିଳି ନଥିଲା। ଲାଗୁଥିଲା ସତେ ଅବା ନବୀନଙ୍କ ସହ ଆଉ କେବେ ଦେଖା ହୋଇ

ପାରିବନି। ବାହାଘର ରାତି ହେଉ ହେଉ ଘରେ କୋଳାହଳ ବଢ଼ି ଯାଇଥିଲା। ପରେ ହଠାତ୍ ମଶାଣିର ନିରବତା ଖେଳି ଯାଇଥିଲା। ନନ୍ଦିନୀ ରହି ରହି କାନ୍ଦଣା ଓ ମଝିରେ ମଝିରେ ଉତ୍ତେଜିତ ବଚସା ଶୁଣି ପାରୁଥିଲେ। ପରେ ପରେ ତାଙ୍କ କାନରେ ପଡ଼ିଲା, 'ବର ଆସିବନି। ଝିଅର ଅନ୍ୟ କୁଆଡ଼େ ପ୍ରେମସମ୍ପର୍କ ଥିବାର ବରପକ୍ଷ ଖବର ପାଇଛନ୍ତି। ଆଉ ଏହା ଜାଣିବା ପରେ ସେମାନେ ଏମିତି ଏକ ଝିଅକୁ ନିଜଘର ବୋହୂ କରିବା ପାଇଁ ଚାହିଁଲେନି।' ନନ୍ଦିନୀଙ୍କର ଆଶ୍ୱସ୍ତିର ଏକ ଦୀର୍ଘଶ୍ୱାସ ବାହାରି ଆସିଲା, *'ଓଃ! ସେ ନବୀନଙ୍କ ଛଡ଼ା ଆଉ କାହାରି ହୋଇ ନପାରନ୍ତି। ହେଲେ ସେ କ'ଣ ସତରେ ଏମିତି ପରିସ୍ଥିତି ଚାହିଁଥିଲେ?'* ହୃଦୟ ଓ ବିବେକର ଦ୍ୱନ୍ଦରେ ହଜି ଯାଇଥିଲେ ନନ୍ଦିନୀ। ମା' ତାଙ୍କ ବାହୁକୁ ଦୋହଲାଇ ଦେଇ ପଚାରୁଥିଲେ, "ଆମେ ତ କାହିଁ କିଛି ଜାଣିନୁ? କହ ନନ୍ଦି, କହ ତୁ କାହାକୁ ଭଲ ପାଉଥିଲୁ? ଆମକୁ ଆଗରୁ କିଛି ତ ଜଣେଇ ଥା'ନ୍ତୁ? ମଙ୍ଗୁଳା ଝିଅ ମୋର, ମୁଁ ଏବେ କ'ଣ କରିବି???" ରମାମାଉସୀ କବାଟକୁ ଆଉଜି ଠିଆ ହୋଇଥିଲେ। ଜେଜେ ମା' ନନ୍ଦିନୀଙ୍କୁ କୋଳେଇ ଧରିଥିଲେ।

ବର ନଆସିବାରୁ ନନ୍ଦିନୀ କ'ଣ ସତରେ ଦୁଃଖିତ ଥିଲେ? ନା, ଚାହୁଁଥିଲେ ସେଇ ଇଂଜିନିୟର ବଦଳରେ ନବୀନ ତାଙ୍କ ବର ହୁଅନ୍ତୁ? ହେଲେ ସେ ଆଶ୍ଚର୍ଯ୍ୟ ହେଉଥିଲେ, *'ସେ ନବୀନଙ୍କ ପ୍ରେମକୁ ହୃଦୟର ଗଭୀରତମ ପ୍ରଦେଶରେ ସାତପେଡ଼ିରେ ସାଇତିଲା ପରି ଲୁଚାଇ ରଖିଥିଲେ। ହେଲେ ସେ ଅଦେଖା, ଅଶୁଣା, ଅବ୍ୟକ୍ତ ପ୍ରେମକୁ କିଏ ଜାଣିଲା ଓ ଜଣାଇଲା? ଏଇ ପରିସ୍ଥିତିରେ ତାଙ୍କ ପ୍ରେମିକର ତାଙ୍କ ପ୍ରତି କ'ଣ କିଛି କର୍ତ୍ତବ୍ୟ ନାହିଁ?'* ବନ୍ଧୁବାନ୍ଧବ, ସାଇପଡ଼ିଶା ସବୁଆଡ଼େ ତାଙ୍କର ସେଇ ଅଜଣା ପ୍ରେମିକର ଚର୍ଚ୍ଚା ଚାଲିଥିଲା। ନନ୍ଦିନୀଙ୍କ ମନ ବିଦ୍ରୋହ କରୁଥିଲା, *'ସେଇ ସନ୍ଧ୍ୟାର ଅନ୍ଧାରରେ ପ୍ରେମର ନିର୍ଭିକତା ଦେଖାଉ ଥିବା ନବୀନ କାହିଁ ଏବେ ତ ସମସ୍ତଙ୍କ ଆଗରେ ସେ ତାଙ୍କର ସେଇ ପ୍ରେମିକ ବୋଲି ସ୍ୱୀକାର କରି ପାରୁ ନାହାନ୍ତି?'* ଭିତରେ କୁହୁଳୁ ଥିଲେ ନନ୍ଦିନୀ। ଜେଜେମା'ଙ୍କ କଥା କାନରେ ପଡ଼ିଲା, "ଭଗବାନ ବୋଧେ ନନ୍ଦି ଆମ ଘର ବୋହୂ ହେଉ ବୋଲି ଚାହାନ୍ତି।" ତାଙ୍କର ଟିକିଏ ପଛକୁ ଠିଆ ହୋଇଥିବା ରମା ମାଉସୀ ନିଜ ଶାଶୁଙ୍କୁ ତିର୍ଯ୍ୟକ ଚାହାଣିଟେ ଚାହିଁ ଚାପାଗଳାରେ ପ୍ରତିବାଦ କରିଥିଲେ, "ବୋଉ, ମୁଁ ମଧ୍ୟ ପ୍ରଥମେ ସେଇୟା ଚାହୁଁଥିଲି। ସେତେବେଳେ ତ ଏମାନେ ଏତେ ମନ ଦେଲେନି। ନବୀନ ମଧ୍ୟ କିଛି ଚାକିରି ବାକିରି କରୁ ନଥିଲା। ହେଲେ ଏବେ ନନ୍ଦିର ଆଉ କେହି ପ୍ରେମିକ ଅଛି ଜାଣିବା ପରେ..." ବାପା ତାଙ୍କ ନଇଁ ପଡ଼ିଥିବା ମୁଣ୍ଡକୁ ହାତରେ ଚାପିଧରି ଖଟରେ ବସିଥିଲେ। ଏପରି ପରିସ୍ଥିତିରେ

କେହିଜଣେ ପ୍ରସ୍ତାବଟେ ଦେଲା, "ପ୍ରତାପଙ୍କ ବୁଢ଼ୀ ମା' ନାତିର ବାହାଘର ଦେଖିବେ ବୋଲି ଚାହିଁ ବସିଛନ୍ତି। ଯେତେ ଶିଘ୍ର ହେଲେ ବି କରିବାକୁ ରାଜି। ବେଶ୍ ଥିଲାବାଲା ଲୋକ। କୌଳିକ ବ୍ୟବସାୟ ଅଛି। ଗୋଟିଏ ବୋଲି ପୁଅ। ଆମ ନନ୍ଦି ପାଇଁ ସେମାନେ ନିଶ୍ଚିତ ରାଜି ହୋଇଯିବେ।" ନନ୍ଦିନୀ ବାପାଙ୍କର ଏଥିରେ ଅରାଜି ହେବାର କିଛି ନଥିଲା। ଏଭଳି ପରିସ୍ଥିତିରେ ଘରବର ଦେଖା କଥା ପଚାରୁଛି କିଏ ନା ନନ୍ଦିନୀଙ୍କ ମତାମତ ଲୋଡ଼ୁଛି କିଏ ? ତଥାକଥିତ ସଭ୍ୟସମାଜ ଆଗରେ ନିଜ ମାନ ରଖିବାକୁ ଯାଇ ନିର୍ଦ୍ଧାରିତ ତିଥିର ପରଦିନ ସକାଳେ ନନ୍ଦିନୀଙ୍କ ହାତ ବାପା ସେଇ ଅଜଣା ଅଦେଖା ଲୋକ ହାତରେ ଟେକି ଦେଇଥିଲେ।

ସ୍ଥାଣୁ ପାଲଟି ଯାଇଥିବା ନନ୍ଦିନୀ ଶାଶୁଘରର ନୂଆ ପରିବେଶରେ ନିଜକୁ ଖାପ ଖୁଆଉ ଖୁଆଉ ଜାଣିଲେ ଯେ ତାଙ୍କ ସ୍ୱାମୀ ଜଣେ ଅପସ୍ମାର ରୋଗୀ ଓ କିଛି ମାତ୍ରାରେ ମାନସିକ ଅନଗ୍ରସର ମଧ୍ୟ। ହେଲେ ସେଇ ସ୍ୱାମୀ ନାମକ ଲୋକଟି କେବଳ ତାଙ୍କ ଦେହଭୋଗରେ ହିଁ ତା' ସ୍ୱାମୀତ୍ୱ ଦେଖାଇବାରେ ସମର୍ଥ ଥିଲା। ବ୍ୟବସାୟ ଶ୍ୱଶୁର ବୁଝାବୁଝି କରୁଥିଲେ। ଶାଶୁ ପ୍ରବୋଧନ ଦେବାକୁ ଯାଇ କଥା କଥାକେ କହୁଥିଲେ, "ଆମର ତ ଏଇ ଗୋଟିଏ ବୋଲି ପୁଅ। ଏ ଅଚଳାଚଳ ସମ୍ପତ୍ତି ସବୁ ତୁମେ ଭୋଗ କରିବ। ତୁମ ଭାଗ୍ୟ ଖୁବ୍ ଭଲ। ନହେଲେ ତୁମର ଯେଉଁ ପରିସ୍ଥିତି ବାହାଘର ହେଲା, ତୁମେ କେଉଁଠି ପଡ଼ିଥା'ନ୍ତ କିଏ ଜାଣେ ?" ସତେ ଯେପରି ତାଙ୍କ ରୁଗ୍‌ଣ ପୁଅକୁ ବାହାହୋଇ ଏ ଅଚଳାଚଳ ସମ୍ପତ୍ତି ଭୋଗ କରିବା ବଡ଼ ଭାଗ୍ୟର କଥା। ନିଜ ଭାଗ୍ୟକୁ ନନ୍ଦିନୀ ଆଦରି ନେଇଥିଲେ।

ବାହାଘର ପର ମାସରେ ସେ ନିଜ ଭିତରେ ନୂଆ ଏକ ଜୀବନ ସଂଚାରିତ ହେବାର ଆଭାସ ପାଇଲେ। ଶାଶୁଘରେ ଖୁସିର ଲହରୀ ଖେଳି ଯାଇଥିଲା। ଶାଶୁ ଶ୍ୱଶୁର ତାଙ୍କୁ ମୁଣ୍ଡରେ ବସାଇ ରଖିଲେ। ସେମାନଙ୍କ ସ୍ନେହ ଶ୍ରଦ୍ଧାରେ ନନ୍ଦିନୀ ସ୍ୱାମୀକଷ୍ଟ ଭୁଲିବାକୁ ଚେଷ୍ଟା କରୁଥିଲେ। ପ୍ରଥମ ସନ୍ତାନ ପ୍ରସବ ପାଇଁ ବାହାଘରର ୮ ମାସ ପରେ ସେ ପ୍ରଥମ ଥର ପାଇଁ ବାପଘରକୁ ଯାଇଥିଲେ। ତାଙ୍କ ପାଇଁ ବାପା ମା' ଦୁଃଖିତ ଥିଲେ ମଧ୍ୟ ତାଙ୍କ ଯତ୍ନରେ କିଛି ଊଣା ରଖି ନଥିଲେ। ଦିନେ ଖବର ଆସିଲା ନନ୍ଦିନୀ ସ୍ୱାମୀଙ୍କର ଅପସ୍ମାର ରୋଗରେ ହଠାତ୍ ଦେହାନ୍ତ ହୋଇ ଯାଇଛି। ସ୍ୱାମୀସୁଖ ତ ନନ୍ଦିନୀ କେବେ ପାଇ ନଥିଲେ, ହେଲେ ଯେଉଁ ବୃଦ୍ଧ ଦମ୍ପତ୍ତିଙ୍କର ସେ ନୟନପିତୁଳା ଥିଲେ ତାଙ୍କ ଦୁଃଖ କଥା ଭାବି ସେ ମଧ୍ୟ ଭାଙ୍ଗି ପଡ଼ିଥିଲେ। ସ୍ୱାମୀଙ୍କର କର୍ମକାଣ୍ଡ ପାଇଁ ଶାଶୁଘରକୁ ଫେରି ଆସିଥିଲେ। ଏହାର କିଛିଦିନ ପରେ ଲୋରିର ଜନ୍ମ। ଝିଅ ଜନ୍ମ ହେବା ପରେ ତାଙ୍କୁ ମୁଣ୍ଡରେ ବସାଉଥିବା ଶାଶୁ ଶ୍ୱଶୁର ତାଙ୍କ ଆଡୁ ମୁହଁ ଫେରାଇ ନେଲେ। ଲୋରିର

ବାରପତ୍ର ନ ଯାଉଣୁ ତାଙ୍କୁ ଆଣି ତାଙ୍କ ବାପଘରେ ଛାଡ଼ି ଯାଇଥିଲେ ।

ତା' ପରେ ଘରେ ଚାଲିଲା ପ୍ରତୀକ୍ଷା । ପ୍ରତୀକ୍ଷା କେତେବେଳେ ସେମାନେ ଆସି ନନ୍ଦିନୀଙ୍କୁ ପୁଣି ନିଜ ଘରକୁ ଫେରାଇ ନେବେ । ହେଲେ ସେମିତି କିଛି ହୋଇ ନଥିଲା କି ହେବାର ସମ୍ଭାବନା ମଧ୍ୟ ନଥିଲା । ଘରେ ଏ ନେଇ ଚାଲିଲା ଯୁକ୍ତି ତର୍କ, ଆଲୋଚନା ପର୍ଯ୍ୟାଲୋଚନା, ତେଣୁ ଅଶାନ୍ତି । ବାପା ନନ୍ଦିନୀଙ୍କ ପ୍ରାପ୍ୟ ପାଇଁ କୋର୍ଟର ଦ୍ୱାରସ୍ଥ ହେବାକୁ ଅଣ୍ଟା ଭିଡ଼ିଲେ । କୋର୍ଟ କଚେରୀରେ ପାଣି ପରି ପଇସା ଗଲା । ନନ୍ଦିନୀ ଶ୍ୱଶୁରଙ୍କର ଖୁବ୍ ପତିଆରା । ତେଣୁ ତାଙ୍କ ବିପକ୍ଷରେ କେସ୍ ଜିତିବା ସେତେ ସହଜସାଧ୍ୟ ନଥିଲା । ବାପାଙ୍କ ଯିଦ୍ ଦେଖି ମା' ଡରୁଥିଲେ । କାରଣ ଘରେ ଆଉ ଗୋଟେ ବିବାହ ଯୋଗ୍ୟା ଝିଅ ବସିଥିଲା । ଏସବୁ ଅଶାନ୍ତି ପାଇଁ ନନ୍ଦିନୀ ନିଜକୁ ଦୋଷୀ ମନେ କରୁଥିଲେ । ରାତିସବୁ ଆଖିରେ ଆଖିରେ କଟୁଥିଲା । ବାପାଙ୍କୁ ଅନେକ ବୁଝା ବୁଝି ପରେ ଇତିର ବାହାଘର ଭଲରେ ଭଲରେ ହୋଇ ଯାଇଥିଲା । ସେତେବେଳକୁ ନବୀନଙ୍କ ପାଇଁ ଝିଅ ଖୋଜା ଚାଲିଥିଲା । ଏମିତିରେ ଥରେ ନନ୍ଦିନୀଙ୍କ କାନରେ ପଡ଼ିଲା, କାଳେ ନବୀନ ଏବେ ତାଙ୍କ ପ୍ରସ୍ତାବ ପାଇଁ ନିଜ ଘରେ କହିଥିଲେ । ରମାମାଉସୀ ଓ ଘରେ ସମସ୍ତେ ଏହାକୁ ନବୀନଙ୍କର ଭାବବିହ୍ୱଳତା ବୋଲି ଧରି ନେଇଥିଲେ । ଏହା ଜାଣିଲା ପରେ ନନ୍ଦିନୀ ଅଭିମାନରେ ଗୁମୁରି ଉଠିଥିଲେ, 'ମୋତେ ବାହା ହୋଇ ଦୁନିଆ ସାମ୍ନାରେ ମହାନ୍ ହେବ ? ମୋ ଲୋରିକୁ ଅଙ୍ଗୁଳି ଦେଖାଇ କହିବ ଯେ ତୁମ ପୌରୁଷକୁ ମୁଁ ଦେଇଥିବା ଧକ୍କାର ଏହା ଶାସ୍ତି ବୋଲି ?' ହେଲେ ନା କେହି ନନ୍ଦିନୀଙ୍କୁ ପ୍ରସ୍ତାବ କଥା ସିଧାସଳଖ କହିଥିଲା ନା ସେ ନିଜ ଭାବନା କାହାକୁ ଜଣାଇ ଥିଲେ ।

ନନ୍ଦିନୀଙ୍କର ଜୀବନଠାରୁ ଆଉ କିଛି ଆଶା ନଥିଲା । ହେଲେ ନିଷ୍ପାପ କଅଁଳ ଲୋରିର ଦାୟିତ୍ୱ ତାଙ୍କ ଉପରେ । ତେଣୁ ଦୁନିଆରେ ନିଜ ପାଇଁ ଓ ଲୋରି ପାଇଁ ସ୍ଥାନଟେ ପାଇବାକୁ ଘରୁ ଗୋଡ଼ କାଢିଲେ । ସୁଦୂର କେନ୍ଦୁଝରରେ ଏକ ମିଶନାରୀ ସ୍କୁଲ୍‌ରେ ତାଙ୍କୁ ଶିକ୍ଷୟିତ୍ରୀ ରୂପେ ନିଯୁକ୍ତି ମିଳିଗଲା । ଏତେ ଦୂରରେ ସେ ଚାକିରି କରନ୍ତୁ ବୋଲି ଘରେ କେହି ଚାହୁଁ ନଥିଲେ । ସେଥିରେ ପୁଣି ବକଟେ ନା'କୁ ଲୋରିକୁ ସାଥିରେ ନେଇ ଯିବାର ତାଙ୍କ ଯିଦ୍ । କାହିଁକି ବା ସେ ଯିଦ୍ ନ କରିବେ ? ତାଙ୍କ ପାଇଁ ବାପା ମା' ଆଉ କଷ୍ଟ ପା'ନ୍ତୁ ସେ ତାହା ଚାହୁଁ ନଥିଲେ । ତେଣୁ ସେ ଲୋରିକୁ ନେଇ ସୁଦୂର କେନ୍ଦୁଝର ଚାଲି ଆସିଲେ । ସେଠାରେ ଲୋରିକୁ ନେଇ ତାଙ୍କ ଜୀବନ ଯୁଦ୍ଧର ଆଉ ଏକ ଅଧ୍ୟାୟ ଆରମ୍ଭ ହେଲା । ଏକ ସୁନ୍ଦରୀ ଅସହାୟ ଯୁବତୀକୁ ଝାମ୍ପି ନେବା ପାଇଁ ଅନେକ ଭୋକିଲା ଆଖି ଓ ପ୍ରଲୋଭନ ଭରା ପ୍ରସ୍ତାବଠାରୁ ନିଜକୁ ଓ ଲୋରିକୁ

ସୁରକ୍ଷିତ ରଖିବା ପାଇଁ ଅହରହ ସଂଘର୍ଷ ଚାଲିଲା ।

ଥରେ ଛୁଟିରେ ଘରକୁ ଯାଇଥିବା ସମୟରେ ଶୁଣିଲେ ନବୀନଙ୍କ ବାହାଘର ପାଖ ସହରର କେଉଁ ଜଣେ ପ୍ରତିଷ୍ଠିତ ବ୍ୟକ୍ତିଙ୍କର ଏକମାତ୍ର ସୁନ୍ଦରୀ, ଶିକ୍ଷିତା ଝିଅ ସହ ହୋଇ ଯାଇଛି । ଛାତିତଳେ ଚାପିହୋଇ ରହିଥିବା କିଛି ସାଇତା ମୁହୂର୍ତ୍ତ ନନ୍ଦିନୀଙ୍କ ମଲା ମନରେ ଉକୁଟି ଆସିଥିଲା । ହେଲେ ସେ ଅଭିମାନ, ରାଗ, ଘୃଣାର ବଡ଼ ଖଣ୍ଡେ ଓଜନିଆ ପଥର ସେଇ ଅବାଞ୍ଛିତ ଭାବନା ଉପରେ ଚପେଇ ଦେଇଥିଲେ ।

ନନ୍ଦିନୀଙ୍କର ପଢେଇବା ଶୈଳୀ ଓ କାର୍ଯ୍ୟଦକ୍ଷତାରେ ପ୍ରଭାବିତ ହୋଇ ମିଶନାରୀର ଫାଦର୍ ତାଙ୍କ ନାଁ କଲିକତାରେ ଥିବା ମୁଖ୍ୟ ସଂସ୍ଥା ପାଇଁ ସୁପାରିସ୍ କରିଥିଲେ । କଲିକତା ବାହାରି ଯିବା ପୂର୍ବରୁ କିଛିଦିନ ପାଇଁ ନନ୍ଦିନୀ ଘରକୁ ଯାଇଥିଲେ । ଘରେ ନବୀନଙ୍କ ଜେଜେ ମା' ଶେଷ ଶଯ୍ୟାରେ ପଡ଼ିଥିବା କଥା ଶୁଣିଲେ । ମା' ତାଙ୍କୁ ବାଧ୍ୟ କରି ରମା ମାଉସୀଙ୍କ ଘରକୁ ପଠାଇଲେ । ସେଦିନ ପାଖାପାଖି ୮ ବର୍ଷ ପରେ ନନ୍ଦିନୀ ରମା ମାଉସୀଙ୍କ ଘରେ ପାଦ ଦେଲେ । ଅଗଣା ଟପି ଘର ଭିତରକୁ ଗଲା ବେଳେ ନିଜ ହୃଦୟକୁ ନନ୍ଦିନୀ ମସ୍ତିଷ୍କର ଶକ୍ତ ହାତମୁଠାରେ ଯାବୁଡ଼ି ଧରିଥିଲେ ଆଉ ଆଖିକୁ ନବୀନଙ୍କ ରୁମ୍ ଆଡୁ । ନନ୍ଦିନୀ ଜେଜେମା'ଙ୍କ ପାଖକୁ ଯାଇ ତାଙ୍କ ହାତକୁ ନିଜ ହାତ ଭିତରେ ଚାପି ଧରିଥିଲେ । ଜେଜେ ମା'ଙ୍କର ପେଜୁଆ ଆଖି ଓ କମ୍ପିତ ଓଠ କେତେ କ'ଣ କହିବାକୁ ଚାହୁଁଥିଲା । ହେଲେ ବହୁ ଚେଷ୍ଟା ପରେ କେବଳ କହି ପାରିଥିଲେ, "ତୁ ମୋ ଘର ବୋହୂ..." ସେଦିନ ରମା ମାଉସୀଙ୍କ ଅନୁରୋଧରେ ସେ 'ଆରତ ସୁରେ ବାରେ କରେ ମିନତିରେ, ଚକାନୟନ ଚାହାଁ ମାଗେ ମାଗୁଣିରେ...'ପ୍ରାର୍ଥନାଟି ଅବଶ୍ୟ ଗାଇଥିଲେ । ଜେଜେମା'ଙ୍କ ଆଖିରୁ ଲୁହ ଗଡ଼ି ଆସିଥିଲା । ଆଉ ନନ୍ଦିନୀଙ୍କ ଲୁହ ଆଖିରେ ଅଟକି ଯାଇଥିଲା । ସେ କଲିକତା ଫେରିବାର କିଛି ଦିନ ପରେ ଜେଜେମା'ଙ୍କ ମୃତ୍ୟୁ ଖବର ଆସିଥିଲା ।

ଲୋରି ଜନ୍ମର କିଛି ବର୍ଷ ପର୍ଯ୍ୟନ୍ତ ନନ୍ଦିନୀ ଆତଙ୍କିତ ହୋଇ ରହୁଥିଲେ । ଡରୁଥିଲେ, କାଳେ ଲୋରି ବାପାଙ୍କର ଶାରିରୀକ କି ମାନସିକ ଦୂରାବସ୍ଥାର ପ୍ରଭାବ ଲୋରି ଉପରେ ପଡ଼ିଥିବ ? ହେଲେ ଭଗବାନଙ୍କର କିଛିଟା ଦୟାଦୃଷ୍ଟି ଏବେ ମଧ୍ୟ ତାଙ୍କ ଉପରେ ଥିଲା । ଲୋରି ଦୁଇ ପତ୍ରିଆ ତୁଳସୀର ପରିଚୟ ଦେଇ ଖାଲି ନନ୍ଦିନୀ ନୁହେଁ ବରଂ ସମସ୍ତଙ୍କୁ ପିଲାଟି ବେଳୁ ଚକିତ କରି ଦେଇଥିଲା । ନନ୍ଦିନୀଙ୍କର କେହି ଭାଇ ନଥିଲେ । ଇତି ନିଜର ଘରସଂସାର ନେଇ ବ୍ୟସ୍ତ । ତେଣୁ ନନ୍ଦିନୀ ବାପା ମା'ଙ୍କର ପରିଣତ ବୟସରେ ଦାୟିତ୍ୱ ନିଜ ମୁଣ୍ଡକୁ ନେଇଥିଲେ । ଜୀବନର ରଣକ୍ଷେତ୍ରରେ ରଣକୌଶଳ ଧାର୍ଯ୍ୟ କରିବାରେ ଯୁଟି ଯାଇଥିବା ନନ୍ଦିନୀଙ୍କ ଦିନ କେମିତି କେମିତିରେ

ଗଡ଼ି ଯାଇଥିଲା । ପ୍ରତ୍ୟେକ ଦିନ ଏକ ନୂଆ ଯୁଦ୍ଧକୁ ସାମ୍ନା କରିବାର ପ୍ରସ୍ତୁତି, ଲୋରିକୁ ମଣିଷ ପରି ମଣିଷଟେ କରିବାର ସ୍ୱପ୍ନକୁ ସାକାର କରିବା ପାଇଁ ଓ ଭାଙ୍ଗି ପଡ଼ିଥିବା ବୃଦ୍ଧ ବାପା ମା'ଙ୍କ ଯତ୍ନ ନେବା ପାଇଁ ସେ ଅକ୍ଲାନ୍ତ ପରିଶ୍ରମ କରୁଥିଲେ । ଏଥିରେ ଅନେକ ବାଧା ବିଘ୍ନର ସମ୍ମୁଖୀନ ମଧ୍ୟ ହେଉଥିଲେ । ହେଲେ ଜୀବନ ତାଙ୍କୁ ଯେତେ ଅଗ୍ନି ପରୀକ୍ଷା ଦେବାକୁ ବାଧ୍ୟ କରୁଥିଲା ସେଥିରେ ସେ କୃତିତ୍ୱର ସହ ଉତ୍ତୀର୍ଣ୍ଣ ହୋଇ ପାରିଥିଲେ । ଆଉ ଏହା ତାଙ୍କ ବ୍ୟକ୍ତିତ୍ୱକୁ ତରଳ ସୁନା ପରି ଆହୁରି ଜାଜ୍ଜଲ୍ୟମାନ କରି ଦେଉଥିଲା । ବାପାମା' ତାଙ୍କ ସହ ରହିବା ପାଇଁ କଲିକତା ଚାଲି ଆସିବା ପରେ ରମା ମାଉସୀଙ୍କ ଘର ସହ ସମ୍ପର୍କରେ ସମୟ ବାଧକର ଧୂଳି ପଡ଼ି ଯାଇଥିଲା ଓ ପରେ ପରେ ପୂର୍ଣ୍ଣଚ୍ଛେଦ । ଏସବୁ ଭିତରେ ଥରେ ନନ୍ଦିନୀଙ୍କ କାନରେ ନବୀନଙ୍କ ବିପର୍ଯ୍ୟସ୍ତ ପାରିବାରିକ ଅବସ୍ଥା କଥା ପଡ଼ିଥିଲା । ହେଲେ ନିଜ ଜୀବନକୁ ବାଟେଇ ନେବାର ଅହରହ ଚେଷ୍ଟା ଭିତରେ କଥାଟି ତାଙ୍କ ପାଇଁ କେବଳ ଖବରଟେ ହୋଇ ରହି ଯାଇଥିଲା ।

ଏବେ ଜୀବନର ଷାଠିଏଟି ବସନ୍ତ ବିତି ଯାଇଛି । ଏହା ଭିତରେ ବାପା ମା' ତାଙ୍କୁ ଛାଡ଼ି ଆରପାରିକୁ ଚାଲିଗଲେଣି । ଅନେକ ସମ୍ପର୍କ ସେମାନଙ୍କ ଯିବା ସହ ଛିଣ୍ଡି ଯାଇଛି, କିଛି ଅବା ମଳିନ ପଡ଼ିଯାଇଛି ଓ ଆଉ କିଛି ସମ୍ପର୍କ ତାଙ୍କୁ ଆଶ୍ଚର୍ଯ୍ୟ ଚକିତ କରି ଯୋଡ଼ି ହୋଇ ଯାଇଛି । ଏଇ ଯେମିତି ଲୋରିର ଜୀବନ ସାଥୀ ମୋହିତ ଓ ପରେ ପରେ ତାଙ୍କ ଗୁଡ୍ଡୁ ସହ ସମ୍ପର୍କ । ତାଙ୍କର ଠିକ୍ ମନେଅଛି ଲୋରି ବିବାହର କିଛି ଦିନ ପୂର୍ବରୁ ଥରେ ଜଣେ ତାଙ୍କୁ ଦେଖା କରିବାକୁ ଆସିଥିଲା । ଲୋକଟିକୁ ପ୍ରଥମ ଦେଖାରେ ସେ ଜମା ଚିହ୍ନି ପାରି ନଥିଲେ । ଲୋକଟି କହିଲା, "ଭାଉଜ ନମସ୍କାର ।" ଏ 'ଭାଉଜ' ସମ୍ବୋଧନ ନନ୍ଦିନୀଙ୍କୁ ଚକିତ କରି ଦେଇଥିଲେ । ମନେ ପକାଇ ପାରୁ ନଥିଲେ କେବେ ଶେଷ ଥର ପାଇଁ ସେ ଏ ଡାକ ଶୁଣି ଥିଲେ । ତାଙ୍କ ଦ୍ୱନ୍ଦକୁ ଲୋକଜଣଙ୍କ ଧରି ପାରି ସେ ଶାଶୁଙ୍କର କେଉଁ ଭଣଜା ବୋଲି ନିଜର ପରିଚୟ ଦେଇଥିଲେ । ତା' ପରେ ନିଜ ଫୋନ୍ ଲଗାଇ କଥା ହେବା ପାଇଁ ଅନୁରୋଧ କରିଥିଲେ । ବିନା ପ୍ରତିକ୍ରିୟାରେ ନନ୍ଦିନୀ ଫୋନ୍ ଗ୍ରହଣ କରିଥିଲେ । ସେପଟୁ କୋହଭରା ବୃଦ୍ଧାଙ୍କର ସ୍ୱର ଶୁଭିଥିଲା, "ମା'ରେ ଆମେ ତୋ ପ୍ରତି ଅନେକ ଅବିଚାର କରିଛୁ। ତୁ କ'ଣ ଆମକୁ କ୍ଷମା କରିବୁନି ?...." ଏମିତି ଅନେକ କିଛି କଥା ଓ ବ୍ୟଥା । ଏସବୁ ନନ୍ଦିନୀଙ୍କ ପୁରୁଣା କ୍ଷତକୁ ଉଖାରି ରକ୍ତାକ୍ତ କରି ଦେଇଥିଲା । ଜୀବନ ବୈତରଣୀରେ ତାଙ୍କୁ ନିସଃହାୟ କରି ଭାସି ଯିବାକୁ ଶାଶୁଘରେ ଛାଡ଼ି ଦେଇଥିଲେ । ଅଥଚ ଏବେ, ଯେତେବେଳେ କି ସେ ତାଙ୍କ ଜୀବନକୁ ବାଟ କଢେଇ ଆଣିଛନ୍ତି ସେତେବେଳେ ସେମାନେ କାହିଁକି ତାଙ୍କୁ ଖୋଜୁଛନ୍ତି ? ହଁ, ବୋଧେ ହୁଏ ବୃଦ୍ଧାବସ୍ଥାରେ

ସାହାରା, ମାନେ ଏକ ସଫଳ ସାହାରାର ଦରକାର ପଡ଼ିଲା। ଏଥିରେ ସେମାନଙ୍କ ପ୍ରତି ନନ୍ଦିନୀଙ୍କର ଆଉ କିଛି ଆଦର ସମ୍ମାନ ତ ନଥିଲା ହେଲେ ନିଜ ବିବେକ ଥିଲା। ଭାବିଲେ ଯେତେବେଳେ ଦୁନିଆର ଏତେ ବୋଝ ମୁଣ୍ଡେଇ ପାରିଛନ୍ତି ଆଉ ଦୁଇଜଣ ନିସଃହାୟଙ୍କୁ ଆପଣେଇ ନେଲେ କ୍ଷତି କ'ଣ? କିଛି ନହେଲେ ସେମାନେ ଲୋରିର ଜେଜେ ବାପା, ଜେଜେମା' ତ। ହେଲେ ଲୋରିର ପ୍ରତିକ୍ରିୟା ଖୁବ୍ ଭିନ୍ନ ଥିଲା। ସେ ତା' ଜୀବନରେ ସେମାନଙ୍କ ଉପସ୍ଥିତି ଚାହୁଁ ନଥିଲା। ଏଥି ନେଇ ଅନେକ ଯୁକ୍ତି ମଧ୍ୟ କରିଥିଲା। ନନ୍ଦିନୀ ଖୁବ୍ କଷ୍ଟରେ ଲୋରିକୁ ବୁଝେଇଥିଲେ। ଏବେ ଲୋରି ସ୍ୱିଡ଼େନ୍ ଦୂତାବାସରେ କାର୍ଯ୍ୟରତ। ଖୁବ୍ ଭଲ ଲେଖାଲେଖି ମଧ୍ୟ କରେ। ଆଉ ଦରଦି ଓ ମନୁଆ ଝିଅଟେ ମଧ୍ୟ। ଲୋରି ପାଇଁ ନନ୍ଦିନୀ ଦେବୀ ହିଁ ସବୁକିଛି। କେତେବେଳେ ମୁଣ୍ଡରେ କ'ଣ ପଶିବ ସବୁ ଛାଡ଼ି ଦେଇ ତାଙ୍କ ପାଖକୁ ଦଉଡ଼ି ଆସିବ। ଭାଗ୍ୟକୁ ମୋହିତ୍ ପରି ପିଲାଟେ ତାକୁ ସମ୍ଭାଳିବା ପାଇଁ ତା' ଜୀବନକୁ ଆସିଛି।

ନନ୍ଦିନୀ ଅସମୟରେ ମୁଦି ହୋଇ ଆସିଥିବା ତାଙ୍କ ଆଖି ଖୋଲିଲେ। ନିଜକୁ ପ୍ରବୋଧନା ଦେଲେ। ଏ ପରିଣତ ବୟସରେ ସେ ପୁରୁଣା ସମ୍ପର୍କକୁ ଏତେ ଗଭୀରତା ସହ ନେବା ଉଚିତ୍ ନୁହେଁ। କିନ୍ତୁ ତାଙ୍କ ହୃଦୟର କେଉଁ ଏକ ଗଭୀରତମ ପ୍ରଦେଶରେ ଯେଉଁ ଅକୁହା ସମ୍ପର୍କ ଲୁଚି ରହିଛି ତାକୁ କ'ଣ ସେ କେବେ କାଢି ଫୋପାଡ଼ି ଦେଇପାରିବେ ନା ତାକୁ ହୃଦୟର ସେଇ ଗଭୀରତାରେ ସେମିତି ଲୁଚାଇ ରଖି ନିଜକୁ ସାନ୍ତ୍ୱନା ଦେବା ପାଇଁ ସେ ସମ୍ପର୍କର ସ୍ଥିତିକୁ ଅସ୍ୱୀକାର କରି ପାରିବେ? ତାହା ତାଙ୍କ ପାଇଁ ନିଶ୍ଚିତ ଭାବରେ ଯୌବନର ଉନ୍ମାଦନା ନଥିଲା ଯେ ସେ ତାକୁ ଅବୁଝା ବୟସର ପାଗଳାମୀ ବା ପିଲାଳିଆମି ଭାବି ହସରେ ଫୁର୍‌କରି ଉଡ଼ାଇ ଦେବେ। ସେ ପ୍ରତ୍ୟେକ ବିପରୀତ ପରିସ୍ଥିତିରୁ ଖେଞ୍ଚା ପାଇ ଜୀବନରେ ଆଗକୁ ବଢି ଯାଇଛନ୍ତି। ସେସବୁକୁ କେବେ ଭୁଲିବାକୁ ଚେଷ୍ଟା କରି ନାହାନ୍ତି। ତାହାହେଲେ ଏବେ ସେ ନବୀନଙ୍କୁ କାହିଁକି ଭୁଲିବାକୁ ଚେଷ୍ଟା କରିବେ? ତାଙ୍କଠାରୁ ଦୂରେଇ ଯିବା ପାଇଁ ଏହି ସ୍ଥାନକୁ କାହିଁକି ଛାଡ଼ି ପଳାଇବେ? ସିଏ ନଜର ଏ ଅବସର ସମୟରେ ତାଙ୍କଠାରୁ କମ୍ ଭାଗ୍ୟଶାଳୀଙ୍କ ପାଇଁ କାମ କରିବାକୁ ବଦ୍ଧପରିକର। ତେଣୁ ନନ୍ଦିନୀ ଏବେ ସେଇ ଦିଗରରେ ମାତିବେ।

ବୃଦ୍ଧାଶ୍ରମରେ ରହିବା ସତ୍ତ୍ୱେ ନନ୍ଦିନୀ ଅନେକ ସାମାଜିକ କାର୍ଯ୍ୟରେ ଲିପ୍ତରହି ପ୍ରାୟ ମାସେ ହେଲା ସେଇ ମନ୍ଦିର ଆଡ଼େ ଯାଇ ପାରି ନଥିଲେ। ସେଦିନ ସନ୍ଧ୍ୟା ଆଳତୀ ପରେ ନନ୍ଦିନୀ ବେଢାରେ ଟିକିଏ ବସି ପଡ଼ିଲେ। ଶୀତଳ ପବନ ତାଙ୍କ ଶିଥିଳ ଦେହକୁ ଛୁଇଁ ଦେଇ ଆସନ୍ତା କାଲି ପାଇଁ ମନରେ ନୂଆ ଉତ୍ସାହ ଭରି ଦେଉଥିଲା। ସେଇ ସନ୍ଧ୍ୟାରେ ନବୀନଙ୍କ କଥାକୁ ସତ୍ୟ ପ୍ରମାଣିତ କରି ପୁଣି ତାଙ୍କର ନବୀନଙ୍କ ସହ

ଦେଖା ହୋଇ ଯାଇଥିଲା। ଏଥର କିନ୍ତୁ ନନ୍ଦିନୀଙ୍କ ହୃଦ୍ କମ୍ପନ ବଢ଼ି ଯାଇ ନଥିଲା କିମ୍ବା ସେ ବିଚଳିତ ହୋଇ ପଡ଼ି ନଥିଲେ। ସତେ ଅବା ସେ ସ୍ଥିତପ୍ରଜ୍ଞ। କିନ୍ତୁ ନବୀନ ପୂର୍ବ ପରି ଖୁବ୍ ବିଚଳିତ ଥିଲେ।

"ଏଇଠି ବସି ପାରେ କି ?"

"ଆଜ୍ଞା ମୁଁ ଯେମିତି ଏଇଠି ବସିଛି, ସେଇଠି ସେମିତି ଯାହାର ଇଚ୍ଛା ହେବ କିମ୍ବା ସୁବିଧା ହେବ ସେ ବସି ପାରିବ।" ନବୀନଙ୍କର ଔପଚାରିକ ପ୍ରଶ୍ନର ଉତ୍ତର ନନ୍ଦିନୀ ଖୁବ୍ ଅନୌପଚାରିକ ଭାବରେ ଦେଇଥିଲେ। କିଛି ସମୟର ନିରବତା ଭଙ୍ଗ କରି ନବୀନ ଆରମ୍ଭ କଲେ, " ନନ୍ଦିନୀ ମୁଁ ଆଜି ହୃଦୟର ସହ ତୁମକୁ କ୍ଷମା ମାଗୁଛି। ଜାଣିଛି, ଏତେ ବର୍ଷ ପରେ ଏହାର ମୂଲ୍ୟ କିଛି ନାହିଁ।... ତୁମ ଜୀବନରେ ଯାହା କିଛି ଘଟିଲା... ମାନେ ମୁଁ... ମାନେ... ବୋଧେ... ସେତେବେଳେ ସେଇଟା ମୋର ମୁର୍ଖାମୀ... ହେଲେ ତୁମେ..." କେବଳ ବର୍ଦ୍ଧିତ ବୟସ ପାଇଁ ବୋଲି ତ କହି ହେବନି ବରଂ ଅନୁତାପ, ସଂକୋଚରେ ନବୀନଙ୍କ ସ୍ୱର ଚହଲି ଯାଉଥିଲା। ପ୍ରତ୍ୟେକଟି ଶବ୍ଦ ଉଚ୍ଚାରଣ କରିବା ପାଇଁ ସତେ ଅବା ସେ ନିଜ ସହ ସଂଘର୍ଷ କରୁଥିଲେ। ମଳିନ ପଡ଼ି ଯାଇଥିବା ମୁହଁରୁ ଝାଳ ପୋଛୁ ପୋଛୁ ସେ କହିବାକୁ ଚାହୁଁଥିବା ବାକ୍ୟସବୁ ବୋଧେ ଉପଯୁକ୍ତ ଶବ୍ଦ ଅଭାବରୁ ଖଣ୍ଡିଆ ରହି ଯାଉଥିଲେ। ତାଙ୍କ ଦୃଷ୍ଟି ନନ୍ଦିନୀଙ୍କ ଉପରେ ନିବିଦ୍ଧ ଥିଲା। ହେଲେ ନନ୍ଦିନୀଙ୍କ ଶୂନ୍ୟଦୃଷ୍ଟି କୁଆଡ଼େ ଦେଖୁଥିଲା ତାହା ଠଉରେଇବା ଅସମ୍ଭବ ଥିଲା।

"ନା, ଥାଉ ଏ କ୍ଷମା। ଏବେ ଏ କ୍ଷମାର କିଛି ମୂଲ୍ୟ ନୁହେଁ ବରଂ ଆବଶ୍ୟକତା ନାହିଁ।" କିଛି ସମୟର ନିରବତା ପରେ ନନ୍ଦିନୀ ପୁଣି ଆରମ୍ଭ କଲେ, "ସେଦିନ, ମାନେ ବାହାଘର ଦିନ ମୋ ଭାବି ଶ୍ୱଶୁର ଘରକୁ ମୋର ଜଣେ ପ୍ରେମିକ ଥିବା ଅବଗତ କରାଇଥିବା ବ୍ୟକ୍ତିଙ୍କୁ ମୁଁ ପ୍ରଥମରୁ ହିଁ ଜାଣିଥିଲି।" ନନ୍ଦିନୀ ଏତିକି ନୁହେଁ ବରଂ ଆହୁରି ଅନେକ କିଛି କହି ପକାଇବାକୁ ଚାହୁଁଥିଲେ। କିନ୍ତୁ ହେଜିଲେ, ଯାହା ହୋଇଗଲେ ମଧ୍ୟ ସମୟର ଚକ ପଛକୁ ଇଞ୍ଚେ ସୁଦ୍ଧା ଫେରିବ ନାହିଁ। ତେଣୁ ଆଉ ସେଇ ପୁରୁଣା କଥାକୁ ଉଖାରିବେ ପୁଣି କାହିଁକି ?

"ସେଦିନ ସନ୍ଧ୍ୟାରେ ତୁମ ବ୍ୟବହାର ମୋତେ ଖୁବ୍ ବାଧିଥିଲା। ... ମାନେ ଲାଗିଲା ତୁମେ ମୋ ଭଲ ପାଇବାକୁ ପ୍ରତ୍ୟାଖ୍ୟାନ କଲ। ଭୀଷଣ ଅପମାନିତ ବୋଧ କରିଥିଲି। ଚାହିଁଥିଲି ତୁମକୁ ମୁଁ ମଧ୍ୟ ପ୍ରତ୍ୟାଖ୍ୟାନ କରିବି। ହେଲେ ତୁମେ ଆଉ କାହାର ହୋଇଯିବ ତାହା ମୁଁ ସ୍ୱପ୍ନରେ ସୁଦ୍ଧା ସହିବାକୁ ଅକ୍ଷମ ଥିଲି। ତେଣୁ ବରଘରକୁ... ଭାବିଥିଲି... ସେଦିନର ଘଡ଼ିସନ୍ଧି ମୂହୁର୍ତ୍ତରେ ତୁମେ ମୋ ଆଡ଼କୁ ସାହାଯ୍ୟ ପାଇଁ ହାତ

ବଢ଼ାଇବ। ଆଉ ତୁମେ ଯେଉଁ ବାହୁ ବନ୍ଧନକୁ ଛାଟି ଦେଇ ଚାଲି ଯାଇଥିଲ ସେଇ ବାହୁ ତୁମକୁ କୋଳେଇ ନେବ ତା' ଚିରନ୍ତନ ପ୍ରେମରେ ଘୋଡ଼ାଇ ରଖିବାକୁ..."

"କିଏ କାହିଁକି ସେଇ ପ୍ରେମ ପାଖରେ ସାହାଯ୍ୟ ଭିକ୍ଷା କରିବ ଯାହା ତା'ର ପ୍ରାପ୍ୟ ନୁହେଁ ବରଂ କାହାର ଦୟା ସ୍ୱରୁପ? ପ୍ରାପ୍ୟ ଆପେ ମିଳିଥାଏ। ଭିକ୍ଷା କରିବାକୁ ପଡ଼େନି। ସେଦିନ ସେଇ ପରିସ୍ଥିତିରେ ମୋତେ ବାହା ହୋଇ ଲୋକଙ୍କ ଆଗରେ ମୋର ଓ ମୋ ଘରଲୋକଙ୍କ ସମ୍ମାନର ତ୍ରାଣକର୍ତା ସାଜି ତୁମେ ସୁନାମ ନେଇଥା'ନ୍ତ। କିନ୍ତୁ ମୋ ଚରିତ୍ରର କାଳିମା କ'ଣ ପୋଛି ହୋଇ ଯାଇଥା'ନ୍ତା? ହଁ, ଯଦି ତୁମେ ସେମିତି କୁତ୍ସାରଟନା କରିଛ ବୋଲି ସମସ୍ତଙ୍କ ସାମ୍ନାରେ ସ୍ୱୀକାର କରିଥା'ନ୍ତ ତେବେ କଥା ଅଲଗା ହୋଇଥା'ନ୍ତା। ତୁମ ଅହଂକୁ ଜିତାଇବାକୁ ଯାଇ ମୋ ଜୀବନ ଯେଉଁ ନର୍କ ଦେଇ ଗତି କରିଛି ତାହା କ'ଣ ବଦଳି ଯିବ? ଛାଡ଼, ମୁଁ ସେ ସବୁକୁ ବହୁ ପଛରେ ଛାଡ଼ି ଆସିଛି। ମୋ ସଂଘର୍ଷର ପ୍ରତିବଦଳରେ ଭଗବାନ ମୋତେ ଅନେକ କିଛି ଓ ମୋ ଲୋରିକୁ ମୋତେ ଦେଇଛନ୍ତି। ଜୀବନର ସବୁ ଦୁଃଖକୁ ପଛରେ ପକାଇ ସେବୁକୁ ସମ୍ବଳ କରି ମୁଁ ଆଗେଇ ଆସିଛି। ତୁମେ ମଧ୍ୟ ତୁମ ଜୀବନରେ ଅନେକ କିଛି ପାଇଥିବ, ଅନେକ କିଛିକୁ ଧରି ଆଗେଇଥିବ।" ନନ୍ଦିନୀ କିଛି କହିବାକୁ ଚାହୁଁ ନଥିବା ସତ୍ତ୍ୱେ ହୃଦୟ ଗଭୀରତାରେ ଅଳନ୍ଧୁ ଲାଗିଯାଇଥିବା ବେଦନାରୁ କିଛି ଶବ୍ଦରେ ବିସ୍ଫୋରିତ ହୋଇ ବାହାରି ଆସିଥିଲା।

ରାତି ହୋଇ ଯାଇଥିଲା। ଆଉ ରାତ୍ରିଭୋଜନର ଘଣ୍ଟି ବାଜି ଉଠିଲା। ନନ୍ଦିନୀ ଡାଇନିଂ ହଲ୍ ଆଡ଼େ ପାଦ ବଢ଼ାଇଲେ। ସତରେ, ନନ୍ଦିନୀଙ୍କ ବିଗତ ଜୀବନର ସଂଘର୍ଷକୁ ଯେତେ ଚେଷ୍ଟା କଲେ ମଧ୍ୟ ନବୀନ ବଦଳାଇ ପାରିବେନି। ହେଲେ ଭବିଷ୍ୟତ....??? ନବିନଙ୍କ ଦୃଢ଼ ବିଶ୍ୱାସ, କାଲି ସକାଳେ ସୂର୍ଯ୍ୟ ତା' ସୁନେଲି କିରଣରେ ପୁଣି ଜଗତରକୁ ନିଜ ରଙ୍ଗରୁ ଭିନ୍ନ ନୂଆ ଏକ ଉଜ୍ଜ୍ୱଳ ରଙ୍ଗରେ ରଙ୍ଗେଇ ଦେବ।

■

ଖଜୁରୀ ଗଛର ଛାଇ

ରବି ପାର୍ସଲ ଉପରେ ଲେଖା ଠିକଣାକୁ ପଢି ଯଥାସ୍ଥାନରେ ରଖିଦେଲେ। ଆହୁରି ଅନେକ ଡାକ ଚଟାଣରେ ଗଦା ହୋଇ ପଡ଼ିଛି। ସୁଦାମ ଓ ଜଗା ସହ ମିଶି ସେଇ ଡାକସବୁକୁ ସର୍ଟିଂ କରି ଠିକ୍ ଯାଗାରେ ରଖିବାକୁ ହେବ। ଠିକଣା ପଢାରେ ଟିକିଏ ଏପାଖ ସେପାଖ ହେଲେ କଥା ସରିଲା। ଏଥି ପାଇଁ ହୁଏତ ଗ୍ରାହକ ହେଉ କି ପ୍ରେରକ ହେଉ ଅଡୁଆରେ ପଡ଼ିଯିବେ। ଏଇ କଥା ମନକୁ ଆସିଲେ ରବି ଶିହରି ଉଠନ୍ତି। ତାଙ୍କ ଭିତରଟା ଆଶଙ୍କାରେ ଅଡୁଆ ହୋଇଯାଏ। କିନ୍ତୁ ନା, ତାଙ୍କ ଅଭ୍ୟସ୍ତ ମସ୍ତିଷ୍କ ଦ୍ୱାରା ସେମିତି କିଛି ଭୁଲ୍ ହେବାର ସମ୍ଭାବନା ନଥାଏ। ଦୀର୍ଘ ତିରିଶି ବର୍ଷର ଅଭିଜ୍ଞତା। ଏଇତ ଆଉ ହାତଗଣତି ଦିନ କେଇଟା ଗଲେ ସେ ଚାକିରୀରୁ ଅବସର ନେବେ। ଦିନ ଆସି ୩ଟା ହେଲାଣି। ରବି ତାଙ୍କ ଡାକମୁଣି ଧରି ସାଇକେଲ୍ ଗଡ଼ାଇଲେ ଡାକ ବାଣ୍ଟିବା ପାଇଁ।

ଘରକୁ ଫେରି ତାଙ୍କ ଝାଳୁଆ ଖାକି ସାର୍ଟକୁ କାନ୍ଥରେ ଟଙ୍ଗାଇ ଦେଲେ। ରବିବାର ସେଇଟା ସଫା କରିବେ। କୋଠରୀର ଏକମାତ୍ର ଆସବାବପତ୍ର ସେଇ ଖଟିଆ ଉପରେ ବସି ପଡ଼ିଲେ ପଙ୍ଖାକୁ ଫୁଲ୍ ସ୍ପିଡ୍‌ରେ ଚଲାଇ ଦେଇ। ଦୀର୍ଘ ୩୦ ବର୍ଷ ଚାକିରୀ କାଳରେ ଆଜି ତାଙ୍କୁ ଖୁବ୍ ହାଲୁକା ଲାଗୁଛି। ରବି ଧୁଆଁଧୁଇ ହୋଇ ଷ୍ଟୋଭ୍‌ରେ ଚା' ବସାଇଲେ। କାହିଁ ଏକ ମାନ୍ଧାତା ଅମଳର ଗୀତଟେ ଗୁଣ ଗୁଣେଇଲେ। 'ଓଃ ! ଚା' ଉତୁରି ଷ୍ଟୋଭ୍ ଲିଭି ଗଲାଣି।' ପ୍ରକୃତିସ୍ଥ ହେଲେ ରବି। ବଳକା ଚା' କୁ ଧରି ବାରଣ୍ଡାରେ ଯାଇ ବସିଗଲେ ଠିକ୍ ତାଙ୍କ ପରି ଜଳୁଥିବା ସୂର୍ଯ୍ୟକୁ ଅନାଇ। ସେ ଆଶ୍ୱସ୍ତ। ଆଜି ସେ ସର୍ଟିଂ କରିଥିବା ଡାକ ଭିତରୁ ଗୋଟିଏ ମଧ୍ୟ ନିଜସ୍ୱ ଚିଠି ନଥିଲା। ଥିଲା, କିଛି ସରକାରୀ ଚାକିରୀ ଆବେଦନ, ଇନ୍‌ସୁରାନ୍ସ କାଗଜ ଆଉ ଏମିତି କିଛି । 'ଭଲ ହେଲା, ଆଜିର ଏ ମୋବାଇଲ୍ ଯୁଗରେ ଆଉ କିଏ କାହାକୁ

ଚିଠି ପଠାଉଛି ? ତାଙ୍କ ଜମାନା ଆଉ ନାହିଁ। ସବୁ ଆଡ଼କୁ ଗାଡ଼ିମଟର। ଯିଏ ଯେତେବେଳେ ଯୁଆଡ଼େ ଚାହିଁଲା ସେଇଠିକୁ ସର୍ କରି ପଳାଇବ। ହେଲେ ସେ କ'ଣ କେବେ ଯାଇ ପାରିଛନ୍ତି ?'

ସିନ୍ଦୁରା ସୁନେଲି ମେଘ ସବୁକୁ ଟପି ପକ୍ଷୀମାନେ ଡ଼େଣା ପିଟି ପିଟି ଫେରୁଥିଲେ ସବୁ ନିଜ ନିଜ ନୀଡ଼କୁ। ରବିଙ୍କ ମନ ମଧ୍ୟ ସେଇ ପକ୍ଷୀମାନଙ୍କ ସହ ଘରମୁହାଁ ହେବାକୁ ଆନମନା ହେଲା। ଆଶ୍ଚର୍ଯ୍ୟ ହେଲେ, 'ଘର ! ଏସବୁ ଏଡ଼େ ଟିକେ ଟିକେ ଜୀବ। ସେଥିରେ ପୁଣି କ'ଣ ଏମାନଙ୍କର ନିଜସ୍ୱ ଗୋଟେ ଗୋଟେ ଘର ଥିବ !'

ରବି ମନେ ପକାଇବାକୁ ଚେଷ୍ଟା କଲେ ତାଙ୍କ ଘର କଥା। ଘର ବୋଇଲେ ସେ ଯାହାକୁ ବିଗତ ୫୦ ବର୍ଷ ହେଲା ଦେଖି ଆସୁଛନ୍ତି ସେଇଟା ଏଇ ବଖୁରିଆ ଆଜବେଷ୍ଟସ୍ ଘର, ଆଗରେ ଏ ଛୋଟ ବାରଣ୍ଡା। କେତେ ବୟସ ହୋଇଥିବ ତାଙ୍କୁ ସେ ଯେତେବେଳେ ଏଇ ଘରକୁ ଆସିଥିଲେ ? ଆଙ୍ଗୁଠି ଉଠାଇ ହିସାବରେ ଲାଗି ପଡ଼ିଲେ ରବି।

ହଁ, ବୋଧେ ୮/୯ ବର୍ଷ ହୋଇଥିବ। କକେଇ କହୁଥିଲେ ସେ ଖୁବ୍ ଛୋଟ ଥିବା ବେଳେ ମା' ଛେଉଣ୍ଡ ହୋଇ ଯାଇଥିଲେ। ତାଙ୍କର ସେମିତି କିଛି ମନେ ତ ନାହିଁ। ହେଲେ ଗୁଡ଼େଇ ତୁଡ଼େଇ ହୋଇ ଯାଇଥିବା ନିଜ ଜନ୍ମଗାଥାକୁ ସଜାଡ଼ିଲା ବେଳକୁ ଏଇ କକେଇଙ୍କ କଥା ମନକୁ ଆଣିବାକୁ ହୁଏ। କାରଣ ତାଙ୍କ କଥାସବୁ ବୋଧେ ଠିକ୍। 'ଓଃ ! ପୁଣି ସେଇ ବୋଧେ। ଏପର୍ଯ୍ୟନ୍ତ ତାଙ୍କ ଜୀବନଟା ସେଇ ବୋଧେ ବୋଧେରେ ହିଁ ଚାଲିଛି।'

ସେଇ ଗାଁ ଦାଣ୍ଡରେ ଶେଷ ଭୋଜିଖିଆ ଦିନର କଥା ଏବେ ତାଙ୍କର ଝାପସା ମନେପଡ଼େ। ପେଟ୍ରୋମାକ୍ସ ଆଲୁଅରେ ଉଦ୍‌ଭାସିତ ଗାଁ ଦାଣ୍ଡରେ କାହା କୋଳରେ ସେ ଗେଞ୍ଜି ହୋଇ ବସି ଭୋଜି ଖାଇଥିଲେ। ପରେ ଦିନତମାମର ଖେଳକୁଦରେ ହାଲିଆ ହୋଇ ଶୋଇ ଯାଇଥିଲେ। ନିଦରେ କେହି ଜଣେ ତାଙ୍କୁ ଟେକି ନେଇ ଉଠାଇ କହୁଥିଲା, "ଆରେ ଉଠେ ଉଠେ। ଦେଖେ ଦେଖେ...।"

ଏବେବି ରବି ସେତେବେଳ କଥା ଭାବି ଆଶ୍ଚର୍ଯ୍ୟ ହୁଅନ୍ତି, 'ଏତେ ଯୋର୍‌ରେ ବାଜା, ଶଂଖ, ହୁଳହୁଳି ଶବ୍ଦରେ ସେ କେମିତି ଏତେ ଗାଢ ନିଦରେ ଶୋଇଥିଲେ !' ଭିଡ଼ ଭିତରୁ କେହି ଜଣେ ତାଙ୍କୁ ଭିଡ଼ି ନେଇ ଜଣଙ୍କ କୋଳରେ ଛାଡ଼ି ଦେଇଥିଲା। କାନରେ ତାଙ୍କର ପଡ଼ିଥିଲା, "ନେ, ତୋ ପୁଅକୁ ଆଜିଠୁ ତୁ ସମ୍ଭାଳେ। ଯେମିତି ପାଳିବୁ ସେମିତି ଚଳିବ। ତୋ ହାତଟେକା ତୋରାଣିକୁ ଅନେଇଥିବ..." କିଛି ଗାଁ ମାଇପିଙ୍କ ସକ ସକ ମଧ୍ୟ ରବି ଶୁଣି ପାରୁଥିଲେ। ଆଲୁରୁ ବାଲୁରୁ ହୋଇ ନିଦ ମଳ

ମଳ ଆଖିରେ ଦେଖିଲେ ଲୁଗାରେ ଢାଙ୍କି ହୋଇ କେହି ଜଣେ ତାଙ୍କୁ କୋଳ କରି ଥିଲେ। ଓଢ଼ଣାଟା ଘୋଷାଡ଼ି ଆଣୁ ଆଣୁ ତାଙ୍କ ହାତ ଧରି ଅଟକାଇ ଦେଇଥିଲେ ଏଇ ରେବତୀ ଖୁଡ଼ୀ। ପରେ ଜାଣିଲେ ତାଙ୍କ ବାପା କାଳେ ତାଙ୍କ ପାଇଁ ଏଇ ନୂଆ ମା'କୁ ଆଣିଥିଲେ।

ସେଇ ନୂଆ ମା' ଦେଖିବାକୁ କିପରି ରବି ଏବେ ମଧ୍ୟ ମନେ ପକାଇ ପାରନ୍ତିନି। ତାଙ୍କ ଦିନ କଟେ ଗାଁ ଦାଣ୍ଡ ଧୂଳିଖେଳା, ସ୍କୁଲ୍ ଯିବା ଇତ୍ୟାଦିରେ। ଆଉ ରାତି କଟେ ଜେଜେ ମା'ର କୋଳ ଓ ଉଷୁମୁଳିଆ ପଣତ କାନିରେ। ସେ ହିଁ ବୁଝନ୍ତି ତାଙ୍କର ସବୁକଥା। ସ୍କୁଲ୍ ସମୟ ହୋଇ ଗଲେ ନିଜ ଶିଥିଳ ହାତରେ ତାଙ୍କୁ ଘୋଷାଡ଼ି ନିଅନ୍ତି ଗାଁ ବଡ଼ ପୋଖରୀକୁ ଗାଧେଇବା ପାଇଁ। ନିଜ ହାତରେ ମୁଣ୍ଡ କୁଣ୍ଡାଇ ଦିଅନ୍ତି, ଖୁଆଇ ଦିଅନ୍ତି। ଆଉ ତାଙ୍କ ଅଝଟ ପାଦକୁ ସ୍କୁଲ୍ ପର୍ଯ୍ୟନ୍ତ କେତେ ମନଭୁଲା କଥା କହି ପହଞ୍ଚାଇ ମଧ୍ୟ ଦିଅନ୍ତି।

ତାଙ୍କର ଦୁନିଆରେ କେବଳ ଜେଜେ ମା' ଆଉ ଜେଜେ ମା'। ତେଣୁ ମା' ବୋଇଲେ ଯେଉଁ ଛବିଟି ଏବେ ରବିଙ୍କର ମାନସପଟକୁ ଆସେ ତାହା ଏକ ଟଙ୍କିକିଆ ସିନ୍ଦୁର ଟୋପା ଲଗାଇ, ମୁଣ୍ଡରେ ଓଢଣା ପକାଇ, ହାତରେ ଦି' ମୁଠା ଲେଖାଏଁ କାଚ଼ଚୁଡ଼ି ପିନ୍ଧି, ପାଉଁଜି ଝଣ ଝଣ ଶବ୍ଦ କରି ରୋଷେଇଶାଳ, ଅଗଣା କିମ୍ବା ଗୁହାଳରେ ନସର ପସର ହେଉଥିବା ସ୍ତ୍ରୀ ଲୋକଟି।

ସେଇ ବାଳୁତ ବେଳେ କାହିଁ କେଜାଣି ରବି ତାଙ୍କ ଘରେ ସେଇ ମା' ନାମକ ବ୍ୟକ୍ତିର ଉପସ୍ଥିତିକୁ ଜମା ଗୁରୁତ୍ୱ ଦେଇ ନଥିଲେ। ଅବଶ୍ୟ ସେତେବେଳେ ତାଙ୍କୁ କେତେ ବା ବୟସ ହୋଇଥିବ? ବୋଧେ ୫ କି ୬। ଦିନ କେମିତି ଗଡ଼ି ଯାଉଥିଲା ରବିଙ୍କର ତ ମନେ ନାହିଁ, ହେଲେ ଯେଉଁଦିନ ଜେଜେ ମା' ଆରପାରିକୁ ଚାଲିଗଲା ସେଇଦିନଟି ତାଙ୍କ ମାନସପଟରେ ଖୋଦେଇ ହୋଇ ରହିଯାଇଛି।

ସେତେବେଳେ ସେ ଦ୍ୱିତୀୟ କି ତୃତୀୟ ଶ୍ରେଣୀରେ ପଢୁଥିଲେ। କେହିଜଣେ ଆସି ଅବଧାନଙ୍କ ଅନୁମତି ନେଇ ସ୍କୁଲ୍ ଅଧାରୁ ରବିଙ୍କୁ ଘରକୁ ନେଇ ଆସିଥିଲେ। ବାଟସାରା ସାଙ୍ଗରେ ଆସୁଥିବା ଲୋକଟି ଥିଲା ସମ୍ପୂର୍ଣ୍ଣ ଚୁପ୍। ହେଲେ ସ୍କୁଲ୍ ଅଧାରୁ ଘରକୁ ଆସୁଥିବାରୁ ରବି ଥିଲେ ଖୁବ୍ ଖୁସି। କେତେଥର ସେ କେତେ କ'ଣ ବାହାନା କରନ୍ତି ସ୍କୁଲ୍ ଅଧାରୁ ଘରକୁ ଆସିବା ପାଇଁ। ହେଲେ ଅବଧାନେ କେବେ ଛାଡ଼ନ୍ତି ନାହିଁ। ଦୈବାତ କେବେ ଯଦି ସେଥିରେ ସଫଳ ହୁଅନ୍ତି କେମିତି କେଜାଣି କେଉଁଠୁ ଜେଜେ ମା' ଏହାର ଟେର୍ ପାଇଯାଏ। ଯେଉଁ ତୋଟା ବା ପଡ଼ିଆରେ ଥିଲେ ବି ସେଠାରେ ପହଞ୍ଚିଯାଏ। ସକାଳ ବେଳା ସ୍କୁଲ୍ ଛାଡ଼ିଲା ବେଳେ କେତେ ଗେଲବସର

କଥା କହୁଥାଏ। ହେଲେ ସେତିକି ବେଳକୁ ହାତରେ ଛାଟଖଣ୍ଡେ ଧରି ରବିଙ୍କୁ ଗୋଡ଼ାଇ ନେଇ ପୁଣି ଅବଧାନଙ୍କ ଜିମା ଛାଡ଼ି ଆସେ। ଏଇ କଥା ମନେ ପଡ଼ିଲା ବେଳକୁ ଶଙ୍କିଯାଇଥିଲେ ବାଳୁତ ରବି, 'ଏଇଥର ପୁଣି ଜେଜେମା' ତାଙ୍କୁ ଅବଧାନଙ୍କ ଜିମା ଦେଇଯିବନି ତ ?'

ଘର ପାଖେଇ ଆସିବା ବେଳକୁ ତାଙ୍କ ଦୁଆରେ ଅନାବଶ୍ୟକ ଗହଳି ଏକାଠି ହୋଇଥିବାର ତାଙ୍କ ଆଖିରେ ପଡ଼ିଥିଲା। କିଛି ଦୂରରୁ ରହି ରହିକା କାନ୍ଦଣା ଶୁଭୁଥିଲା। ଦେଖିଲେ ଦାଣ୍ଡଘର ଚଟାଣ ମଝିରେ ମଶିଣା ଉପରେ ଜେଜେମା' ଶୋଇଥିଲା। ବାପା ତାଙ୍କ ମୁଣ୍ଡ ପାଖରେ ମୁଣ୍ଡପାତି ବସିଥିଲେ। ତାଙ୍କୁ ଦେଖି ବାପା ସେମିତି ତଳକୁ ମୁଣ୍ଡ କରି ତାଙ୍କୁ ଖୁବ୍ ଯୋର୍‌ରେ ଜାବୁଡ଼ି ଧରିଥିଲେ। ଏବେ ରବି ଭାବୁଛନ୍ତି ସେଦିନ ତଳକୁ ମୁଣ୍ଡ କରି ବାପା ବୋଧେ କାନ୍ଦୁଥିଲେ। ସେଠାରେ ଉପସ୍ଥିତ କିଛି ଲୋକ ରବିଙ୍କ ମୁଣ୍ଡରେ ଅନାବଶ୍ୟକ ଭାବେ ହାତ ବୁଲାଇ ଆଣି ଆହା ଆହା, ଚୁ ଚୁ କରୁଥିଲେ। ଯାହାକି ତାଙ୍କୁ ଖୁବ୍ ଅସହଜ ମନେ ହେଉଥିଲା। ପରେ ପରେ ଲୋକେ ଜେଜେ ମା'କୁ ବୋହି ନେଇଥିଲେ ଗାଁ ମଶାଣିକୁ। ରବି ମଧ୍ୟ ଚାହିଁଥିଲେ ଦଉଡ଼ି ଯିବାକୁ ଜେଜେମା' ପଛରେ। ହେଲେ ସେ ଦଉଡ଼ି ଯାଇ ପାରି ନଥିଲେ। ସତେଅବା ତାଙ୍କ ପାଦ ଭୂଇଁରେ ପୋତି ହୋଇ ଯାଇଥିଲା।

ଜେଜେମା' ର କର୍ମକାଣ୍ଡ ପାଇଁ ବେଶ୍ କିଛିଦିନ ପାଇଁ ଘରେ ଗହଳ ଚହଳ ଲାଗି ରହିଲା। ବାଳୁତ ରବି ହଜି ଯାଉଥିଲେ ସେଇ ଗହଳ ଚହଳ ଭିତରେ। ହେଲେ ଭିତରଟା କେମିତି ଗୋଟେ ଖାଁ ଖାଁ ଲାଗୁଥିଲା। ଆଗରୁ କେମିତି କେମିତିରେ କଟି ଯାଉଥିବା ତାଙ୍କ ଦିନଗୁଡ଼ିକ ଆଉ କଟୁ ନଥିଲା। ସକାଳଟା ଲମ୍ବି ଯାଉଥିଲା ସ୍କୁଲ୍ ସମୟ ଯାଏଁ। ଆଉ ସ୍କୁଲ୍ ସମୟ ମଧ୍ୟ ଅନୁରୂପ ଭାବେ ଲମ୍ବି ଯାଉଥିଲା ପାଦ ଘୋଷାଡ଼ି ଘରେ ପହଞ୍ଚିବା ଯାଏଁ। ଦିନ ତ କଟୁ ଥିଲା ବେଶ୍ ମନ୍ଥର ଗତିରେ। ହେଲେ ନିଦ ହଜି ଯାଇଥିବା ଆଖିରେ ରାତି ଜମା କଟୁ ନଥିଲା। ସେହି ଦୀର୍ଘ ରାତି ଗୁଡ଼ିକରେ ରବି ଖୋଜି ହେଉଥିଲେ ଜେଜେ ମା'ର ସେଇ ହାଡୁଆ ଦେହର ଉଷ୍ମତା, ସେଇ ଉଷୁମୁଳିଆ ଲୁଗାର ବାସ୍ନା। ଏବେ ତାଙ୍କୁ ଖାଇବା ବାଢ଼ି ଦେଉଥିଲେ ମା' ନାମକ ସେଇ ମଣିଷଟି। ଜେଜେମା' ଥିଲା ବେଳେ ରବିଙ୍କୁ ସମୟ ନଥିଲା ସେଇ ନୂଆ ମା'କୁ ଦେଖିବା ପାଇଁ। ଆଉ ଏବେ, ତାଙ୍କ ଇଚ୍ଛା ନଥିଲା ଖାଇଲା ବେଳେ ଥାଳିରୁ ମୁହଁ ଉଠାଇ ସେଇ ନୂଆ ମା'କୁ ଦେଖିବା ପାଇଁ।

ଜେଜେମା'ର ପ୍ରଥମ ଶ୍ରାଦ୍ଧ ବାର୍ଷିକୀ ପରେ ପରେ ଦିନେ ବାପା ତାଙ୍କୁ ଜଣାଇ ଦେଇଥିଲେ ଯେ ସେ ତାଙ୍କ ଗାଁର ଶଙ୍କର କକେଇ (ସେ ତ ନିଜର କେହି ନୁହେଁ।

ଅନ୍ୟ ଏକ ଖଞ୍ଜାର। ହେଲେ ଗାଁରେ ଡକାଡକିରେ କକେଇ। ସେ ଏଇ ସହରର ଏଇ ଛୋଟ ଡାକଘରେ ଡାକ ପିଅନ ଥିଲେ।) ଙ୍କ ସହ ସହରରେ ଯାଇ ରହିବେ। ସେତେବେଳେ ତାଙ୍କର କିଛି ପ୍ରତିକ୍ରିୟା ନଥିଲା। ମଗଜ ଥିଲା ସମ୍ପୂର୍ଣ୍ଣ ଶୂନ୍ୟ।

ନିଜର କିଛି ଜିନିଷକୁ ଟିଣ ବାକ୍ସରେ ଧରି ବାପାଙ୍କ ସହ ଘରୁ ଗୋଡ଼ କାଢ଼ିଥିଲେ। ଗାଁର କିଛି ମାଇପେ ତାଙ୍କୁ ବିଦାୟ ଦେବା ପାଇଁ ବୋଧେ ତାଙ୍କ ଘରକୁ ଆସିଥିଲେ। ଗାଁ ମାଇପେଙ୍କର କିଛି ଫୁସ୍ ଫାସ୍ ରବିଙ୍କ କାନରେ ପଡ଼ୁଥିଲା। ହେଲେ ସେସବୁକୁ କାନେଇବାର ତାଙ୍କର କୌଣସି ଆଗ୍ରହ ମଧ୍ୟ ନଥିଲା। ହେଲେ ଏବେ ଲାଗୁଛି ...। ହଠାତ୍ ଅପ୍ରତ୍ୟାଶିତ ଭାବରେ ସେଇ ନୂଆ ମା' ତାଙ୍କୁ ଟାଣି ଆଣି ଛାତିରେ ଚାପି ଧରି କାନ୍ଦିଥିଲେ ଓ କପାଳରେ ତାଙ୍କର ଅଜସ୍ର ଚୁମା ଆଙ୍କି ଦେଇଥିଲେ। ଚକିତ ହୋଇ ପଡ଼ିଥିଲେ ରବି, 'ଯାହା ସହ ସେ ଥରେ ଅଧେ ବୋଧେ କଥା ହୋଇଥିବେ, ସେ ତାଙ୍କୁ ଏପରି ଧରି କାନ୍ଦିବା, ବୋକ ଦେବାର କାରଣ କ'ଣ?'

ନିଜ ପ୍ରଶ୍ନର ଉତ୍ତର ଖୋଜି ପାଇବା ଆଗରୁ ସେମାନେ ପହଞ୍ଚି ଯାଇଥିଲେ ଏଇ ଶଙ୍କର କକେଇଙ୍କ ଘର ଦୁଆର ମୁହଁରେ। କକେଇ ଯିବା ପାଇଁ ପ୍ରସ୍ତୁତ ହୋଇ ସାରିଥିଲେ। ସେତିକି ବେଳେ ଦୁଆରବନ୍ଧ ସେପଟେ ମୁଣ୍ଡରେ ଓଢ଼ଣା ଦେଇ ଠିଆ ହୋଇଥିବା ରେବତୀ ଖୁଡ଼ୀ ରବିଙ୍କୁ ଘର ଭିତରକୁ ଆସିବାକୁ ଇସାରା କରିଥିଲେ। ରବି ଯନ୍ତ୍ରବତ୍ ଭିତରକୁ ଯାଇଥିଲେ। ଖୁଡ଼ୀ ତାଙ୍କ ହାତ ଧରି ପକାଇ କହିବାକୁ ଲାଗିଲେ, "ରବି, ତୁମେ ତ ଜାଣ କକେଇ ତୁମର ସହରରେ ଏକା ରହୁଛନ୍ତି। ପୁଅ କିଏ, ପୁତୁରା କିଏ? କକେଇ କାମରୁ ଘରକୁ ଫେରିଲେ ତାଙ୍କୁ ଦି' ମୁଠା ଫୁଟେଇ ଖାଇବାକୁ ଦେବ। ତାଙ୍କ ଦେହ ପା'ର ଯତ୍ନ ନେବ...।" କିଛି ବୁଝି ନପାରିବା ସତ୍ତ୍ୱେ ରବି ମୁଣ୍ଡ ଟୁଙ୍ଗାରୁଥିଲେ। 'ଆଗେ ସ୍କୁଲ୍ ହତାରୁ ବସ୍‌କୁ ଦେଖି ରବି କେତେ ହାତ ହଲାଉ ଥିଲେ। ପାଠ ପଢ଼ି ବଡ଼ ମଣିଷ ହେଲେ ବସ୍‌ରେ ବସି ବିଦେଶ ଯିବେ ବୋଲି ଜେଜେମା' କହିଲା ବେଳେ ସେ କେତେ କ'ଣ ସ୍ୱପ୍ନ ଦେଖୁ ଥିଲେ। ହେଲେ ଏବେ...।' ରବି ଜୀବନରେ ପ୍ରଥମ ଥର ପାଇଁ ବସ୍‌ରେ ଚଢ଼ି ଏ ସହରକୁ ଆସିଛନ୍ତି ତ ଆସିଛନ୍ତି।

"ରବି ଭାଇ କ'ଣ ତୁମ ଘରେ ଲାଇନ୍ ଫାଇନ୍ ଖରାପ ଅଛି ନା କ'ଣ? ଏମିତି ଅନ୍ଧାରରେ ବସିଛ ଯେ? ଚାଲିଲ ଦେଖିବା କେଉଁଠି କ'ଣ ହେଇଛି?" ସୁଦାମ ଡାକରେ ରବି ଘର ଭାବନାର ଅଡୁଆ ସୂତାକୁ ସଜାଡୁ ସଜାଡୁ ପୁଣିଥରେ ଗଣ୍ଠି ପଡ଼ିଗଲା।

ରବି ଦେଖିଲେ କେତେ ବେଳୁ ପଶ୍ଚିମ ଆକାଶରେ ସୂର୍ଯ୍ୟ ଲୁଚିଯାଇ ଅନ୍ଧାର

ଲେସି ହୋଇ ଆସିଲାଣି ତାଙ୍କୁ ହୋସ୍ ନାହିଁ। ଆଉ ସେଇ ମୁହଁ ଅନ୍ଧାରରେ ତାଙ୍କ ଆଗରେ ସୁଦାମ ଉଭା। "ଆରେ ନାଇଁ ଭାଇ, ଏମିତିରେ ଏଇଠି ବସୁ ବସୁ ବସି ପଡ଼ିଥିଲି। ଲାଇଟ୍ ଜାଳିବାକୁ ମନେ ନାହିଁ। ହଁ, ଏକା ମଣିଷ, ଘରେ ଆଲୁଅ ନ ଜାଳିଲେ ମୋର କୋଉ ପିଲା କାନ୍ଦୁଛି? ହେଉ ଆସେ। ଭିତରକୁ ଆସେ।" କହୁ କହୁ ରବି ଉଠିଗଲେ ଭିତରକୁ ଆଲୁଅ ଜାଳିବା ପାଇଁ ଓ ତାଙ୍କ ପଛେ ପଛେ ସୁଦାମ।

"ଭାଇ, ତୁମେ ଜୀବନରେ ଭୁଲ୍ ନିଷ୍ପତ୍ତିଟେ ନେଇଗଲ। ଘର ସଂସାର କରିଥିଲେ ଏଇ ପରିଣତ ବୟସରେ ତୁମ ଦେହ ପା' ର ଯତ୍ନ ନେବା ପାଇଁ, ସୁଖ ଦୁଃଖ ବାଣ୍ଟିବାକୁ କେହି ଜଣେ ତ ପାଖରେ ଥା'ନ୍ତା। ଏବେ ତୁମେ ସମ୍ପୂର୍ଣ୍ଣ ଏକା ହୋଇ ଯିବ ଯେ!"

"କାହିଁ ତୁମେମାନେ କ'ଣ ମୋର କେହି ନୁହଁ? ମୁଁ କ'ଣ ତୁମ ଉପରେ ଏତିକି ଭରସା କରି ପାରିବିନି?"

"ଆରେ ନା, ନା ଭାଇ। ଏ କି କଥା କହି ଦେଲ? ତୁମେ ଦେବ ପ୍ରତିମ ଲୋକ। ଆମ ଜୀବନର ପ୍ରତିଟି ପଦକ୍ଷେପରେ ତୁମର ଅକୁଣ୍ଠ ସାହାଯ୍ୟ ସହଯୋଗ ପାଇଛୁ।" ସୁଦାମଙ୍କ ଆଖି ଛଳ ଛଳ ହୋଇ ଆସିଲା। ସେ କୋହ ଢୋକିଦେଇ କହିଲେ, "ଭାଇ ତୁମେ ତ ଆମକୁ ପର ଭାବୁଛ। ହଜାରେ ଡାକିଲେ କେବେ କେମିତି ଆମ ଘରେ ପାଦ ପକେଇବ। ହେଉ ହେଉ ମିନି ଆପଣଙ୍କ ପାଇଁ କ'ଣ ସବୁ ପଠାଇଛି।"

"ବଡ଼ବାପା, ବାପା ଏବେ ଆସୁଛି ତତେ ଗଣିତ ବୁଝାଇ ଦେବି କହି କେତେ ସମୟ ହେଲା ତୁମ ପାଖରେ ଗପୁଛନ୍ତି ଦେଖତ।" ସୁଦାମର ପୁଅ ଅରୂପ ତାଙ୍କ ବାରଣ୍ଡାରୁ ଡାକ ଛାଡ଼ିଲା।

"ଆହା ସତେ ଯେମିତି ତୋର ଗଣିତ ପଢିବାକୁ ଭାରି ଇଚ୍ଛା ଥିଲା..."

"ହଁ ପରା ସେଇଥି ପାଇଁ ତୋ ବାପା ମୋ ଭଳି ପଣ୍ଡିତ ପାଖକୁ ସେଇ ଗଣିତ ବୁଝିବା ପାଇଁ ଆସିଥିଲା।" ରବିଙ୍କ କଥାରେ ତିନିହେଁ ହସି ଉଠିଥିଲେ।

ସୁଦାମ ଫେରିଗଲା ପରେ ରବି ସମୟ ଦେଖିଲେ। ୧୦.୧୫, ହଁ ବେଶ୍ ରାତି ହୋଲାଣି। ମିନି ପଠାଇଥିବା ଟିଫିନ୍ ଖୋଲି ଖାଇ ବସିଲେ। ଟିଫିନ୍‌ରେ ଥିଲା କେଇଖଣ୍ଡ ପୁରି, ବୁଟଡ଼ାଲି କଖାରୁ ତରକାରୀ ଓ କ୍ଷିରୀ। ଆଜି ବୋଧେ କିଛି ପର୍ବ ପର୍ବାଣୀ ଥିଲା। ଆତ୍ମସନ୍ତୋଷରେ ସେତକ ଖାଇ ରବି ଖଟିଆରେ ଗଡ଼ି ପଡ଼ିଲେ। 'ସତରେ, ଯଦି ଆଜି ମିନି ଖାଇବା ପଠାଇ ନଥା'ନ୍ତା ସେ ଖାଇ ପାରି ନଥା'ନ୍ତେ।' ଡାକଘରୁ ଫେରି ସେ ସନ୍ଧ୍ୟାବେଳୁ ରାତି ପାଇଁ ରୋଷେଇ ସାରି ଦିଅନ୍ତି। ଯେଉଁଦିନ

ଡେ଼ରି ହୋଇଯାଏ ରବିଙ୍କୁ ଆଉ ରାନ୍ଧିବାକୁ ଇଚ୍ଛା ହୁଏନାହିଁ। ଭୋକ ଲାଗିଲେ ବି ପାଣି ଗ୍ଲାସ୍‌ଟେ ପି' ଦେଇ ଶୋଇବାକୁ ଚେଷ୍ଟା କରନ୍ତି। ସୁଦାମ କଥା ମନେ ପଡ଼ିଗଲା। କହୁଥିଲା ସେ ଘରସଂସାର ନକରି କାଳେ ବଡ଼ ଭୁଲ୍ କରିଛନ୍ତି। ହେଲେ ଏ ନିଷ୍ପତ୍ତି କ'ଣ ତାଙ୍କ ନିଜସ୍ୱ ଥିଲା ? ହୁଏତ ଏହା ଥିଲା ସମୟର ନିଷ୍ପତ୍ତି। ମନେ ପଡ଼ି ଯାଉଥିଲା ତାଙ୍କର ବିଗତ ଦିନସବୁ...

ଶଙ୍କର କକେଇଙ୍କର ଏଇ ପୋଷ୍ଟ ପିଅନ ଚାକିରୀରେ ତାଙ୍କ ବଡ଼ ପରିବାରକୁ ସହରରେ ଚଳେଇବା ଅସମ୍ଭବ ଥିଲା। ତେଣେ ଗାଁରେ ଜମିବାଡ଼ି, ଚାଷବାସ। ଭାଗଚାଷରେ ଦେଲେ ରଇତ କେତେ ଦେଉଛି କେତେ ମାରୁଛି ଜାଣିବା ମୁସକିଲ୍। ତେଣୁ ରେବତୀ ଖୁଡ଼ୀ ଗାଁରେ ରହି ଚାଷବାସ ଓ ଘରଦ୍ୱାର ଦେଖାଶୁଣା କରୁଥିଲେ।

ବାଳକ ରବି ଯେତେବେଳେ କକେଇଙ୍କ ସହ ସହରକୁ ଆସିଲେ ତାଙ୍କ ମନରେ ଆସିଥିଲା ଅନେକ ପ୍ରଶ୍ନ, 'ବାପା ତାଙ୍କୁ କାହିଁକି ଏଠାକୁ ପଠାଇ ଦେଲେ ? କ'ଣ ସେଠାରେ ତାଙ୍କର ପଢାରେ ମନ ଲାଗୁ ନଥିଲା ବୋଲି ! ହଁ, ହେଇଥିବ ବୋଧେ... ଶଙ୍କର କକେଇ ତାଙ୍କ ନିଜର କେହି ନୁହେଁ। ଅଥଚ ସେ ତାଙ୍କୁ ସାଙ୍ଗରେ କାହିଁକି ଆଣିଲେ ? ରେବତୀ ଖୁଡ଼ୀ ଏମିତି କ'ଣସବୁ କହୁଥିଲେ ? ବୋଧେ...' ପ୍ରଶ୍ନସବୁର ଉତ୍ତର ଖୋଜି ପାଇବା ଆଗରୁ କକେଇ ତାଙ୍କୁ କେତେ ରକମର ରାନ୍ଧଣା ଶିଖାଇ ଦେଲେ। ଜଣାଇ ଦେଲେ ତାଙ୍କ ଦିନଚର୍ଯ୍ୟାର ଆବଶ୍ୟକତା ଓ ସେସବୁ କିପରି ଠିକ୍ ଭାବରେ କରିବାକୁ ହେବ। ଅବୁଝା ପରିସ୍ଥିତିରେ ନିଜକୁ ଖାପ ଖୁଆଉ ଖୁଆଉ କୋମଳମତି ରବି ହୋଇ ଯାଇଥିଲେ ସମ୍ପୂର୍ଣ୍ଣ ଚୁପ୍। ଶିଶୁ ମନ ଓ ହୃଦୟ କିନ୍ତୁ ପରିସ୍ଥିତି କଥା ବୁଝିବାକୁ ଚାହୁଁ ନଥିଲା। କେବେ କେବେ ଅମାନିଆ ଲୁହ ହୋଇ ସମୟ ଅସମୟରେ ଗାଲଦେଇ ଗଡ଼ି ଆସୁଥିଲା। ଏପରି ଅସହଜ ପରିସ୍ଥିତିରୁ ନିଜକୁ ମୁକୁଳାଇବା ପାଇଁ କକେଇ ସେତେବେଳେ ନିଜଆଡୁ କହି ପକାଉଥିଲେ, "ତୋ ବାପା ଚିଠି ଲେଖିଛନ୍ତି। ସେ ତୋତେ ଆସି ଦେଖା କରି ଯିବେ। ଯଦି ଆସିବାରେ ଅସୁବିଧା ହେବ ତାହାଲେ ଚିଠିଖଣ୍ଡେ ପଠେଇ ଦେବେ।" କକେଇଙ୍କର ସେଇ କଥା ପଦକ ସେତେବେଳେ ରବିଙ୍କ ପାଇଁ ଏକ ସାନ୍ତ୍ୱନା ଥିଲା। ସିଏ ଜଗି ବସୁଥିଲେ କେବେ ନା କେବେ ବାପା ତାଙ୍କ ପାଇଁ ଚିଠି ପଠାଇବେ। ବୋଧେ...

ରବିଙ୍କର ଦିନ ଗଡ଼ିଚାଲେ ଏମିତି ବୋଧେ ବୋଧେର ସମାହାରକୁ ନେଇ। କକେଇ ବର୍ଷକୁ ଅନେକ ଥର ଗାଁକୁ ଯା'ନ୍ତି। ହେଲେ କେବେ ମଧ୍ୟ ରବିଙ୍କୁ ସାଙ୍ଗରେ ଯିବା ପାଇଁ ଡାକନ୍ତିନି। ବରଂ ତାଙ୍କ ଅନୁପସ୍ଥିତିରେ ଘର ଜଗିବାକୁ କେହି ଜଣେ ରହିବାର ଆବଶ୍ୟକତାକୁ ବୁଝାଇ ଦିଅନ୍ତି। ଅବଶ୍ୟ ଗାଁରୁ ଫେରିବା ବେଳେ ତାଙ୍କ

ଘରୁ ଖବର ଆଣିବେ ବୋଲି କହିଥା'ନ୍ତି। ରବି ମୁହଁ ଖୋଲି କହି ପାରନ୍ତିନି ତାଙ୍କର ଗାଁ ଯିବା ଇଚ୍ଛାକୁ। ଅଭିମାନରେ ଗୁମୁରି ଉଠନ୍ତି, 'କକେଇ ସିନା ତାଙ୍କୁ ସାଙ୍ଗରେ ଗାଁ ନେଉ ନାହାନ୍ତି, ହେଲେ ବାପା ତ ତାଙ୍କୁ ଡକାଇ ପାରନ୍ତେ? କାହିଁ ସେ ତ କେବେ ଡକାଇ ପଠାଉ ନାହାନ୍ତି? କିଛି ଅସୁବିଧା ଥିବ। ବୋଧେ...'

ଗାଁରୁ ଫେରିବା ବେଳକୁ ରେବତୀ ଖୁଡ଼ୀ କକେଇଙ୍କ ପାଇଁ କେତେ କ'ଣ ପଠେଇ ଥା'ନ୍ତି। ହେଲେ ରବିଙ୍କ ପାଇଁ ଘରୁ କିଛି ଆସି ନଥାଏ। ଏପରିକି ଚିଠିଟିଏ ମଧ୍ୟ ନୁହେଁ। ରବିଙ୍କ ସହ ଦରକାର ଥିଲେ କଥା ହେଉଥିବା ସ୍ୱଳ୍ପଭାଷୀ କକେଇ ଗାଁରୁ ଫେରିବା ପରେ ତାଙ୍କ ପାଇଁ ସେମିତି କିଛି ଘରୁ ଖବର ବି ନେଇ ଆସି ନଥା'ନ୍ତି। କେବେ କେବେ ତାଙ୍କ ଉଦାସ ମୁହଁରେ ଆଖି ପଡ଼ି ଗଲେ ଏମିତିରେ କହିବା ପାଇଁ କହି ଦିଅନ୍ତି, "ତୋ ଘରେ ସମସ୍ତେ ଭଲରେ ଅଛନ୍ତି।" ରବି ପଚାରିବାକୁ ଚାହାଁନ୍ତି, 'ଆଉ କ'ଣ ମୋ ବିଷୟରେ ପଚାରୁଥିଲେ...' ଓ କାଳେ ଆଉ କିଛି କହିବେ ବୋଲି କକେଇଙ୍କ ମୁହଁକୁ ଅନାଇ ବସନ୍ତି। ହେଲେ ପାଟି ଖୋଲି ନଥାଏ କକେଇଙ୍କର ବା ରବିଙ୍କର।

ରବିଙ୍କ ସମୟ ରନ୍ଧାବଢ଼ା, କକେଇଙ୍କ ଲୁଗାପଟା ସଫା, ଘରର ଅନ୍ୟାନ୍ୟ କାମରେ ବିତେ। ଆଉ ବାକି ସମୟତକ ଶୂନ୍ୟ ଦୃଷ୍ଟିରେ ନିଜ ଅନ୍ତରରେ ଖୋଜି ହୁଅନ୍ତି ତାଙ୍କ ପ୍ରଶ୍ନସବୁର ଉତ୍ତର ଓ ନିଜେ ନଜକୁ ଉତ୍ତର ଦେଇଥା'ନ୍ତି ସେଇ ବୋଧେ ବୋଧେରେ।

ମଝିରେ ମଝିରେ ଗାଁରୁ ରେବତୀ ଖୁଡ଼ୀ ଓ ପିଲାମାନେ ଏଠାକୁ କିଛିଦିନ ପାଇଁ ଆସନ୍ତି। ଖୁଡ଼ୀ ଆସିଲେ ରବି ଆଉ ଟିକିଏ ଅଧିକା ସତର୍କ ରୁହନ୍ତି। କାରଣ କଥା ଆଳରେ ଖୁଡ଼ୀ, "କକେଇଙ୍କ ସାର୍ଟ ଟିକିଏ ଭଲରେ ସଫା କରୁଥିବ, କେତେଦିନ ହେଲା ଘରଟା ଝଡ଼ା ହୋଇନି, କକେଇ ପିଠା ଖାଇବାକୁ ଭଲ ପା'ନ୍ତି ବୋଲି କେତେ କଷ୍ଟରେ ଗାଁରୁ ଅରୁଆ ଚାଉଳ କରି ପଠାଉଛି। ମଝିରେ ମଝିରେ ଟିକିଏ ପିଠା କରି ଦେଲେ ହଅନ୍ତା ନି? ଦେଖୁନ କେମିତି ଗୁଣ୍ଡି ପୋକ ଲାଗି ଆସିଲେଣି..." ଏପରି ଅନେକ ହାଡ଼ଥରା କଥା ତାଙ୍କୁ ଦେଖେଇ ଦେଖେଇ କହି ଦିଅନ୍ତି। ରବି ଖୁଡ଼ୀଙ୍କ ସହ ଅତି ଦରକାର ଥିଲେ ଖୁବ୍ ମାପିଚୁପି କଥା ହୁଅନ୍ତି। ହେଲେ କୁହାଳିଆ ଖୁଡ଼ୀଙ୍କ ପାଟି ସବୁବେଳେ ଚାଲିଥାଏ। ଅବଶ୍ୟ ରବି କିଛି ନ ପଚାରିବା ସତ୍ତ୍ୱେ ଖୁଡ଼ୀଙ୍କଠାରୁ ନିଜ ଘର ଖବର କିଛି ଜାଣି ପାରନ୍ତି। ଯେମିତିକି, ଏଇ ଭିତରେ ତାଙ୍କର କେଉଁଠି କେତେ ଜମିଜୁମା କିଣା ହେଲା, ଏ ଭିତରେ ତାଙ୍କ ତଳେ ୩ ଭାଇଭଉଣୀ ଜନ୍ମ ହେଲେଣି, ଜେଜେ ମା'ର ଅସ୍ଥି ପକାଇବା ପାଇଁ ବାପା ସପରିବାରେ ପୁରୀ ଆସିଥିଲେ, ତାଙ୍କ ଚାନ୍ଦ ଗାଈ ବନାମିଆଁକୁ ବିକ୍ରି ହେଲା... ଏମିତି କେତେ କ'ଣ।

ଏସବୁ କହିଲା ବେଳେ ରବିଙ୍କୁ ଖୁଡ଼ୀଙ୍କ ମୁହଁର ଭାବ ଭାରି ଅଜବ ଲାଗେ। ସେ ଖୁଡ଼ୀଙ୍କର ସେଇ ତିରିଛା ଓଠଚିପା ହସର ଅର୍ଥ ବୁଝିବାକୁ ଚେଷ୍ଟା କରନ୍ତି। କାଳେ ବାପା ତାଙ୍କ ପାଇଁ କିଛି ଖବର ପଠାଇ ଥିବେ ବୋଲି ଅନାଇ ରୁହନ୍ତି। ହେଲେ ଖୁଡ଼ୀ ମଧ୍ୟ ଏ ବିଷୟରେ କକେଇଙ୍କ ପରି ନିରବ। ରବି ରାତିରେ ବାରଣ୍ଡାରେ ଶୋଇ ଆକାଶରେ ଚିକ୍ ଚିକ୍ କରୁଥିବା ତାରାଙ୍କୁ ଦେଖନ୍ତି। ତାଙ୍କୁ ଲାଗେ ତାଙ୍କ ଅସମାହିତ ପ୍ରଶ୍ନଗୁଡ଼ିକ ଏ ତାରାମାନଙ୍କ ସମାହାରଠାରୁ ଖୁବ୍ ଅଧିକ ଓ ରାତି ଆକାଶର ଅନ୍ଧକାରଠାରୁ ଅଧିକ ଅନ୍ଧାରୁଆ।

ବୁଲୁ ରବିଙ୍କଠାରୁ ୫/୬ ବର୍ଷ ସାନ। କକେଇଙ୍କର ୩ ଝିଅରେ ଏକୋଇରବଳା ବିଶିକେଶନ ଏଇ ବୁଲୁ। ପୁଣି କୋଡ଼ପୋଛା। ତେଣୁ ନିଶ୍ଚିତ ଭାବରେ ଗେଲବସର ଓ ସେଥିପାଇଁ ସମ୍ପୂର୍ଣ୍ଣ ବାଲୁଙ୍ଗା। ଗାଁରେ ପାଠ ପଢ଼ିଲାନି। ଖୁଡ଼ୀ ମଧ୍ୟ ତାକୁ ସମ୍ଭାଳି ପାରିଲେନି। କକେଇ ପିଲାର ଅବନତି ସହି ନପାରି ସହରକୁ ତାଙ୍କ ପାଖକୁ ନେଇ ଆସିଲେ। ଭାବିଥିଲେ ବୁଲୁ ତାଙ୍କ ତତ୍ତ୍ୱାବଧାନରେ ରହିଲେ ବାଟକୁ ଆସିଯିବ। ତେଣୁ ବୁଲୁର ଏଠା ସ୍କୁଲ୍ ରେ ନାଁ ଲେଖା ହୋଇଗଲା ଓ ଟିଉସନ୍ ସାର୍ ମଧ୍ୟ ଖଞ୍ଜା ହୋଇଗଲା। ହେଲେ ଗାଁରେ ଖୋଲାମେଲାରେ ଡ଼େଇଁବା ପିଲା ସେ, ତାକୁ ଏସବୁ କଟକ'ଣା କିପରି ବା ଭଲ ଲାଗନ୍ତା ! ବୁଲୁର ଏଇଠି ମଧ୍ୟ ସେମିତି କିଛି ପରିବର୍ତ୍ତନ ଆସି ନଥିଲା। ସେ ନୂଆ ନୂଆ କକେଇଙ୍କ ଆଗରେ ମୁହଁ ଖୋଲି ପାରୁ ନଥିଲା। ତେଣୁ ଦାଉ ସାଧୁଥିଲା ରବିଙ୍କ ଉପରେ। ଗାଁରେ ରବି ଯେଉଁ ପାଠକୁ ଲୁଚୁ ଥିଲେ, ଏବେ ସେଇ ପାଠ ପଢ଼ା ପାଇଁ ବିକଳ ହେଉଥିଲେ। ଟିଉସନ୍ ସାର୍ ବୁଲୁକୁ ପଢ଼ାଇବା ବେଳେ ସେ ମନ ଦେଇ ଶୁଣୁଥିଲେ। ଭାବୁଥିଲେ ପିଲାବେଳର ତାଙ୍କ ମୂର୍ଖାମୀ କଥା। ବୋଧେ ତାଙ୍କ ବୟସଟା ସେମିତି ଥିଲା। ଭାବୁଥିଲେ ଏଇ ବୟସ ପାଇଁ ବୁଲୁ ଅବାଧ୍ୟ ହେଉଛି ବୋଧେ । କାହା ଆଗରେ ପାଟି ଫିଟାଉ ନଥିବା ରବି ବେଳେ ବେଳେ ବୁଲୁକୁ ବୁଝାଇବାକୁ ଚେଷ୍ଟା କରନ୍ତି। ଆଉ ତା' ବଦଳରେ ବୁଲୁ ତାଙ୍କୁ ଶୁଣାଇଦିଏ, "ତମକୁ ନିଜ ଘରୁ ତ ବାହାର କରିଦେଲେ, ପୁଅ ଆମର ଖାଇକି ମୋ ଉପରେ ମାମଲତକାରି ଦେଖେଇ ହେଉଛି।" କଥା ପଦକରେ ରବିଙ୍କ ଛାତି ଥରିଯାଏ। ପୁଣି ମନରେ ଅସୁମାରୀ ପ୍ରଶ୍ନ ମାଡ଼ି ଆସେ, 'କାହିଁକି, କେମିତି, କିପରି...' ଆଉ ସେଇ ସମାନ ଉତ୍ତର ସେ ନିଜକୁ ଦିଅନ୍ତି ବୋଧେ ବୋଧେରେ।

ବୁଲୁ ଦୁଇ ଦୁଇଥରରେ ମଧ୍ୟ ମାଟ୍ରିକ୍ ପାସ୍ କରି ପାରି ନଥିଲା। ସେଥିରେ ପୁଣି ତା' ବାଲୁଙ୍ଗାମୀ। କକେଇଙ୍କୁ ତା'ର ଆଉ ଖାତର ନଥିଲା। ଏଣେ କକେଇଙ୍କ ଚାକିରୀ କାଳ ସରି ଆସୁଥିଲା। ତାଙ୍କ ଆଶା ଥିଲା ବୁଲୁ ମାଟ୍ରିକ୍ ପାସ୍ କରିଗଲେ

କୁହାବୋଲା କରି ତାଙ୍କ ଚାକିରୀରେ ତାକୁ ରଖାଇ ଦେଇଥା'ନ୍ତେ। ସେଦିନ ଏଇ କଥାକୁ ନେଇ କକେଇ ବୁଲୁ ଉପରେ ଭୀଷଣ ରାଗି ଯାଇଥିଲେ। ଆଉ ବୁଲୁ ମଧ୍ୟ ରୋକ୍ ଠୋକ୍ ଜବାବ୍ ଦେଇଥିଲା, "ତୁମେ କ'ଣ ଜାଣିବ ମାଟ୍ରିକ୍ ପାସ୍ କରିବା କେତେ କଷ୍ଟ। ସେତେବେଳ ଯୁଗରେ କୋଉ ଷଷ୍ଠ ସପ୍ତମ ପଢ଼ି ଚାକିରୀ ପାଇ ଯାଉଥିଲ..." ସେଦିନ ଏସବୁ ଶୁଣି ରାଗରେ କକେଇ ଅନ୍ଧ ହୋଇ ଯାଇଥିଲେ। ଧିରସ୍ଥିର ଓ ସ୍ୱଳ୍ପଭାଷୀ କକେଇଙ୍କର ଏଇ ରୂପ ଦେଖି ରବି ମଧ୍ୟ ଶଙ୍କି ଯାଇଥିଲେ। ହେଲେ ସେଇ ଭୟାବହ ମୁହୂର୍ତ୍ତଟି ରବିଙ୍କ ପାଇଁ ଏକ ବ୍ରହ୍ମ ମୁହୂର୍ତ୍ତରେ ପରିଣତ ହେଲା। କକେଇ ସତେ ଅବା ଚାଲେଞ୍ଜ କରିଥିଲେ, "ତୋ ପଛରେ ଯେତିକି କଷ୍ଟ କରିଛି ଏଇ ରବି ପଛରେ ସେତକ କରିଥିଲେ ସେ କେତେ ଉପରକୁ ପଳାଇ ଥା'ନ୍ତା। ଦେଖିବୁ ଏଇ ରବି ତୋ ଆଗରେ ମ୍ୟାଟ୍ରିକ୍ ପାସ୍ କରିଯିବ। ଆଉ ଚାକିରୀ ମଧ୍ୟ କରି ଦେବ।" "ହୁଁଃ..." ବୁଲୁ ମୁହଁ ଛିଞ୍ଚାଡ଼ି ସେଠାରୁ ପଳାଇ ଯାଇଥିଲା।

ଏବେ ରବିଙ୍କୁ ଆଉ ଲୁଚିକି ପଢ଼ିବାକୁ ପଡୁ ନଥିଲା। ଖୁବ୍ ପରିଶ୍ରମ କରି ପଢ଼ିଲେ। ପର ବର୍ଷ ବୁଲୁ ସହ ପରୀକ୍ଷା ଦେଲେ। ରବି ମ୍ୟାଟ୍ରିକ୍ ଦ୍ୱିତୀୟ ଶ୍ରେଣୀରେ ପାସ୍ ହେଲେ ଓ ବୁଲୁର ଫଳାଫଳ ପୂର୍ବବତ୍ ଥିଲା। ଭିତରେ ଭିତରେ କୁରୁଳି ଉଠିଲେ ରବି। ତାଙ୍କ ସଫଳତା ବାଣ୍ଟିବା ପାଇଁ କେହି ନିଜର ନଥିଲେ। କକେଇଙ୍କ ଯିଦ୍ଦି ରହିଯିବାରୁ ସେ ପ୍ରସନ୍ନ ଥିଲେ। ଖୁସି ହୋଇଥିଲା ଏଇ ସୁଦାମ, ରାତ୍ରି ଜଗୁଆଳର ପୁଅ, ବୁଲୁର ଖେଳ ସାଥୀ। ସେ ମଧ୍ୟ ସେଇ ବର୍ଷ ରବିଙ୍କ ସହ ମ୍ୟାଟ୍ରିକ୍ ପାସ୍ କରିଥିଲା। ଏଥର ବୁଲୁ ଗାଁକୁ ଫେରି ଗଲା। ମ୍ୟାଟ୍ରିକ୍ ସାର୍ଟିଫିକେଟ୍‌ରୁ ରବି ତାଙ୍କ ବୟସ ଜାଣି ପାରିଲେ, ସରକାରୀ ଭାବେ ଏବେ ତାଙ୍କୁ ୨୩।

ମାନସିକ ଭାବେ ଭାଙ୍ଗି ପଡ଼ିଥିବା କକେଇ ଥରେ ଟାଇଫଏଡ୍‌ରେ ଆକ୍ରାନ୍ତ ହେଲେ। ରବି ମନ ଯୋଗ ଦେଇ ତାଙ୍କ ସେବା କରୁଥିଲେ, ପଥି ପାଂଚନ କରୁଥିଲେ। ରୋଗ ଜଣା ପଡ଼ିବା ପରେ ରେବତୀ ଖୁଡ଼ୀ ଗାଁରୁ ଆସିବା ସ୍ଥିର ହେଲା। ଖୁଡ଼ୀ ସକାଳେ ପହଞ୍ଚିବାର ଥିଲା। ହେଲେ ସେ ପହଞ୍ଚିଲା ବେଳକୁ ବେଶ୍ ରାତି ହୋଇ ଯାଇଥିଲା। ବିଳମ୍ବର କାରଣ- ରବି ବାପାଙ୍କ ଦେହାନ୍ତ। ମଡ଼ା ଶ୍ମଶାନକୁ ଉଠିଲା ତ ଖୁଡ଼ୀ ବସ୍ ଧରିଲେ। ସ୍ତବ୍ଧ ହୋଇଗଲେ ରବି। ହୃଦୟର କେଉଁ ଏକ କୋଣ ରାମ୍ପୁଡ଼ି ବିଦାରି ହୋଇଗଲା। ତାଙ୍କ ଅଜାଣତରେ ଆଖିରୁ ଦୁଇଧାର ଲୁହ ଗଡ଼ି ଆସିଲା। କକେଇ ତାଙ୍କୁ ସକାଳୁ ଗାଁକୁ ବାହାରି ଯିବାକୁ କହିଥିଲେ। ହେଲେ ଏ କଥା ପଦକ ଶୁଣି ଖୁଡ଼ୀଙ୍କର କାନ୍ଦଣା ଆରମ୍ଭ ହୋଇଗଲା, "ତୁମେ ରବିଙ୍କୁ କହୁଛ ଏ ଅବସ୍ଥାରେ ସେ ତୁମକୁ ଛାଡ଼ି ଗାଁ ଯିବେ ? ମୁଁ ଗାଁ ମାଇପି, ଏ ଅଜଣା ମୂଲକରେ ତୁମକୁ ଏ ଅବସ୍ଥାରେ

କେମିତି ନେଇ ଚଳିବି ? ଡାକ୍ତର, ଓଷଦ କେମିତି କ'ଣ କରିବି ? ଗଲା ଲୋକ ତ ଗଲାଣି । ରବି ଗଲେ ସେ କ'ଣ ଫେରି ଆସିବେ ? ଏଇଠି ରହିଲେ ତୁମ ଦେହ କଥା ହେଲେ ବୁଝିବେ ।" ଦୁର୍ବଳତା ହେତୁ କକେଇ ମଧ୍ୟ କିଛି କହି ପାରି ନଥିଲେ ବୋଧେ । ରବି ମଧ୍ୟ ହେଜିଲେ, 'ଗଲା ଲୋକ ତ ଗଲାଣି । ଏଇଠି କକେଇ ଖୁବ୍ ଅସୁସ୍ଥ । ସେ ଗଲେ କ'ଣ... ହେଲେ ତାଙ୍କୁ କେହି ଘରୁ ଖବର ତ କାହିଁ ଦେଲେନି ? ଟେଲିଗ୍ରାମ୍‌ଟେ ତ ଅନ୍ତତଃ କରି ପାରିଥା'ନ୍ତେ ।'

ସେଦିନ କକେଇଙ୍କ ପାଇଁ କିରାସିନି ଷ୍ଟୋଭ୍‌ରେ ସାଗୁ ଘାଣ୍ଟୁ ଘାଣ୍ଟୁ କକେଇଙ୍କ ପାଦ ଆଉଁସୁଥିବା ରେବତୀ ଖୁଡ଼ୀ କହିଲେ, "ବୁଲୁଟା ମୋର ପିଲାଟା ବୋଲି ତମ କକେଇଙ୍କ ଦିହ ପା' କଥା ବୁଝି ପାରିବନି । ସେଥି ପାଇଁ ବୋଲି ତାକୁ ମୁଁ ସାଙ୍ଗରେ ଆଣିଲିନି । ଆଉ ତୁମକୁ ରହିବାକୁ ପଡ଼ିଲା । ଏମିତିରେ ବି ତୁମକୁ ସେମାନେ କୋଉ ଖୋଜିଲେ ନା ଲୋଡ଼ିଲେ ? ଛି... ଛି... ପର ଲୋକଙ୍କୁ କ'ଣ କହିବ ? ନିଜ ବାପଟା ହୋଇ ସେଦିନ ବକଟେ ହବ ପିଲାକୁ ଛାଡ଼ିଲେ ଯେ ଥରେ ଅଧେ ଆମଠୁ ଖବର ନେବାକୁ ଆସିଲେନି । ଗାଁ ଦୁଆରେ ଦେଖା ହୋଇଗଲେ ବି ନିଜ ଆଉ ପୁଅ କଥା ବି ପଚାରିବନି । ସତେ ଯେପରି ତୁମେ ତାଙ୍କର କେବେ କିଛି ନଥିଲ । ସୁଲଅପା କୋଉ ତୁମ ନିଜ ମା' ଯେ ତୁମକୁ ଖୋଜିବ ? ଗାଁ ବାଲା ତ କେବେଠୁ ଭୁଲି ଗଲେଣି ନରିଆ ଭାଇଙ୍କର ଗୋଟେ ବଡ଼ ପୁଅ ଥିଲା ବୋଲି । ଛାଡ଼... ଛାଡ଼... ସେମାନଙ୍କୁ କ'ଣ ଧର୍ମ ସହିବ ? ହଁ, ସେମାନେ ନ ମାନିଲେ କ'ଣ ହେଲା ? ଜନ୍ମ କଲା ବୋପାଟା ଯେତେବେଳେ ତୁମେ ଏଇଠି ଦଶ ଦିନ ପାଳିଦିଅ । ନଖ ବାଳ କାଟି ଦେବ । କକେଇ ପଇସା ଦେବେ, ବ୍ରାହ୍ମଣକୁ ଛଞ୍ଚା ଦେଇଦେବ ।" କଥାଟା ଚାଏଁ କି ଲାଗିଥିଲା ରବିଙ୍କୁ, 'ଖୁଡ଼ୀ ଠିକ୍ କହୁଛନ୍ତି । ବୋଧେ ସବୁବେଳେ ଠିକ୍ ହିଁ କୁହନ୍ତି...' ଆଖିରେ ତାଙ୍କର ଲୁହ ଜକେଇ ଆସିଲା ।

କିଛିଦିନ ପରେ କକେଇ ଦୈହିକ ଭାବରେ ସୁସ୍ଥ ହୋଇ ଯାଇଥିଲେ । କିନ୍ତୁ ମାନସିକ ସ୍ତରରେ ଖୁବ୍ ଭାଙ୍ଗି ପଡ଼ିଥିଲେ । ସେଥି ପାଇଁ ବୋଧେ ତାଙ୍କ ଦୁର୍ବଳତା ଯାଉ ନଥିଲା । ତିନି ଝିଅରୁ ସାନ ଝିଅର ବାହାଘର ଏ ପର୍ଯ୍ୟନ୍ତ ସରି ନଥିଲା । ତେଣେ ବୁଲୁ ବାତରା ହୋଇ ତାଙ୍କ କଷ୍ଟୋପାର୍ଜିତ ଧନ ଉଡ଼ାଇ ଚାଲିଥିଲା । ଗାଁରେ କ୍ଲବ୍ ଘରଟେ କରି ଉନ୍ନତି ନାଁରେ ସେଠାରେ ଦିନରାତି ବାଲୁଙ୍ଗାମାନଙ୍କ ସହ ତାସ୍ ଖେଳରେ ମାତି ରହୁଥିଲା । ସେଥିରେ ପୁଣି ଖୁଡ଼ୀ ପୁଅ ବିରୁଦ୍ଧରେ ଗୋଟିଏ ପଦ ଶୁଣିବାକୁ ନାରାଜ୍ । ତାଙ୍କ ଆଖିରେ ବୁଲୁ ଏପର୍ଯ୍ୟନ୍ତ ପିଲା । ଏମିତି ପରିସ୍ଥିତିରେ କକେଇଙ୍କ ସ୍ୱାସ୍ଥ୍ୟର କି ବା ଉନ୍ନତି ହେବ !

ଏଣେ ଖୁଡ଼ୀ ଆଉ କେତେଦିନ ଗାଁ ଜମିବାଡ଼ି, ଘରଧନ୍ଦା ଓ ବୁଲୁକୁ ଛାଡ଼ି ଏଠି ସହରରେ ରହି ପାରିଥା'ନ୍ତେ ? ଠିକ୍ ହେଲା କକେଇଙ୍କ ସ୍ୱାସ୍ଥ୍ୟ ପରିବର୍ତ୍ତନ ହେଲା ପର୍ଯ୍ୟନ୍ତ କକେଇ ଗାଁରେ ଯାଇ ରହି ଆସିବେ। ରବି ଭାବିଥିଲେ ଏଥର ବୋଧେ ରମେଶ କକେଇ ଗାଁକୁ ଗଲେ ତାଙ୍କୁ ନିଶ୍ଚିତ ସାଙ୍ଗରେ ନେବେ।

ରବିଙ୍କ ବାପା ଚାଲି ଯିବାର ଦୁଇ ମାସ ହୋଇ ଯାଇଥିଲା। ତାଙ୍କର ମନ ଖାଲି ଘାଣ୍ଟି ହେଉଥିଲା ପିଲାଦିନର ସେଇ ଘର ଆଡ଼େ ଟିକିଏ ବୁଲି ଆସନ୍ତେ, ଯେଉଁଠି ସେ ମଧ୍ୟ କେବେ ବାପାଙ୍କ କୋଳରେ ବସି ଗେଲ ହୋଇଥିବେ, ଯଦିଓ ତାହା ତାଙ୍କର ମନେ ନାହିଁ। ଇଚ୍ଛା କରିଥିଲେ ତାଙ୍କର ସେଇ ବାପ ଶୂନ୍ୟ ଘରକୁ ଯାଇ ତାଙ୍କ ଜେଜେ ମା' ଙ୍କ ଉଷୁମୁଳିଆ ଲୁଗା ବାସ୍ନାରେ ବିମୋହିତ ହୋଇ ପଡ଼ନ୍ତେ। ଆଉ ସେଇ ବାସ୍ନା ତାଙ୍କ ଦେହସାରା ବୋଳି ହୋଇ ତାଙ୍କୁ କୋଳେଇ ଧରନ୍ତା। କିନ୍ତୁ କକେଇ ତାଙ୍କୁ ସେମାନଙ୍କ ସହ ଗାଁ ଯିବାକୁ କହି ନଥିଲେ। ହଁ, ଗଲାବେଳେ ଖୁଡ଼ୀ କହିଦେଇ ଗଲେ, "ରବି ତୁମେ ଆମ ସହ ଗାଁକୁ ଆସିଥିଲେ ଭଲ ହୋଇଥା'ନ୍ତା। ହେଲେ ତୁମେ ଗଲେ ଏଇଠି କିଏ ଅଛି ଯେ ଏଠା କଥା ବୁଝିବ ? ଅରୁଆ ଚାଉଳକୁ ଟିକିଏ ଖରା ଦେଇଦେବ। ଗହମ ଧୋଇ ଶୁଖାଇ ମିଲ୍‌ରୁ ପେଷେଇ ଆଣିବ। ଘରକୁ ଟିକିଏ ନିଘା ରଖିଥିବ। କକେଇ ଏଇ ଭିତରେ ପଳାଇ ଆସିବେ। ତା' ପରେ ତୁମେ ଗାଁ ଯାଇ ଟିକିଏ ବୁଲି ଆସିବ। ହଁ, କିଏ ତୁମକୁ ସେଇଠି ଖୋଜି ହଉଛି ଯେ...." ଖୁଡ଼ୀ କଥାର ଶେଷ ପଦକ ଗୁଣୁ ଗୁଣୁ ହୋଇ କହିଥିଲେ ମଧ୍ୟ ସଙ୍କୁଚିତ ରବିଙ୍କୁ ଆହୁରି ଅଧିକା ପେଷି ଚୁର୍ ମାର୍ କରି ଦେବାକୁ ବେଶ୍ ସକ୍ଷମ ଥିଲା।

ରବି ଜଗି ରହିଥିଲେ ଏଇ ବଖୁରିଆ ଘରକୁ। କ'ଣ ଥିଲା ଏ ବଖୁରିଆ ଘରେ ? ହଁ, ଥିଲା କିଛି ବସ୍ତା ଚାଉଳ, ଡାଲି, ଅଟା, କକେଇଙ୍କର ଟିଣ ଟ୍ରଙ୍କ ଦୁଇଟା, କିଛି ଲୁଗାପଟା, କନ୍ଥାକତରା, କାଗଜ ପତ୍ର, ସୁରେଇ, କେଇଖଣ୍ଡ ବାସନ କୁସନ, ଗୋଟେ ଟେବୁଲ୍ ଫ୍ୟାନ୍, କାଠ ଚଉକିଟେ ଓ ଏ ଖଟିଆ। ଆଉ, ଆଉ ଏସବୁକୁ ଜଗି ପଡ଼ି ରହିଥିବା ରବି।

ରବି ଆଶା କରିଥିଲେ କକେଇ ୭/୮ ଦିନରେ ଫେରି ଆସିବେ। ହେଲେ ବିତି ଯାଇଥିଲା ମାସେ। ଏକୁଟିଆ ଥିବା ବେଳେ ମଧ୍ୟ ରବି କେମିତି କେଜାଣି କୁଆଡ଼େ ଯିବାକୁ ଚାହାନ୍ତିନି। ବୋଧେ ନିଜ ପ୍ରଶ୍ନ ଜାଲରେ ଏମିତି ଛନ୍ଦି ହୋଇ ପଡ଼ିଥା'ନ୍ତି ଯେ ତାଙ୍କ ପୃଥିବୀ ହୋଇ ଯାଇଥାଏ ତାଙ୍କ ପରି ସଙ୍କୁଚିତ। ପାଖା ପାଖି ମାସେ ପରେ କକେଇ ଗାଁରୁ ଫେରି ଆସିଥିଲେ। ମାତ୍ର ତାଙ୍କ ସ୍ୱାସ୍ଥ୍ୟରେ ସେମିତି କିଛି ପରିବର୍ତ୍ତନ ରବି ଦେଖିବାକୁ ପାଇ ନଥିଲେ। କକେଇ ଦିଶୁଥିଲେ ଅଧିକ ଉଦାସ।

ସେଦିନ ରାତିରେ କକେଇଙ୍କ ଗୋଡ଼ରେ ରବି ତେଲ ଘଷି ଦେଉଥିଲେ। କକେଇ ହଠାତ୍ ରବିଙ୍କ ହାତକୁ ମୁଠାଇ ଧରି କଇଁ କଇଁ ହୋଇ କାନ୍ଦି ଉଠିଲେ, "ରବିରେ ତୁ ମୋ ପୁଅଠାରୁ ବଳି। କେତେ ଦିଆଁ ଦେବତା କରି ତିନି ଝିଅ ପରେ ବୁଲୁକୁ ପାଇଲି। ହେଲେ ସେ କୁଳାଙ୍ଗାର ଏବେ ସମସ୍ତଙ୍କ ମୁଣ୍ଡ ଖାଉଛି। ସବୁ ତୋ ଖୁଡ଼ୀ ଦୋଷ। ଏମିତି ଗେଲ କରିଲା ଯେ ଏବେ ତାକୁ ମଧ୍ୟ ହିନସ୍ତା କରୁଛି। ସାନଝିଅ ଝୁନୁ ବାହାଘର ଦିନ କୁଳାଙ୍ଗାର ତା' ଗହଣାସବୁ ଚୋରିକରି ନେଇ ବିକି ଜୁଆ ମଦରେ ଉଡ଼ାଇ ଦେଲା। ଝୁନୁ ତା' ମା'ର ପୁରୁଣା ଗହଣା ପିନ୍ଧି ବେଦୀରେ ବସିଲା। ବରଘର ଭଦ୍ରଲୋକ ବୋଲି ସିନା...। ନହେଲେ ମୁଁ କ'ଣ ଗାଁ ଦାଣ୍ଡରେ ମୁଣ୍ଡ ଟେକି ଆଉ ଚାଲି ପାରିଥା'ନ୍ତି?" କୋହ କକେଇଙ୍କ କଥାକୁ ପୂରଣ କରିବାକୁ ଦେଇ ନଥିଲା। ରବି ପାଣି ପିଆଇ ତାଙ୍କୁ ସାଷ୍ଟାମ କରାଇ ଥିଲେ। କିଛି ନିରବତା ପରେ କକେଇ କହିଲେ, "ଏ କଥା ସତ ଯେ ତତେ ମୁଁ ଏଠାକୁ କାମ କରିବାକୁ ଆଣିଥିଲି। ସେଇଥି ପାଇଁ ତୋ ବାପକୁ ମାସିକ କିଛି ପଇସା ମଧ୍ୟ ଦେଉ ଥିଲି। କିନ୍ତୁ ତୁ ମୋତେ କାମଠାରୁ ଢେର୍ କିଛି ଦେଇଛୁ। ତୋ ଠାରୁ ପାଇଛି ସେବା, ଯତ୍ନ, ସମ୍ମାନ, ସବୁକିଛି। ହଁ, ନିଜର ଅହମିକା ପାଇଁ ତତେ କେବେ କିଛି ମୁହଁ ଖୋଲି କହିନି। ହେଲେ ତୁ ଏଠାକୁ ଆସିବାର କିଛି ବର୍ଷ ଭିତରେ ତୋତେ ଦେଖି ମୁଁ ସ୍ୱପ୍ନ ଦେଖେ ମୋ ପୁଅର। ଇଚ୍ଛା କରେ ତୁ ହେଲେ ମୋ ପୁଅ ହୋଇଥା'ନ୍ତୁ? କେତେ ଅଭାଗା ତୋ ବାପା। ତୋ ପରି ଏକ ହୀରାକୁ ଚିହ୍ନି ନପାରି ଫୋପାଡ଼ି ଦେଲା। ଆଉ ମୁଁ ମୂର୍ଖ ଯଦିବା ଚିହ୍ନିଲି କହିବାକୁ ଡ଼ରିଲି। ହେଲେ ଆଜିଠୁ ତୁ ମୋ ପୁଅ। ମୁଁ ବୁଲୁକୁ ତେଜ୍ୟ କଲି। ମୁଁ ମଲେ ତୁ ମୋ ମୁହଁରେ ନିଆଁ ଦେବୁ। ଏତେ କରିଛୁ। ଆଉ ଏତିକି ମୋ ପାଇଁ କରି ପାରିବୁ ତ ବାପ???"

କଇଁ କଇଁ ହୋଇ କାନ୍ଦୁଥିଲେ କକେଇ। ସେଇ ତେଜ୍ୟ ଶବ୍ଦ ରବିଙ୍କ ହୃଦୟରେ କଣ୍ଟା ପରି ଗଳି ଯାଇଥିଲା। ସେ କକେଇଙ୍କ ପାଟିରେ ହାତ ଦେଲେ, "ଏମିତି କ'ଣ କହୁଛନ୍ତି କକେଇ? ମୁଁ ପୁଣି..." ଆଉ କିଛି କହି ପାରି ନଥିଲେ ରବି। ତାଙ୍କ ଗଳା ମଧ୍ୟ ବାଷ୍ପ ରୁଦ୍ଧ ହୋଇ ଯାଇଥିଲା। ଏଇ ଟିକକ ସ୍ନେହ ପାଇଁ ସେ ରଙ୍କ ଭିକାରୀ ପାଲଟି ଯାଇଥିଲେ। ଅନୁଭବ କରିଥିଲେ କକେଇଙ୍କ ଶିଥିଳ ବାହୁଜୁଗଳର ଫାସ ତାଙ୍କ ଚାରି ପାଖେ। ଉଭୟ ଭୋ ଭୋ ହୋଇ କାନ୍ଦି ଉଠିଥିଲେ। ସେଇ ରାତିରେ ଉଭୟ ରବି ଓ କକେଇ ପାଇ ଯାଇଥିଲେ ସେମାନେ ଖୋଜି ହେଉଥିବା ସମ୍ପର୍କକୁ।

କକେଇଙ୍କ ଚାକିରି ସେତେବେଳକୁ ଆଉ ପାଞ୍ଚ ବର୍ଷ ଥାଏ। କିନ୍ତୁ ସେ ସ୍ୱଇଚ୍ଛାରେ ଚାକିରୀରୁ ଅବସର ନେଇ ଯାଇଥିଲେ। ଆଉ ଆବେଦନ କରିଥିଲେ

ରବିଙ୍କ ପାଇଁ। କିଛି କୁହା ବୋଲା କରି ପରୀକ୍ଷା ଦେଇ ରବି ଏଇ ପୋଷ୍ଟ ପିଅନ ଚାକିରୀ ପାଇ ଯାଇଥିଲେ। ଅବସର ପରେ ଗାଁକୁ ନଯାଇ କକେଇ ତାଙ୍କ ସହ ଏଇ ଘରେ ରହି ଯାଇଥିଲେ।

ରବି ପୋଷ୍ଟ ଅଫିସ୍‌ରୁ କାମ ସାରି ଘରକୁ ଫେରିଲେ ରମେଶ କକେଇଙ୍କ ଭିତରେ ନୂଆ ଖୋଜି ପାଇଥିବା ବାପାଙ୍କ ସେବାରେ ଲାଗି ପଡ଼ନ୍ତି। କେବେ କେବେ କକେଇ ମଧ୍ୟ ତାଙ୍କ ପାଇଁ କିଛି ରାନ୍ଧି ରଖୁଥିଲେ। ଜେଜେ ମା'କୁ ହରାଇବା ପରେ କଣ୍ଟକିତ ହୋଇ ଲମ୍ବି ଯାଉଥିବା ଦିନଗୁଡ଼ିକୁ ଏବେ ଖୋଜି ପାଇଥିବା ନୂଆ ସମ୍ପର୍କ ସରସ କରି ଦେଇଥିଲା।

କେବେ କେବେ ଗାଁରୁ କକେଇଙ୍କ ପାଖକୁ ଚିଠି ଆସେ। ସେଥିରୁ ଯଦି ତାଙ୍କୁ ଲାଗେ ତାଙ୍କର ଗାଁକୁ ଯିବା ନିହାତି ଜରୁରୀ ତେବେ ସେ ମଝିରେ ମଝିରେ ଗାଁ ଆଡ଼େ ବୁଲି ଆସନ୍ତି। ହେଲେ ଏବେ କକେଇ ଗାଁରୁ ଫେରିଲା ବେଳେ ଆଗ ପରି ସାଙ୍ଗରେ ଆଉ ଶାଗମୁଗ ଆସୁ ନଥିଲା। ନା କକେଇ ପିଠା ଭଲ ପାଆନ୍ତ ବୋଲି ଅରୁଆ ଚାଉଳ ଆସୁଥିଲା। କାରଣ, ତାଙ୍କ ବୁଲୁର ହକ୍ ଚାକିରୀଟି କକେଇ ରବିଙ୍କୁ ଦେଇ ଦେଇଥିଲେ। ଖୁଡ଼ୀଙ୍କର ଏଇ ବ୍ୟବହାର ପାଇଁ କକେଇଙ୍କର ଅନୁଶୋଚନା ଥିଲା ମାତ୍ର ରବିଙ୍କୁ କିଛି ପ୍ରଭାବିତ କରୁ ନଥିଲା। ସେ କକେଇଙ୍କ ସ୍ନେହ ପାଇ ଖୁସି।

ଥରେ ଗାଁରୁ ଫେରି କକେଇ ରବିଙ୍କୁ ପ୍ରସ୍ତାବଟେ ଦେଲେ, "ଆରେ ରବି, ତୁମ ସାଇର ଘନେଇ ଘର କଥା ତୋର ମନେ ଅଛି? ମାନେ ଲେଖା ଯୋଖାରେ ତୋର ଘନ ମାମୁଁ ହବ ମ..." ରବି କେଉଁ ଘନେଇ ବା ଘନ ମାମୁଁ କଥା ମନେ ପକାଇ ପାରୁ ନଥିଲେ। ଅବଶ୍ୟ ରବିଙ୍କ ଉତ୍ତରକୁ ଅପେକ୍ଷା ନକରି କକେଇ କହି ଚାଲିଥିଲେ, "ଘନ ତ ବୁଢ଼ା ହେଲାଣି। ତା' ମାଇପ କେବେଠୁ ଆର ପାରିକୁ ଚାଲି ଗଲାଣି। ବୁଢ଼ା ଓ ଝିଅ ପେଟ ଚାଖଣ୍ଡକ ପାଇଁ ପୁଅବୋହୂଙ୍କ ହାତ ଟେକାକୁ ଅନେଇ ରହୁଛନ୍ତି। ଆଉ ଝିଅ ବାହା କଥା କିଏ ପଚାରେ? ଭାରି ଗୁଣର ଝିଅଟେ। ଅବଶ୍ୟ ବୟସ ଆସି ୨୯ ହେଲାଣି। ହଁ, ତତେ ମଧ୍ୟ ୩୫ ହେଲାଣି। ତୁ କହିଲେ କଥା ଆଗାନ୍ତା।" ଅଜାଣତରେ ରବିଙ୍କର ଛାତି ଥରାଇ ଦୀର୍ଘ ଶ୍ୱାସଟେ ବାହାରି ଆସିଲା। ସେ କେବଳ କହି ପାରିଲେ, "କକେଇ ସେକଥା ଛାଡ଼। ମୋର ଆଉ ବାହା ହେବାର ନାହିଁ।"

ସେଦିନ ରାତିଟା ରବିଙ୍କର ଆଖିରେ ଆଖିରେ ଗଲା। ଆଖି ଆଗରେ ନାଚି ଯାଉଥିଲା ରେଣୁର ମୁହଁ। ଯାହାକୁ ଚାକିରୀ କରିବା ଦିନଠୁ ସବୁଦିନ ପୋଷ୍ଟ ଅଫିସ୍‌ରେ ଏଇ କିଛି ବର୍ଷ ପୂର୍ବ ପର୍ଯ୍ୟନ୍ତ ଦେଖୁଥିଲେ (ଏବେ ମଧ୍ୟ ଏଇ ଉତ୍ତର ବୟସରେ ସେ

ତା'ର ପ୍ରତୀକ୍ଷା କରି ଆସୁଛନ୍ତି) ଝିଅଟି ସବୁଦିନ ଆସି ପୋଷ୍ଟ ଅଫିସ୍ ଝରକା ରେଲିଂ ଦେଇ ଭିତରକୁ ଉଙ୍କି ମାରି ପାଖରେ ଯିଏ ଥା'ନ୍ତି ସେଇ ଦୁଇ ତିନି ଜଣଙ୍କୁ କିଛି ପଚାରେ। କିଛିଦିନ ପରେ ରବିଙ୍କ ପାଳି ମଧ୍ୟ ପଡ଼ିଲା। ସେଦିନ ଝିଅଟି ତାଙ୍କୁ ଦେଖି ପଚାରିଲା, "ଆପଣ ଏଠାକୁ ନୂଆ କରି ଆସିଛନ୍ତି ବୋଧେ? ଦୟା କରି ଟିକିଏ ଦେଖିଲେ ରେଣୁବାଳା କି ସୁମିତ୍ରାଙ୍କ ନାଁରେ କିଛି ଡାକ ଆସିଛି କି?" ଡାକ ସଜାଡ଼ି ରଖୁଥିବା ରବି ତାକୁ ମୁହଁ ଉଠାଇ ଦେଖିଲେ। ଝିଅଟି ୨୦/୨୨ ବର୍ଷର ହେବ ବୋଧେ। ଦେହରେ ବେଶ୍ ପୁରୁଣା କିନ୍ତୁ ସଫା ପରିଧାନ, ମୁହଁର ଗଢ଼ଣ ଖୁବ୍ ସୁନ୍ଦର। ଆଉ ସମପରିମାଣର ଉଦାସିଆ ମଧ୍ୟ। ଆଖି ଦୁଇଟି ବ୍ୟଗ୍ର ଓ ଶୁଷ୍କ। ରବି ଖୋଜିଗଲେ ଗଦା ଗଦା ଚିଠିସବୁକୁ। ସେଥିରେ ରେଣୁବାଳା କି ସୁମିତ୍ରା ନାଁରେ କୌଣସି ଚିଠି ନଥିଲା। ତେଣୁ ସେଇ ଚିଠିଗଦା ପାଖରୁ ହିଁ ସେ ହାତ ହଲାଇ ଝିଅଟିକୁ ସେମିତି କିଛି ଚିଠି ଆସି ନଥିବାର ଇସାରା କଲେ ଓ ଝିଅଟି ଚୁପ୍‌ଚାପ୍ ଫେରି ଯାଇଥିଲା।

ପରେ ଅନ୍ୟ କର୍ମଚାରୀଙ୍କଠାରୁ ଜାଣିଲେ ଝିଅଟିର ନାଁ ରେଣୁବାଳା। କିଛି ବର୍ଷ ହେଲା ତା' ବାପା କାମ କରିବାକୁ ଯାଇ ଆଉ ଫେରି ନାହାନ୍ତି। ଯିବାର କିଛି ଦିନ ପର୍ଯ୍ୟନ୍ତ ମଝିରେ ମଝିରେ ଟଙ୍କା ଓ ଚିଠି ଦେବା ନେବା ଅବଶ୍ୟ କରୁଥିଲେ। ହେଲେ କିଛିଦିନ ପରେ ସେସବୁ ବନ୍ଦ ହୋଇ ଯାଇଥିଲା। ଝିଅଟି ଟିଉସନ୍ କରି ମା' ଓ ଘର ଦୁହିଁଙ୍କୁ ସମ୍ଭାଳୁଛି। ରୋଜଗାରକୁ ଦେଖି ଘର ସିନା ବଦଳାଉଛନ୍ତି ହେଲେ ଏ ଜାଗା ଛାଡ଼ି କୁଆଡ଼େ ଯାଉ ନାହାନ୍ତି। କାରଣ କାଳେ ତା' ବାପାର କେବେ ଚିଠି ଆସିବ ଓ ଠିକଣା ନ ପାଇ ଫେରିଯିବ ସେଇ ଆଶଙ୍କାରେ ସେ ସବୁଦିନ ପୋଷ୍ଟ୍ ଅଫିସ୍ ଆସୁଛି।

ଏସବୁ ଶୁଣି ରବି ଶିହରି ଗଲେ। ସତେଅବା ସେ ନିଜ ବେଦନାର ପ୍ରତିଛବି ରେଣୁର ଭଗ୍ନ ଆଖି ଓ ଆଶାରେ ଦେଖୁଥିଲେ। ସେଇଥି ପାଇଁ ରେଣୁ ପୋଷ୍ଟ୍ ଅଫିସ୍ ଆସିବା ଆଗରୁ ବିକଳ ହୋଇ ତା' ପାଇଁ ଖୋଜି ଦେଉଥିଲେ ଚିଠି ସବୁକୁ। ସହୃଦୟରେ ଇଚ୍ଛା କରୁଥିଲେ, 'ରେଣୁ ପାଇଁ ଥରୁଟିଏ ତା' ବାପା କିଛି ଗୋଟେ ଲେଖି ପଠାନ୍ତା ହେଲେ।'

କିଛିଦିନ ପରେ ରବି ଅନୁଭବ କଲେ, ସେ ଅବା ରେଣୁକୁ ଚିଠିଟେ ଲେଖନ୍ତେ। ଯେଉଁଥିରେ ସେ ଲେଖନ୍ତେ ତାଙ୍କ ହୃଦୟର କଥା ଓ ବ୍ୟଥା ମଧ୍ୟ। ଆଉ ତା' ଉତ୍ତରରେ ରେଣୁଠୁ ପାଆନ୍ତେ ମଧ୍ୟ ଚିଠି ଖଣ୍ଡେ। ଚିଠି ଆଉ ଚିଠି। ସ୍ୱପ୍ନ ଦେଖିଲେ ରବି ଖୋଲା ଓ ବନ୍ଦ ଆଖିରେ। ଚିଠି, ହଁ, ଚିଠି। ସତରେ ଏ ଚିଠି ଶବ୍ଦଟି ଖୁବ୍ ଆକର୍ଷଣୀୟ।

ସ୍ୱପ୍ନରେ ସୁନ୍ଦର ଚିଠି ଲେଖୁଥିବା ରବି କିନ୍ତୁ କେବେ ସାହାସ କରି ରେଣୁକୁ

କେବେ ଚିଠିଟିଏ ଦେଇ ପାରି ନଥିଲେ କି ମୁହଁ ଖୋଲି କିଛି କହି ପାରି ନଥିଲେ। ନିଜ ଅଜାଣତରେ ଆକର୍ଷିତ ହୋଇ ପଡ଼ିଥିଲେ ରେଣୁ ପ୍ରତି। ତାଙ୍କୁ ଦେଖି ଉଦାସିଆ ହସଟେ ହସି ଦେଉଥିବା ରେଣୁ ମଧ୍ୟ କାହିଁ କେବେ କିଛି କହୁ ନଥିଲା। ରେଣୁର ଚିଠିକୁ ସ୍ୱପ୍ନରେ ଦେଖି ଦେଖି ଏମିତିରେ ବର୍ଷେ ଉପରେ ବିତି ଯାଇଥିଲା। ରେଣୁର ପୋଷ୍ଟ୍ ଅଫିସ୍ ଆସିବାଟା ହଠାତ୍ ଦିନେ ବନ୍ଦ ହୋଇ ଯାଇଥିଲା। ତା' ଖୋଜ୍ ଖବର୍ ନେବାକୁ ଅନ୍ତର୍ମୁଖୀ ରବି ଅନେକ ଚେଷ୍ଟା କରିଥିଲେ ମଧ୍ୟ ଅସଫଳ ହୋଇଥିଲେ। କେବଳ ଏତିକି ଜାଣି ପାରିଲେ ଯେ ସେମାନେ ଏ ସହର ଛାଡ଼ି ଚାଲି ଯାଇଥିଲେ। ତା' ପରେ ସେ କେବଳ କରି ପାରିଥିଲେ ରେଣୁ ପାଇଁ ଅନ୍ତହୀନ ପ୍ରତୀକ୍ଷା। ଆଉ ସେ ପ୍ରତୀକ୍ଷା ଇଲାଷ୍ଟିକ୍ ପରି ଏ ପରିଣତ ବୟସ ପର୍ଯ୍ୟନ୍ତ ଲମ୍ୱି ଆସିଛି।

XXX

କାଉ ରାବିଲାଣି। ଝରକା ରେଲିଂ ଉଦିତ ଲୋହିତ ସୂର୍ଯ୍ୟକୁ ଖଣ୍ଡରେ ଦେଖାଉ ଥିଲା। ରବି ସଚେତନ ହେଲେ। ସକାଳ ହେଲାଣି। ସେ ସବୁଦିନ ପରି ନିତ୍ୟକର୍ମ ସାରି ଠିକ୍ ସମୟରେ ପୋଷ୍ଟ୍ ଅଫିସ୍‌ରେ ହାଜର୍ ହୋଇ ଯାଇଥିଲେ। ରବି ଡାକସବୁ ସର୍ଟିଂ କରୁଥିଲେ। ଏ ସମୟରେ ପୋଷ୍ଟ ମାଷ୍ଟର୍‌ଙ୍କ ଡାକରା ପାଇଲେ। ଅବିଳମ୍ୱେ ସିଏ ଯାଇ ହାଜର୍ ହୋଇଗଲେ। ସେଦିନ ନିଜ କାମ ଛାଡ଼ି ସୁଦାମ, ଜଗା, ବଡ଼ବାବୁ ଆଦି ସମସ୍ତେ ପୋଷ୍ଟ ମାଷ୍ଟର୍‌ଙ୍କ ପାଖରେ ଠିଆ ହୋଇ ଥିଲେ। ଏଭଳି ପରିସ୍ଥିତି ଦେଖି ରବିଙ୍କୁ ଖୁବ୍ ଅଖାଡୁଆ ଲାଗିଥିଲା। ପୋଷ୍ଟ ମାଷ୍ଟର୍ ଗଳା ପରିଷ୍କାର କରି କହିଲେ, "ରବି ତୁମେ ତ ଜାଣିଛ, ଆଜି ଟେଲିଗ୍ରାମ୍ ସେବାର ଶେଷଦିନ। ଆଶ୍ଚର୍ଯ୍ୟର କଥା, ଆମେ ଜାଣିବା ଭିତରେ ତୁମ ପାଇଁ କେବେ କିଛି ଡାକ ଆସିନି। ହେଲେ ଆଜି ତୁମ ପାଇଁ ଏକ ଡାକ ଆସିଛି, ନିଅ ଏଇ ଟେଲିଗ୍ରାମ୍।"

ରବି ଏ କ'ଣ ଶୁଣୁଛନ୍ତି ! ତାଙ୍କ ମୁଣ୍ଡ ଗୋଳମାଳ ହୋଇ ଯାଉଥିଲା। ବୁଝିବାକୁ ଚେଷ୍ଟା କରୁଥିଲେ। ବାଲୁତ କାଳୁ ଯେଉଁ ଚିଠିଟିଏ ପାଇଁ ସେ ଚାତକ ପରି ବିକଳ ହୋଇ ଅନାଇ ବସୁଥିଲେ ଓ କିଛି କାଳ ପୂର୍ବରୁ ନିଜକୁ ବୁଝାଇ ଦେଇଥିଲେ ଯେ ତାଙ୍କ ପାଇଁ କେବେ କିଛି ଡାକ ଆସି ନ ପାରେ, ଆଜି ଅପ୍ରତ୍ୟାଶିତ ଭାବରେ ତାଙ୍କୁ ଡାକ ମିଳିଛି।

ଉତ୍କଣ୍ଠା ଓ ଆଶଙ୍କାର ମିଶ୍ର ଭାବନାରେ ସତେ ଅବା ପାଷାଣ ପାଲଟି ଯାଇଥିଲେ। ପୋଷ୍ଟ ମାଷ୍ଟର୍‌ଙ୍କ ହାତରୁ ଟେଲିଗ୍ରାମ୍‌ଟି ଆଣି ସୁଦାମ ତାଙ୍କ ହାତରେ ଗେଞ୍ଜି ଦେଉଥିଲେ, "ଭାଇ ଦେଖ ତୁମ ପାଇଁ ଟେଲିଗ୍ରାମ୍ ଆସିଛି ପରା।" ସଚେତନ ହେଲେ ରବି। କମ୍ପିତ ହାତରେ ଟେଲିଗ୍ରାମ୍‌ଟି ଖୋଲି ପଢ଼ିଲେ। ଲେଖାଥିଲା- 'କକେଇ

ଡ଼େଡ଼୍। କମ୍ ହୋମ୍ କୁଇକ୍।' ମୁଣ୍ଡ ଘୁରାଇ ଦେଲା। ପାଦତଳୁ ମାଟି ଖସିଗଲା। 'ଏଇତା ୫/୬ ଦିନ ତଳେ କକେଇ ଗାଁକୁ ଯାଇଥିଲେ। ଗଲାବେଳେ ତ ପୁରା ଠିକ୍ ଥିଲେ।' ସୁଦାମ ରବିଙ୍କ ଏ ଅବସ୍ଥା ଦେଖି ଚଉକିଟେ ଟାଣି ଆଣି ତାଙ୍କୁ ବସାଇ ଦେଲା।

ରବି ଛୁଟି ନେଇ କ୍ୱାଟର୍‌କୁ ଫେରିଲେ। କକେଇଙ୍କ ଶେଷ ଇଚ୍ଛାକୁ ସମ୍ମାନ ଦେଇ ତାଙ୍କୁ ମୁଖାଗ୍ନି ଦେବାକୁ ହେବ। ତେଣୁ ଗାଁକୁ ଯିବାକୁ ପଡ଼ିବ। ବସ୍‌ରେ ଗଲେ ୨/୩ ଘଣ୍ଟାର ବାଟ। ଜୀବନରେ ଦ୍ୱିତୀୟ ଥର ପାଇଁ ବସ୍‌ରେ ବସିଲେ ରବି। ବସ୍ ଛୁଟି ଗଲାଣି ଗନ୍ତବ୍ୟ ସ୍ଥଳକୁ। ରବିଙ୍କ ହୃଦୟ ଗତି ବସ୍ ସହ ତାଳ ଦେଇ ସ୍ପନ୍ଦିତ ହେଉଥିଲା। 'ସେ ଯାଉଛନ୍ତି ବାଲୁତ ବେଳୁ ଛାଡ଼ି ଆସିବାକୁ ବାଧ୍ୟ ହୋଇଥିବା ତାଙ୍କ ଗାଁକୁ, ସେଇଠି କକେଇଙ୍କ ଘରକୁ। ଘର? କିଛିଦିନ ପରେ ଚାକିରୀରୁ ଅବସର ନେବେ। ପିଲାବେଳୁ ଘର ବୋଲି ଚିହ୍ନିଥିବା ସରକାରୀ ବଖରାଟିକୁ ତାଙ୍କୁ ଛାଡ଼ିବାକୁ ହେବ। ତାହା ହେଲେ ତାଙ୍କ ଘର???'

■

ମୋ ଡାଇରୀର କିଛି ଫର୍ଦ୍ଦ

ବାହାରେ ରିମ୍ ଝିମ୍ ବର୍ଷା, ଶୀତତାପ ନିୟନ୍ତ୍ରିତ କେଫେ କଫି ଡ଼େ ର କାଚ କାନ୍ଥକୁ କିଛିଟା ଧୂଆଁଳିଆ କରି ଦେଇଥିଲା । ବାମ୍ଫ ଉଠୁଥିବା କଫିମଗ୍‌କୁ ହାତରେ ଧରି ମୁଁ ସେଇ ଧୂମାୟିତ କାଚକାନ୍ଥ ଦେଇ ରାସ୍ତାକୁ ଅଲକ୍ଷରେ ଦେଖୁଥିଲି । ରାସ୍ତାରେ ଯିବାଆସିବା କରୁଥିବା ଲୋକମାନେ ଗାଡ଼ି ଆଲୁଅରେ ଛାୟାମୂର୍ତ୍ତି ପରି ପ୍ରତୀୟମାନ ହେଉଥିଲେ । ଆଜି ରବିବାରଟା ମୋର ଖୁବ୍ ଭଲରେ କଟି ଯାଇଛି । ତନୟା, ପ୍ରବୀଣ ଓ ମୁଁ ସତେ ଯେପରି ଏକ ପରଫେକ୍ଟ ଟିମ୍ । ଅଫିସ୍‌ରେ ଆମର ଖୁବ୍ ଜମେ ଓ ସୌକ ମଧ୍ୟ ପ୍ରାୟ ଏକା ପ୍ରକାରର । ଆଜି କରିମ୍ ବସ୍ତିର ପିଲାଙ୍କ ପାଇଁ ଆୟୋଜନ କରିଥିବା କାର୍ଯ୍ୟକ୍ରମଟି ଭଲରେ ସମ୍ପାଦିତ କରି ପାରିଥିଲୁ । ଅବଶ୍ୟ ସେଠାରେ ରୋହନ୍ ଖୁବ୍ ମନେ ପଡୁଥିଲେ । ସେ ମଧ୍ୟ ଆମକୁ ମନେ ପକାଇ ଦିନରେ ୩/୪ ଥର ଫୋନ୍ କରିଥିଲେ । ସତରେ ସେ ଆଜି ଏଇଠି ଥିଲେ ଖୁବ୍ ଭଲ ଲାଗିଥା'ନ୍ତା । କରିମ୍ ବସ୍ତିରୁ ଗାଡ଼ିରେ ଫେରିଲା ବେଳେ ବାଟରେ ତନୟା ଓ ପ୍ରବୀଣଙ୍କୁ ତାଙ୍କ ଘରେ ଛାଡ଼ିଥିଲି । ମୋର ଏତେ ଶିଘ୍ର ଘରକୁ ଫେରିବାକୁ ଇଚ୍ଛା ହେଲାନି । ଘରେ କିଏ ଅଛି ଯେ ଘରକୁ ଫେରି କ'ଣ ବା କରିଥା'ନ୍ତି ? ତେଣୁ ଏ ଚିରପରିଚିତ କଫି ସପ୍‌ରେ କଫି ପିଇବା ପାଇଁ ଟିକିଏ ଅଟକି ଗଲି । କହିବାକୁ ଗଲେ ଏଇ କଫିସପ୍‌ରେ ମଧ୍ୟ ମୁଁ ମୋର ଗୋଟେ ପରିବାର ପାଇ ଯାଇଛି । କାଚ ଆରପଟେ ଦିଶୁଥିବା ଛାୟା ମୂର୍ତ୍ତିଗୁଡ଼ିକୁ ମୁଁ ଆଜିର ପିଲାମାନଙ୍କ ରୂପେ କଳନା କଲା ବେଳକୁ ମୋ ଓଠରେ ହସ ସ୍ୱତଃପ୍ରବୃତ୍ତ ଭାବେ ଫୁଟି ଉଠିଲା । ବରୁଣ ଏହା ଲକ୍ଷ କରି ସମସ୍ତଙ୍କୁ ଶୁଣାଇଲା ପରି ମୋ କାନ ପାଖେ କହିଲା, "ଆଜି ଦିଦି ନିଶ୍ଚିତ କରିମ୍ ବସ୍ତିକୁ ଯାଇଥିଲେ ।" ବରୁଣ ଏମ.ବି.ଏ. କରେ । ପାର୍ଟ୍ ଟାଇମ୍‌ରେ ଏଠାରେ ୱେଟର୍ କାମ କରିଥାଏ । ରାସ୍ତାରୁ ବରୁଣ ଆଡ଼କୁ ମୁହଁ ଫେରାଇ ଆଣିଲି । ମୋ ଓଠ ଆଉ ଟିକିଏ ଅଧିକା ପ୍ରସାରିତ ହୋଇଗଲା ।

ମୋ ଟେବୁଲ୍ ଅପର ପାର୍ଶ୍ୱରେ ଜଣେ ବୟସ୍କ ବ୍ୟକ୍ତି କେତେବେଳୁ ବସିଥିବାର ଏବେ ମୋ ଆଖିରେ ପଡ଼ିଲା। ତାଙ୍କ ଅପଲକ ଦୃଷ୍ଟି ମୋ ଉପରେ ନିବିଦ୍ଧ ଥିଲା। ମୋଟା ଚଷମା ଫ୍ରେମ୍ ତଳୁ ମଧ୍ୟ ମୁଁ ତାଙ୍କ ଆଖିର ଦ୍ୱନ୍ଦକୁ ଠିକ୍ ଠଉରାଇ ପାରିଲି। ସେ ପଚାରିଲେ, "ଯଦି କିଛି ନଭାବିବେ, ଆପଣ ଶ୍ରାବଣୀ କି ?" ଚମକି ପଡ଼ିଲି। ମୋର ହୃଦସ୍ପନ୍ଦନ ହଠାତ୍ କେତେ ଗୁଣା ଯେ ବଢି ଯାଇଥିଲା ତାହା ମୁଁ ନିଜେ ମଧ୍ୟ ଜାଣି ପାରି ନଥିଲି। ମୂହୁର୍ତ୍ତକ ଭିତରେ ଏ ଶୀତତାପ ନିୟନ୍ତ୍ରିତ ପରିବେଶରେ ମଧ୍ୟ ମୁଁ ସଂପୂର୍ଣ୍ଣ ଘର୍ମାକ୍ତ ହୋଇଗଲି। ତଣ୍ଟି ଶୁଖି ଅଠା ଅଠା ହୋଇ ଯାଇଥିଲା। ଲାଗିଥିଲା ସତେ ଅବା ମୋ ଜିଭକୁ କିଏ ଭିତରକୁ ଟାଣି ଧରିଛି। ମସ୍ତିଷ୍କର ଟାଏଁ ଟାଏଁ ସ୍ପନ୍ଦନ ମୁଁ ଖୁବ୍ ଭଲ ଭାବେ ଶୁଣି ପାରୁଥିଲି। ହଁ, ଇଏ ଯେ ଶ୍ରୀକାନ୍ତ... ସିଏ, ପୁଣି ଏଇଠି !!! କିଛି ମୁହୂର୍ତ୍ତ ଏମିତି ବିତି ଯାଇଥିଲା। ମୋ ତୀବ୍ର ପ୍ରବାହିତ ନିଃଶ୍ୱାସ ଧିରେ ଧିରେ ଧିମେଇ ଆସିଥିଲା। ପୁଣି ଅନୁଭବ କଲି, ପୂର୍ବ ପରି ମୁଁ ହୋଇ ଯାଇଛି ହାଲୁକା ସ୍ୱଚ୍ଛନ୍ଦରେ ଭରପୂର। ଆଜି ସନ୍ଧ୍ୟାର ପ୍ରସନ୍ନତା ମୋ ଭିତରକୁ ପୁଣି ଫେରି ଆସିଥିଲା। କିନ୍ତୁ ସେ ବୟସ୍କ ଭଦ୍ରବ୍ୟକ୍ତି, ମାନେ ଶ୍ରୀକାନ୍ତ ଥିଲେ ସେମିତି ବିଚଳିତ, ଅସ୍ୱସ୍ତିଭରା, ମ୍ରିୟମାଣ। ସାମାନ୍ୟ ହସି କହିଲି, "ହଁ ଶ୍ରୀକାନ୍ତ, ମୁଁ ସେଇ ଶ୍ରାବଣୀ।"

"୧୮ ବର୍ଷ ଭିତରେ ତୁମର ବେଶପୋଷାକ ଛଡ଼ା ଚେହେରାରେ ବିଶେଷ କିଛି ପରିବର୍ତ୍ତନ ହୋଇନି। ତେଣୁ ଚିହ୍ନିବାରେ ଅସୁବିଧା ହେଲାନି। ମୁଁ ଖାଲି ଟିକିଏ ଯାହା ମୋଟା ହୋଇ ଯାଇଛି। ଆଉ ସେମିତି କିଛି ବଦଳିନି ବୋଧେ। ନହେଲେ ତୁମେ କେମିତି ମୋତେ ଫଟ୍ କରି ଚିହ୍ନି ପକାଇଲ ?" କହିଥିଲେ ଶ୍ରୀକାନ୍ତ। କିନ୍ତୁ ମୁଁ କହି ନଥିଲି ଯେ, 'ନା ଶ୍ରୀକାନ୍ତ, ତୁମେ ସମ୍ପୂର୍ଣ୍ଣ ବଦଳି ଯାଇଛ। ଦିଶୁଛ ବୟସଠାରୁ ଖୁବ୍ ଅଧିକା ବୟସ୍କ ଓ ଭାରାକ୍ରାନ୍ତ।' ହେଲେ ମୋ ଆଡୁ ମୁଁ କିଛି ମଧ୍ୟ ନକହି ଖାଲି ଟିକିଏ ହସି ଦେଇ ମୋ କଫିମଗରେ ଓଠ ଲଗାଇଲି। ଶ୍ରୀକାନ୍ତ ପୁଣି ଆରମ୍ଭ କଲେ, "ଏତେ ବର୍ଷ ପରେ ଏମିତି ତୁମ ସହ ଦେଖା ହୋଇଯିବ ବୋଲି ମୁଁ ସ୍ୱପ୍ନରେ ସୁଦ୍ଧା ଭାବି ନଥିଲି।" ତାଙ୍କ କ'ଣ୍ଠ ଥିଲା ଉଦବିଗ୍ନ, ବାଷ୍ପରୁଦ୍ଧ। ମୋ ମୁହଁରେ କୌଣସି ପ୍ରତିକ୍ରିୟା ନଦେଖି କିମ୍ବା ମୋ ଠାରୁ କୌଣସି ଉତ୍ତର ନପାଇ ସେ କଥା ଯୋଡ଼ିଲେ, "ମୁଁ ଏକ ଇନ୍ ସର୍ଭିସ୍ ଟ୍ରେନିଂରେ ଏଠାକୁ ସାତଦିନ ପାଇଁ ଆସିଛି..." ଏହି ସମୟରେ ତାଙ୍କ ଫୋନ୍ ବାଜି ଉଠିଥିଲା। ଫୋନ୍‌ରେ ବୋଧେ ତାଙ୍କ ଧର୍ମପତ୍ନୀ ଥିଲେ। ବାଧ୍ୟ ହୋଇ ଫୋନ୍ ଉଠାଇଲେ, "ଏଇତ ଟ୍ରେନିଂହଲ୍‌ରୁ ବାହାରୁଛି। ରୁମ୍‌ରେ ପହଞ୍ଚି ଫୋନ୍ କରିବି।" ଏତକ କହି ସେ ଫୋନ୍ କାଟିଲେ। ପୁଣି ଅଣନିଶ୍ୱାସୀ ହୋଇ ପଚାରିଲେ,"ଆଉ ଶ୍ରାବଣୀ କେମିତି ଅଛ ? ମୋତେ ବହୁତ ଖୁସି ଲାଗୁଛି ଯେ ତୁମେ

ମୋ କଥା ମାନି ନିଜକୁ ଖୁବ୍ ଭଲରେ ସମ୍ଭାଳି ନେଇଛ। ତୁମେ ବିଶ୍ୱାସ କରିବନି ତୁମକୁ ଏତେ ଖୁସି ଦେଖି ମୋ ମନରୁ କେତେ ବଡ଼ ବୋଝ ଉତୁରି ଗଲା।" ଏସବୁ ଶୁଣି ମୋର ଫିକ୍ କରି ହସ ବାହାରି ଆସିଲା। ଶ୍ରୀକାନ୍ତ କହି ଚାଲିଥିଲେ, "ସତ କହିବି ? ତୁମ ହସରେ ସେଇ ନିର୍ମଳତା ଆଜି ମଧ୍ୟ ଝଲକି ଉଠୁଛି..." ମୋ କଫିମଗ୍ ଖାଲି ହୋଇ ଆସିଥିଲା। ଏବେ ମୋ ଫୋନ୍ ବାଜି ଉଠିଲା। ରୋହନ୍‌ଙ୍କ ଫୋନ୍ ଥିଲା। ଫୋନ୍ ଉଠାଇଲି, "ମୁଁ କଫିସପ୍‌ରେ ବସିଛି। ଏଇଠି ଶ୍ରୀକାନ୍ତଙ୍କ ସହ ହଠାତ୍ ଦେଖା ହୋଇଗଲା। ଏଇତ ଏବେ ଘରକୁ ଫେରିବି। ଘରେ ପହଞ୍ଚି ଫୋନ୍ କରୁଛି।"

ଶ୍ରୀକାନ୍ତଙ୍କ ମୁହଁ ଆହୁରି ଶେଥାଳିଆ ଓ ବିକଳିଆ ଦିଶିଲା। ଶୁଷ୍କସ୍ୱରରେ ପଚାରିଲେ, "କିଏ, ମାଉସୀ ଫୋନ୍ କରିଥିଲେ କି ?" "ନା, ମୋ ସ୍ୱାମୀ।" ଉତ୍ତର ଦେଉ ଦେଉ ମୁଁ ଯିବାକୁ ଉଠିଲି। ଆଶ୍ଚର୍ଯ୍ୟାନ୍ୱିତ ଶ୍ରୀକାନ୍ତ ପଚାରିଲେ, "ତୁମ ସ୍ୱାମୀ କ'ଣ ଆମ କଥା ଜାଣନ୍ତି ? ? ?" ମୋ ଓଠରେ ନିର୍ଲିପ୍ତ ଏକ ହସ ହିଁ ଲାଗି ରହିଥିଲା। ମୋ ହ୍ୟାଣ୍ଡବ୍ୟାଗ୍ ଓ ସ୍କାର୍ଫ୍ କୁ ଧରି ମୁଁ ମୋ ଗାଡ଼ି ଆଡ଼େ ଆଗେଇ ଗଲି ସେଇ ରିମ୍ ଝିମ୍ ବର୍ଷାରେ ଭିଜିବାର ଆନନ୍ଦ ନେଇ। ପଛଆଡୁ ବରୁଣ 'କାଲି ଦେଖା ହେବ' ବୋଲି କହୁଥିବାର କାନରେ ପଡ଼ିଲା। ଆଉ ଶ୍ରୀକାନ୍ତ ଏକରକମର ପାଗଳ ପରି ଦଉଡ଼ି ଆସି ପଚାରୁଥିଲେ, "ଶ୍ରାବଣୀ ତୁମ ଠିକ'ଣା ? କେଉଁଠି ରୁହ ? ମୁଁ ଆଉ ପାଞ୍ଚଦିନ ଏଇଠି ରହିବି। ପୁଣି କେବେ ଦେଖା ହେବ ? ତୁମ ଫୋନ୍ ନମ୍ବର୍ ? ଆଚ୍ଛା ମୋ ନମ୍ବର୍ ହେଲା ୯୮୨..." ସେତେବେଳକୁ ମୁଁ ଗାଡ଼ି ଷ୍ଟାର୍ଟ କରି ସାରିଥାଏ। ମୋ ପାଟିରୁ ଖାଲି ସୌଜନ୍ୟ ମୂଳକ ପଦୁଟିଏ ବାହାରି ଆସିଲା,"ନାଇସ୍ ମିଟିଂ ୟୁ ଶ୍ରୀକାନ୍ତ। ପୁଣି ଦେଖା ହେବ।" ମୋ ଗାଡ଼ି ଆଗେଇ ଯାଇଥିଲା ସିକ୍ତ ରାଜରାସ୍ତାରେ ବର୍ଷା ଓ ଅନୁଶୋଚନାରେ ଭିଜୁଥିବା ଶ୍ରୀକାନ୍ତଙ୍କୁ ପଛରେ ଛାଡ଼ିଦେଇ।

ଘରେ ପହଞ୍ଚି ଫ୍ରେସ୍ ହେଲି। ସ୍କାଇପ୍‌ରେ ରୋହନ୍, ଝିଅ ଶୀଲା ଓ ଶାଶୁଙ୍କ ସହ ଯଥାରୀତି ଖୁବ୍ ଗପିଲି। କହିଥିଲି କରିମ୍ ବସ୍ତିର ରୀନୀ ଓ ସୋହନ୍‌କୁ ଶୀଳା ତରଫରୁ ଉପହାରସବୁ ଦେବାକଥା। ତନୟା, ପ୍ରବୀଣଙ୍କ କଥା, ଏମିତି କେତେ କ'ଣ। ସେମାନେ ମଧ୍ୟ ସକାଳେ ତାଙ୍କର ଚିଡ଼ିଆଖାନା ଯିବା ଓ ଫେରିବା ବାଟରେ ବାହାରେ ରାତ୍ରିଭୋଜନ କରିବା କଥା କହିଥିଲେ। ଶୋଇବାକୁ ଯିବା ପୂର୍ବରୁ ଶୀଲା ତା' ସ୍କୁଲ୍ ପ୍ରଦର୍ଶନୀ ପାଇଁ କରିଥିବା ମଡ଼େଲ୍ ମଧ୍ୟ ଦେଖେଇଲା। ଏମିତି କେତେ କ'ଣ କଥା ହୋଇ ମନଟା ବେଶ୍ ହାଲୁକା ଲାଗିଲା। ଉଷୁମ୍ କ୍ଷିର ଗ୍ଲାସ୍‌ଟେ ପି' ଦେଇ ଖଟରେ ମୋ ଡାଇରୀ ଓ ପେନ୍ ଧରି ପେଟେଇ ପଡ଼ିଲି। ଆଜି ଦିନର ଡାଇରୀ ଲେଖିବା ପାଇଁ ଫର୍ଦ୍ଦ ଓଲଟାଇ ତାରିଖ ଲେଖିଲି। ହଠାତ୍ ଶ୍ରୀକାନ୍ତ ମୋ ଭାବନା ଭିତରକୁ ଧସେଇ ପଶି ଆସିଲେ।

ସେଇ ପୃଥଳକାୟ, ଚିନ୍ତାଗ୍ରସ୍ତ, ଆତୁର ଲୋକଟା ଭିତରୁ ଉତୁରି ଆସିଥିଲେ ୩୦ ବର୍ଷ ତଳର ସୁଢଳ ଚେହେରାଧାରୀ ଯୁବ ଶ୍ରୀକାନ୍ତ। ହଁ, ଆମେଦୁହେଁ ଏକାଠି ପଢୁଥିଲୁ। ସହପାଠୀରୁ କେମିତି କେତେବେଳେ ଜୀବନପଥର ସହଯାତ୍ରୀ ହେବାର ନିଷ୍ପତ୍ତି ନେଇ ଯାଇଥିଲୁ। ମୁଁ ଥିଲି ମେଧାବୀ। ଆଉ ଶ୍ରୀକାନ୍ତଙ୍କ ପ୍ରେମ ମୋତେ କରି ଦେଇଥିଲା ସୁନ୍ଦରୀ ମଧ୍ୟ। ତାଙ୍କ ମତରେ ମୋ ଭଲ ପାଇବା କାଳେ ତାଙ୍କୁ ଭାବୁକ କବିଟିଏ କରି ଦେଇଥିଲା। ଆଉ ସେ ମୋ ପାଇଁ କାଳେ ଲେଖି ଥିଲେ ପୁରା ଲକ୍ଷେ କବିତା। ସେସବୁ ରୋମାଞ୍ଚିତ କବିତାରେ ମୋ ଅସ୍ତିତ୍ୱ ବୁଡ଼ି ରହୁଥିଲା। ପଢା ସରିବା ବେଳକୁ ଘରେ ମୋ ପାଇଁ ବିବାହ ପ୍ରସ୍ତାବ ଦେଖା ଆରମ୍ଭ କରି ଦେଇଥିଲେ। ମୋର ସେସବୁରେ ଆଗ୍ରହ ନଥିଲେ ମଧ୍ୟ ପ୍ରଥମେ ପ୍ରଥମେ ମୁଁ ଏହାକୁ ବିରୋଧ କରି ପାରୁ ନଥିଲି। ହେଲେ ଶ୍ରୀକାନ୍ତଙ୍କ ପ୍ରେମ ମୋତେ ସାହାସ ଦେଇଥିଲା। ପରେ ମୁଁ ନିର୍ଭିକ ଭାବରେ ମୋର ମତାମତ ବୋଉଙ୍କୁ ଜଣାଇ ଦେଇଥିଲି। ଘରେ ଏ ନେଇ ଅଶାନ୍ତି ଚାଲିଲା। ମୁଁ କିନ୍ତୁ ଥିଲି ଅବିଚଳିତ। କାରଣ ମୋ ପାଇଁ ଥିଲେ ଶ୍ରୀକାନ୍ତ। ତାଙ୍କ କଥାରେ ମୁଁ କୌଣସି ଚାକିରି ପାଇଁ ମଧ୍ୟ ଆବେଦନ କରୁନଥିଲି। କାରଣ ମୁଁ ଯଦି ଚାକିରି ପାଇ କେଉଁଆଡ଼େ ଚାଲିଯିବି ତାହାଲେ ସେ ମୋ ବିରହ ସହ୍ୟ କରି ପାରିବେ ନାହିଁ। ବିବାହ ପୂର୍ବରୁ ନିଜ ମନମୁତାବକ ଚାକିରି ପାଇଁ ଶ୍ରୀକାନ୍ତ ଚେଷ୍ଟା ଚଳାଇଥିଲେ। ଭଗବାନ ଆମ ଡାକ ଶୁଣିଲା ପରି ବର୍ଷେ କେତେଟାରେ ଶ୍ରୀକାନ୍ତଙ୍କୁ ମନଲାଖି ଚାକିରିଟିଏ ମିଳିଗଲା। ଆଉ ଶ୍ରୀକାନ୍ତ ଚାକିରି ପାଇଯିବା ପରେ ମୁଁ ଆମ ବିବାହ ସ୍ୱପ୍ନରେ ମାତିଗଲି।

ଚାକିରି ସ୍ଥାନକୁ ଶ୍ରୀକାନ୍ତ ଚାଲିଗଲା ପରେ ମୋର ଫୁର୍ କରି ଉଡ଼ି ଯାଉଥିବା ସମୟ ଆଉ କଟୁ ନଥିଲା। ସତେ ଅବା ପୃଥିବୀ ତା' ଅକ୍ଷରେ ଖୁବ୍ ଧିରେ ଘୁରୁଥିଲା ଅବା ଜମା ଘୁରୁ ନଥିଲା। ସେତେବେଳେ ଆଖିରେ ପଡ଼ି ଯାଉଥିଲା ବାପା ମା'ଙ୍କର ଉଦାସିଆ ମୁହଁ, ବନ୍ଧୁବାନ୍ଧବ, ସାଇପଡ଼ିଶାଙ୍କର ମୋ ପ୍ରତି ଆଡ଼ ଆଡ଼ ଚାହାଣୀ। ମନକୁ ଆସୁଥିଲା ମୋ ବୟସ, ୨୯। ଅଣନିଶ୍ୱାସୀ ହୋଇ ପଢୁଥିଲି। ସେଥିରୁ ମୁକୁଳିବା ପାଇଁ ଶ୍ରୀକାନ୍ତଙ୍କର ପୁରୁଣା ଚିଠିସବୁ ବାରମ୍ବାର ପଢୁଥିଲି। ତାହା ଥିଲା ମୋ ପାଇଁ ଆଶ୍ୱାସନା, ସାନ୍ତ୍ୱନା।

ଚାକିରିର ତିନିମାସ ପରେ ଶ୍ରୀକାନ୍ତ ଫେରିଥିଲେ। ସେଦିନ ତାଙ୍କୁ ପାର୍କରେ ଦେଖା କରିବାକୁ ମୁଁ ସ୍ୱପ୍ନର ଦୁନିଆରେ ଏକରକମର ପହଁରି ପହଁରି ପହଞ୍ଚି ଯାଇଥିଲି। ଜହ୍ନକୁ ପାଇଲା ପରି ଦଉଡ଼ିଯାଇ ତାଙ୍କୁ ମୋ ବାହୁ ବନ୍ଧନରେ ଆବୋରି ନେଲି। ଆଉ ଅନୁଭବ କଲି ଶ୍ରୀକାନ୍ତଙ୍କର ଶିଥିଳ ହାତର ସ୍ପର୍ଶକୁ। କିଛି କ୍ଷଣ ପରେ ସେ ଗଳା ପରିଷ୍କାର କରି କହିଲେ, "ଶ୍ରାବଣୀ ଆଜି ମୁଁ ଯାହାକିଛି, ସେସବୁର ଶ୍ରେୟ କେବଳ

ତୁମର। ମୋ ହୃଦୟରେ କେବଳ ତୁମେ ହିଁ ତୁମେ ରହିଛ, ରହିବ...." ଛେପଢୋକି ପୁଣି ଆରମ୍ଭ କଲେ,"ତୁମେ ତ ଜାଣ ମୁଁ ଆମଘରର ଏକମାତ୍ର ପୁଅ। ତେଣୁ ବାପା ମା'ଙ୍କର ମୋତେ ନେଇ ଅନେକ ଆଶା ଆଉ ସ୍ୱପ୍ନ। ଆଉ ସେସବୁ ପୂରଣ କରିବା ଦାୟିତ୍ୱ ମଧ୍ୟ ମୋର। ସେଇଥି ପାଇଁ ତ ଏଇ ଚାକିରି ପାଇଁ ଏତେ ଚେଷ୍ଟା କଲି, କେବଳ ତାଙ୍କ ମନ ରଖିବା ପାଇଁ। ଆଉ ଏବେ ସେମାନେ ଯେଉଁ ଝିଅକୁ ମୋ ପାଇଁ ଠିକ୍ କରିଛନ୍ତି ଏଇ ଦୁଇମାସ ଭିତରେ ମୁଁ ସେଇଠି ବାହା ହେବାକୁ ବାଧ୍ୟ। ମୋତେ କ୍ଷମା କରିଦେବ...." ଶ୍ରୀକାନ୍ତଙ୍କ ଛାତି ଉପରୁ ମୁହଁ ଉଠାଇ ମୁଁ ଏଥର ତାଙ୍କୁ ଦେଖିଲି। ସବୁଥର ପରି ସେ ମୋ ସହ ଥଟ୍ଟା କରୁ ନାହାନ୍ତି ତ? ନା, ଏଥର ତାଙ୍କ ମୁହଁରେ ସେମିତି କିଛି ଦୁଷ୍ଟାମୀର ହୃଦୟଛୁଆଁ ହସ ନଥିଲା। ସେ ଥିଲେ ଖୁବ୍ ଗମ୍ଭୀର। ମୁଁ ବଲବଲ କରି ତାଙ୍କ ମୁହଁକୁ ଅନାଇଥାଏ। ସେ ସେଠାରୁ ଉଠି ଚାଲିଯିବା ଆଗରୁ କହିଥିଲେ, "ଜାଣେ, ମୁଁ ତୁମକୁ ଖୁବ୍ କଷ୍ଟ ଦେଇଛି। ମୋତେ କ୍ଷମା କରିଦେବ। ମୁଁ ଲାଚାର୍। ତୁମେ ଖୁବ୍ ଭଲ। ତୁମକୁ କେହି ବି ଭଲ ମଣିଷ ମିଳି ଯିବେ। ମୋତେ ଭୁଲିଯାଅ।" ପଥର ପାଲଟି ମୁଁ ଶ୍ରୀକାନ୍ତଙ୍କ ଫେରିବା ବାଟକୁ ଅନାଇ ରହିଥିଲି। ପଚାରିବାକୁ ଚାହୁଁଥିଲି, 'ମୋତେ କେହି ଯଦି ମିଳି ଯିବେ, ତେବେ ତୁମେ କାହିଁକି ନୁହେଁ? ଯଦି ଏସବୁ କହିବାର ଥିଲା, ତେବେ ଏତେ ଡେ଼ରିରେ କାହିଁକି?....?' ଏଭଳି ଅନେକ ନିରୁତ୍ତର ପ୍ରଶ୍ନ।

ସେଇ ମୁହୂର୍ତ୍ତରେ ମୋର ସବୁକିଛି ଓଲଟ ପାଲଟ ହୋଇଗଲା। ଘରେ, ବାହାରେ, ଲୋକଙ୍କ ଆଗରେ ଶ୍ରୀକାନ୍ତଙ୍କୁ ନେଇ ମୋର ଥିବା ଦମ୍ଭ ଏମିତି ପାଣି ପବନରେ ମିଳାଇ ଯାଇଥିଲା ଯେ ତାକୁ ଖୋଜିବା ମୋ ପକ୍ଷେ ଅସମ୍ଭବ ଥିଲା। ପୂର୍ବେ ଶ୍ରୀକାନ୍ତଙ୍କ ପ୍ରେମଝଡ଼ରେ ତନ, ମନ, ପ୍ରାଣ ହରାଇ ପାଇଥିଲି ଅପାର ଆନନ୍ଦ। ମାତ୍ର ଝଡ଼ ବୋହିଗଲା ପରେ ଉଜୁଡ଼ି ଯାଇଥିବା ମୋ ଦୁନିଆକୁ ଦେଖି ବାହୁନି ହେଉଥିଲି। ଶ୍ରୀକାନ୍ତଙ୍କୁ ଖୁସି ଦେଇ ପାରି ନଥିବା ମୋର ଏ ଜୀବନ ମୋତେ ମୂଲ୍ୟହୀନ ଲାଗିଥିଲା। ଖୋଜି ହେଉଥିଲି ମୋ ଭିତରର ଖୁଣସବୁ ଯାହାକୁ ଦେଖି ଶ୍ରୀକାନ୍ତଙ୍କ ବାପା ମା' ଆମ ଦୁହିଁଙ୍କ ସମ୍ପର୍କରେ ସବୁ ଜାଣି ସୁଦ୍ଧା ପୁଅ ପାଇଁ ଅନ୍ୟ ଝିଅ ଠିକ୍ କରିଥିଲେ। ଶ୍ରୀକାନ୍ତଙ୍କ ବାହାଘର ଖବର ଆଉ କାହାକୁ ଅଛପା ନଥିଲା। ସମସ୍ତଙ୍କ ଟାହିଟାପରା ମୋ ପାଇଁ ନିଶ୍ଚିତ ଭାବରେ ଅସହ୍ୟ ଥିଲା।

ପରେ ପରେ ତାଙ୍କ ଠାରୁ ଆଉ ଦୁଇ/ତିନୋଟି ଚିଠି ପାଇଥିଲି। ବିକଳ ହୋଇ ପଢି ଯାଉଥିଲି। କାଳେ... ହେଲେ ସବୁଥରେ ସେଇ ସମାନ କଥା, 'ମୋତେ ଭୁଲି ଯାଅ, କ୍ଷମା କରିଦିଅ, ଜୀବନରେ ଆଗେଇ ଯାଅ, ମୁଁ ଜାଣେ ତୁମେ ଖୁବ୍ ଦୃଢ,

ତୁମେ ନିଶ୍ଚିତ ପାରିବ...' ଏପରି କିଛି ପ୍ରତ୍ୟେକ ଥର। ମୋତେ ଲାଗୁଥିଲା, ସତେ ଯେପରି ମୁଁ ମୂର୍ଖ, ଶ୍ରୀକାନ୍ତଙ୍କ ଦ୍ୱାରା ବ୍ୟବହୃତ, ପ୍ରତାରିତ। ଏତେ ସ୍ୱାର୍ଥପର ମଣିଷ କିପରି ହୋଇ ପାରେ! ଘୃଣା ଆସୁଥିଲା ନିଜ ପ୍ରତି, ଶ୍ରୀକାନ୍ତଙ୍କ ପ୍ରତି। ଏବେ ତାଙ୍କ ଚିଠି ଆଉ ସାନ୍ତ୍ୱନା ଦେଉ ନଥିଲା। ଜାଳି ଦେବାକୁ ଇଚ୍ଛା ହେଉଥିଲା, ନିଜକୁ, ଶ୍ରୀକାନ୍ତଙ୍କୁ। ସେ କେତେ ନ୍ୟୁନ ତାଙ୍କୁ ଚେତାଇ ଦେବାକୁ ପଡ଼ିବ। ଏପରି ସ୍ୱାର୍ଥପର ଲମ୍ପଟମାନଙ୍କୁ କେବେ କ୍ଷମା ଦିଆ ଯାଇ ନପାରେ।

ଘରେ ରହିବା ଅବସ୍ଥାରେ ନଥିଲି। ବାହାରେ ମୁହଁ ଟେକି ଚାଲିବା ଅବସ୍ଥାରେ ମଧ୍ୟ ନଥିଲି। ମୁଁ ମୁକ୍ତି ଚାହୁଁଥିଲି। ପିଲାଦିନର ସାଙ୍ଗ ତନୟା ପାଖକୁ ଏ ଦୂର ସହରକୁ ପଳାଇ ଆସିଲି। ତା' ସ୍ୱାମୀ ପ୍ରବୀଣ ଓ ସେ ଏ ଅଜଣା ସହରରେ ମୋର ସାହାଭରସା ହେଲେ। ମୋ ଭିତରେ ଜଡ଼ ପାଲଟି ଯାଇଥିବା ମେଧାବୀ ଛାତ୍ରୀକୁ ସେମାନଙ୍କ ସହାୟତାରେ ଖୁବ୍ କଷ୍ଟରେ ଜୀବିତ କରାଇଥିଲି। ଫଳ ସ୍ୱରୂପ ଖୁବ୍ ଶିଘ୍ର ଭଲ ଚାକିରିଟେ ମିଳିଗଲା। ହେଲେ ଶ୍ରୀକାନ୍ତଙ୍କ ପ୍ରତାରଣାରେ ଭିତରଟା ମୋର ଘୃଣାରେ ଅହରହ ଜଳୁଥିଲା। ପ୍ରବୀଣ ଓ ତନୟାଙ୍କ ସହ ଖାଲି ସମୟରେ ଅବହେଳିତମାନଙ୍କ ପାଇଁ କାମ କରିବା ଆରମ୍ଭ କରିଦେଲି। ମୋ ଲୁହର ମୂଲ୍ୟ ଏମାନଙ୍କ ତୁଳନାରେ ମୋତେ ତୁଚ୍ଛ ଲାଗିଲା। ସେମାନେ ଅନେକ କଷ୍ଟ ଭିତରେ ମଧ୍ୟ ହସି ପାରୁଥିଲେ, ତେବେ ମୁଁ କାହିଁକି ନୁହେଁ?

ଚେତିଲି, ଶ୍ରୀକାନ୍ତଙ୍କୁ କ୍ଷମା କରିଦେଲେ ମୁଁ ବଡ଼ ହୋଇ ଯିବିନି। କିନ୍ତୁ କ୍ଷମା କରିଦେବା ଅର୍ଥ ସେଇ ସନ୍ତୁଳି ହେଉଥିବା ମାନସିକ କଷ୍ଟରୁ ନିଜକୁ ଓହରାଇ ନେବା, ମୁକ୍ତି ଦେବା। ତେଣୁ ମୁଁ ମୋର ଗଭୀରତମ ହୃଦୟରେ ଶ୍ରୀକାନ୍ତଙ୍କୁ କ୍ଷମା କରି ଦେଇଥିଲି, ନିଜ ଶାନ୍ତି ପାଇଁ, ଜୀବନରେ ଆଗେଇ ଯିବା ପାଇଁ। ତାଙ୍କଠାରୁ ପାଇଥିବା ସୁଖଦ ମୁହୂର୍ତ୍ତଗୁଡ଼ିକ ପାଇଁ ମଧ୍ୟ ଅନ୍ତରର ସହିତ ଭଗବାନଙ୍କୁ କୃତଜ୍ଞତା ଜଣାଇଥିଲି। ସତରେ ତାଙ୍କୁ କ୍ଷମା କରିଦେବା ପରେ ମୋତେ ଯାବୁଡ଼ି ଧରିଥିବା ଅନ୍ଧକାରରୁ ମୁଁ ମୁକ୍ତ ହୋଇ ଥିବାର ଅନୁଭବ କରି ପାରିଲି। ନିଜକୁ ଖୁବ୍ ହାଲୁକା ଲାଗିଥିଲା। ଅଳ୍ପଦିନ ଭିତରେ ମୁଁ ମୋ କାର୍ଯ୍ୟକ୍ଷେତ୍ରରେ ଓ ଏ କରିମ୍ ବସ୍ତିରେ ବେଶ୍ ଲୋକପ୍ରିୟ ହୋଇ ପାରିଥିଲି। ଘରେ ମଧ୍ୟ ମୋ ଉନ୍ନତିରେ ଖୁବ୍ ଖୁସି ଥିଲେ। ଥରେ ବୋଉ ମୋତେ ଶ୍ରୀକାନ୍ତ ଆଉ କେତୋଟି ଚିଠି ଦେଇଥିବା କଥା କହିଲା। ମାତ୍ର ମୁଁ ସେସବୁକୁ ବହୁ ପଛରେ ଛାଡ଼ି ଆସିଥିଲି, ଯେଉଁଠିକୁ ଫେରି ଦେଖିବାର ସାମାନ୍ୟତମ ଉତ୍କଣ୍ଠା ମୋ ଭିତରେ ଆଉ ନଥିଲା।

ରୋହନ୍‌ଙ୍କ ସହ ଏମିତିରେ ଏକ ଅଫିସିଆଲ୍ କାମରେ ଦେଖା ହୋଇ

ଯାଇଥିଲା। ଅଳ୍ପଦିନ ଭିତରେ ଭଲ ବନ୍ଧୁତା ମଧ୍ୟ ହୋଇ ଯାଇଥିଲା। ଥରେ ତାଙ୍କ ଘରେ ମଧ୍ୟାହ୍ନ ଭୋଜନରେ ମୁଁ ନିମନ୍ତ୍ରିତ ଥିବା ସମୟରେ ସେ ମୋତେ ଆଶ୍ଚାର୍ଯ୍ୟାନ୍ୱିତ କରିଦେଇ ତାଙ୍କ ମା'ଙ୍କ ଆଗରେ ମୋତେ ବିବାହ ପ୍ରସ୍ତାବ ଦେଇଥିଲେ। ହତଚକିତ ହୋଇ ଯାଇଥିଲି। ସେତେବେଳେ ଲାଗିଥିଲା ଏ ବିବାହ ପାଇଁ ଆମ ଦୁହିଁଙ୍କର କେଉଁଥିରେ ମଧ୍ୟ ମେଳ ନାହିଁ। ବୟସ, ଭାଷା, ଜାତି, ସବୁଥିରେ ଥିଲା ଅମେଳ। ମୋ ବୟସ ସେତେବେଳକୁ ୩୩/୩୪। ସେ ମୋଠାରୁ ବୟସରେ କିଛିଟା ସାନ ଥିଲେ। ଦେଖିବାକୁ ମୋଠାରୁ ଅଧିକା କିଛି ଭଲ ମଧ୍ୟ। ଆଉ ବାପା ମା'ଙ୍କର ଏକମାତ୍ର ସନ୍ତାନ। ମୋ ଭିତରେ ରୋହନ୍ କ'ଣ ଦେଖିଥିଲେ ମୁଁ ଜାଣିନି। ଏବେ ମଧ୍ୟ ପଚାରିଲେ ସେ କେବଳ ଏତିକି କୁହନ୍ତି,'ୟୁ ଆର୍ ସ୍ପେସିଆଲ୍।' ସଂସାର କରିବାର ଆଗ୍ରହ ମୋର ଆଉ ନଥିଲା। ମାତ୍ର ତନୟା, ପ୍ରବୀଣ ଓ ଘରେ ସମସ୍ତେ ମୋତେ ଅନେକ ବୁଝାଇବା ପରେ ମୁଁ ରାଜି ହୋଇଥିଲି। ଏ ନିଷ୍ପତ୍ତି କେତେ ଯେ ଠିକ୍ ତାହା ମୁଁ ପରେ ଅନୁଭବ କଲି। ତାଙ୍କ ପାଇଁ ମୋ ଜୀବନ ଆଜି ଏତେ ପୂର୍ଣ୍ଣ।

ପିଲାବେଳେ ଚକୋଲେଟ୍ ଖାଇ ତା' ଜରି ଖୋଳପାକୁ ମୋଡ଼ିମାଡ଼ି ଫୋପାଡ଼ି ଦେବା ବେଳେ କେହି ମନେ ରଖେନି, କିମ୍ବା ମନେ ପକାଏନି ଯେ ତାକୁ ଏ ମନଲୋଭା ମିଠା ସ୍ୱାଦ ଚଖାଇଥିବା ଚକୋଲେଟ୍‌ଟି ସେଇ ଜରିରେ କିଛି ସମୟ ପୂର୍ବରୁ ସଯତ୍ନେ ଗୁଡ଼ା ହୋଇଥିଲା। ଶ୍ରୀକାନ୍ତ ଆଜି ମୋ ପାଇଁ ଠିକ୍ ସେଇ ଚକୋଲେଟ୍ ଜରି ପରି। ତାଙ୍କଠାରୁ ପାଇଥିବା ସୁଖଦ ମୁହୂର୍ତ୍ତଗୁଡ଼ିକୁ ମୁଁ ତାଙ୍କ ପ୍ରତାରଣା ବୋଲି ଆଉ ଭାବୁନି। ତେଣୁ ଆଉ ନିଜକୁ କଷ୍ଟ ମଧ୍ୟ ହେଉନି। ବରଂ ସେସବୁ ମୁହୂର୍ତ୍ତ ଭିନ୍ନ ଏକ ସ୍ୱାଦ ଓ ମୁଁ ଯାହାକୁ ଦିନେ ଆସ୍ୱାଦନ କରିଥିଲି ବୋଲି ଏବେ ନିଜକୁ ମୁଁ ବୁଝାଇ ଦେଇ ପାରିଛି। ତେଣୁ ସେସବୁ ସ୍ୱାଦ ମୋ ଆଗରେ ପରଶି ଦେଇଥିବା ସେଇ ଆବରଣ (ଶ୍ରୀକାନ୍ତ) କିପରି ମୋ ମନକୁ ଆଉ ଫେରି ଆସି ପାରେ? ନା, ତାଙ୍କ ସହ ଦେଖା କରିବାର ଇଚ୍ଛା କ'ଣ, ତାଙ୍କ ପ୍ରତି କୌଣସି ଭାବନା ମଧ୍ୟ ମୋ ମନକୁ ଏବେ ଆସୁନି। ମୋ ପରିବାର, ବନ୍ଧୁ ପରିଜନ ଓ କିଛି ସ୍ୱଳ୍ପ ଭାଗ୍ୟବାନଙ୍କ(କରିମ୍ ବସ୍ତି ବାସିନ୍ଦା) ସୁଖଦୁଃଖ, ହସଖୁସିକୁ ନେଇ ମୋ ଜୀବନ ଏବେ ବେଶ୍ ପରିପୂର୍ଣ୍ଣ।

ଲେଖିବି ବୋଲି ଡାଇରୀଟା ଆଣିଥିଲି। ହେଲେ ଆଜି କିଛି ଲେଖି ହେଲାନି। ଖୋଲିଥିବା ଡାଇରୀ ବନ୍ଦ କରିଦେଇ ଖଟରୁ ଉଠି ଆସି ଝରକା ବାଟେ ବାହାରକୁ ଅନାଇଲି। ବର୍ଷା କେତେବେଳୁ ଛାଡ଼ି ଗଲାଣି। ଭିଜା ଭିଜା ନିଶବ୍ଦ ରାସ୍ତାରେ ବତୀଖୁଣ୍ଟ ସବୁ ନିଃସଙ୍ଗ ହୋଇ ଠିଆ ହୋଇଛନ୍ତି। କାନ୍ଥଘଣ୍ଟା ୨.୪୫ ସୂଚାଉଥିଲା। ଢେର୍ ରାତି ହୋଇ ଗଲାଣି। ଏଇ ବର୍ଷେ ହେଲା ରୋହନ୍‌ଙ୍କ କାର୍ଯ୍ୟକ୍ଷେତ୍ର ଅନ୍ୟତ୍ର ବଦଳି

ହେତୁ ମମ୍ମୀଜୀ(ଶାଶୁ) ଓ ଝିଅ ତାଙ୍କ ପାଖରେ ରହୁଛନ୍ତି। ମୁଁ ମଧ୍ୟ ମୋ ଚାକିରି ସେଠାକୁ ବଦଳେଇ ନେବାକୁ ଚେଷ୍ଟା କରୁଛି। ସେଥିପାଇଁ ଅନେକ ସଂସ୍ଥାରେ ଆବେଦନ କଲିଣି। ଏ ଡାଇରୀ ଲେଖା ଛାଡ଼ି ଶୋଇବାକୁ ଯିବା ପୂର୍ବରୁ ଯାଉଛି ସବୁ ଇ-ମେଲ୍ ଦେଖିନେବି, କାଳେ କାହାର ଉତ୍ତର ଆସିଥିବ। ଆଉ କିଛି ସଂସ୍ଥାକୁ ମେଲ୍ ମଧ୍ୟ କରିଦେବି। ସକାଳୁ ଶୀଘ୍ର ଉଠିବାକୁ ପଡ଼ିବ। କାଲି ପୁଣି ସୋମବାର...

■

ନିରୀହ ସ୍ୱାର୍ଥୀ

ଫୋନ୍ ତ କେତେ ବେଳୁ ରଖି ଦେଲେଣି, ହେଲେ ସ୍ନେହାଙ୍କୁ ଲାଗୁଥିଲା ସେ ଏବେ ମଧ୍ୟ କାନରେ ଖୁବ୍ ଯୋର୍‌ରେ ରିସିଭର୍ ଗେଞ୍ଜି ଧରିଛନ୍ତି। ଆଉ ସେପଟୁ ଖାଲି ସୁଁ ସୁଁ କାନ୍ଦ ଶୁଣା ଯାଉଛି। ବ୍ୟସ୍ତ ହୋଇ ପଡ଼ିଲେ। ଅନ୍ଧାରିଆ ବାଲକୋନିରୁ ଘର ଭିତର ଉଜ୍ଜ୍ୱଳତାକୁ ଚାଲି ଆସିଲେ। କାନ୍ଥ ଘଣ୍ଟା ସମୟ ୮.୨୦ ସୂଚାଉ ଥିଲା। ଆଉ ୧୦ ମିନିଟ୍ ପରେ ପ୍ରବୀର ରାତ୍ର ଭୋଜନ ପାଇଁ ଡାଇନିଂ ଟେବୁଲ୍ ପାଖରେ ପହଞ୍ଚି ଯିବେ। ରୋଷେଇ ଘରୁ ସମ୍ୟକ୍ ଠଣ୍ ଠାଣ୍ ଶୁଭୁ ଥିଲା(ଏ ଘରେ ଉଚ୍ଚଶବ୍ଦର ପ୍ରବେଶ ନିଷେଧ)। ତା' ମାନେ ରେବା ମା' କାମରେ ଲାଗିଛି। ଖାଲି ପ୍ରବୀର ଟେବୁଲ୍ ପାଖରେ ଆସି ବସିଲେ ସେ ବାଢ଼ିବ। ସ୍ନେହା ଠିକ୍ କରି ନେଲେ, ସେଇଠି ହିଁ କଥାଟା ପକାଇବା ପାଇଁ ପ୍ରକୃଷ୍ଟ ସମୟ। ନ ହେଲେ ପତି ପତ୍ନୀ ହୋଇ ମଧ୍ୟ ପ୍ରବୀର ଓ ସେ ଖୁବ୍ କମ୍ ସମୟ ଏକାଠି ବିତାଇବାକୁ ଅବସର ପା'ନ୍ତି। ସକାଳର ଚା' ଓ ରାତ୍ରି ଭୋଜନରେ ଦେଖା କହିଲେ ଚଳେ। ଡାଇନିଂ ହଲ୍‌ରେ ଚେୟାର୍ ଟଣା ହେବାର ଧିର ଶବ୍ଦ ସ୍ନେହାଙ୍କ କାନରେ ପଡ଼ିଲା। ତା' ମାନେ ୮.୩୦ ହୋଇ ଗଲାଣି। ସେ ମଧ୍ୟ ଯାଇ ପ୍ରବୀରଙ୍କ ସହ ରାତ୍ରଭୋଜନରେ ଯୋଗ ଦେଲେ। ରେବା ମା' ବରାଦ ମୁତାବକ ଖାଦ୍ୟ ପରଷିବା ଆରମ୍ଭ କରି ଦେଲାଣି। ସ୍ନେହା କହିଲେ, "ଆଲୋ ରେବା ମା', ତୁ ପରା କହୁଥିଲୁ ରେବା ବାପା ଦେହ ଭଲ ନାହିଁ। ହେଉ ତୁ ଏବେ ଘରକୁ ଯା'। ଖାଇବା ବାସନ ମୁଁ ଆଜି ଉଠାଇ ଦେବି।"

ରେବା ମା' ଅନିଚ୍ଛା ସତ୍ତ୍ୱେ ଔପଚାରିକତାରେ କହିଥିଲା, "ନାଇଁ ମା' ତୁମେ ଖାଇସାର, ମୁଁ ଜଲ୍‌ଦି କାମ ସାରି ପଳାଇବି। ସନ୍ଧ୍ୟାରେ କାମକୁ ଆସିଲା ବେଳେ ରେବା ବାପା ଶୋଇ ଥିଲା ଯେ..."

"ଆରେ ନାଁ, ନାଁ, ତୋର ରହିବା ଦରକାର ନାହିଁ। କ'ଣ ଦିଇଟା ବାସନ,

ମୁଁ ଉଠାଇ ଦେବି। ତୁ ଯା'। ରେବା ବାପାକୁ ଠିକ୍ ସମୟରେ ଔଷଧ ଦେବା ଦରକାର।" ସତେ ଯେପରି ରେବା ମା' ଏଇ ପଦକ କଥା ପାଇଁ ଅପେକ୍ଷା କରିଥିଲା। "ତାହା ହେଲେ ମୁଁ ଆସୁଛି।" କହି ତର ତର ହୋଇ ରେବା ମା' ତା' ଘରକୁ ବାହାରି ଗଲା।

ପ୍ରବୀର ରୁଟି ଖଣ୍ଡେ ପାଟିକୁ ନେଉ ନେଉ କହିଲେ, "ଭଲ ଲୋକ ହୋ ତୁମେ ! ଗୋବିନ୍ଦ ପରି ସୁନ୍ଦର ନାଁଟେ ଥାଉ ଥାଉ ତାକୁ ରେବା ବାପା କ'ଣ କହୁଛ ? ଆଉ ସଞ୍ଜୁକୁ ପୁଣି ରେବା ମା' ? ତୁମ କଥାକୁ ଯଦି କେହି ମନ ଦେଇ ନ ଶୁଣେ ତେବେ ତୁମେ ଗୋବିନ୍ଦ ନା ସଞ୍ଜୁ କାହା କଥା କହୁଛ ସେ ଦ୍ୱନ୍ଦରେ ପଡ଼ି ଯିବ । ସବୁଥିରେ ସେଇ ରେବା। ରେବା ତାଙ୍କ ପିଲା ହେଲାନି ତ ସତେ ଅବା ତାଙ୍କ ପରିଚୟ ହୋଇ ଗଲା।" ସ୍ମିତ ହସଟେ ହସି ସ୍ନେହା କହିଲେ, "ହଁ, ନୁହେଁ ଆଉ କ'ଣ ? ଆମେ ମଣିଷମାନେ ନିଜ ପିଲାଙ୍କୁ ଏଇଥି ପାଇଁ ତ ନିଜ ଇଚ୍ଛା ମୁତାବକ ଗଢି ତୋଳିବାକୁ ଚାହୁଁ, ଯେପରି କି ତାଙ୍କ ଜୀବନ ସୁଖମୟ ହେଉ ଓ ଜୀବନଯାତ୍ରାରେ ସେମାନେ ନିର୍ବିଘ୍ନରେ ପାହାଚ ପରେ ପାହାଚ ଉତ୍ତୀର୍ଣ୍ଣ ହୁଅନ୍ତୁ। ଏଥିରେ କ'ଣ ମଣିଷର କିଛି ସ୍ୱାର୍ଥ ନଥାଏ ? ସେ ଜାଣେ ତା' ସନ୍ତାନ ଆଗେଇ ଗଲେ ତା' ସହ ତା' ନିଜ ନାଁ ଓ ତା' ଅପୂରଣୀୟ ଆଶା ଆକାଂକ୍ଷା ଆଉ ଦୁଇ ପାଦ ଆଗେଇ ଯିବ..." ପ୍ରବୀରଙ୍କ ବିସ୍ଫୋରକ ହସ ସ୍ନେହାଙ୍କ କଥାରେ କମାଟିଏ ଲଗାଇ ଦେଲା ଓ ତା' କଡ଼ରେ ବିସ୍ମୟସୂଚକ ଚିହ୍ନଟିଏ ମଧ୍ୟ। ତାଙ୍କ କଥା ଅଧାରେ ସେଇଠି ହିଁ ଅଟକି ଗଲା। ପ୍ରବୀର କହିଲେ, "ଆରେ ବାଃ ! ତୁମେ ତ ଭଲ ପରସ୍ପର ବିରୋଧୀ ମନ୍ତବ୍ୟ ଦେଉଛ। ତୁମ କଥା ଅନୁସାରେ, ବାପା ମା' ନିଜ ନାଁକୁ ସନ୍ତାନ ଦ୍ୱାରା ଆଗେଇ ନେବା ପାଇଁ ଯତ୍ନବାନ୍ ହୋଇ ଥା'ନ୍ତି। ତେଣୁ ପିଲା ବାପା ମା' ଙ୍କ ନାଁରେ ପରିଚିତ ହେବା କଥା। ହେଲେ ସଞ୍ଜୁକୁ ତା' ପିଲା ନାଁ ଅନୁସାରେ ରେବା ମା' ଡାକୁଛ ? ହାଃ...ହାଃ...ହାଃ..."

"ଓଃ ! ତୁମେ ମୋ କଥା ଠିକ୍ ଧରି ପାରିଲନି..."

"ନା, ନା, ବରଂ କୁହ ତୁମେ ତୁମ କଥାଟା ମୋତେ ଠିକ୍‌ରେ ଧରାଇ ପାରିଲନି।"

"ହଁ, ତୁମ ଓକିଲିଆ କଥା ଭଉଁରିରୁ ମୁଁ କୋଉ ବାହାରି ପାରିବି ?"

"କାହିଁ ଦୀର୍ଘ ୩୮ ବର୍ଷ ହେଲା ତ ମୋରି ହାତ ଧରି ଦୁନିଆ ଭଉଁରିକୁ ଖୁବ୍ ଭଲରେ ପାରି ହେଉଛ ? ସମାଜ ଆଗରେ ଦୃଷ୍ଟାନ୍ତଟିଏ ହୋଇ ପାରିଛ। କାହିଁ କେବେ ତ କିଛି ଅଭିଯୋଗ କରିନ ?"

ଏତକ କହି ପ୍ରବୀର ଖାଇବା ଟେବୁଲ୍‌ରୁ ଉଠିଲେ। ସ୍ନେହା ସଚେତ ହେଲେ। ତା' ମାନେ ୯ଟା ହୋଇ ଗଲାଣି। ପ୍ରବୀରଙ୍କ ରାତ୍ରୀ ଭୋଜନ ସରି ଯାଇଥିଲା।

ଅଥଚ ଏଇ ବାର୍ତ୍ତାଳାପରେ ଛନ୍ଦି ହୋଇ ସେ ତାଙ୍କ ରୁଟିର ପ୍ରଥମ ଟୁକୁଡ଼ାଟି ଏପର୍ଯ୍ୟନ୍ତ ହାତରେ ଧରି ସେମିତି ବସିଛନ୍ତି। ତାହା ହେଲେ ଆଜି ଆଉ କଥାଟା ପକାଇ ହେବନି। ରାତ୍ର ଭୋଜନ ପରେ ପ୍ରବୀର ଘର ଆଗ ବଗିଚାରେ ଟିକିଏ ଟହଲ ମାରିବେ। ତାଙ୍କୁ ଯଦି ଏଇ ସମୟରେ କିଛି କୁହାଯାଏ ତେବେ ହୁଏତ ସେ ଆରମ୍ଭରୁ କିଛି ଶୁଣିବେ ନହେଲେ କେବେ କଥା ଶେଷରେ ପଚାରିବେ, "କ'ଣ କିଛି କହୁଥିଲ କି?" କାରଣ ସେ ସେଇ ସମୟରେ କିଛି ନା କିଛି କେସ୍ ବିଷୟରେ ଭାବୁ ଥା'ନ୍ତି। ତେଣୁ ଏପରି ଏକ ସମ୍ବେଦନଶୀଳ କଥା ସେଇ ସମୟରେ ପକାଇବା ନିରର୍ଥକ। କିଛି ସମୟ ବଗିଚାରେ ବୁଲି ପ୍ରବୀର ପୁଣି ନିଜ ଚ୍ୟାମ୍ବର୍‌ରେ ଆଇନ କାନୁନ୍ ବହି ଭିତରେ ମଜ୍ଜି ଯା'ନ୍ତି ଯେ ଶେଯକୁ ରାତି ବାରଟାରେ ଯାଇ ଆସନ୍ତି। ଆଉ ସକାଳ ୫.୩୦ରେ ପ୍ରାତଃ ଭ୍ରମଣ ପାଇଁ ବାହାରି ଯା'ନ୍ତି। ପ୍ରବୀରଙ୍କର ଏଇ ସ୍ୱଳ୍ପ ସମୟ ନିଦ୍ରାରେ ବ୍ୟାଘାତ ସୃଷ୍ଟି କରିବାକୁ ସ୍ନେହା ଯମା ଚାହାନ୍ତି ନାହିଁ। ତେଣୁ ଆଜି ମଧ୍ୟ ଚାହିଁବେ ନାହିଁ। ପ୍ରାତଃ ଭ୍ରମଣ ପରେ ସକାଳ ୭ଟାରେ ଚା' ପିଇବା ସମୟରେ ସ୍ନେହାଙ୍କୁ ପୁଣି ଅଧ ଘଣ୍ଟା ସମୟ ମିଳେ ପ୍ରବୀରଙ୍କ ସହ କଥା ଭାଷା ହେବା ପାଇଁ। ତା' ପରେ ପ୍ରବୀର ତାଙ୍କ ଦିନଚର୍ଯ୍ୟାରେ ମଜ୍ଜି ଯା'ନ୍ତି ଆଉ ସ୍ନେହା ତାଙ୍କ କାମରେ।

ରାତି କାମ ସାରି ଦେଇ ସ୍ନେହା ତାଙ୍କ ଅଧାପଢା ବହି, 'ଏମ୍ପ୍ରେସ୍ ଡାଓ୍ୱେଜର୍ କ୍ୱିଜି' ଧରି ପଢିବା ପାଇଁ ବସିଗଲେ। ତାଙ୍କୁ ଏମିତିରେ ଜୀବନୀ ପଢିବାକୁ ଭଲ ଲାଗେ। ଆଉ ଏଇ ବହିଟି ସତରେ ଭାରି ଆଗ୍ରହପୂର୍ଣ୍ଣ। ସେତେବେଳର ପିତୃ କୈନ୍ଦ୍ରିକ ରକ୍ଷଣଶୀଳ ଚିନୀ ରାଜବଂଶର ପରମ୍ପରା ଭିତରେ ରହି ବିଧବା ରାଣୀ ଘଡ଼ିସନ୍ଧି ମୁହୂର୍ତ୍ତରେ ଦେଶକୁ ରକ୍ଷା କରିବାକୁ ଆପ୍ରାଣ ଉଦ୍ୟମ କରିଥିଲେ। ଏଥିପାଇଁ ସେ ନିଜ ମାତୃତ୍ୱର ବଳିଦାନ ମଧ୍ୟ ଦେବାକୁ ପଛାଇ ନଥିଲେ। ହେଲେ ଆଜି ସ୍ନେହା ବହିଟିର ଗୋଟିଏ ପୃଷ୍ଠାକୁ ଅଧ ଘଣ୍ଟା ହେଲାଣି ଶେଷ କରିପାରୁ ନାହାନ୍ତି। ପଢୁଥିବା ଶବ୍ଦଗୁଡ଼ିକ ତାଙ୍କ ପାଇଁ ସବୁ ଅବୁଝା ହୋଇ ଯାଉଛି। ସନ୍ଧ୍ୟା ବେଳର ଫୋନ୍ କଲ୍ ତାଙ୍କ ମୁଣ୍ଡ ଭିତରେ ଭଉଁରି ଖେଳୁଛି।

'ବିଚରା ୭ ବର୍ଷର ଏଡ଼ିକି ବକଟେ ପିଲା। ବାପା ମା', ଜେଜେ ବାପା, ଜେଜେ ମା', ଅଜା ଆଈ ସମସ୍ତେ ଥାଉ ଥାଉ ଅନାଥ ପରି ଏତେ ଦୂର ହଷ୍ଟେଲ୍‌ରେ ରହୁଛି। ଦିଲ୍ଲୀରେ କୋଉ ଭଲ ସ୍କୁଲ୍ ଅଭାବ ଥିଲା ନା ତା' ଜେଜେଘର ଟାଟାରେ କୋଉ ଭଲ ସ୍କୁଲ୍ ଅଭାବ ଥିଲା? ଚାହିଁ ଥିଲେ ଏଇଠି ତାଙ୍କ ପାଖରେ ପିଲାଟାକୁ ରଖି ପଢେଇ ପାରି ଥା'ନ୍ତା। ହେଲେ ବାଗ୍ମୀ ନିଜ ଯିଦ୍ଦିରେ କୋମଳ ରୋନିତ୍‌କୁ ନେଇ ସୁଦୂର ମସୌରୀ ବୋର୍ଡ଼ିଂ ସ୍କୁଲ୍‌ରେ ଛାଡ଼ି ଆସିଲା। ସେଦିନର ଦୃଶ୍ୟ ସ୍ନେହାଙ୍କ ଆଖି

ଆଗରେ ଏବେ ମଧ୍ୟ ନାଚି ଉଠୁଥିଲା । ଗ୍ରୀଷ୍ମ ଛୁଟି ସରିବା ପରେ ବାଗ୍ମୀ ରୋନିତ୍‌କୁ ମସୌରୀ ନେବା ପାଇଁ ଆସିଥିଲା । ଗଲା ବେଳେ ପିଲାଟା ଲୁହଭରା ଆଖିରେ ବିକଳ ହୋଇ ସ୍ନେହାଙ୍କୁ ଅନାଇ ଥିଲା । ସତେ ଅବା ତା' କରୁଣ ଆଖି କହୁଥିଲା, 'ଆଈ ମୋର ତୁମ ଉପରେ କେତେ ଭରସା ଥିଲା । ହେଲେ ତୁମେ ଏତେ ନାଚାର ଯେ ମୋତେ ତୁମ ପାଖରେ ରଖି ପାରିଲନି ? ଟିକିଏ ଚେଷ୍ଟା ବି କଲନି ?' ସ୍ନେହା ଭୋ ଭୋ ହୋଇ କାନ୍ଦି ଉଠିଥିଲେ । ବାଗ୍ମୀ ବିରକ୍ତି ହୋଇ କହିଥିଲା, "ମମ୍, ପ୍ଲିଜ୍ ବେକାରରେ ଏମିତି ଇମୋସନାଲ୍ ହୁଅନି । ତୁମକୁ ଦେଖି ରୋନିତ୍ ଆହୁରି ସିନ୍ କ୍ରିୟେଟ କରିବ..." ସତରେ ରୋନିତ୍ ତାଙ୍କୁ ସେଦିନ ଠିକ୍ ଧରି ପାରିଥିଲା । ସେ ବେକେ କେଉଁଥି ପାଇଁ ଚେଷ୍ଟା କରି ନାହାନ୍ତି । ଯଦିବା କିଛି ଆନ୍ତରିକ ଚେଷ୍ଟା କରିଛନ୍ତି ତାହା ନିଜ ପାଇଁ, କେବଳ ନିଜ ସ୍ୱାର୍ଥ ପାଇଁ । ପଛକୁ ଫେରି ଯାଉ ଥିଲେ ସ୍ନେହା । ମାନେ ବହୁତ ପଛକୁ, ୩୮ ବର୍ଷ ପଛକୁ ।

ସ୍ନେହା ଶିକ୍ଷିତ ମଧ୍ୟବିତ୍ତ ପରିବାରର ବଡ଼ ଝିଅ । ନିଜ ରୂପ, ଗୁଣ, ବିଦ୍ୟା ସବୁ ପାଇଁ ସେ ଘରେ ବାହାରେ ସବୁ ଆଡ଼େ ପ୍ରଶଂସିତ ହେଉଥିଲେ । ଯେତେ ବେଳେ ସେ ଆଇନ୍‌ରେ ଦ୍ୱିତୀୟ ବର୍ଷର ଛାତ୍ରୀ ସେତେ ବେଳେ ସୋହାନ୍ ବର୍ମା କେସ୍ ଖାଲି ଓଡ଼ିଶା କାହିଁକି ସାରା ଭାରତରେ ଚହଲ ପକାଇ ଦେଇଥିଲା । ସମସ୍ତେ ଭାବି ଥିଲେ ଆଇନ୍‌ରେ ଥିବା ଫାଙ୍କ ସବୁକୁ ଖୋଜି ନିଜର ପ୍ରତିପତ୍ତି ଓ ଲଢୁଆ ଓକିଲ ବଳରେ ସେ ଆଇନ୍ କବଳରୁ ଖସି ଯିବ । ହେଲେ ପ୍ରତିପକ୍ଷ ଓକିଲଙ୍କୁ ସେ ଚିହ୍ନିବାରେ ଭୁଲ କରି ଦେଇ ଥିଲା । ସେଇଥି ପାଇଁ ସମାଜ ଆଖିରେ ଦୋଷୀ ସୋହନ୍ ବର୍ମାଙ୍କୁ ଆଇନ୍ ମଧ୍ୟ ଦୋଷୀ ସାବ୍ୟସ୍ତ କରି କଠିନ ଦଣ୍ଡାଦେଶ ଦେଇ ଥିଲା । ଏହି ଜନସ୍ୱାର୍ଥ ମାମଲା ଲଢୁଥିବା ଓକିଲ ପ୍ରବୀର ରାତାରାତି ଏକ ରକମର ତାରକା ପାଲଟି ଯାଇଥିଲେ । ସବୁଠି ସମସ୍ତଙ୍କ ମୁହଁରେ ତାଙ୍କର ଚର୍ଚ୍ଚା । ସେଥିରୁ ଆଇନ୍‌ର ବିଜ୍ଞ ଛାତ୍ରୀ ସ୍ନେହା ବାଦ୍ ଯା'ନ୍ତେ ବା କିପରି ? ପ୍ରବୀର ସ୍ନେହାଙ୍କର ମଧ୍ୟ ଆଦର୍ଶ ପାଲଟି ଯାଇ ଥିଲେ । ସେ ପ୍ରବୀରଙ୍କ ପରି ଆଇନ୍ କ୍ଷେତ୍ରରେ ନିଜର ସ୍ୱତନ୍ତ୍ର ପରିଚୟ ସୃଷ୍ଟି କରିବାର ସ୍ୱପ୍ନ ଦେଖିବା ଆରମ୍ଭ କରି ଦେଇଥିଲେ ।

ସ୍ନେହା ଦିନେ କଲେଜରୁ ଫେରି ଦେଖିଲେ ଘରକୁ ଲେଖାଯୋଖାର କୁମ ମାଉସୀ ଆସିଛନ୍ତି । ତାଙ୍କୁ ମୁଣ୍ଡିଆ ମାରୁ ମାରୁ କୁହାଳିଆ କୁମ ମାଉସୀ କହିଲେ, "ଆଲୋ ତୁ ବିଭା ହୋଇ ରାଜରାଣୀ ହୋଇଗଲେ ଏ କୁମ ମାଉସୀକୁ ଚିହ୍ନିବୁ ଟି ?"

"ମାଉସୀ ତୁମର ଯୋଉ କଥା ! ରୁହ ଆଗ ମୁଁ ପ୍ରବୀର ସାରଙ୍କ ପରି ନାଁ କରା ଓକିଲ ହୋଇ ଯାଏ । ତା' ପରେ ଦେଖା ଯିବ ମୁଁ ବାହା ହେଉଛି ନା ନାହିଁ, ଆଉ ତା'

ପରେ ତୁମକୁ ମନେ ପକାଉଛି ନା ନାହିଁ।"

"ଆଲୋ ପ୍ରବୀର ପରି ଓକିଲ କାହିଁକି ? ତା' ଓକିଲିଆଣୀ ହେଇ ଯାଉନୁ ? ହି...ହି...ହି..."

ସେତେବେଳେ ବୋଉ ଚା' ପିଉ ପିଉ କହିଲେ, "ଆଲୋ କୁମ, ସ୍ନେହାର ପଢା ତ ଏବେ ସରିନି। ସେଥିରେ ପୁଣି ପୁଅଟା ଦୋଭେଇ। ତେଣୁ..."

ବୋଉ ତାଙ୍କ ବାକ୍ୟ ଅଧାରେ ଛାଡ଼ି ଦେଇଥିଲେ। ଅନ୍ୟ ଦିନ ହୋଇ ଥିଲେ ବାପା ଚଟ୍ କରି ତାଙ୍କ ବିଚାର ହେଉ ବା ନିଷ୍ପତ୍ତି, ବୋଉଙ୍କ ଅଧା ବାକ୍ୟରେ ଯୋଡ଼ି ତାକୁ ପୂରଣ କରି ଦେଇଥା'ନ୍ତେ। ହେଲେ ସେଦିନ ସ୍ନେହା ଏଥିରେ ବ୍ୟତିକ୍ରମ ଦେଖିଲେ, ବାପା ତଳକୁ ମୁହଁ କରି ଚୁପ୍‌ଚାପ୍ ଚା' ପିଉଥିଲେ। ଆଉ ସେଇ ନିସ୍ତବ୍ଧତାକୁ ଭାଙ୍ଗି କୁମ ମାଉସୀ କହିଲେ, "ଆଲୋ ଅପା ଏତେ ବଡ଼ ପ୍ରସ୍ତାବ ଭାଗ୍ୟରେ ଥିଲେ ମିଳେ। ଯାକୁ ଛାଡ଼ି ଦେଲେ ପଛରେ ପସ୍ତେଇ ହେବୁ।"

"ହେଲେ ପିଲାଟା ..."

"ଆଲୋ ଅପା ପିଲାଟା କ'ଣ ? ପୁଅ ପିଲାଙ୍କର ଏଇଟା ଗୋଟେ ବିଚାରକୁ ନେବା କଥା ? ହେଉ ଆଜି ଯାଉଛି। ସ୍ଥିର ମନରେ ଭାବି ଚିନ୍ତି ଭାଇନା ଆଉ ସ୍ନେହା ସହ କଥା ହୋଇ ମୋତେ ଖବର ଦେବୁ।" କୁମ ମାଉସୀ ଚାଲି ଯାଇଥିଲା। ସମ୍ପୂର୍ଣ୍ଣ ଆଲୋଚନା ଶୁଣି ନଥିଲେ ମଧ୍ୟ ସ୍ନେହା କିଛି କିଛି ଅନୁମାନ କରି ପାରିଥିଲେ।

ସେଦିନ ସନ୍ଧ୍ୟା ଚା' ସମୟରେ ବାପା, ବୋଉ, ଭାଇ ଭଉଣୀ ସମସ୍ତେ ଏକାଠି ଥିଲେ। ସେତିକି ବେଳେ ବୋଉ କଥାଟା ପକାଇଲେ, "ଜାଣିଛୁ ସ୍ନେହା, ଆଜି କୁମ ତୋ ପାଇଁ ଗୋଟେ ପ୍ରସ୍ତାବ ଧରି ଆସିଥିଲା।" ବାହାଘର ନାଁ ଶୁଣି ମନେ ମନେ କୁରୁଳି ଉଠିଲେ ସ୍ନେହା। ମନକୁ ଧସେଇ ପସିଆସିଲା ତାଙ୍କ ସ୍ୱପ୍ନର ରାଜକୁମାର। ସେ ତାକୁ କେବେ ଦେଖି ନାହାନ୍ତି। ହେଲେ ନିଜ ହୃଦୟରେ ସେ ଗଢି ଥିବା ସେଇ ରାଜକୁମାର ବିଷୟରେ ଖୁବ୍ ଭାବିଛନ୍ତି, ଯିଏକି ଏ ଦୁନିଆର ରୂପ ଗୁଣ ସବୁଥିରେ ଶ୍ରେଷ୍ଠ ମଣିଷଟିଏ। ସତରେ କ'ଣ ସେମିତି କିଏ ଥାଇ ପାରେ ? ଏ ପ୍ରସ୍ତାବ ତ କଦାପି ନୁହେଁ। କାରଣ ସବୁ ପ୍ରସ୍ତାବକୁ ହଁ ମାରୁଥିବା ବୋଉ ମଧ୍ୟ ଏଥିରେ ପଛଘୁଞ୍ଚା ଦେଉ ଥିଲେ।

"ଆଲୋ ମୋ କଥା ତୋତେ ଶୁଭୁଛି ନା ନାହିଁ ?" ବୋଉ ପ୍ରଶ୍ନରେ ଭାବନାରୁ ଓହରି ଆସିଲେ ସ୍ନେହା। ବୋଉ ସେମିତି କହି ଚାଲି ଥିଲେ, "...ସତ କହିବାକୁ ଗଲେ ଏମିତି ପ୍ରସ୍ତାବ ଭାଗ୍ୟରେ ଥିଲେ ମିଳେ। ପାତ୍ରର ବୟସ ୩୨ ବର୍ଷ। ତୋ ଠାରୁ ୧୦ ବର୍ଷ ବଡ଼। ହେଲେ ମଧ୍ୟ ଚଳି ଥା'ନ୍ତା। ମୁଁ ପୁଣି ତୋ ବାପାଙ୍କଠୁ ୧୨

ବର୍ଷ ସାନ। ବୟସରେ କଥା ନାହିଁ। ହେଲେ..."

"ହେଲେ କ'ଣ? ତୁ କାହା କଥା କହୁଛୁ? ଠିକ୍‌ରେ ଆମୂଳଚୁଳ କହୁନୁ? ଏମିତି ଅଧାପନ୍ତରିଆ କରି କହିଲେ କିଏ କ'ଣ ବୁଝିବ?" ସ୍ନେହାଙ୍କ ସାନ ଭଉଣୀ ବୋଉ ଉପରେ ଚିଡ଼ି ଉଠିଲା। ବାପା କଥାକୁ ଆଗଇ ନେଇଥିଲେ, "ଆଜି କୁମ ପ୍ରବୀରଙ୍କ ପ୍ରସ୍ତାବ ଆମ ସ୍ନେହା ପାଇଁ ଆଣିଥିଲା। ପ୍ରବୀର, ଏଇ ଯେଉଁ ବିଖ୍ୟାତ ଓକିଲ, ଯିଏ ଏବେ ସୋହନ୍ ବର୍ମା କେସ୍ ଜିତି ଥିଲେ..."

ଆକାଶରୁ ଖସୁ ଥିବା ସ୍ନେହା ଏତିକି କଥାରୁ ଆଉ ଆଗକୁ ଶୁଣି ପାରୁ ନଥିଲେ। ତାଙ୍କ ସ୍ୱପ୍ନର ରାଜକୁମାର ରୂପ ନେଉ ଥିଲା। ନିଜ ଭାଗ୍ୟକୁ ବଶ୍ୱାସ କରି ପାରୁ ନଥିଲେ।

"ସବୁ ଭଲ। ହେଲେ ପାତ୍ରର ଏଇଟା ଦ୍ୱିତୀୟ ପକ୍ଷ। ପ୍ରଥମ ସ୍ତ୍ରୀର ଏଇ ୯/୧୦ ମାସ ହେଲା ସ୍ୱର୍ଗବାସ ହୋଇ ଯାଇଛି। ଦୁଇବର୍ଷ ଓ ଚାରିବର୍ଷର ଦୁଇଟି କଅଁଳ ପିଲା। ତାଙ୍କ ଘରେ ଚାହୁଁଛନ୍ତି ପ୍ରଥମାର ବର୍ଷିକିଆ ସରୁ ସରୁ ପ୍ରବୀରଙ୍କ ଦ୍ୱିତୀୟ ବିବାହ କରି ଦେଲେ ପିଲାମାନେ ନୂଆ ମା'କୁ ଶୀଘ୍ର ଆପଣେଇ ନେବେ। ହେଲେ ଏଇଟା ଅସମ୍ଭବ। କେଉଁ ଝିଅ ନୂଆ ବୋହୂ ହୋଇ ଘରେ ପାଦ ଦେଉଦେଉ ଦୁଇ ଦୁଇଟା ଛୁଆଙ୍କ ମା' ହେବାକୁ ଚାହିଁବ? ଏ ଭାରି ଅବାନ୍ତର କଥା। ଆମ ସ୍ନେହା ପାଇଁ ଆମେ ଅନ୍ୟ କେଉଁଠି ଦେଖିବା। କୁମକୁ ମନା କରି ଦେବା ଠିକ୍ ହେବ।" ସେଠାରେ ଥିବା ସମସ୍ତ ସଦସ୍ୟ ଏଥିରେ ଏକମତ ଥିଲେ। ସ୍ନେହାଙ୍କ ମୁଣ୍ଡରେ କିଛି ପଶୁ ନଥିଲା। ତେଣୁ ସେ ନିରବ ଥିଲେ। ତାଙ୍କ ମୌନତାକୁ ସମ୍ମତିର ଲକ୍ଷଣ ବୋଲି ଧରି ନିଆ ଯାଇଥିଲା।

ଏଥର ବେଳ ଅବେଳରେ ଏ ପ୍ରସ୍ତାବର ଚର୍ଚ୍ଚା ଘରେ ପଡୁଥିଲା। ଏପରି ଭଲ ପ୍ରସ୍ତାବରେ କିପରି ଖୁଣ ଗୋଟେ ରହି ଯାଇଛି ତା' ଉପରେ ମଧ୍ୟ ଆଲୋଚନା ଚାଲୁଥିଲା। ଆଉ ପ୍ରତ୍ୟକ ଥରର ଆଲୋଚନା ଓ ପର୍ଯ୍ୟାଲୋଚନା ସ୍ନେହାଙ୍କୁ ପ୍ରବୀରଙ୍କ କଥା ଭାବିବାକୁ ଆଉ ଟିକିଏ ବାଧ୍ୟ କରୁଥିଲା। ଭାବୁ ଥିଲେ, ଯିଏ ତାଙ୍କ ଆଦର୍ଶ ତାଙ୍କ ସହ ସାରା ଜୀବନ ବିତାଇବାର ସୁଯୋଗ ତାଙ୍କୁ କ'ଣ ମିଳିବ? ପରେ ପରେ ଅନୁଭବ କଲେ ସତେ ଯେପରି ସେ ଏଇ ପ୍ରସ୍ତାବରେ ରାଜି।

କିଛି ଦିନ ପରେ କୁମ ମାଉସୀ ପୁଣି ତାଙ୍କ ଘରେ ଆସି ପହଞ୍ଚି ଯାଇଥିଲେ। କିଛି ବାର୍ତ୍ତାଳାପ ପରେ କୁମ ମାଉସୀ କଥା ଉଠାଇଲେ, "ଅପା, କ'ଣ ଠିକ୍ କଲ?"

"ଏଥିରେ ଠିକ୍ ଆଉ କ'ଣ କରିବୁ କହିଲୁ କୁମ? ନୂଆ ବୋହୂ ହୋଇ ଘରେ ପାଦ ଦେଉ ଦେଉ ଦୁଇଟା ଛୁଆଙ୍କ ଦାୟିତ୍ୱ କିଏ ମୁଣ୍ଡାଇବାକୁ ଚାହିଁବ କହିଲୁ?

ଆମେ ତ ଜନ୍ମ କଲା ପିଲାଙ୍କ ଦାୟିତ୍ୱ ନେଇ ନାକେଦମ୍ ହେଉଛେ। ଆଉ ପରପିଲାଙ୍କ ଦାୟିତ୍ୱ କିଏ ନେବ? ଭଲ ଅଛି, ମନ୍ଦ ଅଛି, କଥା କଥାକେ ସାବତ ମା'ର ଖୁଣ୍ଟା କିଏ ଶୁଣିବ?"

"ହଁ, ଅପା ତୁ ଯାହା କହୁଛ ସବୁ ଠିକ୍। ହେଲେ ତାଙ୍କ ଘର ସେମିତି ସଂକୀର୍ଣ୍ଣ ମନୋବୃତ୍ତି ଲୋକ ନୁହେଁ। ଘରେ ତ ଚାକରବାକର ଭର୍ତ୍ତି। ସ୍ନେହା ଉପରେ କିଛି କାମଭାର ପଡ଼ିବାର ନାହିଁ। ପ୍ରଥମ ବୋହୂକୁ ଝିଅ ପରି ଦେଖୁ ଥିଲେ। ଦ୍ୱିତୀୟକୁ ମଧ୍ୟ ଊଣା କରିବେନି। ଏମିତି ଖାନଦାନ୍ ମିଳିବା କଷ୍ଟ। ଆମ ସ୍ନେହାଟା ସେଇ ଘରର ବୋହୂ ହେଲେ ଭଲ ହ'ନ୍ତା। ସ୍ନେହା କ'ଣ କହୁଛି?"

"ସେ ଆଉ କ'ଣ କହିବ? ଏଇ ପ୍ରସ୍ତାବରେ ତ ସେଇ...." ବୋଉଙ୍କ କଥାକୁ ଅଧାରୁ କାଟି ସ୍ନେହା କହିଥିଲେ, "ପ୍ରବୀର ସାର୍‌ଙ୍କ ପରି ଜଣେ ଓକିଲଙ୍କୁ ଦେଖା କରିବାକୁ ମୋର ବହୁତ ଆଶା ଅଛି। ଦେଖିଲା ବେଳକୁ ତାଙ୍କ ପ୍ରସ୍ତାବ ମୋ ପାଇଁ ଆସିଛି। ଆଶ୍ଚର୍ଯ୍ୟ..." ସ୍ନେହାଙ୍କ ବୋଉ ତାଙ୍କ କଥା ଠିକ୍ ଧରି ପାରିଲେ। ମା' ପରା...

ସ୍ନେହା ପ୍ରବୀରଙ୍କୁ ଦେଖା କରିବା ଆଶାକୁ ଦମନ କରି ପାରି ନଥିଲେ। ମା'ଙ୍କୁ ଅନୁରୋଧ କରିଥିଲେ, "ବୋଉ ତାଙ୍କୁ ଆମ ଘରକୁ ଡାକେ। ଥରୁଟିଏ ତାଙ୍କ ସହ କଥା ହୋଇ ଗଲେ ଗଲା। ପରେ କିଛି ବାହାନା କରି ମନା କରି ଦେବାନି? ଏଇ ଝିଅ ଦେଖା ବାହାନାରେ ଆମ ଘରକୁ ସେ ଆସି ଯିବେ।" ବାପା ସ୍ନେହାଙ୍କ କଥା ଶୁଣି ଆଶ୍ଚର୍ଯ୍ୟ ହୋଇ ଯାଇ ଥିଲେ, "ସ୍ନେହା ଏଇଟା କ'ଣ ପିଲା ଖେଳ ହେଇଛି? ଏମିତି କାହାକୁ..."

କୁମ ମାଉସୀ କଥା ମଝିରେ କହିଲେ, "ଭାଇନା ତୁମେ ବ୍ୟସ୍ତ ହୁଅନି। ପୁଅ ଥିଲେ ଝିଅ ଆସେ, ଝିଅ ଥିଲେ ପୁଅ। ସ୍ନେହା ଯେତେବେଳେ କହୁଛି ପ୍ରବୀର ଏଇଠି ଆସି ଟିକିଏ ବୁଲି ଯାଉ।"

ହଁ, ଏହାର କିଛି ଦିନ ପରେ ପ୍ରବୀର ସ୍ନେହାଙ୍କ ଘରକୁ ଆସିଥିଲେ। ଯଦିଓ ସ୍ନେହା ତାଙ୍କ ସହ ଥରଟିଏ ଦେଖା କରିବାକୁ ଚାହୁଁ ଥିଲେ, ହେଲେ ପ୍ରବୀରଙ୍କ ବଳିଷ୍ଠ ଚେହେରା ଓ ବ୍ୟକ୍ତିତ୍ୱରେ ଗୋଟାପଣେ ଅଭିଭୂତ ହୋଇ ଯାଇଥିଲେ। ବୋଉଙ୍କୁ ପ୍ରବୀରଙ୍କ ସହ ବିବାହ ଇଚ୍ଛାକୁ ଜଣାଇ ଦେଇଥିଲେ। ବାପା ବୋଉଙ୍କର ଅନେକ ବୁଝାଇବା ପରେ ମଧ୍ୟ ଦୁଇଟି ଶିଶୁଙ୍କର ଦାୟିତ୍ୱ ନେବା ତାଙ୍କୁ କିଛି ଗୋଟେ ବଡ଼ କଥା ମନେ ହେଲା ନାହିଁ। ତାଙ୍କ ପାଇଁ ଏ ପ୍ରସ୍ତାବ ଅଦ୍ୱିତୀୟ ପାଲଟି ଯାଇ ଥିଲା।

ବାସରାତିରେ ପ୍ରବୀରଙ୍କ ପ୍ରେମପରଶରେ ବିମୋହିତା ସ୍ନେହାଙ୍କ ଆଗରେ ସେ

ଛୋଟ ଏକ ବିନତୀ ରଖି ଥିଲେ, 'ମୋ ନିଷ୍ପାପ ଶିଶୁ ଦୁହିଁଙ୍କୁ ତୁମେ ଖୋଲା ହୃଦୟରେ ଆପଣେଇ ନେବ ଓ ତାଙ୍କ ଆଖିରେ ଲୁହ ନ ଦେବାକୁ ଚେଷ୍ଟା କରିବ।' ସମ୍ମୋହିତା ସ୍ନେହାଙ୍କୁ ଏ କଥାଟା ସରଳ ରେଖା ପରି ସରଳ ଲାଗିଥିଲା। ସେ ପିଲା ଦୁହିଁଙ୍କର ପ୍ରକୃଷ୍ଟ ମା' ହେବା ପାଇଁ ତାଙ୍କ ନିଜସ୍ୱ ସନ୍ତାନ ଜନ୍ମ ନ କରିବାର ନିରିହ ପ୍ରତିଜ୍ଞା ମଧ୍ୟ କରି ପକାଇଥିଲେ। ତା' ପରେ ସେଇ କଥା ସେଇଠି ହିଁ ରହିଗଲା।

ସତରେ ପ୍ରବୀରଙ୍କ ଘରେ କୌଣସି ଅଭାବ ନଥିଲା। କିମ୍ୱା ସ୍ନେହାଙ୍କ ଉପରେ କୌଣସି ଦାୟିତ୍ୱ ଲଦି ଦିଆ ଯାଇ ନଥଲା। କେବଳ ଗୋଟିଏ ଦାୟିତ୍ୱ, ପିଲା ଦୁହିଁଙ୍କର ଉପଯୁକ୍ତ ମା' ହେବା। ପ୍ରବୀରଙ୍କୁ ଦେଇ ଥିବା କଥା ଅନୁସାରେ ସେ ତାଙ୍କ ଓକିଲାତି ପେସାରୁ ମନ ଓହରାଇ ଆଣିଥିଲେ। ପିଲା ଦୁହିଁଙ୍କ ମନରେ ଯେମିତି ଆଘାତ ନ ଲାଗିବ ସେଥି ପ୍ରତି ସ୍ନେହା ଖୁବ୍ ସତର୍କ ରହୁ ଥିଲେ। ସତରେ ସେ ପିଲା ଦୁହିଁଙ୍କୁ ଖୁବ୍ ସ୍ନେହ ଯତ୍ନ କରୁଥିଲେ। ଅବଶ୍ୟ ପିଲା ଦୁହିଁଙ୍କୁ ସେଇ ଘରେ ସ୍ନେହ ଯତ୍ନର ଅଭାବ ନଥିଲା। ମା' ଛେଉଣ୍ଡ ପିଲା ବୋଲି ଜେଜେ ବାପା ଓ ଜେଜେ ମା' ସେମାନଙ୍କୁ ମୁଣ୍ଡରେ ବସାଇ ଥିଲେ। ଯଦି ଏ ଘରେ ପିଲା ଦୁହିଁଙ୍କୁ କେଉଁ କଥାରେ ଅଭାବ ଥିଲା, ତାହା ହେଲା ଆକଟ ଓ ଅନୁଶାସନର ଅଭାବ। ଛୋଟ ବେଳର ଅଝଟ ଓ ମନୁଆ ପଣିଆ ବଡ଼ ହେଉ ହେଉ ଯିଦି ଓ ମନମୁଖୀରେ ପରିଣତ ହୋଇ ଯାଇଥିଲା।

ପ୍ରବୀରଙ୍କ ପୁଅ ବିଦ୍ୱାନ୍ ୧୦ ବର୍ଷର ହୋଇଥିବ ବୋଧେ। କୌଣସି କଥାରେ ରାଗି ଯାଇ ଖିର ଗ୍ଲାସ୍‌ଟା ଛାଟି ଦେଲା ଯେ ଏଇ ରେବା ମା' ମୁଣ୍ଡରେ ବାଜି ତା' ମୁଣ୍ଡ ଫାଟି ଯାଇଥିଲା। ଏଇ କଥାରେ ସ୍ନେହା ବିଦ୍ୱାନ୍‌କୁ ଆକଟ କରିବାରୁ ସେ ଚିଡ଼ି ଉଠି ଚିତ୍କାର କରି କାନ୍ଦି ଉଠିଲା। ପାଟି ଶୁଣି ଶାଶୁ ଶ୍ୱଶୁର ଦଉଡ଼ି ଆସିଲେ। ସେଦିନ ଶ୍ୱଶୁର ଶାନ୍ତ ଅଥଚ ଖୁବ୍ ଗମ୍ଭୀର ହୋଇ କହିଥିଲେ, "ବୋହୂ, ମା' ଛେଉଣ୍ଡ ପିଲାଟା ଉପରେ ଏମିତି ରାଗନି।" ଆଉ ସେତିକି ବେଳେ ଶ୍ୱଶୁରଙ୍କ କଥାରେ ଶାଶୁ ଆଉ କଥା ପଦଟେ ଯୋଖି ଦେଇଥିଲେ, "ବୋହୂ, ନିଜ ପିଲା ହୋଇ ଥିଲେ ତୁମେ କ'ଣ ଏମିତି କଠୋର ବ୍ୟବହାର ଦେଖେଇ ପାରି ଥା'ନ୍ତ? ସାବତ ମା' ବୋଲି ସିନା...." ପାଟି ଶୁଣି ପ୍ରବୀର ନିଜ ଚ୍ୟାମ୍ବର୍‌ରୁ ମଧ୍ୟ ବାହାରି ଆସିଲେ। ଏ ଘରେ ସମସ୍ତେ ଠିକ୍ ଜାଣନ୍ତି ବିଦ୍ୱାନ୍ ଓ ବାଗ୍ମୀଙ୍କୁ ସ୍ନେହା କେତେ ଭଲ ପା'ନ୍ତି। ହେଲେ ପ୍ରବୀର ନିଜ ବାପା ମା' ଙ୍କ କଥାରେ କୌଣସି ପ୍ରତିକ୍ରିୟା ଦେଇ ନଥିଲେ। ସ୍ନେହାଙ୍କୁ ଲାଗିଲା ସତେ ଅବା ପ୍ରବୀର ମଧ୍ୟ ତାଙ୍କ ପାଖରେ ଏ ସାବତ ମା' ଆଖ୍ୟାଟିର ଯଥାର୍ଥତା ଦେଖି ପାରିଲେ। ସ୍ନେହାଙ୍କୁ ବେଶ୍ ଧକ୍କାଟେ ଲାଗିଥିଲା। ସେଇଦିନ ସେ ବୋଉ କଥାର ସତ୍ୟତାକୁ ଉପଲବ୍ଧି କରି ପାରିଥିଲେ।

ସେଇ ମୁହୂର୍ତ୍ତରୁ ନିଜ ଭିତରେ ସଙ୍କୁଚିତ ହୋଇ ଯାଇ ଥିଲେ ସ୍ନେହା । ପ୍ରବୀରଙ୍କର ଘର କ'ଣ, ପିଲା ଦୁହିଁଙ୍କ ପାଇଁ ମଧ୍ୟ କେବେ ସମୟ ନଥିଲା । ଶାଶୁ ଶ୍ୱଶୁର ତୀର୍ଥରେ ଅନେକ ଦିନ ଘର ବାହାରେ ରହୁଥିଲେ । ହେଲେ ସ୍ନେହା ଦେଖୁଥିଲେ କେଉଁଥିରେ ଅଭାବ ନଥିବା ପିଲାଙ୍କର ଶାସନ ଅଭାବରୁ ଦିନକୁ ଦିନ ବଢୁ ଥିବା ଔଦ୍ଧତ୍ୟ । ଟଙ୍କା ପଇସାର ଅଭାବ ତ ନଥିଲା । ଆଧୁନିକତା ନାଁରେ ବୟସର ଅନେକ ଆଗରୁ ପିଲା ଦୁହେଁ କୁପଥଗାମୀ ହୋଇ ଯାଇଥିଲେ । ସ୍ନେହା ଚାହିଁ ମଧ୍ୟ କିଛି କହି ପାରୁ ନଥିଲେ । ଡର ଥିଲା, ଦୁନିଆ ଆଖିରେ ସାବତ ମା' ହେବାକୁ ।

ଏମିତି ନୁହେଁ ଯେ ପିଲା ଦୁହେଁ ତାଙ୍କ ଆଖି ଆଢୁଆଳରେ ଏସବୁ କରୁ ଥିଲେ । ସେମାନେ ଜାଣିଥିଲେ ତାଙ୍କ ମା' ତାଙ୍କୁ ବହୁତ ଭଲ ପା'ନ୍ତି ଓ ତାଙ୍କ ଖୁସିରେ ମା'ଙ୍କ ଖୁସି । 'ବାପା' ଶବ୍ଦଟିଏ ଛଡ଼ା ବାପା କ'ଣ ବୋଲି ତ ପିଲା ଦୁହେଁ କିଛି ଜାଣିଲେ ନାହିଁ । ହେଲେ ମା' ବୋଲି ସ୍ନେହାଙ୍କୁ ସେମାନେ ଖୁବ୍ ଭଲ ପା'ନ୍ତି । ସେମାନେ ତାଙ୍କୁ ନେଇ ନିଜ ସାଙ୍ଗ ମହଲରେ ଗର୍ବ କରନ୍ତି । କେବେ କେବେ ଅନ୍ୟମାନଙ୍କ ଆଗରେ ଗର୍ବର ସହ ତାଙ୍କୁ ପରିଚୟ କରାନ୍ତି, "ମୋ ମମ୍ ଏ ଦୁନିଆର ସବୁଠାରୁ କୁଲ୍ ମମ୍ । କ୍ୟାନ୍ ୟୁ ବିଲିଭ୍, ସେ ଆମର ଷ୍ଟେପ୍ ମମ୍ ?" ସ୍ନେହାଙ୍କ ଛାତିଟା ଧଡ଼୍ କରେ । ଶାଶୁ ଶ୍ୱଶୁର ସାବତ ମା' କହି ଦେଇ ଡରେଇ ଦେଇଥିଲେ । ପରିବର୍ତ୍ତିତ ପିଢି ଅନୁସାରେ ସେଇ ସାବତ ମା' ଷ୍ଟେପ୍ ମମ୍‌କୁ ରୁପାନ୍ତରିତ ହୋଇ ଯାଇଛି । ଅବଶ୍ୟ ଏବେ ଏଇ ଷ୍ଟେପ୍ ମମ୍ ଶବ୍ଦଟା ଗର୍ବର ସହ ଉଚ୍ଚାରଣ କରା ଯାଉଛି ।

ଏଇ ଶବ୍ଦଟିକୁ ତ ଡରି ସ୍ନେହା ବିଦ୍ୱାନ୍ କି ବାଗ୍ମୀକୁ କେବେ ଆକଟ କରି ନାହାନ୍ତି । କାଳେ ଦୁନିଆଁ ସାବତ ମା' ବୋଲି କହି ଦେବ । ପିଲା ଦୁଇଟି ଅବଶ୍ୟ ଭଲ ପଢୁଥିଲେ । ବିଦ୍ୱାନ୍ ୭ ବର୍ଷ ତଳେ ଆମେରିକା ପଢିବାକୁ ଯାଇ ସେଇଠି ଚାକିରି କରି ରହିଯାଇଛି । ଏହା ଭିତରେ ଯାହା ଥରୁଟିଏ ଘରକୁ ଆସିଛି । ନହେଲେ ଇଂଟରନେଟ୍ ମାଧ୍ୟମରେ ଯାହା ଦେଖା ଓ କଥାବାର୍ତ୍ତା । ସେଇ ଇଂଟରନେଟ୍ ମାଧ୍ୟମରେ ଥରେ ବିଦ୍ୱାନ୍ ଜଣଙ୍କୁ ତା'ର ଗାର୍ଲଫ୍ରେଣ୍ଡ ବୋଲି ଦେଖାଇ ଥିଲା । ସେମିତି ଆଉ ଥରେ କାଚ କଣ୍ଢେଇ ପରି ଗୁଲୁଗୁଲିଆ ଛୁଆଟିକୁ ଦେଖାଇ ପଚାରି ଥିଲା, "ମମ୍ କହିଲ ଦେଖି ଇଏ କିଏ ?" ସତରେ ସ୍ନେହା କିଛି ବୁଝି ପାରି ନଥିଲେ । ଆଉ ତାଙ୍କୁ ଚକିତ କରି ଦେଇ ବିଦ୍ୱାନ୍ କହିଥିଲା, "ଏ ତୁମର ନାତୁଣୀ ଗ୍ଲୋରିୟା ।" ଆଘାତ ପାଇଥିଲେ ସ୍ନେହା । ହେଲେ ମଧ୍ୟ ଗ୍ଲୋରିୟା ମା' କୁ ଘରର ବୋହୂ କରିବାକୁ ଚାହିଁ ଥିଲେ । ହେଲେ ବିଦ୍ୱାନ୍ ଜଣାଇ ଦେଇଥିଲା ଯେ ସେମାନେ କେବଳ ଲିଭ୍‌ଇନ୍ ରିଲେସନ୍‌ରେ ଥିଲେ । ଆଉ କିଛିର ପ୍ରତିଶ୍ରୁତି ନଥିଲା । ଏବେ ଗ୍ଲୋରିୟା ମା' ସହ

ତା'ର କୌଣସି ସମ୍ପର୍କ ନାହିଁ। ସେ ଏବେ ମୁକ୍ତ ମଣିଷଟେ। ତା' ଆଗରେ ଜୀବନର ରାସ୍ତା ଉନ୍ମୁକ୍ତ ଅଛି।

ଏସବୁ ଶୁଣିବା ପରେ ସ୍ନେହାଙ୍କର ସବୁ ଥର ପରି କିଛି କହିବାର ନଥିଲା।

ଆଉ ବାଗ୍ମୀ? ବାଗ୍ମୀ ଦିଲ୍ଲୀରେ ଏକ ଜଣାଶୁଣା ଗଣମାଧ୍ୟମରେ କାମ କରେ। ସେ ମଧ୍ୟ ନିଜ ଇଚ୍ଛାରେ ବାହା ହେଲା। ସହରବାସୀଙ୍କର ମନେ ରହିଗଲା ପରି ପ୍ରବୀର ତା' ବାହାଘର ବେଶ୍ ଜାକଜମକରେ କରିଲେ। ସ୍ନେହା ଜାଣୁ ଥିଲେ ବାଗ୍ମୀର ବାହାଘର କେବଳ ଫୋଟୋ ଫ୍ରେମ୍‌ରେ ସୁନ୍ଦର ସଜାଇ ହୋଇ ରହି ଯାଇଛି। ତା' ଜୀବନ ଶୈଳୀରେ କୌଣସି ପରିବର୍ତ୍ତନ ହୋଇନି। ବାଗ୍ମୀ କେଉଁଠି, ତ ତା' ସ୍ୱାମୀ କେଉଁଠି। ରୋନିତ୍ ଜନ୍ମ ହେଲାନି ଯେ ତା' ପାଇଁ ସତେ ଯେପରି ଗୋଟେ ବେଡ଼ି ହୋଇଗଲା। ଘରେ ଆୟା ରଖି ମଧ୍ୟ ତାକୁ ପୂର୍ଣ୍ଣ ସ୍ୱାଧୀନତା ମିଳୁ ନଥିଲା। ବାଗ୍ମୀ ମତରେ ରୋନିତ୍ ଚିନ୍ତାରେ ସେ ତା' କାମରେ ପୂର୍ଣ୍ଣ ମନୋଯୋଗ ଦେଇ ପାରୁ ନଥିଲା। ସ୍ନେହା ରୋନିତ୍‌କୁ ନିଜ ପାଖରେ ରଖିବାକୁ ଚାହୁଁ ଥିଲେ। ହେଲେ ବାଗ୍ମୀ କହିଥିଲା, "ମମ୍ ତୁମର ଆଉ ବୟସ ଅଛି ପିଲା ଜଞ୍ଜାଳ ସମ୍ଭାଳିବା ପାଇଁ? ତୁମେ ଏମିତି ଇମୋସନାଲ୍ ହୋଇ ନିଜ ଉପରେ ଅଧିକା ଦାୟିତ୍ୱ ନେବା ଦରକାର ନାହିଁ। ମସୌରୀରେ ଅନେକ ଭଲ ବୋର୍ଡ଼ିଂ ସ୍କୁଲ୍ ଅଛି। ରୋନିତ୍ ସେଠାରେ ଭଲରେ ରହିବ। ଛୁଟିରେ ସେ ଏଠାକୁ ବୁଲି ଆସିବ।"

ସବୁଥର ପରି ସ୍ନେହା ଏଥର ମଧ୍ୟ ଚୁପ୍ ରହିଥିଲେ।

'ଏମ୍ପ୍ରେସ୍ ଡାଓ୍ୱେଜର୍ କ୍ସିଜି' ବହିଟି ସ୍ନେହାଙ୍କ କୋଳରେ ସେମିତି ମେଲେଇ ହୋଇ ପଡ଼ିଛି। ଫ୍ୟାନ୍ ପବନରେ ବହିର ପୃଷ୍ଠାଗୁଡ଼ିକ ତାଙ୍କ ଅଶାନ୍ତ ମନ ପରି ଫଡ଼୍ ଫଡ଼୍ ହୋଇ ଉଡୁଛି। କାନ୍ଧରେ କାହାର ସ୍ପର୍ଶରେ ସ୍ନେହା ଚମକି ପଡ଼ିଲେ। ମୁହଁ ଉଠାଇ ଦେଖିଲେ, ତାଙ୍କ କଡ଼ରେ ପ୍ରବୀର ବସିଛନ୍ତି। ତା' ମାନେ ରାତି ବାରଟା ହୋଇ ଗଲାଣି।

"ତୁମେ ଏପର୍ଯ୍ୟନ୍ତ ଶୋଇନ ଯେ? କ'ଣ ହୋଇଛି ତୁମର? ତୁମ ଆଖିରେ ଲୁହ?"

"ନା, କିଛି ହୋଇନି। ଚାଲ ଶୋଇବ। ଭୋର ସାଢେ ପାଞ୍ଚଟାରେ ଉଠିବ ଯେ?" ଲୁହ ପୋଛୁ ପୋଛୁ ସ୍ନେହା କହିଥିଲେ। ହେଲେ ପ୍ରବିଣ ଓକିଲ ପ୍ରବୀରଙ୍କ ପାଇଁ ତାଙ୍କ ପାଟିରୁ କଥା ବାହାର କରିବା କିଛି ବଡ଼ କଥା ନଥିଲା। ଏଇ ଟିକକ ସହାନୁଭୁତିରେ ସ୍ନେହାଙ୍କ ବେଦନା ଉଦ୍‌ଗାରି ଆସିଲା। ପିଲା ଦୁହିଁଙ୍କୁ ବାଟକୁ ଆଣିବା ପାଇଁ ଅଳି କଲେ ସ୍ନେହା। ହେଲେ ପ୍ରବୀର ଖୁବ୍ ଶାନ୍ତ ଥିଲେ। "ତୁମେ ଏଇ କଥାରେ

ଏତେ କାହିଁକି ବ୍ୟସ୍ତ ହୋଇ ପଡୁଛ ? ସେମାନେ କ'ଣ ଛୋଟ ପିଲା ହେଇଛନ୍ତି ଯେ ତାଙ୍କୁ ବୁଝାଇବାକୁ ପଡ଼ିବ ? ତୁମେ ପିଲାମାନଙ୍କୁ ଜୀବନଠାରୁ ଅଧିକ ସ୍ନେହ ଯତ୍ନ କରିଛ। ତାଙ୍କ ପ୍ରତି ତୁମ କର୍ତ୍ତବ୍ୟରେ କେବେ କିଛି ହେଳା କରିନ। ତାଙ୍କ ଆଖିରେ ଲୁହ ଟିକିଏ ଦେଇନ। ଆଉ କ'ଣ ଅଧିକା କରି ଥା'ନ୍ତ ? ତାଙ୍କ ଜନ୍ମ କଲା ମା' ବୋଧେ ତାଙ୍କ ପାଇଁ ଏତେ କରି ନଥା'ନ୍ତା, ତୁମେ ସାବତ ମା' ହୋଇ ତାଙ୍କ ପାଇଁ ଯେତେ କରିଛ..."

ସାବତ ମା' !!!

ଶିହରି ଉଠିଲେ ସ୍ନେହା। ଏଇ ଶବ୍ଦକୁ ଶୁଣିବେନି ବୋଲି ତ ପିଲାମାନଙ୍କ ଆଖିରେ ଲୁହ ଟିକିଏ ଦେଲେନି, ଜାଣୁ ଜାଣୁ ବିପଥକୁ ଛାଡ଼ିଦେଲେ। ଅଥଚ....

■

ବିୟୁଟି ଆଣ୍ଡ ଦି ବିଷ୍ଟ୍

ଶଙ୍ଖ ଫୁଙ୍କା ହେଲାଣି । ଝୁଣା, ଗୁଆଘିଅ ଦୀପର ଫେଣ୍ଟା ଫେଣ୍ଟି ଏକ ସୁକ୍ଷ୍ମ ସୁଗନ୍ଧ ଘର ଭିତରେ ଆସ୍ତେ ଆସ୍ତେ ପ୍ରସାରି ଗଲାଣି । ସ୍ୱର୍ଣ୍ଣପ୍ରଭା ଦେବୀ ବ୍ୟସ୍ତ ହୋଇ ଗଲେ । ତର ତର ହୋଇ ମଠାଟା ଦେହରେ ଗୁଡ଼ାଇ ଦେଇ ମୁଣ୍ଡ ଉପରକୁ ଟାଣି ଆଣିଲେ । ଠାକୁର ଘରକୁ ଯାଇ ଆସନଟା ପାରି ବସି ପଡ଼ିଲା ବେଳକୁ କାନରେ ତାଙ୍କର ପଡ଼ିଲା, "ଜେଜେ ମା' ।"

ଠାକୁର ଘର କବାଟ କଡ଼ରେ ଲୁଚି ଠିଆ ହୋଇଥିଲା ତାଙ୍କ ସ୍ନେହର ବୁଜୁଳି, ନୟନ ପିତୁଳି ସ୍ୱର୍ଣ୍ଣା । ସ୍ୱର୍ଣ୍ଣପ୍ରଭାଙ୍କ ମୁହଁ ଶୁଖି ଗଲା । ଓଃ ! କେତେ ଭାବିଥିଲେ ସେ ଆଜି ସର୍ବ ପ୍ରଥମେ ଠାକୁରଙ୍କୁ ସ୍ୱର୍ଣ୍ଣା ପାଇଁ ମୁଣ୍ଡିଆ ମାରିବେ, ହେଲେ ଏ ବକଟେ ପିଲା ତାଙ୍କ ଆଗରୁ ଆସି ହାଜର । ଡିସେମ୍ବର ମାସରେ ଶୀତଟା ଟିକେ ଜୋର୍‌ରେ ପଡ଼ିଲାଣି । ତେଣୁ ସେ ଏଇ ବୟସରେ ଆଉ ଶୀଘ୍ର ଉଠିପାରୁ ନାହାନ୍ତି । ଆଉ ପୁଅ ବୋହୂ ମଧ୍ୟ ଆରାମ କରିବାକୁ ଦେଇ ତାଙ୍କୁ ଉଠାଉ ନାହାନ୍ତି । ଅଭିମାନରେ ବୋହୂକୁ କହିଲେ- "ଆଜି ପରା ଦିନରେ ମୋତେ ଟିକିଏ ଆଗରୁ ଉଠାଇ ଦେଲନି ?"

ବୋହୂ କିଛି ଉତ୍ତର ଦେବା ପୂର୍ବରୁ ତାଙ୍କ ପୁଅ କହିଲେ- "ବୋଉ ତୋର ଆଉ ଏତେ ସମୟ ଦେଖି ଉଠିବାର ବୟସ ନାହିଁ । ତୋ ଦେହ ସୁସ୍ଥ ରହିଲେ ଆମ ପାଇଁ ଢେର..." ଅଧିକା କିଛି କହିବା ପୂର୍ବରୁ ସ୍ୱର୍ଣ୍ଣା ଜେଜେ ମା'କୁ କୋଳାଇ ନେଇ ଗେହ୍ଲେଇ ହୋଇ କହିଲା, "ଜେଜେ ମା', ତୁମେ ଆମ ପାଇଁ ଠାକୁର । ଠାକୁରଙ୍କୁ ଆମେ ଶଂଖ ଧ୍ୱନୀ,ଧୂପ, ଦୀପ ଦେଇ ଆବାହନ କରୁ । ଆଉ ଆଜି ତୁମେ ସେଇ ଶଂଖ ଧ୍ୱନୀରେ ଆମ ପାଖରେ ଉଭା ହେଲ । ତୁମେ ପରା କୁହ ମୁଁ ତୁମର ଛାଇ ? ଆଜି ମୁଁ ସର୍ବ ପ୍ରଥମେ ଠାକୁର ଘରକୁ ଆସିଲି । ତାହା ହେଲେ ତୁମେ ମଧ୍ୟ ଆଗୁଆ ହେଲନି କି ?" ସ୍ୱର୍ଣ୍ଣାର କଥାର ଯାଦୁରେ ସ୍ୱର୍ଣ୍ଣପ୍ରଭାଙ୍କ ମୁହଁରେ ହସ ଖେଳି ଗଲା । ସେ ସ୍ୱର୍ଣ୍ଣାକୁ

ନିଜ ଆଡ଼କୁ ଆହୁରି ଜଡ଼ାଇ ଆଣିଲେ ।

ହଁ, ଆଜି ସ୍ୱର୍ଣ୍ଣାର ୨୧ତମ ଜନ୍ମ ଦିନ । ସ୍ୱର୍ଣ୍ଣପ୍ରଭା ସ୍ୱର୍ଣ୍ଣାକୁ ବନ୍ଦେଇବା ପାଇଁ ବନ୍ଦନା ଥାଳି ଉଠାଇଲେ ।

ପୂଜା ସରିବାରେ ସେମିତି କିଛି ଡ଼େରି ହୋଇ ନଥିଲା । ରୋଷେୟା ମଦନା ମଧ୍ୟ ସମୟ ପୂର୍ବରୁ ଡାଇନିଂ ଟେବୁଲ୍‌ରେ ଆଜି ପାଇଁ ପ୍ରସ୍ତୁତ ଖାସ୍ ବ୍ୟଞ୍ଜନସବୁ ସଜାଡ଼ି ରଖି ଥିଲା । ହେଲେ ସ୍ୱର୍ଣ୍ଣା ନ ଖାଇ କଲେଜ ଯିବା ପାଇଁ ବାହାରି ପଡ଼ିଲା । ମା' କହିଲେ- "କ୍ଲାସ ଆରମ୍ଭ ହେବାକୁ ଢେର ସମୟ ଅଛି । ଏତେ ବ୍ୟସ୍ତ କାହିଁକି ? କେତେ ବେଳକୁ ଫେରିବୁ ଯେ ଯାଇ ଖାଇବୁ । ଏବେ କ'ଣ ଟିକିଏ ଖାଇ ଦେଇ ଯା' ।"

"ମା' ଆଗରୁ ଟିକିଏ ଗଲେ ସିନା ଆଜି ସନ୍ଧ୍ୟାରେ ମୋ ପାର୍ଟି କଥା ସାଙ୍ଗମାନଙ୍କ ସହ ଆଲୋଚନା କରି ହେବ । ତୁମେ ବ୍ୟସ୍ତ ହୁଅନି । ମୁଁ କଲେଜ କ୍ୟାଂଟିନରେ କିଛି ଖାଇ ନେବି । ବାପା, ଏଥର ତୁମେ ମିଲି, ବବି, ରାଜୁ ଓ ମିଲନ୍‌ଙ୍କ ପରିବାରକୁ ନିମନ୍ତ୍ରଣ କରି ଦେଇଛ ତ ? ସେମାନଙ୍କ ପରିବାର ଆସିଲେ ମୋ ପରିବାର କେତେ ସ୍ନେହୀ ଓ ଅତିଥିପରାୟଣ ତାହା ଜାଣିବେ ।" "ଓଃ ! ତୁ କହିବୁ ଆଉ ମୁଁ ଡାକିବିନି ? ମୁଁ ସେମାନଙ୍କ ପରିବାରକୁ ନିଜେ ଫୋନ୍ କରିଛି ।"

ସ୍ୱର୍ଣ୍ଣା ତରତର ହୋଇ କଲେଜ ଯିବା ପାଇଁ ବାହାରିଲା । ହେଲେ ଜେଜେ ମା' ତାକୁ ବାଧ୍ୟ କରି ପୂଜା କ୍ଷୀରିଟା ଖୁଆଇଲେ । ତାଙ୍କ ହାତରୁ କ୍ଷୀରି ଖାଉ ଖାଉ ସ୍ୱର୍ଣ୍ଣା କହିଲା, "ଓଃ ! ଜେଜେ ମା' ତୁମେ ଛାଡ଼ିବା ଲୋକ ନୁହେଁ । ଆଚ୍ଛା, କାଲି ମୁଁ ମାର୍କେଟ୍‌ରୁ ତୁମ ପାଇଁ ଯେଉଁ ଶାଢୀ ଆଣି ଥିଲି ଆଜି ପାର୍ଟିରେ ତୁମେ ସେଇଟି ପିନ୍ଧିବ । ମୋ ସାଙ୍ଗମାନଙ୍କ ଆଖି ଯେମିତି ତୁମ ଉପରେ ଲାଖି ରହିବ । ବିଶେଷ କରି ପୁଅମାନଙ୍କର । ବୁଝିଲ..." ତା' କଥା ଶୁଣି ସେଠାରେ ହସର ଏକ ଲହରୀ ଖେଳି ଗଲା ।

"ହଁ ବୁଝିଲି । ସବୁ ବୁଝିଲି । ଆରେ ମୋ ପାଗିଳୀ ଏବେ ଗପିଲା ବେଳକୁ ତୋର ଆଉ ଡ଼େରି ହେଉନି ?"

"ଓଃ ! ଏଇତ ତୁମେମାନେ ମୋତେ ଡ଼େରି କରାଇ ଦେବ ।" କହି କହି ସ୍ୱର୍ଣ୍ଣା ଦଉଡ଼ିଲା ପରି ଘରୁ ବାହାରି ଗଲା । ସ୍ୱର୍ଣ୍ଣପ୍ରଭା ଓ ତାଙ୍କ ପୁଅ ବୋହୂ ତା' ଯିବା ବାଟକୁ ହସି ହସି ଦେଖୁ ଥିଲେ ।

ସନ୍ଧ୍ୟା ନଇଁ ଆସି ଥିଲା । ସ୍ୱର୍ଣ୍ଣପ୍ରଭା ବାଲ୍‌କୋନିରୁ ତାଙ୍କ ବଙ୍ଗଳା ଆଗ ଉଦ୍ୟାନର ସାଜସଜ୍ଜା ଦେଖୁଥିଲେ । ଆଲୋକମାଳାରେ ତାଙ୍କ ସୁଦୃଶ୍ୟ ବଙ୍ଗଳା ଓ ବଗିଚା ଝଲସି

ଉଠୁଥିଲା । ହେଲେ ସେ ଜାଣନ୍ତି ସ୍ୱର୍ଣ୍ଣା ତାଙ୍କ ଦୁନିଆକୁ ଏ ରଙ୍ଗୀନ୍ ଆଲୋକ ମାଳାଠାରୁ ଶତଗୁଣ ଅଧିକ ସୁନ୍ଦର ଭାବରେ ଝଲସାଇ ଦେଇଛି । ସଚେତ ହେଲେ, ତାଙ୍କୁ ପାର୍ଟି ପାଇଁ ପ୍ରସ୍ତୁତ ହେବାକୁ ପଡ଼ିବ । ବାଲ୍‌କୋନିରୁ ରୁମ୍ ଭିତରକୁ ଫେରି ଆସିଲେ । କଲେଜରୁ ଫେରି ସ୍ୱର୍ଣ୍ଣା ନିଜେ ପ୍ରସ୍ତୁତ ହେବା ପୂର୍ବରୁ ଖଟ ଉପରେ ତାଙ୍କ ପାଇଁ ନିଜେ କିଣି ଆଣି ଥିବା ଶାଢ଼ି ବ୍ଲାଉଜ୍ ସହ ମ୍ୟାଚିଂ ମୋତିର ନିଜାମ ହାର ସେଟ୍ ମଧ୍ୟ ରଖି ଯାଇଛି । ଖାଲି କ'ଣ ତାଙ୍କ ପାଇଁ ? ସ୍ୱର୍ଣ୍ଣପ୍ରଭା ଜାଣନ୍ତି, ସ୍ୱର୍ଣ୍ଣା ତା' ବାପା ମା'ଙ୍କ ପାଇଁ ମଧ୍ୟ ସବୁ ସଜାଡ଼ି ରଖିଥିବ । ଘରର ଚାକରପୂଜାରୀଙ୍କୁ ମଧ୍ୟ ଛାଡ଼ି ନଥିବ । ପିଲାଟିର ସମସ୍ତଙ୍କ ପାଇଁ ଚିନ୍ତା । ତା' ମଦନ କାକା, ଘନ(ଡ୍ରାଇଭର) ରାନୁ(କାମବାଲୀ) ଏପରିକି ରାନୁର ଦଶ ବର୍ଷର ପୁଅ ଟୁବୁଲା ପାଇଁ ମଧ୍ୟ । ବାପ ଛେଉଣ୍ଡ ଟୁବୁଲାକୁ ଚକୋଲେଟ୍ ଭଲ ଲାଗେ ବୋଲି ସ୍ୱର୍ଣ୍ଣା ନିଜ ଜନ୍ମଦିନ ପାଇଁ ଚକୋଲେଟ୍ କେକ୍ ଅର୍ଡର୍ ଦେଇଛି । ଆଉ ଟୁବୁଲା ପାଇଁ ନୂଆ ଜାମା ମଧ୍ୟ ନେଇ ଆସିଛି । ସତେ ଯେପରି ଆଜି ଟୁବୁଲାର ମଧ୍ୟ ଜନ୍ମଦିନ । ସ୍ୱର୍ଣ୍ଣାର ସମସ୍ତଙ୍କ ପ୍ରତି ସ୍ନେହ ଆଦର, ସମ୍ମାନ କଥା ଭାବି ସ୍ୱର୍ଣ୍ଣପ୍ରଭାଙ୍କ ଛାତି ଗର୍ବରେ ଫୁଲି ଉଠିଲା ।

ବାହାଘରର ଅନେକ ବର୍ଷ ପର୍ଯ୍ୟନ୍ତ ବୋହୂର କୋଳ ପୁରିଲାନି ବୋଲି ସ୍ୱର୍ଣ୍ଣପ୍ରଭା ଚିନ୍ତିତ ଥିଲେ । କେତେ ଓଷା ବାର ବ୍ରତ କରିଲେ ଓ ପୁଅବୋହୂକୁ କରାଇଲେ । ଆଉ ଫଳ ସ୍ୱରୂପ ସ୍ୱର୍ଣ୍ଣାକୁ ନାତୁଣୀ ରୂପେ ପାଇଲେ । ନାତୁଣୀ ଦେଖିବାକୁ ତାଙ୍କ ପରି । ତେଣୁ ପୁଅ ଚାହିଁଲା ତାଙ୍କ ଝିଅ ତାଙ୍କ ମା' ପରି କେବଳ ରୂପରେ ନୁହେଁ ବରଂ ଗୁଣରେ ମଧ୍ୟ ସମାନ ହେଉ । ତେଣୁ ମା' ସ୍ୱର୍ଣ୍ଣପ୍ରଭାଙ୍କ ନାଁ ଅନୁସାରେ ଝିଅର ନାଁ ସ୍ୱର୍ଣ୍ଣା ରଖା ଗଲା । କଥାଟା ମନକୁ ଆସି ଯିବାରୁ ସ୍ୱର୍ଣ୍ଣପ୍ରଭାଙ୍କ ମୁହଁରେ ପ୍ରସନ୍ନତା ଝଲକି ଉଠିଲା । ଭାବିଲେ ତାଙ୍କ ସ୍ୱର୍ଣ୍ଣା ଏମିତି ଅମୃତ ବେଳାରେ ଜନ୍ମେ ଯେ ତା' ହୃଦୟଟା ମଧ୍ୟ ତା' ରୂପ ପରି ସ୍ୱଚ୍ଛ ଓ ସୁନ୍ଦର । ଆଚାର ବ୍ୟବହାର, ବିଦ୍ୟା ବୁଦ୍ଧି କେଉଁ ଥିରେ ମଧ୍ୟ ଖୁଣିବାର ନାହିଁ । ସତରେ କେତେ ଜନ୍ମର ପୂଣ୍ୟ ପାଇଁ ସେ ସ୍ୱର୍ଣ୍ଣାକୁ ନାତୁଣୀ ରୂପେ ପାଇଛନ୍ତି । ଏବେ କେବଳ ଗୋଟିଏ ଇଚ୍ଛା, ସ୍ୱର୍ଣ୍ଣା ବାହାଘରଟା ଦେଖି ଆଖି ବୁଜିବେ । ତା' ପାଇଁ ବାଛି ବାଛି ରାଜକୁମାର ପରି ଜୋଇଁଟେ କରିବେ । ସ୍ୱର୍ଣ୍ଣା ବାହାଘର କଥାଟା ମନକୁ ଆସିଲା ବେଳକୁ ତାଙ୍କ ମନର ହରଷ କୁଆଡ଼େ ଲିଭି ଗଲା । ସ୍ୱର୍ଣ୍ଣା କ'ଣ ବାହା ହୋଇ ତା' ଶାଶୁଘର ଚାଲି ଯିବ ? ନା, ନା, ଗୋଟିଏ ବୋଲି ତ ପିଲା । ଏ ଅମାପ ଧନ ସମ୍ପଦ ସବୁ ତା'ର । ତେଣୁ ବାହାଘର ପରେ ଜେଇଁ ଏଇଠି ଆସି ରହିଲେ କିଛି ଅସୁବିଧା ନାହିଁ । ସମାଧାନଟେ ପାଇ ତାଙ୍କ ମୁହଁରେ ପୁଣି ପ୍ରସନ୍ନତା ଲେଉଟି ଆସିଲା ।

ସ୍ୱର୍ଣ୍ଣା କେତେ ବେଳୁ ଦର୍ପଣ ଆଗରେ ଠିଆ ହୋଇ ଥିଲା। ଦର୍ପଣ ଥାକରେ ତା'ର ପ୍ରସାଧନ ସାମଗ୍ରୀ ଓ ଅଳଙ୍କାର ପର୍ଯ୍ୟାୟ କ୍ରମେ ସଜଡ଼ା ହୋଇ ରଖା ଯାଇଥିଲା। ଖଟ ଉପରେ ପଡ଼ି ଥିବା ତା' ଜନ୍ମଦିନ ଡ୍ରେସ୍‌କୁ ମିଲି ଓଲଟ ପାଲଟ କରି ଦେଖୁ ଥିଲା। ଗଦ୍ ଗଦ୍ ହୋଇ କହିଲା, "ସ୍ୱର୍ଣ୍ଣା ସତରେ ତୋ ପାର୍ଟିଡ୍ରେସ କେତେ ସୁନ୍ଦର ହେଇଛି ! ତୁ ପିନ୍ଧିଲେ ପୁରା ସ୍ୱର୍ଗର ଅପ୍ସରୀ ପରି ଦିଶିବୁ। ଆଚ୍ଛା ପାର୍ଟି ସମୟ ପାଖେଇ ଆସିଲାଣି। ଚାଲେ ମୁଁ ତୋତେ ସଜାଇ ଦିଏ।"

ମିଲି, ମାନେ ମିତାଲି, ସ୍ୱର୍ଣ୍ଣାର ବାଲ୍ୟ ବନ୍ଧୁ, ସହପାଠିନୀ। ମିଲି ମେଧାବୀ ଓ ରୁଚିସମ୍ପନ୍ନ ମଧ୍ୟ। ସବୁ କାମରେ ସିଦ୍ଧହସ୍ତା। ସେଥି ପାଇଁ ସ୍ୱର୍ଣ୍ଣା ଆଜି ନିଜକୁ ସଜେଇବା ଦାୟିତ୍ୱ ମିଲିକୁ ଦେଇଛି। ଆଉ ମିଲି ଠିକ୍ ସମୟରେ ତା' ସାଙ୍ଗ ପାଖରେ ପହଞ୍ଚି ଯାଇଛି। ସ୍ୱର୍ଣ୍ଣା ଦର୍ପଣରେ ସେମିତି ନିଜକୁ ନିରିଖେଇ ଉତ୍ତର ଦେଲା,"ହଁ, ଆଉ ବେଶି ମିଛଟାରେ ମୋତେ ଏତେ ଟେକେନା। ତୁ କୋଉ କମ ସୁନ୍ଦର କି ? ସେଇଥି ପାଇଁ ତ କଲେଜରେ ଏତେ ସୁନ୍ଦର ଝିଅ ଥାଉଥାଉ ସାରା କଲେଜ୍‌ର ହାର୍ଟ ଥ୍ରୋବ୍ ମିଲାନ୍ ତୋ ପ୍ରେମରେ ପାଗଳ।"

ମିଲନ୍ ନାଁ ଶୁଣୁ ଶୁଣୁ ମିଲି ମୁହଁଟା ଲାଜରେ ରଙ୍ଗେଇ ଆସିଲା। ମିଲି ଜାଣିଛି ଏଇ କିଛି ସମୟ ପରେ ମିଲନ୍ ମଧ୍ୟ ପାର୍ଟିରେ ଆସି ପହଞ୍ଚି ଯିବ। ଆଉ ତାକୁ କିଛି ଅଧିକା ସମୟ ତା' ସହ ବିତାଇବାର ସୁଯୋଗ ମିଳି ଯିବ। ସ୍ୱର୍ଣ୍ଣା ପାର୍ଟିରେ ମିଲନ୍ ମିଲିକୁ କିଛି ସରପ୍ରାଇଜ୍ ଦେବ ବୋଲି ଆଜି ସକାଳେ କଲେଜରେ କହୁଥିଲା। କି ସରପ୍ରାଇଜ୍ କେଜାଣି ? ଏଇ ଭାବନାରେ ହଜି ଯାଇ ଥିବା ମିଲି କାନ୍ଧକୁ ସ୍ୱର୍ଣ୍ଣା ହଲାଇ ଦେଇ କହିଲା- "ଆରେ ମିଲି, କୁଆଡ଼େ ହଜିଗଲୁ ? ଏବେ ତୋତେ ଆଉ ଡ଼େରି ହେଉନି ? ମୋତେ ଶିଘ୍ର ପ୍ରସ୍ତୁତ ହେବା ପାଇଁ ସାହାଯ୍ୟ କରେ। ତୁ କେତେ ବେଳୁ ଆସିଲୁଣି। ତେଣୁ ପାର୍ଟି ପୂର୍ବରୁ ନିଜକୁ ମଧ୍ୟ କିଛିଟା ଟଚଅପ୍ ଦେବୁ। ଆଚ୍ଛା କହିଲୁ ମଉସା ମାଉସୀ ଠିକ୍ ସମୟରେ ଆସି ପହଞ୍ଚି ଯିବେ ତ ?"

"ହଁ, ହଁ ସେମାନେ ଠିକ୍ ସମୟରେ ପାର୍ଟିରେ ଆସି ପହଞ୍ଚି ଯିବେ। ଚାଲେ ତୋତେ ସଜ କରି ଦିଏ।" କହି କହି ମିଲି ଖଟରୁ ଦର୍ପଣ ପାଖକୁ ଉଠି ଆସିଲା।

ରାନୁ ମାଉସୀ ଆସି ଦୁଇ ଦୁଇ ଥର ଡାକ ପକାଇ ଗଲାଣି। ତା' ମାନେ ଅତିଥିମାନଙ୍କର ଆଗମନ ଆରମ୍ଭ ହୋଇ ଗଲାଣି। ଦୁଇ ସାଙ୍ଗ ହାତ ଧରାଧରି ହୋଇ ସୁସଜ୍ଜିତ ଲନ୍‌ରେ ଯାଇ ପହଞ୍ଚି ଗଲେ। ତାଙ୍କ ପୂର୍ବରୁ ସହରର ଅନେକ ମାନ୍ୟଗଣ୍ୟ ବ୍ୟକ୍ତି, ସ୍ୱର୍ଣ୍ଣାର ବାପା ମା' ଓ ଜେଜେ ମା' ସ୍ୱର୍ଣ୍ଣପ୍ରଭା ଦେବୀ ସମସ୍ତେ ଲନ୍‌ରେ ପହଞ୍ଚି ସାରିଥିଲେ। ସ୍ୱର୍ଣ୍ଣାକୁ ସ୍ୱର୍ଣ୍ଣପ୍ରଭା ଦେବୀ କୋଳେଇ ନେଲେ। ସ୍ୱର୍ଣ୍ଣା ଚାରି ଆଡ଼େ

ନଜର ବୁଲାଇ ଆଣିଲା । ଘରର ସମସ୍ତେ ତା' ନିର୍ବାଚିତ ପୋଷାକ ପିନ୍ଧି ଥିଲେ ଓ ସବୁ ଆଡ଼ ତା' ରୁଚି ମୁତାବକ ସଜା ଯାଇ ଥିଲା ।

"ଦିଦି କେକ୍ କେତେ ବେଳେ କଟା ହେବ ?" ସ୍ୱର୍ଣ୍ଣା ପଛକୁ ଫେରି ଦେଖିଲା ଟୁବୁଲା ତା' ନୂଆ ପୋଷାକ ପିନ୍ଧି ଠିଆ ହୋଇଛି । ଆଉ ତା' ମା' ରାନୁ ମାଉସୀ ତାକୁ ଆକଟ କରି ଆଖି ଦେଖାଉଛି । ସ୍ୱର୍ଣ୍ଣା ଟୁବୁଲା ମୁଣ୍ଡରେ ହାତ ବୁଲାଇ ଆଣି କହିଲା, "ହଁ କାଟିବା । ଟିକିଏ ରହି ଯା । ଆଉ ମୋର କିଛି ସାଙ୍ଗ ଆସି ଗଲେ କେକ୍ କାଟିବା ।" ପୁଣି ମିଲି ଆଡ଼େ ବୁଲି ପଡ଼ି ଆସ୍ତେ କହିଲା, "କେହି ନ ହେଲେ ମିଲନ୍ ତ ଆସି ଯାଉ ।" ତା' ପାଟିରୁ କଥା ସରିଛି ନା ନାହିଁ ମିଲନ୍ ଆସି ପହଞ୍ଚି ଯାଇଥିଲା । ସ୍ୱର୍ଣ୍ଣା ଏଥର ଟୁବୁଲା ହାତ ଟାଣି ଆଣି କହିଲା, "ଏଥର ଚାଲେ କେକ୍ କାଟିବା ।"

ସନ୍ଧ୍ୟାର ଘନତ୍ୱ ସହ ତାଳ ଦେଇ ସ୍ୱର୍ଣ୍ଣା ଜନ୍ମଦିନରେ ଅତିଥିଙ୍କ ଆଗମନ ମଧ୍ୟ ବଢୁ ଥିଲା । ମିଲିର ବାପା ମା' ମଧ୍ୟ ପହଞ୍ଚି ଯାଇ ଥିଲେ । ଗୀତ, ନାଚ, ଖିଆ, ପିଆରେ ପାର୍ଟି ବେଶ୍ ଜମି ଆସିଥିଲା । ଏତେ ସବୁ ଭିତରେ ମିଲି ମିଲନ୍‌କୁ ତା' ସରପ୍ରାଇଜ୍ କଥା ପଚାରିବାର ସୁଯୋଗ ପାଇ ନଥିଲା । ଏଇ ସମୟରେ ସ୍ୱର୍ଣ୍ଣା ଆସି ମିଲି କାନ ପାଖରେ ଫୁସ୍ ଫୁସ୍ କରି କହିଲା, "ମିଲି ସେଇ ସୋଫାରେ ବସି ଥିବା ବ୍ୟକ୍ତିଙ୍କୁ ଦେଖିଲୁଣି ? ସେ ତୋତେ କେତେ ବେଳୁ ଗୋଟିଏ ଲୟରେ ଦେଖୁଛନ୍ତି ।"

ମିଲିର ଆଖି ସେହି ସୋଫା ଆଡ଼େ ଟାଣି ହୋଇ ଯାଇଥିଲା । ସତରେ ବ୍ୟକ୍ତି ଜଣଙ୍କ ତାକୁ ହିଁ ଦେଖୁ ଥିଲେ । ବ୍ୟକ୍ତି ଜଣଙ୍କ ବୟସ୍କ, ଦେଖିବାକୁ ବେଶ୍ ଗମ୍ଭୀର, ଭଦ୍ର ଓ ସମ୍ଭ୍ରାନ୍ତ ମନେ ହେଉ ଥିଲେ । ସ୍ୱର୍ଣ୍ଣା ସୂଚାଇ ଦେଲା ପରେ ମିଲିର ଆଖି ବାରମ୍ବାର ସେଇ ଭଦ୍ରବ୍ୟକ୍ତିଙ୍କ ଆଡ଼କୁ ଚାଲି ଯାଉଥିଲା ଓ ପ୍ରତ୍ୟେକ ଥର ସେହି ଭଦ୍ରବ୍ୟକ୍ତିଙ୍କ ଦୃଷ୍ଟି ତା' ଉପରେ ନିବଦ୍ଧ ଥିବାର ସେ ପାଉଥିଲା । ତାକୁ କ୍ରମଶଃ ଏ ପରିସ୍ଥିତି ଭାରି ଅସହଜ ମନେ ହେଲା । ଭାବିଲା ମିଲନ୍‌କୁ ଏ ବିଷୟରେ କହିବ । ହେଲେ କାଳେ କିଛି ଅପ୍ରିତିକର ପରିସ୍ଥିତି ସୃଷ୍ଟି ହେବ ବୋଲି କିଛି କହି ନଥିଲା । ବରଂ ସେ ବ୍ୟକ୍ତିଙ୍କ ଆଖିରୁ ନିଜକୁ ଲୁଚାଇବା ପାଇଁ ଜନଗହଳିର ଛଦ୍ମାବରଣ ନେଇ ଲନ୍‌ର ଏକ ଗଛ ଉହାଡ଼କୁ ଚାଲି ଯାଇଥିଲା ।

ଏଥର ସେ ଆଶ୍ୱସ୍ତ ହୋଇ ମିଲନ୍ ସହ କଥା ହୋଇ ପାରିବ । ହଠାତ୍ ତା' କାନ୍ଧରେ କାହାର ଶକ୍ତ ସ୍ପର୍ଶରେ ଚମକି ପଡ଼ି ମିଲି ପଛକୁ ବୁଲି ପଡ଼ିଲା । ଦେଖିଲା ସେଇ ଭଦ୍ରବ୍ୟକ୍ତି ଜଣଙ୍କ ହସ ହସ ମୁହଁରେ ଠିଆ ହୋଇଛନ୍ତି । ମିଲି ଧୈର୍ଯ୍ୟ ସୀମା ଟପି ଯାଇଥିଲା ତା' ପାଟିରୁ ରୁକ୍ଷ ଭାବେ ବାହାରି ଆସିଲା,"କି ଅଭଦ୍ର ଲୋକ ଆପଣ ? ଏମିତି କ'ଣ ବ୍ୟବହାର କରୁଛନ୍ତି ?" ତା' କଥା ଶୁଣି ଭଦ୍ର ବ୍ୟକ୍ତି ଜଣଙ୍କ

ଆଶ୍ଚର୍ଯ୍ୟ ହୋଇ ଗଲେ। ସେ କିଛି କହିବାକୁ ଚାହୁଁ ଥିଲେ। ମାତ୍ର ମିଲି ତାଙ୍କୁ କିଛି କହିବାକୁ ନ ଦେଇ କହି ଚାଲି ଥାଏ, "ମୁଁ ଅନେକ ବେଳୁ ଲକ୍ଷ୍ୟ କଲିଣି ଆପଣ ମୋତେ ଅନବରତ ଦେଖୁଛନ୍ତି । ନିଜ ବୟସର କିଛି ତ ବିଚାର କରନ୍ତୁ। ଏମିତି ଆସି...."

ମିଲିର ଅଜାଣତରେ ତା' ଉତକ୍ଷିପ୍ତ ସ୍ୱର ବେଶ୍ ଉଚ୍ଚ ହୋଇ ଯାଇଥିଲା। ଯାହାକି ତା' ବାପା, ସ୍ୱର୍ଣ୍ଣା, ସ୍ୱର୍ଣ୍ଣପ୍ରଭା ଦେବୀଙ୍କୁ ସେଠାକୁ ଟାଣି ଆଣି ଥିଲା। ମିଲିର ବାପା ମିଲି ସ୍ୱର ସହ ତାଳ ମିଶାଇ ଆରମ୍ଭ କରି ଦେଇଥିଲେ, "ନିଜ ଝିଅ ବୟସର ପିଲା ସହ ଏମିତି ଅଭଦ୍ରୋଚିତ ବ୍ୟବହାର କରୁଛନ୍ତି। ଆପଣଙ୍କୁ ଖରାପ ଲାଗୁନି ?"

ସ୍ୱର୍ଣ୍ଣପ୍ରଭା ଦେବୀ ମିଲି ବାପାଙ୍କୁ ବୁଝାଇବାକୁ ଚେଷ୍ଟା କରି ଥିଲେ ସୁଦ୍ଧା ସେ କିଛି ଶୁଣିବାକୁ ପ୍ରସ୍ତୁତ ନଥିଲେ। ଭଦ୍ରବ୍ୟକ୍ତି ଜଣଙ୍କ ସମସ୍ତଙ୍କର ଏସବୁ ପ୍ରତିକ୍ରିୟା ଦେଖି ସ୍ତବ୍ଧ ହୋଇ ଯାଇ ଥିଲେ। ବିଚଳିତ ହୋଇ ମିଲି ବାପାଙ୍କୁ କେବଳ ଏତିକି କହିଥିଲେ, "ଆପଣ ଭୁଲ ବୁଝୁଛନ୍ତି। ମିଲି କାନ୍ଧରେ..." ତାଙ୍କ କଥା ନ ଶୁଣି ସେ କହି ଚାଲିଥିଲେ,"ଏମିତି ଅଭଦ୍ର ଲୋକ ଏଠାକୁ ନିମନ୍ତ୍ରିତ ହୋଇ ଆସିଥିବେ ବୋଲି ମୋର ଆଶା ନଥିଲା।" କଥାଟା ଖରାପ ଆଡ଼କୁ ଯାଉଥିବାର ଦେଖି ଭଦ୍ରବ୍ୟକ୍ତି ଜଣଙ୍କ ମିଲି ଓ ତା' ବାପାଙ୍କ ଉଦ୍ଦେଶ୍ୟରେ ହାତ ଯୋଡ଼ି ବେଶ୍ ଗମ୍ଭୀର ଭାବରେ କହିଲେ,"ଏ ଭୂଲ୍ ବୁଝାବଣା ପାଇଁ ମୁଁ ବେଶ୍ ଦୁଃଖିତ। କ୍ଷମା କରି ଦେବେ। ଏ ପାର୍ଟି ଆଉ ଖରାପ ନହେଉ। ମୁଁ ଏଠାରୁ ଯାଉଛି।"

ସ୍ୱର୍ଣ୍ଣା ହଠାତ୍ ପଛ ଆଡୁ ଆସି ସେଇ ଭଦ୍ରବ୍ୟକ୍ତିଙ୍କ ହାତ ଧରି ପକାଇଲା। ଲୁହ ଭିଜା ଆଖି ଓଦା କ'ଣ୍ଠରେ କହିଲା, "ଅଙ୍କଲ୍ ମୁଁ ଖୁବ୍ ଦୁଃଖିତ। ମିଲି ତରଫରୁ ମୁଁ ଆପଣଙ୍କୁ କ୍ଷମା ମାଗୁଛି। ଦୟା କରି ମୋ ଜନ୍ମଦିନରେ ଏମିତି ରାଗି, ନ ଖାଇ, ନ ପିଇ ଯାଆନ୍ତୁ ନାହିଁ। ମୋତେ ବହୁତ କଷ୍ଟ ଲାଗିବ। ପ୍ଲିଜ୍ ଅଙ୍କଲ୍। ପ୍ଲିଜ୍..."

ସ୍ୱର୍ଣ୍ଣପ୍ରଭା ଦେବୀ ଓ ମିଲି ଆଶ୍ଚର୍ଯ୍ୟ ହୋଇ ସ୍ୱର୍ଣ୍ଣାକୁ ଦେଖୁ ଥିଲେ। ଭଦ୍ରବ୍ୟକ୍ତି ଜଣଙ୍କ ସ୍ୱର୍ଣ୍ଣାରେ ମୁଣ୍ଡରେ ହାତ ବୁଲାଇ ଆଣି କହିଲେ, "ମା'ରେ ତୁ ମନ କଷ୍ଟ କରେ ନା। ହେଲେ ଆଜି ମୋତେ କ୍ଷମା କରେ। ମୁଁ ଆଉ କେବେ ଆସି ଭଲରେ ତୋ ଘରେ ଖାଇ ପିଇ ଯିବି।"

ଏଥର ସେ ସ୍ୱର୍ଣ୍ଣପ୍ରଭା ଦେବୀ ଓ ସ୍ୱର୍ଣ୍ଣାର ବାପାଙ୍କ ଉଦ୍ଦେଶ୍ୟରେ ହାତ ଯୋଡ଼ି ସେମାନଙ୍କଠାରୁ ବିଦାୟ ନେବାକୁ ବାହାରିଲେ। ଫେରିଯିବା ପୂର୍ବରୁ ଏ ଘଟଣା ତମାମ ସ୍ଥାଣୁ ପାଲଟି ଠିଆ ହୋଇଥିବା ମିଲନ୍ ଉଦେଶ୍ୟରେ କହିଲେ,"ମିଲନ୍ ମୋତେ

ଆଶ୍ଚର୍ଯ୍ୟ ଲାଗୁଛି ଯେ ତୁ ମୋ ଆଗରେ ଏଇ ମିଲିର ଗୁଣ ବର୍ଣ୍ଣନା କରୁ ଥିଲୁ। ଆଉ ତା' ସହ ଦେଖା କରିବାକୁ ମୋତେ ଏଠାକୁ ବାଧ୍ୟ କରି ଆଣି ଥିଲୁ। ହେଲେ ମୁଁ ଭାବୁଛି ଏଇ ଘଟଣା ପରେ ତୁ ଏବେ ତାକୁ ଖୁବ୍ ଭଲ ଭାବରେ ଚିହ୍ନି ପାରିଥିବୁ। ମୁଁ ଯାଉଛି। ତୁ ପାର୍ଟି ସାରି ଆସିବୁ।"

ଭଦ୍ରବ୍ୟକ୍ତି ଯିବାକୁ ଉଦ୍ୟତ ହେବା ବେଳକୁ ମିଲନ୍ ତାଙ୍କୁ ଅଟକାଇ କହିଲା, "ରୁହ ବାପା, ମୁଁ ମଧ୍ୟ ତୁମ ସହ ଯିବି।" ଆଉ ମିଲି ଉଦେଶ୍ୟରେ କହିଲା, "ମିଲି ତୁମେ ବହୁତ ବଡ଼ ଭୁଲ୍ କରି ଦେଲ। ମୁଁ ତୁମଠାରୁ ଏପରି ବ୍ୟବହାର ଜମା ଆଶା କରି ନଥିଲି। ବୋଧେ ମୁଁ ତୁମକୁ ଠିକ୍ ଭାବରେ ଚିହ୍ନି ପାରି ନଥିଲି।"

ମିଲି ବୋକାଙ୍କ ପରି ମିଲନ୍ ଓ ତା' ବାପାଙ୍କ ଚାଲି ଯିବା ବାଟକୁ ଅନାଇ ରହିଥିଲା। ସେପଟେ ପାର୍ଟି ପୁଣି ସ୍ୱାଭାବିକ ଭାବେ ଆଗେଇ ଚାଲିଥିଲା। ସ୍ୱର୍ଣ୍ଣା ସୁନ୍ଦର ପ୍ରଜାପତିଟିଏ ପରି ଅତିଥିମାନଙ୍କ ଭିତରେ ଉଡ଼ି ବୁଲୁଥିଲା, ସମସ୍ତଙ୍କୁ ଆପ୍ୟାୟିତ କରୁଥିଲା ଓ ସେମାନଙ୍କ ମନ କିଣି ନେଉ ଥିଲା। ମିଲି ମିଲନ୍‌ଠାରୁ ନୁହେଁ ବରଂ ସ୍ୱର୍ଣ୍ଣାଠାରୁ ସରପ୍ରାଇଜ୍‌ଟା ପାଇ ଯାଇଥିଲା। ମିଲନ୍ ବାପାଙ୍କ କଥାକୁ ବୁଝିବାକୁ ଚେଷ୍ଟା କରୁଥିବା ତା' ବାପାଙ୍କ ସହ ଉଦାସ୍ ପାଦରେ ମିଲି ସେଇ ଝଲମଲ କରୁଥିବା ବଗିଚାରୁ ଅପେକ୍ଷାକୃତ ଅନ୍ଧାରିଆ ରାସ୍ତାକୁ ଓହ୍ଲାଇ ଆସିଥିଲା।

ପାର୍ଟି କେତେ ବେଳୁ ସରି ଗଲାଣି। ଆଜି ସମସ୍ତେ ସ୍ୱର୍ଣ୍ଣାକୁ ଉପହାର, ଶୁଭେଚ୍ଛା ଓ ପ୍ରଶଂସାରେ ପୋତି ଦେଇଛନ୍ତି। ଡ୍ରେସିଂ ଟେବୁଲ ଆଗରେ ଠିଆ ହୋଇ ସ୍ୱର୍ଣ୍ଣା ନିଜ ସୌନ୍ଦର୍ଯ୍ୟକୁ ଉପଭୋଗ କରୁଥିଲା। ସତରେ ମିଲି ତାକୁ ଆଜି ଖୁବ୍ ସୁନ୍ଦର ସଜାଇ ଥିଲା। ମନେ ମନେ ମିଲି ରୁଚିକୁ ସେ ତାରିଫ୍ କଲା। ଆଜି ପାର୍ଟିକୁ ବିଚରା ସେ ଓ ତା' ବାପା ଉପଭୋଗ କରି ପାରିଲେନି। ପାର୍ଟି ଅଧାରୁ ନଖାଇ, ନପିଇ ପଳାଇଲେ। ସ୍ୱର୍ଣ୍ଣା ମନ ମରିଗଲା। ପୁଣି ଭାବିଲା, ମିଲନ୍ ଓ ତା' ବାପା ବି ତ ପାର୍ଟି ଅଧାରୁ ନଖାଇ ନପିଇ ପଳାଇଲେ। ଅବଶ୍ୟ ମିଲନ୍ ବାପା ତାଙ୍କ ଘରକୁ ପୁଣି ଥରେ ଆସିବା ପାଇଁ ପ୍ରତିଶ୍ରୁତି ଦେଇଛନ୍ତି। ସ୍ୱର୍ଣ୍ଣା ଆଶ୍ଚର୍ଯ୍ୟ ହେଉ ଥିଲା, ଏ ମିଲନ୍ ବି କେମିତି ପିଲା କେଜାଣି ? ଏତେ ବଡ଼ ଲୋକର ଗୋଟିଏ ବୋଲି ପୁଅ। କଲେଜ୍‌ରେ ସମସ୍ତଙ୍କ ଆଖି ସ୍ୱର୍ଣ୍ଣା ଉପରେ। ହେଲେ ସେ ତା' ପରି ଧନୀ, ସୁନ୍ଦରୀ, ସର୍ବଗୁଣ ସମ୍ପନ୍ନା ଝିଅକୁ ଏଡ଼ାଇ ଦେଇ ସେଇ ମଧ୍ୟବିତ୍ତ ମିଲି ପାଇଁ ଏମିତି ପାଗଳ କେମିତି ! ମିଲନ୍ ଦୃଷ୍ଟି ଆକର୍ଷଣ କରିବାକୁ ସେ କେତେ ଚେଷ୍ଟା କରିନି ? ହେଲେ ତା' ଆଖି ତ ଖାଲି ମିଲି ଉପରେ। ତାକୁ ସ୍ୱର୍ଣ୍ଣାର ଚେଷ୍ଟା ଦିଶିବ କୁଆଡୁ ? ଯାହା ହେଉ ସେ ଆଜି ମିଲିର ଅସଲି ଚେହେରା ମିଲନ୍ ଆଖିରେ ଧରା ପକାଇ ଦେଲା। ମିଲନ୍ ସ୍ୱର୍ଣ୍ଣାର ତ କେବେ

ବି ନଥିଲା। ହେଲେ ସେ ଏବେ ମିଳିର ମଧ୍ୟ କେବେ ହୋଇ ପାରିବନି।

ଠକ୍ ....ଠକ୍...ଠକ୍...

ଚମକି ପଡ଼ିଲା ସ୍ୱର୍ଣ୍ଣା। ଏ ଶବ୍ଦ କ'ଣ ତା' ହୃଦ୍ ସ୍ପନ୍ଦନର ? ନା, ତା' ରୁମ୍ କବାଟରେ କାହାର କରାଘାତ। ଆଜି ପାର୍ଟିରେ ସ୍ୱର୍ଣ୍ଣା କିଛି ଭୂଲ କରିନି ବୋଲି ନିଜକୁ ଆଶ୍ୱାସନା ଦେଉଥିଲା।

"କମ୍ ଇନ୍"

ରାନୁ ମାଉସୀ ପ୍ଲେଟ୍‌ରେ ତା' ଜନ୍ମ ଦିନର ଚକଲେଟ୍ କେକ୍ ଖଣ୍ଡେ ଧରି ଭିତରକୁ ପଶି ଆସିଲେ।

"ଦିଦି ତୁମେ କେଡ଼େ ସରାଗରେ ଚକୋଲେଟ୍ କେକ୍ ଅର୍ଡ଼ର୍ କରି ଥିଲ। ହେଲେ ଏ ଗହଳିରେ ଭଲରେ ଖାଇ ପାରିଲନି। ଖଣ୍ଡେ ଆଣିଛି, ଖାଇ ନିଅ।" ସଚେତ ହେଲା ସ୍ୱର୍ଣ୍ଣା- ଆରେ ହଁ, ସେ ମନ ଭରି କେକ୍ ଖାଇନି। ଟୁବୁଲା କଥା ମନରେ ଉଙ୍କି ମାରିଲା। ପଚାରିଲା, "ମାଉସୀ ଟୁବୁଲା କ'ଣ ଶୋଇ ପଡ଼ିଲାଣି ? ତା' ପାଇଁ ଆଉ କେକ୍ ଅଛି ?"

"ସେ କେତେ ବେଳୁ ଶୋଇ ଗଲାଣି। ହଁ, ଦିଦି ଆଉ କେକ୍ ଅଛି। ଆଣି ଦେବି। ?"

"ଆରେ ନାଁ, ନାଁ। ମୁଁ ଟୁବୁଲା ପାଇଁ କହୁଥିଲି। କାଲି ଟୁବୁଲା ସ୍କୁଲ୍‌କୁ ଟିଫିନ୍‌ରେ କେକ୍ ଦେବ। ସେ ତା' ସାଙ୍ଗମାନଙ୍କ ସହ କେକ୍ ପାର୍ଟି କରିବ। "

କହୁ କହୁ ସ୍ୱର୍ଣ୍ଣାର ମୁହଁ ଟୁବୁଲା ଖୁସି କଥା ଭାବି ଉଜ୍ୱଳ ହୋଇ ଉଠିଲା। ରାନୁ ଆଖି ଜକେଇ ଆସିଲା। କାନିରେ ଆଖି ପୋଛୁ ପୋଛୁ ଫେରି ଯାଉଥିବା ରାନୁ ଖାଲି ଏତିକି କହି ପାରିଲା, "ଦିଦି ତୁମେ ଏ ଅନାଥ ଟୁବୁଲାକୁ ଏତେ ଶ୍ରଦ୍ଧା କରୁଛ। ଭଗବାନ ତୁମର ମଙ୍ଗଳ କରନ୍ତୁ। ତୁମକୁ କୋଟି ପରମାୟ ଦିଅନ୍ତୁ।"

ସ୍ୱର୍ଣ୍ଣା ବେଶ୍ ଥକି ଯାଇ ଥିଲା। ସେ ଜାଣି ଥିଲା ଆଜି ତା' ଖୁସି ପାଇଁ ସମସ୍ତେ ବେଶ୍ ପରିଶ୍ରମ କରିଛନ୍ତି। ସେ ଫେରି ଯାଉ ଥିବା ରାନୁକୁ ପଛରୁ ପାଟି କରି କହିଲା- "ରାନୁ ମାଉସୀ ଆଜି ତୁମେ ସମସ୍ତେ ମଧ୍ୟ ଖୁବ୍ ହାଲିଆ ହୋଇ ଯାଇଥିବ। ଶୋଇ ପଡ଼। କାଲି ସକାଳୁ ପଛେ କାମ କରିବ। ନହେଲେ ଦେହ ଖରାପ ହେବ।"

ରାନୁ ଗୁଣୁ ଗୁଣୁ ହୋଇ କେତେ କ'ଣ ଆଶୀର୍ବାଦ ଦେଇ ଦେଇ ଚାଲି ଯାଇଥିଲା

ବେଶ୍ ରାତି ହୋଇ ଗଲାଣି। ଘର କ'ଣ ରାସ୍ତା ଘାଟକୁ ମଧ୍ୟ ଶୂନ୍ୟତା ଗ୍ରାସ କଲାଣି। କେବଳ କେଉଁଠି କେମିତି ମଝିରେ ମଝିରେ ବୁଲା କୁକୁରଟେ ଭୁକି ଭୁକି ଏ

ସହରର ଶୂନ୍ୟତାକୁ ଭାଙ୍ଗିବାର ଅସଫଳ ଚେଷ୍ଟା କରୁଛି। ସ୍ୱର୍ଣ୍ଣପ୍ରଭା ଦେବୀ ତାଙ୍କ ଅବଶ ଦେହକୁ ଆରାମ ଚେୟାର୍‌ରେ ଲୋଟାଇ ଦେଇଥିଲେ। ଆଖି ଆଗରେ ମିଲିର ଉଦାସ ଚେହେରା ଭାସି ଉଠିଲା। ପିଲାଟା କେତେ ଉତ୍ସାହର ସହ ତାଙ୍କ ସ୍ୱର୍ଣ୍ଣାକୁ ଆଜି ସଜେଇ ଦେଇ ଥିଲା। ତାଙ୍କ ଶାଢୀକୁ ମଧ୍ୟ କେତେ ସୁନ୍ଦର ସଜାଡ଼ି ଦେଇ ଥିଲା। କି ଅବା କଥା ହେଲା ଯେ ଗୋଟେ ଭୁଲ୍ ବୁଝାବଣା ଯୋଗୁଁ ବିଚରା ମିଲି, ତା' ବାପା, ମିଲାନ୍ ଓ ତା' ବାପା ଏକ ଅପ୍ରୀତିକର ପରିସ୍ଥିତିରେ ଅଧା ପାର୍ଟିରୁ ଫେରିଗଲେ। କେତେ ଅପମାନଜନକ କଥା !

ପରିସ୍ଥିତିକୁ ମନେ ପକାଇବା ପାଇଁ ଚେଷ୍ଟା କଲେ ସ୍ୱର୍ଣ୍ଣ ପ୍ରଭା ଦେବୀ। ମନେ ପଡ଼ିଗଲା ତାଙ୍କର, ତାଙ୍କରି ସାମ୍ନାରେ ତ ସ୍ୱର୍ଣ୍ଣା ଟୁବୁଲାଠାରୁ ସେଇ ଖେଳନା ତେନ୍ତୁଳିଆ ବିଛାଟା ନେଇ ମିଲି କାନ୍ଧରେ ପଛ ଆଡୁ ଚୁପ୍ କରି ରଖିଦେଇ ଆସିଲା। ସେ ତାକୁ ନିଜେ ଏମିତି ନ କରିବାକୁ ମନା କରିଥିଲେ। ହେଲେ ସ୍ୱର୍ଣ୍ଣା ମଜା ହେବ କହି ତାଙ୍କ କଥା ଟାଳି ଦେଇ ଥିଲା। ଆଉ ସେତେ ବେଳେ ସେ ମଧ୍ୟ ଏହାକୁ ସ୍ୱର୍ଣ୍ଣାର ପିଲାଳିଆମି ଭାବି ବେଶି କିଛି ଗୁରୁତ୍ୱ ଦେଇ ନଥିଲେ। ଆଉ ସେଇ ବିଛାକୁ ମିଲି କାନ୍ଧରୁ ମିଲନ୍‌ର ବାପା କାଢିବାକୁ ଯାଇ ଏଇ ଅପ୍ରୀତିକର ପରିସ୍ଥିତି ସୃଷ୍ଟି ହେଲା। ସେଥିରେ ପୁଣି ସ୍ୱର୍ଣ୍ଣାର ମିଲନ୍ ବାପାଙ୍କୁ ମିଲି ତରଫରୁ କ୍ଷମା ମାଗିବା !!!

ସ୍ୱର୍ଣ୍ଣାର ଏ ବ୍ୟବହାର କଥା ଭାବି ସ୍ୱର୍ଣ୍ଣପ୍ରଭା ଦେବୀ ଆଶ୍ଚର୍ଯ୍ୟ ହେଉଥିଲେ। ଆସ୍ତେ ଆସ୍ତେ କଥାଟା ତାଙ୍କୁ କିଛିଟା ପରିଷ୍କାର ଜଣା ପଡ଼ିଲା। ହଁ, ବୋଧେ ସ୍ୱର୍ଣ୍ଣା ମିଲିକୁ ମିଲନ୍ ବାପାଙ୍କ ଆଗରେ ଖରାପ ବୋଲି ପ୍ରମାଣ କରିବାକୁ ଚାହୁଁ ଥିଲା। ଆଉ ସେଥିରେ କୃତକାର୍ଯ୍ୟ ମଧ୍ୟ ହେଲା। ଚନ୍ଦ୍ରରେ କାଳିମା ଅଛି ହେଲେ ତାଙ୍କ ସ୍ୱର୍ଣ୍ଣାର ପୁଣି କଳଙ୍କ ! ନା ଅସମ୍ଭବ। ସ୍ୱର୍ଣ୍ଣପ୍ରଭା ଦେବୀଙ୍କର ବିଶ୍ୱାସ ହେଉ ନଥିଲା। ହେଲେ ସେ ନିଜ ଆଖିରେ ତ ସବୁ ଦେଖିଲେ। ସ୍ୱର୍ଣ୍ଣା ଉପରେ ତାଙ୍କର ଘୃଣା ଜମାଟ ବାନ୍ଧି ଆସୁ ଥିଲା। ଏଇ ସମୟରେ ସ୍ୱର୍ଣ୍ଣାର ରାନୁକୁ ପାଟି କରି ବିଶ୍ରାମ ନେବାକୁ କହୁଥିବା ତାଙ୍କ କାନରେ ପଡ଼ିଲା। ଆଶ୍ଚର୍ଯ୍ୟ ହେଉ ଥିଲେ ସ୍ୱର୍ଣ୍ଣପ୍ରଭା ଦେବୀ। ଯିଏ ଅନ୍ୟର ଭଲମନ୍ଦ ପାଇଁ ଏତେ ଚିନ୍ତିତ ସେ କିପରି ନିଜ ପିଲାଦିନର ବନ୍ଧୁ ସହ ଏପରି କୁତ୍ସିତ ଖେଳ ଖେଳି ପାରିଲା ? ତାଙ୍କ ମୁଣ୍ଡରେ କିଛି ପଶୁ ନଥିଲା।

ଆଖିବୁଜି ଇଷ୍ଟ ଦେବ ଶ୍ରୀ ରାମଙ୍କୁ ଧ୍ୟାନ କଲେ। ହଠାତ୍ ଆଖି ଖୋଲି ଆରାମ୍ ଚଉକିରୁ ଝରକା ପାଖକୁ ଉଠି ଆସିଲେ। ଦଲକାଏ ଶୀତଳ ପବନ ତାଙ୍କ ଦେହକୁ ଛୁଇଁ ଦେଇ ହୃଦୟର ଅଶାନ୍ତ ପରଦାକୁ ଅପସରି ଦେଲା। ସ୍ୱର୍ଣ୍ଣପ୍ରଭା ଦେବୀ ହେଜିଲେ- ପୁରୁଷୋତ୍ତମ ଶ୍ରୀ ରାମ ମଧ୍ୟ ମାତା ସୀତାଙ୍କ ପ୍ରତି ଅନ୍ୟାୟ କରିଥିଲେ।

ଧର୍ମରାଜ ଯୁଧିଷ୍ଠିର ମଧ୍ୟ ଏଥିରୁ ବାଦ ଯାଇ ନଥିଲେ। ମନୁଷ୍ୟ ଦେହ ଧରିଛେ ଯେତେବେଳେ ସୁନ୍ଦର ଗୁଣ ସହ ପଶୁର ଖୁଣ ମଧ୍ୟ ନିଶ୍ଚିତ ରହିବ। ମଣିଷ ଭିତରେ ପଶୁତ୍ୱ ଦେବତ୍ୱ ଦୁଇଟି ଯାକ ରହିଛି। ହେଲେ ପଶୁତ୍ୱ ମନୁଷ୍ୟତ୍ୱ ଉପରେ ଭୟଙ୍କର ରୂପେ ସବାର ହେବା ଅନୁଚିତ୍। ତାଙ୍କ ସ୍ୱର୍ଣ୍ଣା ଯାହା କରିଛି ତାହା ସମ୍ପୂର୍ଣ୍ଣ ଭୂଲ୍। ମାତ୍ର ଅକ୍ଷମଣୀୟ ନୁହେଁ। ସୁଧାରିବାର ସୁଯୋଗ ନିଶ୍ଚିତ ଅଛି। ସ୍ୱର୍ଣ୍ଣପ୍ରଭା ଠିକ୍ କରି ନେଲେ, କାଲି ସକାଳେ ସ୍ୱର୍ଣ୍ଣା ସହ ଏ ନେଇ କଥା ହେବେ ଓ ସିଏ ନିଜେ ଯାଇ ମିଲାନ୍‌ଙ୍କ ବାପାଙ୍କ ସହ ମିଳି ପାଇଁ କଥା ହୋଇ ଆସିବେ।

ସ୍ୱର୍ଣ୍ଣପ୍ରଭା ଜାଣିଥିଲେ, ଶୁଦ୍ଧ ସ୍ୱର୍ଣ୍ଣରେ ଅଳଙ୍କାର ଗଢାଯାଇ ପାରେନି। ସେଥିରେ ଖାଦ ମିଶିଲେ ଯାଇ ସୁନ୍ଦର ଗହଣା ତିଆରି ହୋଇପାରେ ଓ ଶୃଙ୍ଗାର ଯୋଗ୍ୟ ହୁଏ। ସୁନ୍ଦର ଗହଣାଟିଏ ଦେଖିଲେ, ସେତେବେଳେ ସେଇ ଗହଣାରେ କେହି ଖାଦ ଦେଖେନି ବରଂ ସେଥିରେ ମଣ୍ଡି ହୋଇ ପୁଲକିତ ହୁଏ, ନିଜ ସୌନ୍ଦର୍ଯ୍ୟ ବଢାଇ ଅନ୍ୟର ପ୍ରଶଂସା ଭାଜନ ହୁଏ। ସେହି ପରି ମଧ୍ୟ ତାଙ୍କ ସ୍ନେହର ସ୍ୱର୍ଣ୍ଣା।

■

ଅନୁମୋଦନ

କଲିକତା ମହାନଗରର ଏଇ ହୋଟେଲରୁମ୍ ବଡ଼ ଦର୍ପଣ ଆଗରେ ବୃନ୍ଦା କେତେବେଳୁ ଠିଆ ହେଲାଣି। ସିଏ କ'ଣ ଏତେ ଦେଖୁ ଥିଲା ? ତା' ସିନ୍ଥିରେ ବେଶ୍ ଚଉଡ଼ା କରି ସେ ନିଜେ ଟାଣି ଦେଇଥିବା ରକ୍ତିମ ସିନ୍ଦୁର ଗାରକୁ ଏକ ଲୟରେ ଅନାଇ ଥିଲା। ନିଜର ସେଇ ଅହିସୁଲକ୍ଷଣୀ ରୂପକୁ ଉପଭୋଗ କରୁଥିଲା ? ? ?

ରିଂ....ରିଂ... ଇଂଟରକମ୍ ଫୋନ୍‌ର ଘଣ୍ଟି ତା' ଧ୍ୟାନ ଭାଙ୍ଗିଲା। ଫୋନ୍ ଉଠାଇଲା, "ହ୍ୟାଲୋ !"

"ମ୍ୟାଡ଼ାମ୍ ଆପ୍ କି ଟାକ୍ସି ଆଗୟି।"

"ହାଁ, ବସ୍ ଦୋ ମିନିଟ୍..." କହି ବୃନ୍ଦା ଫୋନ୍ ରଖିଲା। ପୁଣି ଯାଇ ଦର୍ପଣ ଆଗରେ ଠିଆ ହେଲା। ଆଜି ଏଇ ନୂଆ ସାଲୁଆର କମିଜ୍‌ଟା ପିନ୍ଧିଛି। ବେଶ୍ ଢିଲା। ଏମିତି ଆଉ କେତେଖଣ୍ଡ ଏବେ ପାଇଁ ସିଲେଇ ଆଣିଛି। ସୁତା ଓଢଣୀଟାକୁ ଖୋଲି ଦେଇ ନିଜକୁ ତା' ଭିତରେ ଆବୋରି ଆଣିଲା।

"ମ୍ୟାଡ଼ାମ୍ ଏସେଗେଛେ..."ଟ୍ୟାକ୍ସି ଡ୍ରାଇଭର୍ ଡାକରେ ବୃନ୍ଦା ସଚେତ ହେଲା। "ହୁଁ, ପହଞ୍ଚି ଗଲେ !!!" ଓଡ଼ିଆରେ କଥା ପଦକ ପାଟିରୁ ଅଜାଣତରେ ବାହାରି ଆସିଲା। ମିଟର୍ ଦେଖିଲା। ୪୮ ଟଙ୍କା ୬୦ ପଇସା। ୫୦ ଟଙ୍କିଆଟେ ଟ୍ୟାକ୍ସିବାଲାକୁ ବଢାଇ ଦେଇ ବୃନ୍ଦା ଓହ୍ଲାଇ ଆସିଲା। ସାମ୍ନାରେ ତା'ର ବଡ଼ ଲୁହା ଗେଟ୍। ଉପର ଫଳକରେ ବଡ଼ ବଡ଼ ଅକ୍ଷରରେ ଲେଖା ଅଛି - 'ମିଶନାରୀ ଅଫ୍ ମର୍ସି'

ବେଶ୍ ଗହଳି। ଅନେକ ଲୋକ ଭିତରକୁ ଯାଉଛନ୍ତି, ଆସୁଛନ୍ତି। ବୃନ୍ଦା ସେମାନଙ୍କୁ ନିରୀକ୍ଷଣ କଲା। ଜାଣି ପାରୁ ନଥିଲା ସେମାନେ ହସୁଛନ୍ତି ନା କାନ୍ଦୁଛନ୍ତି, ତାଙ୍କ ଅନ୍ତର ଭିତରେ ? ଜାଣି ପାରୁ ନଥିଲା, ସେମାନେ ସୁଖି ନା ସୁଖିର ବିପରୀତ, ମାନେ ଦୁଃଖୀ ? ସେମାନଙ୍କୁ ଆକଳନ କରୁ କରୁ ସେ ଅଭ୍ୟର୍ଥନା କକ୍ଷରେ ପହଞ୍ଚି

ସାରିଥିଲା । ସେଠାରେ ଜଣେ ନନ୍ ବସିଥିଲେ । ଟେବୁଲ୍ ଉପର ଫଳକରେ ଲେଖାଥିଲା – ସିଷ୍ଟର୍ କରୁଣା । ସେଇ ସିଷ୍ଟର୍ କରୁଣା ସମ୍ବେଦନଶୀଳ ହସଟେ ହସି ପଚାରି ଥିଲେ, "ହ୍ୱାଟ୍ କ୍ୟାନ୍ ଆଇ ଡୁ ଫର୍ ୟୁ ? ..."

ତାଙ୍କ ହସର ପ୍ରତିହସଟେ ଜଣାଇ ବିନା ବାକ୍ୟବିନିମୟରେ ବୃନ୍ଦା ବ୍ୟାଗ୍‌ରୁ ଲଫାଫା ବାହାର କରି ସିଷ୍ଟର୍ କରୁଣାଙ୍କୁ ବଢାଇ ଦେଇଥିଲା । ସେ ସେଇ ଲଫାଫା ଉପର ଲେଖା ପଢି ଘଣ୍ଟି ବଜାଇ ପିଅନକୁ ଡାକିଥିଲେ ଓ ତା'ହାତରେ ଲଫାଫାଟି ଅଫିସ୍ ଭିତରକୁ ଦେଇ ପଠାଇ ବୃନ୍ଦାଙ୍କୁ ବସିବା ପାଇଁ ଚଉକିଟିଏ ଦେଖାଇ ଦେଲେ । ବୃନ୍ଦା କାଠ ଚଉକିଟି ଟାଣି ଆଣି ବସିଗଲା ଓ ପୁଣି ନିଜ ଭାବନାରେ ହଜିଗଲା । ପିଅନ ଡାକରେ ବୃନ୍ଦା ଭାବନା ରାଜ୍ୟରୁ ଫେରି ଆସି ସେଠିକା ମୁଖ୍ୟ, ଫାଦର୍ ସାମୁଏଲ୍‌ଙ୍କ ସହ ଦେଖା କରିବାକୁ ଉଠିଲା ।

ସେଦିନ କାର୍ଯ୍ୟର ପ୍ରଥମ ଦିନ । ତେଣୁ କେବଳ ଜଏନ୍ କରିଦେଇ, କାର୍ଯ୍ୟ ବିଷୟରେ ବିଶଦ୍ ବିବରଣୀ ନେଇ ଓ କିଛି ସହକର୍ମୀଙ୍କ ସହ ଔପଚାରିକ ସାକ୍ଷାତ କରି ସେ ହୋଟେଲ୍ ରୁମ୍‌କୁ ଫେରି ଆସିଲା । ଫାଦର୍ ସାମୁଏଲ୍ ସେ ପେଇଙ୍ଗ୍‌ଗେଷ୍ଟ ହୋଇ ରହିବ ବୋଲି ତା' ପାଇଁ ଘରଟିଏ ମଧ୍ୟ ବୁଝି ଦେଇଥିଲେ । ବୃନ୍ଦା ନିଜ ବ୍ୟାଗ୍ ଦୁଇଟି ଧରି ସେଇ ଘର ଠିକଣା ଅଭିମୁଖେ ବାହାରି ପଡ଼ିଲା ।

ଘର ଠିକଣା ପାଇବାରେ ସେମିତି କିଛି ଅସୁବିଧା ହୋଇ ନଥିଲା । କଲିକତା ମହାନଗରରେ ଗୋଟେ ଖୋଲାମେଲା ଦ୍ୱିତଳ କୋଠାଟେ ଦେଖିବାକୁ ପାଇବ ବୋଲି ବୃନ୍ଦା ଆଶା କରି ନଥିଲା । ଘର ସାମ୍ନାରେ ଛୋଟ ବଗିଚାଟିଏ । ତା' ପରେ ପୋର୍ଟିକୋ । ପୋର୍ଟିକୋ ଡ଼େଇଁ ବୃନ୍ଦା କବାଟରେ ଘଣ୍ଟି ବଜାଇଲା । ଜଣେ ବୟସ୍କ ମହିଳା କବାଟ ଖୋଲିଥିଲେ । କହିଲେ, "ଏସୋ ମା', ଏସୋ । ଆମ୍ରା ତୋମାକେ ଅପେକ୍ଷା କରେଛିଲାମ୍ । ଫାଦର୍ ସାମୁଏଲ୍ ଆମକେ ତୁମର୍ କଥା ବୋଲେ ଛିଲେନ୍ । ତୁମି କି ବାଙ୍ଗ୍‌ଲା ବୁଝ୍‌ତେ ପାରୋ ? ଆମି କିଛୁ କିଛୁ ଓଡ଼ିଆ ବୋଲ୍‌ତେ ପାରି । ବୃନ୍ଦା ଆମି ତୋମାକେ ତୁମି ସମ୍ବୋଧନ୍ କରଛି । ତୁମି ଖରାପ ଭାବ୍‌ବେନା । ତୁମି ଆମାର୍ ଝିଅ ପରି..." ବୃନ୍ଦା ବୃଦ୍ଧାଙ୍କୁ ଆବାକ୍ ହୋଇ ଦେଖୁଥିଲା । ସତେଅବା ତାଙ୍କ ଭିତରୁ ଉତ୍ସୁକ ସ୍ନେହୀ କୁନି ଝିଅଟେ ଉଙ୍କି ମାରୁଥିଲା । ତାକୁ ବୃଦ୍ଧାଙ୍କ ବ୍ୟବହାର ଖୁବ୍ ଆପଣାର ମନେ ହେଲା । ବୃନ୍ଦା କିଛି ଉତ୍ତର ଦେବା ପୂର୍ବରୁ ବୃଦ୍ଧା କ୍ଷିତିଶ୍, ଗୌରାଙ୍ଗ୍, ପୃଥା ପରି କେତୋଟି ନାଁ ଉଚ୍ଚାରଣ କରି ସାରିଥିଲେ । ଲୋକଟିଏ ଆସି ବୃନ୍ଦା ହାତରୁ ବ୍ୟାଗ୍ ଦୁଇଟି ନେଇ ଭିତରକୁ ଚାଲିଗଲା । ଆଉ ସେ ତାକୁ ଅନୁସରଣ କଲା । ବୃନ୍ଦା ଜାଣି ପାରି ନଥିଲା, 'ଲୋକଟି

କ୍ଷିତିଶ୍ ନା ଗୌରାଙ୍ଗ୍ ନା ପୃଥା ? ପୃଥା ଗୋଟିଏ ଝିଅର ନାଁ। ତେଣୁ ଲୋକଟି ପୃଥା ତ କଦାପି ନୁହେଁ।'

ବୃନ୍ଦା ନିଜକୁ ଟିକିଏ ସହଜ କରି ନେଇ ଖଟ ଉପରେ ବସିଗଲା ଓ ଚାରିଆଡ଼େ ନଜର୍ ଘୁରାଇ ଆଣିଲା। କୋଠରୀଟି ବେଶ୍ ବଡ଼। କାନ୍ଥରେ ଶିଶୁ କାଠର ଏକ ଆଲମିରା। ତା' ପାଖକୁ ଗୋଟେ ଥାକ। ଥାକରେ କିଛି ରଖା ଯାଇ ନଥିଲା। ଏପଟ କାନ୍ଥକୁ ଲାଗି ଟେବୁଲ୍‌ଟେ ପଡ଼ିଛି। ତା' ପାଖରେ ଦୁଇଟି ଚଉକି। ଦୁଇଟି ଚଉକି କାହିଁକି ? ତାକୁ ଟିକିଏ ଛାଡ଼ି ସେ ବସି ଥିବା ଏ ଶିଶୁକାଠର ପଲଙ୍କ। ପଲଙ୍କଟା ବେଶ୍ ପୁରୁଣା ଜଣାପଡୁଛି। ପଲଙ୍କ କଡ଼କୁ ଡ୍ରେସିଂମିରର୍। ତା' କଡ଼କୁ ବଡ଼ ଝରକାଟେ। ସେଇ ଖୋଲା ଝରକା ବାଟେ ବୃନ୍ଦା ବାହାରକୁ ଦେଖିଲା। ଘରଠୁ ପାଖା ପାଖି ୧୦ ଫୁଟ୍ ଛାଡ଼ି ପାଚେରୀ। ତା' କଡ଼ରେ ଧାଡ଼ି ଧାଡ଼ି ଫୁଲ କୁଣ୍ଡ। ସେଥିରେ ଫୁଟି ଥିବା ଭଳିକି ଭଳି ରଙ୍ଗୀନ୍ ଫୁଲକୁ ଧିର ପବନ ଦୋଳି ଖେଳାଇ ଦେଉଛି। ଆଉ କିଛି ଭଁଅର ସେଇ ପ୍ରକମ୍ପିତ ଫୁଲ ଉପରେ ବସିବାକୁ ଚେଷ୍ଟା କରୁଛନ୍ତି। ସତରେ ସବୁ ଭଁଅର ଏମିତି ଲମ୍ପଟ। ଅଜାଣତରେ ବୃନ୍ଦା ଓଠ ପ୍ରସାରିତ ହୋଇ ଯାଇଥିଲା। ହେଲେ ଉଦାସରେ ପୁଣି ସଙ୍କୁଚିତ ହୋଇଗଲା।

ଠକ୍ ...ଠକ୍...ଠକ୍...

ଝରକା ଆଡୁ ଖୋଲା କବାଟ ଆଡ଼କୁ ବୃନ୍ଦା ମୁହଁ ଫେରାଇଲା। ଆସିଲା ବେଳେ ଯେଉଁ ମଧ୍ୟବୟସ୍କ ବ୍ୟକ୍ତି ତା' ବ୍ୟାଗ୍ ଏଠାକୁ ଆଣି ଥିଲେ ସେଇ ବ୍ୟକ୍ତି ଜଣଙ୍କ କବାଟ କଡ଼ରେ ଠିଆ ହୋଇ ଥିଲେ।

"ମା' ଆପ୍‌ନାକେ ଚା' ଖାବାର୍ ଜନ୍ୟେ ଅପେକ୍ଷା କରେଛେନ୍।"

ଲୋକଟି ବୃନ୍ଦାକୁ ବଗିଚା ଆଡ଼େ ବାଟ କଢ଼ାଇ ନେଲା। ବଗିଚାର ଗୋଟିଏ କୋଣକୁ ବେତର ଛୋଟ ସେଣ୍ଟର ଟେବୁଲ୍‌ଟିଏ ଓ ଚାରୋଟି ଚଉକି ପଡ଼ିଥିଲା। ସେଥିରୁ ଦୁଇଟିକୁ ସେଇ ବୃଦ୍ଧା ଓ ଅନ୍ୟ ଜଣେ ଯୁବତୀ ଅଧିକାର କରିଥିଲେ। ବୃନ୍ଦା ଯାଇ ତୃତୀୟ ଚଉକିଟିରେ ବସିଗଲା। ବୃଦ୍ଧା ଜଣଙ୍କ ସେମିତି ଗଦ୍ ଗଦ୍ ହୋଇ ବୃନ୍ଦାଙ୍କ ପରିଚୟ ଯୁବତୀଙ୍କ ସହ କରାଇ ଦେଲେ, "ବୃନ୍ଦା, ଏ ଆମାର୍ ବଉମା' ପୃଥା। ଏ ଓଡ଼ିଆ। ତା'ର୍ ଠାରୁ ଆମି ଓଡ଼ିଆ ଶିଖ୍‌ଲାମ୍..." ଏ ଅଜଣା ମୂଳକରେ ଜଣେ ଓଡ଼ିଆଙ୍କୁ ପାଇ ବୃନ୍ଦା ଆସ୍ୱସ୍ତ ହେଲା। ଉଭୟଙ୍କ ମଧ୍ୟରେ ଅଭିନନ୍ଦନ ସୂକ୍ଷ୍ମ ହାସ୍ୟରେ ଆଦାନ ପ୍ରଦାନ ହୋଇଥିଲା। ବୃଦ୍ଧା ଆରମ୍ଭ କଲେ, "ପୃଥାର୍ ଘର୍ ବାଲେଶ୍ୱରେ। ତୋମାର୍ ଘର୍ କୋଥାୟ୍ ମା' ?"

"ଆମ ଘର ବେଲେଶ୍ୱର ନିକଟରେ ଭଦ୍ରକ ଜିଲ୍ଲା।"

ପ୍ରଥମ ଥର ପାଇଁ ପୃଥା ପାଟି ଖୋଲିଲା, "ଆମ ଘର ବେଲେଶ୍ୱରର ଏଫ୍. ଏମ୍. କଲେଜ କଡ଼ ଗଳିରେ।"

"ମୋ ମାମୁଁ ଘର ବାଲେଶ୍ୱର।"

"ଅଚ୍ଛା ! ତୁମ ମାମୁଁଙ୍କ ଘର କେଉଁ ପଟେ ?"

ବୃନ୍ଦା ଓ ପୃଥା ନିଜ ଘର ଠିକଣାର ଆଦାନ ପ୍ରଦାନ ହେବା ବେଳେ ହଠାତ୍ ବୃଦ୍ଧା ପଚାରିଲେ, "ବୃନ୍ଦା, ତୋମାର୍ ବାପେର୍ ଘର୍ କଥା କହିଲ। ତୋମାର୍ ଶ୍ୱଶୁର୍ ଘର୍‌ଟା ?"

ହାତ ହଲାଇ ପୃଥାଘରର ଦିଗ ନିରୁପଣ କରିବାକୁ ଚେଷ୍ଟା କରୁଥିବା ବୃନ୍ଦା, ବୃଦ୍ଧାଙ୍କ ପ୍ରଶ୍ନରେ ହଠାତ୍ ଅଟକି ଗଲା, ସତେଅବା ସେ ନିଜେ ଦିଗହରା ହୋଇଗଲା। ହେଜିଲା, 'ସେ ଏ ପର୍ଯ୍ୟନ୍ତ ତା' ବାପଘର ସମ୍ବନ୍ଧରେ ହିଁ କହି ଚାଲିଥିଲା।' କିଛି କ୍ଷଣ ନିରବତା ପରେ ଆରମ୍ଭ କଲା, "ମୋ ଶାଶୁଘର ଭୁବନେଶ୍ୱର ପାଖ ଏକ ଗାଁରେ। ସେଇଠି କେହି ନାହାନ୍ତି। ମୋ ସ୍ୱାମୀ ମଂଚେଷ୍ଟର୍‌ରେ କାମ କରନ୍ତି।" ଆଶ୍ଚର୍ଯ୍ୟ ହୋଇଗଲେ ବୃଦ୍ଧା, "ଏଇ ବୟସେ ତୁମି ଏଇ ପ୍ରାଇଭେଟ୍ ଚାକିରିଟେ ପାଇଁ ଏଖାନେ ଏକା କେନ ଅଛ ?"

ବୃଦ୍ଧା ଆଉ କିଛି କହିବାକୁ ଉଦ୍ୟତ ହେଉଥିଲେ। ମାତ୍ର ପୃଥା ତାଙ୍କୁ ସେଥିରୁ କ୍ଷାନ୍ତ କରିବାକୁ ଯାଇ ଗୌରାଙ୍ଗଙ୍କୁ ଡାକ ପକାଇଲା, "ଗୌରାଙ୍ଗ୍ ଦା କିଛି ନିମିକି ଆଣି ଦିଅ ତ।" ବୃଦ୍ଧା ଜାଣିଲେ ଏଇଟି ତାଙ୍କ କଥା ବନ୍ଦ କରିବା ପାଇଁ ବୋହୂର ଇସାରା। କିଛିଟା ନିରାଶ ହୋଇ ଗଲେ। ସତରେ ବୃଦ୍ଧା ଏତେ ସ୍ନେହୀ ଓ ପ୍ରଗଲ୍‌ଭା ଯେ ବୃନ୍ଦା ତାଙ୍କୁ ନିରାଶ କରିବାକୁ ଚାହୁଁ ନଥିଲା। ଚା' କପ୍ ରୁ ସୋଢ଼କାଏ ନେଇ ଆରମ୍ଭ କଲା- "ହଁ, ମୁଁ ତାଙ୍କ ପାଖକୁ ମଝିରେ ମଝିରେ ଯାଇ ବୁଲି ଆସେ। ବୁଲି ଯିବାଟା ଠିକ୍ ହେଲେ ସେଇ ବିଦେଶ ଯାଗାରେ ରହିବାକୁ ମୋତେ ବିଲ୍‌କୁଲ୍ ଭଲ ଲାଗେନି। ଏଣେ ଗାଁରେ ଅନେକ ଜମିବାଡ଼ି, ଘରଦ୍ୱାର। ଶାଶୁ ଶ୍ୱଶୁର କେହି ନାହାନ୍ତି। ତେଣୁ ସେସବୁ ବୁଝାସୁଝା କରିବାକୁ ପଡ଼େ। ଆଉ.... " ବୃନ୍ଦା କଥାରେ ବ୍ରେକ୍ ଲାଗି ଯାଇଥିଲା। ସେ କହିବ ନା କହିବନି ? ? ? ବୃନ୍ଦା ଚା' କପ୍‌ରୁ ମୁହଁ ଉଠାଇ ବୃଦ୍ଧା ଓ ପୃଥାଙ୍କ ଆଡ଼େ ଦେଖିଲା। ନା, ସେମାନେ ତା' କଥାର ଉପାନ୍ତରକୁ ବୋଧେ ଧରି ପାରି ନାହାନ୍ତି। ତେଣୁ ଏବେ ସେ କିଛି କହିବ ନାହିଁ। କିନ୍ତୁ ସେ କହୁ ବା ନକହୁ, କିଛି ଦିନ ପରେ ସମସ୍ତେ କଥାଟା ଆପେ ଜାଣିଯିବେ। ହଁ, ତେଣୁ କିଛି ଦିନ ଯାଉ, ସେ ନିଜେ ତା' ଆଡୁ କଥାଟା ପକାଇବ।

ଏ ଭିତରେ ବେଶ୍ କିଛି ଦିନ ବିତି ଗଲାଣି। ବୃନ୍ଦା ମିଶନାରୀ ଅଫ୍ ମର୍ସିକୁ ଓ

ମିଶନାରୀ ତାକୁ ଆରେଇ ଗଲେଣି। ତା' ପଦବୀର କାର୍ଯ୍ୟ ଅଫିସ୍ ଫାଇଲ୍‌ପତ୍ରରେ ସିମୀତ ଥିଲେ ମଧ୍ୟ ସେ କିନ୍ତୁ ମିଶନାରୀର ସବୁଆଡ଼େ ପ୍ରସାରିତ ହୋଇ ଯାଇଥିଲା। ତା' ଅଫିସ୍ ସମୟ ୮ ଘଣ୍ଟା ଲମ୍ବି ଯାଇଥିଲା ୧୦/୧୨ ଘଣ୍ଟାକୁ। ଏପରିକି ସେ କେବେ କେବେ ସ୍ୱଇଚ୍ଛାରେ ଅନ୍ୟମାନଙ୍କ ତାଗିଦ୍ ସତ୍ତ୍ୱେ ମିଶନାରୀରେ ରାତି ରହି ଯାଉଥିଲା। ଆଉ ସେଇଥି ପାଇଁ ବୋଲି ଫାଦର୍ ସାମୁଏଲ୍ ହୁଅନ୍ତୁ ବା ସିଷ୍ଟର୍ କରୁଣା ଅବା ସେଠାର ଅନ୍ୟ କର୍ମଚାରୀ, ସମସ୍ତେ ବୃନ୍ଦାକୁ ଖୁବ୍ ଭଲ ପାଇ ବସିଥିଲେ। ସେଠାରେ ଥିବା ଅସହାୟ ବୃଦ୍ଧ ବୃଦ୍ଧା ହୁଅନ୍ତୁ ବା ରୋଗୀ ହୁଅନ୍ତୁ ଅବା ଅସହାୟ ଅନାଥ ଶିଶୁ, ସମସ୍ତେ ଦିନ ଭିତରେ ଥରେ ଅଧେ ବୃନ୍ଦାକୁ ଖୋଜି ହେଉଥିଲେ।

ଆଉ ଏପଟେ ବୃଦ୍ଧା ବୃନ୍ଦା ପାଇଁ କେତେ ବେଳେ ମାସୀ ମା' ପାଲଟି ଯା'ନ୍ତି ତ ସ୍ୱଳ୍ପଭାଷୀ ପୃଥା ନୀରବ ବନ୍ଧୁଟେ। ବୃନ୍ଦାର ଢିଲା ଢିଲା ସାଲୁଆର୍ କମିଜ୍ ଓ ମୋଟା ସୁତା ଓଢଣୀ ତା' ବଢନ୍ତା ପେଟକୁ ଆଉ ଘୋଡ଼ାଇ ରଖି ପାରେନି। ଆଉ ଏ ସମାନ କାରଣ ପାଇଁ ପୃଥାର ବେଢଙ୍ଗିଆ ଚାଲି ମଧ୍ୟ ତା' ଆଖିରୁ ବାଦ୍ ଯାଏନି। ପ୍ରଥମଦିନ ସନ୍ଧ୍ୟା ଚା' ପିଆ ସମୟରେ ବୃନ୍ଦା ପାଟିକୁ ଆସି ଅଧାରେ ରହି ଯାଇଥିବା କଥାଟା ସେ କହି ନଥିଲେ ମଧ୍ୟ ସମସ୍ତେ ଜାଣି ଯାଇଥିଲେ। ଘରେ ମାସୀ ମା' ଓ ଅଫିସ୍‌ରେ ସମସ୍ତେ ତାକୁ ଅଧିକ କାମ କରିବାକୁ ବାରଣ କରୁଥିଲେ। ବେଳ ଅବେଳରେ ମାସୀ ମା'ଙ୍କ ସହ ଦେଖା ହୋଇଗଲେ ସେ ନିଜ ବୋହୂ ପାଇଁ ଯତ୍ନରେ ପ୍ରସ୍ତୁତ କରିଥିବା ତାଲିକା ଅନୁଯାୟୀ ବୃନ୍ଦାକୁ ସେସବୁ ମାନିବା ପାଇଁ ତାଗିଦ୍ ମଧ୍ୟ କରୁଥିଲେ।

ବୃନ୍ଦା ଆଗ ପରି ଆଉ ଫୁର୍ତ୍ତି ରହି ପାରୁ ନଥିଲା। ଟିକିଏ କାମରେ ହାଲିଆ ହୋଇ ପଡୁଥିଲା। ମାସୀ ମା' ତାକୁ ଘରକୁ ଚାଲି ଯିବା ପାଇଁ କିମ୍ବା କାହାକୁ ଘରୁ ଆସି ତା' ସହ ରହିବାକୁ ପରାମର୍ଶ ଦେଉଥିଲେ। ହେଲେ ବୃନ୍ଦା ମାସୀ ମା'ଙ୍କୁ ବୁଝାଇବାକୁ ଚେଷ୍ଟା କରେ ସେ ଚାଲି ଗଲେ ମିଶନାରୀ ଲୋକେ କିପରି କେତେ ହଇରାଣ ହେବେ। ଆଉ ତା' ଘର ଭଦ୍ରକରେ କଲିକତା ପରି ମେଡ଼ିକାଲ୍ ସୁବିଧା ନାହିଁ। ତାଙ୍କ ଘରୁ ମଧ୍ୟ ତା' ପାଖରେ ଆସି ରହିବାକୁ ସେମିତି କେହି ନାହାନ୍ତି। ଏମିତି କେତେ କ'ଣ। ଅବଶ୍ୟ ବୃଦ୍ଧା ତା'ର ଖୁବ୍ ଯତ୍ନ ନେବା ସହ ଘରୁ ଓ ସ୍ୱାମୀଙ୍କ ଠାରୁ ନିୟମିତ ଫୋନ୍ ଆସୁଛି ନା ନାହିଁ ତା' ଖବର ମଧ୍ୟ ପ୍ରତିଦିନ ବୁଝୁ ଥିଲେ।

ସେଦିନ ଅଫିସ୍ କାମରେ ବ୍ୟସ୍ତ ଥିବା ବେଳେ ବୃନ୍ଦାର ଫୋନ୍ ବାଜି ଉଠିଲା। 'ଏତେ ଦିନ ପରେ ମା'ର ଫୋନ୍...!!!' ସିଏ ଦୋ ଦୋ ପାଞ୍ଚ ହୋଇ ଫୋନ୍ ଧରିଲା। ହେଲେ ପାଟିରୁ ଶବ୍ଦଟିଏ ମଧ୍ୟ ବାହାରି ନଥିଲା। ସେପଟୁ ଶୁଭୁଥିଲା, "ହ୍ୟାଲୋ? ହ୍ୟାଲୋ? ବୃନ୍ଦା, ବୃନ୍ଦା?" କୋହ ଜାବୁଡ଼ି ଧରିଥିଲା ବୃନ୍ଦାର ତଣ୍ଟିକୁ।

ବଡ଼ କଷ୍ଟରେ କହି ପାରିଲା, "ମା!!!"

"ଯାହା ହେଉ ମା'କୁ ଭୁଲି ଯାଇନୁ। କାଲି ସକାଳେ ମୁଁ କଲିକତା ପହଞ୍ଚିବି। ମୋତେ ଆସି ଷ୍ଟେସନ୍‌ରୁ ନେଇଯିବୁ। ଯାହା ହେଲେ ବି ମୁଁ ତୋର ମା'..." ଫୋନ୍ ସେପଟୁ ଉତ୍ସୁକ କଠିନ ସ୍ୱରଟା କେତେ ବେଳୁ ନରମି ଯାଇ କାନ୍ଦୁରା ଶୁଭୁଥିଲା।

ତହିଁ ପରଦିନ ବୃନ୍ଦାର ମା' ତା' ପାଖରେ ପହଞ୍ଚି ଯାଇଥିଲେ। ମାସୀ ମା' ନୂଆ ସାଙ୍ଗଟିଏ ପାଇ ଖୁସି ହୋଇଗଲେ। ହେଲେ ଖୁବ୍ ଶିଘ୍ର ବୃନ୍ଦା ମା'ଙ୍କର ଶୀତଳ ପ୍ରତିକ୍ରିୟା ତାଙ୍କ ଆଗ୍ରହରେ ଭଙ୍ଗା ପକାଇ ଦେଇଥିଲା। ଅବଶ୍ୟ ମନ ଉଣା କରିବା ପୂର୍ବରୁ ତାଙ୍କ ଘରେ ଲକ୍ଷ୍ମୀ ମା' ପାଦ ଥାପିଲେ। ମାସୀ ମା'ଙ୍କ ଖୁସିର ଠିକଣା ନଥିଲା। ଆଉ ତା'ର ସପ୍ତାହେ ନପୂରୁଣୁ ପୁଅଟିଏ ବୃନ୍ଦାର କୋଳ ମଣ୍ଡନ କଲା। ଘରଟା ସତରେ ଖୁସିରେ ଉଛୁଳି ପଡୁଥିଲା। ବୃନ୍ଦା ମା'ଙ୍କ ଉଦାସିଆ ମୁହଁରେ ହସର ସୂକ୍ଷ୍ମ ଝଲକଟେ ତାଙ୍କ ଅଜାଣତରେ ଖେଳି ଯାଉଥିଲା। ଯଦିଓ ବୃନ୍ଦା ସାମ୍ନାରେ ନୁହେଁ କିନ୍ତୁ ତା' ଅନୁପସ୍ଥିତିରେ ସେ ତା' ପୁଅ ସହ ବେଶ୍ ମଜ୍ଜି ଯାଉଥିଲେ। ଏସବୁ ବୃନ୍ଦା ଆଖିରେ ପଡ଼ିଲେ ତା' ଆତ୍ମଗ୍ଲାନି କିଛିଟା କମ୍ ହେଉଥିଲା। ଶିଶୁ ଦୁହିଁଙ୍କ ଆଗମନ ସେଇ ଘରେ ଅନେକ କିଛି ପରିବର୍ତ୍ତନ ଆଣି ଦେଇଥିଲା। ଚୁପ୍ ରହୁଥିବା ବୃନ୍ଦା ମା' ଆଜିକାଲି ମାସୀ ମା'ଙ୍କ ସହ ଖୁବ୍ ଗପୁଥିଲେ। ଶିଶୁଙ୍କ ଲାଳନ ପାଳନ ଓ ଦିନଚର୍ଯ୍ୟାକୁ ନେଇ ସେମାନଙ୍କ ମଧ୍ୟରେ ଆଲୋଚନା ପର୍ଯ୍ୟାଲୋଚନା ଚାଲୁଥିଲା।

ଦେଖୁ ଦେଖୁ ଚାରି ମାସ ବିତିଗଲା। ବୃନ୍ଦା ମା'ଙ୍କର ମେଲାଣି ନେବା ସମୟ ଆସି ଯାଇଥିଲା। ମାସୀ ମା' ତାଙ୍କୁ ଆଉ କିଛି ଦିନ ରହି ଯିବାକୁ ଅନୁରୋଧ କରୁଥିଲେ। ହେଲେ ମା'ର ସେଇ ଗୋଟିଏ ଉତ୍ତର, "ଏଇ ବୟସରେ ବୃନ୍ଦାବାପାଙ୍କ ଦେହ ଆଉ ଭଲ ରହୁନି। ଏପଟେ ନ ଆସିଲେ ନ ହୁଏ ବୋଲି ବାଧ୍ୟ ହୋଇ ତାଙ୍କୁ ଏକା ଛାଡ଼ି ଆସିଲି। ହେଲେ ସେପଟେ ଆଉ କେତେ ଦିନ ସେ ନିଜେ ରାନ୍ଧି ଖାଇବେ? ତେଣୁ ଯିବା ପାଇଁ ବାଧ୍ୟ।" ବହୁତ କଥା କହୁ ଥିବା ମାସୀ ମା' ପଚାରି ଦିଅନ୍ତି, "ଆପଣ୍ ତାଙ୍କୁ ସଙ୍ଗେ ନିଏ ଆସି ଥିଲେ ସେ ମଧ୍ୟ ନାତିକେ ଦେଖେ ଦେତାମ୍।" ଏହାର ଉତ୍ତର ବୃନ୍ଦା ମା' ଦିଅନ୍ତି ନାହିଁ। ସତେ ଯେପରି ସେ ଏ ପଦକ କଥା ଶୁଣି ପାରି ନଥା'ନ୍ତି।

ବୃନ୍ଦାର ମାଟର୍ନିଟି ଲିଭ୍ ଆହୁରି ଅଢ଼େଇ ମାସ ଅଛି। ମା' ଗଲା ପରେ ଯେପରି ସେ ଏକା ଅନୁଭବ ନ କରେ ମାସୀ ମା' ସେଥି ପ୍ରତି ମଧ୍ୟ ଖୁବ୍ ଯତ୍ନଶୀଳ। ସେଥିରେ ସ୍ୱଳ୍ପଭାଷୀ ପୃଥା ମଧ୍ୟ ଖୁବ୍ ସହଯୋଗ କରେ। ପ୍ରାୟ ସବୁ ସନ୍ଧ୍ୟାର ଦୁହେଁ ମିଶି ଚା' ପିଅନ୍ତି। ଅନେକ ସମୟ ଧରି ଦୁହେଁ ବସୁଥିଲେ ମଧ୍ୟ ତାଙ୍କ ମଧ୍ୟରେ

ସେମିତି କିଛି ଗପର ଆସର ଜମେନି। ମୋଟ୍ ଉପରେ କହିବାକୁ ଗଲେ ଉଭୟ ଉଭୟଙ୍କ ସହଚର୍ଯ୍ୟ ନିଶବ୍ଦରେ ଖୁବ୍ ଉପଭୋଗ କରନ୍ତି। ଏମିତି ଏକ ସାନ୍ଧ୍ୟଟା' ଅବସରରେ ମାସୀ ମା' କହିଲେ, "ବୃନ୍ଦା, ଆମି ତୋମାର୍ ପୁଅକେ ଆମାର୍ ନାତୁଣୀ ପାଇ ଜାମାଇ ବାନାତେ ଚାହୁଁଛି ଏଇ ପାଇଁ ଯେ ସେ ମଧ୍ୟ ତା' ଶ୍ୱଶୁର୍ ସଙ୍ଗେ ବିଦେଶ୍ ଘୁରତେ ପାର୍‌ବ।" ମାସୀ ମା'ଙ୍କ ଏ ସ୍ନେହପୂର୍ଣ୍ଣ ଥଟ୍ଟା କଥାପଦକ ବୃନ୍ଦା କାନରେ ସତେଅବା ଗରମ ତରଳ ସୀସା ଢାଳି ଦେଲା। ନିମିଷେକ ମଧ୍ୟରେ ତା' ଚାରିପାଖ ପୃଥିବୀଟା ନିଃସହାୟ ଭାବେ ଅନ୍ଧକାର ହୋଇଗଲା।

ଏମିତିରେ କେତେ ସମୟ ବିତି ଗଲା। ସେଇ ଭୟଙ୍କର ଅନ୍ଧକାର ଭିତରେ କାହାର ଆଶ୍ୱାସନାଭରା ହାତର ସ୍ପର୍ଶ ବୃନ୍ଦା ଅନୁଭବ କଲା। ଚମକି ଉଠିଲା। ଦେଖିଲା ତା' ହାତ ଉପରେ ପୃଥାର ହାତ। ସେତେବେଳକୁ ସନ୍ଧ୍ୟାର ଘନତ୍ୱ ବଢ଼ି ସାରିଥିଲା। ମାସୀ ମା' ବଗିଚାରେ ନଥିଲେ। ଠାକୁରଘରୁ ଶଂଖଧ୍ୱନୀ ଶୁଭୁଥିଲା। ତା' ମାନେ ସେ ଠାକୁରଙ୍କୁ ସନ୍ଧ୍ୟା ଦେବା ପାଇଁ ଚାଲି ଯାଇଥିଲେ। ପୃଥା ତା' ହାତକୁ ନିଜ ପାପୁଲି ଭିତରେ ମୁଠେଇ ଧରିଥିଲା। ବୃନ୍ଦାକୁ ଲାଗିଲା ସତେ ଯେପରି ସେ ଏଇ ପରଶ ଟିକକୁ ଜଗି ବସିଥିଲା। ତା' ଭିତରେ ଗଣ୍ଠି ପଡ଼ି ରହି ଯାଇଥିବା ବେଦନା ସବୁ ଖୋଲି ହେବାକୁ ବ୍ୟାକୁଳ ହୋଇ ଉଠୁଥିଲେ। ରୁନ୍ଧି ହୋଇ ରହିଥିବା ଆବେଗସବୁ ଉନ୍ମୁକ୍ତ ହେବାକୁ ବାଟଟିଏ ଖୋଜୁଥିଲେ। ଆଉ ପୃଥାର ସେଇ ସମ୍ବେଦନଶୀଳ ସ୍ପର୍ଶ ସତେ ଯେପରି ସେ ବେଦନାର ଗଣ୍ଠି ଖୋଲି ଦେବାକୁ ମତାଉ ଥିଲା। ହଁ, ସେଇ ମୁହୂର୍ତ୍ତରେ ବୃନ୍ଦା ସ୍ୱଇଚ୍ଛାରେ ନିଜର ବାହ୍ୟ ଦୃଢ଼ମନା ଖୋଳପାଟା ଉତାରି ଦେଇଥିଲା। ଅନ୍ତରର କୋହ ଅମାନିଆ ଲୁହ ହୋଇ ଝରି ଯାଇଥିଲା। ସେ ଖୋଲି ଚାଲିଥିଲା ନିଜ ବେଦନାର ଗଣ୍ଠି, "ପୃଥା, ଜାଣେନା କାହିଁକି କେଜାଣି ଆଜି ମୁଁ ନିଜକୁ ତୁମ ଆଗରେ ଖୋଲା ବହିଟିଏ କରି ରଖି ଦେବାକୁ ଚାହୁଁଛି। ହୁଏତ ଏ ବହି ପଢ଼ି ସାରିଲା ପରେ ମୁଁ ତୁମ ଆଖିରେ ବହୁତ ତଳେ ପଡ଼ିଯାଇ ପାରେ। ହେଲେ ମୋର ଆଉ ସେସବୁ ପ୍ରତି ଡର ନାହିଁ। ଯେତେବେଳେ ମୁଁ ଏତେ ବଡ଼ ନିଷ୍ପତ୍ତି ନିଜେ ନେଇଛି ସେତେବେଳେ ଆଉ ଏକ ପାଦ ଆଗକୁ ଗଲେ କ୍ଷତି କ'ଣ? ଏମିତିରେ ବି ଆଜି ନହେଲେ କାଲି ମୁଁ ଏଇ ସତ୍ୟ ସହ ସାମ୍ନା ସାମ୍ନି ହେବି।" ପୃଥା କିଛି ବୁଝି ନପାରି ବୃନ୍ଦା ମୁହଁକୁ ବଲ ବଲ କରି ଚାହିଁ ଥାଏ।

ବୃନ୍ଦା ପ୍ରଗଲ୍‌ଭ ଭାବରେ କହି ଚାଲି ଥାଏ, "ହଁ, ମୁଁ ଗଗନଙ୍କୁ ଖୁବ୍ ଭଲ ପାଉଥିଲି। ଲାଗୁଥିଲା ମୋ ସ୍ୱପ୍ନର ମଣିଷକୁ ମୁଁ ପାଇ ଯାଇଛି। କେବଳ ସିଏ ହିଁ ମୋ ଜୀବନସାଥୀ ହୋଇ ପାରନ୍ତି। କେବଳ ଏ ଜନ୍ମ ପାଇଁ ନୁହେଁ ବରଂ ଜନ୍ମ ଜନ୍ମ

ପାଇଁ ଗଗନଙ୍କୁ ହିଁ ମୁଁ ମୋ ହୃଦୟରେ ସ୍ୱାମୀ ରୂପରେ ବରଣ କରି ଦେଇଥିଲି। ଆଉ ଗଗନ ମଧ୍ୟ ମୋ ଉପରେ ନିଜର ସ୍ୱାମୀତ୍ୱ ଜାହିର୍ କରି ମୋର ସର୍ବସ୍ୱ ସାଉଁଟି ନେଇ ଥିଲେ। ତାଙ୍କ ମତରେ 'ଆମେ ଯେତେ ବେଳେ ହୃଦୟରେ ପରସ୍ପରକୁ ବିବାହ ସ୍ୱୀକୃତି ଦେଇ ସାରିଛେ ତେବେ ଦୈହିକ ସମ୍ବନ୍ଧ ପାଇଁ ସାମାଜିକ ସ୍ୱୀକୃତିର କ'ଣ ଆବଶ୍ୟକ?' ସେତେବେଳେ ଲାଗିଲା ସତରେ ହୃଦୟ ସମ୍ପର୍କ ପାଇଁ ଯେତେବେଳେ ସମାଜର ସ୍ୱୀକୃତି ଲୋଡ଼ି ନଥିଲି, ସେତେବେଳେ ଦୈହିକ ସମ୍ପର୍କ ପାଇଁ ସାମାଜିକ ସ୍ୱୀକୃତିର କ'ଣ ବା ଆବଶ୍ୟକ? ପୂର୍ଣ୍ଣ ବିଶ୍ୱାସରେ ମୋ ହୃଦୟ ସହ ଦେହ ମଧ୍ୟ ଗଗନଙ୍କୁ ଅର୍ପଣ କରି ଦେଇଥିଲି। କିଛି ଦିନ ପରେ ମୋ ପ୍ରେମର ପ୍ରତୀକ ମୋ ଭିତରେ ଅଙ୍କୁରିତ ହେଲା। ଆଉ ତା' ସହ ଗଗନ ମୋ ଠାରୁ ନିଜକୁ ଦୂରେଇ ନେଇଥିଲେ। ମୋ ଜୀବନରୁ ଦୂରେଇ ଯିବା ପୂର୍ବରୁ ମୋ ଭିତର ଅଙ୍କୁରକୁ ଉପାଡ଼ି ଫୋପାଡ଼ି ଦେବା ପାଇଁ ପରାମର୍ଶ ଅବଶ୍ୟ ଦେଇ ଯାଇଥିଲେ। ହଁ, ଏଇଟା ମୋ ପାଇଁ ଖୁବ୍ ବଡ଼ ଧକ୍କା ଥିଲା। ହେଲେ ପୁଣି ମନକୁ ଆସିଲା, ଏ ଅଙ୍କୁରର କ'ଣ ଭୁଲ୍ ଯେ ତା' ପାଇଁ ଏ ଦୁନିଆର ଆଲୋକ ଦେଖିବା ନିଶିଦ୍ଧ। ମୁଁ ଯାହାକୁ ବିଶ୍ୱାସ କଲି, ସ୍ୱାମୀ ରୂପେ ବରିଲି, ସେ ଯଦି ମୋ ସହ ଛଳନା କଲା, ସେଥିରେ ମୋର ଦୋଷ ରହିଲା କେଉଁଠି? ମୁଁ କାହିଁକି ଶାପିତ ହେବି? ମୁଁ କରିଥିବା ସ୍ୱଚ୍ଛ ପ୍ରେମକୁ ମୁଁ କାହିଁକି ଲୁଚାଇବି? ତେଣୁ ମୋ ସନ୍ତାନକୁ ଏ ଦୁନିଆକୁ ଆଣିବା ପାଇଁ ନିଷ୍ପତ୍ତି ନେଲି। ହେଲେ ଘରୁ ଓ ବାହାରୁ ଆସୁ ଥିବା ଚାପରେ ଏହା ମୋ ପାଇଁ ଏତେ ସହଜ ନଥିଲା। ସମାଜର ସ୍ୱୀକୃତି ଏ ସନ୍ତାନ ପାଇଁ କେତେ ଯେ ଆବଶ୍ୟକ ତାହା ମୁଁ ଅନୁଭବ କରିଥିଲି। ତେଣୁ ମୁଁ ଏଠାକୁ ଚାଲି ଆସିଲି। ଜାଣିଛି, ଆଜିର ସମାଜରେ ମୁଁ ଓ ମୋ ସନ୍ତାନ ମୁଣ୍ଡ ଉଠାଇ ଚାଲିବା କଷ୍ଟକର। ମାତ୍ର ଅସମ୍ଭବ ନୁହେଁ।"

କଥା ଶେଷ ଆଡ଼କୁ ନିଜ ଆଖିଲୁହରେ ହଜି ଯାଇଥିବା ଦୃଢ଼ମନା ବୃନ୍ଦା ପୁଣି ନିଜକୁ ଦୃଢ଼ କରି ଗଢ଼ି ତୋଳୁଥିଲା। ପୃଥାର ହାତ ସେମିତି ତା' ହାତକୁ ମୁଠାଇ ଧରିଥିଲା। ହେଲେ ତା' ହାତମୁଠା ହୋଇ ଉଠିଥିଲା ଖୁବ୍ ଶକ୍ତ ଓ ଆଖିରୁ ବହି ଯାଉଥିଲା ଲୁହର ବନ୍ୟା। ତାସ୍ଲ୍ୟର ଉଦାସ ହସଟେ ହସି କହିଲା, "ହଁ, ସ୍ୱାମୀ ବୋଲି ହୃଦୟରେ ବରିବା କିମ୍ବା ସମାଜ ଆଗରେ ବାଜା ରୋଷଣୀରେ ବେଦୀରେ ବସି ବିଧିବଦ୍ଧ ଭାବରେ ବରିଲେ କ'ଣ ଜଣେ ପୁରୁଷ ସ୍ୱାମୀ ହୋଇ ଯାଏ? ଲୋକ ଜାଣିବା ପାଇଁ ମୁଁ ଏ ସୁନ୍ଦର ଘରର ବୋହୂ, କ୍ଷିତିଶ୍‌ର ପ୍ରିୟାପତ୍ନୀ ଓ ଏ ଝିଅର ମା'। ହେଲେ ସବୁ ସମ୍ପର୍କକୁ ଗୁନ୍ଥି ବସିଲେ ମୁଁ ରହି ଯାଏ ଅଗୁନ୍ଥା। ଯେତେ ଚେଷ୍ଟା କଲେ ମଧ୍ୟ ପାରେନା। କ୍ଷିତିଶ୍ ସହ ଗୁନ୍ଥି ହେଲେ ଲାଗେ ଝିଅର ହୋଇ ପାରୁନି। ଝିଅ ସହ

ଗୁନ୍ଥି ହେଲେ କ୍ଷିତିଶ୍ ପଛରେ ରହି ଯାଉଛନ୍ତି।"

ବୃନ୍ଦା ଆଶ୍ଚର୍ଯ୍ୟ ହୋଇ ପୃଥା ମୁହଁକୁ ଅନାଇ ଥିଲା। ହେଲେ ଶୂନ୍ୟ ଦୃଷ୍ଟିରେ ପୃଥା ସେମିତି କହି ଚାଲିଥାଏ, "ମୋର ଓ କ୍ଷିତିଶ୍‌ଙ୍କର ପ୍ରେମ ବିବାହ। ଏ ସମ୍ବନ୍ଧରେ ଉଭୟ ପକ୍ଷ ଖୁବ୍ ଖୁସି ଥିଲେ। ଦିନ ସୁନ୍ଦର ପ୍ରଜାପତିଟିଏ ହୋଇ ଉଡ଼ି ଯାଉଥିଲା। ହେଲେ ବାହାଘରର ବେଶ୍ କିଛି ବର୍ଷ ପର୍ଯ୍ୟନ୍ତ ଏ ଘରେ ପିଲାର କାନ୍ଦଣା ଶୁଣା ନଯିବାରୁ ପରିବାର ଭିତରେ ଅସନ୍ତୋଷ ଦାନା ବାନ୍ଧିବାକୁ ଲାଗିଲା। ଏଥିରୁ ମୁଁ ମଧ୍ୟ ବାଦ୍ ପଡ଼ି ନଥିଲି। ଏଥିପାଇଁ ଡାକ୍ତରୀ ପରାମର୍ଶ ମଧ୍ୟ ନେଉଥିଲୁ। ଏମିତି ପରିସ୍ଥିତିରେ ଥରେ ହଠାତ୍ କ୍ଷିତିଶ୍ କାଜିରଙ୍ଗାରେ ଯାଇ କିଛି ଦିନ ବିତାଇ ଆସିବର ପ୍ରସ୍ତାବ ଦେଲେ। ମୁଁ ଖୁସିରେ କୁରୁଳି ଉଠିଲି। ଘରର ଏ ରୁନ୍ଧି ଦେଉଥିବା ପରିବେଶରୁ ଦୁହେଁ ବାହାରିଗଲୁ। ପ୍ରଥମ ଦୁଇ ଦିନ ଖୁବ ଖୁସିରେ ବିତି ଯାଇ ଥିଲା। ତୃତୀୟ ଦିନ ସୂର୍ଯ୍ୟ ଢଳି ଆସୁଥିବା ବେଳେ ଆମେ ଦୁହେଁ ନିଜ ଭିତରେ ନିମଗ୍ନ ରହି ଏକ ପାହାଡ଼ିଆ ରାସ୍ତାରେ ରିସୋର୍ଟ ଆଡ଼କୁ ଓହ୍ଲାଇ ଆସୁଥିଲୁ। ସନ୍ଧ୍ୟା ଆସିବା ସହ ପାହାଡ଼ିଆ ଶୀତଟା ମଧ୍ୟ ଟିକିଏ ମାଡ଼ି ଆସିଲା। କ୍ଷିତିଶ୍ ପ୍ରସ୍ତାବ ଦେଲେ- 'ତୁମେ ଏଇଠି ବସି ଥାଅ। ମୁଁ ପାଖରୁ କେଉଁଠୁ ଟିକିଏ ଗରମ୍ ଚା' ଧରି ଆସେ। ଏଇଠି ବସି ପିଇବା।' ମୁଁ ମନା କରିବା ସତ୍ତ୍ୱେ ସେ ମୋତେ ସେଠାରେ ବସାଇ ଦେଇ ଚା' ଆଣିବା ପାଇଁ ଚାଲି ଯାଇଥିଲେ। ମୁଁ ସେଇ ମୁହଁଅନ୍ଧାରରେ ବସି ଗୀତଟିଏ ଗୁଣୁ ଗୁଣାଉ ଥାଏ। ମୋତେ ଡର ଲାଗୁଥାଏ ବୋଲି କହିବିନ । କାରଣ ମୋର କ୍ଷିତିଶ୍‌ଙ୍କ ଉପରେ ପୂର୍ଣ୍ଣବିଶ୍ୱାସ ଥାଏ। ସେ ମୋତେ ଏଠାରେ ଛାଡ଼ି ଯାଇଛନ୍ତି ମାନେ ଏଇଟା ମୋ ପାଇଁ ଠିକ୍ ସ୍ଥାନ। ହେଲେ କିଛି ସମୟ ଭିତରେ ସବୁ ଠିକ୍ ଭୟଙ୍କର ଭାବରେ ଭୂଲ୍ ହୋଇଗଲା। ସେଇ ଅନ୍ଧକାର ଭିତରୁ କେହି ଜଣେ ଆସି ମୋର ସର୍ବସ୍ୱ ଲୁଟି ଚାଲି ଯାଇଥିଲା। ମୋ ଆର୍ତ୍ତ ଚିତ୍କାର 'ଏଇ ଆସୁଛି' କହି ଯାଇ ଥିବା କ୍ଷିତିଶ୍ କ'ଣ କାହା ପାଖରେ ମଧ୍ୟ ପହଞ୍ଚି ପାରି ନଥିଲା। ଭୂଲୁଣ୍ଠିତା ହୋଇ ମୁଁ ସେଠାରେ ପଡ଼ି ରହିଥିଲି। ଚେତା ଆସିଲା ରିସର୍ଟରେ। କ୍ଷିତିଶ୍ ପାଖରେ ବସି ଥିଲେ। କୋହରେ ଫାଟି ପଡ଼ି ତାଙ୍କୁ ମୋ ବେଦନା ଜଣାଇ ଥିଲି। ସେ ମୋତେ ସାନ୍ତ୍ୱନା ଦେଇ ଥିଲେ। ହେଲେ ପୋଲିସ୍ ପାଖରେ ରିପୋର୍ଟ ଲେଖାଇବାକୁ ମୁଁ ଯେତେ କହିବା ସତ୍ତ୍ୱେ ସିଏ କଥାଟା ବାରମ୍ବାର ଏଡ଼ାଇ ଯାଇ ଥିଲେ। ମୋତେ ଲାଗିଲା ବୋଧେ ଘରର ମର୍ଯ୍ୟାଦା କ୍ଷୁର୍ଣ୍ଣ ହେବ ବୋଲି କ୍ଷିତିଶ୍ ଭାବୁଛନ୍ତି। ପରଦିନ ଆମେ ଘରକୁ ଫେରି ଆସିଥିଲୁ।

କିଛି ଦିନ ପରେ ଆମ ଦୁହେଁ କାଜିରଙ୍ଗା ଯିବା ପୂର୍ବରୁ କରାଇଥିବା ଡାକ୍ତରୀ ପରୀକ୍ଷାର ରିପୋର୍ଟ ମୋତେ ମିଳିଲା। ସେଥିରୁ ଜାଣିଲି କ୍ଷିତିଶ୍ ପିତା ହେବା ପାଇଁ

ଅକ୍ଷମ। ହେଲେ କିଛି ଦିନ ମଧ୍ୟରେ ମୁଁ ଅନ୍ତଃସତ୍ତ୍ୱା ହୋଇଥିଲି। ଛାତିରେ ମୋର ଛନକା ପଶିଲା। କ୍ଷିତିଶ୍‌ଙ୍କୁ ଏଥିରୁ ମୁକୁଳିବା ପାଇଁ ମୁଁ ବିକଳ ହୋଇ ଉପାୟ ଖୋଜିବାକୁ କହିଲି। ହେଲେ ଏଇ ଖବର ଘରେ କ୍ଷିତିଶ୍ ହିଁ ସମସ୍ତଙ୍କୁ ଜଣାଇଥିଲେ। ବହୁପ୍ରତିକ୍ଷିତ ନୂତନ ଅତିଥିର ଆଗମନ ଖବରଟା ଏ ଘରେ ଖୁସିର ଏକ ଲହରୀ ଖେଳାଇ ଦେଇଥିଲା। ସେତେବେଳେ କ୍ଷିତିଶ୍‌ଙ୍କର ମୋତେ କାଜିରଙ୍ଗାରେ ଏକା ଛାଡ଼ି ଚା' ଆଣିବାକୁ ଯିବା ଓ ପୋଲିସ୍ ପାଖକୁ ନଯିବା କଥାଟା ମୁଁ ସଫା ବୁଝିପାରିଲି। ଏ ନେଇ ଆମ ଦୁହିଁଙ୍କ ଭିତରେ ଝଡ଼ ମଧ୍ୟ ସୃଷ୍ଟି ହେଲା। କ୍ଷିତିଶ୍ ଏ ଘର ଖୁସିର ଦୁହାଇ ଦେଇ ନିଜର ଅପାରଗତାକୁ ଲୁଚାଇ ଦେଲେ। ମୁଁ ଅଜନ୍ମା ଶିଶୁଟି ଏ ସମାଜରେ ପିତୃ ପରିଚୟ ପାଇଯାଉ ଭାବି ଚୁପ୍ ରହିଲି। କ'ଣ ଠିକ୍, କେଉଁ କଥାରେ ମୁଁ କି ପ୍ରତିକ୍ରିୟା ଦେବି, ଏସବୁ ଭାବିବା ଆଗରୁ ସବୁ ଘଟି ଚାଲିଥିଲା।" ଦୀର୍ଘ ନିଶ୍ୱାସଟେ ଖାଲି ପୃଥାକୁ ନୁହେଁ ବରଂ ବୃନ୍ଦାକୁ ମଧ୍ୟ ଥରାଇ ଦେଇ ବାହାରି ଆସିଲା।

କିଛିକ୍ଷଣର ନିରବତା ପରେ ପୃଥା ପୁଣି କଥା ଯୋଡ଼ିଲା, "ତୁମେ ସ୍ୱାମୀ ବୋଲି ହୃଦୟରେ ଧରି ନେଇଥିଲ ଓ ମୁଁ ଦୁନିଆ ଆଗରେ ସ୍ୱାମୀ ବୋଲି ବାନ୍ଧି ହେଲି। ହେଲେ ଆମ ଦୁହିଁଙ୍କ ସନ୍ତାନର ପିତୃ ପରିଚୟ କ'ଣ? ନିଜ ଔରସ ନହେଲେ ମଧ୍ୟ ସମାଜ ଆଗରେ ମୋ ସନ୍ତାନକୁ ପିତୃ ପରିଚୟ ମିଳିଯିବ। ଆଉ ତୁମ ସନ୍ତାନ ପାଇଁ ହୁଏତ ତୁମକୁ ସମାଜଠାରୁ ଦାବି କରିବାକୁ ପଡ଼ିବ। ଯୁଗେ ଯୁଗେ ସତୀ ବୃନ୍ଦାବତୀଙ୍କ ସତୀତ୍ୱକୁ ସ୍ୱାମୀର ଛଦ୍ମାବରଣ ତଳେ ଲୁଟି ନିଆ ଯାଇଛି। ଆଉ କର୍ଣ୍ଣ ଅବାଞ୍ଛିତ ହେବା ସ୍ଥଳେ ଅନ୍ୟ ଔରସରୁ ଜନ୍ମ ପାଞ୍ଚଭାଇ ପାଣ୍ଡବ ନାମରେ ଖ୍ୟାତ ହୋଇଛନ୍ତି..."

ବୃନ୍ଦା ଅବାକ୍ ହୋଇ ପୃଥାକୁ ଦେଖୁଥିଲା। ସେଇ ସ୍ୱଳ୍ପଭାଷୀ ପୃଥା ଭିତରୁ ବିଦ୍ରୋହୀଟେ ସିଂହ ପରି କେଶର ଝାଡ଼ି ଯୁଦ୍ଧ ପାଇଁ ନିଜକୁ ପ୍ରସ୍ତୁତ କରୁଥିଲା।

■

ଯାତ୍ରା ତୀର୍ଥ

ତରତର ହୋଇ ବ୍ୟାଗ ଧରି ଟ୍ରେନ୍‌କୁ ଉଠିଗଲା ବେଳକୁ ଝୁଣ୍ଟି ପଡ଼ିଲି । 'ଓଃ ! ବୁଢାଅଙ୍ଗୁଠି ନଖଟା ଭାଙ୍ଗିଗଲା ନା କ'ଣ ?' ପଛଆଡୁ ଶାଶୁଙ୍କ ବ୍ୟଗ୍ରତା, "ଦେଖିକି ଟିକିଏ ଚାଲ । କ'ଣ କିଛି ହେଲା କି ?" ସ୍ୱାମୀଙ୍କ ବ୍ୟଙ୍ଗୋକ୍ତି, "ସବୁବେଳେ ତ ଖାଲି କିଛି ଗୋଟେ ହୋଇଗଲା ପରି ତରତର । ସତେ ଯେପରି ଦୁନିଆକୁ ଏକା ଟେକି ଧରିଛ । ଭଲକି ଦେଖ କେଉଁଠି ବାଜିଲା ।" ବିରକ୍ତିରେ ଆଙ୍ଗୁଠି ଦରଜଟା କିଛି ମୁହୂର୍ତ୍ତ ପାଇଁ ଭୁଲି ହୋଇଗଲା ।

ନିଜ ସିଟ୍ ପାଇ ଜିନିଷସବୁ ସଜାଡ଼ି ରଖିଲା ପରେ ଶାନ୍ତିରେ ନିଶ୍ୱାସ ମାରିଲି । ଏବେ ପାଦ ଦେଖିବାକୁ ସମୟ ମିଳିଲା । ହଁ, ଯତ୍ନରେ ବଢାଇଥିବା ବୁଢା ଆଙ୍ଗୁଠି ନଖଟି ଭାଙ୍ଗି ଯାଇଥିଲା । ପାଦର ସୌନ୍ଦର୍ଯ୍ୟଟା, ଯାହାକୁ ମୁଁ ନିଜେ କେବଳ ଉପଭୋଗ କରେ, ଟିକିଏ କମିଗଲା ପରି ଲାଗିଲା । ନହେଲେ ଆଉ କାହା ପାଖରେ ସମୟ ଅଛି ଏ ଶାଢ଼ୀତଳେ ଲୁଚି ରହିଥିବା ସୌନ୍ଦର୍ଯ୍ୟକୁ ଦେଖିବା ପାଇଁ ? ବେଳେ ବେଳେ ମନ ଖୋଜେ କବିଟିଏ, ଯିଏକି ଦେଖନ୍ତା ମୋ ସୁନ୍ଦର ପଦ ଯୁଗଳକୁ ଓ ଉତାରି ଦିଅନ୍ତା ତା' ପ୍ରାଣବନ୍ତ କବିତାରେ ।

"କ'ଣ ଜୋର୍‌ରେ ବାଜିଛି ?" କାହା ପ୍ରଶ୍ନରେ ପ୍ରକୃତିସ୍ଥ ହେଲି । ସାମ୍ନା ସିଟ୍‌ରେ ବସିଥିବା ବୟସ୍କ ଦମ୍ପତି ମୋ ପାଦକୁ ଦେଖୁଥିଲେ ।

କଟକ ଷ୍ଟେସନ

ଝିଅଟିଏ ଆସି ମୋ ସାମ୍ନା ଉପର ବର୍ଥରେ ଚଢିଲା । ବେଶଭୁଷାରେ ବେଶ୍ ଆଧୁନିକା । ମୋ ଠାରୁ ୨/୩ ବର୍ଷ ସାନ ହେବ କି କ'ଣ । ମନେ ମନେ ଖୁସି ହୋଇଗଲି, 'ଯାହା ହେଉ ସାଥୀଟେ ମିଳିଗଲା । ନହେଲେ ଏତେ ଲମ୍ବା ଯାତ୍ରା କେତେ ବହି ପଢ଼ି କାଟିବି ? ସ୍ୱାମୀଙ୍କ କଥା ଛାଡ଼ । ସେ ଦିନରାତି ଫୋନ୍‌ରେ ତାଙ୍କ

ଅଫିସ୍, ସାଙ୍ଗସାଥୀ ଗପ। ଶାଶୁଙ୍କ ମନ ଯାଇ ତାଙ୍କ ସନ୍ଥଜୀଙ୍କ ଜନ୍ମୋତ୍ସବରେ। ସେ ହିଁ ମୋତେ ବାଧ୍ୟକରି ଏଥର ଦିଲ୍ଲୀ ନେଉଛନ୍ତି। ମୋ ବାହାଘର ୨ ବର୍ଷ ବିତି ଗଲାଣି, ହେଲେ ମୁଁ ଏପର୍ଯ୍ୟନ୍ତ ତାଙ୍କ ସନ୍ଥଜୀଙ୍କ ଆଶୀର୍ବାଦ ପାଇ ପାରିନି। ଏମିତି ବେଳରେ ସ୍ୱାମୀଙ୍କର ଦିଲ୍ଲୀରେ ମିଟିଂ ପଡ଼ିଲା। ତେଣୁ ମନା କରିବାର ଅନ୍ୟ କିଛି ବାହାନା ମଧ୍ୟ ନଥିଲା। ଏଥର ତେଣୁ ସେ ତାଙ୍କ ଗୁରୁଭାଇ ଭଉଣୀଙ୍କ ସହ ନ ଯାଇ ଆମକୁ ଧରିଲେ। ସତରେ ସେଇ ଉତ୍ସବଗୁଡ଼ିକ ଭାରି ବିରକ୍ତିକର।'

ଅଦୃଷ୍ଟ ଉପରେ ମୋର ପୂର୍ଣ୍ଣ ଆସ୍ଥା ଥିଲେ ମଧ୍ୟ କାହିଁକି କେଜାଣି ମୁଁ ତାଙ୍କ ଅବତାର ବୋଲାଉ ଥିବା ଲୋକଙ୍କ ଉପରେ ଜମା ବିଶ୍ୱାସ କରି ପାରେନି। ଖାଲି ଯାହା ସଂସାରରେ ଅଛି, ତେଣୁ ୟା' କଥା ରଖ, ତା' କଥା ରଖ, ନହେଲେ କାଳେ କାହା ମନରେ କଷ୍ଟ ହେବ। ଆଉ ବାହାଘର ପରେ ଏହା ଏକ ପ୍ରକାର ନାଚାର୍‌ରେ ପରିଣତ ହୋଇ ଯାଇଛି। ଛାଡ଼, ଶାଶୁଙ୍କ କଥା ରଖିବାର ହିଁ ଥିଲା...

ଯାଜପୁର୍ ରୋଡ଼୍ ଷ୍ଟେସନ୍

ଘୁମନ୍ତା ଆଖିରେ ଦେଖିଲି ଦୁଇଜଣ ବ୍ୟକ୍ତି ଆସି ଆମ କଡ଼ ବର୍ଥରେ ବସିଲେ। ସେମାନଙ୍କ ମଧ୍ୟରୁ ଜଣେ ମଧ୍ୟବୟସ୍କ ଓ ଅନ୍ୟଜଣଙ୍କ ଯୁବକ। ପ୍ରାୟ ମୋ ସ୍ୱାମୀଙ୍କ ବୟସ ପାଖା ପାଖି ହେବ। ସେ ଦୁଇଜଣଙ୍କୁ ଦେଖି ଶାଶୁ ଉତ୍‌ଫୁଲ୍ଲିତ ହୋଇଗଲେ। ଜାଣିଲି, ସେ ଦୁହେଁ ତାଙ୍କ ସନ୍ଥଜୀଙ୍କ ସଂଘର ସଦସ୍ୟ। ସେମାନଙ୍କ ସହ ସମ୍ଭାଷଣ ସରିଲା ପରେ ସମସ୍ତେ ଗୁରୁଜୀଙ୍କୁ ସ୍ମରଣ କରି ଶୋଇବାର ଉପକ୍ରମ କଲେ।

ସକାଳ ନିତ୍ୟକର୍ମ ପାଇଁ ଲମ୍ବା ଲାଇନ୍। ଅବଶ୍ୟ ସେଥିରେ ମଧ୍ୟ ମଜା ଥାଏ। ସମସ୍ତଙ୍କର ଚାଲିଚଳଣ, ବେଶପୋଷାକ, ବ୍ୟବହାର ତର୍ଜମାରେ ଭଲ ସମୟ କଟିଯାଏ। ସକାଳ ଜଳଖିଆ ଭିତରେ ଶାଶୁ ଓ ସେ ବୃଦ୍ଧ ଦମ୍ପତିଙ୍କ ଭିତରେ ଭାବର ଆଦାନ ପ୍ରଦାନ ହୋଇ ସାରିଥାଏ। ଏଥିରେ ତାଙ୍କ ଗୁରୁଭାଇଙ୍କ ଯୋଗଦାନ ମଧ୍ୟ ସ୍ୱାଭାବିକ। ମୋ ସ୍ୱାମୀ ନିଜ ଲ୍ୟାପଟପ୍ ଓ ଫୋନ୍‌ରୁ ଫୁରୁସତ୍ ନେଇ ମଝିରେ ମଝିରେ ସେମାନଙ୍କ କଥାରେ ହଁ ହାଁ ମାରୁ ଥା'ନ୍ତି। ଆଉ ମୁଁ, ମୁହଁରେ କୃତ୍ରିମ ହସଟେ ମଡ଼ାଇ ମୁଣ୍ଡ ଟୁଙ୍ଗାରୁ ଥାଏ।

ଉପର ବର୍ଥରେ ଶୋଇଥିବା ଝିଅ ଦିନ ୧୧ଟା ବେଳକୁ ଉଠିଲା। ତା' ପରେ 'ଏକ୍‌ସକ୍ୟୁଜ୍ ମି, ଏକ୍‌ସକ୍ୟୁଜ୍ ମି ' କହି କିଛିର ବରାଦ୍ କିମ୍ବା କିଛି ସହଯୋଗର ଫରମାଇସ୍। ଚବିଶି ଘଂଟା ତା' ହାତରେ ଫୋନ୍ ଓ କାନରେ ହେଡ୍ ଫୋନ୍। ଆଜିକାଲି ଫୋନ୍‌ତ ସହଜେ ସମସ୍ତଙ୍କର ଅବିଚ୍ଛେଦ୍ୟ ଅଙ୍ଗ ପାଲଟି ଗଲଣି। ହେଲେ ଝିଅଟି ପାଇଁ ଫୋନ୍ ସତେ ଅବା ଅକ୍ସିଜେନ୍। ଗୋଟିଏ ଅଙ୍ଗ ବିନା ବଞ୍ଚି ହେବ,

ହେଲେ ଅକ୍ସିଜେନ୍ ବିନା.... ବେଳେ ବେଳେ ଆମେ ଦ୍ୱନ୍ଦରେ ପଡ଼ିଯାଉ ସେ ଆମକୁ କିଛି କହୁଛି ନା ଫୋନ୍‌ରେ କାହା ସହିତ କଥା ହେଉଛି। ସେ ତା' ବର୍ଥରେ ଶୋଇ, ଫୋନ୍‌ରେ ଗପି ସମୟ କାଟିଲା। ମୁଁ ଯେଉଁ ଏକାକୁ ସେଇ ଏକା।

ଯୁବ ଗୁରୁଭାଇ ଜଣକ (ଶାଶୁ ତାଙ୍କୁ କି ଭାଇ କହି ଚିହ୍ନେଇ ଥିଲେ ତ....) ଝିଅଟି ପ୍ରତି ଟିକିଏ ଅଧିକ ସମ୍ବେଦନଶୀଳ। ହେବା ସ୍ୱାଭାବିକ, ବୟସଟି ଯେ ସେପରି। ସେଥିରେ ପୁଣି ଅବିବାହିତ। ଆଉ ମୋ ସ୍ୱାମୀ ମଝିରେ ମଝିରେ 'ଆଜିକାଲିକା ପିଲା ତ...' କହି ଝିଅଟି ପ୍ରତି କିଛିଟା ସମ୍ବେଦନା ଦେଖାଉଥିଲେ। 'ପିଲା!!! ସତେ ଯେପରି ମୁଁ ଏକ ସାତବୁଢୀ...'

ଏତିକି ସମୟର ସହଯାତ୍ରାରେ ସମସ୍ତେ ସମସ୍ତଙ୍କ ସହ ଅନେକଟା ସହଜ ହୋଇ ଗଲେଣି। ଖାଇବା ପି'ବା ସହ ନିଜ ନିଜ ଭିତରେ କେତେ କ'ଣ ଗପସପ ଚାଲିଲା ଓ ତା' ସହ ଶାଶୁଙ୍କ ସନ୍ଥଜୀଙ୍କ ଦିବ୍ୟ ଅନୁଭୁତିର କଥା ମଧ୍ୟ।

ଶାଶୁ କହୁଥା'ନ୍ତି- କେଉଁ ଏକ ଗରିବ ଚାଷୀର ଝିଅବାହା ପାଇଁ ସନ୍ଥଜୀ ଶୂନ୍ୟରୁ ଟଙ୍କା ବିଡ଼ା ଆଣିଲେ ତ ପୁଣି କେତେ ବେଳେ ଶୂନ୍ୟରୁ ଲଡ୍ଡୁ, ବିଭୂତି ଇତ୍ୟାଦି। କାହାକୁ ସାତଝିଅ ପରେ ପୁଅ ପ୍ରଦାନ କଲେଣି ତ କାହାକୁ କ୍ୟାନସରରୁ ମୁକ୍ତି।

ଗୁରୁଭାଇମାନଙ୍କର ମଧ୍ୟ ସମାନ ସ୍ତରର ଅନୁଭୁତି। କିଏ ତାଙ୍କଠାରେ ବିଶ୍ୱରୂପ ଦର୍ଶନ କରିଛି ତ କାହାର ତାଙ୍କ ନାମସ୍ମରଣ ମାତ୍ରକେ ଦିବ୍ୟ ଅନୁଭୁତି ପ୍ରାପ୍ତ ହୋଇ ସ୍ଥୁଳ ସଂସାର ପ୍ରତି ବୈରାଗ୍ୟ ଆସି ଯାଇଛି, ଇତ୍ୟାଦି ଇତ୍ୟାଦି।

ସେମାନଙ୍କ ଦିବ୍ୟ ଅନୁଭୁତି ମୋତେ ଆଈ ମା'ର ଇନ୍ଦ୍ରଜାଲ କାହାଣୀଠାରୁ ମଧ୍ୟ ଅଧିକ ଯାଦୁକରୀ ଲାଗୁଥିଲା। ଶାଶୁଙ୍କ କଥା ଅନୁସାରେ ତାଙ୍କ ଜୀବନର ସବୁ ସରିଲାଣି, କେବଳ ସନ୍ଥଜୀଙ୍କ ଦୟାରୁ ମୋକ୍ଷପ୍ରାପ୍ତି ହୋଇଯା'ନ୍ତା, ତାଙ୍କ ନାମ ଜପି ଜପି ଜୀବ ଯା'ନ୍ତା। ତା' ପୂର୍ବରୁ ଖାଲି ଯାହା ନାତିର ମୁହଁ ଦେଖନ୍ତେ। ନହେଲେ ଦୁନିଆ ପ୍ରତି ଆଉ ତାଙ୍କର କି'ବା ମୋହ? (ମୋ ବାହାଘରର ଦୁଇବର୍ଷ ବିତି ଯାଇ ଥିଲେ ମଧ୍ୟ ମୋ କୋଳ ଏବେ ମଧ୍ୟ ଶୂନ୍ୟ ବୋଲି ଶାଶୁ ଚିନ୍ତିତ)

ମଧ୍ୟବୟସ୍କ ଗୁରୁଭାଇ ମଧ୍ୟ ଅନୁରୂପ ଭାବେ ନିଜ ବୈରାଗ୍ୟ ପ୍ରକାଶ କରୁଥିଲେ। ତାଙ୍କ ମତରେ, ଅଜ୍ଞାନରୂପୀ ଅନ୍ଧକାରରୁ ଗୁରୁଜୀଙ୍କ କୃପାରୁ ସେ ଏବେ ମୁକ୍ତ। ସେ ନିଜ ସଂସାର ଗୁରୁଜୀଙ୍କ ହାତରେ ସମର୍ପି ଦେଇଛନ୍ତି। ଆଉ କିଛି ଚିନ୍ତା କି କିଛି ପାଇବାର ଲୋଭନାହିଁ। ସଂସାରରେ ଥାଇ ମଧ୍ୟ ସନ୍ୟାସୀ। ଖାଲି ଯାହା ତାଙ୍କ ତିନିଝିଅ ଭିତରୁ ୨୯ ବର୍ଷିଆ ବଡ଼ଝିଅର ବହାଘର ହୋଇଗଲେ ଚିନ୍ତା ଯା'ନ୍ତା। ଯୌତୁକରେ କାର୍ ଦେବାକୁ ସେ ରାଜି ବୋଲି କଥା ଛଳରେ ଜଣାଇ ଦେଲେ।

(ଶାଶୁ କହୁଥିଲେ ସେ କେଉଁ ଅଫିସ୍‌ରେ ବଡ଼ବାବୁ ବୋଲି। ସେଥିରେ ପୁଣି କାର୍...) ଆଉ ବାକି ପୁଅଟି ପାଇଁ ଯାହା ଚିନ୍ତା।(କଥା କ'ଣ କି ୩ ଝିଅରେ ଗୋଟେ ପୁଅ ତ। ତେଣୁ ଟିକିଏ...। ନା ମ, ତା' ମା' ଟିକିଏ ବେଶି ଗେହ୍ଲା କରିଦେଲା। ନହେଲେ ଗୁରୁଜୀଙ୍କ ଦୟାରୁ ଜନ୍ମ ହୋଇଛି ବୋଲି ତା' ନାଁ ପରା ବିଭୂତି।) ମାଟ୍ରିକ୍ ପାସ୍ କରିଗଲେ ହେଲା। କେଉଁଠି ତାକୁ ଗୁରୁଜୀଙ୍କ ଦୟାରୁ କାମରେ ଲଗାଇ ଦିଅନ୍ତେ। ଏଥି ସହିତ ତାଙ୍କ ଘର ଖର୍ଚ୍ଚ କିପରି ବଢି ଚାଲିଛି ତା'ର ବିବରଣୀ ଦେବା ସହ କିପରି ଟିକସ ଦେବା କୋହଳ ହୋଇ ପାରିବ ସେଥି ନେଇ ମୋ ସ୍ୱାମୀଙ୍କ ସହ ସମୟେ ସମୟେ ତାଙ୍କ ଆଲୋଚନା ଚାଲିଥାଏ।

ଯୁବଗୁରୁ ଭାଇ ସର୍ବଦା ସମସ୍ତଙ୍କୁ ସାହାଯ୍ୟ କରିବାରେ ଆଗଭର। ଆମ ଭିତରୁ କାହାକୁ ପାଣି ଦରକାର ହେଲା କି ଝିଅଟି ତା' ବର୍ଥରୁ ତଳକୁ ଓହ୍ଲାଇବ ତାକୁ ସାହାଯ୍ୟ କରିବାକୁ କିମ୍ବା ଖାଇବା ସମୟ ହେଲାଣି କ୍ୟାଟରର୍‌କୁ ଅର୍ଡ଼ର୍ ଦେବାକୁ ଝିଅଟିକୁ ମନେ ପକାଇ ଦେବା, ସେ କାଳେ ବୋର୍ ହେଉଥିବ ବୋଲି ତାକୁ ପତ୍ରିକାଟିଏ ଯାଚି ଦେବା, ଇତ୍ୟାଦି ଇତ୍ୟାଦି...

ତାଙ୍କର ଗୁରୁଜୀଙ୍କ ଉପରେ ଅନର୍ଗଳ ବ୍ୟାଖ୍ୟା ଶୁଣି ମୁଁ ଚକିତ ହୋଇ ପଡୁଥିଲି। ଲାଗୁଥିଲା ଗୁରୁଜୀ ମଧ୍ୟ ନିଜ ବିଷୟରେ ଏତେ କଥା ଜାଣି ନଥିବେ। ସେ ଚିନ୍ତା ଓ ଚେତନା ଉପରେ ଦେଉଥିବା ବ୍ୟାଖ୍ୟା ମୋ ମୁଣ୍ଡ ଉପର ଦେଇ ଚାଲି ଯାଉଥାଏ। ଆତ୍ମା, ପରମାତ୍ମା କଥା ତ ଛାଡ଼... ସତେ ଯେପରି ଏଠା ଜିନିଷ ସେଠାରେ ରଖିବା ପରି ବର୍ଣ୍ଣନା ଚାଲିଥାଏ। ସେ ବାପା ମା'ଙ୍କର ଗୋଟିଏ ବୋଲି ପୁଅ। ପଢା ପରେ ଏବେ ଚାକିରୀ ଖୋଜା ଚାଲିଛି। ତାଙ୍କ ମତରେ ଅନେକ ଚାକିରୀ ମିଳିଥିଲେ ମଧ୍ୟ ଗୁରୁସେବା ଲାଗି ସେସବୁ ପ୍ରତି ମୋହ ନାହିଁ। ଗୋଟିଏ ଉପଯୁକ୍ତ ଚାକିରୀ ଗୁରୁଜୀଙ୍କ ଦୟାରୁ ମିଳିଗଲେ ସେଇଟି ନିଶ୍ଚିତି କରିବେ। ତା' ପରେ ବାକି ରହିଲା ଯାହା ତାଙ୍କର ବାହାଘର...

ସନ୍ଥଜୀଙ୍କର କେତେ ଗାଥା, କେତେ ମହିମା

ମଝିରେ ମଝିରେ ଗୁରୁଜୀଙ୍କର ଭଜନ ଚାଲୁଥାଏ। ବିଜ୍ଞାନ ଯୁଗରେ ମଧ୍ୟ ଏପରି ଅବିଶ୍ୱସନୀୟ କଥାକୁ କିପରି ଲୋକମାନେ ଅନ୍ଧଭାବରେ ଗ୍ରହଣ କରୁଛନ୍ତି ଭାବି ମୋତେ କେବଳ ଆଶ୍ଚର୍ଯ୍ୟ ଲାଗୁଥାଏ ସେକଥା ନୁହେଁ ବରଂ ମୁଁ ମଧ୍ୟ ଭଜନ ଶୁଣି ଭକ୍ତିରସରେ ବୁଡ଼ି ଯାଉଥିଲି। ଅବଶ୍ୟ ଅଦୃଷ୍ଟ ଭଗବାନଙ୍କୁ କିଏ କେଉଁ ରୂପରେ ଖୋଜେ। କିଏ ବିଦେହକୁ ମାନେ ତ କିଏ ଶରୀରରେ ପାଇବାକୁ ଚାହେଁ।

ବୋଧେ ମୁଗଲ୍‌ସରାଇ ଷ୍ଟେସନ୍

ଟ୍ରେନ୍‌ରେ ବସିଲା ବେଳେ ଯାତ୍ରାଟି ଯେତେ ବିରକ୍ତିକର ଲାଗିବ ଭାବୁଥିଲି ସେତେ ବିରକ୍ତିକର ଲାଗୁ ନଥିଲା । ଆଉ କିଛି ଘଣ୍ଟାରେ ଆମେ ଆମ ଗନ୍ତବ୍ୟ ସ୍ଥଳରେ ପହଞ୍ଚିବୁ । ମୋର ମନେ ମନେ କେତେ କ'ଣ ପ୍ଲାନ୍, 'ଆଶ୍ରମକୁ ଯାଇ ଟିକିଏ ବୁଲାବୁଲି କରି ଦେଲେ ଶାଶୁଙ୍କ ମନ ଶାନ୍ତି । ତା' ପରେ ସ୍ୱାମୀ ମିଟିଂ ଗଲା ବେଳେ ମୌକା ଦେଖି ସହ ତାଙ୍କ ସହ ଯେ କୌଣସି ବଜାରଘାଟକୁ ଚାଲିଗଲେ ହେଲା । ଆଗରୁ ଅନେକ ଥର ଦିଲ୍ଲୀ ଆସିଛି । ତେଣୁ ଏଠିକା ବାଟଘାଟ ଉପରେ କିଛିଟା ଧାରଣା ମୋର ଅଛି । ପାଖରେ ଫୋନ୍ ଅଛି ଯେତେବେଳେ ସେମିତି କିଛି ଅସୁବିଧା ହେବନି । ଆଉ ମୋ ସମୟ ଭଲରେ କଟିଯିବ ।'

ଆସନ୍ନ ସନ୍ଧ୍ୟା । ପାଖ ବଗିରୁ ରଡ଼ିଛଡ଼ା ଗୀତ ଭାସି ଆସିଲା । 'ଏ ତ ସେହି ପ୍ରହେଳିକାମୟୀଙ୍କର ଆସିବା ସୂଚନା ।' ହଠାତ୍ ମୋ ଚାରିପାଖ ଲୋକାଙ୍କର ମୁହଁର ରଙ୍ଗ ବଦଳିବାରେ ଲାଗିଲା । କାହାର ମୁହଁରରେ ଅସ୍ୱସ୍ତିର ଚିହ୍ନ, ତ କାହାର ଭୟ, କାହାର ଘୃଣା, କାହାର ବାତ୍ସଲ୍ୟ, ଆଉ କାହାର ଅବା କୋମଳ କିନ୍ତୁ ପ୍ରାୟ ସମସ୍ତଙ୍କ ମୁହଁରେ ଉତ୍ସୁକତାର ଭାବ । ଆଉ ମୁଁ ମଧ୍ୟ ଶେଷ ଶ୍ରେଣୀର ଅନ୍ତର୍ଭୁକ୍ତ ।

ସେମାନେ ଆମ ବଗିକୁ ଗୀତ ଗାଇ, ନାଚି ଓ ତାହିଟାପରା କରି କରି ପଶି ଆସିଲେ । ତାଙ୍କର ସେଇ ଆଖି ଝଲସା ରଙ୍ଗର ଶାଢ଼ି ଓ ଆଧୁନିକ ପୋଷାକ, ଦରକାରଠାରୁ ଅଧିକ ହାରମାଳ ଓ ମେକ୍‌ଅପ୍ ସେମାନଙ୍କୁ ଭିଡ଼ରୁ ସବୁବେଳେ ଅଲଗା କରି ପକାଏ ।

ସେମାନେ ପ୍ରାୟ ୫/୬ ଜଣ ଥିଲେ । ବୟସ ୨୫ ରୁ ୪୦ ଭିତରେ ହେବ । ସେମାନଙ୍କ ମଧ୍ୟରୁ ଜଣେ ମୋ ସ୍ୱାମୀଙ୍କ ପାଖକୁ ଆସୁ ଆସୁ ସେ ସଙ୍ଗେ ସଙ୍ଗେ ୧୦ ଟଙ୍କିଆ ନୋଟ୍‌ଟେ ତା' ହାତକୁ ବଢାଇ ଦେଲେ । ତାହା ପାଇ ସେ ଖୁସ୍ । ତା' ଗୋଲାପି ଛିଟ ଶାଢୀର କାନି ମୋ ମୁଣ୍ଡ ଉପରେ ପକାଇ କହିଲା, "କ୍ୟା ସୁନ୍ଦର୍ ଜୋଡ଼ି ହୈ । ଗୋଦି ମେଁ ଜଲଦି ବେଟା ଖେଲେଗା ।" ଯଦିଓ ମୋ ସ୍ୱାମୀ ଝରକା ଆଡ଼େ ମୁହଁ ବୁଲେଇ ସାରିଥିଲେ । ତେବେ ମୋତେ କାହିଁକି ଟିକିଏ ହସ ଲାଗିଲା । ଆଉ ଏହା ତା' ଆଖିରୁ ବାଦ୍ ପଡ଼ିଲାଣି । ସେ ମୋ ପାଖକୁ ଘୁଞ୍ଚି ଆସି କହିଲା, "ଦେଖନା ୟେ ହିଞ୍ଜଡ଼ା କି ଜୁବାନ୍ କଭି ଖାଲି ନେହିଁ ଯାଏଗା..." ମନେ ମନେ ହସିଲି, 'ୟା' କଥାରେ ଯଦି ପୁଅ ହେବ ତେବେ ଶାଶୁ ଖାଲିଟାରେ ମୋତେ ତାଙ୍କ ଗୁରୁଜୀଙ୍କ ପାଖକୁ କାହିଁକି ଘୋଷାଡୁଛନ୍ତି ?' କିଛି କହିବି ଭାବି ପାଟି ଖୋଲିବାକୁ ଗଲାବେଳେ ସ୍ୱାମୀ ମୋ ହାତରେ ଚାପ ଦେଇ ପାଟି ନଖୋଲିବାକୁ ଇସାରା କଲେ ।

ପାଖ ବୁଢ଼ା ମଉସା ବୋଧେ କିଛି ଦେବାକୁ ଚାହୁଁ ନଥିଲେ । ଆଉ ଜଣେ

ଆସି ତାଙ୍କ ପିଠିରେ ହାତ ବୁଲାଇ ଆଣି କହିଲା, "ବୁଢାପେ ମେ ଜୱାନୀ ଦିଖା ଦୁଙ୍ଗି। ବଶ୍ ଥୋଡ଼ା ନୋଟ୍ ଦିଖା ଦେ।" ବୁଢ଼ା ମଉସା ବିରକ୍ତିରେ "ଏ ଶଳା ଯା ଏଇଠୁ..." କହି ରଡ଼ି ଛାଡ଼ିଲା ବେଳକୁ ତା'ର ଆଉ ଦୁଇ ସାଥୀ ଆସି ତା' ସହ ଯୋଗଦେଲେ ଓ କୋରସ୍‌ରେ ଗାଇବା ଆରମ୍ଭ କରି ଦେଲେ, "ମେଁ କ୍ୟା କରୁଁ ରାମ୍ ମୁଝକୋ ବୁଡ୍‌ଢା ମିଲ୍ ଗୟା..." ମଉସା ଆଉ କିଛି ପ୍ରତିକ୍ରିୟା ଦେଖାଇବା ପୂର୍ବରୁ ମାଉସୀ ୧୦ ଟଙ୍କିଆଟେ କାଢି ସେମାନଙ୍କ ହାତରେ ଧରାଇ ଦେଲେ। ସେମାନେ ଧନ୍ୟବାଦ ଦେଇ କହିଲେ, "ଆଣ୍ଟିଜୀ ଆପ ସମଝଦାର୍ ହୋ ଇସି ଲିୟେ ୟେ ବୁଡ୍‌ଢା ବଚ୍ ଗୟା।"

ଶାଶୁଙ୍କର ମଧ୍ୟବୟସ୍କ ଗୁରୁଭାଇ ଶୋଇବାର ଅଭିନୟ କରିବା ଆରମ୍ଭ କରି ଦେଇଥିଲେ। ଜଣେ ତାଙ୍କୁ ହଲାଇ ହଲାଇ କହିଲା, "ହାୟ୍ ହାୟ୍, ହମ୍ ତୁହ୍ମେ ମିଲ୍‌ନେ ଇତନି ଦୂର୍ ସେ ଆୟେ ପର୍ ତୁମ୍ ହୋ କି ହମ୍ ସେ ନଜର୍ ଚୁରା ରହେ ହୋ।" କିଛି ଯାତ୍ରୀଙ୍କର ଚାପା ହସ ମଧ୍ୟ ଶୁଭୁଥାଏ। କଥା ଆଉ ନ ବଢାଇ ସେଇ ଗୁରୁଭାଇ ସେମାନଙ୍କ ହାତକୁ କିଛି ପଇସା ବଢାଇ ସାରିଥିଲେ।

ସମସ୍ତେ ଏଇ ହିଞ୍ଜଡ଼ାମାନଙ୍କଠାରୁ ମୁକ୍ତି ପାଇବା ପାଇଁ (ଯଦିଓ କାହାର ଅବା ଉହ୍ୟରେ କିଛି ଅଧିକା ସମୟ ବିତାଇବାକୁ ଇଚ୍ଛା ଥିବ। ତେବେ ଲୋକଲଜ୍ୟାକୁ ଡରି ନିଜେ କିପରି ଜଣେ ଭଦ୍ରଲୋକ ତାହା ଦେଖାଇବା ପାଇଁ ଶୀଘ୍ର ସେମାନଙ୍କୁ ବିଦା କରିବାକୁ ହେଉଥିବ।) ଯଥାଶୀଘ୍ର କିଛି ଦେଇ ଦେଉଥିବା ବେଳେ ଯୁବ ଗୁରୁଭାଇ ଜଣଙ୍କ କିନ୍ତୁ ତାଙ୍କ ସାନ୍ନିଧ୍ୟ ବେଶ୍ ଉପଭୋଗ କଲା ପରି ଲାଗୁଥିଲେ।

ଶେଷରେ ସେ ଜଣଙ୍କ ଆଡ଼କୁ ଇଙ୍ଗିତ କରି କହିଲେ, "ୱୌ ମୁଝେ ମାଙ୍ଗେ ତୋ ମେଁ ପୈସେ ଦୁଙ୍ଗା।" ସେମାନେ ତାଙ୍କୁ, "ଆରେ ତେରି ମଜନୁ ବୁଲା ରହା ହୈ।" କହି ଅନ୍ୟ ବଗିକୁ ବାହାରି ଗଲେ। (ଲୋକଙ୍କ ସହ ଏପରି ରସବୋଳା କଥାବାର୍ତ୍ତା କଲା ବେଳେ, ଲୋକଙ୍କ ମୁହଁରେ ଅନେକ ପ୍ରକାର ଭାବ ପ୍ରକାଶ ପାଉଥିଲେ ମଧ୍ୟ ସେହି ହିଞ୍ଜଡ଼ାମାନଙ୍କ ମୁହଁ ସମ୍ପୂର୍ଣ୍ଣ ଭାବ ଶୂନ୍ୟ ଥିଲା। ନିଶ୍ୱାସ ପ୍ରଶ୍ୱାସ ନେଲା ଭଳି ସେମାନଙ୍କ ମୁହଁରୁ ଏସବୁ କଥା ଅତି ପ୍ରାକୃତିକ ଭାବେ ବାହାରି ଆସୁଥିଲା।)

ଏଇ ହିଞ୍ଜଡ଼ାଟି ସବୁଠାରୁ କମ୍ ବୟସ୍କ। ନାଲିନୀଳ ବଡ଼ ବଡ଼ ଫୁଲ ପଡ଼ିଥିବା ସିନ୍ଥେଟିକ୍ ଶାଢୀ ଓ ନାଲିର ଛୋଟ ବ୍ଲାଉଜ୍ ପିନ୍ଧି ଥିଲା। ହାତରେ କେତେ ରକମର ଚୁଡ଼ି, ମୁଣ୍ଡରେ ମଲ୍ଲୀ ଗଜରା। ଦେଖିବା ପାଇଁ କିଛିଟା ବାଗ, ମାନେ ପାଖାପାଖି ଝିଅଟେ ପରି।

ଯୁବ ଗୁରୁଭାଇ ଜଣଙ୍କ କହିଲେ, "ତୁମ୍ ତୋ ହମ୍ କୋ କୁଛ ଦିୟା ନେହିଁ। ୱୈସେ ପୈସା କ୍ୟୋଁ ମାଙ୍ଗ୍‌ତେ ହୋ ?"ତାଙ୍କ ମୁହଁର ଭାବ ନିଶ୍ଚିତ ଭାବରେ ଲୋଲୁପ

ଭରା ଥିଲା। ତାକୁ ଏକା ଦେଖି ପାଖ ବର୍ଥରେ ଥିବା ଲୋକ ଓ ମୁହଁମାଡ଼ି ଶୋଇବାର ଅଭିନୟ କରୁଥିବା ଲୋକ/ଗୁରୁଭାଇ ଏ ଦୃଶ୍ୟ ଉପଭୋଗ କରିବା ଆରମ୍ଭ କରି ଦେଇଥା'ନ୍ତି। ହିଞ୍ଜଡ଼ା କହିଲା, "ଲେନେ ଦେନେ କି କ୍ୟା ବାତ୍ କରତେ ହୋ? ହମ୍ ଦେଙ୍ଗେ ତୋ ଆପ୍ ସମ୍ଭାଲ୍ ନେହିଁ ପାଓଗେ।" ଏ ଭିତରେ ଗୁରୁଭାଇ ଜଣଙ୍କ ତାକୁ ଦଶ ଟଙ୍କିଆଟେ ବଢାଇ ଦେଲେ। ଟଙ୍କା ନେବାକୁ ହାତ ବଢାଇବା ବେଳକୁ ସେ ତା' ହାତ ଧରି ନିଜ ପାଖରେ ବସାଇ ଦେଲେ। କହିଲେ, "ଯହାଁ ହମ୍ ସବ୍ ଇତନା ପୈସା ଦିଏ। ହମାରା କୁଛ୍ ତୋ ମନୋରଞ୍ଜନ୍ ହୋନା ଚାହିୟେ।"

ଏସବୁ ଦେଖି ଅନ୍ୟମାନେ କୁରୁ କୁରୁ ହେଉଥା'ନ୍ତି। ସେତେବେଳକୁ ପ୍ରଥମ ଥର ପାଇଁ ହିଞ୍ଜଡ଼ାଟି ମୁହଁରେ ମୁଁ କିଛି ଭାବ ଦେଖି ପାରିଲି, ଯାହାକି ବିରକ୍ତିର ଭାବ, ଘୃଣାର ଭାବ। ମୋତେ ଏସବୁ ଭାରି ଅସହ୍ୟ ମନେ ହେଉଥିଲା। ଗୁରୁଭାଇଙ୍କ ମୁହଁ ଭାରି ଘୃଣ୍ୟ ଲାଗୁଥିଲା। ଲାଗୁଥିଲା, 'ସେ ଆଜି ହିଞ୍ଜଡ଼ାଟେ ନ ହୋଇ ଯଦି ନିରୋଳା ସ୍ଥାନରେ ଝିଅଟିଏ ହୋଇଥା'ନ୍ତା, ତାହା ହେଲେ ଏ ଗୁରୁଭାଇ କ'ଣ ନ କରନ୍ତେ?' ମୋ ଦେହ ଶିହରି ଉଠିଲା।

ପ୍ରତିରୋଧ କରିବାକୁ ଚାହିଁଲେ ମଧ୍ୟ କରି ପାରିଲି ନାହିଁ। ଶାଶୁଙ୍କ ତେରେଛା ନଜର୍ ମୋତେ ଆକଟ କରୁଥିଲା। ଏହା କେବଳ ଶାଶୁଙ୍କ ଇସାରା ନୁହେଁ ବରଂ ଆମ ତଥାକଥିତ ସଭ୍ୟ ସମାଜର ଚାଲିଚଳଣିର ବେଡ଼ି ବୋଧେ ମୋତେ ଯାବୁଡ଼ି ଧରିଥିଲା। ନିଃସହାୟ ଭାବରେ ଅନାଇଲି ସ୍ୱାମୀଙ୍କୁ, ପାଖରେ ଥିବା ଅନ୍ୟମାନଙ୍କୁ। ହେଲେ ଏହି ପରିସ୍ଥିତିରେ କାହାର କିଛି ପ୍ରତିବାଦ କରିବାର ନଥିଲା। ଲାଗିଲା ଅନ୍ଧ, ମୂକ, ବଧିର ପାଲଟି ଯାଇଥିବା ଏ ଗହଳି ଭିତରେ କେବଳ ସେଇ ହିଞ୍ଜଡ଼ାଟି ନୁହେଁ ବରଂ ମୁଁ ମଧ୍ୟ ନିର୍ଯ୍ୟାତିତା ହେଉଛି। ଏସବୁକୁ ମୁଁ ନା ସହି ପାରୁଥିଲି ନା କିଛି କହି ପାରିଥିଲି। ମୋର ସେହି ଗୁରୁଭାଇଙ୍କ ପ୍ରତି, ନିଜ ପ୍ରତି, ସେଠାରେ ଉପସ୍ଥିତ ଥିବା ସମସ୍ତଙ୍କ ପ୍ରତି ଖାଲି ଘୃଣା ଆସୁଥିଲା।

ନିଜ ଆଖିରେ ମୁଁ ଛୋଟ ହୋଇ ଯାଉଥିଲି। ଖୁବ୍ ଅଣନିଶ୍ୱାସୀ ଲାଗିଲା। ସିଟ୍‌ରୁ ଉଠି ପଡ଼ି ଫାଟକ ଆଡ଼େ ଚାଲି ଗଲି। 'ଏଇ କିଛି ସମୟ ପୂର୍ବରୁ କେତେ ଗୁରୁବାଣୀ କୁହା ଚାଲିଥିଲା, କେତେ ଆତ୍ମା, ପରମାତ୍ମା, ଚେତନା, ଉର୍ଦ୍ଧ୍ୱଚେତନା ଆଦିର ବିଶ୍ଳେଷଣ ଚାଲିଥିଲା। କେମିତି ପଦ୍ମପତ୍ର ପରି ଏ ପଙ୍କିଳ ସଂସାରରୁ ନିଜକୁ ଉର୍ଦ୍ଧ୍ୱରେ ରଖି ଅନ୍ୟକୁ ଉର୍ଦ୍ଧ୍ୱଗାମୀ କରାଇବାରେ ସାହାଯ୍ୟ କରିବା ଉପରେ ଆଲୋଚନା ପର୍ଯ୍ୟାଲୋଚନା ଚାଲିଥିଲା। ଅଥଚ ଏଇ ଦୁନିଆର ମଣିଷକୁ ମଣିଷ ରୂପରେ ମାନିନେବାଟା, ସମ୍ମାନ ଜଣାଇବାଟା କ'ଣ ଏସବୁ ଜ୍ଞାନ ଭିତରେ ନଥିଲା? ଜଣଙ୍କର

ବାଧ୍ୟବାଧକତାକୁ ନିଜର ସୁବର୍ଣ୍ଣ ସୁଯୋଗ ଭାବି ନେବା କ'ଣ ସେଇ ଗୁରୁଜୀଙ୍କ ଶିକ୍ଷା ଥିଲା ? ଏତେସବୁ ବଡ଼ ବଡ଼ ଶବ୍ଦର ଆଲୋଚନା ମୋଟା ମୋଟା ବହିର ପୃଷ୍ଠା ଓ ଶୁଣିଥିବା ଓଜସ୍ୱୀ ଭାଷଣରୁ ଆସିଛି । କିନ୍ତୁ ନିଜ ଗଭୀରତମ ହୃଦୟରୁ କ'ଣ ବାହାରିଛି ? କିଛି ନୁହେଁ...'

ସେ ଏ ପର୍ଯ୍ୟନ୍ତ ମଧ୍ୟ ଆମ ବଗିରୁ ବାହରି ଆସି ନଥିଲା । 'ନା, ଆଉ ନୁହେଁ । ମୋତେ କିଛି କରିବାକୁ ହିଁ ପଡ଼ିବ ।' ଏମିତି ଭାବି ଫେରି ଯିବାକୁ ବୁଲି ପଡ଼ିଲା ବେଳକୁ ତା' ସହ ମୁହାଁ ମୁହିଁ ହୋଇଗଲି ।

ମିର୍ଜାପୁର୍ ଷ୍ଟେସନ୍

ଷ୍ଟେସନ୍ ପାଖେଇ ଆସିଲାରୁ ଟ୍ରେନ୍ ଗତି ଧିମେଇ ଗଲା । ଟ୍ରେନ୍ ରହିବାକୁ ଅପେକ୍ଷା ନ କରି ସେ ତଳକୁ ଡ଼େଇଁ ପଡ଼ିଲା । ମୋ ପାଟିରୁ ହଠାତ୍ ବାହାରି ପଡ଼ିଲା, "ଦେଖିକି... । କିଛି ହୋଇନି ତ ?" ସେ ମୁହଁ ଉଠାଇ ମୋତେ ଅନାଇଲା । ତା' ମୁହଁରୁ ଘୃଣାଭାବ କଟି ଆଶ୍ଚର୍ଯ୍ୟ ମିଶା ହସଟେ ଫୁଟି ଉଠିଲା ।

ସେ ନିଜ ଶାଢୀ ଟେକି ଦେଖୁଥିଲା । ତା' ବୁଢା ଆଙ୍ଗୁଠିରୁ ଧାର ଧାର ରକ୍ତ ବହୁଥିଲା । ହେଲେ ଲାଗୁଥିଲା ସତେ ଯେପରି ତାକୁ କିଛି କଷ୍ଟ ହେଉନି । ସେତେବେଳକୁ ଅନ୍ୟ ସାଥୀମାନେ ତା' ପାଖରେ ପହଞ୍ଚି ଗଲେଣି । ତଳୁ ଧୁଳି ଟିକିଏ ଆଣି ସେ ନିଜ କ୍ଷତରେ ପକାଇ ଦେଲା ଓ ଆଗେଇ ଚାଲିଲା ।

ସେ କେତେ ବେଳୁ ପଳାଇ ଯାଇଥିଲା । ହେଲେ ମୁଁ ତା' ଗଲା ବାଟକୁ ସେମିତି ଚାହିଁ ରହିଥିଲି । ଟ୍ରେନ୍ ଚାଲିବା ଆରମ୍ଭ କରି ଦେଲାଣି । ଷ୍ଟେସନ୍‌ର ଆଲୁଅ ପଛରେ ରହି ଗଲାଣି । ଅନ୍ଧାର ଆଡ଼କୁ ଗାଡ଼ି ଆଗେଇ ଚାଲିଛି । ମୁଁ ଆଲୋକିତ ବଗି ଭିତରକୁ ମୁହାଁଇଲି । ଭାବିଲି, ମୁଁ ଅନ୍ଧାରରୁ ଆଲୋକକୁ ଯାଉଛି ନା ଆଲୋକରୁ ଅନ୍ଧାରକୁ ?

■

ହିସାବ ଖାତା

ମାସ ଆସି ଅଧା ହେଲାଣି ହେଲେ ଏ ପର୍ଯ୍ୟନ୍ତ ହୋଇଥିବା ଖର୍ଚ୍ଚସବୁର କିଛି ଲେଖାଲେଖି ନାହିଁ। ସ୍ୱରୂପା ମାସର ପ୍ରଥମ ସପ୍ତାହରୁ ଏ କାମ ସାରି ଦେଇ ବାକି ମାସସାରା ଖୁଚୁରା ଖର୍ଚ୍ଚର ମୋଟାମୋଟି ଏକ ଆକଳନ କରି ଦିଅନ୍ତି। ସେଇ ଅନୁଯାୟୀ ପାଖରେ ପଇସା ରଖନ୍ତି। ମାସର ପ୍ରଥମ ସପ୍ତହରେ ହିଁ ସବୁ ମୁଖ୍ୟ ଖର୍ଚ୍ଚତକ ହୋଇଯାଏ। ଯେପରିକି କାମବାଲିର ପାଉଣା, ମାସିକିଆ ସଉଦା, ଆପାର୍ଟମେଣ୍ଟ ମେଣ୍ଟେନାନ୍ସ ଓ ବିଜୁଳି, ପାଣି, ଫୋନ୍ ଇତ୍ୟାଦି ପରି ସବୁପ୍ରକାର ବିଲ୍। ତା' ସହ ମାସିକିଆ ସଉଦା ପରି ଔଷଧପତ୍ରର ଖର୍ଚ୍ଚ। ମାସ ଅଧା ଆଡ଼କୁ ଆସୁଥିବା ବିଜୁଳି ବିଲ୍ ଆଜି ଦିଆଗଲା। ତେଣୁ ସେଇଟାକୁ ମଧ୍ୟ ଏକାସାଙ୍ଗରେ ହିସାବ ଖାତାରେ ଚଢାଇ ଦେବେ। ସ୍ୱରୂପା ପେନ୍ ଆଣି ହିସାବଖାତାଟା ଧରି ବିମଳ ଶୋଇଥିବା ଖଟ ଉପରେ ଯାଇ ବସିଗଲେ। ସେ ବସିବେ ବୋଲି ବିମଳ ନିଜ ଗୋଡ଼କୁ ନିଜଆଡ଼କୁ ଆଉ ଟିକିଏ ଜକେଇ ଆଣିଲେ। ହିସାବ ଖାତା ମେଲେଇ ଦେଲେ ସ୍ୱରୂପା। ତା' ଭିତରେ ଖର୍ଚ୍ଚମାନଙ୍କର ଚିରୁକୁଟିସବୁ ସାଇତା ହୋଇ ରହିଥିଲା। ଚାଳିଶିଆ ଚଷମାଟା ନାକ ଉପରକୁ ଟିକିଏ ଠେଲି ଦେଇ ଗୋଟି ଗୋଟି ଚିରୁକୁଟି ଦେଖି ସ୍ୱରୂପା ଖାତାକୁ ହିସାବ ଉତାରିଲେ।

କାମବାଲି- ୭୫୦ ଟଙ୍କା

"ଦେଖୁନ, ଗୋଟିଏ ବେଳା କାମକୁ ଆସୁଛି। କୋଉ ପିଲାଘର ହୋଇଛି ଯେ ଘରସଫା କରିବା କଷ୍ଟ? ଶିଝା ପୋଡ଼ା କରି କ'ଣ ଦି'ଟା ଖାଉଛେ, କି' ବା ବାସନ ପଡୁଛି? ଏତିକି କାମ କ'ଣ ମୋତେ ବଳି ପଡ଼ନ୍ତା? ଖାଲି ଏବେ ମୋ ଦେହଟା ସହଯୋଗ କରୁନି ବୋଲି ଏଇ ଚେମା ମା'କୁ ଯାହା ଲୋଡ଼ିବା କଥା। ଯୋଉତ କାମ କରୁଛି କିଛି ବାଗବାଇସା ନାହିଁ। ସେଥିରେ ପୁଣି କାଲି କହୁଥିଲା, 'ମା' ତିନି ବର୍ଷ ହେଲା କାମ କଲିଣି କିଛି ନହେଲେ ୫୦ଟଙ୍କା ଦରମା ବଢାଅ।

ତା' ସହ ପୁଣି ଦଶହରାରେ ଖାଲି ଲୁଗାଟେ ଦେଉଛ, ଏଥର ହାତଖର୍ଚ୍ଚ ପାଇଁ କିଛି ଦେବ।' କହିଲ ଭଲା ପଇସା କ'ଣ ଗଛରେ ଫଳୁଛି ନା ଆମକୁ କିଏ ଟଙ୍କା ଅଜାଡ଼ି ଦେଉଛି ?" କଥାଗୁଡ଼ିକ କହିବା ପାଇଁ ବୋଲି ସ୍ୱରୂପା ସେମିତିରେ କହୁଥିଲେ।

"ଆପାର୍ଟମେଣ୍ଟରେ ଅଛେ ଯେ ତମେ ତୁଳସୀ କେଡ଼େ କଷ୍ଟରେ ବସେଇଛ, ଟଙ୍କାଗଛ ପୁଣି ଲଗାଇବ କୁଆଡୁ ? ଜାଣିଛ ତ କାମକୁ ଆଉ ପାରୁନ, ପଇସାକୁ ଏତେ ଟାଣି ହେଉଛ କାହିଁକି ? ହଁ, ସତ କହିଲ ଯେ ଆମକୁ କିଏ ଧନ ଅଜାଡ଼ି ଦେଉନି। ସତରେ ଆମେ ଧନହରା, ସବୁ ପ୍ରକାର ଧନ।" ଦୀର୍ଘନିଶ୍ୱାସଟେ ବିମଳଙ୍କ ଭଗ୍ନସ୍ୱାସ୍ଥ୍ୟକୁ ଥରାଇ ବାହାରି ଆସିଥିଲା। ସେ କଥାଗୁଡ଼ିକ ଏକ ନିଶ୍ୱାସରେ ଉପରକୁ ଅନାଇ କହିଗଲେ। ସେ କୁଆଡ଼େ କ'ଣ ଦେଖୁଥିଲେ ସଠିକ୍ କହିହେବନି। ସ୍ୱରୂପା ସେଆଡ଼କୁ ନଜର ନଦେଇ ଆଉ ଗୋଟେ ବିଲ୍ ହାତକୁ ନେଲେ।

ଆପାର୍ଟମେଣ୍ଟ ମେଣ୍ଟେନାନ୍ସ- ୧୫୦୦ ଟଙ୍କା

"ଆମେ ଆସି ଏଇଠି ରହିଲା ବେଳେ ମେଣ୍ଟେନାନ୍ସ ୬୫୦ ଟଙ୍କା ଥିଲା। ବର୍ଷ କେଇଟାରେ ୬୫୦ ଟଙ୍କାରୁ ବଢ଼ି ୧୫୦୦ ଟଙ୍କା ହେଲାଣି। ହଁ, ଏତିକି ଯେ ଆମକୁ ଏ ଲାଇଟ୍, ପାଣି ପରି ଘରର ଛୋଟବଡ଼ ଅସୁବିଧା ପାଇଁ ନିଜକୁ ଦଉଡ଼ିବାକୁ ପଡୁନି। ଜଗୁଆଳିମାନେ ହୁଅନ୍ତୁ ଅବା ସୁପରଭାଇଜର୍, ସୁବିଧା ଅସୁବିଧାରେ ବୋଲହାକ କରି ଦେଉଛନ୍ତି। ଭାଗ୍ୟ ଭଲ ଘରଟିଏ ନକରି ଏ ଆପାର୍ଟମେଣ୍ଟରେ ଫ୍ଲାଟ କିଣିଲେ। ନହେଲେ ଆଜିକାଲି ଦୁନିଆରେ ଏ ବୟସରେ ଏକୁଟିଆ ରହିବା କେତେ ଯେ ଅସୁବିଧାଜନକ..."

"ହଁ, ଭଲ କଲେ, ଫ୍ଲାଟ କିଣିଲେ। ଯାହାର ସିନା ପିଲା ପରିବାର ବୁଢାବୁଢୀଙ୍କ ପାଖରେ ରହୁଥିବେ ସେମାନେ ଗୋଟିକିଆ ଘର ନେବେ, ହେଲେ ଆମର ତ ସେ ଭାଗ୍ୟ ନାହିଁ। ପିଲାଙ୍କର ପର ଲାଗିଗଲା। ଉଡ଼ି ପଳାଇଲେ। ଏମିତି ବ୍ୟସ୍ତ ଜୀବନ ଯେ ବାପା ମା'ଙ୍କର ସେବା କରିବା ତ ଛାଡ଼, ତାଙ୍କ ଆଡୁ ଫୋନ୍ ଟିକିଏ କରି ଆମେ ଏଇଠି ବଞ୍ଚିଛୁ ନା ମଲୁଣି ପଚାରିବାକୁ ମଧ୍ୟ ସମୟ ନାହିଁ।" କ୍ଷୋଭରେ ଉତ୍ତେଜିତ ହୋଇ ପଡୁଥିଲେ ବିମଳ।

"ସାନୁଟା ମୋର କ'ଣ କରିବ କହିଲ ? ତା'ର ଇଚ୍ଛା ଅଛି, ହେଲେ ବୋହୂ ପରା..." ପଣତରେ ଓଦା ହୋଇ ଆସୁଥିବା ଆଖିକୁ ପୋଛୁଥିବା ସ୍ୱରୂପାଙ୍କ କଥାକୁ ବିମଳ ଅଧାରୁ କାଟିଲେ, "ହଁ, ହଁ, ସବୁ ଦୋଷ ତ ଖାଲି ବୋହୂର ? ତୁମ ଗୁଣମଣୀ ପୁଅକୁ କ'ଣ ସେ ଗୋଡ଼େ ଗୋଡ଼େ ଜଗିଛି ଯେ ସେ କେବେ ଫୋନ୍‌ଟେ ନିଜ ଆଡୁ କରିବାକୁ ସମୟ ପାଉନି ? ଆଚ୍ଛା ସାନୁ ତ ସାନୁ, ତୁମ ଝିଅକୁ ଆମ ସହ ନିଜ ଆଡୁ

ଟିକିଏ ଫୋନ୍ କରି ପଦେ ଅଧେ କଥା ହେବାକୁ କେଉଁ ସମୟ ହେଉଛି ? ହେଲେ, ତାକୁ ଆମେ ଖାଲି ଠିକ୍ ସମୟରେ ଫୋନ୍ କରିବାର ଅଛି। ଆଉ ଭଲମନ୍ଦ ଦିନରେ କିଛି ନା କିଛି ପଠେଇବାର ଅଛି। କ'ଣ ନା, ନହେଲେ ଶାଶୁଘରେ ତା' ସମ୍ମାନ କ୍ଷୁର୍ଣ୍ଣ ହେଇଯିବ। ଛିଃ, ଏମିତି ପିଲାଠୁ ଭଲ..." ବିମଳଙ୍କର ସବୁବେଳେ ଏଇ ଏକା କଥା। ତାଙ୍କ କଥାରେ ସତ୍ୟତା ଥିଲେ ମଧ୍ୟ ସ୍ୱରୂପା ଆଉ ଶୁଣି ପାରୁ ନଥିଲେ। ଯାହା ହେଲେ ବି ସେ ମା'। କଥାର ମଙ୍ଗ ବୁଲାଇଲେ-

ମାସିକିଆ ସଉଦା- ୧୯୫୦ ଟଙ୍କା

"ବିଘିନି ଦୋକାନରେ ମାସିକିଆ ସଉଦା ହେଲା ୧୯୫୦ ଟଙ୍କା। ଡାକ୍ତର ତ ଖାଇବା ଉପରେ ହଜାରେ କଟକଣା ଲଗେଇଛି। ମଣିଷ କ'ଣ ଖାଇବ? ଭଲ ବୟସ ହେଲା ଯେ ପେଟକୁ ଯେତିକିର ଦାନା ଯାଉଛି ଔଷଧପତ୍ର ଖର୍ଚ୍ଚ ତା'ଠାରୁ କେତେ ଅଧିକା। ଏ କି ଜୀବନ ହେଲା ଭଲା ?" କଥା କହୁ କହୁ ସ୍ୱରୁପା ହାତରେ ଧରିଥିବା ଔଷଧବିଲ୍ ସବୁକୁ ପରଖି ନେଲେ। "ଅରବିନ୍ଦ ମେଡ଼ିକାଲ୍ ଷ୍ଟୋର୍‌ରୁ ଆମ ଦୁହିଁଙ୍କର ୨୦୪୫ ଟଙ୍କାର ଔଷଧ ଆସିଛି। ମୋ ଆଣ୍ଠୁ ପାଇଁ ଡାକ୍ତର ଲେଖିଥିବା ନୂଆ ଔଷଧଟା ସେଇଠି ମିଳିଲାନି। ତାକୁ ଆଉ କୁଆଡ଼େ ପୁଣି ଖୋଜିବାକୁ ହେବ। ମୁନାଅଟୋକୁ ଫୋନ୍ କରିବି ସେ ଆସିବ। ତୁମେ ତ ଆଉ କୁଆଡ଼େ ଯାଇ ପାରୁନ, ଏ ମୁନାକୁ ଖାଲି ଅଟୋଭଡ଼ା ଗଣିବା କଥା। ନିଳିମା ମେଡ଼ିକାଲ୍ ଷ୍ଟୋର୍‌ରୁ ତୁମ ଟ୍ୟୁମର୍ ଔଷଧ ୧୭୭୫ ଟଙ୍କାର ଆସିଲା। ହେଇଟି, ଡାକ୍ତର ନିହାର ତୁମ ଅପରେସନ୍‌ର ତିନିମାସ ପରେ ପୁଣି ଥରେ ସବୁ ଚେକ୍ ଅପ୍ କରାଇବାକୁ ପରାମର୍ଶ ଦେଇଥିଲେ, ମନେ ଅଛି ଟି ? ତେଣୁ ଏଥର ନିଦାନରେ ଆଉ ରକ୍ତ ଶର୍କରା ପରୀକ୍ଷା କରିବାନି। ଡାକ୍ତର ନିହାରଙ୍କ କ୍ଲିନିକ୍‌ରେ ତୁମ ସହ ମୋର ମଧ୍ୟ ଏକା ସାଙ୍ଗରେ ପରୀକ୍ଷା କରେଇ ନବା।" ନିଦାନ ରକ୍ତପରୀକ୍ଷା ବିଲ୍‌ର ୪୦୦ ଟଙ୍କା ହିସାବ ଖାତାକୁ ଚଢାଇ ଦେଇ ଆଉ କିଛି ଔଷଧ ବିଲ୍ କାଳେ ରହିଗଲା କି ନାହିଁ ସ୍ୱରୂପା ଚିରୁକୁଟିସବୁ ଖେଳାଇ ଦେଖୁଥିଲେ। ଖଟରେ ଚିତ୍ ହୋଇ ଶୋଇଥିବା ବିମଳଙ୍କର ଦୀର୍ଘନିଶ୍ୱାସଟେ ବାହାରି ଆସିଲା।

କୁହନ୍ତି ପରା କାଳେ ବୃଦ୍ଧ ଓ ଶିଶୁ ସମାନ। ଶିଶୁଙ୍କୁ ଯେପରି ସମ୍ଭାଳିବାକୁ ହୁଏ, ବୃଦ୍ଧଙ୍କର ମଧ୍ୟ ସେମିତି ଯତ୍ନ ନେବାକୁ ପଡ଼େ। କାରଣ ସେମାନେ କାଳେ ଶିଶୁଟେ ପରି ନିସଃହାୟ, ମନୁଆ, ଅବୁଝା, ଇତ୍ୟାଦି ଇତ୍ୟାଦି। ହେଲେ ବିମଳ ତ କାହିଁକି ସେମିତି କିଛି ସାମଞ୍ଜସ୍ୟ ପାଇ ପାରୁ ନାହାନ୍ତି? ତାଙ୍କୁ ଲାଗୁଛି ଜନ୍ମମୃତ୍ୟୁ ଚକ୍ରର ଗୋଲେଇଟା ସତେ ଯେପରି ବୃଦ୍ଧାବସ୍ଥା ଯାଗାରେ ଟିକିଏ

ଆବୁଡ଼ାଖାବୁଡ଼ା ହୋଇ ଯାଇଛି। ସତରେ ଏ ବୃଦ୍ଧାବସ୍ଥା ଗୋଟେ ଅଭିଶାପ। ନିଜେ ଅନୁଭବ କର ବା ନ କର ନିର୍ଦ୍ଦିଷ୍ଟ ବୟସ ଆସିଗଲେ ଚାକିରିରୁ ଅବସର ନେବାକୁ ମଣିଷ ବାଧ୍ୟ। ଅବସର ପରେ ଧାଁ ଧଉଡ଼ ଜୀବନ ଓ ଜଞ୍ଜାଳରୁ ମୁକ୍ତି ମିଳିଲା, ଏଥର ମଣିଷ ନିଜ ମନମୁତାବକ ବଞ୍ଚିବ ଭାବିବା ବେଳକୁ ଭାଗ୍ୟ ଦାଉ ସାଧିବ। କାହୁଁ ଥିବ ରୋଗବୈରାଗ, ପାରିବାରିକ ସମସ୍ୟାସବୁ ମୁଣ୍ଡ ଟେକିବ। ସେତିକି ବେଳେ ସମସ୍ତେ ମୁଣ୍ଡରେ ଚଢନ୍ତି। ଭାବି ହୁଏ ନାହିଁ ଯେ ଦିନେ ଘର ତାଙ୍କ କଥା ଅନୁସାରେ ଚଳୁଥିଲା। ବୁଝି ହୁଏ ନାହିଁ, ଅବସର ପରେ ତାଙ୍କର ଦୁନିଆକୁ ଦେଖିବାର ଦୃଷ୍ଟିଭଙ୍ଗୀ ବଦଳିଗଲା ନା ଅନ୍ୟମାନେ ବଦଳି ଗଲେ। ବିମଳଙ୍କ ଆଖି ମଧ୍ୟ ଜକେଇ ଆସୁଥିଲା। ହେଲେ କାଳେ ସ୍ୱରୁପାଙ୍କ ଆଖିରେ ତାଙ୍କ ଦୁର୍ବଳତା ଧରା ପଡ଼ିଯିବ ଭାବି କୋହକୁ ସମ୍ଭାଳି ନେଲା ବେଳକୁ ତଣ୍ଟି କେମିତି ଲାଖିଯାଇ କାଶ ଉଠାଇଲା। ବ୍ୟସ୍ତ ହୋଇ ପାଣି ଗ୍ଲାସ୍‌ଟେ ଆଣିବା ପାଇଁ ସ୍ୱରୁପା ଦଉଡ଼ି ଗଲା ବେଳକୁ ତାଙ୍କ ଆଣ୍ଠୁଟା ରକ୍ କଲା। ସେ ନିଜ କଷ୍ଟ ସତ୍ୱେ ବିମଳଙ୍କୁ ପାଣି ପିଆଇ ସାଷ୍ଟାମ କରାଇଲେ।

କିଛି ମୁହୂର୍ତ୍ତ ନିରବରେ କଟିଗଲା। ସ୍ୱରୂପା ଅଭିଯୋଗ କଲେ, "ତୁମକୁ ଡାକ୍ତର କାଶିବାକୁ ମନା କରିଛନ୍ତି ପରା। ଜାଣିପାରୁନ କି କାଶିଲେ ତୁମ ମସ୍ତିଷ୍କ ଉପରେ ଚାପ ପଡ଼ିବ? ବ୍ରେନ୍ ଟ୍ୟୁମର୍ ଅପରେସନ୍ ଏଇତ ୩ ମାସ ହେଲା ହୋଇଛି। ଟିକଏ ସତର୍କ ରୁହ। ଆମ ପିଠିରେ ପଡ଼ିବାକୁ କିଏ ଅଛି? ମୋର ବି ତ ବୟସ ହେଲାଣି। କେତେ କରୁଥିବି?"

"ମୁଁ କ'ଣ ଜାଣି ଜାଣି କାଶୁଛି?" ଚିଡ଼ି ଉଠିଲେ ବିମଳ।

"କାଶ ଲାଗିବା ପୂର୍ବରୁ ମୋତେ ଇସାରା ତ କରି ପାରିବ? ସବୁବେଳେ ତ ତୁମକୁ ଜଗିକି ରହୁଛି..."

ବିମଳ ହେଜିଲେ, ସତରେ ସ୍ୱରୂପା ବିନା ଅଭିଯୋଗରେ ଏଇ ବୟସରେ ମଧ୍ୟ କିଛି ବର୍ଷ ହେଲା ଏକାକି ଏ ଘର ଓ ତାଙ୍କୁ ସମ୍ଭାଳୁଛନ୍ତି। ଟିକିଏ ନରମି ଗଲେ, "ଜାଣୁଛି ସ୍ୱରୂପା। ସବୁ ଜାଣୁଛି। ହେଲେ ଏ ଖଟରେ ପଡ଼ି ପଡ଼ି ଓ ଦେହକଷ୍ଟରେ ଚିଡ଼ିଚିଡ଼ା ହୋଇ ଗଲିଣି। ତୁମେ ସମ୍ପୂର୍ଣ୍ଣ ସତ କହିଲ। ଆମ ପିଠିରେ ପଡ଼ିବାକୁ କିଏ ବା ଅଛି? ପିଲା ତ ଏମିତି ଜନ୍ମ କରିଛେ ଯେ ତାଙ୍କଠାରୁ କିଛି ଆଶା ନାହିଁ। ଜୀବନରେ ଆଉକିଛି ଦାୟିତ୍ୱ ତ ନାହିଁ। ଏ ଜୀବନ ଯାଉନି କାହିଁକି କେଜାଣି? "

"ହୁଏତ ପିଲାଙ୍କୁ ପାଳିବାରେ ଆମ ସ୍ନେହ ଓ ଶାସନରେ କେଉଁଠି ଭୁଲ୍ ରହି ଯାଇଥିବ..."

"ହଁ, ଏହା ଭୁଲ୍ ଯେ ଆମେ ସବୁବେଳେ ପିଲାଙ୍କ ସୁବିଧା ଓ ଉଜ୍ୱଳ ଭବିଷ୍ୟତ

ପାଇଁ ଚେଷ୍ଟା କଲେ । ଆମ ବେଳେ ତ ମା' ବାପା ପିଲାକୁ ସ୍କୁଲ୍‌ରେ ନାଁ ଲେଖେଇ ଦେଲେ ଯଦି ସେଇଟା ବଡ଼ କଥା କଲେ । କାହିଁ, ଆମେ ତ ଦିନେ ଅଭିଯୋଗ କରିନୁ ? ସେମାନଙ୍କ ମନରେ ଦୁଃଖ ଦେଇନୁ ? ତାଙ୍କ ଖୁସି ପାଇଁ ସବୁ ଚେଷ୍ଟା କରିଛୁ । ଆରପାରିକୁ ଗଲା ପର୍ଯ୍ୟନ୍ତ ବାପା ବୋଉ ଆମକୁ ଆଶୀର୍ବାଦ ହିଁ ଦେଇ ଚାଲିଥିଲେ ।"

ବିମଳଙ୍କ କଥାରେ ସ୍ୱରୂପା ଖିଅ ଯୋଡ଼ିଲେ, "ମୁଁ ତ ନିଜ ବାପା ମା'ଙ୍କର କିଛି କରି ପାରିନି । ଆଉ ଆମେ ସତରେ ବାପା ବୋଉ(ଶାଶୁ ଶ୍ୱଶୁର)ଙ୍କ ପାଇଁ କ'ଣ କରିଥିଲେ ? ସେଥର ଲୋରା(ବୋହୂ) କହୁଥିଲା ଯେ, ତୁମେ କେଉଁ ତୁମ ଶାଶୁଶ୍ୱଶୁରଙ୍କ ପାଖରେ ରହି ତାଙ୍କ ସେବା କରଥିଲା ଯେ ତୁମ ପୁଅବୋହୂ ତୁମ ସେବା କରିବେ ବୋଲି ଆଶା କରୁଛ ?" ବୋହୂ କଥାର ସତ୍ୟତାକୁ ଉପଲବ୍ଧି କରିବାକୁ ସ୍ୱରୂପା ଚେଷ୍ଟା କରୁଥିଲେ ।

ଚିଡ଼ି ଉଠିଲେ ବିମଳ, "ବୋହୂ କେମିତି ଜାଣିଲା ଆମେ କ'ଣ କରିଥିଲେ ନ କରିଥିଲେ ? ସବୁ ଏ ସାନୁର ବୁଦ୍ଧି । ସେ ତ ପରଘର ଝିଅ । ଇଏ ପରା ଆମ ରକ୍ତର ? ସେ କ'ଣ ଜାଣିନି ତୁମେ ଶେଷ ସମୟରେ ବୋଉ ପାଖରେ କାହିଁକି ରହି ପାରିଲନି ? ତା' ମାଟ୍ରିକ ପରୀକ୍ଷା ବେଳକୁ ବୋଉ ପାରାଲେସିସ୍‌ରେ ପଡ଼ିଲା । ଆଉ ତାକୁ ଆଣି ପାଖରେ ରଖିଲି ବୋଲି ସାନୁ ନିଜେ ଅଭିଯୋଗ କଲା ଯେ ବୋଉ ଏଠାରେ ରହିଲେ ତା' ପଢାରେ ବ୍ୟାଘାତ ହେଉଛି । ତୁମେ ଗାଁ ଯିବାକୁ ବାହାରିଲ ତ ପୁଅଝିଅ କହିଲେ ଗାଁରେ ପଢାପଢିର ସୁବିଧା ନାହିଁ । ଆଉ ସେମାନେ ଏଇଠି ଏକା ରହି ଘର ସହ ନିଜ ପଢା ଦେଖି ପାରିବେନି । ମୁଁ ତ ପୁଣି ସେଇ ଗାଁରୁ ପଢି ଅଫିସର୍‌ଟେ ହେଲି ? ସେଇଥି ପାଇଁ ବୋଲି ମା' ଦେଖାଶୁଣା ପାଇଁ ଗାଁରେ ମିନିନାନୀଙ୍କୁ ରଖାଇଲି । ତା'ର ଆଗକୁ ପଛକୁ କେହି ନଥିଲେ ବୋଲି ସିନା ସେ ବୋଉ ପାଖରେ ରହି ତା' ସେବା କରୁଥିଲା ? ନହେଲେ ଆଜିକା ଯୁଗରେ ଯେତେ ଟଙ୍କାପଇସା ଦେଲେ ମଧ୍ୟ କିଏ କାହାର ମନପ୍ରାଣ ଦେଇ ସେବା କରୁଛି ? ସେଥିରେ ପୁଣି ସାନୁ ଏଥର ଯେଉଁ ଆସିଥିଲା କହିଲା, ଜେଜେ ମା' ତ ମଲାଣି, ଗାଁ ଘରେ ସେଇ ମିନିନାନୀ ଆଉ କାହିଁକି ରହୁଛନ୍ତି ? ଗାଁ ଘର ଓ ଜମିବାଡ଼ି ବିକି ଦେଇ ପଇସା ବ୍ୟାଙ୍କରେ ରଖିଦିଅ । ତୁମର ବୟସ ହେଲାଣି । କେତେବେଳେ କେଉଁ କଥା..."

"ଛାଡ଼ ସେ କଥା । ଏବେ ସେମାନେ ବୁଝି ପାରୁ ନାହାନ୍ତି । ହୁଏତ ପରେ ବୁଝିବେ । ବାପା ମା'ଙ୍କ ହାତ ପିଲାକୁ ସବୁବେଳେ ଆଶୀର୍ବାଦ ଦେବାକୁ ହିଁ ଉଠିବ । ବୋଧେ ଆମେ ଭାବୁଛେ ଆମେ ସମସ୍ତଙ୍କ ପାଇଁ ସବୁ କରିଛେ । ହୁଏତ ସତରେ କେଉଁଠି କିଛି ମସ୍ତବଡ଼ ଭୁଲ ରହି ଯାଇଥିବ ?"

"ପୁରାଣ ଅନୁସାରେ ବୟସ ଅପରାହ୍ନରେ ଗୃହସ୍ଥ ଜୀବନ ତ୍ୟାଗ କରି ବାନପ୍ରସ୍ଥକୁ ଆପଣେଇ ନେବା ଉଚିତ୍। ହେଲେ ଏବେ ତ ଆଉ ସେ ବଣ ଜଙ୍ଗଲ ନାହିଁ ତେଣୁ ସେପରି ଦୁନିଆଠାରୁ ମୋହ ଫେରାଇ ମଣିଷ ଯିବ ତ କୁଆଡ଼େ ଯିବ? ହଁ, ବୋଧେ ବୃଦ୍ଧାଶ୍ରମ ଠିକ୍ ହେବ। ସେଠାରେ ଆମ ପରି ଅଲୋଡ଼ା ବୁଢାବୁଢୀ ନିଜ ସ୍ମୃତିକୁ ଯାବୁଡ଼ି ଧରି ଯେ ଯୁଆଡ଼େ ପଡ଼ିଥିବେ। ତେଣୁ ଚାରି ଆଡ଼େ ବଣଜଙ୍ଗଲର ନିର୍ଜନତା ଘେରିଥିବ। ସେଇ ନିର୍ଜନତା ଭିତରେ ନିଜ ଜୀବନରେ କ'ଣ ଠିକ୍, କ'ଣ ଓ କାହିଁକି ଭୁଲ୍ କଲେ ତା' ଉପରେ ଭାବିହେବ ବା ଅନୁତାପ କରିହେବ। ଯିଏ ଯେମିତି ଗଛ ଲଗାଇବ ସେମିତି ଫଳ ପାଇବ। ଉପରବାଲା ସମସ୍ତଙ୍କ କର୍ମର ଲେଖାଯୋଖା ତା' ହିସାବଖାତାରେ ଲେଖିଛି। ତେଣୁ ଆମେ ଆମ ଜୀବନରେ କ'ଣସବୁ କରିଛେ, ସେସବୁ କର୍ମର ଚାଲ ହିସାବ କରି ନେବା।"

ବିମଳ କ'ଣ କହୁ ଥିଲେ ସ୍ୱରୂପା ସେସବୁ ମନଦେଇ ଶୁଣୁଥିଲେ ନା ନାହିଁ କହି ହେବନି। ସେ ପେନ୍ ଧରି ତାଙ୍କ ହିସାବ ଖାତାରେ କ'ଣସବୁ ହିସାବ କିତାବ ଲେଖି ଚାଲିଥିଲେ କି କ'ଣ ସବୁ ଗାରେଇ ଚାଲିଥିଲେ। ଆଖିଲୁହ ଚଷମା ଫାଙ୍କ ଦେଇ ଗଡ଼ି ଆସି ତାଙ୍କ ହିସାବଖାତାକୁ ଭିଜାଉ ଥିଲା। ସେ ବିମଳଙ୍କ ଆଖିରୁ ଲୁଚେଇ ତାଙ୍କ ଲୁହ ପଣତରେ ପୋଛି ଦେଉଥିଲେ। ଆଉ ବିମଳ ଝର୍କା ଆଡ଼କୁ ମୁହଁ ବୁଲାଇ ଦେଇଥିଲେ। ତାଙ୍କ ମନ ଓ ଆଖିର ଅବସ୍ଥା ସ୍ୱରୂପାଙ୍କ ସହ ସମ୍ପୂର୍ଣ୍ଣ ସମାନ ଥିଲା।

ଚିତ୍ରକୁ ଚିହ୍ନାଏ ନାଁ

ସକାଳୁ ସକାଳୁ ପୁଣି ଭିତରଟା ଅଣ୍ଡାଳି ହେଲା। ପୁଣି ଖୋଜି ହେଲି। ଶ୍ୱଶୁର ଆସି ରୋଷେଇଘରେ ଉଣ୍ଡି ଦେଇ ଗଲେଣି। ଚା' ଟାଇମ୍ ହୋଇ ଗଲାଣି। ଆଉ ପୁଣି କ'ଣ ଖୋଜା? ଚା' କରି ସକାଳ ଖରାରେ ଛାତ ଉପରେ ଆଜିର ଖବର କାଗଜ ପଢୁଥିବା ସ୍ୱାମୀ ଓ ଶ୍ୱଶୁରଙ୍କୁ ଚା' ଦେଇ ଆସିଲି। ଶାଶୁ ଦୁଆରକୁ ବିକି ଆସିଥିବା ପରିବାବାଲା ସହ ଶାଗ ଦୁଇ ଟଙ୍କା କମ କରିବା ପାଇଁ ମୂଲାଉ ଥିଲେ। ତାଙ୍କୁ ଯାଇ ସେଇଠି ଚା' କପ୍ ଟା ଧରେଇ ଦେଲି। ଶାଗମୂଲା ଅଧାରୁ ଛାଡ଼ି ଦେଇ ସେ ତାଙ୍କ ଚା' କପ୍ ଧରି ଦାଣ୍ଡଘରେ ଟିଭିରେ ପ୍ରାର୍ଥନା ଚ୍ୟାନେଲ୍ ଅନ୍ କରି ବସିଗଲେ। ମୁଁ ରୋଷେଇ ଘରକୁ ଫେରି ଯାଉ ଯାଉ ପରିବାବାଲା ପଛରୁ ଡାକ ଦେଲା, "ମା' ଶାଗ ବାଛିଛନ୍ତି। ଏଇ ନେଇ ଯା'ନ୍ତୁ।" 'ଓ! କାଲି ତ ଶାଗ ହୋଇଥିଲା। ଆଜି ପୁଣି ଏ ଶାଗ। ଶାଗ ବାଛିବା ସତରେ କେତେ ଯେ ବିରକ୍ତିକର।' ପରିବାବାଲାକୁ ଶାଗ ପାଇଁ ୧୫ ଟଙ୍କ ଦେଲା ବେଳକୁ ଟିଭି ଦେଖି ଦେଖି ଶାଶୁ କହିଲେ, "ଏ ପରିବାବାଲା ଭାରି ଠକୁଛି। ଏତିକି ଟିକିଏ ଶାଗକୁ ୧୫ ଟଙ୍କା କହୁଛି। ତାକୁ ୧୩ ଟଙ୍କା ଦେବୁ।" ମୁଁ କିଛି ନ କହି ପରିବାବାଲାକୁ ୧୫ ଟଙ୍କା ବଢାଇ ଦେଲି।

ଡ଼ାଇନିଂ ଟେବୁଲ୍‌ରେ ଥୁଆ ହୋଇଥିବା ଟ୍ରେରେ ମୋ ଚା' କପ୍ ଟା କେବଳ ପଡ଼ି ରହିଥିଲା। ସେହି ଥଣ୍ଡା ହୋଇ ଆସୁଥିବା ଚା' କପ୍‌କୁ ଓଠରେ ଲଗାଉ ଲଗାଉ ଅନ୍ୟମନସ୍କ ଭାବରେ ପୁଣି ମୋ ମନଟା ଓଣ୍ଡାଳି ହେଲା। ଖୋଜି ହେଲି। ତେଣେ ଚା'ରୁ ଦି ସୁଡୁକା ପାଟିକୁ ନେଲା ବେଳକୁ ମାମୁନ୍‌ର ସ୍କୁଲ ସମୟ ହୋଇ ଯାଇଥିଲା। ମାମୁନ ସହିତ ଆମ ସମସ୍ତଙ୍କ ପାଇଁ ଜଳଖିଆ ପ୍ରସ୍ତୁତରେ ଲାଗି ପଡ଼ିଲି। କାମବାଲି ରୀନାର ଚିରାଚରିତ କାଉକାଉ ମାଉମାଉ ଶୁଭିଲାଣି। ଯାହା ହେଉ ଆଜି ସେ ଠିକ୍ ସମୟରେ ଆସିଗଲା। ରୀନା ଆସି ପଚାରିଲା, "ଦିଦି, ଆଜି କ'ଣ ରୋଷେଇ ପାଇଁ

ପରିବା କାଢିନ ? ତମେ ଢ଼େରି କରୁଛ। ଆଉ ମୋତେ କହୁଛ। ଶୀଘ୍ର କର। ମୋର ତେଣେ କେତେ କାମ। ଚା' ଟିକିଏ ଦେଲ। ସକାଳୁ ହେଲେ ଚା' କ'ଣ ପିଇଚି ? କାଲି ରାତିରେ ବାଡ଼ିପୋଡ଼ାଟା ପୁଣି ପରା ମଦ ପି'..." ରୀନାର ବାକିତକ କଥା ଶୁଣିବା ପୂର୍ବରୁ ଚା' କରୁ କରୁ ତା'ର ଘୋଷାଡ଼ି ହୋଇ ଚାଲିଥିବା ବୈବାହିକ ସମ୍ପର୍କ ଉପରେ ଚିରାଚରିତ ଢଙ୍ଗରେ ମୁଁ କିଛି ଉପଦେଶ, କିଛି ସାନ୍ତ୍ୱନା ତାକୁ ଦେଇଦେଲି। କାରଣ ସିଏ କ'ଣସବୁ ତା' ଘର କଥା କହିବ ମୋତେ ବେଶ୍ ଜଣା। ତାକୁ ତରକାରି ପାଇଁ କହିଦେଇ ମୁଁ ଗାଧେଇବାକୁ ଦଉଡ଼ିଲି।

ବାଥରୁମ୍‌ରୁ ସ୍ୱାମୀଙ୍କର ବେସୁରା ଗୀତ ବେଶ୍ ଉଚ୍ଚ ସ୍ୱରରେ ଭାସି ଆସୁଥିଲା। କବାଟ ବାଡ଼େଇଲି। ଧଡ଼୍..ଧଡ଼୍...ଧଡ଼୍... ଶ୍ରୁତିକଟୁ ଗୀତଟା ଅଧାରୁ ବନ୍ଦ ହୋଇ ସମରୂପୀ ବିରକ୍ତିଭରା ସ୍ୱର ବନ୍ଦ କବାଟ ପଛପଟୁ ଶୁଭିଲା, "ଜାଣିଲ ତ ମୁଁ ଗାଧଉଛି। ପୁଣି ଡାକୁଛ କ'ଣ ? ଯଦି ତମର ଢ଼େରି ହେଉଛି ତେବେ ମା' ବାଥରୁମ୍‌ରେ ଗାଧେଇ ପଡୁନ ?" ଦଉଡ଼ିଲି ଶାଶୁଙ୍କ ରୁମ୍‌କୁ। ଶାଶୁ କହୁଥିଲେ, "ଆଲୋ ସକାଳୁ ଆଉ ଟିକିଏ ଆଗରୁ ଉଠୁନୁ ? ସବୁଦିନ ଏମିତି ବାଉଳା ଚାଉଳା ହୋଇ କ'ଣ କାମ କରୁଛୁ। ଆମ ବେଳେ ଆମେ..." ଶାଶୁଙ୍କ କଥା ସରିବା ପୂର୍ବରୁ ମୁଁ ଗାଧୁଆ ଘର କବାଟ ଦେଇ ସାରିଥିଲି। ନିଜ ବାଧ୍ୟବାଧକତାରେ ଶାଶୁଙ୍କୁ ଅଣଦେଖା କରିବାର ଗ୍ଲାନି ସାୱାର୍‌ର ଝରା ପାଣିରେ ଧୋଇ ହୋଇ ଯାଉଥିଲା। ବୋଧେ...

ଲ୍ୟାଭେଣ୍ଡର୍‌ରେ ଧଳାରଙ୍ଗର ଫୁଲ ପକା ସିଫନ୍ ଶାଢି ମୋ ଦେହରେ ସଜାଡ଼ି ବଡ଼ ଦର୍ପଣ ଆଗରେ ଠିଆ ହୋଇ ପିନ୍ କଲି। ଆଜି କ'ଣ ବାଳ ଖୋଲା ରଖିବି ? ନିଜକୁ ପ୍ରଶ୍ନ କଲି। ନା, ବାଳକୁ ମୋଡ଼ି କ୍ରାବ୍ କ୍ଲିପ୍ ଟା ଲଗାଇ ନେଲି। ଏଥର ବାଥରୁମ୍‌ରୁ ମୁଣ୍ଡ ପୋଛି ପୋଛି ବାହାରୁଥିବା ମୋ ସ୍ୱାମୀ ପଛ ଆଡୁ ଆସି ମୋ ବେକରେ ବୋକଟେ ଦେଲେ। ହାତକୁ ମୋ ଅଣ୍ଟା ଚାରି ପାଖେ ଗୁଡ଼େଇ ଆଣିଲେ। କେମିତି ଲାଗିଲା ମୋତେ ? ଘଣ୍ଟାକୁ ଦେଖିଲି। ସମୟ ୯.୧୫। ମାମୁନ୍‌କୁ ଖୁଆଇବା ପାଇଁ ଏବେ ଘଣ୍ଟେ ଲାଗିବ କହିଲେ ଚଳେ। ତେଣେ ୧୦.୧୫ ସୁଦ୍ଧା ଅଫିସ୍‌ରେ ପହଞ୍ଚିବାକୁ ହେବ। ହୁଁ... ଯାନ୍ତ୍ରିକ ଭାବରେ ଓଠକୁ ବାଙ୍କି ହସି ଦେଇ ନିଜକୁ ସ୍ୱାମୀଙ୍କ ବାହୁ ବନ୍ଧନରୁ ମୁକ୍ତ କଲି।

ବ୍ରେକଫାଷ୍ଟ କରିବା ପାଇଁ ସମସ୍ତେ ଟେବୁଲ୍‌ରେ ବସିଗଲେଣି। ମାମୁନ୍‌କୁ ସ୍କୁଲ୍ ପାଇଁ ବାହାର କରି କାଖେଇ ନେଇ ତା' ସ୍କୁଲ୍ ଭ୍ୟାନରେ ବସେଇ ଦେଇ ଆସିଲି। ଶାଶୁ ଶ୍ୱଶୁରଙ୍କର ଦିନବେଳା ଖାଇବାକୁ ଥିବା ଔଷଧସବୁକୁ ଡାଇନିଂ ଟେବୁଲ ଉପରେ ସଜାଡ଼ି ରଖିଲି। କାରଣ ଯେତେ କହିଲେ ମଧ୍ୟ ସେମାନେ ଠିକ୍ ସମୟରେ

ଔଷଧ ଖାଇବାକୁ ଭୁଲି ଯା'ନ୍ତି। ସ୍ୱାମୀ ଓ ମୋ ଅଫିସ୍ ପାଇଁ ଟିଫିନ୍ ପ୍ୟାକ୍ କରି ଆଣିଲା ବେଳକୁ ସ୍ୱାମୀ କହିଲେ, "ଶୀଘ୍ର ବାହାର। ୧୦ଟାରେ ମୋର ମିଟିଂ ଅଛି।" ହେଲେ ମୁଁ ତ ଖାଇ ନଥିଲି। ପର୍ସକୁ କାନ୍ଧରେ ଗଳେଇ ବାହାରିଲା ବେଳକୁ ଶାଶୁ ପରଟାରେ ଜାମ୍ କିଛି ବୋଳିଦେଇ ମୋତେ ଧରେଇ ଦେଇ କହିଲେ, "ଖାଲି ପେଟରେ କ'ଣ ଯିବୁ? ଏଇଟା ବାଟରେ ଖାଇଦେବୁ।" କୃତଜ୍ଞତାରେ ମୁଁ ତରଳି ଗଲି। ହେଲେ ତାହା ଶବ୍ଦ ହୋଇ ମୋ ପାଟିରୁ ବାହାରିବା ଆଗରୁ ସ୍ୱାମୀ ଗାଡ଼ି ଷ୍ଟାର୍ଟ କରି ସାରିଥିଲେ।

ସକାଳୁ ଉଠିବା ପରଠାରୁ ଚକି ପରି ଘୁରୁଥିଲି ଯେ ଏବେ ଯାଇଁ ଗାଡ଼ିରେ ଟିକିଏ ଆରମରେ ବସିଲି। ମନ ପୁଣି ଖୋଜି ହେଲା। ମୋ ଫୋନ୍ ରିଙ୍ଗ ମୋ ଖୋଜାରେ ବ୍ରେକ୍ ଲଗାଇଲା। ମୋ ଅଫିସ୍ ବଡ଼ବାବୁଙ୍କର ଫୋନ୍ ଥିଲା। କହିଲେ, "ମ୍ୟାଡ଼ାମ୍ ମନେ ଅଛି ତ ମୁଁ ଆଜି ଛୁଟିରେ ଅଛି ? ଏଷ୍ଟିମେଟ୍ ଟା ଯଇ ୧୧ଟା ସୁଦ୍ଧା ସବ୍ କଲେକ୍ଟର ଅଫିସ୍‌ରେ ଯାଇ ଦେଇ ଆସିବେ।" ଓ ! ମୋ ମନ କେମିତି କେଜାଣି। ପୁରା ଭୁଲି ଯାଇଛି। ସ୍ୱାମୀ ଜାଣିଲେ ପୁଣି କେତେ କଥା ଶୁଣେଇବେ। ଛାଡ଼...

ସ୍ୱାମୀଙ୍କ ମତରେ ତାଙ୍କ ହାତରେ କାଳେ କିଛି ବେକାର କାମ କରିବାକୁ ସମୟ ନାହିଁ। ତେଣୁ ଅଫିସ୍‌ରୁ ଫେରିବା ବାଟରେ ଶାଶୁଙ୍କ ବରାଦ ଅନୁଯାୟୀ ତାଙ୍କର ପୂଜା ସାମଗ୍ରୀସବୁ କିଣି ଆଣିଲି। ଘରକୁ ଫେରି ଫ୍ରେସ୍ ହେଲା ପରେ ସମସ୍ତଙ୍କର ଚା' ଜଳଖିଆ ଆସରଟା ସରିଲା। ତା' ପରେ ପରେ ମାମୁନ୍‌ର ସ୍କୁଲ୍ ହୋମ୍ ୱାର୍କ ଓ ରାତି ଖାଇବା ମଧ୍ୟ। ଏବେ ସେମିତି କିଛି କାମ ନାହିଁ। ନିଜ ଅଣ୍ଟା ସଳଖିବା ପାଇଁ ଖଟରେ ଗଡ଼ି ପଡ଼ିଲି। ଏମିତି ନିରୋଳା ମୁହୂର୍ତ୍ତରେ ପୁଣି ଭିତରଟା ମୋର ଅଣ୍ଟାଳି ହେଲା। ଏଇ କେତେ ଦିନ ହେଲା ଖୋଜିବାର ନିଶାଟା ମୋତେ କେମିତି କେଜାଣି ଘାରିଛି ? ହେଲେ ଏଇ ଖୋଜିବାରେ ବୁଡ଼ି ଯାଉ ଯାଉ ଦିନ ତମାମର ହାଲିଆ ମୋତେ ନିଦରେ ବୁଡ଼ାଇ ଦେବାକୁ ଚେଷ୍ଟା କଲାଣି। ଉଠି ପଡ଼ି ଖଟ ବାଡ଼କୁ ଆଉଜି ବସିଲି। ମାମୁନ୍ ପାଟିରେ ମୋ ପଡ଼ି ଆସୁଥିବା ଆଖି ଜାଗ୍ରତ ହୋଇ ଯାଇଥିଲା। ମାମୁନ୍ ମୋ ୫ ବର୍ଷର ଝିଅ କହିଲା, "ମା' ଦେଖିଲ, ମୁଁ କେତେ ସୁନ୍ଦର ଡ୍ରଇଂ କରିଛି।" ତା' ଡ୍ରଇଂ ଖାତାକୁ ଦେଖିଲି। ନାଲି, ସବୁଜ, ହଳଦିଆ ଆଦି ରଙ୍ଗରେ କିଛି ଆକୃତିସବୁ ଗାରା ହୋଇଥିଲା। ମୋ ପାଇଁ ସେଗୁଡ଼ିକ କ'ଣ ଠଉରାଇବା ବେଶ୍ କଷ୍ଟସାଧ୍ୟ ଥିଲା। ହେଲେ ମା' ହିସାବରେ ତାକୁ ପ୍ରୋତ୍ସାହିତ କରିବା ପାଇଁ କହିଲି, "ଆରେ ବାଃ ! ବଢିଆ ହେଇଛି ତ।" ତା' ମୁହଁରେ ଖୁସିର ଏକ ଲହରୀ ଖେଳିଗଲା। ପଚାରିଲା, "କହିଲ, କଉଟା ସବୁଠୁ ସୁନ୍ଦର ଦିଶୁଛି ?" ଏଁ... କେଉଁ ଛବିଟି ସୁନ୍ଦର ? ମୁଁ ଦ୍ୱନ୍ଦରେ

ପଡ଼ିଗଲି । ଏମିତିରେ ଅଙ୍ଗୁଠି ଗୋଟିଏ ଛବି ଉପରେ ରଖି କହିଲି ଏଇଟା । ମାମୁନ୍‌ର ପ୍ରସନ୍ନ ମୁହଁରେ ଅପ୍ରସନ୍ନତା ଖେଳିଗଲା । କହିଲା, "ଜାମୁକୋଳି କ'ଣ ବ୍ରାଉନ୍ କଲର୍ ? ମୋ ପରପଲ୍ କଲର ହଜି ଯାଇଥିଲା ବୋଲି ବ୍ରଉନ୍ କଲର୍ କରିଦେଲି । ତୁମେ ଡ୍ରଇଂ କିଛି ଚିହ୍ନି ପାରୁନ ।" ଆରେ ଏ କ'ଣ ହେଲା ? ମାମୁନ୍ ରାଗିଗଲା ଯେ । ତାକୁ ମନେଇବାକୁ ଯାଇ କହିଲି, "ସରି, ମୁଁ ଜାଣି ପାରିଲିନି । କହିଲୁ, ତୁ କ'ଣସବୁ ଡଇଂ କରିଛୁ ?" ଏଥର ସେ ଆହୁରି ଅଧିକ ଅସନ୍ତୁଷ୍ଟ ଜଣା ପଡ଼ିଲା । ମୋ ହାତରୁ ଏକରକମର ଡ୍ରଇଂ ଖାତାକୁ ଛଡ଼େଇ ନେଇ ଓଲଟାଇ ପୁଣି ମୋତେ ଧରାଇ ଦେଲା । କହିଲା, "ତୁମେ ତ ଖାତାକୁ ଓଲଟାଇ ଧରିବ । କେମିତି ଚିହ୍ନିବ ମୁଁ କ'ଣ ଡ୍ରଇଂ କରିଛି ? ହେଇଟି ପେଜ୍ ଉପରେ ଫ୍ରୁଟସ୍ ବୋଲି ଲେଖିଛି ପରା । ଆଉ ସବୁ ଫ୍ରୁଟ୍ ତଳେ ମୁଁ ସେମାନଙ୍କର ନାଁ ଲେଖି ଦେଇଛି । ତମେ କେମିତି ଚିହ୍ନି ପାରୁନ ?"

ହେଜିଲି, ସତେତ ଯଦିଓ ଅକ୍ଷରଗୁଡ଼ିକ ତେଢାମେଢା ହେଲେ ପ୍ରତ୍ୟେକ ଚିତ୍ର ତଳେ ତା ନାଁ ଲେଖା ହୋଇଛି । ମାମୁନ୍‌କୁ କୋଳକୁ ଟାଣି ଆଣିଲି । ତାକୁ ଖୁସି କରାଇବା ପାଇଁ ମୋ ମଗଜରୁ କେତେ କ'ଣ ଭାବି କହିଲି, "ମୋ ମାମୁନୁଟା ରାଗି ଗଲା କି ? ମୁଁ ଜାଣି ଜାଣି ମଜାରେ ଏମିତି କହୁଥିଲି ନା... । ଦେଖିଲୁ ତୁ ତୋ ରଙ୍ଗ ଯତ୍ନରେ ନ ରଖିଲାରୁ କେମିତି ହଜିଗଲା । ଆଉ ତତେ ଜାମୁକୋଳିକୁ ବ୍ରାଉନ୍ ରଙ୍ଗ କରିବାକୁ ପଡ଼ିଲା । ଏବେ ଚାଲେ ଶୋଇ ପଡ଼ିବୁ । ସକାଳେ ସମସ୍ତଙ୍କୁ ତୋ ସୁନ୍ଦର ଡ୍ରଇଂ ଦେଖାଇବୁ । ସମସ୍ତେ କେତେ ଖୁସି ହେବେ ।"

ମୋ କଥାରେ ବିଭୋର ହୋଇ ମାମୁନ ମୋ କୋଳରେ ଗେଞ୍ଜି ହୋଇ ଶୋଇ ଯାଇଥିଲା । ଆଉ ମୋ ନିଦଟା ହଜି ହଜି ଯାଉଥିଲା । ଲାଗିଲା, ମୁଁ ଖୋଜୁଥିବା ଜିନିଷଟି ମୋତେ ଝାପସା ଝାପସା ଦିଶି ଯାଉଛି । ମୁଁ ଖୋଜି ହେଉଥିଲି ମୋ ଅସ୍ତିତ୍ୱକୁ । କିଏ ମୁଁ ? ମୁଁ କ'ଣ ଖାଲି ଝିଅଟିଏ, ଛାତ୍ରୀଟିଏ, ପ୍ରେମିକାଟିଏ, ବୋହୂଟିଏ, ପତ୍ନୀଟିଏ, ସହକର୍ମୀ, ପଡ଼ୋଶୀ, କ୍ରେତା... ଏସବୁ ଭିତରୁ ପ୍ରକୃତରେ ମୁଁ କିଏ ? ସମୟ ଓ ପରିସ୍ଥିତିର ଆବଶ୍ୟକତା ଅନୁଯାୟୀ ମୋତେ ଅନେକ ପ୍ରକାରାନ୍ତେ ନାମିତ କରା ଯାଇଛି । ମୁଁ ମୋ ନିଜସ୍ୱ ରଙ୍ଗକୁ ହଜାଇ ଦେଇ, ମୋ ପାଇଁ ନିର୍ଦ୍ଧାରିତ ମାନଦଣ୍ଡ ଅନୁସାରେ ନିଜକୁ ଢାଳି ଦେଇ ସେଇଥିରେ ରୂପାନ୍ତରିତ ହୋଇ ଯାଇଛି । ସତରେ ଚିତ୍ର ତଳର ନାଁ ତାକୁ ପରିଚୟ ଦିଏ, ଯଦିଓ ତାର ସାମଗ୍ରିକ ଭାବେ ଅନ୍ୟ ଏକ ସତ୍ତା ଥାଏ ।

■

BLACK EAGLE BOOKS

www.blackeaglebooks.org
info@blackeaglebooks.org

Black Eagle Books, an independent publisher, was founded as a nonprofit organization in April, 2019. It is our mission to connect and engage the Indian diaspora and the world at large with the best of works of world literature published on a collaborative platform, with special emphasis on foregrounding Contemporary Classics and New Writing.

www.ingramcontent.com/pod-product-compliance
Lightning Source LLC
Chambersburg PA
CBHW050404110726
47899CB00008B/2638
9781645606499